SMILLA E
DE LA NEIGE

A Copenhague, quelques jours avant le 24 décembre 1993, un garçon groenlandais de six ans est retrouvé mort dans la neige. Pour la police, Esajas est tombé accidentellement du toit de l'immeuble. Telle n'est pas la conviction de Smilla Jaspersen, célibataire de 37 ans qui s'était prise d'affection pour cet enfant taciturne, négligé par sa mère.

Smilla connaît la neige. De sa mère esquimaude, elle a hérité le courage et la ténacité. De son enfance à Thulé, elle a gardé une perception et un amour aigu des espaces blancs.

Elle décide donc de conduire sa propre enquête. Mais les médecins, la police, les juges et les proches qu'elle rencontre semblent tous désireux d'étouffer l'affaire. Bientôt, ses recherches l'orientent vers Gela Alta, île du détroit de Davies, sur la côte ouest du Groenland, qui est le théâtre de mystérieuses expéditions. Deux voyages ont déjà eu lieu. Un troisième bateau, le *Kronos*, s'apprête à partir. A bord, et au péril de sa vie, Smilla découvrira la véritable mission des hommes d'équipage, qui n'est peut-être pas étrangère à la mort de l'enfant.

Peter Høeg est né en 1957 à Copenhague. Avant de se consacrer à l'écriture, il a été marin, danseur, acteur. Avec son premier roman, L'Histoire des rêves danois, *l'auteur a été qualifié de « Jules Verne danois moderne ».*

L'Histoire des rêves danois
roman
Seuil, 1994

Les Enfants de la dernière chance
roman
Seuil, à paraître

Kvinden og aben
roman
Seuil, à paraître

Peter Høeg

SMILLA
ET L'AMOUR
DE LA NEIGE

ROMAN

*Traduit du danois
par Alain Gnaedig et
Martine Selvadjian*

Éditions du Seuil

TEXTE INTÉGRAL

TITRE ORIGINAL
Frøken Smillas fornemmelse for sne
ÉDITEUR ORIGINAL
Munksgaard / Rosinante, Copenhague

ISBN original : 871614003-6
© Peter Høeg, Munksgaard / Rosinante, Copenhague, 1992

ISBN 2-02-030109-1
(ISBN 2-02-021536-5, 1ʳᵉ publication)

© Éditions du Seuil, septembre 1995, pour la traduction française

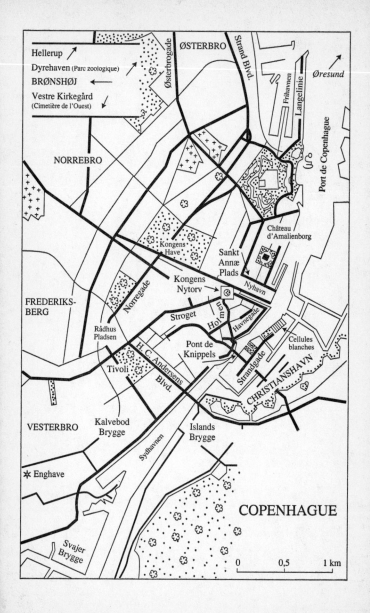

Hellerup

Dyrehaven (Parc zoologique)

BRØNSHØJ

Vestre Kirkegård
(Cimetière de l'Ouest)

ØSTERBRO

Strand Blvd.

Frihavnen

Langelinie

Øresund

Østerbrogade

NORREBRO

Port de Copenhague

Château
d'Amalienborg

Kongens
Have

Sankt
Annæ
Plads

FREDERIKS-
BERG

Kongens
Nytorv

Nyhavn

Norregade

Holmen

Stroget

Havnegade

Cellules
blanches

Rådhus
Pladsen

Pont de
Knippels

Strandgade

CHRISTIANSHAVN

Tivoli

H. C. Andersens
Blvd.

VESTERBRO

Kalvebod
Brygge

Islands
Brygge

✳ Enghave

Sydhavnen

COPENHAGUE

Svajer
Brygge

0   0,5   1 km

LA VILLE

I

1

Il gèle, un extraordinaire −18 °C ; il neige et, dans la langue qui n'est plus mienne, cette neige est *qanik* – de gros cristaux planent presque en apesanteur, s'amoncellent sur le sol et le recouvrent d'une couche de gelée blanche et poudreuse.

L'obscurité de décembre s'élève de la tombe, elle semble aussi illimitée que le ciel au-dessus de nous. Dans cette obscurité, nos visages ne sont plus que des disques faiblement éclairés mais, même ainsi, je note la réprobation du pasteur et du bedeau devant mes bas résille noirs et devant les gémissements de Juliane accentués depuis que les effets du disulfirame, pris tôt ce matin, se sont dissipés. Elle est presque dégrisée pour affronter le chagrin. Ils considèrent que nous ne respectons ni le temps ni les tragiques circonstances. La vérité, c'est que les bas comme les cachets sont, chacun dans leur genre, un hommage au froid et à Esajas.

Les femmes qui entourent Juliane, le pasteur et le bedeau, tous sont groenlandais et lorsque nous entonnons *Guutiga, illimi*, « Ô Toi, Seigneur », lorsque les jambes de Juliane se dérobent et qu'elle commence à pleurer, lorsque le pasteur prend la parole en groenlandais de l'ouest, puisant son inspiration dans le passage favori des Frères moraves – saint Paul, rédemption par le sang –, l'on pourrait presque se croire transporté à Upernavik ou à Holsteinsborg, voire à Qaanaaq.

Mais dans l'obscurité, telle la proue d'un navire, se

13

dressent les murs de la Vestre Fængsel. Nous sommes à Copenhague.

Le cimetière groenlandais fait partie du Vestre Kirkegård. Le cercueil d'Esajas est accompagné par un cortège constitué des amis de Juliane, qui en cet instant la soutiennent, du pasteur, du bedeau, du mécanicien et d'un petit groupe de Danois parmi lesquels je reconnais le juge des tutelles et son assesseur.

Les quelques phrases prononcées par le pasteur laissent penser qu'il connaissait vraiment Esajas même si, autant que je sache, Juliane n'allait jamais à l'église.

Puis sa voix s'estompe, d'autres femmes pleurent avec Juliane.

Il y a du monde, près de vingt personnes. Elles donnent libre cours à leur chagrin, torrent noir où elles plongent et qui les submerge d'une manière incompréhensible pour un étranger, pour quiconque n'est pas né au Groenland. Et encore, peut-être n'est-ce pas suffisant : moi-même, je ne les comprends pas tout à fait.

J'observe le cercueil pour la première fois. Il est hexagonal comme les cristaux de glace à certains moments.

On met en terre le cercueil de bois sombre. Il a l'air minuscule et une couche de neige le recouvre déjà. Les flocons ne sont pas plus gros que des petites plumes et, telle est la neige, elle n'est pas nécessairement froide. A présent, les cieux pleurent sur Esajas et leurs larmes se transforment en un duvet de givre pour le recouvrir. L'univers dépose sur lui un édredon afin qu'il n'ait plus jamais froid.

A l'instant où le pasteur a jeté la terre sur le cercueil et où nous sommes supposés repartir, un silence s'abat, interminable. Les femmes se taisent, personne ne bouge ; un tel silence qu'il semble un présage. De l'endroit où je me trouve, je perçois deux choses.

D'abord, Juliane tombe à genoux, le visage contre terre. Les autres femmes la laissent seule.

L'autre phénomène est intérieur : une intuition me traverse l'esprit.

Sans doute ai-je conclu depuis toujours un pacte tacite avec Esajas, promettant de ne jamais lui faire faux bond, encore moins maintenant.

2

Nous habitons les Cellules blanches.

Sur un terrain concédé, la société immobilière a posé un certain nombre de boîtes préfabriquées en béton blanc, ce qui lui a valu un prix de l'Association pour l'embellissement de la capitale.

L'ensemble – prix inclus – dégage une impression d'économie et de mesquinerie, mais les loyers sont tout sauf bon marché, si élevés que seuls peuvent habiter là des gens comme Juliane – l'État paie pour elle –, comme le mécanicien – il a pris ce qu'il a trouvé – et ceux qui, à ma façon, vivent un peu en marge.

Ainsi, ce surnom des Cellules blanches, bien que blessant pour nous autres les résidents, est assez approprié.

Il y a autant de raisons d'y emménager que d'y rester. Avec le temps, l'eau est devenue importante à mes yeux. Les Cellules blanches donnent sur le port de Copenhague. Cet hiver, j'ai pu observer la glace se former.

Il gèle depuis novembre. J'ai du respect pour l'hiver danois. Le froid – non pas celui qui est mesuré par le thermomètre mais celui que l'on ressent – dépend plus de la force du vent et de l'humidité que de la température vraie. J'ai eu plus froid au Danemark qu'à Thulé. Quand les premières averses de novembre commencent à me fouetter le visage telle une serviette mouillée, je les affronte avec une capuche fourrée, un caleçon en alpaga noir, une jupe longue écossaise, un pull et une cape noire imperméable.

La température baisse. La surface de la mer atteint alors −1,8 °C et les premiers cristaux de glace forment une membrane temporaire que le vent et les vagues changent en frasil : d'abord une pâte grumeleuse, puis un glaçage de pâtisserie qui se fracture en plaques flottant librement. Par un froid midi de dimanche, ces crêpes de glace ne font plus qu'une seule couche solide.

La température baisse encore et je suis heureuse, parce que je sais que le gel a pris le dessus. Désormais, la glace va tenir, les cristaux ont lancé des ponts et emprisonnent l'eau de mer dans des poches semblables aux veines d'un arbre par lesquelles le liquide s'écoule lentement. Rares sont ceux qui, regardant par-dessus la surface gelée en direction de Holmen, se doutent que la glace et la vie sont liées de bien des manières.

Habituellement, la glace est la première chose que je regarde lorsque je passe sur le pont de Knippel. Mais, en ce jour de décembre, je vois autre chose. Je vois de la lumière.

Elle est jaune. Un éclairage de ville en hiver. Mais comme il a neigé, sa faible lueur est accrue par la réverbération. Elle brille au bas d'un des entrepôts qui, dans un moment de faiblesse, n'ont pas été démolis lors de la construction de nos immeubles. Le gyrophare bleu d'une voiture de police clignote à l'angle de Strandgade et Christianshavn. Je vois un agent et une bande rouge et blanc qui boucle le périmètre. Contre le mur, je discerne l'objet du barrage : une petite ombre sur la neige.

Parce que je cours et qu'il est seulement cinq heures du soir, parce que la circulation est encore dense, j'arrive sur les lieux quelques minutes avant l'ambulance.

Esajas a les jambes repliées sous lui, le visage dans la neige et les mains autour de la tête, comme pour se protéger de la petite torche braquée sur lui, comme si la neige était une fenêtre par laquelle il scrutait une chose enfouie loin sous terre.

17

Le policier devrait me demander mon identité et prendre mon adresse et, surtout, préparer le terrain pour ses collègues qui vont bientôt sonner à toutes les portes. Mais l'homme est jeune, il n'a pas l'air dans son assiette. Il évite de regarder Esajas. Après s'être assuré que je ne vais pas franchir la bande rouge, il me laisse là.

Il aurait pu condamner un périmètre plus important, mais quelle différence ? Les entrepôts sont en cours de rénovation. Les machines ont tassé la neige, la rendant aussi dure qu'une dalle de béton.

Même mort, Esajas semble avoir détourné la tête, comme s'il refusait toute compassion.

Au-delà du faisceau lumineux, on devine le toit d'un entrepôt dont la hauteur avoisine celle d'un immeuble de sept ou huit étages. Le bâtiment mitoyen est aussi en rénovation. Des échafaudages courent le long du pignon donnant sur Strandgade. Je m'en approche tandis que l'ambulance se fraie un chemin sur le pont, puis entre les bâtiments.

Les échafaudages couvrent le pignon jusqu'au toit. La dernière échelle est par terre. Plus je monte, plus la structure semble branlante.

On répare le toit. Les chevrons triangulaires se dressent au-dessus de moi, protégés par des bâches goudronnées. Elles couvrent la moitié de la longueur du bâtiment. L'autre versant du toit, face au port, est recouvert de neige, avec les traces de pas d'Esajas.

Au bord de la neige, un homme accroupi, les bras enserrant ses genoux, se balance d'avant en arrière.

Même recroquevillé, le mécanicien a l'air grand. Et même dans cette position d'abandon total, il semble sur la réserve.

La lumière est si intense. Il y a quelques années, on a mesuré la luminosité à Siorapaluk. De décembre à février. Trois mois durant lesquels le soleil brille par son absence. On s'imagine une nuit éternelle, mais il y a la lune et les étoiles et, de temps en temps, des aurores boréales. Et la neige. On a enregistré le même nombre de lux qu'à Skanderborg, une ville de province danoise. C'est ainsi que je me souviens de mon enfance. Nous jouions toujours dehors, il y avait toujours de la lumière. A cette époque, nous trouvions cela normal. Un enfant trouve tellement de choses normales. Avec le temps, on commence à se poser des questions.

Ici, sur le toit, je suis frappée par la luminosité. Comme si c'était la neige, une couche d'environ dix centimètres d'épaisseur, qui diffusait à elle seule la lumière en cette journée d'hiver, la neige qui scintille comme de petites perles grises.

Au ras du sol, elle fond un peu, même par temps de gel vif, à cause de la chaleur de la ville. Mais ici elle est meuble, dans l'état où elle est tombée. Seul Esajas l'a foulée.

Même s'il n'y a ni chaleur, ni nouvelle chute, ni vent, la neige change. Elle respire, se comprime, se lève, retombe et se désintègre.

Il portait des chaussures de sport été comme hiver, et voilà ses empreintes, la semelle usée des baskets, la ligne à peine visible des cercles concentriques devant la cambrure, et sur lesquels le joueur est censé pivoter.

Il s'est engagé sur la neige à l'endroit même où nous nous trouvons. Les traces partent en diagonale vers le bord et longent le toit sur une dizaine de mètres. Là, elles cessent. Puis elles reprennent vers le coin à l'extrémité du bâtiment et elles suivent le bord à environ cinquante centimètres, jusqu'au coin de l'autre entrepôt. Il est revenu presque trois mètres en arrière pour prendre son élan. Puis les traces vont droit vers le bord, là où il a sauté.

L'autre toit est en tuiles vernissées noires. Sa pente est si raide que la neige n'y adhère pas. Esajas n'avait rien à quoi se raccrocher. Il aurait tout aussi bien pu sauter directement dans le vide.

Personne n'a foulé la surface de la neige excepté lui, les seules traces de pas sont les siennes.

– C'est moi qui l'ai trouvé, déclare le mécanicien.

J'aurai toujours du mal à voir pleurer des hommes. Je

sais combien leur amour-propre en souffre car, faute d'habitude, les larmes les font ressembler aux petits garçons qu'ils étaient. Le mécanicien ne se soucie même plus de sécher ses yeux, son visage est barbouillé de larmes.

– Mouche-toi, voilà du monde, dis-je.

Les deux hommes qui sont montés sur le toit n'ont pas l'air ravis de nous voir.

L'un d'eux trimballe du matériel photographique et il est hors d'haleine. L'autre me fait vaguement penser à un ongle incarné. Plat, dur, exaspérant.

– Qui êtes-vous ?

– La voisine du dessus, et monsieur habite au-dessous.

– Voudriez-vous descendre, s'il vous plaît.

Puis il aperçoit les traces de pas et nous ignore.

Le photographe prend le premier cliché au flash, avec un gros Polaroïd.

– Uniquement les empreintes du défunt, dit l'Ongle.

Il parle comme s'il était déjà en train de rédiger son rapport. La mère est une alcoolique. Le gamin jouait sur le toit.

Il nous remarque de nouveau.

– Descendez, s'il vous plaît.

En cet instant, je ne suis sûre de rien, je me pose des questions. Des questions, j'en ai à revendre. Je ne bouge pas.

– Curieuse façon de jouer, n'est-ce pas ?

D'aucuns diront que je suis coquette. Et je ne leur donnerai pas entièrement tort. Mais j'ai mes raisons. En tout cas, c'est mon allure qui le pousse à m'écouter. Le cashmere, le bonnet de fourrure, les gants. Ce n'est pas l'envie de me renvoyer qui lui manque, mais il se laisse prendre à mon air de dame élégante. Et il ne rencontre guère de dames élégantes sur les toits de Copenhague.

Il hésite un instant.

– Et comment donc ?

– Lorsque tu avais cet âge-là, que tes parents n'étaient pas encore rentrés de la mine de charbon et que tu jouais sur le toit des baraquements pour les sans-abri, est-ce que tu courais le long du bord ?

Il rumine ça.

– J'ai grandi dans le Jutland, répond-il sans détourner son regard.

Puis vers son collègue :

– Il faut aller chercher des lampes. Tu en profiteras pour raccompagner la dame et le monsieur.

Ce que j'éprouve dans la solitude, d'autres le ressentent dans la paix d'une église : c'est la lumière de la grâce. Jamais je ne referme la porte derrière moi sans être consciente d'exécuter un acte de charité à mon profit. Cantor a illustré le concept d'infini pour ses étudiants par cette histoire : il était une fois un homme qui possédait un hôtel avec un nombre infini de chambres. L'hôtel était complet. Arriva un client supplémentaire. Le patron déplaça le client de la chambre 1 dans la chambre 2, celui de la 2 dans la 3, celui de la 3 dans la 4 et ainsi de suite. Ainsi, la chambre 1 était libre pour le nouveau venu.

Ce qui me ravit dans cette histoire, c'est que toutes les personnes impliquées, hôtelier et clients, trouvent normal d'exécuter un nombre infini d'opérations afin qu'un seul individu jouisse du calme et de la sérénité dans une chambre qui soit la sienne. Voilà un grand hommage à la solitude.

Je me rends compte, du reste, que j'ai aménagé mon appartement comme une chambre d'hôtel – sans jamais renoncer à l'idée que son occupant est seulement de passage. En guise d'explication, je me rappelle que la famille de ma mère, et ma mère également, étaient dans une certaine mesure des nomades. Je sais, l'excuse est un peu faible.

Mais je dispose de deux grandes fenêtres qui donnent sur l'eau. Je vois l'église de Holmen, le bâtiment des Assurances maritimes et la Banque nationale dont la façade de marbre prend cette nuit la même couleur que la glace du port.

Sans doute devrais-je ressentir de la peine. J'ai parlé aux policiers, offert une épaule secourable à Juliane, je l'ai conduite chez une amie et suis rentrée ; durant tout ce temps, j'ai tenu le chagrin à distance. Maintenant, ce devrait être mon tour d'éprouver de la tristesse.

Le moment n'est pas encore venu. Le chagrin est un cadeau qui se mérite. Je me prépare une infusion à la menthe et m'installe à la fenêtre. Rien ne se passe. Peut-être parce qu'il me reste une petite chose à faire, une petite chose qui entrave le cours des émotions.

Je bois ma tisane tandis que la circulation s'éclaircit sur le pont de Knippel pour ne plus former que des traînées de lumières rouges isolées dans la nuit. Une sorte de paix m'envahit peu à peu, suffisante pour que je m'endorme.

3

Je rencontre Esajas pour la première fois en août. Il y a un an et demi. Une canicule à vous faire perdre la raison écrase la capitale. Je porte une robe neuve de lin blanc profondément échancrée dans le dos et ourlée d'un volant en dentelle de Valenciennes qui a bien triste mine. Le trajet a eu raison d'un minutieux repassage au fer à vapeur.

C'est la saison où les gens recherchent la chaleur et descendent vers le sud. Quant à moi, je n'ai jamais dépassé les quarante-cinq kilomètres qui séparent la capitale de la ville de Køge. Et il en sera ainsi jusqu'à ce que l'hiver nucléaire ait refroidi l'Europe.

C'est un jour à se demander si l'existence a un sens et à s'entendre répondre que non. Dans l'escalier, un étage au-dessous de moi, s'agite une silhouette.

Dans les années trente, à l'époque des premières grandes vagues d'immigration vers le Danemark, les Groenlandais écrivaient au pays que les Danois étaient des sagouins parce qu'ils gardaient les chiens dans leur appartement. Un bref instant, je crois que la chose qui gît devant moi dans l'escalier est un chien. C'est un enfant. Ce n'est guère mieux.

– Déguerpis, morveux, lui dis-je.

Esajas lève le regard vers moi.

– *Peerit*, répond-il, déguerpis toi-même.

Les Danois sont peu nombreux à deviner mes origines. Ils prétendent discerner quelque chose d'asiatique, surtout quand je souligne mes pommettes d'un trait de blush. Mais, de sa marche d'escalier, le gamin plante sur moi un regard direct, reconnaissant d'emblée le trait commun à nos physionomies. C'est ce même regard que l'on croise chez les nouveau-nés, puis, beaucoup plus tard, chez les gens très âgés. Je me suis souvent demandé pourquoi, entre ces deux périodes de la vie, les hommes perdent le courage de regarder franchement. Peut-être est-ce en partie pour cela que j'ai voulu m'épargner la peine d'élever un enfant.

– Tu veux me faire la lecture ?

Je tiens un livre à la main. D'où sa question.

On pourrait dire qu'il ressemble à un elfe. Mais tel qu'il est, en slip, crasseux et luisant de sueur, il ressemble plutôt à un phoque.

– Allez, du balai.

– Tu n'aimes pas les enfants ?

– Les enfants, je les mange.

Il s'écarte pour me laisser passer.

– *Salluvutit*, tu es une menteuse, me lance-t-il quand j'arrive à sa hauteur.

Au même instant, je découvre que deux choses m'enchaînent déjà à lui. Il est seul. Comme un exilé condamné à le rester. Et il ne craint pas cette solitude.

– C'est quoi, ce livre ? crie-t-il derrière moi.

Je réponds :

– Les *Éléments* d'Euclide, et je claque violemment la porte.

C'était bien les *Éléments* d'Euclide, après tout. Je m'apprête à le consulter ce soir-là, quand la sonnette retentit ; debout sur mon palier, toujours en slip, il me fixe droit dans les yeux. Je le laisse entrer dans mon appartement et dans ma vie. Il n'en ressortira jamais. Ce soir-là, ce sont bien les *Éléments* d'Euclide que je prends dans la bibliothèque, avec l'espoir de me débarrasser de lui. Comme pour lui signifier que je ne possède aucun livre susceptible d'intéresser un enfant, que je n'ai aucun livre à partager avec lui, aucun livre et rien d'autre d'ailleurs. Pour me protéger.

Nous nous installons sur le canapé. Il s'assied tout au bord, les jambes croisées, comme font les enfants de Thulé, près d'Inglefield, sur les traîneaux qui, l'été, servent de lit sous la tente.

– « On appelle point ce qui est indivisible. Une droite est une ligne sans épaisseur. »

C'est ce livre dont la lecture ne lui inspirera jamais la moindre remarque que nous réouvrirons maintes fois. Il m'arrive de tenter une variante. Un jour, j'emprunte *Rasmus Klump sur la banquise* à la bibliothèque. C'est avec un calme stoïque qu'il m'écoute commenter les premières images, avant de poser un doigt sur l'ours Rasmus Klump.

– Et celui-là, il a quel goût ? me demande-t-il.

– « Un demi-cercle est une figure composée d'un diamètre et d'une circonférence coupée par ce diamètre. »

Pour moi, la séance de lecture en cette première soirée d'août passe par trois phases.

D'abord je ressens un certain agacement, à cause du caractère inconfortable de la situation. Puis, comme à chaque lecture ou à la seule évocation de ce livre, je suis gagnée par un sentiment de vénération. Consciente que cet ouvrage est le fondement, la limite. Que le chemin qui remonte le plus loin possible dans l'histoire des sciences, en passant par Lobatchevski et Newton, aboutit à Euclide.

– « Sur la plus longue de deux droites de longueurs supposées inégales… »

Il arrive un moment où je ne sais plus ce que je lis. Un moment où il n'y a plus que ma voix et le soleil couchant sur la partie sud du port. Puis ma voix se fait irréelle à son tour, et il ne reste que le garçon et moi. Alors je me tais. Nous sommes là, le regard dans le vague, pris au piège, comme si j'avais quinze ans et lui seize. Il finissait par se lever sans un mot et s'en allait. Je m'attardais à contempler le soleil qui, à cette période de l'année, met trois heures pour disparaître. Comme si, au dernier instant, ayant fini par trouver au monde quelque qualité, il se retirait à regret.

Bien sûr qu'Euclide ne l'a pas rebuté. Bien sûr que la matière importait peu. En l'occurrence, j'aurais aussi bien pu lui lire l'annuaire téléphonique. Ou bien *Detection and Classification of Ice* de Lewis et Carrisa. Il serait quand même venu s'asseoir près de moi sur le canapé.

A certaines périodes, il venait tous les jours. Puis, pendant deux semaines, je ne le voyais qu'une seule fois, et encore, de loin. Mais quand il venait, c'était volontiers au crépuscule, lorsque la journée s'achevait et que Juliane était ivre morte.

De temps en temps je lui faisais prendre un bain. Il n'aimait pas l'eau chaude, mais je n'arrivais pas à le décrasser correctement à l'eau froide. Je l'installais debout dans la baignoire et le douchais. Il ne bronchait pas. Voilà bien longtemps qu'il avait renoncé à lutter contre l'adversité. Mais à aucun moment il ne détachait de mon visage son regard lourd de reproches.

4

J'ai connu bon nombre de pensionnats dans ma vie. Je fais des efforts quotidiens pour refouler ces épisodes, et j'y parviens d'ailleurs pendant de longues périodes. Comme en un flash, un souvenir isolé réussit parfois à percer. Par exemple la sensation très particulière que suscite l'atmosphère d'un dortoir. Au pensionnat de Stenhøj, près de Humlebæk, nous dormions en dortoir. Un pour les filles et un pour les garçons. Les fenêtres restaient ouvertes la nuit et nos couvertures étaient trop fines.

A la morgue communale de Copenhague, située au sous-sol de l'Institut médico-légal du Centre hospitalier, dans un local où règne une température à peine supérieure à 0 °C, les morts dorment de leur dernier sommeil.

Tout est propre, moderne, définitif. Même la chapelle mortuaire est peinte de frais, on dirait une salle de séjour avec ses deux lampadaires et une plante grasse qui veille sur le moral des visiteurs.

Le corps d'Esajas est recouvert d'un drap blanc. On y a déposé un bouquet de fleurs, comme pour donner raison à la plante verte. Bien qu'il soit entièrement enveloppé dans son drap blanc, on le reconnaît à son petit corps et à sa grosse tête. Les phrénologues français ont rencontré de sérieuses difficultés au Groenland. Selon eux, il existait une corrélation directe entre l'intelligence humaine et la taille du crâne. Or, chez les Groenlandais, qu'ils considéraient comme une race intermédiaire entre le singe et l'homme, ils ont mesuré les plus grands crânes de la planète.

Un homme en blouse blanche découvre le visage d'Esajas. Celui-ci semble intact, comme si l'enfant avait été délicatement vidé de son sang, lavé de ses couleurs et allongé pour dormir.

Juliane est à côté de moi. Elle est vêtue de noir – à jeun depuis hier.

La blouse blanche nous accompagne dans le couloir.

– Vous êtes de la famille, suggère-t-il. Une sœur ?

Il n'est pas plus grand que moi, mais il est trapu ; il se tient comme un bélier prêt à charger.

– Médecin, me dit-il.

Il pointe un doigt sur la poche de sa blouse et s'aperçoit qu'elle ne porte pas de badge.

– Sacré nom de Dieu !

Je continue d'avancer dans le couloir. Il m'emboîte le pas.

– Moi aussi j'ai des enfants. Savez-vous si c'est un médecin qui l'a trouvé ?

– Un mécanicien.

Il me suit dans l'ascenseur. Je ressens soudain le besoin de savoir qui a touché Esajas.

– C'est vous qui l'avez examiné ?

Il ne répond pas. Peut-être ne m'a-t-il pas entendue. Il détale. Près de la porte vitrée, il tire un morceau de carton d'un geste brusque, à la manière d'un exhibitionniste qui écarte les pans de son manteau.

– Ma carte. Jean-Pierre, comme le flûtiste. Lagermann, comme les réglisses.

Juliane et moi n'avons pas échangé un mot. Mais en refermant la portière du taxi, je sens sa main agripper la mienne.

– Cette Smilla, dit-elle, comme si elle parlait d'une absente, est une femme très bien. A cent pour cent, nom d'un chien.

La voiture démarre et je me redresse. Il est bientôt midi. J'ai un rendez-vous.

Sur la porte vitrée est inscrit « Centre national des autopsies pour le Groenland ». C'est là que je me tiens après être repassée successivement dans la rue Frédéric-V, devant le bâtiment Teilum et l'Institut médico-légal, puis devant la nouvelle annexe du Centre hospitalier et, après avoir emprunté l'ascenseur jusqu'au cinquième et dernier étage, devant la Société de médecine du Groenland, du Centre d'études polaires et de l'Institut de médecine arctique, du moins si j'en crois les indications dans l'ascenseur.

Ce matin, j'ai téléphoné au commissariat central qui m'a mis en communication avec la division A, laquelle a passé l'appel à l'Ongle.

– Vous pouvez le voir à la Morgue, me dit-il.

– Je veux aussi parler au médecin.

– Loyen, répond-il. Vous pouvez parler à Loyen.

Derrière la porte vitrée s'amorce un couloir qui mène à une plaque sur laquelle on peut lire PROFESSEUR, et en lettres plus petites *J. Loyen*. Sous la plaque, une porte, derrière la porte, un vestiaire et, encore derrière, une pièce mal chauffée avec deux secrétaires assises sous des posters géants d'icebergs se détachant sur une eau très bleue et un ciel très ensoleillé. Et enfin, le bureau de Loyen.

Si on n'y a pas fait installer un court de tennis, ce n'est pas faute de place. C'est sans doute parce que Loyen en possède déjà un ou deux dans sa propriété de Hellerup, et deux autres sur Klitvej à Skagen. Et aussi parce que l'imposante solennité de la pièce en aurait pâti.

Le sol est couvert d'un épais tapis et deux murs disparaissent sous des rayonnages de bibliothèque. Les fenêtres panoramiques donnent sur la ville et Fælledparken. Il y a un coffre-fort encastré dans le mur, des tableaux dans des cadres dorés, un microscope posé sur une table rétroluminescente, dans une vitrine un masque doré, lui aussi, qui semble provenir d'un sarcophage égyptien, deux canapés d'angle et deux écrans éteints perchés sur leur socle, ce qui laisse encore suffisamment d'espace pour se dégourdir les jambes en petites foulées après une station assise prolongée.

Le bureau est une immense ellipse d'acajou. L'homme se lève et vient à ma rencontre. Il mesure deux mètres, a environ soixante-dix ans, un maintien impeccable, porte une blouse blanche, affiche un bronzage digne d'un seigneur du désert et l'expression avenante de celui qui, perché sur son chameau, plonge un regard magnanime sur l'humanité occupée à ramper dans le sable.

– Loyen.

Bien qu'il s'abstienne de décliner sa qualité, impossible d'en faire abstraction, pas plus du fait que, ne l'oublions pas, il domine le reste de la population du globe d'au moins une tête, que là, sous sa botte, il a une quantité d'autres médecins incapables de devenir professeurs, et qu'au-dessus il n'a que le plafond blanc, le ciel bleu et Notre Seigneur, et encore ce n'est même pas sûr.

– Prenez place, madame.

Affabilité et autorité émanent de sa personne, je devrais me sentir comblée, comme les femmes qui m'ont précédée et celles, encore plus nombreuses, qui me succéderont, car quoi de plus réconfortant dans les moments difficiles que de pouvoir se confier à deux mètres bien lustrés de suffisance médicale, qui plus est dans un environnement rassurant comme celui-ci ?

Une photographie encadrée de madame, l'airedale et les trois grands garçons qui étudient certainement la médecine et auront vingt sur vingt à tous leurs examens, y compris celui de sexologie clinique, trône sur le bureau.

Je n'ai jamais prétendu être parfaite. Devant ceux qui détiennent le pouvoir, le savourent et s'en servent, je me métamorphose, je deviens plus médiocre et plus méchante.

Mais je ne laisse rien paraître. Je m'assieds au bord de mon siège, pose mes gants et ma coiffe avec sa voilette de couleur sombre sur le plateau en acajou. Comme tant de fois auparavant, le professeur Loyen a devant lui une femme endeuillée, écrasée de chagrin, pleine d'incertitudes et mal à l'aise.

– Vous êtes groenlandaise ?

C'est parce qu'il a du métier qu'il s'en est aperçu.

– Ma mère était de Thulé. C'est vous qui avez… examiné Esajas ?

Il acquiesce.

– J'aurais voulu savoir de quoi il était mort.

La question lui semble incongrue.

– De sa chute.

– Qu'est-ce que cela signifie, concrètement ?

Il réfléchit un instant, peu habitué à devoir proférer des évidences.

– Il a fait une chute d'une hauteur correspondant à un sixième étage. L'organisme dans son ensemble est littéralement broyé.

– Mais il paraissait, pour ainsi dire, intact.

– C'est normal dans les cas de chute accidentelle, chère madame. Mais…

Je sais ce qu'il va dire : « Attendez qu'on l'ouvre. Et alors, tout ne sera que fragments d'os et hémorragies internes. »

– Mais ce n'est pas le cas.

Il se redresse dans son fauteuil. Il a mille choses à faire. L'entretien touche à sa fin avant même d'avoir commencé. Comme tant d'autres avant et après celui-ci.

– Y avait-il des traces de violence ?

Je ne le surprends pas. Quand on atteint son âge et sa position, on est plutôt blasé.

– Absolument pas.

Je ne bronche pas. Abandonner les Européens au silence est toujours une expérience intéressante. Pour eux, le silence est un vide dans lequel la tension augmente jusqu'à frôler la limite du supportable.

– Qu'est-ce qui vous a donné cette idée ?

Il a cessé de me servir du « madame ». Je feins d'ignorer sa question.

– Comment se fait-il que ce service ne se trouve pas au Groenland ?

– L'Institut n'existe que depuis trois ans. Auparavant,

le Groenland n'était pas doté d'un service d'autopsie propre. L'avocat général de Godthåb communiquait des instructions à l'Institut médico-légal en cas de besoin. Cet endroit est nouveau et provisoire. Tout doit être transféré à Godthåb dans le courant de l'année prochaine.

– Et vous-même ?

Il n'est pas habitué à être questionné de la sorte et va bientôt cesser de répondre.

– Je dirige l'Institut de médecine arctique. Mais je suis médecin légiste de formation. Durant cette phase d'installation, je fais fonction de directeur intérimaire du service des autopsies.

– Est-ce vous qui êtes chargé de toutes les autopsies de Groenlandais ?

J'ai renvoyé à l'aveuglette. On dirait pourtant que le coup a porté, car il cille une fois.

– Non, répond-il en parlant désormais lentement, mais je donne de temps en temps un coup de main au Centre national des autopsies. Ce dernier reçoit chaque année des milliers de cas des quatre coins du pays.

Je pense à Jean-Pierre Lagermann.

– Avez-vous procédé seul à cette autopsie ?

– A part les cas exceptionnels, la procédure suit toujours la même routine : un seul médecin est assisté d'un appariteur et parfois d'une infirmière.

– Est-il possible de consulter le rapport d'autopsie ?

– De toute façon, vous n'y comprendriez rien. Et ce que vous pourriez comprendre, vous préféreriez ne pas le savoir !

Pendant un court instant, il ne maîtrise plus la situation. Mais il se rattrape immédiatement.

– Ces rapports appartiennent à la police qui requiert officiellement l'autopsie, et qui, au moment de signer les certificats de décès, décide par ailleurs de la date et du lieu de l'enterrement. Dans l'administration, seules les affaires qui relèvent du droit civil sont rendues publiques, pas celles qui relèvent du droit pénal.

Le match bat son plein, il monte au filet. Sa voix se fait lénifiante.

– Vous devez comprendre que dans un cas comme celui-ci, où peut planer ne serait-ce que l'ombre d'un doute sur les circonstances de l'accident, la police et nous-mêmes avons intérêt à ce que le procès-verbal soit le plus approfondi possible. Nous ne faisons rien au hasard, rien ne nous échappe. En cas d'agression, il est impossible de ne pas laisser de traces : empreintes digitales, vêtements déchirés, cellules de la peau sous les ongles de l'enfant qui se serait débattu. Nous n'avons rien trouvé de tout cela. Rien.

C'était la balle de match. Je me lève, j'enfile mes gants. Il se renfonce dans son fauteuil.

– Naturellement, nous consultons le rapport de police. Les marques de pas indiquaient clairement qu'au moment de l'accident, il était seul sur le toit.

Après une interminable déambulation, je me retrouve au milieu de la pièce. Là, je me tourne vers lui. J'ai mis le doigt sur quelque chose sans savoir quoi au juste. Mais le voilà remonté sur son chameau.

– N'hésitez pas à téléphoner, madame.

Il me faut quelques secondes pour rassembler mes esprits.

– Nous avons tous nos phobies. J'ai les miennes. Vous avez certainement les vôtres, quand vous avez quitté votre blouse pare-balles. Voulez-vous connaître celle d'Esajas ? Il avait le vertige. Il montait les escaliers quatre à quatre jusqu'au premier étage. Puis il escaladait le reste les yeux fermés et les deux mains sur la rampe. Essayez de vous figurer que, tous les jours, il vous faut cinq bonnes minutes pour monter du premier au troisième, le front trempé de sueur et les genoux en coton. Sa mère avait tenté, avant même d'emménager, d'obtenir un appartement à un étage inférieur. Mais vous comprenez, quand on est groenlandais et assisté social…

Un long intervalle s'écoule avant sa réponse.

– Pourtant, il est bien monté là-haut.

– Certes. Seulement, voyez-vous, vous auriez eu recours à un vérin ou à la grue flottante Hercules que vous ne lui auriez pas fait monter un mètre dans cet échafaudage. Ce qui me stupéfie, la question qui hante mes nuits d'insomnie, c'est la raison qui l'a poussé à grimper là-haut.

Je revois devant moi sa petite silhouette, allongée au sous-sol. Je n'ai même pas un regard pour Loyen. Je prends congé comme ça.

5

Juliane Christiansen, la mère d'Esajas, est un éloge
vivant des vertus thérapeutiques de l'alcool. A jeun, elle
est contractée, inhibée, muette comme une tombe. Ivre,
elle est gaie comme un pinson.

Sous l'effet du disulfirame qu'elle a pris ce matin, et
noyé sous l'alcool depuis notre retour de l'hôpital, la
mutation est en cours, visible aussi à travers le processus
d'empoisonnement général de l'organisme. Malgré tout,
elle semble aller mieux.

– Smilla, je t'aime.

On raconte que les gens boivent beaucoup au Groenland. Cet euphémisme est dénué de sens. On y boit des
quantités phénoménales. D'où mon attitude vis-à-vis de
l'alcool. Lorsqu'il me prend l'envie de boire un breuvage
plus corsé que la tisane, je me remémore le spectacle des
rues avant l'instauration du rationnement auquel se sont
volontairement soumis les habitants de Thulé.

Chaque fois que je suis descendue dans l'appartement
de Juliane, nous sommes restées dans la cuisine à boire
du café. Il faut respecter l'intimité des gens. Surtout quand
leur vie est livrée au regard de tous comme une plaie
ouverte. Mais je suis taraudée par le sentiment d'avoir une
mission à remplir, quelque chose a été négligé, j'en suis
sûre.

Alors, je musarde et Juliane me laisse faire. Pour deux
raisons. D'une part, elle a acheté un stock de vin en briques au supermarché et, d'autre part, elle vit depuis si
longtemps d'allocations sous la haute surveillance élec-

tronique des autorités qu'elle a renoncé jusqu'à l'idée d'avoir une quelconque vie privée.

L'appartement fleure bon cette chaleureuse patine domestique si présente lorsque les sabots de bois ont martelé les parquets vernis, lorsqu'on a oublié trop de cigarettes allumées sur le rebord de la table de la cuisine, cuvé son vin dans tous les recoins de l'appartement et enfin lorsque la télévision, massive et noire comme un piano de concert, est le seul objet en état de marche.

Il y a une pièce de plus que chez moi. C'est la chambre d'Esajas. Un lit, une table basse et un placard. Par terre, un carton. Sur la table, deux cannes, un palet, un genre de ventouse, une voiture miniature.

Dans le placard, entassés pêle-mêle, un ciré, des bottes de caoutchouc, une paire de sabots de bois, des pull-overs, des sous-vêtements et des collants. Je passe une main sous les piles de vêtements et sur le dessus du placard. Rien que de la poussière tombée depuis l'an dernier.

Sur le lit, dans un sac en plastique transparent, ses vêtements rendus par l'hôpital : un pantalon imperméable, une paire de baskets, un sweat-shirt, des sous-vêtements, des collants. Dans une poche, une pierre blanche et lisse qui a servi de craie.

Debout dans l'encadrement de la porte, Juliane pleure.

– Je n'ai jeté que les couches.

Une fois par mois, pendant quelques jours, au plus fort de ses crises de vertiges, Esajas portait des couches. Je lui en ai même acheté une fois.

– Où est son couteau ?

Elle n'en sait rien.

Une maquette de bateau trône sur le rebord de la fenêtre, objet d'un luxe insolite dans cette modeste chambre. Le socle porte une inscription : « *Johannes Thomsen*, Compagnie danoise de cryolithe ».

Je n'ai jamais réellement cherché à comprendre comment elle faisait pour s'en sortir.

Je la prends par les épaules.

– Juliane, pourrais-tu avoir la gentillesse de me montrer tes papiers ?

Nous autres, nous les rangeons dans un tiroir, une chemise, un classeur. Juliane conserve les traces écrites de son existence dans sept enveloppes graisseuses. Pour nombre de Groenlandais installés au Danemark, l'obstacle le plus décourageant est la paperasserie. La bureaucratie administrative et son cortège de formulaires, d'imprimés à remplir et de démarches épistolaires obligatoires auprès des autorités compétentes. Qu'un être pratiquement analphabète comme Juliane ait pu engendrer une telle montagne de papiers est pure ironie.

Les cartons d'invitation aux réunions du Centre de désintoxication de Sundholm, un extrait de naissance, cinquante bons de la boulangerie de la place de Christianshavn qui donnent droit à une pâtisserie gratuite pour un achat d'une valeur de cinq cents couronnes. Les fiches de rendez-vous au Centre de traitement des maladies vénériennes, de vieilles cartes d'exonération fiscale, des relevés de compte de la banque Bikuben. Une photographie de Juliane au soleil, à Kongens Have. Une carte d'assuré social, un passeport, des lettres de mise en demeure de la Compagnie d'électricité. Des lettres du service contentieux. Une liasse de feuilles fines comme des fiches de paye, sur lesquelles il apparaît que Juliane reçoit tous les mois une pension de neuf mille quatre cents couronnes. Sous cette liasse, des lettres personnelles. Comme je n'ai jamais pu me résoudre à lire la correspondance des autres, je les mets de côté et j'épluche les lettres officielles, dactylographiées. Je m'apprête à tout ranger quand je tombe sur ceci.

Une lettre singulière. « Nous vous informons par la présente que, lors de sa dernière assemblée, la direction de la Compagnie danoise de cryolithe a décidé, suite au décès de Norsaq Christiansen, de vous attribuer une pension de veuvage. Il vous sera versé la somme mensuelle de 9 000 couronnes, indexée sur le coût de la vie. » Pour le compte de la direction, la lettre est signée « E. Lübing, chef comptable ».

Rien de bien étrange jusque-là. Mais, une fois la lettre achevée, quelqu'un a tourné la feuille de quatre-vingt-dix degrés. Et, au stylo à encre, l'intéressée a rajouté en biais dans la marge : « Je suis très peinée. Elsa Lübing. »

Les notes inscrites dans la marge sont parfois fort révélatrices. On s'est longtemps interrogé sur la démonstration perdue de Fermat. Dans un livre traitant du théorème jamais démontré selon lequel on peut décomposer un carré en une somme de deux autres carrés sauf si les exposants sont supérieurs à deux, Fermat avait rajouté dans la marge : « J'en ai trouvé une merveilleuse démonstration. L'étroitesse de la marge ne la contiendrait pas. »

Il y a deux ans, une femme assise dans son bureau de la Compagnie danoise de cryolithe a dicté une lettre strictement officielle. Présentation rigoureuse, aucune faute de frappe : irréprochable. Elle l'a fait relire et l'a lue à son tour avant de signer. Puis elle a réfléchi un instant. Alors, elle a incliné la feuille et a écrit : « Je suis très peinée. »

– Comment est-il mort ?

– Norsaq ? Il accompagnait une expédition dans l'ouest du Groenland. C'était un accident.

– Quel genre d'accident ?

– Il a mangé quelque chose qui l'a empoisonné. Je crois.

Elle me lance un regard éperdu. Les gens meurent. Ça n'avance à rien de chercher à savoir comment ou pourquoi.

– Nous pouvons la considérer comme classée.

Je suis en communication avec l'Ongle. J'ai abandonné Juliane à ses pensées, lesquelles se meuvent à présent comme du plancton à la dérive dans un océan de vin sucré. Peut-être aurais-je dû rester auprès d'elle. Mais je ne sais pas adoucir le chagrin d'autrui. J'ai assez de mes états d'âme. En outre, j'ai aussi mes sujets de préoccupation. C'est l'un d'eux qui m'a poussée à téléphoner au commissariat central. On me passe la division A. Qui me répond que l'inspecteur chargé de l'enquête est encore à pied d'œuvre. Le ton de la voix me suggère que celui-ci n'a consacré que trop de temps à cette affaire.

– Le certificat de décès a été signé aujourd'hui à seize heures.

– Et les empreintes ?

– Si vous aviez vu ce que j'ai vu, ou bien si vous aviez vous-même des enfants, vous sauriez à quel point ils sont irresponsables et imprévisibles.

Sa voix se fait maussade à la pensée de tous les soucis que ses propres garnements lui ont causés.

– Évidemment, dans le cas présent, il n'est question que d'un maudit Groenlandais, dis-je.

Silence au bout du fil. Il est le genre d'homme capable, même après une longue journée de travail, de régler le thermostat de sa voix sur la position « congélation rapide ».

– Laissez-moi vous expliquer une chose. Nous ne faisons aucune différence, mettez-vous bien ça dans la tête. Que ce soit un Pygmée, un tueur en série ou un détraqué sexuel, on va jusqu'au bout. Jusqu'au bout. Vous comprenez ? Je suis allé moi-même chercher la déclaration du médecin légiste. Rien ne permet de supposer qu'il s'agisse d'autre chose que d'une mort accidentelle. Un tragique accident, certes, mais un accident parmi les cent soixante-quinze autres que nous traitons chaque année.

– J'ai l'intention de porter plainte.

– C'est ça, vous n'avez qu'à porter plainte.

Nous raccrochons sur ces mots. En fait, je n'ai pas l'intention de porter plainte. Mais moi aussi j'ai eu une journée harassante.

Je sais bien que la police est écrasée de travail. Je le comprends. Comme tout ce qu'il m'a dit.

A l'exception d'un détail. Avant-hier, lors de mon interrogatoire, j'ai répondu à une partie des questions. Pas à toutes. L'une d'elles concernait ma « situation familiale ».

« Cela ne vous regarde pas, ai-je rétorqué au brigadier.

A moins que vous n'ayez l'intention de me proposer un rendez-vous. »

La police est donc censée tout ignorer de ma vie privée. Je me demande comment l'Ongle sait que je n'ai pas d'enfant, et je ne trouve aucune réponse.

C'est une simple petite question. Mais une femme de mon âge, célibataire et sans défense, suscite tellement d'interrogations sur les raisons pour lesquelles elle n'a pas un mari et des bambins, qu'elle finit par développer une sorte d'allergie.

Je vais chercher quelques feuilles de papier et une enveloppe, et je m'installe à la table de la cuisine. En haut, j'écris : « Copenhague, le 19 décembre 1993. A l'attention du procureur général. Mon nom est Smilla Jaspersen et je voudrais par la présente déposer une plainte. »

6

On lui donnerait la quarantaine finissante, autrement dit vingt ans de moins que son âge. Il porte une tenue de sport en Thermolactyl, des chaussures à crampons, une casquette de base-ball et des mitaines de cuir. D'une poche-poitrine, il sort un flacon en verre fumé, le vide d'un geste routinier qu'on remarque à peine. Du propranolol, un bêtabloquant qui ralentit les pulsations cardiaques. Il ouvre une main et en considère la paume. Elle est large, blanche, soignée et parfaitement calme. Il choisit un club, un driver Taylormade, avec une tête en palissandre poli taillée en forme de cloche. Il ajuste sa prise et soulève le club. Pendant la frappe, toute la puissance de ses quatre-vingt-cinq kilos est concentrée en un point de la taille d'un timbre-poste. La petite balle jaune semble voler en éclats avant de disparaître. On ne la voit resurgir qu'au moment d'atterrir sur le green, au fond du jardin, où elle se pose docilement à proximité du drapeau.

– Une balle Cayman, dit-il. De chez McGregor. Avant, j'avais toujours des problèmes avec les voisins. Ce modèle-ci est deux fois plus lent.

Cet homme est mon père. Je démasque aussitôt les intentions de cette démonstration en mon honneur – la prière d'un petit garçon qui désire être aimé, et que je n'envisage pas une seconde d'exaucer.

Vu d'ici, le Danemark m'apparaît exclusivement peuplé de petits-bourgeois. Les plus démunis et les vrais nantis représentent une minorité exotique.

J'ai la chance de connaître une quantité de gens de la

41

première catégorie, d'autant plus que les Groenlandais y sont fort bien représentés.

Mon père appartient à la seconde.

Il possède un Swan de vingt-deux mètres ancré dans le port de Rungsted et doté d'un équipage de trois hommes. Il est propriétaire d'un îlot à l'entrée de l'Isefjord où il peut se retirer dans un petit chalet norvégien et prier le touriste importun de déguerpir, par ici la sortie. Il compte parmi les rares Danois à s'enorgueillir d'une Bugatti, et à employer quelqu'un pour en lustrer la carrosserie et chauffer la graisse dans les essieux avec un bec Bunsen avant ses deux participations annuelles au rallye du club Bugatti. Dans l'intervalle, il tue le temps en écoutant sur son gramophone le disque édité par le club, où l'on entend le doux bruit du démarrage à la manivelle de l'un de ces merveilleux véhicules, du réglage du starter et de l'allumage.

Il est propriétaire de cette villa aux façades d'un blanc immaculé, soulignées d'un relief de coquillages en ciment, couverte d'un toit d'ardoises naturelles, et à laquelle on accède par un escalier tournant. Un parterre de rosiers surplombe Strandvejen, la route du bord de mer ; l'arrière est occupé par un terrain d'entraînement à neuf trous, aux dimensions idéales depuis qu'il a fait l'acquisition de ses nouvelles balles.

Il s'est enrichi en administrant des piqûres.

Il n'a jamais été d'un naturel vantard. Mais en consultant le Bottin mondain, les curieux découvriront qu'il devint chef de service à trente ans, occupa la première chaire d'anesthésiologie à sa création, et qu'il quitta les hôpitaux cinq ans plus tard pour se consacrer – comme c'est joliment formulé – à son cabinet de consultations privé. Dès lors, sa renommée l'a fait voyager. Pas en classe économique, en avion privé. Il a piqué les Grands de ce monde. On lui a confié les anesthésies des toutes premières opérations à cœur ouvert en Afrique du Sud. Durant l'agonie de Brejnev, il faisait partie de la délégation médicale américaine dépêchée en Union soviétique. J'ai entendu dire que la vie de Brejnev ne tenait alors qu'à la panoplie des longues seringues de mon père.

Il a des allures de docker qu'il cultive en laissant de temps en temps pousser sa barbe. Une barbe blanche, autrefois noire de jais, dont il ne vient à bout qu'au prix de deux rasages quotidiens au coupe-chou.

Ses mains sont infaillibles. Elles lui permettent d'atteindre l'aorte en plantant une seringue de 150 millimètres dans le flanc, à travers l'abdomen et les profonds muscles dorsaux. A ce stade, il inflige une légère pression contre la paroi de l'artère à la pointe de l'aiguille, pour s'assurer que celle-ci est correctement engagée, et contourne l'aorte pour injecter un dépôt de lidocaïne le long du plexus nerveux. La tonicité des artères est commandée depuis les centres nerveux. Grâce à cette anesthésie tronculaire, il prétend résoudre les problèmes d'insuffisance circulatoire dans les jambes des richards atteints d'obésité.

Quand il administre une injection, il est tout entier à son ouvrage. Aucune pensée ne vient le distraire, pas même celle de sa secrétaire occupée à rédiger une facture de dix mille couronnes payable avant le premier janvier, et Joyeux Noël, et Bonne Année. Au suivant.

Il compte parmi les deux cents golfeurs qui, depuis vingt-cinq ans, se disputent l'attribution des cinquante dernières cartes de score pour avoir accès au circuit européen. Sa petite amie est une ballerine de treize ans ma cadette qui ne vit que dans l'attente de voir mon père lui arracher son tutu et ses pointes.

Aussi est-il un homme comblé. La mise en scène du green est censée m'en convaincre. Me prouver qu'il possède tout ce que le cœur peut convoiter. Même les bêta-bloquants qu'il prend depuis dix ans contre les tremblements ne provoquent quasiment aucun effet secondaire.

Nous faisons le tour de la propriété par les allées de gravier bien entretenues, dont les plates-bandes, élaguées aux ciseaux de coiffeur pendant l'été par le jardinier Sørensen, sont tellement tranchantes qu'on s'y blesserait en marchant pieds nus. Je porte un manteau en peau de phoque sur une combinaison de laine brodée à fermeture Éclair. Vu de loin : un père et sa fille débordants de vitalité. De près : une tragédie banale étalée sur deux générations.

Le parquet de la salle de séjour est en chêne et la baie en verre fumé dans son cadre en inox donne sur le bassin aux oiseaux, le parterre de rosiers et, en contrebas, longeant le bord de mer, la voie publique pour la vulgate. Près de la cheminée, en justaucorps et jambières de laine, Benja fait des exercices d'assouplissement pour les muscles du pied tout en feignant de m'ignorer. Avec son teint diaphane, son air candide et espiègle, elle ressemble à un elfe reconverti en strip-teaseuse.

– Brentan, dis-je.

– Plaît-il ?

Elle articule exagérément comme on le lui a appris à l'École de ballet de l'Opéra royal.

– Pour les problèmes de pieds, poupée, Brentan, la crème contre les champignons entre les orteils. Maintenant on peut se la procurer sans ordonnance.

– Je n'ai pas de champignons, répond-elle, glaciale. C'est plutôt à ton âge qu'on en attrape.

– Quand on est très jeune aussi, poulette. Surtout si on fait beaucoup d'exercice. Et ça peut grimper facilement jusqu'à l'entrejambe.

Elle lâche un grognement et disparaît à reculons dans les salons voisins. Elle a la vitalité d'un jeune fauve, mais elle a eu une enfance protégée et connu un succès précoce. Elle n'a pas encore essuyé les revers qui donnent du répondant.

Senhora Gonzales dispose le service à thé sur la table basse, une plaque de verre de soixante-dix millimètres d'épaisseur soutenue par un socle en marbre poli.

– Ça fait un bail, pas vrai, Smilla.

Il évoque ses nouveaux tableaux, la rédaction de ses mémoires et la partition qu'il étudie sur son piano à queue. Il cherche à gagner du temps, se prépare à entendre que ma visite n'a rien à voir avec sa petite personne. Il m'est reconnaissant de le laisser parler. Mais, à vrai dire, nous ne sommes pas dupes.

– Parle-moi de Loyen.

Mon père avait une trentaine d'années quand il rencontra ma mère au Groenland.

L'Esquimau Aisivak conta à Knud Rasmussen qu'au Commencement, le Monde était habité par deux géants. Comme ils voulaient se reproduire, l'un d'eux remodela son corps de manière à pouvoir enfanter ; ils engendrèrent une nombreuse descendance.

Vers 1860, le catéchiste groenlandais Hanseeraq consigna plusieurs cas de femmes-chasseurs dans le *Diarum Frederichstal*, la chronique du monastère de Brathen. Le recueil de Rink et les *Relations du Groenland* rapportent des témoignages similaires. En vertu de la croyance, communément admise au Groenland, en l'ambivalence des sexes – la misère, la mortalité et la surpopulation féminine aidant –, quelques cas se sont produits sans pour autant devenir la règle.

En général, ces femmes durent adopter le vêtement masculin et renoncer à la vie de famille. La communauté a pu tolérer un changement de sexe pourvu qu'il soit définitif.

Ma mère était différente. Elle riait, mettait des enfants au monde, médisait de ses amies et lavait les peaux comme une femme. Mais elle tirait à la carabine, naviguait en kayak et rapportait le gibier à la maison comme un homme.

Un jour d'avril, vers l'âge de douze ans, elle accompagna son père à la chasse. Il visa un *uutoq*, un phoque qui prenait le soleil sur la glace. Il manqua sa cible. De multiples raisons pourraient expliquer une telle défaillance. Mais dans le cas de mon grand-père, une seule s'imposait : un processus irrémédiable s'était déclenché. Le nerf optique était atteint. L'année suivante, il avait totalement perdu la vue.

Ce jour-là, tandis que mon grand-père s'éloignait pour relever un filet, ma mère put soupeser à loisir les perspectives de l'avenir qui s'offrait à elle : vivre d'allocations, ce qui aujourd'hui encore signifie au Groenland vivre en dessous du seuil minimum de pauvreté, un sujet classique de raillerie. Ou bien mourir de faim, ce qui était courant, ou encore subsister aux crochets d'une famille indigente.

Quand le phoque refit surface, elle l'abattit du premier coup.

Jusque-là, elle s'était contentée de pêcher le scorpion de mer et le flétan à la dandinette et de tuer des perdrix de neige à la carabine.

Ce phoque la consacra chasseuse.

Je crois qu'elle a rarement porté un regard critique sur sa condition. A l'exception d'une fois, sous la tente, au campement d'été près de Atikerluk, dans un fjord envahi à la belle saison par des nuées de mergules nains, ces oiseaux noirs à ventre blanc. Imaginer leur nombre suppose de s'y être rendu en personne. Cela dépasse l'entendement.

Nous venions du Nord où nous avions pêché le narval avec des petits chalutiers à moteur diesel. Un jour, nous en avons attrapé huit. En partie parce que la glace les retenait prisonniers au même endroit, mais aussi parce que les trois bateaux avaient perdu contact entre eux. Huit narvals, cela représente une quantité énorme de viande, beaucoup trop, même si on en donne une partie aux chiens.

L'un des cétacés était une femelle enceinte. Chez les narvals, la mamelle est située juste à l'entrée des organes génitaux. Lorsque ma mère a ouvert l'abdomen d'un coup de couteau pour en vider les entrailles, un nouveau-né d'un mètre cinquante, tout blanc et à terme, a roulé sur la neige.

Durant quatre heures, dans un silence recueilli, les chasseurs ont mangé la peau de baleine, *mattak*, en contemplant le soleil qui brille jour et nuit à cette saison. Moi, je n'ai rien pu avaler.

Une semaine plus tard, nous chassions au pied de la falaise aux mergules – l'estomac vide depuis vingt-quatre heures. La technique consiste à se fondre dans le paysage, à attendre, puis à cueillir les oiseaux à l'aide d'un filet monté sur un long manche. Au deuxième essai, j'en attrapai trois.

C'était trois femelles qui rejoignaient leur nichée. Elles couvent dans les cavités des pentes abruptes qui résonnent du vacarme infernal de leur progéniture. Elles engrangent les vers dans une poche située à l'intérieur de leur bec. On leur inflige une pression sur le cœur pour les tuer. J'en avais trois.

Nous avions fait ça si souvent. Tué, cuit sur l'argile et mangé tant d'oiseaux. Je ne pourrais même pas les compter. Et pourtant, je vois soudain deux tunnels à la place de leurs yeux au fond desquels les petits attendent et me regardent à leur tour avec leur deux tunnels au fond desquels je vois le bébé narval – et son regard aussi est insondable. Alors, très doucement, je retourne l'épuisette, et ma proie s'envole avec un claquement sec de coup de feu.

Assise à côté de moi, ma mère ne bronche pas. Elle me regarde comme si elle me voyait pour la première fois.

Je ne sais pas ce qui m'a retenue. La pitié n'est pas une vertu dans les régions arctiques – plutôt une méconnaissance des animaux, de l'environnement et des nécessités.

– Smilla, dit-elle finalement, je t'ai portée dans mon *amaat*.

Nous sommes en mai, le teint brun et chaud de sa peau reluit comme sous un épais vernis. Elle porte des boucles d'oreilles dorées, deux croix et une ancre autour du cou, ses cheveux sont noués sur la nuque. Elle est forte et belle. Aujourd'hui encore, je me dis qu'elle est la plus belle femme qu'il m'ait jamais été donné de connaître.

Je dois avoir environ cinq ans. Je ne comprends pas

exactement le sens de ces paroles, mais pour la première fois je réalise que nous appartenons au même sexe.

– Et pourtant, poursuit-elle, j'ai la force d'un homme.

Elle est vêtue d'une chemise de coton à carreaux rouges et noirs. Elle retrousse une manche et découvre un avant-bras large et dur comme une pagaie. Puis elle déboutonne lentement sa chemise. « Approche, Smilla. » Elle ne m'embrasse jamais et me touche rarement. Mais dans les instants de grande complicité, elle me laisse téter le lait qui continue de couler dans son sein, comme s'il avait toujours coulé, comme le sang. Elle écarte les jambes pour mieux m'ouvrir son giron. Comme les autres chasseurs, elle porte des culottes de peau d'ours blanc qu'elle tanne avec soin. Elle adore la cendre, la mange parfois à même le foyer, et s'en est enduite sous les yeux. Dans cette odeur de charbon brûlé et de fourrure d'ours, calée sous son sein à la blancheur de nacre couronnée par une délicate tache rose, je bois *immuk*, le lait de ma mère.

Par la suite, elle m'expliquera comment un banc de trois mille narvals fait bouillonner un fjord de vie et, le mois d'après, meurt de froid, prisonnier des glaces. Comment, en mai et juin, la falaise est noire de mergules et comment, le mois d'après, cinq cent mille d'entre eux meurent de faim. C'est sa façon à elle de me dire que la faune arctique connaît des écarts démographiques extrêmes, et qu'en comparaison le tribut prélevé par l'homme est dérisoire.

Certes, je compris sa démonstration. Et je la comprendrai chaque fois. Mais peine perdue. L'été d'après – à quelques mois de sa disparition –, j'ai commencé à ressentir des nausées en pêchant. Je devais avoir six ans. Trop jeune pour en saisir la cause, mais pas assez pour ne pas sentir que la pêche était une agression contre l'ordre naturel. Je ne verrais plus jamais les choses comme avant. Peut-être commençai-je alors à vouloir comprendre la glace. Vouloir comprendre, c'est chercher à reconquérir un savoir perdu.

– Le professeur Loyen…

Le ton attentif mêlé de respect prudent est celui d'un brontosaure évoquant l'un de ses semblables.

– Un homme extrêmement compétent.

Il lisse la peau de ses joues et de son menton avec la paume de sa main. Ce geste étudié produit le même son qu'un morceau de bois passé au rabot.

– Il a fondé l'Institut de médecine arctique.

– Pourquoi s'intéresse-t-il à la médecine légale ? Il est responsable par intérim des autopsies pour le Groenland.

– Loyen est médecin légiste de formation. Mais il accepte tous les postes prestigieux. Il doit espérer une promotion.

– Quelles sont ses motivations ?

Il marque une pause. Le sort de l'humanité n'a jamais empêché mon père de dormir. Mais, sur ses vieux jours, il est fort préoccupé par les ambitions des autres.

– Dans ma génération, on distingue trois catégories de médecins. Ceux qui sont restés médecins internes des hôpitaux ou ont fini par ouvrir leur propre cabinet, pour certains, de très bons praticiens. Ceux qui ont passé leur thèse, condition aussi trompeuse qu'insuffisante pour se hisser dans la hiérarchie, comme tu le sais, Smilla. Ils se retrouvent chefs de service. Il sont les roitelets de la communauté médicale locale. Enfin, la troisième catégorie. La nôtre. Ceux qui, doublant tous les autres, ont grimpé jusqu'au sommet.

Ces paroles sont proférées sans la moindre ironie. On n'aurait aucun mal à convaincre mon père que l'un de ses problèmes est à coup sûr d'avoir deux fois plus de raisons d'être fier de lui-même qu'il ne l'est déjà.

– Franchir la dernière étape réclame une ténacité particulière. Un désir ardent, une ambition. Une soif de richesse, de pouvoir. Ou peut-être encore du discernement. A travers l'histoire de la médecine, le feu a été l'emblème de cette foi. C'est la flamme qui réchauffe la cornue de l'alchimiste.

Son regard est concentré, lointain, comme si sa seringue était en place.

– Depuis le début de ses études, Loyen ne chérit qu'une aspiration, au détriment de tout le reste : celle d'être reconnu comme le meilleur spécialiste dans son domaine. Pas au Danemark parmi les ploucs, mais dans le monde entier. Être le meilleur, voilà son feu sacré. Ce n'est pas un vulgaire feu de paille. Ce sont les feux de la Saint-Jean.

J'ignore comment mes parents se sont rencontrés. Mais je sais que mon père vint au Groenland parce que cette terre accueillante a toujours servi de laboratoire aux expériences scientifiques. Il travaillait à l'élaboration d'une nouvelle technique dans le traitement de la névralgie du nerf trijumeau, une inflammation du nerf sensitif de la face. Jusque-là, on calmait la douleur avec des injections d'alcool provoquant une paralysie partielle de la face et de la lèvre inférieure qui se met alors à pendre – la lèvre en gouttière. Parce qu'elle frappait même les meilleures et les plus riches familles, cette maladie avait suscité l'intérêt de mon père. On avait décelé de nombreux cas dans le Nord du Groenland. Éprouver sa nouvelle méthode – qui consistait à dénaturer le nerf malade par la chaleur –, tel était le but de ce voyage.

Des photographies le montrent devant sa maison de fonction, équipé de bottes Kastinger, d'une combinaison en duvet, de lunettes de glacier et muni d'un pic à glace. Les mains posées sur une épaule des deux petits hommes au teint buriné qui lui serviront d'interprètes.

Il se représentait vraiment le Nord du Groenland comme l'Ultima Thulé. Pas une seconde il n'avait imaginé s'attarder plus que le mois nécessaire à son expérimentation dans ce désert de glace battu par le blizzard, impropre à l'aménagement d'un terrain de golf de surcroît.

Il y resta trois années. Cela donne une vague idée de la passion qu'il éprouva pour ma mère. Il tenta en vain de la persuader d'emménager à la base. Comme pour tous les natifs du Nord du Groenland, la perspective de vivre entre quatre murs lui était intolérable. C'est lui qui dut la rejoindre dans l'une des baraques de contreplaqué et de tôle ondulée construites pour les Esquimaux déportés sur le chantier de la base américaine de Thulé. Aujourd'hui encore je me demande pourquoi il a tenu bon. La réponse va de soi : du vivant de ma mère, il aurait lâché ses clubs de golf à tout moment pour la suivre, eût-ce été aux tréfonds de la noirceur suintante de l'enfer.

« Ils fondèrent une famille », dit-on des gens qui ont des enfants. Je dirais plutôt que *ma mère* eut des enfants, mon petit frère et moi. Étranger à la scène, simple figurant, incapable de jouer aucun rôle, dangereux comme un ours blanc, otage d'un pays qu'il détestait, enchaîné comme une proie à un amour qu'il ne comprenait pas et contre lequel il se sentait impuissant ; tel était mon père, l'homme aux seringues et au geste infaillible, le golfeur Moritz Jaspersen.

J'avais trois ans quand il partit. Ou plutôt quand il brisa ses chaînes. Au fond de l'âme de chaque être éperdu d'amour couve une haine pour l'objet aimé, désormais détenteur de l'unique clé de son bonheur. Je n'avais que trois ans, mais je me souviens de son départ. Il bouillonnait d'une rage fielleuse et rentrée, la rage d'un damné, dont la force n'avait d'égal que la nostalgie qui le ramenait toujours. Il était enchaîné à ma mère par un lien invisible au reste du monde mais puissant et réel comme une camisole.

Quand il était là, il ne s'occupait guère de nous. De mes six premières années, j'ai quelques souvenirs épars. L'odeur du tabac qu'il fumait. L'autoclave dans lequel il faisait bouillir ses instruments. La curiosité qu'il éveillait quand il chaussait ses chaussures à crampons et frappait un jeu de balles sur la glace fraîchement formée. Et l'atmosphère saturée des sentiments mêlés qu'il éprouvait pour ma mère. Une chaleur aussi apaisante que celle qu'on pourrait trouver dans le cœur d'un réacteur nucléaire.

Quel rôle ma mère jouait-elle dans tout cela ? Je

l'ignore et n'en saurai jamais rien. Ceux qui s'y entendent diront que deux êtres se doivent mutuelle assistance quand une histoire d'amour est vouée au naufrage et à la dispersion. Il se peut. Comme les autres, j'ai, dès l'âge de sept ans, enluminé mon enfance de dorures factices, et un peu de ces paillettes a dû retomber sur ma mère. Quand bien même, c'est elle qui resta pour tendre les filets des phoques et me tresser des nattes. Solide et bien présente, tandis que Moritz, avec ses cannes de golf, ses seringues et sa barbe de trois jours, oscillait comme un pendule entre les deux extrêmes de son amour : tantôt la collusion absolue avec l'être aimé, tantôt l'Atlantique nord entre elle et lui.

Au Groenland, celui qui tombe à l'eau ne refait jamais surface. L'océan est à – 4 °C. A cette température, le processus de décomposition des aliments dans l'estomac qui, au Danemark, fait flotter les suicidés et les ramène sur le rivage, s'interrompt net.

On retrouva pourtant les morceaux de son kayak et on décida qu'elle avait eu affaire à un morse. Le morse est une créature imprévisible. Il peut être farouche et hypersensible. Mais, le printemps venu, s'il s'aventure trop au sud et que le poisson se fait rare, il devient l'un des tueurs les plus vifs et les plus sauvages des grands océans. Ses deux défenses peuvent déchirer le flanc d'une coque en fibrociment. Une fois, j'ai vu des pêcheurs agiter une morue devant un morse qu'ils venaient de capturer vivant. L'animal a happé le poisson du bout des lèvres et a aspiré la chair sans toucher à l'arête.

– Ce serait merveilleux si tu venais passer le réveillon de Noël ici, Smilla.

– Je n'ai pas l'intention de réveillonner.

– Tu veux laisser ton père tout seul ?

Ce mélange de perfidie et de sensiblerie est l'un des

traits les plus exaspérants du caractère de Moritz, et ça ne s'est pas arrangé avec l'âge.

– Et si tu essayais le Foyer des sans-abri ?

Je me lève, il revient à la charge.

– Tu es vraiment sans cœur, Smilla. C'est pour cela que tu n'as jamais pu retenir un homme.

Il est au bord des larmes, autant que faire se peut.

– Papa, rédige-moi une ordonnance.

Comme avec ma mère, il passe en un clin d'œil du rôle de martyr à celui de solliciteur.

– Tu es souffrante, Smilla ?

– Atrocement. Mais avec un seul morceau de papier, tu peux me sauver la vie sans violer le serment d'Hippocrate. Le montant est à cinq chiffres.

Il gémit douloureusement, nous abordons la région des centres vitaux : son portefeuille et son chéquier.

J'enfile mon manteau de fourrure. Benja ne vient pas me saluer. Il me tend un chèque sur le seuil. Il sait bien que c'est le dernier cordon qui le relie à ma vie. Il hésite quand même à le rompre.

– Ne veux-tu pas que Fernando te reconduise ?

Il se ravise soudain.

– Smilla ! me crie-t-il, tu ne pars pas à l'étranger, au moins ?

Un morceau de pelouse enneigée nous sépare. Autant dire l'inlandsis.

– Je voudrais alléger ma conscience d'un grand poids. La note risque d'être salée.

– Dans ce cas, dit-il un peu pour lui-même, je crains que ce chèque ne suffise pas.

Il a eu le dernier mot. On ne peut pas gagner à tous les coups.

7

Coïncidence ou pas, à l'heure où il arrive, le toit est déserté par les ouvriers partis déjeuner.

Ciel bleu et ensoleillé, rayons presque chauds, mouettes blanches, vue dégagée sur le chantier naval de Limhamn, et pas la moindre trace de cette neige qui motive notre présence. La mienne et celle de M. Ravn, substitut du procureur général.

Il est de petite taille, pas plus grand que moi, mais il flotte dans un énorme manteau gris tellement rembourré aux épaules qu'il le fait ressembler à un gamin de dix ans jouant dans une comédie musicale sur la Prohibition. Sa peau est burinée, aussi recuite qu'une pierre de lave et, tant son visage est maigre, elle épouse le relief de son crâne comme celui d'une momie. Le regard, lui, est vif et attentif.

– Je me suis dit que j'allais jeter un coup d'œil.

– C'est très aimable à vous. Vous vous déplacez pour toutes les plaintes ?

– Exceptionnellement. En général, le dossier est transmis à une commission locale. Disons que j'ai été inspiré par votre lettre et par le caractère particulier de cette affaire.

Je me tais. Je mets le substitut à l'épreuve du silence. Elle le laisse de marbre. Ses yeux couleur de sable soutiennent mon regard sans se dérober ni exprimer la moindre gêne. Il restera planté là aussi longtemps que nécessaire. Ce seul détail fait de lui un homme hors du commun.

– J'ai parlé au professeur Loyen. Il m'a dit que vous

étiez passée le voir. Selon vous, le garçon était sujet au vertige.

Ses fonctions ne m'inspirent aucune confiance. Pourtant, je cède au besoin de me délester d'une part de mes tourments.

– Il y avait des empreintes dans la neige.

Très peu de gens savent écouter. Soit leur empressement les fait s'écarter du sujet, soit, en attendant que vous leur redonniez la parole, ils se préparent mentalement à reprendre l'avantage, ou à lancer un enchaînement brillant.

Mon interlocuteur est différent. Il est tout ouïe.

– J'ai lu le rapport et j'ai vu les clichés…

– Mais pas n'importe quelles traces.

Nous en venons à ce qui doit être dit sans pouvoir être expliqué.

– C'étaient des traces d'accélération. Quand on marche dans la neige ou sur la glace, au moment où on lève le pied, l'articulation imprime un léger mouvement rotatif. Comme dans le sable.

J'essaie de mimer par des mouvements du poignet.

– Si la marche est rapide et que le pied ne s'enfonce pas suffisamment, l'empreinte va s'affaisser un peu à l'arrière.

– Ce sont les traces d'un enfant qui joue…

– Quand on a l'habitude de la neige, on ne laisse pas de telles empreintes. Elles trahissent un manque d'économie de mouvement. Comme un skieur de fond qui ne saurait pas équilibrer le poids de son corps.

Je suis consciente de la faiblesse de mon argumentation. Je m'attends à une raillerie. Mais elle ne vient pas.

Il promène son regard sur le toit. Il n'a aucun de ces tics gênants pour l'attention – tripoter son chapeau, rallumer sa pipe ou changer de jambe d'appui. Ce n'est qu'un tout petit monsieur qui écoute et prend le temps de réfléchir.

– Intéressant, dit-il enfin. Mais assez… inconsistant. Difficile d'exposer ceci à quelqu'un d'étranger à l'affaire. Difficile de *construire* une hypothèse là-dessus.

Je lui donne raison. Lire la neige revient à écouter la musique. Et commenter oralement une lecture reviendrait à disserter par écrit sur un son.

La première fois, c'est la même impression que d'être éveillé tandis que les autres dorment – une impression de solitude et de toute-puissance. Nous avons quitté Qinnissut et nous dirigeons vers le fond du fjord d'Inglefield. L'hiver, le vent souffle et il fait un froid épouvantable. Quand elles veulent uriner, les femmes doivent d'abord allumer un réchaud à pétrole sous une couverture afin de pouvoir descendre leur pantalon sans attraper aussitôt des engelures.

Depuis un moment déjà nous voyons le brouillard se former ; il s'abat soudain, nous frappant tous de cécité. Même les chiens, surpris, se recroquevillent. Pour moi, c'est comme s'il n'existait pas. Une rumeur joyeuse s'élève quand je déclare connaître avec une certitude absolue la direction à prendre.

Ma mère m'écoute et les autres lui obéissent. On m'installe sur le traîneau de tête et j'ai le sentiment de glisser sur un fil d'argent tendu entre moi et notre maison de Qaanaaq. Une minute avant de voir le pignon sortir de l'obscurité, je sais qu'il est là.

Peut-être n'était-ce pas la première fois. Mais c'est le souvenir que j'en ai. Peut-être notre nature profonde s'exprime-t-elle dans ces moments-là. Peut-être l'élan amoureux, l'obsédante certitude de se savoir mortel ou la fascination de la neige ne sont-ils pas des phénomènes surgis du néant. Peut-être font-ils partie de nous depuis toujours. Et à jamais.

J'ai un autre souvenir de brouillard, datant probablement du même été. Je n'ai jamais beaucoup navigué. J'ai une connaissance limitée des fonds marins. J'ignore aussi pourquoi ils m'ont emmenée, mais à tout moment je suis en mesure de donner notre position par rapport aux repères côtiers.

Dès lors, ils m'emmèneront systématiquement avec eux.

Sur Pylot Island, au Coldwater Laboratory de l'armée américaine, des chercheurs sont payés pour étudier l'énigme du sens de l'orientation. J'y ai lu d'épais volumes et de longs articles expliquant comment il est possible de retrouver les points cardinaux sans visibilité aucune, rien qu'en observant la direction des cristaux de glace charriés par certains vents atmosphériques entraînés dans une direction constante. Ou grâce à une brise insensible qui circule à plus haute altitude et qui, par temps de brouillard, rafraîchit un côté du visage d'une façon très particulière. Ou comment la conscience enregistre une lumière dont la faible densité est imperceptible à l'œil nu. Selon une autre théorie, dans les régions arctiques, le cerveau humain peut capter les violentes turbulences du champ électromagnétique du pôle Nord autour de Bucha Felix.

Ou comment disserter sur les sensations que procurent la musique.

Newton est mon unique maître à penser. A l'Université, j'ai été bouleversée par le passage du premier livre des *Principa Mathematica*. Grâce au plan incliné de l'eau dans un seau qu'il fait tournoyer, Newton démontre qu'au centre et autour du globe terrestre en rotation, autour du Soleil en révolution, entre la valse des astres – qui nous empêchent de découvrir le système originel – et le point d'ancrage de notre existence, se situe le domaine de l'Espace absolu, un espace immobile auquel nous nous cramponnons.

J'aurais pu embrasser Newton. Plus tard, la critique de l'expérience du seau par Ernst Mach, source des travaux d'Einstein, me poussa au désespoir. J'étais alors jeune et émotive. Je sais aujourd'hui que ces travaux n'ont fait que poser les limites de l'argumentation de Newton. Toute explication théorique est réductrice, elle néglige l'importance de l'intuition. Quant à l'existence de l'Espace absolu, personne n'a pu ébranler la certitude de Newton, et la mienne est intacte. Personne ne retrouve le chemin de sa maison le nez plongé dans les écrits d'Einstein.

– Alors d'après vous, que s'est-il passé ?

Rien n'est plus désarmant qu'une oreille attentive.

– Je l'ignore.

C'est presque la vérité.

– Qu'attendez-vous de nous ?

Là, en plein jour, tandis que la neige a fondu, que la vie continue sur le pont de Knippel et qu'un homme me parle avec courtoisie, mes objections me semblent soudain si évasives que je reste muette.

– Je vais reprendre l'affaire depuis le début, à la lumière de ce que vous m'avez dit.

Nous descendons. Quant à moi, je descends tout droit vers la dépression.

– Je suis garé au coin de la rue, dit-il.

C'est alors qu'il commet une grave erreur.

– Je ne saurais trop vous suggérer de retirer votre plainte pendant que nous réexaminons le dossier. Nous serons plus tranquilles pour travailler. Et, à mon avis, vous feriez mieux de ne pas commenter l'affaire si les journalistes vous questionnent. Adressez-les à la police, dites que l'affaire suit son cours, sans mentionner ce que vous venez de me raconter.

Je sens le feu palpiter sous mes joues. Mais ce n'est pas de timidité. C'est de colère.

Je ne suis pas parfaite. La neige et la glace me fascinent plus que l'amour. Je m'intéresse davantage aux mathématiques qu'à mon prochain. Mais j'ai une ancre qui m'empêche de dériver. Sens de l'orientation, intuition féminine, appelez cela comme vous voudrez. Les fondations qui me portent m'empêchent de sombrer. Ma vie n'est peut-être pas un modèle d'organisation. Il n'empêche que j'ai toujours au moins un doigt dans l'Espace absolu.

Aussi ma crédulité a-t-elle des limites. Et le monde ne va jamais complètement de travers sans que je m'en aperçoive. En l'occurrence, j'ai la certitude que quelque chose ne tourne pas rond.

Je n'ai pas de permis de conduire. Par ailleurs, quand on s'habille avec élégance, les déplacements à bicyclette exigent trop d'attention – pédaler, surveiller la circulation, garder sa dignité, le tout en retenant un petit chapeau de chasse acheté chez Vagn, sur Østergade. Alors, le plus souvent, j'opte pour la marche ou le bus.

Aujourd'hui, je suis à pied. Nous sommes le jeudi 21 décembre, le temps est froid et sec. Ma promenade me conduit d'abord jusqu'à la bibliothèque de l'Institut de géologie, sur Øster Voldgade.

J'aime beaucoup le postulat de Dedekind sur la compression linéaire. Il dit – à peu près – que l'infini existe dans n'importe quel intervalle de n'importe quelle suite de nombres. La rubrique « Compagnie danoise de cryolithe » du catalogue informatique me propose de la lecture pour une année.

Je sélectionne *L'Or blanc*. Ouvrage qui ne manque pas d'éclat. Les ouvriers de la carrière de cryolithe, les capitaines d'industrie qui encaissent les pépites et le personnel d'entretien groenlandais, tous ont les yeux brillants, et bien sûr les parois bleutées des fjords étincellent au soleil.

Je dépasse la station Østerport et tourne dans Strandboulevarden. Au numéro 72 B, à côté de la Compagnie de cryolithe de l'Øresund – l'entreprise concurrente –, travaillaient jadis cinq cents employés de la Compagnie danoise de cryolithe. A cette adresse, on trouvait : deux laboratoires, l'entrepôt de minerai, la halle de triage, l'épicerie et les ateliers. C'est à présent un terrain vague avec des tronçons de voies ferrées, des abris de chantier et une grosse villa de brique rouge. Je sais pour l'avoir lu que les deux grands gisements près de Saqqaq furent épuisés dans les années soixante et qu'au cours des années soixante-dix la Compagnie y développa d'autres secteurs.

L'accès est interdit au public ; au bout d'une voie de

livraisons, des ouvriers en salopette blanche sirotent une bière de Noël, histoire de se mettre dans l'ambiance des réjouissances à venir.

Une fille un peu culottée irait les rejoindre, saluerait à la scout et baratinerait pour leur soutirer des informations sur Mme Lübing – quel genre de femme était-elle et qu'est-elle devenue.

Je n'ai pas cette aisance. Je n'aime pas aborder des étrangers. Je n'aime pas les ouvriers danois en groupe. En fait, je n'aime aucune catégorie d'hommes en groupe.

Toute à ma réflexion, je contourne les bâtisses de la Compagnie, les ouvriers me voient et me font signe d'approcher. Ils sont d'une politesse extrême, ont trente ans de maison et se sont vu confier la douloureuse tâche de tout débarrasser ; en outre, j'apprends que Mme Lübing est en vie, qu'elle habite Frederiksberg et qu'elle est dans l'annuaire. Mais pourquoi ces questions ?

– Elle m'a autrefois rendu service. J'ai besoin de lui parler.

Ils acquiescent, Mme Lübing a rendu service à beaucoup de monde. Certains ont une fille de mon âge, repassez donc nous dire bonjour à l'occasion.

En redescendant Strandboulevarden, je me dis que sous la méfiance la plus paranoïaque sommeillent une soif de convivialité et un amour du prochain qui ne demandent qu'à être cultivés.

Qui a vécu avec des animaux en liberté est incapable de visiter le Jardin zoologique. Mais, un jour, j'emmène Esajas au Muséum d'histoire naturelle pour lui montrer la salle consacrée aux phoques.

Il leur trouve un air malade. Seul le modèle grandeur nature d'un aurochs lui fait forte impression. Nous rentrons par Fælledparken.

– Quel âge avait-il, déjà ?

– Quarante mille ans.

– Alors il va sûrement mourir bientôt.

– Sûrement.

– Quand tu mourras, Smilla, est-ce que je pourrai conserver ta peau ?

– Entendu.

Nous traversons Trianglen. C'est un automne très doux. L'air est saturé de brume.

– Smilla, est-ce qu'on va aller au Groenland ?

Je ne vois aucune raison d'épargner les vérités, si pénibles soient-elles, aux enfants. Il faut bien qu'ils s'habituent à endurer les mêmes réalités que nous.

– Non.

– Entendu.

Je ne lui ai jamais rien promis. Je n'en avais pas les moyens. Personne ne peut faire de promesse à qui que ce soit.

– Mais on pourrait lire un livre sur le Groenland.

« On » vaut pour nos lectures à haute voix ; il est bien conscient que sa présence compte autant que ma prestation.

– Quel livre sur le Groenland ?

– Les *Éléments* d'Euclide…

J'arrive à la nuit tombée. Je croise le mécanicien qui descend sa bicyclette à la cave.

Sa silhouette est massive, un peu celle d'un ours. Il serait immense s'il redressait la tête. Mais il reste courbé, comme pour se faire pardonner sa grande taille, ou pour éviter de se cogner aux chambranles de ce bas monde.

Je l'aime bien. J'ai un faible pour les perdants. Les invalides, les étrangers, le gros de la classe et ceux que personne n'invite jamais à danser. C'est pour eux que bat mon cœur. Sans doute parce que j'ai toujours su que, d'une certaine façon, je suis des leurs.

Esajas et le mécanicien entretenaient une relation amicale. Avant même qu'Esajas ait su parler danois. Quelques mots ont dû leur suffire. L'ouvrier a reconnu son semblable. Deux hommes seuls au monde, chacun à sa manière.

Je lui emboîte le pas. Je veux m'ôter un doute.

Il a aménagé son atelier dans un local dallé de ciment et baigné d'une violente lumière électrique. Il y règne une chaleur sèche. Le peu d'espace est utilisé au maximum. Le plan de travail est adossé à deux cloisons. Des roues de bicyclette et des chambres à air sont accrochées aux murs, des potentiomètres hors d'usage entassés dans une vieille caisse de lait. Il y a un panneau pour les vis et les clous, un deuxième pour les pinces isolantes destinées au travail sur les circuits électroniques et un troisième pour les crochets. Neuf mètres carrés de contreplaqué renferment tous les outils du monde. Une rangée de fers à souder. Quatre étagères couvertes de pièces de plomberie, pots de peinture, matériel hi-fi démonté, un jeu de clés à douille, des électrodes de fer à souder et une panoplie complète d'outils électriques Métabo. Appuyés au mur, deux grosses bouteilles de CO_2 destinées à une soudeuse et deux petites pour un chalumeau oxhydrique. Une machine à laver en pièces détachées. Des seaux remplis de produit contre la moisissure. Un cadre de bicyclette, une pompe à pied.

J'imagine qu'à la première occasion tous ces objets vont bondir et danser une ronde endiablée. Dire que moi, il me suffirait d'allumer la lumière pour créer un désordre tel qu'on ne pourrait même plus retrouver l'interrupteur. Mais en cet instant règne l'ordre impeccable d'un homme qui veut être sûr de se repérer les yeux fermés.

L'atelier est aménagé sur deux niveaux. A hauteur d'homme, un établi, les outils et une chaise de bureau. La moitié inférieure est sa réplique en miniature. Une planche en bois aggloméré avec une scie, des tournevis et un ciseau. Un petit tabouret. Un petit plan de travail. Un petit étau. Une caisse de bières. Une boîte à cigares contenant peut-être trente pots de peinture Humbrol. C'est le domaine d'Esajas. Une fois, je suis descendue les observer. Le mécanicien sur sa chaise regardant à travers une loupe à trépied, Esajas assis par terre, en slip, complètement absorbé. Il flottait dans la pièce quelque chose de plus fort que l'odeur de soudure chaude et de résine : une concentration absolue et oublieuse de tout. Je suis peut-être restée dix minutes. Ni l'un ni l'autre n'a relevé la tête.

Esajas n'était jamais, ou trop rarement, équipé contre les rigueurs de l'hiver danois. Juliane devait faire un effort surhumain pour l'habiller chaudement. Six mois après notre rencontre, il a été atteint d'une grave otite, la quatrième en deux mois. Quand il a émergé de la torpeur des antibiotiques, il était presque sourd. Désormais, lors de ses visites, je m'asseyais en face de lui afin qu'il lise sur mes lèvres. Avec le mécanicien il pouvait communiquer autrement que par la parole.

Voilà plusieurs jours que je me promène, un objet dans la poche, dans l'attente de cette rencontre. Je le lui montre.

– Qu'est-ce que c'est ?

C'est une ventouse trouvée dans la chambre d'Esajas.

– Le genre de ventouse que les vitriers utilisent pour transporter les vitres de grand format.

Je vide le contenu de la caisse à bières : plusieurs morceaux de bois sculptés, un harpon, une hache. Un bateau façonné dans un bois dur et comme pigmenté, peut-être du poirier. Un *umiaq*. Les surfaces extérieures ont été polies et l'intérieur a été évidé à la gouge. Cela représente de longues heures d'un travail minutieux. Il y a aussi une voiture confectionnée avec des feuilles d'aluminium pliées et collées aussi minces que du papier à cigarettes. Des bouts de verre coloré fondus au bec Bunsen. Plusieurs montures de lunettes. Un baladeur dont le couvercle d'origine a été astucieusement remplacé par une plaque de Plexiglas fixée avec des vis minuscules. Il est emballé dans un étui de plastique cousu à la main : un projet d'enfant supervisé par un adulte. Il y a aussi un tas de cassettes enregistrées.

– Où est son couteau ?

Il hausse les épaules et sort en traînant des pieds. Ce poids lourd de cent kilos est copain avec la terre entière

– chauffagiste inclus. Il a les clés de toutes les caves et va et vient comme bon lui semble.

Je pousse le petit escabeau jusqu'à la porte et m'assieds. De là, je domine la pièce du regard.

Au pensionnat, nous avions une armoire à serrure de trente centimètres sur cinquante. Chaque propriétaire ouvrait avec sa clé. Les autres faisaient sauter le loquet à l'aide d'une griffe de métal.

De l'avis général, les enfants sont naturels et incapables de dissimuler. C'est faux. Il n'y pas plus hypocrite. Légitime défense oblige. Harcelés qu'ils sont par un entourage armé d'ouvre-boîtes qui soulève à tout propos le couvercle pour contrôler la conformité du produit.

Au pensionnat, le premier besoin – hormis celui d'apaiser une fringale permanente – était la tranquillité. Incompatible avec la vie de dortoir. Jamais assouvi, ce besoin empirait et l'on finissait par désirer à tout prix une cachette, un refuge secret.

J'essaie de me représenter la vie quotidienne d'Esajas, les lieux qu'il fréquentait. L'appartement, les bâtisses de la Compagnie, le jardin d'enfants, les Remparts. Impossible de tout passer au peigne fin : je m'en tiens à la cave.

Je l'examine de fond en comble. J'y trouve seulement le souvenir d'Esajas. J'essaie alors de me remémorer l'état de la cave les deux seules fois où j'y suis venue, il y a bien longtemps.

Au bout d'une demi-heure me revient une image. Il y a six mois, l'immeuble a été inspecté par des représentants de la compagnie d'assurances accompagnés d'un chien dressé à renifler l'humidité des murs. Ils ont trouvé de la moisissure à deux endroits, cassé la cloison et passé une couche de badigeon. Dans cette cave, ils ont rescellé les pierres à un mètre du sol sans replâtrer. L'emplacement est encore visible sous l'établi, dans l'ombre ; c'est un carré de six pierres de côté.

Pourtant, il s'en faut de peu que je ne le remarque pas. Esajas a dû guetter le départ des ouvriers, puis, tandis que le mortier était encore frais, il a délicatement déplacé une pierre et attendu avant de la remettre en place. Toute la soirée, il est descendu dans la cave pour répéter l'opération avec chaque pierre à un quart d'heure d'intervalle, jusqu'à ce que le mortier soit sec. Simple supposition. J'essaie en vain de glisser une lame de couteau entre le mortier et la pierre. Je pousse une pierre vers le mur ; elle s'enfonce. Dans un premier temps, je ne m'explique pas comment il a réussi à dégager les pierres de la paroi, car il n'y a pas de prise. Comment éviter que les pierres ne tombent entre les deux cloisons ? Je sors la ventouse. J'applique la rondelle noire sur une pierre, la fais adhérer en pompant sur la petite poignée ; la pierre vient à moi sans effort. Tout s'explique. Sur la face interne de la pierre, il a planté un clou, enroulé du fil de Nylon et fixé le tout avec un point de colle forte. Le fil descend derrière le mur. Une boîte à cigares plate fermée par deux larges élastiques se balance à l'extrémité. Ce montage est un petit trésor d'ingéniosité.

Je fourre la boîte dans ma poche et remets la pierre en place.

La courtoisie est une vertu universelle. Sur l'île d'Amager, près de Sundby et de ses baraquements pour immigrés de l'Assistance sociale, les enfants étrangers avaient été regroupés à l'école de Rugmarken afin d'y apprendre le danois. Je venais d'arriver au Danemark. J'avais sept ans et les cheveux courts. Mon voisin de classe se prénommait Baral. Pendant la récréation, je jouais au ballon avec les garçons. Au bout de trois mois, on nous a appris à dire notre nom.

– Et ta voisine, Baral, comment s'appelle-t-elle ?

– Il s'appelle Smilla.

– *Elle* s'appelle Smilla. Smilla est une fille.

Il m'a dévisagée, muet de stupéfaction. L'effet de surprise dissipé, son attitude à mon égard, par ailleurs inchangée, s'agrémenta d'une prévenance et d'une galanterie fort plaisantes.

J'ai retrouvé cela chez Esajas. Dès qu'il eut saisi la note

respectueuse du vouvoiement, il cessa de me tutoyer. Durant les trois derniers mois de sa vie, alors que Juliane s'enfonçait dans son délire destructeur avec une application redoublée, il lui arrivait de ne pas vouloir redescendre chez lui le soir.

– Est-ce que je peux rester dormir chez vous ?

Après l'avoir douché, je le juchais sur la lunette des W.-C. et l'enduisais de crème. De son perchoir, il voyait dans la glace sa frimousse sceptique, les narines saturées par les senteurs de rose de ma crème de nuit Élisabeth Arden.

Éveillé, il ne m'a jamais touchée. Il ne me prenait jamais la main, ne donnait et ne demandait jamais de caresses. Mais la nuit, du fond de son sommeil, il roulait jusqu'à moi pour se blottir quelques minutes contre mon corps. Une minuscule érection lui montait au contact de ma peau, indécise comme un Guignol qui salue.

Ces nuits-là, je dormais d'un sommeil très léger, réveillée par la moindre irrégularité de sa respiration rapide, puis, étendue dans le noir, je restais longtemps à rêver, émue d'inspirer l'air qu'il venait d'expirer.

8

D'après Bertrand Russell, les mathématiques pures constituent l'unique domaine où l'on ne sait ni de quoi on parle, ni dans quelle mesure ce que l'on avance est vrai ou faux.

J'ai le même problème en cuisine.

Je me nourris essentiellement de viande. De viandes grasses. Les légumes et le pain ne me tiennent pas à l'estomac. Je ne maîtrise ni les ustensiles de cuisine, ni les ingrédients de base, ni la façon de les accommoder. Je cuisine selon un principe unique : toujours un plat chaud. Quand on vit seul, c'est une question d'hygiène mentale. Et ma recette contre la déprime.

Aujourd'hui, c'est un prétexte pour ajourner deux coups de téléphone. Je déteste parler au téléphone. J'aime voir la tête de mon interlocuteur.

Je pose la boîte à cigares d'Esajas sur la table. Puis je compose le premier numéro.

En même temps, je prie pour qu'il soit trop tard ; c'est Noël et les gens quittent le bureau de bonne heure.

Le directeur de la Compagnie danoise de cryolithe est encore là. Il ne se présente pas ; sa voix est sèche, inexorable comme le sable s'écoulant dans un sablier. Il m'informe que l'État était représenté au conseil d'administration. La société étant en liquidation judiciaire et le capital subissant une restructuration, on a décidé de transférer aux Archives nationales tous les documents concernant les décisions administratives. Certains seront classés sous la catégorie « décisions d'ordre général » – il n'est pas autorisé à mentionner lesquels – et seront protégés pendant cinquante ans ; d'autres – là encore, il ne peut citer d'exemples –, à caractère privé, ne seront rendus publics que dans quatre-vingts ans.

J'essaie de savoir où sont conservés ces papiers en attendant.

Concrètement, la Compagnie est toujours en possession des documents, mais officiellement ils ont déjà été remis aux Archives, c'est là que je dois m'adresser, et à part ça, y a-t-il autre chose pour votre service ?

– Oui, allez vous faire voir.

Je dégage les élastiques de la boîte d'Esajas.

Les couteaux que je garde à la maison sont tout juste bons à ouvrir le courrier. Au mieux à couper une tranche de pain aux céréales. Et c'est très bien ainsi. Les jours de déprime, je suis la première à me dire que, pour en finir, il suffirait de se planter devant le miroir de la salle de bains et de se trancher la gorge. En de pareilles occasions, cela me réconforte de savoir qu'il faut d'abord descendre chez le voisin pour emprunter un couteau adéquat.

Mais je conçois cette fascination pour une lame étincelante. J'avais même offert un couteau de peaussier à Esajas. Il ne m'a pas remerciée. Il n'avait pas l'air surpris. Il a sorti le poignard à large lame de son écrin de feutre vert et a disparu cinq minutes plus tard. Nous savions tous les deux qu'il descendait à la cave s'isoler avec sa nouvelle acquisition sous le plan de travail du mécanicien, et qu'il lui faudrait des mois avant de comprendre que le couteau lui appartenait.

Il est sous mes yeux, dans son écrin de feutrine, avec son manche en corne de cerf finement poli. La boîte à cigares contient quatre autres objets. Une flèche de harpon comme les enfants groenlandais en trouvent sur les campements abandonnés. Ils savent qu'ils sont censés les remettre aux archéologues. Ils les ramassent malgré tout et les oublient au fond de leur poche. Une griffe d'ours dont la dureté, le poids et le tranchant m'ont toujours laissée songeuse. Une cassette magnétique sans son boîtier, emballée dans une feuille de papier brouillon vert délavé et couverte de chiffres. En haut de la feuille est inscrit le mot NIFLHEIM en lettres majuscules.

L'étui plastifié d'une carte d'abonnement d'autobus ; la carte a été remplacée par une photographie. En couleur, sans doute prise pendant l'été avec un instamatic, sûrement dans le Nord du Groenland car l'homme a rentré son jean dans des bottes en peau de phoque. Il est assis torse nu au soleil sur une pierre. Il porte une grosse montre de plongée noire au poignet gauche. Il rit en regardant l'objectif, et dans toutes les rides et les dents de son rire, je reconnais le père d'Esajas.

Il se fait tard. Allez, c'est l'époque de l'année où nos salariés se surpassent pour mériter les étrennes du patron – cette année, un canard congelé et une petite bise derrière l'oreille.

Je feuillette l'annuaire. Les bureaux du procureur général de Copenhague sont situés dans Jens Kofod Gade.

J'ignore au juste ce que je vais lui raconter. Peut-être ai-je seulement besoin de lui dire que je ne me laisse pas si facilement effaroucher et que je suis plus têtue qu'il ne le croit. Ou encore : « Sache que je t'ai à l'œil, petite crapule. »

Je m'attends à tout.

Sauf à ça.

– Il n'y a personne de ce nom ici, me répond-on d'un ton glacial.

Je m'assieds. Sans autre recours que de soupirer dans le combiné pour gagner du temps.

– C'est de la part de qui ?

Je m'apprête à raccrocher. Puis je me ravise, soudain inspirée par le ton de cette voix. Un ton de fonctionnaire, étriqué, indiscret. Surtout indiscret.

– Smilla à l'appareil, susurré-je d'une voix sirupeuse. Du Saunaclub Smilla. Monsieur Ravn avait rendez-vous pour un massage et voudrait repousser…

– Ce Ravn, il est petit et mince ?

– Comme une allumette, mon trésor.

– Avec des manteaux trop larges ?

– Larges comme des tentes de chapiteau.

J'entends sa respiration devenir haletante. Je vois son regard s'allumer.

– C'est le type de la brigade financière.

Elle déborde de joie. Je lui ai servi le conte de Noël à raconter demain matin à ses copines de bureau, à l'heure du café et des brioches.

– Vous me sauvez la vie. Si vous avez un jour envie d'un massage…

Elle a raccroché.

Je prends mon thé à la fenêtre. Le Danemark est un si doux pays. Et la police y est particulièrement serviable. Étonnante même. Elle accompagne la Garde royale jusqu'au palais d'Amalienborg. Elle aide les canetons égarés à traverser la chaussée. Et quand un gamin tombe d'un toit, elle dépêche d'abord ses policiers. Puis la criminelle. Et pour finir, le procureur de la brigade financière envoie un représentant. Le citoyen peut dormir tranquille.

Je débranche la prise du téléphone. J'ai mon compte pour aujourd'hui. Le mécanicien m'a aussi bricolé un système pour débrancher la sonnette de la porte d'entrée.

Je m'installe sur le canapé, laisse défiler des images de la journée. Des images de mon enfance leur succèdent, tantôt vaguement angoissées, tantôt douces et gaies. Quand la sérénité revient, je mets un disque. Je pleure. Rien ni personne en particulier ne me chagrine. En un sens, j'ai choisi de vivre ainsi, et je ne souhaite pas changer. Je pleure à l'idée que l'univers puisse receler la beauté d'un concerto de Brahms pour violon, interprété par Gidon Kremer.

9

Selon une théorie scientifique, seule l'expérience confirme la réalité de ce qui nous entoure. Auquel cas peu de gens doivent être convaincus de l'existence de Godthâbsvej à cinq heures du matin. Les fenêtres sont noires, les rues désertes, ainsi que le bus de la ligne 2, à l'exception du chauffeur et de moi-même.

Cinq heures n'est pas une heure comme les autres. C'est l'heure où la courbe du sommeil paradoxal s'inverse et où le dormeur, abîmé dans son plus profond sommeil, aussi vulnérable qu'un nouveau-né, commence à remonter vers la réalité. C'est aussi l'heure où les grands fauves chassent et où la police vient réclamer au contribuable oublieux le paiement de ses contraventions.

C'est l'heure où je prends la ligne 2, terminus Brønshøj, arrêt Kabbelejevej, au bord du marais de Utterslev – pour me rendre chez le médecin légiste Lagermann. Comme les réglisses.

Au téléphone, il a reconnu ma voix avant même que je me sois présentée, et il m'assène l'heure de notre rendez-vous, « Six heures trente, ça vous convient ? »

C'est pourquoi j'arrive un peu avant six heures. Les gens règlent leur vie sur le chronomètre. Quand on bouscule l'horaire, on assiste presque toujours à des incidents intéressants.

Kabbelejevej et ses maisons sont plongées dans l'obscurité. Derrière, le marais se fond dans la nuit. L'air est glacial, le trottoir gelé, vernissé de givre gris clair, et les voitures garées scintillent sous une fine pellicule blanche et poudreuse. Je me réjouis à l'idée de voir la figure du médecin légiste tout embrumé de sommeil.

Une seule maison est éclairée. Illuminée conviendrait mieux. Des silhouettes s'animent dans l'encadrement des fenêtres, on dirait les convives attardés d'un grand bal. Je sonne. Smilla, la bonne fée, le dernier visiteur avant l'aurore.

Cinq têtes se tortillent dans l'entrebâillement de la porte. Cinq enfants, de la taille bébé au médium. Le reste de la tribu est à l'intérieur, en tenue de raid, chaussures de ski aux pieds, sac au dos, les mains libres pour distribuer des bugnes. Sous leur capuche, ils ont une tignasse rouge, des taches de son et une peau laiteuse ; ils ont déjà déterré la hache de guerre.

Au milieu d'eux se tient une femme. Elle a la même couleur de cheveux et de peau que les enfants, des épaules de nageuse est-allemande. Derrière elle apparaît le médecin légiste, plus petit d'au moins deux têtes. Il est fin prêt, résolument dispos.

En m'apercevant, ses yeux rougis de sommeil n'expriment aucun étonnement. Nous battons en retraite dans le vacarme, traversons deux pièces dévastées par les hordes d'Attila ; puis la cuisine où la pile des casse-croûte rassasierait un régiment, et passons une dernière porte. Soudain, une atmosphère sèche, caniculaire et un éclairage blafard nous enveloppent. Avec la porte, le silence se referme sur nous.

Nous sommes dans une serre attenante à la villa, un jardin d'hiver. Excepté deux petits sentiers et une terrasse agrémentée de meubles de jardin blancs, le sol est recouvert de cactus en pleine terre et en pots. De toutes les tailles comprises entre un millimètre et deux mètres et à la pilosité plus ou moins engageante. Baignés dans la lumière bleue et violette des lampes de serre.

– Dallas est l'endroit idéal pour commencer une collection de ce genre. A part ça je ne recommanderais cette ville à personne, nom d'un chien. Le samedi soir, nous avions parfois jusqu'à cinquante assassinats. Nous devions souvent travailler au rez-de-chaussée, à côté des Urgences. On nous y avait aménagé un local pour les autopsies. C'était pratique. J'ai beaucoup appris sur les blessures par balle et les coups de couteau. Ma femme disait que je ne voyais jamais les enfants. Elle avait foutrement raison.

Il me dévisage tout en parlant.

– Vous êtes sacrément matinale. Ce n'est pas un reproche, remarquez. Nous nous levons de bonne heure de toute façon. Ma femme a placé les enfants au Jardin d'enfants d'Allerød. Comme ça ils profitent un peu de la campagne. Vous connaissiez le petit ?

– Je suis une amie de la famille. Nous étions assez liés.

Nous nous asseyons l'un en face de l'autre.

– Qu'est-ce qui vous amène ?

– Vous m'avez donné votre carte.

Il fait la sourde oreille. J'ai le sentiment que cet homme en a trop vu pour perdre son temps en palabres. S'il doit payer tant soit peu de sa personne, il attend de la franchise en retour.

Alors je lui parle du vertige d'Esajas. Des empreintes sur le toit. De ma visite au professeur Loyen. Du conseiller Ravn.

Il allume un cigare en regardant ses cactus. Peut-être n'a-t-il pas compris. Moi-même je ne suis pas sûre de comprendre.

– Notre institut est le seul digne de ce nom. Les autres emploient deux tondus et trois pelés qui se démènent en vain pour obtenir des crédits afin d'acheter des pipettes et des souris de laboratoire. Nous, nous avons un bâtiment entier, des médecins, des chimistes, des généticiens légistes. Et au sous-sol, le frigo… Nous enseignons à l'Université. Nous employons deux cents personnes, c'est du sérieux. Nous traitons trois mille affaires par an. Un confrère d'Odense examine en gros quarante cadavres pendant que moi, j'en examine mille cinq cents, et autant en Allemagne et aux États-Unis. Au Danemark, il ne doit guère y avoir plus de trois médecins légistes dignes de ce nom. Parmi eux, Loyen et moi-même.

Près de sa chaise, le cactus ressemble à une souche d'arbre en fleur. Une débauche de rouges et d'orangés chatoie sur l'excroissance épineuse, ligneuse, verte et paresseuse.

– Le lendemain de l'admission du garçon dans notre service, nous avions fort à faire : en période de fêtes, il y a beaucoup d'accidents de la circulation. Tous les jours à seize heures, la police vient réclamer son satané rapport. Il était donc vingt heures quand je suis passé au petit. Nous procédons à un examen de routine – vous n'êtes pas sensible, au moins ? –, un examen externe, pour rechercher des cellules de la peau sous les ongles et du sperme dans le rectum. Après, on ouvre et on examine les organes.

– En présence de la police ?

– Seulement dans les cas de forte présomption de meurtre. Pas cette fois-ci. C'était un cas classique. Il portait un pantalon de toile cirée. Je me suis dit que ce n'était pas vraiment le genre de vêtement indiqué pour faire du saut en longueur. Comme tous les professionnels, j'ai mon truc : j'examine les jambes du pantalon en passant une lampe électrique à l'intérieur. C'était un Helly Hansen. Du solide. J'ai le même pour jardiner. Pourtant, au niveau de la cuisse, le tissu était perforé. J'examine la cuisse du petit. Simple geste de routine. Je découvre un trou au même endroit. Je vous l'avoue d'emblée, j'aurais dû m'en apercevoir lors de l'examen de surface, mais basta, l'erreur est humaine. Une chose m'a stupéfait : la plaie n'avait pas saigné et les chairs ne s'étaient pas rétractées. Savez-vous ce que ça signifie ?

– Non.

– Cela veut dire que le cœur avait cessé de battre au moment de la perforation. Je reprends le pantalon et je remarque une auréole autour du trou. Mon sang n'a fait qu'un tour et je suis allé chercher une aiguille à biopsie. C'est une sorte de grosse seringue montée sur un manche qui permet de prélever des tissus. Comme les sondes des géologues destinées à prendre des échantillons de terrain. Les physiologues de l'Institut de médecine sportive

August Krogh utilisent beaucoup cette technique. Et, sacré nom de Dieu ! le diamètre de l'aiguille correspondait à la perforation. Le tissu a dû se déchirer parce que l'aiguille a été enfoncée en force, à la hâte.

Il se penche vers moi.

– Je vous fiche mon billet que quelqu'un a pris un échantillon musculaire dans sa cuisse.

– L'ambulancier ?

– J'y ai pensé. Ça n'a aucun sens, parbleu. Mais qui d'autre à part lui ? Je téléphone, j'interroge le chauffeur, l'ambulancier, le personnel de service qui l'a réceptionné. Ils jurent tous leurs grands dieux qu'ils n'ont rien fait de semblable.

– Pourquoi Loyen ne m'en a-t-il pas parlé ?

Je sens qu'il est sur le point de me le dire. Mais l'heure n'est plus aux confidences.

– Il a dû oublier.

Il éteint les lampes. A présent, il semblerait que le jour se décide enfin à pointer à travers les verrières. Il y a comme une trêve. La maison retient son souffle jusqu'à la prochaine conflagration.

Je me promène un peu dans la serre en empruntant les étroits sentiers. Il y a de l'entêtement chez les cactus. Le soleil, le vent du désert, la sécheresse, le gel, tout conspire à leur extinction. Pourtant, ils crèvent la surface et se dressent obstinément vers le ciel, bien à l'abri sous leur armure. Stoïques et inflexibles. Je les trouve sympathiques.

Lagermann est à leur image. Sans connaître sa vie, je m'imagine qu'il a dû percer des mètres cubes de rocaille pour se faire une place au soleil.

Nous dépassons un massif d'oursins qui a l'air d'avoir traversé une tempête de coton hydrophile.

– Des *Pilocereus Senelis*.

A côté, une rangée de pousses vertes et violettes dans des pots.

– Des peyotl. Même au Jardin botanique de Mexico ou au musée des Plantes grasses César Mandrique sur l'île de Lanzarote, il n'y en a pas plus qu'ici. On en extrait la mescaline. Très hallucinogène même à faible dose. Guère recommandable. Je suis quelqu'un de raisonnable et de rationnel. J'examine des cerveaux humains. J'y prélève de fines lamelles ; puis mon assistant referme la boîte crânienne et remet la peau en place. Ni vu ni connu. J'ai observé des milliers de cervelles. Cela n'a rien de mystérieux. Un enchaînement de réactions chimiques. Il suffit de savoir lesquelles. A votre avis, qu'allait-il faire sur ce toit ?

C'est la première fois que je suis tentée de lui répondre sincèrement.

– Je pense qu'il était poursuivi.

Il désapprouve d'un hochement de tête.

– Les enfants ne s'enfuient jamais aussi loin. Les miens s'asseyent et se mettent à brailler. Ou bien la peur les paralyse.

Le mécanicien avait retapé un vieux vélo pour Esajas. Au Groenland, celui-ci n'avait pas appris à faire de la bicyclette. Le mécanicien l'a récupéré à dix kilomètres de là, sur Gammel Køge Landevej, un casse-croûte calé sur le porte-bagages de son tricycle. Il était en route vers le Groenland. Il connaissait la direction parce que Juliane avait été hospitalisée à l'hôpital de Hvidovre lors d'une crise de *delirium tremens*.

Entre ma septième année, âge de mon premier séjour au Danemark, et ma treizième année, âge auquel je me suis résignée, j'ai fait plus de fugues que ma mémoire peut se le rappeler. J'ai gagné le Groenland deux fois, dont une fois Thulé. Le jeu consiste à choisir une famille et à se comporter comme si votre mère était assise cinq fauteuils plus loin dans l'avion ou se tenait derrière vous dans la file d'attente. Le monde est rempli d'histoires invraisemblables où des perroquets, des chats persans et des bouledogues retrouvent miraculeusement leur chemin jusqu'à Frydenholms Allé. Ce n'est rien comparé aux kilomètres que parcourt un enfant en quête d'une vie qui vaille la peine.

J'aurais pu essayer d'expliquer tout cela à Lagermann. Mais je m'abstiens.

Nous prenons congé dans l'entrée, parmi les bottes, les gaines de patins à glace et les restes de ravitaillement – vestiges du passage des troupes.

– Qu'allez-vous faire ?

– Je veux trouver le lien logique dont vous parliez tout à l'heure. Noël peut attendre.

– N'avez-vous donc pas d'occupations professionnelles ?

Je me tais. Il ravale ses piques et s'abstient de jurer.

– J'ai vu des familles entières dévastées par le chagrin. Des tas de petits malins convaincus qu'ils pourraient faire mieux que la police et que nous autres. Je les ai vus s'acharner, j'ai écouté leurs élucubrations, et je me suis dit que je ne miserais pas un sou sur eux. Mais avec vous, c'est différent…

Je me verrais bien récompenser son optimisme par un sourire. Mais il n'est que sept heures du matin. C'est trop tôt, même pour moi.

Au lieu de quoi je me surprends à lui envoyer un baiser. De la part d'un cactus à un autre.

Je ne connais pas grand-chose aux voitures. On pourrait même les passer toutes sous une presse et les envoyer dans la stratosphère, en orbite autour de Mars que je n'y verrais pas d'inconvénient. A l'exception des taxis qui se doivent d'être libres quand j'en ai besoin.

Néanmoins, je sais vaguement à quoi ressemble une Volvo 840. L'année dernière, Volvo a parrainé l'Europe Tour. Mon père a posé pour une série de publicités sur les hommes et les femmes d'envergure internationale. L'une d'elles l'immortalise au milieu d'un swing, devant la terrasse du club de golf de Søllerød, et une autre, en blouse blanche devant un plateau d'instruments, l'air de dire : « Si c'est une anesthésie en pleine hypophyse qu'il vous faut, pas de problème, j'en fais aussi mon affaire. » Dans les deux cas, il était photographié sous son profil de Picasso-portant-sa-moumoute, et la légende disait : « Ceux qui n'ont pas droit à l'erreur. » Durant trois mois, les bus et les stations de métro m'ont laissé le loisir de méditer les commentaires que j'aurais pu ajouter au texte. Quoi qu'il en soit, les contours à angles vifs et tronqués de la Volvo 840 ont eu tout le temps de s'imprimer dans ma mémoire.

Si, comme aujourd'hui, la température augmente au lever du soleil, le givre qui recouvre le toit et les vitres d'une voiture fond en dernier. C'est un détail qui passe inaperçu. La seule voiture garée sur Kabbelejevej à ne pas avoir les vitres et le toit givrés est une Volvo 840. Le givre a été essuyé, ou alors il a fondu pendant le trajet.

Il existe sans doute mille raisons de garer là une voiture à sept heures vingt du matin. Comme il ne m'en vient aucune à l'esprit, je m'approche, je me penche sur le capot et j'essaie de voir à travers le pare-brise teinté. Je suis trop petite. En grimpant sur le pare-chocs avant, j'arrive à hauteur du siège du conducteur, et je vois un homme endormi. J'attends un peu, mais il ne bouge pas. Alors je redescends et me dirige tranquillement vers Brønshøj Torv.

Le repos est une chose nécessaire. Moi-même, j'aurais volontiers dormi deux heures de plus ce matin. Mais je n'aurais pas choisi de me coucher dans une Volvo sur Kabbelejevej.

— Mon nom est Smilla Jaspersen.
— Les chocolats pour le cinquième ?
— Non, *Smilla Jaspersen*.

On croit à tort que les conversations téléphoniques sont à l'origine de tous les quiproquos. L'interphone est le degré zéro de la communication. Ici, c'est un coquillage en aluminium dépoli qui respecte le style bourgeois de l'imposant immeuble aux façades gris argenté. Malheureusement, nos voix se noient dans le mugissement du grand large.

– Le facteur pour les étrennes ?

– Non, et pas plus l'électricienne. J'ai quelques questions à vous poser au sujet de la Compagnie danoise de cryolithe.

Elsa Lübing marque une pause. C'est l'avantage d'être du bon côté du microphone – au chaud, près du bouton qui commande l'ouverture de la porte.

– Le moment est fort mal choisi. Écrivez ou repassez un autre jour.

Elle a raccroché.

Je recule d'un pas et lève les yeux. L'immeuble se dresse, solitaire, au bout de Hejrevej, dans le quartier de Fuglebakken, à Frederiksberg. Il surplombe les toits de la ville. Elsa Lübing habite au septième étage. Les ferronneries du balcon du sixième disparaissent sous les bacs à fleurs. La plaque de l'interphone m'apprend que les heureux propriétaires de ce jardin suspendu sont les époux Schou. J'appuie sur la sonnette d'un coup bref et autoritaire.

– Allô ? me répond une voix centenaire.

– C'est le coursier du fleuriste. Je dois livrer un bouquet à madame Lübing, au septième, mais elle est absente. Pourriez-vous avoir la gentillesse de me laisser entrer ?

– Je suis désolée, mais nous avons pour consigne formelle de ne pas ouvrir à la place des voisins.

Je suis fascinée par l'idée qu'à cent ans, on s'attache encore à respecter des consignes formelles.

– Madame Schou, ce sont des orchidées. Une livraison spéciale par avion. Elles dépérissent dans ce froid.

– Mais c'est épouvantable !

– Une véritable tragédie. Une simple pression sur votre bouton suffirait à les sauver d'une mort certaine.

Elle obtempère.

Avec son petit canapé en peluche encastré, ses boiseries de palissandre, sa grille dorée et ses petits amours en vitrail, l'ascenseur méritait à lui seul le déplacement. Je suis tentée de me payer quelques allers-retours uniquement pour le plaisir.

La porte des Lübing est close. Sur le palier inférieur, Mme Schou a entrebâillé la sienne, histoire de contrôler que les orchidées ne sont pas un prétexte – on note une recrudescence des viols aux alentours de Noël.

Je fouille ma poche à la recherche d'un papier fourré parmi les billets de banque et les lettres de rappel de la Bibliothèque universitaire des sciences. Je le glisse par la fente de la boîte aux lettres en laiton. Puis nous attendons, Mme Schou et moi.

Le nom figure sur une plaque peinte à la main. La porte est blanche avec des moulures grises.

Elsa Lübing apparaît dans l'entrebâillement.

Elle me toise longuement.

– Assurément, dit-elle enfin, vous avez de la suite dans les idées.

Elle me fait entrer. Elle est aux couleurs de son intérieur : argent poli et crème anglaise. Elle est très grande, plus d'un mètre quatre-vingts, et porte une longue robe écrue toute simple. Une cascade de boucles argentées échappée de son chignon dégringole sur ses joues. Ni parfum, ni maquillage, ni bijou excepté une petite croix d'argent sur la gorge. Un ange qu'on s'attendrait à voir monter la garde avec un flambeau.

Elle parcourt la lettre que j'ai glissée dans sa porte. C'est celle qui informe Juliane de l'octroi d'une pension de veuvage.

– Je me souviens parfaitement de cette lettre.

Sur l'unique tableau de la pièce, une armée céleste de barbus septuagénaires, d'enfants dodus, une cascade de fruits, de cœurs, d'ancres, diadèmes, canons et corne d'abondance, déferle vers le sol. Il y a aussi une phrase, mais elle s'adresse aux latinistes. C'est le seul élément décoratif de ces murs blancs et nus. Le mobilier se compose d'un tapis de laine blanche, d'une table en chêne, d'une table basse ronde, de quelques chaises, d'un canapé, d'une grande bibliothèque et d'un crucifix.

Ce dépouillement souligne un panorama ordinairement réservé aux pilotes d'avion et dont la vue est insoutenable pour qui souffre de vertige. L'appartement semble se réduire à cette vaste pièce noyée dans l'intense lumière hivernale de cette matinée, aussi crue que si nous étions en plein air. De la grande baie vitrée, l'œil embrasse Frederiksberg, Bellahøj, à l'horizon, Høje Gladsaxe. De l'autre côté, les clochers de Copenhague se dressent au-delà d'un océan de toitures. Perchées dans cette cloche de verre au-dessus de la ville, nous nous jaugeons.

Elle m'offre un cintre. L'atmosphère de la pièce m'invite spontanément à me déchausser. Nous nous asseyons.

– D'habitude, à cette heure-ci, je suis en prière, me dit-elle avec le même ton d'évidence que si je la dérangeais au milieu du programme de gymnastique de l'Association des malades atteints d'insuffisance cardio-vasculaire.

– Sans le vouloir, vous avez très mal choisi votre moment.

– Votre nom était sur la lettre et j'ai cherché votre adresse dans l'annuaire.

Elle la relit puis ôte ses lunettes aux verres épais.

– Un tragique accident. Surtout pour l'enfant. Un enfant a besoin de ses deux parents. C'est l'une des raisons qui justifient le sacrement du mariage.

– C'est très flatteur pour monsieur Lübing.

Si son mari est mort, je n'ai offensé personne. S'il est vivant, le compliment est de bon goût.

– Il n'y a pas de monsieur Lübing. Je suis une fiancée de Jésus.

Le ton presque intime est celui qu'on adopte pour évoquer une union récente, réussie et qui promet de durer.

– Non que l'amour entre hommes et femmes me semble un sentiment profane. Mais il n'est qu'une étape. Une étape dont je me suis dispensée, si je puis dire.

Un humour espiègle brille dans ses yeux.

– C'est comme de sauter une classe.

– Ou bien d'être promue directement d'aide-comptable à chef comptable.

Son rire est grave et masculin.

– Et vous, mon petit, êtes-vous mariée ?

– Je ne me suis jamais mariée.

Nous rapprochons nos chaises. Entre femmes d'âge mûr, le célibat crée des liens. Elle semble d'ailleurs s'en accommoder mieux que moi.

– L'enfant est mort. Il y a quatre jours, il est tombé d'un toit.

Elle se lève et va à la fenêtre. Si tout le monde conservait une telle beauté et une telle dignité, ce serait un plaisir de vieillir. J'y renonce, rien qu'à la pensée de devoir rattraper les trente centimètres qui nous séparent.

– Je ne l'ai vu qu'une fois. Ceux qui l'ont connu savent pourquoi il est écrit que le Royaume des Cieux appartient aux enfants. Je souhaite que sa pauvre mère trouve le chemin qui mène à notre Seigneur.

– A condition qu'Il se cache au fond d'une bouteille.

Elle me regarde gravement.

– Il est partout.

Au début des années soixante, la Mission groenlandaise avait encore le nerf vivace de l'impérialisme. Ces derniers temps, les conteneurs de revues pornographiques et de whisky ont projeté les Groenlandais – surtout ceux de la base de Thulé – des nimbes de la religion dans un néant d'hébétude. J'ai perdu l'habitude de converser avec un Européen croyant.

– Comment avez-vous fait la connaissance d'Esajas ?

– Quand je travaillais pour la Compagnie, j'usais de ma modeste influence pour favoriser les contacts avec les Groenlandais. Comme la carrière de la Compagnie de l'Øresund à Ivituut, celle de Saqaaq était un milieu très fermé. La main-d'œuvre était danoise. Seul le personnel d'entretien était groenlandais, les *kivfakker*. Dès l'ouverture de la mine, la discrimination a été très forte ; j'ai tenté de la combattre en invoquant le commandement touchant à l'amour du prochain. Au fil du temps, nous avons recruté des Esquimaux pour les expéditions géologiques. C'est comme ça que le père d'Esajas est mort. Bien que sa femme l'eût quitté avec leur fils, il continuait à subvenir à leurs besoins. Lorsque la direction a consenti à lui octroyer une pension de veuvage, je les ai convoqués à mon bureau. C'est la seule fois où je l'ai vu.

Le choix des mots « consentir à octroyer » attire mon attention.

– Pourquoi cette pension ? La loi l'y obligeait-elle ?

– Pas exactement. Je ne puis exclure le fait qu'on se soit laissé guider par mon conseil.

Mlle Lübing me révèle un nouvel aspect de sa personnalité : son pouvoir. Il en va peut-être ainsi des anges. Peut-être qu'au Paradis notre Seigneur n'a pas eu la vie facile.

Je l'ai rejointe à la fenêtre. Sous la neige, à nos pieds, Frederiksberg, Brønshøj, la place de la Réunification et ses alentours ont des allures champêtres. Hejrevej est une ruelle étroite qui débouche dans Duevej et ses trottoirs encombrés de voitures en stationnement. L'une d'elles est une Volvo 840 bleue. Les véhicules de ce constructeur sont décidément partout. Il le faut, si Volvo veut avoir les moyens de parrainer l'Europe Tour. Et de verser les honoraires que mon père se vante d'avoir obtenus pour poser sur les affiches de leur campagne publicitaire.

– De quoi le père d'Esajas est-il mort ?

– D'une intoxication alimentaire. Vous vous intéressez au passé, mademoiselle Smilla ?

Il me faut choisir : lui servir une jolie histoire ou me risquer à lui dire la vérité. Une Bible est posée sur la table basse. Au cours de catéchisme du dimanche, à la Mission des frères de la communauté de Herrnhut, l'un des catéchistes groenlandais se passionnait pour les manuscrits égyptiens de la mer Morte. J'entends sa voix me dire : « Et Jésus dit : tu ne mentiras point », et je prends cette sentence comme un avertissement.

– Je crois que quelqu'un l'a effrayé, que quelqu'un le pourchassait sur le toit d'où il est tombé.

Elle ne bronche pas. Ces jours-ci, je rencontre des gens

qui accueillent les plus étonnantes révélations avec une parfaite sérénité.

— Le Malin sévit sous de multiples déguisements.

— Je suis à la recherche de l'un d'eux.

— La vengeance appartient à notre Seigneur.

— Je ne conçois pas la justice à si long terme.

— Je pensais que, pour le court terme, il y avait la police.

— Elle a classé l'affaire.

Elle me regarde, impassible.

— Une tasse de thé ? Je ne vous ai encore rien offert.

Elle se dirige vers la cuisine et se retourne devant la porte.

— Connaissez-vous la parabole des talents ? Elle traite de la loyauté. Il existe une loyauté envers les hommes comme envers Dieu. J'ai travaillé au service de la Compagnie danoise de cryolithe pendant trente-cinq ans. Vous comprenez ?

— Tous les deux ou trois ans, la Compagnie envoyait une expédition géologique au Groenland.

Nous buvons du thé servi dans une théière en argent Georg Jensen et des tasses en porcelaine de la Manufacture royale. Réflexion faite, Elsa Lübing a des goûts plus raffinés que modestes.

— L'expédition qui s'est rendue durant l'été 91 à Gela Alta près de la côte ouest a coûté 1 870 747 couronnes et 50 øre ; la moitié fut payée en couronnes danoises, le reste en « dollars du Cap York », la monnaie de la Compagnie, nommée d'après le comptoir fondé à Thulé par Knud Rasmussen en 1910. C'est tout ce que je peux vous dire.

J'essaie de bouger le moins possible. J'ai demandé chez Rohrmann, sur Ordrupsvej, de coudre une doublure en soie dans mon pantalon en chevreau. On ne voulait pas. On m'a dit que les coutures ne résisteraient pas. Mais j'ai insisté. Mon existence repose sur d'infimes plaisirs. Comme celui de sentir la fraîcheur ou la chaleur de la soie sur mes cuisses. Alors je m'applique à rester immobile pour ne pas tirer sur les coutures. Ce léger inconfort est peu de chose comparé au supplice que Mlle Lübing est en train d'endurer. Il est écrit quelque part qu'il ne faut pas pécher par omission, elle le sait et n'en mène pas large.

– Je suis entrée à la Compagnie en 47. Le 17 août, lorsque Virl, le directeur, m'a dit : « Vous aurez un salaire de deux cent quarante couronnes, le déjeuner gratuit, et trois semaines de vacances », je n'ai pas bronché, mais j'ai pensé : ce n'est que justice. Voyez les oiseaux : ils sont libres, mais ils ne récoltent rien car ils ne sèment pas. Alors, pourquoi Virl ne me prendrait-il pas sous sa protection ? Auparavant, je travaillais chez Grøn & Witzke, à Kongens Nytorv, et je gagnais cent quatre-vingt-sept couronnes par mois.

Le téléphone est dans l'entrée. J'ai remarqué deux choses : la prise est débranchée et il n'y a ni crayon ni bloc-notes. Tout à l'heure, cela m'a surprise, mais je sais à présent ce qu'elle fait des numéros de téléphone que nous inscrivons sur le mur, sur le dos de la main, ou enfouissons dans l'oubli : elle les engrange dans sa phénoménale mémoire des chiffres.

– A ma connaissance, aucun employé de la Compagnie n'a jamais eu à se plaindre d'un manque de générosité ou d'ouverture d'esprit. Et s'il y a eu des injustices, on y a remédié. A mes débuts, il y avait six formules de restauration : une cafétéria pour les ouvriers du chantier, une salle à manger pour les secrétaires, une pour les ouvriers spécialisés, une pour les chefs de service, l'expert-comptable et l'aide-comptable, une dans les bâtiments des laboratoires pour le personnel scientifique, et un restaurant pour le P-DG et le personnel de la direction. Mais ça a changé.

– Vous avez sans doute usé de votre influence ?

– La direction comptait plusieurs hommes politiques. K. K. Steincke en faisait notamment partie à cette époque. Comme cette situation me tourmentait, je me suis rendue dans son bureau – le 17 mai 1957 à quatre heures de l'après-midi, le jour de ma promotion au poste d'expert-comptable. Je lui ai dit : « Je ne sais rien du socialisme, monsieur Steincke. Mais il me semble y voir des traits communs avec l'idéal de vie communautaire des premiers chrétiens. Ils faisaient don de leurs biens aux pauvres et vivaient en fraternité avec les leurs. Comment, monsieur Steincke, peut-on concilier de telles idées avec l'existence de six cantines ? » Il m'a répondu en citant la Bible : « Il faut rendre à Dieu ce qui est à Dieu, et à César ce qui est à César. » Pourtant, quelques années plus tard, il ne restait que la cafétéria.

Elle filtre le thé à l'aide d'une passoire. Sous le bec de la théière, une boule de ouate absorbe les gouttes pour ne pas salir la table. Avec la même vigilance, elle filtre les informations avant de me les servir.

– L'entreprise est – était – partiellement publique. Pas de moitié, comme la Compagnie de cryolithe de l'Øresund. L'État était représenté au conseil d'administration et détenait 33,33% du capital. La comptabilité se voulait transparente. Tout était tapé en double sur des pelures. Une partie des comptes était contrôlée par la Division comptable, transformée le 1er janvier 1976 en Service national de comptabilité. La coopération avec les entreprises privées était problématique. Avec la Société suédoise d'extraction de diamant, Greenex, et plus tard le Bureau des études géologiques du Groenland ; les employés à mi-temps et à quart-temps compliquaient les relations. Ajoutez à cela des problèmes de hiérarchie, comme dans les autres entreprises, j'imagine. Même moi, je n'avais pas accès à tous les comptes. Tous mes rapports sont reliés en moleskine grise gravée de lettres rouges et sont rangés dans une armoire, aux Archives. Il existait aussi un rapport comptable plus confidentiel.

– « Sont » rangés aux Archives ?

– J'ai pris ma retraite il y a deux ans. Depuis, je suis conseillère comptable de la Compagnie.

Je hasarde une dernière tentative.

– Les comptes pour l'expédition de l'été 91 présentaient-ils quoi que ce soit de particulier ?

Un bref instant, je sens que le filtre va céder. Erreur.

– Ma mémoire me joue parfois des tours.

Je lance un ultime assaut, totalement dénué de tact et voué à un échec certain.

– Pourrais-je consulter les archives ?

Elle se contente de secouer la tête.

Ma mère fumait une pipe faite d'une vieille douille. Elle ne mentait jamais. Si elle voulait se dispenser de dire la vérité, elle entreprenait de curer sa pipe, mettait le tabac brûlé dans sa bouche en disant *mamartoq*, délicieux, et prétendait ensuite ne pas être en mesure de parler. Se taire est aussi un art.

– N'a-t-il pas été difficile, dans les années cinquante, d'être une femme expert-comptable dans une importante entreprise danoise ? lui demandé-je en me rechaussant.

– Le Seigneur s'est montré clément.

Je me dis qu'en la personne d'Elsa Lübing, notre Seigneur a choisi un exemple frappant pour démontrer sa clémence.

– Qu'est-ce qui vous fait penser que le garçon était pourchassé ?

– Le toit d'où il est tombé était recouvert de neige. J'ai vu les traces. Je connais la neige.

Son regard las et dubitatif laisse soudain apparaître les marques du temps.

– La neige est symbole d'inconstance, dit-elle. Comme dans le Livre de Job.

J'ai enfilé ma pelisse. Je ne suis pas une grande lectrice de la Bible. Mais, pour des raisons obscures, des bribes du catéchisme restent fixées dans ma mémoire.

– Certes, mais elle symbolise aussi la lumière de la vérité. Comme dans l'Apocalypse : « Sa tête et sa chevelure étaient blanches comme neige. »

Elle referme la porte avec un air de martyre. Smilla

Jaspersen, la messagère chérie qui répand sur son passage lumière, ciel bleu et bonne humeur.

Sur le trottoir de Hejrevej, l'interphone couine.

– Auriez-vous la bonté de remonter un instant ?

Sa voix est rauque. Peut-être à cause de la communication sous-marine.

Je reprends l'ascenseur. Elle m'attend dans l'entrebâillement de la porte.

Mais rien n'est comme avant, c'est Jésus qui le dit.

– J'ai une manie : quand je suis en proie au doute, je feuillette la Bible, pour chercher conseil. C'est un petit jeu entre Dieu et moi, si vous voulez.

Chez un autre Européen, on pourrait voir dans cette habitude un tic dû à une trop grande solitude. Mais pas chez elle. Elsa Lübing n'est jamais seule ; elle est fiancée à Jésus.

– Quand vous êtes sortie, j'ai ouvert la Bible au hasard, je suis tombée sur la première page de l'Apocalypse. Celle que vous aviez citée. « Je tiens les clés de la Mort et du Royaume des Morts. »

Nous nous regardons.

– Les clés du Royaume des Morts. Jusqu'où êtes-vous prête à aller ?

– Jugez par vous-même.

Sa conscience tente encore de la retenir.

– Il y a deux types d'archives dans les sous-sols de la villa de Strandboulevarden. Le premier contient les comptes et la correspondance. Les secrétaires y ont accès, ainsi que les aides-comptables, moi-même et les chefs de service de temps en temps. Au deuxième sous-sol sont conservés les comptes rendus des expéditions ; il y a des échantillons minéralogiques, un mur entier de cartes topographiques, une armoire avec des échantillons de terrain et de pierres de la taille d'une dent de narval. En principe, on ne peut y entrer qu'avec une autorisation spéciale de la direction ou du P-DG.

Elle me tourne le dos.

L'atmosphère est pleine de gravité. Pour la première

fois de sa vie, Elsa Lübing est sur le point d'enfreindre ses principes.

— Naturellement, je ne puis vous informer qu'une clé spéciale ouvre tous les accès. Et que cette clé est ici même, pendue au porte-clés dans l'entrée.

Je tourne lentement la tête. Derrière moi, trois clés sont suspendues à des crochets en laiton. L'une d'elles est une carte électronique.

— La villa n'est pas équipée d'une alarme antivol. La clé des archives est accrochée à l'intérieur du coffre, dans mon bureau ; le code d'accès est la date de ma promotion au poste d'expert-comptable. Le 17. 05. 57. Cette clé commande l'ouverture des deux caves d'archives.

Elle se retourne et vient vers moi. Je devine qu'elle n'a jamais approché un être humain de plus près.

— Êtes-vous croyante ?

— Je ne suis pas sûre de croire en le même Dieu que vous.

— Peu importe. Vous croyez au divin ?

— Certains matins, je ne crois même pas en moi.

Elle rit pour la deuxième fois aujourd'hui. Puis elle s'éloigne vers la baie vitrée.

Pendant ce temps, je fourre la clé dans ma poche. Du bout des doigts, j'en profite pour vérifier que les coutures de la doublure de Rohrmann n'ont pas cédé.

Je redescends par l'escalier. Si la Providence existe, la question est de savoir comment elle agit. Par exemple, est-ce notre Seigneur en personne qui m'a vue au 6, Hejrevej, et a dit : « Que la fuite soit, et la fuite fut ? »

Je tourne au coin de Duevej. Avec l'idée de noter le numéro d'une plaque minéralogique sur le dos de ma main. Il n'y a pas la moindre voiture. Ce sera pour une autre fois.

10

« Tu étais poussière… »

En chassant le mergule, il nous arrivait de repérer des faucons, d'abord gros comme deux têtes d'épingle sur l'horizon. L'instant d'après, la falaise semblait se désintégrer et s'éparpiller vers le ciel. Quand un million de mergules se posent, le jour s'obscurcit, on croirait l'hiver revenu l'espace d'un instant.

Ma mère tirait les faucons à la carabine. Un faucon pique à deux cents kilomètres/heure mais la petite balle à tête de nickel manquait rarement sa cible. Mon frère et moi rapportions le butin. Une fois, le plomb était entré par un œil et s'était logé dans le second, de sorte que l'oiseau nous fixait d'un regard perçant et vitreux.

A Thulé, un taxidermiste les empaillait pour elle. L'espèce est totalement protégée. Aux États-Unis et en Allemagne, un jeune faucon de chasse se vend cinquante mille dollars au marché noir. Personne n'osait croire que ma mère outrepassait une telle interdiction.

Elle ne les vendait pas, elle les offrait. A mon père, à un ethnologue venu enquêter sur les femmes-chasseurs, à un officier de la base.

Elle remettait ces cadeaux macabres et gênants avec cérémonie, affichant un air de désintéressement total. Après quoi elle ne manquait pas d'observer qu'elle aurait besoin d'une paire de ciseaux à couture. Elle insinuait aussi qu'il lui manquait soixante-quinze mètres de corde en Nylon ; ou encore, elle mentionnait en passant que les enfants seraient heureux d'avoir des sous-vêtements en thermolactyl.

Elle obtenait satisfaction en tissant entre elle et sa victime les filets diaboliques d'un échange de politesse obligé.

Ces manœuvres, qui m'emplissaient de honte autant qu'elles excitaient mon admiration, étaient sa manière de dialoguer avec la culture européenne : elle s'y ouvrait délibérément avec une déférence hypocrite pour ensuite refermer son étreinte sur l'objet convoité – une paire de ciseaux, une glène de cordage en Nylon, les spermatozoïdes qui avaient conduit Moritz Jaspersen jusqu'à son ventre.

C'est pourquoi Thulé ne deviendra jamais un musée. Les ethnologues ont projeté sur le Nord du Groenland leur fantasme de pureté originelle, une terre habitée par un peuple innocent, conteur de légendes, dansant au son des tambours, comme ces mannequins de cire aux sourires étincelants et aux jambes arquées nés des descriptions des premiers explorateurs visitant le sud de Qaanaaq à la fin du siècle dernier. A eux aussi ma mère offrit un faucon empaillé et les convainquit de lui acheter la moitié du comptoir. Elle naviguait dans un kayak comme on les fabriquait encore au XVIIᵉ siècle, avant que l'art ne s'en perde dans le Nord du Groenland. Mais, pour transporter le gibier, un bidon en plastique moulé lui servait de besace.

« ... *Et tu redeviendras poussière.* »

Les autres ont réussi là où j'ai échoué.

Esajas aurait réussi. Il serait parvenu à assimiler la culture danoise et serait devenu un produit des deux mondes.

Je lui avais fait confectionner un anorak en soie blanche avec un motif imprimé qui aurait convenu au goût européen. Le peintre Gitz-Johansen, qui séjournait alors dans le Nord du Groenland pour illustrer l'ouvrage de référence sur les oiseaux du Groenland, avait offert ce dessin à mon père. Je lui fis enfiler l'anorak, et après l'avoir peigné, le mis debout sur la lunette des toilettes. Il se regarda dans la glace et le miracle eut lieu. Le tissu asiatique, la mine recueillie du Groenlandais en habit de fête, la faiblesse du Danois pour les vêtements luxueux : tout se mêlait. Peut-être le fait que je le lui avais offert ajoutait-il à la perfection du mariage.

Soudain, il eut envie d'éternuer.

– Pince-moi le nez !

– Pourquoi ?

D'habitude, il se mouchait dans l'évier.

Dès que j'ouvrais la bouche, ses yeux cherchaient mes lèvres dans le reflet du miroir. Souvent, je me disais qu'il comprenait le sens des mots avant même qu'ils soient prononcés.

– Quand je porte *annoraaq qaqortoq*, le bel anorak, je ne veux pas avoir de morve sur les doigts.

« ... *Et de la poussière tu renaîtras.* »

Je passe en revue les ventres dans l'entourage de Juliane à la recherche d'une femme, enceinte d'un garçon, auquel on pourrait donner le nom d'Esajas. Les morts continuent de vivre à travers leur nom. Quatre femmes furent baptisées Ane en mémoire de ma mère. A plusieurs reprises, je leur ai rendu visite avec l'espoir de retrouver celle qui m'avait quittée dans leurs visages.

Les cordes glissent des anneaux sur les flancs du cercueil. Un court instant, une nostalgie insensée me dévore. Je voudrais ouvrir le cercueil et m'allonger contre son petit corps raide perforé par une aiguille, photographié, mutilé et refermé. Je voudrais sentir une dernière fois son érection contre ma cuisse, les ailes du papillon de nuit palpiter contre ma peau, éprouver cette intimité érotique infinie avec l'obscur insecte du bonheur.

Il fait si froid que la terre est trop gelée pour que l'on puisse recouvrir la fosse. Nous quittons le cimetière, laissant derrière nous la tombe ouverte. Je marche au côté du mécanicien.

Il s'appelle Peter. Il y a moins de treize heures que j'ai prononcé son nom pour la première fois.

Seize heures plus tôt, je me trouve sur Kalkbrænderivej. Il est minuit. J'ai acheté douze grands sacs-poubelle noirs, quatre rouleaux d'adhésif, quatre tubes de colle forte et une lampe de poche Maglite. J'ai découpé les sacs, les ai collés en double épaisseur et les ai fourrés dans mon sac Vuitton.

J'ai enfilé des bottes et sous mon manteau en peau de phoque de chez Groenlandia, je porte un pull rouge à col roulé et un kilt de chez Scottish Corner. Il est toujours plus facile d'éluder les questions embarrassantes quand on est vêtu avec chic.

La suite des événements, en revanche, manque passablement d'élégance.

Les bâtisses de la Compagnie sont entourées d'un grillage haut de trois mètres cinquante terminé par une rangée de fils barbelés. J'ai en mémoire une porte qui donne à l'arrière, sur Kalkbrænderivej et la voie ferrée. Je l'avais déjà repérée.

En revanche, l'enseigne de la société de gardiennage de la Centrale danoise des bergers allemands m'avait échappé. Il n'y a pas pour autant lieu de s'inquiéter. On affiche toutes sortes de pancartes dans le seul but de créer une atmosphère accueillante. Je risque un coup de pied dans la porte grillagée. Aussitôt, un chien surgit devant moi. Sans doute un berger allemand. Il ressemble à un paillasson un jour de pluie, ce qui explique peut-être sa mauvaise humeur.

Au Groenland, il y a des gens qui savent se faire obéir des chiens. Ma mère en faisait partie. Dans les années soixante-dix, avant que l'usage des laisses en Nylon ne se généralise, les attelages étaient en peau de phoque. Les chiens de traîneau les rongeaient. Pas les nôtres. Ma mère le leur avait interdit.

Puis il y a ceux qui ont une crainte innée et insurmontable des chiens. Je suis de ceux-là. Alors je rebrousse chemin jusqu'à Strandboulevarden et hèle un taxi.

Je ne monte pas dans mon appartement. Je vais directement chez Juliane. Je prends une livre de foie de morue dans son réfrigérateur – un ami du marché aux poissons lui fait cadeau des foies éclatés –, pénètre dans sa salle de bains et verse la moitié d'un flacon de comprimés de Rohypnol dans ma poche. Son médecin lui en a prescrit récemment. Elle les revend aux toxicomanes. Avec l'argent, elle s'achète ses propres médicaments : le genre de médicaments taxés par la douane.

Le recueil des ouvrages de l'esquimaulogue H. J. Rink contient une légende de l'Ouest du Groenland qui raconte l'histoire d'un esprit maléfique condamné à se réveiller chaque fois qu'il est sur le point de s'endormir. Il n'a pas dû essayer le Rohypnol. La première fois, un seul cachet suffit à vous plonger dans un profond coma.

Juliane me laisse fouiller. Elle n'a plus aucune volonté, et sûrement pas celle de me poser des questions.

– Tu m'as oubliée ! braille-t-elle derrière moi.

Je retourne à Kalkbrænderivej en taxi. L'habitacle empeste le poisson.

Sous le lampadaire du viaduc devant Frihavn, je truffe le foie de morue de comprimés. A présent, mes doigts aussi sentent le poisson.

Je n'ai pas besoin d'appeler le chien : il espérait mon retour et m'attend à la même place. Je lui lance le foie de morue par-dessus le grillage. Les chiens sont réputés pour avoir un odorat hors pair. Va-t-il flairer les comprimés ? Mes inquiétudes disparaissent avec le foie qu'il engloutit comme un aspirateur.

Puis nous attendons. Lui une autre ration, moi de voir comment l'industrie pharmaceutique soigne les chiens insomniaques.

Un véhicule se gare. Une fourgonnette de la Centrale danoise des chiens de garde. Comme il est impossible, sur Kalkbrænderivej, de se dérober au regard de quiconque, je ne bouge pas. Un homme en uniforme descend de la voiture. Il semble étonné de ma présence, s'interroge – une femme solitaire en manteau de fourrure à une heure du matin au fin fond d'Østerbro ? –, puis renonce à chercher une explication plausible. Il ouvre la grille, attache une laisse au collier du chien et le sort. L'animal me dépasse en grognant. Mais soudain, ses pattes se dérobent et il manque de tomber. L'homme lui lance un regard inquiet, et le chien un regard suppliant. Il ouvre la porte du coffre ; le chien y pose les pattes de devant mais l'homme doit lui soulever l'arrière-train pour le faire monter. Il est perplexe. La fourgonnette s'éloigne. Les méthodes de travail de la Centrale des chiens de garde me laissent également songeuse. Je finis par conclure que les mêmes chiens montent la garde en plusieurs endroits au cours de la même nuit. Le mien est en route vers son prochain poste, où l'attend, espérons-le, un bon coussin moelleux.

J'introduis la clé dans la serrure ; ce n'est pas la bonne. J'en déduis que, pendant la journée, un portier laissait entrer Elsa Lübing ; elle ignore que l'accès extérieur est commandé par un autre système de verrouillage.

Il ne reste plus qu'à escalader. C'est plutôt laborieux. Pour finir, je me déchausse, mais dois laisser un pan de ma fourrure dans les barbelés.

Il me suffit de voir une carte une seule fois, et le paysage se dresse en trois dimensions. C'est une sorte de don. Bien sûr, j'ai dû apprendre une nomenclature, un système de signes : les courbes de niveau pointillées des cartes d'état-major ; les paraboles rouges et vertes sur la banquise des cartes militaires ; les gris laiteux des clichés panoramiques pris par les radars météorologiques ; les photos laser de Landsat 3 ; les couleurs acidulées des cartes sédimentaires des géologues ; les photos de température rouges et bleues. Un nouvel alphabet, en quelque sorte, aussitôt oublié dès qu'on entame le déchiffrage. Le déchiffrage de la glace.

Dans un ouvrage à l'Institut de géologie, j'ai trouvé des renseignements sur le site d'implantation de la Compagnie : un plan du cadastre, une photographie aérienne et le plan d'occupation des sols. Au milieu de ce champ de ruines, je joue les archéologues chevronnés.

L'endroit est pourtant méconnaissable. Le chantier de

démolition est plongé dans l'obscurité trouée par quelques congères phosphorescentes.

J'ai pénétré par ce qui fut autrefois l'arrière de l'entrepôt de minerai. Le tracé des fondations, encore visible, dessine les contours d'une sorte de terrain de football en béton gelé. Je cherche des yeux la voie ferrée et trébuche au même instant sur une traverse. Ces rails servaient à acheminer le minerai. Je distingue aussi la silhouette d'un hangar ayant abrité l'atelier de charpenterie, la forge, et le dépôt des machines. L'ancienne cave de l'épicerie est à présent encombrée de gravats. Svanekegade a été percée au milieu des usines, et de l'autre côté de la route, les décorations de Noël clignotent derrière les fenêtres d'un lotissement plein de familles modèles. En contrebas, les deux bâtiments des laboratoires sont toujours debout. Faut-il y voir une allégorie du déclin des relations entre le Royaume et ses anciennes colonies – désillusion, démission, retrait – et une ultime crispation de l'appareil administratif autour des centres névralgiques – diplomatie, sous-sol et intérêts militaires ?

Devant moi, à contre-jour, la villa se dresse comme une petite maison de maître.

Un escalier de granit en éventail mène au perron de l'entrée principale, côté Strandboulevarden. Cette fois, la clé tourne dans la serrure.

La porte s'ouvre sur un hall carré, dallé d'un damier en marbre noir et blanc extrêmement sonore. Un premier escalier descend dans la pénombre, vers les archives ; un autre monte jusqu'à une porte à doubles battants derrière laquelle Elsa Lübing a exercé son influence pendant quarante-cinq ans.

L'immense pièce doit couvrir la surface entière de cette aile. Six fenêtres donnent sur la rue. Il y a huit bureaux, un placard à archives, des téléphones, des ordinateurs, deux photocopieuses et des étagères métalliques supportant des dossiers plastifiés rouges et bleus. Une carte du Groenland est accrochée au mur. Sur une longue table, une cafetière électrique et des tasses. Dans un coin, un coffre à ouverture électronique, avec les lettres digitales du mot *closed* luisant dans l'obscurité.

Je repère un bureau situé en retrait et plus large que les autres. Le plateau est recouvert d'une plaque de verre. Dessus un petit crucifix. Aucun régime de faveur pour l'expert-comptable : juste un coin dans les bureaux paysagers. Selon les bons principes de la communauté des premiers chrétiens.

Je m'installe dans le fauteuil à large dossier, essayant de comprendre comment on peut, à la fois, vivre parmi les relevés de compte et les gommes, et s'élever jusqu'aux plus hautes sphères de la spiritualité, jusqu'à cette lumière où Elsa Lübing puise la force de renoncer d'un haussement d'épaules à l'amour terrestre. Renoncement qui oscille, pour nous, entre une célébration à la cathédrale de Nuuk et la conscience d'une troisième guerre mondiale annoncée.

Je me relève, guère plus avancée.

Une lueur jaunâtre filtre à travers les persiennes et zèbre la pénombre. Je tape le code d'accès, la date de sa promotion au poste d'expert-comptable. Le 17 mai 1957.

Le coffre s'ébranle et la porte s'entrouvre.

Les livres de comptes de la Compagnie sont rangés sur d'étroites étagères, à partir de 1885, année où celle-ci fut détachée de la Compagnie de l'Øresund et concédée à l'État. Il y a environ six volumes par année. Des centaines de registres in-folio reliés en moleskine grise frappée de lettres rouges. Un pan d'Histoire. Celle de l'investissement le plus juteux et le plus déterminant de la vie politique et économique du Groenland.

Je feuillette le volume « 1991 » ; les rubriques se succèdent : « salaires », « retraites », « taxes portuaires », « charges sociales », « intendance », « taxes de tonnage », « teinturerie et nettoyage », « frais de voyage », « dividendes », « versements au laboratoire d'analyses chimiques Struer ».

Des clés sont accrochées pêle-mêle à l'intérieur de la porte du coffre. Je prends celle marquée « archives ».

En repoussant la porte, les chiffres lumineux disparaissent un à un et, quand je quitte la pièce, le voyant indique à nouveau *closed*.

La première pièce des archives occupe tout le soubassement de l'aile. A perte de vue sous le plafond bas, les rayonnages en bois croulant sous des tonnes de pelures reliées en papier kraft dégagent l'odeur sèche et minérale des grands déserts de paperasse.

La deuxième pièce est perpendiculaire ; la disposition identique. Il y a en outre des placards à plateaux coulissants pour les cartes topographiques, des rangements verticaux où pendent des centaines d'autres cartes, certaines fixées à des tringles en laiton, et un coffre en bois long d'une dizaine de mètres, dans lequel dorment probablement les échantillons de terrain.

Deux hautes fenêtres donnent sur Strandboulevarden et quatre sur les usines. C'est là qu'interviennent mes préparatifs : je vais couvrir les vitres avec mes sacs-poubelle afin de pouvoir allumer la lumière de la salle.

Il y a des filles qui repeignent leur douillette mansarde, tapissent les fauteuils, ou ravalent les façades. Moi, je suis de celles qui téléphonent à un ouvrier – ou remettent les travaux à l'année suivante.

Ce sont de grandes baies armées de barreaux à l'intérieur. Je passe trois quarts d'heure à tendre le plastique sur les six fenêtres.

Après quoi je n'ose toujours pas allumer le plafonnier et me contente de ma lampe-torche.

Les archives sont l'émanation du désir de mettre le passé en coupe réglée, il devrait donc régner dans ces lieux un ordre d'une rigueur irréprochable. On imagine de jeunes cadres dynamiques et pressés y faisant des incursions feutrées pour emprunter un dossier ou un échantillon de terrain – un épisode, une parcelle de temps.

Or, la mémoire de la Compagnie sommeille dans les nimbes du flou artistique : pas d'étiquette sur les étagères, pas davantage de numéro, de date ou de lettre au dos des rapports. En piochant sur les rayonnages, j'attrape tout à l'avenant « *Coal petrographic analyses on seams from Atâ (low group profiles)* », « *Nûgssuaq, West Greenland* », puis « De l'emploi de la cryolithe raffinée dans la fabrication d'ampoules électriques », et « Redéfinition des frontières après l'allotissement de 1862 ».

Je remonte téléphoner. Téléphoner m'a toujours paru déplacé. A plus forte raison du lieu même de mes forfaits : j'ai l'impression d'appeler le commissariat central pour me livrer à la police.

– Elsa Lübing à l'appareil.

– Je suis engloutie sous une jungle de papiers et j'essaie de me souvenir du passage qui dit que même les élus risquent de s'égarer.

Après un silence, je l'entends rire.

– L'Évangile selon saint Matthieu. En fait, le passage le mieux approprié à la circonstance est chez saint Marc. Jésus dit : « Vous êtes égarés car vous ne connaissez ni les Écritures ni la puissance de Dieu. »

Nous gloussons dans le combiné.

– Je décline toute responsabilité. Durant trente-cinq ans, je n'ai cessé de réclamer une modernisation du système de classement.

– Je suis ravie d'apprendre que, pour une fois, votre influence est restée sans effet.

Silence.

– Où ?

– Il y a deux étagères au-dessus du banc – le long coffre en bois. Les rapports d'expédition sont classés là par ordre alphabétique d'après les minerais recherchés. Les volumes près de la fenêtre concernent les expéditions à vocation géologique et archéologique. Celui qui vous intéresse est sans doute l'un des derniers.

Elle va raccrocher.

– Mademoiselle Lübing ?

– Oui ?

– Avez-vous jamais pris un congé maladie ?

– Le Seigneur m'a épargnée.

– Je m'en doutais. J'ai eu – comment dirais-je – une intuition.

Nous raccrochons.

Je trouve le dossier en deux minutes : quarante pages numérotées en bas à droite dans un classeur à spirale noire.

Juste le format de mon Vuitton. Le temps de replier les sacs-poubelle avant de filer sur Kalkbrænderivej, pas vu pas pris.

Mais la curiosité l'emporte. Je m'installe par terre au fond de la pièce, adossée à une bibliothèque. Personne n'avait prévu que les archives prendraient une telle ampleur, ni que les ressources du Groenland se révéleraient aussi riches. Les frêles structures surchargées croulent sous le poids de l'histoire.

La couverture porte le titre « Expédition géologique à Gela Alta, juillet-août 1991 ». Les vingt premières pages contiennent un solide compte rendu du périple. Je survole l'introduction consacrée au but de l'expédition : « étudier le gisement de cristaux de rubis du glacier de Barren sur Gela Alta ». Le texte mentionne le nom des cinq membres européens de l'expédition, dont celui d'Andreas Fine Licht, professeur d'ethnologie arctique. Ce nom me rappelle vaguement quelque chose. Je présume que sa présence est liée au fait que l'Institut d'ethnologie arctique a participé au financement de l'expédition, comme cela est mentionné en bas de la page.

S'ensuit un rapport comportant des passages bilingues danois-anglais. Il rend compte d'une opération de sauvetage en hélicoptère, de Holteinsborg au glacier de Barren. En raison des risques d'avalanche dus au bruit du moteur, l'hélicoptère n'a pu s'approcher et a rebroussé chemin. A la place, on a envoyé un Cherokee Six 3000 ; cet engin – que je ne connais pas – avait à son bord un pilote, un navigateur, un médecin et une infirmière ; il s'est posé sur l'eau. Viennent ensuite un rapport rédigé par l'équipe de sauvetage et un certificat médical provenant de l'hôpital. Cinq membres de l'expédition ont succombé à leurs blessures : un Finlandais et quatre Esquimaux, dont Norsaq Christiansen.

Il y a vingt pages d'annexes, des notes sur les échantillons minéraux prélevés, les comptes, une série de clichés aériens noir et blanc d'un glacier percé par un gros rocher clair de forme conique au sommet tronqué. Dans une chemise plastifiée, les duplicatas d'une vingtaine de lettres concernant le rapatriement des corps.

Tout semble transparent, d'une neutralité clinique. Rien de plus qu'un accident – certes tragique – qui n'explique guère la chute fatale d'un petit garçon sur un toit de Copenhague deux ans plus tard. Soudain, un doute m'assaille. Et si j'avais eu la berlue ? Si j'avais déraillé ?

Je réalise à quel point la pièce est chargée d'histoire. Je vois défiler les chiffres et les hommes qui, chaque jour, pendant des années, sont venus dans la cafétéria manger leurs quatre sandwichs et partager une bière avec Amanda – une seule bière, sauf le 24 décembre quand le laboratoire met du cumin à macérer dans une bonbonne de vingt-cinq litres d'alcool à quatre-vingt-seize degrés. Et ces archives me crient leur satisfaction à tous. Je l'ai lu dans ce fameux livre à la bibliothèque et Elsa Lübing me l'a répété à l'envi : « Nous étions satisfaits. C'était une bonne maison. »

Je sens un pincement dans ma poitrine comme si souvent : j'aurais aimé être des leurs, avoir mon lot. A Thulé et à Siorapaluk, on ne vous demandait jamais ce que vous faisiez, car tout le monde était chasseur, avait une occupation. Au Danemark, on est salarié ou rien ; manches retroussées, crayon derrière l'oreille, cuissardes enfilées, on va au turbin. Ça donne un sens à l'existence. Pendant les loisirs, on regarde la télévision, on rend visite à des amis, on joue au badminton, on suit un cours du soir d'initiation au logiciel Comal 80. Personne n'erre en pleine nuit dans les sous-sols de Strandboulevarden, à quelques jours du réveillon.

Ce n'est pas la première fois que je ressasse ce genre

d'idées noires – et sans doute pas la dernière. Qu'est-ce qui nous pousse donc à flirter avec la détresse ?

Le dossier à peine refermé, un soupçon m'effleure. Je reprends le rapport d'autopsie, et je vois mes efforts récompensés.

Au Groenland, j'ai fréquenté des femmes qui, se sachant enceintes, redoublaient de précaution. Je ressens à présent la même chose. Désormais, je dois faire attention à moi.

Plus une voiture ne circule. Je n'ai pas de montre, mais il est environ trois heures du matin.

Le silence règne. Soudain, j'entends un bruit suspect, étouffé comme un murmure, trop proche pour venir de la rue. Une lueur grisâtre m'arrive de la porte qui donne sur la première cave. Elle disparaît, revient. Quelqu'un s'est introduit et masque la lumière en passant.

Je pointe la tête et sens cette ombre se déplacer le long des rayonnages. Je me déchausse, afin de pouvoir détaler plus vite. Je vois une silhouette ; elle se tient à présent dans l'encadrement de la porte.

Nous croyons à tort que notre propension à l'angoisse est limitée ; face à l'inconnu, on se découvre des aptitudes insoupçonnées.

D'un geste franc, je m'empare d'une bibliothèque et la fais basculer dans la direction de l'inconnu. Un dossier tombe, l'avertissant du danger. Il tend alors les mains pour bloquer la chute du meuble. J'entends un premier craquement, comme une fracture de l'avant-bras. Puis un grondement sourd, une avalanche de quinze tonnes de livres. Il ne veut pas lâcher prise. Mais le meuble est trop lourd, ses jambes fléchissent.

On s'imagine que la violence profite toujours au plus fort. Erreur : l'issue d'une bagarre est aussi affaire d'agilité. Après six mois d'école à Rugmarken, on m'a placée à Skovgårdsskolen. Là j'ai subi, comme tous les étrangers, le traditionnel bizutage. Étrangers, nous l'étions tous, dans mon ancienne école, et logés à la même enseigne. Là, j'étais la seule brune à parler un danois approximatif. Il y avait en particulier un garçon des classes supérieures très brutal. Je me suis arrangée pour savoir où il habitait. Il devait peser quinze kilos de plus que moi. Il n'a rien pu faire. Il lui a manqué les deux minutes nécessaires pour s'échauffer le sang. Je l'ai frappé en pleine figure ; l'impact lui a brisé le nez. Puis je l'ai fauché d'un coup dans les rotules, le ramenant à ma hauteur. Il a fallu douze points de suture pour lui redresser le nez. Personne n'a jamais vraiment cru que j'étais l'auteur de ce massacre.

Cette fois non plus je n'ai pas l'intention de rester plantée là à peigner la girafe en attendant Noël. Je décroche une tringle de laiton qui retient cinquante cartes et lui assène un coup sur la nuque de toutes mes forces.

Il s'écroule et la bibliothèque avec lui. J'attends un peu. Au cas où il aurait amené quelques copains. Ou un gentil toutou. Mais je n'entends que sa respiration à travers les trente mètres d'étagères.

Je braque ma torche sur son visage recouvert d'une épaisse couche de poussière. Le coin d'une oreille est fendu. Il porte un pantalon de jogging noir, un pull-over bleu foncé, des tennis bleu marine et un bonnet de laine noir, noir comme sa conscience. C'est le mécanicien.

– Peter ! Qu'est-ce que vous faites là ?

Il ne peut répondre, étouffé par les planches. J'essaie de le dégager, mais n'arrive à rien.

Tant pis pour la sécurité, j'allume la lumière, et me mets à brasser les livres, les dossiers, les rapports et les serre-livres en acier massif. J'emploie le quart d'heure suivant à déblayer trois mètres d'épaisseur de papier. Alors seulement je peux soulever le meuble d'un centimètre. Le mécanicien rampe jusqu'au mur, s'assoit et palpe son crâne.

C'est maintenant que mes jambes se mettent à trembler.

– Je vois trouble, dit-il. Je crois que j'ai une commotion c-c-c-cérébrale.

– Restons optimistes.

Un quart d'heure plus tard, il tient à peine debout, on dirait Bambi sur la glace. Une demi-heure s'écoule encore à vider la bibliothèque, la redresser et ranger tous les dossiers. Il fait si chaud que j'ai retiré ma jupe et travaille en collants. Le mécanicien vaque pieds et torse nus, s'interrompt à plusieurs reprises affaibli par des bouffées de chaleur et des vertiges. L'air est chargé de poussière, de torpeur et d'interrogations.

– Ça sent le poisson, Smilla.

– Plus exactement le foie de morue. Il paraît que c'est excellent pour la santé.

Silencieux, il me regarde ouvrir la porte du coffre et remettre la clé. Nous sortons. Il me conduit jusqu'à une porte grillagée qui donne sur Svanegade. Elle n'est pas verrouillée. Une fois dehors, il s'arc-boute sur le verrou qui se referme en cliquetant.

Sa voiture est garée une rue plus loin. D'une main, je l'aide à marcher, de l'autre je tiens un sac-poubelle rempli de sacs semblables. Une voiture de police nous dépasse en roulant au pas. Elle ne s'arrête pas. On voit tant de choses bizarres dans les rues à cette époque de l'année. Les gens ont bien le droit de fêter Noël comme ils l'entendent.

Il voudrait offrir sa voiture à un musée. C'est une Morris 1000 de 1961, m'a-t-il expliqué. Avec des sièges de cuir rouge, un tableau de bord et des armatures de capote en bois.

– Je ne suis pas en état de conduire.

– Je n'ai pas de permis.

– Mais tu as sûrement déjà conduit.

– Des véhicules à chenilles, sur la banquise.

Il préfère épargner cela à sa Morris et s'installe au volant. Son grand corps tient à peine à la place du chauffeur. La capote est loin d'être étanche, nous sommes frigorifiés. Que n'ont-ils accepté cette passoire au musée depuis longtemps ?

La température a chuté bien au-dessous de zéro. Il gèle à pierre fendre et, en route, il se met à neiger – des *qanik*, ces petits flocons durs et poudreux comme du sucre.

Les avalanches de neige granuleuse sont les plus dangereuses ; elles se déclenchent à la moindre distorsion d'onde, un grand bruit par exemple. Si leur masse est peu importante, elles acquièrent cependant une vitesse inouïe, dévalant à deux cents kilomètres/heure, et créent un vide aspirant dans leur sillage. Certaines victimes ont même eu les poumons décollés par la pression.

Des mini-avalanches dégringolent du toit raide et glissant que je me force à regarder – le toit d'où Esajas est tombé. La neige nous enseigne que les catastrophes naturelles existent dans notre vie quotidienne à échelle miniature. Il ne se passe pas un jour sans que je m'étonne de l'incompréhension entre Danois et Groenlandais, aux dépens des Groenlandais, bien entendu. Gare au funambule incompris de celui qui tient la corde. Depuis le début du siècle, la destinée des Inuit se résume à un numéro d'équilibriste : d'un côté, la corde est fixée à la terre la plus inhospitalière, dotée du climat le plus ingrat et le plus capricieux de la planète, de l'autre, à l'administration danoise.

Voilà pour la grande échelle, l'Histoire. A une échelle plus intime, cela signifie que, depuis un an et demi, j'habite au-dessus de l'appartement du mécanicien, que je lui ai parlé des millions de fois, qu'il a bricolé la sonnette de ma porte d'entrée, rafistolé la chambre à air de ma bicyclette et que j'ai corrigé pour lui les fautes d'une lettre adressée à la société immobilière – environ vingt fautes sur vingt-huit mots. Il est dyslexique.

Nous devrions rentrer chacun chez soi pour noyer la poussière, le sang et l'odeur de foie de morue dans un bon bain chaud. Mais nous sommes aimantés l'un à l'autre par ce qui vient de se passer et montons dans son appartement – où j'entre pour la première fois.

Un ordre impeccable règne dans le salon. Le mobilier est en bois brut décapé et traité à la soude caustique, garni d'un épais tissu de laine et de coussins assortis. Il y a des bougies dans les chandeliers, des photographies et les dessins d'enfants d'amis épinglés sur un panneau de bois recouvert de toile de jute. « Pour Grand Pierre, de la part de Mara, 5 ans. » Des rosiers rouges dans des vasques en porcelaine décorée, épanouis comme si une bonne âme leur faisait la conversation en les arrosant et leur promettait de ne jamais les envoyer en pension chez moi, où, pour une raison obscure, le climat ne convient pas aux plantes vertes.

– C-c-café ?

Café égale poison. Et pourtant, il me vient une envie soudaine de me vautrer dans le vice. J'accepte.

J'observe les préparatifs depuis le seuil de la porte. La cuisine est peinte en blanc. Il se positionne au centre, tel un joueur de badminton, pour économiser ses déplacements. Dans un petit moulin électrique, il moud d'abord des grains clairs, puis de petits grains noirs et luisants comme des perles d'onyx. Il verse la mouture dans le filtre en métal qu'il introduit dans la machine à expresso, puis la pose sur la cuisinière.

J'ai pris de vilaines habitudes au Groenland : je verse le lait chaud directement sur la dose de Nescafé. J'en suis encore au stade où je dissous la poudre sous le robinet d'eau chaude.

Dans deux verres à anse, il mélange un tiers de crème de lait et deux tiers de lait entier.

Un jus noir, épais comme du pétrole, suinte de la cafetière, il le recueille à part. Il fait chauffer et mousser le lait sous la pression du tuyau à vapeur et verse enfin le café sur le lait.

Nous les portons jusqu'au divan. Je suis sensible au raffinement des préparatifs. Le liquide a la couleur du vieux chêne et un fumet capiteux presque exotique.

– Je t'ai suivie.

Le verre est brûlant, le café bouillant. En général, quand on transvase un liquide chaud, la température diminue. Mais le tuyau à vapeur a chauffé le lait et le verre à cent degrés.

– La porte était ouverte. Je suis entré. Je ne pouvais pas s-s-savoir que tu a-a-attendais là dans le noir.

J'aspire bruyamment du bout des lèvres. La mixture est tellement amère que mon cœur se met à battre la chamade.

– J'avais réfléchi à ce que tu m'avais dit sur le toit. A propos des traces.

Son bégaiement est très léger. Par moments, il disparaît tout à fait.

– Nous étions amis, pas vrai. Il était si jeune. Mais nous étions amis quand même… Tu vois, ça se passait ainsi. On ne se dit pas grand-chose. Mais on rigole bien. Ça, qu'est-ce qu'on peut rigoler. Il fait des imitations. Il fourre son visage dans ses mains. Puis il relève la tête, et fait des grimaces de vieux singe malade. Recache son visage. Relève la tête. C'est un lapin. La fois d'après, c'est le monstre de Frankenstein. Je m'agenouille devant lui, et pour finir, je dois lui dire d'arrêter. Je lui donne une cale et un ébauchoir. Ou un couteau et un morceau de stéatite. Il grommelle et bat l'air comme un ourson. De temps en temps, il dit quelque chose. En groenlandais. Pour lui seul. Nous travaillons. Chacun dans son coin, mais on est quand même ensemble. Je me dis qu'avec une mère comme la sienne, il a du mérite à être quelqu'un de bien.

Il marque une pause, dans l'espoir que je prenne le relais. Mais je ne lui viens pas en aide. Nous savons tous deux que je suis en droit d'exiger une explication.

– Un soir, nous sommes là à bricoler. Entre alors Petersen, le chauffagiste. Il stocke des bonbonnes de vin sous l'escalier, près de la chaudière : il vient mettre son vin d'abricot en bouteille. Mais ce n'est pas son heure. Il a une voix très grave, et des sabots de bois. Je jette un œil sur le gamin, il s'est recroquevillé comme un animal apeuré. Il tient à la main le couteau que tu lui as offert ; son geste est menaçant. Tout son corps tressaille. Il continue de trembler même après avoir reconnu Petersen. Je le prends sur mes genoux. Je lui parle. Il refuse de remonter chez lui. Je l-l-l'emmène ici. Le couche sur le divan. Je pense à te téléphoner, mais pour dire quoi ? On se connaît si peu. Je le laisse s'endormir. Je reste toute la nuit sur le canapé à le veiller. Tous les quarts d'heure, il bondit comme un ressort et sanglote violemment.

Le mécanicien n'est pas un grand bavard. En cinq minutes, il m'en a dit plus qu'en un an et demi. Un tel épanchement m'intimide au point que j'évite son regard. Je baisse les yeux sur mon café. A la surface de petites bulles claires réfléchissent la lumière et la décomposent en reflets rouges et violets.

– A partir de ce jour, l'idée que quelque chose lui fait peur ne me quitte plus. Ensuite tes soupçons concernant les empreintes dans la neige me poursuivent. Du coup, je te surveille de loin. Toi et le Baron, vous vous comprenez – compreniez.

Esajas était arrivé au Danemark un mois avant mon emménagement aux Cellules blanches. Juliane lui avait acheté une paire de chaussures vernies. C'est très chic au Groenland. Il n'arrivait pas à loger ses orteils évasés dans les bouts étroits. Mais Juliane avait réussi à lui dénicher une paire de vernis orthopédiques. Depuis, le mécanicien et moi l'avions surnommé le Baron. Un surnom vous reste quand il touche un trait profond de votre personnalité. Dans le cas d'Esajas, il s'agissait de sa dignité. Elle lui venait de son indépendance. Un rien le rendait heureux.

– C'est par hasard que je te vois monter chez Juliane puis redescendre. Je te suis discrètement dans ma Morris. Tu donnes à manger au chien. Tu escalades le portail. Et moi, j'en force un autre.

Voilà l'histoire. Il écoute, observe, me suit, ouvre un portail, reçoit un meuble sur le crâne, et nous sommes chez lui. Rien de bien mystérieux, rien de bien inquiétant. Rien de nouveau sous le soleil.

Il hasarde un sourire. Je le lui rends. Nous échangeons des risettes en buvant du café. Nous savons tous les deux que je sais qu'il me ment.

Je lui parle d'Elsa Lübing, de la Compagnie danoise de cryolithe, du rapport emballé dans un sac en plastique posé devant nous sur la table basse.

Je lui parle de Ravn qui ne travaille pas exactement là où il le prétend.

Il m'écoute, les yeux baissés, le cou enfoncé dans les épaules, parfaitement immobile.

Nous sentons confusément qu'il s'agit d'un troc. Cantonnés dans une méfiance profonde et réciproque, nous distillons à contrecœur des informations dans le seul but d'en récolter.

– Il y a aussi l'a-a-avocat.

Au-delà du port, la lumière monte timidement de la glace, comme si elle avait dormi dans les canaux, blottie sous les ponts, et la fait briller. A Thulé, la lumière réapparaissait en février. Quelques semaines avant de voir le soleil, alors qu'il se cachait encore loin derrière les montagnes et que nous vivions dans l'obscurité, ses rayons éclairaient Pearl Island, à cent kilomètres du rivage, et l'île étincelait tel un cristal de nacre rose. J'avais alors la certitude que, quoi qu'en disent les grandes personnes, le soleil s'éveillait d'un long sommeil après avoir hiberné dans la mer.

– Tout a commencé avec une BMW rouge que j'ai aperçue sur Strandgade.

– Une BMW ?

Il m'avait semblé que les voitures garées sur Strandgade n'étaient jamais les mêmes.

– Une fois par mois, elle venait chercher le Baron. Quand il rentrait, il ne voulait parler à personne.

– A personne ?

Il faut laisser aux cerveaux plus lents le temps de s'expliquer.

– Un jour, j'ouvre la voiture avec un outil et je regarde dans la boîte à gants. C'est la voiture d'un avocat. Ving.

– Tu as pu te tromper de voiture.

– Les fl-fl-fleurs. C'est comme les fleurs pour un jardinier. Si je vois une voiture une ou deux fois, je m'en souviens. C'est comme toi avec la neige. Sur le toit.

– J'ai pu me tromper.

Il secoue la tête.

– Je vous ai vus, le Baron et toi, jouer à saute-neige.

J'ai passé une bonne partie de mon enfance à jouer à ce jeu. J'y joue encore parfois dans mes rêves. L'un des joueurs saute dans de la neige fraîche. Les autres ne doivent pas regarder. Ensuite, ils doivent reconstituer le saut d'après les traces. Esajas et moi y jouions. Je l'emmenais souvent au jardin d'enfants. Nous arrivions avec une heure et demie de retard. On me faisait la leçon en m'expliquant qu'il est impossible de gérer une institution où les enfants débarquent à n'importe quelle heure. Mais nous étions heureux.

– Il était agile comme un écureuil, lance le mécanicien, perdu dans ses souvenirs. Et malin avec ça. Il faisait un tour et demi en l'air et atterrissait sur un pied. Il reculait dans ses propres traces.

Il me regarde en hochant la tête.

– Mais tu devinais à chaque fois.

– Ils s'absentaient combien de temps ?

Les marteaux piqueurs sur le pont de Knippel. Les premières voitures. Les mouettes. Le ronronnement du moteur de l'hydroptère en partance pour la Suède, une vibration sourde. Le bref sifflet de la sirène du ferry pour Bornholm qui fait demi-tour devant Amaliehaven : le jour se lève.

– Quelques heures peut-être. Mais c'était une autre voiture qui le ramenait. Un taxi. Il revenait toujours seul en taxi.

Il nous prépare une omelette. Sur le seuil de la porte, je lui parle de l'Institut médico-légal, du professeur Loyen, de Lagermann et des indices qui mènent à une biopsie musculaire pratiquée après sa chute.

Il hache les oignons et les tomates, les fait revenir dans une poêle beurrée, bat les blancs en neige, incorpore les jaunes et met à dorer l'ensemble. Il pose la poêle sur la table. Nous buvons du lait et mangeons des tranches de pain de seigle noir et juteux qui sent le goudron.

Nous mastiquons en silence. Quand je mange avec des étrangers – comme maintenant – ou quand je suis affamée – c'est aussi le cas – le rituel de la table me revient en mémoire. Et je me rappelle, mon enfance, la solennité des repas pris en commun liée à la jouissance du palais. La graisse de baleine, rose et légèrement écumante, mangée à même le plat. Le sentiment que tout sur cette terre est fait pour être partagé.

Je me lève.

Il se carre devant la porte comme pour me barrer le passage.

Je pense à toutes les omissions qui ont émaillé ses révélations.

Il s'efface. Je sors, mes bottes et mon manteau de fourrure à la main.

– Je te laisse une partie du rapport. C'est un excellent exercice de lecture pour ta dyslexie.

Il a un air moqueur.

– Smilla. Comment une fille aussi distinguée et menue que toi peut-elle avoir la voix dure ?

– Je suis désolée de donner l'impression d'avoir seulement une voix dure. Je fais mon possible pour que toute ma personne le soit.

Et je referme la porte.

11

J'ai dormi toute la matinée. Mon réveil tardif ne me laisse qu'une heure et demie pour prendre un bain, m'habiller et composer un maquillage de circonstance. Impossible en si peu de temps d'avoir l'air présentable, n'importe qui vous le confirmera. Cela explique qu'en arrivant à la chapelle j'aie la tête de travers, et la cérémonie n'a rien arrangé. En m'éloignant au côté du mécanicien, j'ai l'impression qu'on m'a dévissé le crâne et récurée de bas en haut avec un goupillon.

Une sensation de chaleur descend sur mes épaules. Il a retiré son manteau qui m'enveloppe jusqu'aux pieds.

Nous nous retournons vers la tombe et vers nos traces de pas. Je vois l'empreinte de ses grands talons usés. C'est presque imperceptible à l'œil nu, mais il a probablement les jambes très légèrement arquées. Les trous laissés par mes talons aiguilles s'alignent parallèlement. Un peu comme les traces d'une biche – obliques et tapissées de taches noires là où la pointe du talon a traversé la neige et remué la terre.

Les femmes nous dépassent. Je ne vois que leurs chaussures et leurs bottes. Trois d'entre elles soulèvent Juliane et les pointes de ses chaussures ratissent la neige. Une paire de bottes noires en peau brodée marche à côté de la soutane du pasteur. Une lampe est accrochée au-dessus du portail donnant sur l'allée du cimetière. Je relève la tête en même temps que la femme et je la vois secouer ses longues boucles dans l'obscurité. La lumière se reflète sur son pâle visage et ses yeux immenses et noirs luisent comme deux trous d'eau. Elle avance au bras du pasteur et lui parle avec ferveur. L'image de ces deux silhouettes côte à côte est de celles qui se figent et s'impriment dans la mémoire.

– Mademoiselle Jaspersen.

C'est Ravn. Avec des amis. Deux hommes. Ils portent des manteaux aussi amples que le sien, mais sans flotter dedans, sur un costume bleu, une chemise blanche et une cravate. Ils ont aussi des lunettes de soleil, sans doute pour ne pas être gênés par l'aveuglante lumière de cette fin d'après-midi de décembre…

– J'aimerais vous parler cinq minutes.

– Dans le bureau du procureur de la brigade financière ? C'est au sujet de mes investissements ?

Il ne bronche pas. Il en a tellement vu que plus rien ne peut s'imprimer sur son visage. Il esquisse un mouvement en direction de la voiture.

– Je ne suis pas sûre d'être disposée à vous parler.

Il ne bronche toujours pas, mais ses deux acolytes resserrent imperceptiblement leur tenaille.

– Smilla. S-s-si tu n'en as pas envie, je pense que tu ne devrais pas y aller.

C'est le mécanicien. Il s'est interposé entre les deux hommes et moi.

Face au danger, les animaux – et la plupart des gens – se raidissent. Ce réflexe est dénué d'efficacité, mais c'est une loi naturelle. Les ours blancs sont l'exception. Ils peuvent rester allongés à l'affût pendant deux heures, le corps parfaitement au repos, sans que leur tonus musculaire ne se relâche une seule seconde. Le mécanicien est aussi une exception. Son attitude est presque décontractée. Pourtant, sa concentration est si intense que je le sens prêt à bondir. Cette agressivité me rappelle à quel point je le connais mal.

Ravn ne semble pas affecté le moins du monde, mais les deux hommes reculent d'un pas et déboutonnent leur veston. Peut-être à cause de la chaleur. Peut-être ont-ils le même tic nerveux, ou peut-être veulent-ils avoir les mouvements plus libres pour dégainer leur matraque.

– Est-ce que je serai raccompagnée en voiture ?

– Jusque sur le pas de votre porte.

Je suis assise à l'arrière à côté de Ravn. Tandis que nous roulons, je me penche vers le conducteur et lui retire ses lunettes de soleil.

– Je suis muette comme une tombe, minus. Mes lèvres sont scellées par sept sceaux. Ce n'est pas moi qui moucharderai à Ravn que tu roupilles pendant le service. A sept heures trente du matin sur Kabbelejevej.

Arrivés au commissariat central, nous nous engageons entre les deux bâtiments de brique rouge qui abritent les bureaux des inspecteurs du permis de conduire et gagnons une baraque rouge et basse donnant sur le port.

Il n'y a pas de pancarte ici. C'est désert. On n'entend crépiter aucune machine à écrire. Il n'y a pas de nom sur les portes. L'endroit est parfaitement silencieux. Comme une salle de lecture – ou la morgue de l'Institut médicolégal.

Mes deux anges gardiens se sont évaporés. Nous entrons dans un bureau. La lumière est éteinte et, à travers les persiennes, on devine les quais éclairés, le canal et, en face, Islands Brygge.

Dans la journée, la pièce doit être baignée de lumière. Sinon, l'intérieur est assez austère. Rien aux murs, ni sur les tables. Rien sur le rebord des fenêtres.

Ravn appuie sur l'interrupteur. Un homme est assis dans un coin. Il nous a attendus dans l'obscurité. Musclé, tondu comme une peluche noire, regard bleu et lointain, bouche crispée. Tenue très soignée.

Ravn s'installe derrière le bureau et fait les présentations :

– Smilla Jaspersen, commandant Telling.

Je suis assise dos à la fenêtre, les deux hommes face à moi.

Il n'y a ni cigarette, ni gobelets en plastique remplis de café, ni magnétophone, ni lumière électrique aveuglante. En somme, rien qui rappelle un décor d'interrogatoire. Seulement l'attente.

Je me retire au fond de moi-même.

Rompant le silence, une femme entre avec un plateau : thé, sucre, lait et citron, porcelaine blanche. Puis elle disparaît, engloutie par le bâtiment abandonné. Ravn fait le service.

Il prend un dossier dans un tiroir. La couverture est rose. Il commence à lire lentement, comme s'il cherchait à recréer la sensation d'une première lecture.

– Smilla Qaavigaaq Jaspersen. Née le 16 juin 1956 à Qaanaaq, fille de : Ane Qaavigaaq, chasseur, et de : Jørgen Moritz Jaspersen, médecin. Scolarité effectuée au Groenland et à Copenhague. Baccalauréat obtenu en 1976 au lycée public de Birkerød. Études supérieures à l'institut H. C. Ørsted et à l'Institut de géographie de l'université de Copenhague. Morphologie glaciaire, études statistiques et mathématiques fondamentales. Voyages dans l'Ouest du Groenland et à Thulé en 75, 76 et 77. Notes de frais concernant des expéditions françaises et danoises au Nord du Groenland en 78, 79 et 80. En 82, employée au service de géographie de l'armée. De 82 à 85, membre de l'équipe scientifique de diverses expéditions sur l'inlandsis, dans l'océan Arctique et la région arctique nord-américaine.

« Plusieurs rapports sont joints. L'un date de 1979. Il est signé par le commandant Guldbrandsen qui dirigea la patrouille Sirius. Ce dernier se plaint de votre refus de conduire les traîneaux à chiens. Vous avez peur des chiens ?

– Je m'en méfie un peu.

– Mais il ajoute qu'il vous recommanderait comme navigateur auprès de n'importe quelle expédition civile, dût-on vous porter sur le dos. Il y a aussi vos publications scientifiques. Une douzaine, la plupart parues dans des revues étrangères. Elles portent des titres qui nous dépassent, le commandant Telling et moi. *Statistics on Glacial Graphology. Mathematical Models for Brine Drainage from Seawater Ice*. J'ai aussi un abrégé que vous avez autrefois rédigé à l'usage des étudiants. *Morphologie glaciaire dans le Nord du Groenland : caractéristiques principales*.

Il referme le dossier.

– J'ai encore diverses appréciations. De professeurs. De vos collègues du Laboratoire des eaux glaciaires, dépendant de l'armée américaine et basé sur Pylot Island. Tous disent en gros que si on veut savoir quelque chose sur la glace, on s'adressera avec profit à Smilla Jaspersen.

Ravn ôte son manteau. Il est taillé en cure-pipes. Je retire mes chaussures et croise les jambes de manière à pouvoir masser mes orteils. Ils sont congelés, et j'ai encore des glaçons dans mes collants.

– Dans l'ensemble, ces renseignements correspondent à ceux qui figurent dans le curriculum vitae que vous avez fourni dans le cadre de votre demande d'autorisation d'entrée sur le territoire nord-groenlandais, afin d'accompagner une expédition de l'Institut norvégien d'études polaires destinée au marquage des ours blancs. Nous les avons passés au crible. Ils sont tous exacts. A la lecture de ces derniers, on est forcé de conclure que l'on a affaire à une jeune femme très indépendante, douée de qualités exceptionnelles, qu'elle a, de surcroît, su exploiter avec talent et ambition. Ne trouvez-vous pas que c'est l'impression qui s'en dégage ?

– Dégagez toutes les impressions que vous voudrez.

– Mais j'ai aussi quelques autres informations.

C'est un dossier mince avec une couverture vert foncé.

– Dans l'ensemble, ces informations correspondent à celles que le commandant Telling et son équipe ont eues à leur disposition quand ils ont refusé votre demande d'autorisation de pénétrer dans les terres nord-groenlandaises. Ce rapport passe d'abord en revue quelques événements ayant trait à votre vie privée. La mère est portée disparue le 12 juin 1963 au cours d'une chasse. Probablement décédée. Un frère se suicide en septembre 1981 à Upernavik. Mariage des parents en 1956, divorce en 1958. La garde parentale est confiée au père après la mort de la mère. Plainte déposée par l'oncle maternel à propos de cette décision, rejetée par le ministère de la Justice en mai 1964. Installation au Danemark en 1963. Entre 1963 et 1971, portée six fois disparue et retrouvée par la police, dont deux fois au Groenland.

« 1963 : école primaire pour enfants étrangers. 1964-1965 : école de Skovgård à Charlottenlund. Renvoyée. 1965-1967 : pensionnat de Stenhøj à Humlebæk. Renvoyée. A partir de là, brèves apparitions dans divers cours privés. Certificat d'études par correspondance. Lycée. Redouble la terminale. 76 : Baccalauréat par correspondance. Inscrite à l'université de Copenhague. 84 : radiée de l'université sans diplôme. Il y a aussi les activités politiques. Arrestations répétées lors du siège du ministère de l'Environnement par les Jeunesses groenlandaises. A participé à la création de l'IA quand les JG furent dissoutes.

Il se tourne vers Telling avec un air interrogateur.

– *Inuit Ataqatigiit* – Ceux qui veulent réussir – marxisme tendance agressive.

C'est la première intervention du commandant.

– Quitte l'organisation la même année à la suite de divergences. N'a adhéré à aucun parti depuis. Quelques infractions mineures. Trois affaires classées suite à des infractions à la législation territoriale canadienne dans le détroit de Peary. Pourquoi ?

– Je marquais des ours blancs. Comme les ours ne savent pas lire les pancartes, ils ne respectent pas les frontières territoriales.

– Quelques contraventions. Condamnation en diffamation pour un article intitulé « Études glaciologiques et recherche du profit au Danemark appliquées à l'exploitation des gisements pétrolifères dans l'océan glacial arctique ». A la suite de cette affaire, expulsée de la Société danoise de glaciologie.

Il relève le nez.

— Y a-t-il une seule institution dont vous n'ayez pas été renvoyée, mademoiselle Jaspersen ?

— Autant que je sache, je suis toujours inscrite au registre de l'état civil.

— Nous avons également, avec l'aide de votre centre de perception, jeté un regard sur vos revenus. Ils proviennent de vos articles, d'emplois occasionnels, d'allocations. Mais ça ne nous paraît guère suffisant pour couvrir vos dépenses. Nous nous sommes demandé si vous n'aviez pas un bienfaiteur. Comment vous entendez-vous avec votre père ?

— Nos rapports sont chaleureux et pleins d'une estime réciproque.

— Ceci explique cela. En effet, le commandant Telling a également jeté un œil sur ses déclarations fiscales.

Le fait qu'ils sachent tout cela n'a rien pour me surprendre : depuis la création de la base aérienne de Thulé, le nombre de passagers autorisés à atterrir au Groenland est limité sur chaque vol. Afin de donner au service des Renseignements généraux le temps de vérifier que tous sont protestants pratiquants, issus de bonne famille et vaccinés contre le virus bolchevique. Mais je suis sidérée qu'ils me fassent part de tout ce qu'ils savent.

— Ces informations nuancent la première impression et fournissent une image plus complexe. On obtient le portrait d'une femme qui n'a jamais achevé ses études. Qui est au chômage. Qui n'a pas de famille. Qui a semé la zizanie partout sur son passage. Qui ne s'est jamais intégrée. Dont le comportement est agressif. Et dont les opinions politiques tendent aux extrêmes. Malgré tout, ces douze dernières années, vous avez réussi à participer à neuf expéditions. Je ne connais pas le Groenland. Mais je me figure qu'il est plus facile de dissimuler ses échecs sur l'inlandsis que nulle part ailleurs.

Je ne relève pas cette dernière remarque. Je me contente de l'inscrire sous son nom dans ma liste noire.

— Au cours de chacune de ces expéditions, vous avez

été chargée de la navigation. A chaque fois, vous avez utilisé des documents cartographiques confidentiels, des rapports d'observation météorologique, des photos-radar et des photos-satellite prêtés par l'armée. Au cours de ces douze dernières années, vous avez neuf fois signé un serment de confidentialité et de secret. Nous avons des copies de tous ces documents.

Je commence à réaliser où il veut en venir, à deviner le fil conducteur.

– Dans un petit pays comme le nôtre, vous représentez un élément sensible, mademoiselle Jaspersen. Vous avez vu et entendu beaucoup de choses. A l'instar des personnes autorisées à pénétrer dans les territoires du Groenland septentrional. Dans une autre partie du royaume, avec un passé et un tempérament comme les vôtres, vous n'auriez pas eu le loisir de voir et d'entendre quoi que ce soit.

Le sang recommence à circuler dans mes pieds.

– J'ai honte, je suis au bord des larmes. Puis-je me moucher dans la cravate du commandant ?

– A votre place, s'il me restait un sou de bon sens, je ne jouerais pas au plus malin.

– C'est ma tenue qui vous déplaît ? Ma minijupe ?

– Ce qui nous déplaît, c'est votre entêtement inutile, pour ne pas dire carrément préjudiciable, à vous mêler d'une affaire dont je vous avais promis de m'occuper.

Nous y voilà.

– En effet, je me souviens de cette promesse. C'était à l'époque où vous travailliez encore au service du procureur général de Copenhague.

– Mademoiselle Smilla, dit-il d'une voix très douce. Nous avons le pouvoir de vous coffrer quand bon nous semble. Est-ce que vous me comprenez ? Nous pouvons vous donner une cellule pour vous toute seule, un mitard dans la minute qui suit. Après avoir consulté votre casier judiciaire, aucun juge n'hésitera.

Cet entretien est une démonstration de force. Il a voulu me montrer de quoi il est capable : se procurer les renseignements que j'ai fournis au gouvernement autonome du

Groenland et à l'Armée, surveiller mes faits et gestes, accéder à n'importe quelles archives. Et mobiliser si nécessaire un officier des Services secrets à six heures du soir en période de fêtes. Tout cela pour qu'il ne me reste pas l'ombre d'un doute sur son pouvoir de me jeter au trou à la seconde qui lui plaira.

Et il a réussi. Je reconnais qu'il en est capable. Qu'il obtiendra satisfaction. Car ses menaces révèlent une maîtrise parfaite de la situation. Il me le prouve en m'administrant le coup de grâce.

– Être enfermé, articule-t-il posément, dans une petite pièce insonorisée sans fenêtre, serait, me suis-je laissé dire, particulièrement désagréable pour qui a grandi au Groenland.

Il n'y a aucune perversité dans sa voix. Seulement une conscience précise et peut-être un brin mélancolique des moyens dont il dispose.

Il n'y a pas de prison au Groenland. La différence majeure entre les juridictions danoise et groenlandaise repose sur le fait que bien plus souvent cette dernière punit par des amendes les délits qui, au Danemark, auraient donné lieu à une peine de prison. L'enfer groenlandais n'est pas ce paysage déchiqueté et sulfureux de l'imagerie européenne. L'enfer groenlandais, c'est l'enfermement. Mes souvenirs d'enfance se déroulent toujours à l'air libre. Pour ma mère, l'idée de résider longtemps au même endroit était inconcevable. J'ai remarqué qu'il en allait de ma liberté de mouvement comme des testicules pour les hommes. Je la couve comme un nouveau-né, je la chéris comme une déesse.

Au beau milieu de mon enquête sur la mort d'Esajas, je suis obligée de rebrousser chemin.

Nous nous levons. Le thé a refroidi dans nos tasses intactes.

II

1

Il y a mille manières de dissimuler une déprime. Aller écouter un concert pour orgue de Bach à l'église Saint-Sauveur. Étendre avec une lame de rasoir une ligne de bonne humeur en poudre sur un miroir et la renifler avec une paille. Appeler à l'aide. Par téléphone, ne serait-ce que pour s'assurer de l'identité de l'interlocuteur.

Réagir, se débattre, c'est la méthode européenne.

J'opte pour la méthode groenlandaise, qui consiste à se complaire dans son malheur. A placer son échec sous un microscope et l'observer tout à son aise.

Quand tout va vraiment mal – comme aujourd'hui –, je vois un long tunnel se profiler devant moi. Je rentre. J'ôte mes vêtements élégants, mes sous-vêtements, mon casque, je pose mon passeport danois et j'avance dans le noir.

Je sais qu'un train ne tardera pas à arriver. Une locomotive tirant des wagons blindés chargés de strontium 90. Je vais à sa rencontre.

Je puis me le permettre parce que j'ai trente-sept ans. Je sais aussi qu'un petit point lumineux brille au milieu du tunnel, sous les roues, entre les traverses.

C'est le lendemain du réveillon de Noël. Durant ces derniers jours, je me suis progressivement retirée du monde. Je me prépare à présent au grand saut dans le vide. C'est inévitable. Parce que j'ai plié devant Ravn, trahi Esajas et que je ne parviens pas à chasser mon père de mon esprit. Parce que j'ignore ce que je vais raconter au mécanicien. Parce qu'il me semble qu'on n'apprend décidément rien de ses erreurs.

Pour me mettre en condition – et accélérer le processus –, je me suis privée de petit déjeuner. J'ai verrouillé ma porte. Je m'installe sur une chaise à haut dossier et j'excite ma mauvaise humeur : voici notre petite Smilla. Affamée. Couverte de dettes. Le matin de Noël. Quand les autres sont auprès de leur famille. De leur petit ami. Ou de leur mainate.

Le résultat ne tarde pas à se manifester. Je suis déjà à l'entrée du tunnel. Vieillissante. Une épave. Abandonnée.

On sonne à la porte. C'est le mécanicien. Je reconnais bien là sa façon prudente et retenue, comme si la sonnette était vissée dans le crâne d'une vieille dame qu'il n'ose pas déranger. Je ne l'ai pas revu depuis l'enterrement. J'ai évité de penser à lui.

Je me lève pour débrancher la prise et je retourne m'asseoir.

J'invoque les images de ma deuxième fugue. Moritz était venu me rechercher à Thulé. Nous nous tenions sur la dalle de ciment qui couvre les vingt derniers mètres avant d'embarquer dans l'avion. Ma tante se lamentait. Je respirais à pleins poumons, me figurant que je réussirais ainsi à ramener au Danemark un peu de cet air limpide, sec et parfumé.

On frappe à la porte de service. C'est Juliane. Elle s'agenouille et crie par la fente de la boîte aux lettres.

– Smilla. J'ai fait des quenelles de poisson !

– Fiche-moi la paix.

Elle se vexe.

– Je vais les glisser par ta boîte aux lettres.

Juste avant de monter dans l'avion, ma tante m'avait donné une paire de bottes en poil de phoque pour la maison. Elle avait passé un mois à coudre la parure de perles.

Le téléphone sonne.

– J'aurais voulu m'entretenir d'une chose avec vous.

C'est la voix d'Elsa Lübing.

– Je regrette. Trouvez quelqu'un d'autre. Ne jetez pas de la confiture aux cochons.

Je débranche la prise du téléphone. La tranquillité du

cachot de Ravn commence à me séduire. Un jour comme aujourd'hui, on ne peut écarter l'éventualité que, pour finir, quelqu'un va frapper à la fenêtre. Même au quatrième étage.

On frappe à la fenêtre. Un homme vert. J'ouvre.

– C'est le laveur de carreaux. Je voulais simplement vous prévenir, au cas où il vous viendrait à l'idée de vous déshabiller.

Il me regarde avec un très large sourire. Comme s'il lavait les vitres à grands coups de langue.

– Qu'est-ce que ça signifie, nom d'un chien ? Voudriez-vous insinuer que vous n'avez pas envie de me voir nue ?

Son sourire se décompose. Il presse un bouton et la plate-forme descend hors de ma vue. Je lui crie :

– Je ne veux pas qu'on lave mes vitres. A mon âge, des vitres propres ou sales, ça ne fait guère de différence.

Les premiers temps qui suivirent mon installation au Danemark, je n'ai pas adressé la parole à Moritz. Nous dînions ensemble. Il l'avait exigé. Rivés sur nos chaises, muets, tandis que les domestiques se succédaient, au fil des années, avec leurs spécialités respectives. Dame Mikkelsen, Dagny, mademoiselle Holm, Boline Hsu. Crépinettes, lapin à la crème, légumes japonais, spaghettis hongrois. Jamais un mot ne fut prononcé.

Quand j'entends dire combien les enfants sont prompts à oublier et à pardonner, combien ils sont sensibles, ça me laisse de marbre. Les enfants ont une excellente mémoire, ils enregistrent tout et se vengent en feignant d'ignorer ceux qu'ils n'aiment pas.

J'ai dû atteindre l'âge de douze ans avant d'entrevoir pourquoi il s'était acharné à me ramener au Danemark.

Je m'étais enfuie de Charlottenlund en auto-stop. J'avais entendu dire qu'en allant vers l'ouest, on arrivait dans le Jutland. On gagnait alors la ville de Frederikshavn. Là, on pouvait atteindre Oslo par bateau. Et des liaisons régulières partaient d'Oslo à destination de Nuuk.

En fin d'après-midi, un garde forestier me ramassa vers Sorø. Il me conduisit à son poste, me donna du lait et des tartines et me demanda de l'attendre un instant. L'oreille collée contre la porte, je l'ai écouté téléphoner à la police.

J'ai trouvé le vélomoteur de son fils devant le garage. J'ai filé en coupant à travers champs. Le garde forestier courait derrière moi, mais ses sabots restèrent embourbés dans la terre labourée.

Nous étions en hiver. J'ai dérapé dans un virage près d'un lac. En tombant, j'ai déchiré mon blouson et je me suis blessée à la main. J'ai continué à pied, marché une bonne partie de la nuit. Puis je me suis endormie sous un abri d'autobus et réveillée sur une table de cuisine. Une femme désinfectait les écorchures de mon flanc avec de l'alcool à 90°. La douleur cognait dans ma poitrine comme à coups de boutoir.

A l'hôpital, on nettoya la plaie des morceaux d'asphalte et on plâtra mes os du carpe. C'est là que Moritz vint me chercher.

Il était furieux. Il déambulait à côté de moi dans le couloir de l'hôpital, tremblant de rage.

Quand il m'a lâché le bras pour prendre les clés de sa voiture, je lui ai faussé compagnie : j'avais encore de la route à faire d'ici à Oslo. Hélas, je n'étais pas au meilleur de ma forme – et Moritz court vite. Les joueurs de golf s'entraînent à la course à pied afin d'avoir l'endurance nécessaire pour boucler un circuit de soixante-douze trous en quarante-huit heures, soit la bagatelle de vingt-cinq kilomètres par jour.

Je lui avais réservé une surprise : un scalpel de chirurgien volé aux Urgences et caché dans ma capuche. Un scalpel entame la chair comme si c'était du beurre ramolli au soleil. Avec ma main droite plâtrée, je ne réussis qu'à lui entailler la paume dans toute la largeur.

Il regarda sa main et la leva pour m'infliger une correction. J'esquivai le coup et nous nous mîmes à nous poursuivre en décrivant des cercles sur le parking. Quand la violence physique a couvé trop longtemps, elle se manifeste dans un immense soulagement.

Soudain, il s'est redressé.

« Tu ressembles à ta mère. »

Puis il a éclaté en sanglots.

Un coin du voile s'est levé. J'ai compris qu'en sombrant dans l'océan, ma mère avait entraîné une partie de Moritz avec elle. Ou pire : une partie de sa réalité physique. Je nous revois confusément, sur le parking, ce petit matin d'hiver, face à face, nous observant, tandis que le sang dégouttait de sa main et creusait dans la neige un minuscule trou fumant. Je le revois au Groenland du temps où ma mère vivait. Entre deux changements d'humeur sournois et imprévisibles, je me souviens d'avoir décelé chez lui une certaine gaîté, une joie de vivre, voire même une certaine chaleur. C'est cela que ma mère avait emporté. Les couleurs s'étaient effacées avec elle. Depuis, il vivait emmuré dans un univers noir et blanc.

Il m'avait ramenée au Danemark parce que j'étais la seule capable de lui rappeler son souvenir. Les amoureux chérissent une photographie. Ils s'agenouillent devant un mouchoir. Ils font des milliers de kilomètres pour contempler un pan de mur. Ils sont prêts à tout pour attiser la flamme qui les réchauffe et les consume.

La cause de Moritz était perdue. Il était désespérément amoureux d'une femme dispersée dans le néant jusqu'à la dernière molécule. Son amour avait abandonné tout espoir. Mais il s'accrochait à sa mémoire. J'étais cette mémoire. Il était venu me chercher contre ma volonté et, durant toutes ces années, il avait dû encaisser un nombre infini de refus, éponger un océan de mauvaise grâce, rien que pour apercevoir à travers moi, au-delà de moi, et y poser le regard, les ressemblances avec ma mère.

Nous nous sommes ressaisis. J'ai jeté le scalpel dans un buisson et nous sommes retournés aux Urgences pour lui faire un bandage.

Ce fut ma dernière tentative d'évasion. Je ne dirais pas que je lui ai pardonné. J'aurai toujours du mépris pour les adultes qui reportent sur de jeunes enfants l'amour dont il n'ont pas su se guérir. Mais, d'une certaine manière, je le comprenais.

De ma chaise, je vois la fente de la boîte aux lettres. La seule ouverture par laquelle le monde extérieur ne s'est pas encore faufilé. Une banderole de carton gris s'y fraye à présent un passage. Elle porte une inscription. Je ne bouge pas. Mais il est difficile d'ignorer un message long d'un mètre.

« Tout vaut mieux que le suicide. » C'est ce que je décode après avoir corrigé les deux ou trois fautes d'orthographe qui ont réussi à se glisser dans ces quelques mots.

Sa porte n'est pas verrouillée. Je sais qu'il ne ferme jamais à clé. Je frappe avant d'entrer.

Je me suis tamponné le visage avec un peu d'eau froide. On ne peut exclure que je me sois recoiffée.

Il est assis dans le salon, absorbé par sa lecture. C'est la première fois que je le vois avec des lunettes.

Dehors, le laveur de carreaux s'affaire. Dès qu'il m'aperçoit, il entreprend de s'attaquer à l'étage inférieur.

Le mécanicien a encore l'oreille enrubannée de sparadrap. Il semblerait que ça cicatrise. Ses yeux sont auréolés de cernes noirs, mais il est rasé de frais.

– Il y a eu une autre expédition.

Il pioche dans la liasse de papiers posée devant lui.

– Voici la carte.

Je m'assieds à côté de lui. Il sent le shampooing et l'ail.

– Quelqu'un l'a annotée.

C'est la première fois que j'examine de plus près la carte du glacier. C'est une photocopie. Quelqu'un a griffonné au crayon dans la marge. La photocopie a foncé les lettres et les a rendues lisibles. C'est un mélange d'anglais et de danois : « Deal modifié. Carlsb. found. Expd. 1966. »

Il lève sur moi un regard plein d'espoir.

– Alors je m-m-me suis dit qu'il y avait eu une autre expédition. J'ai envisagé un instant de retourner aux Archives.

– Sans la clé ?

– J'ai des outils.

Aucune raison d'en douter. Il est équipé pour forcer les coffres de la Banque centrale.

– L'idée m'est venue de téléphoner à Carlsberg. Ça s'est révélé assez com-compliqué. On m'a passé un service qui m'a adressé à la fondation Carlsberg. Là, on m'a dit que des fonds avaient été débloqués pour une expédition en 66. Mais les employés ont changé. Ils n'ont plus le dossier… Ils ont mieux.

Il exulte.

– Ils ont les comptes, la liste des membres de l'expédition et du personnel rémunéré. Tu veux s-s-savoir ce que je leur ai raconté ? J'ai prétendu que j'appelais de la part de la Direction générale des impôts. Ils m'ont tout de suite envoyé les documents. Et devine ! Il y a un revenant.

Il pose une feuille devant moi. Une liste de noms en lettres majuscules. Deux d'entre eux me sont familiers. Il pointe le doigt sur l'un d'eux.

– Curieux, pas vrai ? Quand on a entendu ce nom une fois, on s'en souvient. Il a participé aux deux expéditions.

– Andreas Fine Licht. 600 CYD 12/9.

– C'est quoi CYD ?

– Cap York dollars. La monnaie de la Compagnie danoise de cryolithe au Groenland.

– J'ai téléphoné au service de l'état civil. On m'a réclamé les noms, les numéros d'identité et les dernières adresses connues. J'ai dû rappeler la fondation. On m'a renseigné. Il y a dix noms, n'est-ce pas ? Trois Groenlandais et, sur les sept autres, deux sont encore en vie. 1966, ç-ç-ça commence à faire un bail. Licht est l'un d'eux. L'autre est une femme. Selon Carlsberg, elle aurait été rémunérée pour une traduction. On n'a pas pu me dire quoi exactement. Elle s'appelle Bénédicte Clahn.

– Il en manque un.

Il me regarde sans comprendre.

Je lui mets le rapport médical sous les yeux, un doigt sur le nom du signataire. Il épelle lentement.

– Loyen.

Et acquiesce.

– Il était aussi de la partie en 66.

Il nous prépare à dîner.

Quand on se sent bien chez un hôte, on finit générale-ment par se retrouver dans la cuisine. A Qaanaaq, c'était la pièce où nous vivions. Dans le cas présent, je me contente de rester sur le seuil. La cuisine est vaste, mais il occupe l'espace à lui tout seul.

Il y a des femmes qui ne ratent jamais un soufflé. Capa-bles à tout instant de vous sortir la recette du parfait au moka de leur soutien-gorge de sport. Ou d'assembler les choux de la pièce montée de leur mariage d'une main en préparant un steak Nossi Bé de l'autre.

On ne peut qu'applaudir. A condition de ne pas culpa-biliser à la vue du grille-pain électrique dont on n'a pas encore assimilé toutes les subtilités.

Il se tient devant deux montagnes, l'une de poissons : saumon, maquereau, morue, plusieurs sortes de poissons plats, des queues, des têtes et des nageoires, deux gros crabes ; l'autre de légumes : carottes, oignons, poireaux, raves de persil, fenouils, topinambours.

Il rince les légumes et les plonge dans l'eau bouillante.

Je lui parle de Ravn et du commandant Telling.

Il fait cuire le riz. Avec de la cardamome et de l'anis étoilé.

Je lui parle des clauses de confidentialité que j'ai signées et des rapports que Ravn s'est procurés.

Il égoutte les légumes et met à bouillir les morceaux de poisson.

Je lui parle des menaces d'arrestation.

Il réserve les morceaux de poisson. Cela me rappelle le Groenland ; nous prenions alors le temps de cuisiner. Les poissons ont des temps de cuisson différents. La morue cuit très vite. Le maquereau un peu moins, le saumon encore moins.

– J'ai peur d'aller en prison.

Il plonge les crabes en dernier et les laisse bouillir cinq minutes au maximum.

En un sens, je suis soulagée qu'il ne réponde pas, qu'il

ne se fâche pas. Il est le seul à savoir où nous en sommes – et ce qu'il nous faudra oublier.

Je ressens le besoin d'insister sur ma claustrophobie.

– Sais-tu sur quoi reposent les mathématiques ? Sur les nombres. Si on me demandait ce qui me rend vraiment heureuse, je répondrais : les nombres. La neige, la glace et les nombres. Veux-tu savoir pourquoi ?

Il brise les pinces avec un casse-noisettes et en retire la chair avec une pique à crabe.

– Parce que le système des nombres ressemble à la vie. Au commencement étaient les nombres entiers. Entiers et positifs. Mais la conscience humaine se développe, l'enfant découvre la nostalgie. Connais-tu l'expression mathématique de la nostalgie ?

Il ajoute de la crème et quelques gouttes de citron dans le bouillon.

– Les nombres négatifs. La conceptualisation d'un manque. La conscience continue d'évoluer et de s'affiner, et l'enfant découvre les intervalles. Entre les pierres, entre les brins de mousse sur les pierres. Et entre les nombres. Sais-tu à quoi cela mène ? Aux fractions. En additionnant les nombres entiers et les fractions, on obtient les nombres rationnels. La conscience ne s'arrête pas en si bon chemin. Elle veut dépasser l'entendement. Alors elle conçoit une opération totalement absurde comme l'extraction de racine, qui aboutit aux nombres irrationnels.

Il fait réchauffer la baguette dans le four et verse des grains de poivre dans un moulin.

– C'est de la folie. Car l'ensemble des irrationnels est infini. On ne peut pas l'écrire. Il précipite la conscience dans l'incommensurable. Les nombres irrationnels additionnés aux nombres rationnels font les nombres réels.

Pour donner plus d'ampleur à ma démonstration, je me suis avancée au milieu de la pièce. On a si rarement l'occasion de s'expliquer avec son prochain. En général, il faut se battre pour obtenir la parole. Et c'est tellement important à mes yeux.

– Ça ne s'arrête pas là. Ça ne s'arrêtera jamais. Car,

illico, voici que nous suppléons les nombres réels par les nombres imaginaires, les racines carrées de nombres négatifs. Des nombres inconcevables par un cerveau normal. En additionnant les nombres réels aux nombres imaginaires, on obtient les nombres complexes et le premier système de calcul qui nous rende capable d'expliquer la formation des cristaux de glace. C'est comme un vaste paysage déployé devant soi et dont l'horizon s'éloigne au fur et à mesure que l'on cherche à s'en rapprocher. C'est le Groenland, c'est ma raison d'être ! Voilà pourquoi je ne veux pas aller en prison.

J'achève ma tirade nez à nez avec lui.

– Smilla, est-ce que je peux t'embrasser ?

Chacun a sûrement une image préconçue de soi. Je me suis toujours considérée comme une bonne femme plutôt rosse et forte en gueule. Je reste sans voix. J'ai le sentiment d'avoir été dupée. De ne pas avoir été entendue. Il s'est joué de moi. Mais à bien y regarder, il ne fait rien de mal. Il n'est pas indélicat. Il se contente de se tenir devant ses chaudrons fumants en me fixant des yeux.

Comme je ne trouve rien à répondre, je reste plantée là, ne sachant que faire de ma peau, prisonnière de cet instant certes pénible, mais heureusement passager.

– J-j-joyeux Noël.

Nous avons mangé en silence. En partie parce que ma réponse muette plane encore lourdement dans la pièce. Mais surtout parce que la soupe l'exige. On ne peut parler en présence d'une telle soupe. Elle le hurle du fond de l'assiette, réclamant une attention absolue.

C'était pareil avec Esajas. Quand je lui faisais la lecture ou que nous écoutions *Pierre et le Loup*, mon attention se laissait parfois distraire et je me mettais à rêvasser, bercée par mes pensées. Au bout d'un moment, il toussotait gentiment pour me rappeler à son bon souvenir. Un toussotement éloquent qui semblait dire : « Smilla, réveille-toi, tu m'oublies. »

Idem avec la soupe. Le mécanicien m'a servie dans une assiette creuse et boit sa portion dans un bol. Elle a le goût du poisson. Le goût des fonds de l'Atlantique, des icebergs, du varech. Le riz a la saveur des tropiques et des feuilles de banane roulées, des marchés aux épices flottants de Birmanie. En forçant un peu le trait.

Nous buvons de l'eau minérale gazeuse. Il sait que je ne bois jamais d'alcool. Il ne m'a pas demandé d'explication. Il ne m'a d'ailleurs jamais demandé quoi que ce soit. A part tout à l'heure.

Il repose sa cuiller.

– Il y a quand même le bateau, dit-il. La maquette de bateau dans la chambre du Baron. On dirait un objet de valeur.

Il pose un dépliant imprimé devant moi.

– La b-b-boîte dans laquelle il avait percé des trous. J'y ai trouvé ceci.

Pourquoi n'ai-je rien remarqué ?

Il est inscrit au recto du dépliant : « Musée arctique. Compagnie danoise de cryolithe *Johannes Thomsen*. Échelle : 1/50 000e ».

– Qu'est-ce que ça peut être, ce Musée arctique ?

Il ne sait pas.

– Mais il y avait une adresse sur la boîte.

C'est son joker : un morceau de carton qu'il a découpé avec un couteau. Sûrement pour éviter les fautes en recopiant. Il le pose devant moi.

– « Cabinet d'avocats Hammer et Ving ». L'adresse indique Østergade, au bout de la rue piétonnière, à côté de Kongens Nytorv.

– C'est lui qui venait chercher le Baron en voiture.

– Et Juliane, qu'est-ce qu'elle en dit ?

– Elle tremble de peur.

Il prépare le café avec minutie et sans précipitation. Deux sortes de grains, le moulin, le filtre, la machine à expresso. Nous buvons en silence. C'est le soir du réveillon. En général, le silence est mon allié. Aujourd'hui, il m'oppresse légèrement les tempes.

– Vous aviez un sapin de Noël, quand tu étais enfant ?

Une question qui inspire confiance. Je cherche sournoisement à savoir qui il est.

– Tous les ans. Jusqu'à ma qu-quinzième année. Là, le chat a voulu y grimper, et il a pris feu aux bougies.

– Qu'as-tu fait ?

J'ai dit ça machinalement, pourtant la question m'a semblé aller de soi.

– J'ai enlevé ma chemise et j'en ai enveloppé le chat, pour étouffer les flammes.

Je l'imagine torse nu. Reluisant sous la lumière tamisée des lampes. Sous la lueur des bougies de Noël. Éclairé par le chat transformé en torche vivante. Je chasse cette image. Elle revient. Certaines pensées vous collent à la peau.

– Bonne nuit, dis-je en me levant.

Il me raccompagne à la porte.

– A c-c-coup sûr, je vais faire des rêves cette nuit.

Cette remarque me paraît d'un goût douteux. Je sonde son visage pour voir s'il se paye ma tête, mais il est sérieux.

– Merci pour cette charmante soirée.

Je sais qu'il est grand temps de mettre de l'ordre dans mon existence quand, par exemple, mon appartement déborde d'affaires empruntées depuis si longtemps que j'aimerais mieux me raser le crâne plutôt que d'avoir à appeler le ringard qui me les a prêtées.

Mon magnétophone porte une petite plaque : « Institut géodésique ». Haut-parleurs intégrés, soixante-dix pour cent de distorsion intégrée : intégralement inusable. Je n'ai même pas d'excuse pour en acheter un neuf.

Sur la table devant moi, j'ai posé la boîte à cigares d'Esajas. J'ai examiné un à un les objets qu'elle contient. J'ai cherché des renseignements sur la pointe de harpon dans l'ouvrage de Birket-Smith, *Les Esquimaux* ; elle provient de la culture de Dorset. 700-900 après Jésus-Christ. J'ai lu qu'on en avait retrouvé au moins cinq mille spécimens dispersés sur trois mille kilomètres de côtes.

Je sors la cassette de son boîtier. C'est une Maxell XL1-S. Un modèle coûteux qu'on utilise pour réaliser des enregistrements musicaux de qualité.

Ce n'est pas un enregistrement musical, mais une voix d'homme. Un Groenlandais.

En 1981, à l'île de Disko, j'ai participé aux tests d'érosion par les embruns de mousquetons utilisés pour s'assurer lors des excursions sur les glaciers. Nous les avons simplement suspendus à une corde. Quand nous sommes revenus trois mois plus tard, ils étaient un peu oxydés, mais semblaient avoir tenu. D'après le fabricant, ils pouvaient supporter une charge de quatre tonnes. Il s'est avéré que nous pouvions les réduire en poussière d'un coup d'ongle. Exposé à un climat hostile, le matériau s'était décomposé.

C'est par un processus de décomposition analogue que l'on perd sa propre langue.

Quand on nous transféra de l'école du village à celle de Qaanaaq, nos nouveaux professeurs ne parlaient pas un mot de groenlandais et n'avaient pas la moindre intention d'apprendre. Ils nous dirent que, pour les meilleurs d'entre nous, cette école serait la porte ouverte au Danemark et à un diplôme, l'opportunité d'échapper à la misère polaire. Cette ascension dorée se déroulerait bien sûr en danois. La politique des années soixante était née, politique qui devait, selon les termes du Premier ministre de l'époque, valoir au Groenland le statut de « département danois le plus septentrional » et à la population inuit celui de « Danois du nord », « dotés des mêmes droits civiques que les autres habitants du royaume ».

Nous voilà prévenus. On s'installe au Danemark et, les six premiers mois, on se sent incapable d'oublier sa langue maternelle, celle dans laquelle on pense, celle avec laquelle on évoque le passé. Un jour, on croise un Groenlandais. On échange quelques phrases. Soudain, on se surprend à chercher un mot courant. Six mois passent. Une amie vous emmène à la Maison des Groenlandais, sur Løvstræde. C'est là qu'on s'aperçoit que sa propre langue s'effrite au premier coup d'ongle.

Depuis, j'ai tenté de réapprendre au cours de mes différents séjours. Comme tant d'autres entreprises, celle-ci fut couronnée d'un succès médiocre. Voilà donc où j'en suis avec ma langue maternelle : j'ai le niveau d'une lycéenne de seize, dix-sept ans.

En outre, on ne parle pas une langue au Groenland, mais trois. Sur la cassette d'Esajas, l'homme s'exprime en groenlandais oriental, un dialecte du Sud, parfaitement incompréhensible pour moi.

Au ton de sa voix, j'ai l'impression qu'il s'adresse à quelqu'un. Mais il n'est jamais interrompu. Il me semble entendre par instants des bruits de couverts entrechoqués. Il se trouve peut-être dans une cuisine ou une salle à manger. Puis ce sont des bruits de moteur provenant peut-être d'un générateur ou du magnétophone.

Ce qu'il explique lui tient à cœur. C'est un long monologue, pressé, compliqué, et entrecoupé de silences. Dans les pauses, on devine un sifflement, peut-être de la musique, peut-être un instrument à vent. Provenant d'un enregistrement antérieur mal effacé.

Je renonce à comprendre et me livre à des suppositions. Ce n'est pas le père d'Esajas : il ne parlait probablement pas ce dialecte.

La voix retombe, c'est la fin. Il a été fait largement usage de la touche « pause » : il n'y a pas de parasites, juste la voix entre les plages de silence. Et au loin, très loin, un fond musical.

Je pose mes pieds sur la table et laisse la bande défiler.

De temps en temps, je faisais écouter de la musique à Esajas. A cause de son ouïe défaillante, j'approchais les haut-parleurs tout près du canapé et augmentais le volume. L'oreille collée à l'enceinte et bien calé au fond du dossier, il fermait les yeux. Souvent, il roulait doucement par terre en s'endormant. Je le ramassais et le portais dans mes bras à l'étage inférieur. S'il y avait trop d'agitation en bas, je le remontais chez moi et l'allongeais sur mon lit. Là, il se réveillait instantanément et, dans un demi-sommeil, il marmonnait d'une voix rauque, comme s'il essayait de fredonner quelques mesures du morceau que nous venions d'entendre.

J'ai fermé les yeux. Il fait nuit. Les derniers invités ont ramené leur remorque remplie de cadeaux de Noël. Ils s'endorment heureux à l'idée qu'après-demain ils iront les échanger ou se les faire rembourser. Sauf si grand-père et grand-mère ont eu la délicatesse d'offrir un chèque.

C'est l'heure de mon infusion à la menthe, l'heure de contempler la ville. Je regarde à travers la fenêtre : on peut toujours espérer qu'il s'est mis à neiger pendant qu'on avait le dos tourné.

A cet instant précis, un rire éclate dans l'obscurité.

D'un bond je suis debout, en garde. Ce n'est pas le rire cristallin d'une frêle fillette, mais plutôt le fantôme de l'Opéra. Il faudra donner cher pour avoir ma peau.

Les percussions battent quatre temps légers et la musique s'élève. Du jazz. Le son de la trompette s'amplifie peu à peu.

J'arrête la cassette et rassemble mes esprits. Une fraction de seconde suffit à fabriquer une solide quantité d'adrénaline. Mais l'éliminer peut prendre la moitié de la soirée.

Je rembobine et repasse la dernière partie de la bande. Après une longue plage de silence, le rire éclate brusquement, grave, sonore et triomphant. Puis les quatre temps, puis la musique. C'est du jazz, mais pas vraiment. Il y a quelque chose d'euphorique, de débridé. Comme si les quatre instruments s'emballaient. C'est indéfinissable, il y a aussi l'étrange rigueur d'un numéro de clown au bord de la piste. Simuler le chaos réclame la plus grande rigueur.

Le numéro dure environ sept minutes et s'arrête net avec la bande. C'est une musique pleine de vitalité.

Curieusement vivifiante après un accès d'angoisse à trois heures du matin, une nuit de réveillon.

Je chantais dans le chœur de l'église de Qaanaaq. Les yeux rivés sur l'étoile, j'imaginais les trois Rois mages, raquettes aux pieds, leur traîneau à chiens glissant sur la neige. Je savais ce qu'ils éprouvaient : la certitude d'être dans la bonne direction – le privilège de ceux qui ont un doigt dans l'Espace absolu. Ils s'acheminaient vers une source d'énergie. Petite fille, devant ma partition, ignorant le solfège et feignant de lire les notes, c'est ainsi que je me représentais l'enfant Jésus.

Une moitié de vie plus tard, rien n'a changé. Et qu'importe si l'on n'a pas soi-même eu d'enfant. Je peux aimer la mer et la glace sans toujours me sentir négligée par la Création. Un enfant qui naît est un événement merveilleux, une étoile, une aurore boréale, une colonne d'énergie dressée dans l'univers. Un enfant qui meurt est un drame atroce.

Je me lève, je descends et je sonne.

Il m'ouvre en pyjama, le visage ensommeillé.

– Peter. J'ai peur. Mais je ne laisse pas tomber.

Il rit, à moitié éveillé.

– J'en étais sûr, dit-il. J'en étais sûr.

2

– Trente est un nombre biblique, dit Elsa Lübing. Judas reçut trente pièces d'argent. Jésus fut baptisé à l'âge de trente ans. A la nouvelle année, cela fera trente ans que la Compagnie danoise de cryolithe s'est dotée d'une comptabilité automatisée.

Ce 27 décembre, nous sommes installées dans les mêmes chaises, devant la même théière, les mêmes napperons sous les tasses protègent la table. Devant nous, le même paysage vertigineux nous renvoie la même lumière blanche hivernale. Comme si le temps s'était arrêté, comme si nous étions restées figées là depuis une semaine. Comme si quelqu'un avait pressé un bouton, et que nous reprenions notre conversation là où nous l'avions interrompue. Un détail a changé. Elle a réfléchi. Elle semble déterminée.

Son regard est creusé et son teint plus pâle. Sa décision lui aura coûté quelques nuits d'insomnie.

Ou bien est-ce moi qui fabule ? Peut-être a-t-elle tout simplement célébré Noël en jeûnant, veillant, égrenant des chapelets. D'où cette pâleur.

– Ces trente années ont à la fois tout et rien changé. Entre les années cinquante et le début des années soixante, le directeur était le conseiller Ebel. Celui-ci et madame avaient chacun une Rolls Royce fabriquée sur commande. De temps à autre, l'une des voitures était garée devant l'usine, avec un chauffeur en livrée au volant. Nous savions alors que son épouse ou lui était en visite. Mais nous ne les voyions jamais. Elle avait un wagon privé en gare de Hambourg. Plusieurs fois par an, on le raccrochait au train qui amenait le couple sur la Côte d'Azur. La direction quotidienne était assurée par le directeur financier, le directeur commercial et l'ingénieur de chantier Ottesen. Ottesen passait le plus clair de son temps au laboratoire ou sur la carrière de Saqqaq. Nous ne le voyions jamais non plus. Le directeur commercial était constamment en voyage. Quand il rentrait, il se répandait en sourires, en cadeaux et en anecdotes primesautières. Je me souviens qu'il a rapporté des bas de soie de son premier séjour à Paris après la guerre.

Elle rit à l'idée qu'elle ait pu avoir un jour l'extravagance de s'intéresser à pareille fanfreluche.

– J'ai remarqué que vous soigniez beaucoup votre toilette. Cela passe avec l'âge. Ces trente dernières années, je n'ai porté que du blanc. C'est en renonçant aux futilités temporelles que la pensée peut s'élever librement vers le spirituel.

Je me tais mais je l'inscris sur mes tablettes pour la prochaine fois que je me ferai tailler un pantalon chez Tvilling, dans Heinesgade. Il collectionne les perles de ce genre.

– C'était un appareil de cent soixante-cinq sur cent vingt centimètres actionné par deux manettes. L'une pour les monnaies continentales, l'autre pour la livre anglaise. Les informations confidentielles étaient codées à l'aide d'un système de cartes perforées. Elles furent moins accessibles. Des chiffres condensés sur une carte à trous et codifiés deviennent plus difficile à comprendre. « C'est la centralisation, disait le directeur. La centralisation a toujours un prix. »

D'une certaine manière, il est aujourd'hui plus aisé de se tenir au courant. Toute activité revêt une dimension internationale. Au nom de la centralisation, la Compagnie commerciale groenlandaise cessa son négoce sur l'île de Maxwell en 1979. Mon frère y était chasseur depuis dix ans, le roi de l'île, aussi respecté qu'un babouin mâle. La fermeture l'a obligé à se replier sur Upernavik. A l'époque où je fus envoyée en poste à la station météorologique de cette ville, il balayait les docks. Il s'est pendu l'année suivante. La même année, le Groenland détint le record mondial du taux de suicides. Le ministère des Affaires groenlandaises déclara dans *Atuagagdliutit* que les nécessités de la centralisation seraient inconciliables avec le secteur traditionnel de la chasse. On ne mentionna pas qu'elle entraînerait une recrudescence des suicides. Mais c'était en quelque sorte sous-entendu.

– Goûtez donc mes biscuits. Ce sont des *spekulaas*. Fabrication maison. Cela m'a pris toute une vie d'apprendre à les démouler sans émietter les dessins.

Ce sont des biscuits bruns et plats avec un fond d'amandes effilées et carbonisées. Elle les inspecte. Quand on a toujours vécu seule, on peut se permettre de se spécialiser dans des créneaux aussi étroits. Comme la cuisson et le démoulage des biscuits.

– Je triche un peu. Celui-ci, par exemple. Le moule est en forme de jeunes mariés. Les yeux y restent souvent collés. C'est normal, la pâte sablée est très sèche. Aussi, je démoule mon couple du mieux que je peux et je redessine les yeux avec une aiguille à tricoter. Le résultat est différent, mais très proche du modèle d'origine. Une entreprise pratique la même chose, et cela s'appelle « une gestion saine ». C'est un concept élastique qui donne les limites de ce qu'un comptable peut accepter. Savez-vous comment les responsabilités sont réparties dans une société cotée en Bourse ?

Je fais non de la tête. Le mariage du beurre et des épices est tel que je me sens capable d'avaler cent biscuits sans entendre mon estomac crier à l'aide.

– Le P-DG est naturellement responsable des comptes devant les administrateurs et, au sommet, devant l'assemblée des actionnaires. Le directeur financier avait été nommé « président intérimaire du Conseil d'administration ». C'était un partage judicieux des pouvoirs, qui exigeait néanmoins une confiance totale. Ottesen surveillait la mine. Le directeur commercial était toujours à l'étranger. Il n'est pas exagéré de dire que, pendant de nombreuses années, le directeur financier a pris seul toutes les décisions importantes pour l'avenir de la Compagnie. Nous n'avions aucune raison de douter de son honnêteté. Il s'est révélé un dirigeant digne de cette confiance. A la fois juriste et comptable. Ancien membre du conseil municipal où il représentait les sociaux-démocrates. Il siégeait et siège toujours au conseil d'administration de plusieurs entreprises, agences immobilières et caisses d'épargne.

Elle me tend le plat de biscuits. Chez les Danois, il existe une corrélation étroite entre nourriture et expression des sentiments intenses. Je l'ai compris en accompagnant Moritz à une réception. Alors que je reprenais des petits fours pour la troisième fois, mon regard a croisé le sien.

– Ressers-toi jusqu'à ce que tu aies honte, m'a-t-il dit.

Mon danois était encore incertain, mais je compris le sens de ses paroles. Je me resservis trois fois de suite. Sans détourner le regard. La pièce, les hôtes, tout avait disparu. Les petits fours avaient perdu toute saveur. Seul Moritz existait.

– Je n'ai toujours pas honte.

Et j'ai repris trois petits fours encore. Il a saisi le plat et l'a posé hors de ma portée. J'avais gagné. C'était la première d'une longue série de petites victoires contre lui et l'éducation danoise.

Mais les biscuits d'Elsa Lübing participent d'un autre enjeu : ils doivent faire de moi sa confidente et sa complice.

– Les comptables sont élus lors de l'Assemblée générale. Mais hormis les participations du directeur financier et de l'État, les actions de la Compagnie sont dispersées entre de nombreuses mains, celles des héritiers des huit propriétaires qui rachetèrent la concession au siècle dernier. Ils sont si nombreux qu'on n'a jamais pu tous les réunir en Assemblée générale. Le directeur a donc pu exercer une influence considérable. Intéressant, n'est-ce pas ? Le destin de l'exploitation la plus rentable du sous-sol groenlandais a dépendu des décisions d'un seul homme.

– Émouvant, dirais-je.

– De plus, la Compagnie représentait un marché important. Si un comptable s'opposait aux décisions du P-DG, il devait s'attendre à perdre un gros client. Enfin, il ne faut pas négliger les relations privilégiées. Quand le P-DG ouvrit un cabinet d'avocat, le comptable en poste à la Compagnie jusqu'à la fin des années 60 devint son associé. Le 7 janvier 1967, j'ai arrêté les comptes du rapport semestriel. Il y figurait un poste sans attribution d'un montant de cent quinze mille couronnes. Une somme, à l'époque ! Un observateur extérieur ne s'en serait pas formalisé. Le conseil d'administration lui-même ne s'en serait pas aperçu. Comparé à un chiffre d'affaires de cinquante millions, c'est dérisoire. Mais pour moi qui tenais la comptabilité au jour le jour, c'était parfaitement inacceptable. J'ai effectué des recherches sans trouver la carte perforée correspondant à ce débit. Elles étaient toutes numérotées. A l'évidence, la carte manquait. Alors, je suis allée voir le directeur dans son bureau. Cela faisait vingt ans que je travaillais sous ses ordres. Après m'avoir entendue, il a plongé le nez dans ses papiers en disant : « Mademoiselle Lübing, j'ai avalisé ce montant. Pour des raisons techniques, il n'a pas été possible de lui attribuer un poste. Notre expert-comptable m'a assuré que tout est en ordre. Le reste ne rentre pas dans le champ de vos attributions. »

– Qu'avez-vous fait ?

– Je suis retournée dans mon bureau et j'ai enregistré les chiffres dans la machine. Comme on m'avait intimé de le faire. En obtempérant, je me suis rendue complice d'une opération que je ne comprenais pas et que je n'ai jamais comprise. J'ai mal administré les « talents » qui m'étaient confiés. Je me suis montrée indigne de la confiance que l'on m'avait accordée.

Je compatis. Le problème n'est pas tant qu'on ait mis son sérieux en cause en lui refusant des explications. Ni qu'elle ait dû essuyer un affront. Son dépit vient du fait qu'on a porté atteinte à son idéal d'intégrité.

– Je vais vous dire où ce montant figurait.

– Laissez-moi deviner. Il apparaissait dans les comptes de l'expédition géologique entreprise durant l'été 66 par la Compagnie sur le glacier de Barren, à l'île de Gela Alta, au large de la côte ouest du Groenland.

Elle me regarde en plissant les yeux. Je poursuis.

– Le rapport de 91 mentionnait une expédition antérieure. Tout simplement.

– Là encore un accident s'est produit. Avec des explosifs. Il coûta la vie à deux des huit membres de l'expédition.

Je commence à comprendre pourquoi elle m'a invitée. Elle voit en moi un genre de comptable. Qui va les aider, elle et le Seigneur, à redresser la comptabilité inachevée du 7 janvier 67.

– A quoi pensez-vous ?

Que puis-je lui répondre ? Je ne sais plus où j'en suis.

– Je me disais que le glacier de Barren est un endroit plutôt malsain.

Nous avons bu du thé, mangé des biscuits et contemplé en silence la vue qui s'étend sous nos pieds, enneigée et familière.

Un rayon de soleil traverse Solsortevej et le terrain de football près de l'école de Duevej. Je sais qu'elle n'en a pas terminé.

– Le conseiller mourut en 64. Tout le monde s'accorde à dire que sa mort a marqué un tournant dans l'histoire économique danoise. Par testament, il demandait que sa Rolls Royce soit précipitée au fond de l'Atlantique, tandis que le comédien suédois Gösta Ekilomètresan déclamerait le monologue d'Hamlet sur le pont du bateau.

J'imagine la scène et conclus qu'elle visait à symboliser la mort et la renaissance d'un acteur de la scène politique. Cette époque consacra l'abandon de la politique ouvertement colonialiste menée jusque-là. La politique des années soixante, qui prônait l'égalité en droit avec les Danois du continent, lui succéda.

– La Compagnie fut restructurée. Dans notre service, cela se traduisit par l'arrivée d'un responsable et de deux employées. Mais c'est au Département de la recherche que les changements furent les plus radicaux : le gisement de cryolithe était presque épuisé, la qualité du minerai de plus en plus médiocre, il avait sans arrêt fallu élaborer de nouvelles méthodes de raffinage et d'extraction. Mais nous savions tous comment cela finirait. De temps à autre, à la cafétéria, le bruit courait qu'on avait découvert de nouveaux gisements. Durant quelques jours, la rumeur enflait et échauffait les esprits. Elle était toujours démentie. Au début, le laboratoire employait cinq chercheurs. Il en compta jusqu'à vingt. Toujours au début, on recrutait temporairement des géologues, souvent originaires de Finlande. Puis un groupe de recherche permanent fut créé. La Commission scientifique consultative a été fondée en 1967. Le travail quotidien s'enveloppa de mystère. Elle ne nous informait guère de ses travaux. Nous savions seulement qu'elle avait pour objectif de trouver de nouveaux gisements. Elle était composée des représentants de certaines grandes entreprises et institutions travaillant en coopération avec la Compagnie, par exemple la Compagnie suédoise d'extraction de diamant, la S.A. Sous-sol danois, l'Institut géologique, le Bureau d'études géologiques du Groenland. La prise en compte de ces honoraires en sus et des frais d'expéditions répétées alourdirent considérablement la comptabilité. Et le mystère des cent quinze mille couronnes demeurait entier.

Je me demande comment une personne aussi intègre et douée d'un sens aussi aigu des chiffres a pu supporter de travailler pour un patron qu'elle suspectait d'avoir couvert une opération frauduleuse.

Elle lit dans mes pensées.

– « Il n'y a rien de caché qui ne doive être découvert. »

Évangile selon saint Marc, chapitre quatre, verset vingt-deux.

Elle a puisé la force de patienter dans sa foi en une justice divine.

– L'agence comptable fut informatisée en 77. Je ne m'y suis jamais habituée. A ma demande, on a continué à tenir une comptabilité manuelle. J'ai pris ma retraite en 92. Trois semaines avant mon départ, nous devions arrêter les comptes. Le directeur financier me proposa de confier cette besogne au chef comptable, mais j'ai tenu à m'en charger personnellement. Le 7 janvier – vingt-cinq ans jour pour jour après l'affaire que je viens d'évoquer –, j'ai consulté les comptes de l'expédition à Gela Alta entreprise l'année précédente. Le Ciel m'envoyait un signe. J'ai comparé point par point les comptes des deux expéditions ; comme c'était devenu la coutume, l'expédition de 91 avait été financée par la Commission scientifique. Il était néanmoins possible d'établir des comparaisons. En 91, le poste le plus important indiquait quatre cent cinquante mille couronnes. J'ai téléphoné à la Commission pour me faire spécifier l'origine de ce montant.

Elle marque une pause afin de maîtriser son indignation.

– Par la suite, j'ai reçu une lettre où l'on me reprochait, en résumé, d'avoir contourné la voie hiérarchique. Mais c'était peine perdue, car j'avais obtenu la réponse : les quatre cent cinquante mille couronnes avaient servi à affréter un navire.

Elle remarque mon désarroi.

– Un caboteur et un équipage de huit hommes avec pour mission de rapporter quelques échantillons de pierres précieuses de la côte ouest du Groenland. C'est insensé. Nous avions plusieurs fois affrété le *Disko*, un navire de la Compagnie commerciale groenlandaise, pour le transport de la cryolithe. Mais un tel bâtiment pour une aussi petite expédition, c'était impensable. Vous souvenez-vous de vos rêves, mademoiselle Smilla ?

– Cela m'arrive.

– Ces derniers temps, j'ai rêvé plusieurs fois que c'est la Providence qui vous envoie.

– Si vous saviez tout le bien que la police pense de moi.

Comme la plupart des gens de son âge, elle a développé une ouïe sélective. Elle ne relève pas et poursuit son idée.

– Vous vous dites sans doute que je suis bien vieille. Vous vous demandez peut-être même si je ne suis pas sénile. Mais rappelez-vous Joël : « Vos vieillards auront des songes. »

Son regard me fixe sans me voir et traverse le mur derrière moi jusque dans son passé.

– Je crois que les cent quinze mille couronnes de 66 ont servi à affréter un navire, et que les deux expéditions sur la côte ouest ont été entreprises sous couvert de la Compagnie danoise de cryolithe.

Je retiens mon souffle. Cette première entorse à toute une vie de loyauté est un instant fragile.

– Au terme de quarante-cinq ans de service dans la Compagnie, je ne vois qu'une réponse : on a voulu rapporter au Danemark quelque chose de très encombrant que seul un navire de cette taille pouvait convoyer.

J'enfile ma cape, la noire avec une capuche qui me donne des allures de nonne – pour être dans le ton.

– La fondation Carlsberg a financé une partie de l'expédition de 91. Les comptes mentionnent des honoraires versés à Bénédicte Clahn, dis-je.

Le regard perdu dans le vague, elle feuillette mentalement ses livres de comptes parfaitement en ordre.

– En 66 aussi, répond-elle lentement. Deux cent soixante-sept couronnes d'honoraires de traduction. C'est l'un des postes resté sans explications. Mais je me souviens d'elle. Une connaissance du P-DG. Elle avait vécu en Allemagne. J'avais l'impression qu'ils s'étaient rencontrés à Berlin en 46. Juste après la fin de la guerre, les Alliés négocièrent à Berlin le partage de l'approvisionnement en aluminium. Des représentants de la Compagnie s'y rendaient alors fréquemment.

– Qui, par exemple ?

– Ottesen. Le directeur commercial. Ebel.

– Qui d'autre ?

Elle est un peu sonnée d'avoir tant parlé et d'avoir vidé son cœur dans ce qui pourrait bien être le caniveau. Elle fait un pénible effort de mémoire.

– Je ne me souviens pas d'avoir entendu d'autres noms. Est-ce que c'est important ?

Je hausse les épaules. Elle m'agrippe avec une telle véhémence qu'elle pourrait presque me soulever du sol.

– Le petit est mort. Qu'avez-vous l'intention de faire ?

Au Danemark, tout passe par la voie hiérarchique. Elsa Lübing décèle une erreur et s'adresse à son supérieur. Elle n'est pas entendue. Elle porte l'affaire devant les administrateurs. En vain. Au-dessus du comité directeur siège Notre Seigneur. Elle s'en remet à lui dans ses prières et, à présent, elle espère que je vais lui révéler que c'est Lui qui m'envoie.

– Ce caboteur. S'est-il volatilisé avec son butin ?

Elle hoche la tête.

– Je ne saurais dire. Après l'accident, un avion a évacué les survivants et les équipements vers Godthåb d'où ils furent ensuite rapatriés. J'en suis certaine, car l'agence comptable a payé les billets d'avion et les frais d'acheminement du matériel.

Elle me raccompagne jusqu'à l'ascenseur. J'éprouve soudain de la tendresse pour elle, une tendresse presque maternelle, malgré la différence d'âge et de tonus musculaire.

L'ascenseur arrive.

– Essayez de ne pas faire de cauchemars, dis-je.

– Je suis trop vieille pour regretter quoi que ce soit.

Je redescends. En passant le porche, il me vient une idée. Je sonne sous le coquillage argenté et elle me répond sans paraître surprise.

– Mademoiselle Lübing.

Il ne viendrait à l'esprit de personne de la nommer par son prénom.

– Le directeur financier. Comment s'appelait-il ?

– Il prend sa retraite l'année prochaine. Son nom est David Ving. Il dirige son propre cabinet d'avocats : Hammer & Ving. Il est situé quelque part sur Østergade.

Je la remercie.

– Le Seigneur vous accompagne, me dit-elle.

Jamais personne ne m'a dit cela en dehors d'une église. Mais je n'en ai sans doute jamais eu autant besoin qu'à présent.

– Un de mes co-collègues a travaillé avec l'équipe de nettoyage de l'agence commerciale des Télécoms à Nørregade.

Nous sommes installés dans le salon du mécanicien.

– Il m'a raconté qu'ils débarquent avec un mandat de perquisition. Ils branchent une prise sur un relais et, du commissariat central, ils peuvent, via le réseau téléphonique, écouter tous les appels d'un numéro.

– Les téléphones ne m'ont jamais inspiré confiance.

Il a posé sur la table un large rouleau de ruban adhésif rouge et une petite paire de ciseaux. Il découpe une longue bande qu'il colle en travers du combiné.

– Fais pareil chez toi. Désormais, chaque fois que tu voudras décrocher, il te faudra d'abord décoller le ruban : ça te fera penser qu'il y a peut-être du monde sur la ligne. Avec le téléphone, on a vite fait d'oublier qu'on n'est pas forcément seul. Le ruban te rappellera à la prudence. Si tu avais l'intention de faire une déclaration d'amour, par exemple.

Il est fort peu probable que je choisisse d'avouer ma flamme au téléphone. Mais je me tais.

Je ne sais rien de lui. Au cours de ces dix derniers jours, j'ai pu récolter quelques bribes de son passé. Elles ne collent pas ensemble. Sans parler de ses compétences concernant les écoutes téléphoniques.

Il nous prépare une tasse de thé ; un nouveau sujet d'étonnement sur lequel je me garde bien de le questionner.

Il fait bouillir le lait avec du gingembre frais, le quart d'une gousse de vanille et des feuilles de thé si noires et si petites qu'on dirait de la poussière. Il sert le mélange à travers une passoire et ajoute du sucre de canne. La boisson a quelque chose d'euphorisant et d'apaisant. C'est le goût de l'Orient, tel que je me l'imagine.

Je lui raconte ma visite chez Elsa Lübing. A présent, je lui ai dit tout ce que je savais. A l'exception de quelques détails. Notamment le contenu de la boîte à cigares d'Esajas et la cassette sur laquelle on entend un homme éclater de rire.

– A part la fondation Carlsberg, qui a financé l'expédition de 1991 ? Le savait-elle ? Qui a fourni le bateau ?

J'enrage de ne pas le lui avoir demandé. Je tends la main vers le téléphone. Le combiné résiste.

– V-v-voilà l'utilité du ruban adhésif. Avec le téléphone, au bout de cinq minutes, on a déjà oublié toute prudence.

Nous descendons ensemble à la cabine téléphonique sur la place. Bien qu'il fasse des pas une fois et demi plus grands que les miens, je n'ai aucun peine à le suivre. Il marche à mon allure.

Le jour où ma mère ne rentra pas de la chasse, je compris que chaque minute pouvait être la dernière. Il ne faut jamais concevoir un déplacement comme un simple trajet d'un point à un autre. Dans l'idéal, il faudrait savourer chaque promenade comme si c'était la dernière.

Et se remettre en mémoire cet excellent précepte chaque fois que l'on se surprend à bâcler quelque chose – environ deux cent cinquante fois par jour dans mon cas.

Elle décroche tout de suite. Le ton très assuré de sa voix me surprend.

– Oui ?

Je vais à l'essentiel.

– Les quatre cent cinquante mille, qui les a payés ?

Elle ne pose pas de question. Peut-être a-t-elle aussi eu

la révélation que le réseau téléphonique peut être surveillé. Elle réfléchit un instant en silence.

– Geoinform, dit-elle enfin. La société Geoinform. Elle avait deux représentants à la Commission scientifique. Elle possède cinq pour cent des parts, si je ne m'abuse. C'est suffisant pour être inscrit à la Direction générale des industries et des sociétés. Le propriétaire de la société est une femme.

Le mécanicien m'a rejointe dans la cabine. Trois remarques s'imposent. La première est qu'il occupe tout l'espace. S'il se redressait, il pourrait arracher la cabine de son socle et partir avec elle sur le dos, et moi avec.

La deuxième est que ses mains appuyées contre la vitre sont lisses et propres. Des mains d'ouvrier, certes, mais parfaitement soignées. De temps en temps, il travaille pour un garage près de Toftegårds Plads. Comment peut-on passer la journée les mains dans le cambouis et les clés à pipe et garder des ongles aussi nets ?

La troisième, je le confesse, est que sa présence à côté de moi me procure un certain bien-être. A tel point que je dois me faire violence pour ne pas prolonger inutilement la conversation.

– J'ai réfléchi à votre question. Sur Berlin après la guerre. J'ai oublié de mentionner un collègue. Il n'était pas employé chez nous à l'époque. Il le fut par la suite, pas dans la mine, mais à Copenhague en qualité de conseiller médical. Le docteur Loyen. Johannes Loyen. Il effectuait des missions pour les Américains. Je crois qu'il était médecin légiste.

– Comment devient-on professeur, Smilla ?

Sur une feuille de papier, nous avons établi une liste : David Ving, expert-comptable et avocat à la cour. Un amateur de bateaux qui s'entend, entre autres, à maquiller des frais d'affrètement – ou à offrir des maquettes aux petits enfants groenlandais pour Noël.

Bénédicte Clahn. Le mécanicien a trouvé ses cordonnées dans l'annuaire. Si ce n'est pas une homonyme qui se trouve habiter à deux cents mètres d'ici dans l'un des entrepôts rénovés de Strandgade. Les appartements les plus onéreux de la capitale. Trois millions de couronnes pour quatre-vingt-quatre mètres carrés. L'avantage est qu'on a un mur de brique d'un mètre d'épaisseur pour se défoncer le crâne une fois qu'on a calculé le prix de revient au mètre carré. Et des poutres en pin de Poméranie pour se pendre si on manque son coup contre le mur. Il a noté un numéro de téléphone en face de son nom.

Nous avons également deux professeurs. Johannes Loyen et Andreas Fine Licht. Deux hommes dont nous ignorons presque tout, hormis le fait qu'ils sont liés aux deux expéditions de Gela Alta. Deux expéditions au sujet desquelles nous ne savons rien non plus.

– Mon père, dis-je, a été professeur. A présent qu'il ne l'est plus, il dit qu'en général ce sont des gens compétents, mais sans plus.

– Et ceux qui sont *très* compétents ?

Je déteste citer Moritz. Que faire quand on répugne à répéter les paroles de personnes douées d'une telle pertinence ?

– Il dit que soit ils deviennent des célébrités, soit ils sombrent dans l'oubli.

– Qu'est-il arrivé à ton père ?

La réponse demande réflexion.

– Il constitue une exception.

Nous écoutons en silence la rumeur qui monte de la ville. Les voitures filant sur le pont. Les marteaux piqueurs de l'équipe de nuit dans un bassin d'échouage de l'île de Holm. Les cloches de l'église Saint-Sauveur. Il paraît que tout le monde a le droit de carillonner dans le beffroi. C'est probablement vrai. Parfois, ça ressemble au jeu d'Horowitz. Parfois, à l'improvisation du premier ivrogne ramassé au « Repos de l'ouvrier ».

– La Direction générale des industries et des sociétés. D'après Elsa Lübing, si l'on veut savoir qui dirige une entreprise ou qui siège au conseil d'administration, c'est là qu'il faut se renseigner. Ils ont les comptes de toutes les sociétés danoises cotées en Bourse.

— C-c-c'est sur Kampmannsgade.

— Comment le sais-tu ?

Il regarde par la fenêtre.

— A l'école, j'écoutais le professeur.

3

Certains matins, on a l'impression de refaire surface à travers le coaltar, les deux pieds scellés dans le socle d'un parasol. Convaincu d'avoir rendu le dernier souffle au cours de la nuit. Unique réconfort : votre cadavre est tellement froid que vos organes sont perdus pour la Science.

Six matins se déroulent de la sorte.

Le septième vient de pointer. Je me réveille en pleine forme et bondis du lit comme si j'avais une bonne raison de me lever.

J'exécute les quatre mouvements de yoga que j'ai jamais eu le temps d'apprendre, avant de recevoir le énième rappel de la bibliothèque, puis un coursier venu me réclamer une amende tellement salée que je regrette de ne pas avoir acheté le livre.

Je prends une douche glacée. Enfile un caleçon, un gros chandail, des bottes grises et un manteau de fourrure de chez Jane Eberlain, dont la coupe rappelle la mode groenlandaise.

J'ai coutume de me dire que mon identité culturelle est perdue à jamais. Après me l'être répété un bon nombre de fois, je me réveille ce matin avec une identité toute neuve : Smilla Jaspersen, Groenlandaise de luxe.

Il est sept heures. Je descends me promener.

Le port de Copenhague sous la glace n'est pas une aire de jeux recommandable aux parents d'enfants en bas âge ; surtout quand il gèle comme ce matin. Moi-même, j'avance avec précaution.

Je m'arrête net quarante mètres plus loin. Devant moi,

la surface est d'une teinte légèrement plus sombre. Un pas de plus et je m'enfonçais. Je rebondis doucement sur place. La glace de mer est poreuse et élastique, gorgée d'eau. Elle trace autour de mes bottes des contours brillants où viennent miroiter les dernières lumières électriques.

J'aperçois une ombre qui se détache sur le crépi blanc des maisons. Un homme. La peur secoue mon corps comme un électrochoc. Je suis le phoque surpris seul au milieu des glaces, en danger de mort. Exposé, complètement tétanisé, infiniment vulnérable. La vibration s'évanouit. Je reconnais le mécanicien à sa silhouette trapue, massive comme un roc. Cela fait deux jours que je ne l'ai vu. Peut-être ai-je cherché à l'éviter.

Sous cet angle inhabituel, la capitale m'apparaît étrangère. Comme Venise. Ou l'Atlantide. Une ville de marbre, parée de neige et des ombres de la nuit. Je regagne le quai.

Il serait un autre. Je serais une autre. Nous serions deux jeunes amants. Et non pas un dyslexique bégayant et une mégère aigrie qui se distillent des demi-vérités en poursuivant une piste douteuse.

Quand j'arrive à sa hauteur, il m'attrape par les épaules.

– C'est terriblement dangereux !

Si je ne connaissais pas la vie, je jurerais entendre une note de supplication dans sa voix.

Je me dégage de son étreinte.

– Mes rapports avec la glace sont au beau fixe.

Quand nous avons décidé de dissoudre le Conseil des jeunesses groenlandaises et de fonder l'IA afin de nous démarquer des sociaux-démocrates de la Siumut et des bourgeois réactionnaires de l'Atassut, nous nous sommes plongés dans la lecture du *Capital* de Marx. Je me suis passionnée pour ce livre. En raison de son vibrant plaidoyer à la gloire de la cause féminine et de son irréductible indignation. A ma connaissance, aucun autre livre ne prône avec autant de ferveur le triomphe de la volonté comme moteur du changement.

Malheureusement, mes convictions sont loin d'être aussi fermes. J'ai beaucoup reçu de la nature et je voulais plus encore. En fin de compte, je n'ai pas grand-chose et je ne suis pas sûre de savoir ce que je veux. J'ai quelques rudiments de formation. J'ai voyagé. Il m'arrive d'avoir le sentiment illusoire de mener ma barque où bon me semble. Pourtant, chaque fois que j'ai cru faire un pas décisif vers la lumière, une main invisible m'a tenue fermement par le collet et m'a plongé la tête plus profond dans l'égout qui court sous un paysage inconnu. Une main qui ne m'a laissé reprendre ma respiration qu'après m'avoir fait avaler un nombre suffisant de mètres cubes d'eau sale.

J'ai toujours nagé à contre-courant. Mais certains matins comme celui-ci, je me sens la force de capituler. A présent, je ne saurais dire pourquoi flâner au côté du mécanicien m'emplit à ce point de bonheur.

Il me vient subitement à l'esprit que nous pourrions prendre le petit déjeuner ensemble. J'ai oublié à quand remonte mon dernier petit déjeuner en compagnie de quelqu'un. C'est un choix. Le matin est un passage délicat. J'aime avoir le temps de m'asperger le visage à l'eau froide, de souligner mes yeux d'un trait de crayon et de boire un verre de jus d'orange avant de me lancer dans la vie sociale. Mais la matinée en a décidé autrement. Je l'ai rencontré, et nous faisons un bout de chemin ensemble. Je m'apprête à lui soumettre ma proposition.

Je me retrouve à planer dans les airs.

Il m'a soulevée et déposée sur une poutre de l'échafaudage. Je crois d'abord à une plaisanterie et m'apprête à protester. Puis je comprends son geste. La cage d'escalier est plongée dans l'obscurité. Mais soudain, une porte s'entrouvre et laisse échapper un rai de lumière jaune, dans laquelle deux silhouettes se découpent. Celle de Juliane et d'un homme. Il lui parle. Elle chancelle. Ses paroles s'abattent comme une rafale de coups. Elle s'écroule à genoux. La porte se referme. L'homme dévale les marches de l'escalier de secours.

Les petits amis de Juliane ne filent pas à l'anglaise à sept heures du matin. A cette heure-là, ils sont rarement rentrés de leur virée nocturne. Et quand bien même, ils ne jouent pas la fille de l'air. Ils rampent jusqu'à l'ascenseur.

Plaqués dans l'ombre de l'échafaudage, nous sommes à l'abri de son regard. Il porte un trench-coat et un chapeau mou.

Nous sommes à l'angle qui donne sur Christianshavn, le mécanicien me presse légèrement le bras et je continue seule. Devant moi, le chapeau s'engouffre dans une voiture et déboîte du trottoir. Au même instant, la petite Morris s'arrête à mon côté. Les sièges sont froids et tellement bas que je dois me pencher pour voir à travers le pare-brise couvert de givre. La visibilité est réduite aux contours du capot et à la lueur des feux arrière de la voiture que nous suivons.

Nous traversons le pont et prenons à droite devant l'église de Holmen, dépassons la Banque centrale et arrivons au rond-point de Kongens Nytorv. Peut-être y a-t-il de la circulation, peut-être sommes-nous seuls. Le manque de visibilité ne me permet pas d'en juger.

Il se gare le long du jardin situé au centre du rond-point. Nous le dépassons et garons la Morris devant l'ambassade de France. Il marche sans se retourner.

Il dépasse le Grand Hôtel d'Angleterre et s'engage à droite dans la rue piétonnière. Nous le suivons à une distance de vingt-cinq mètres. La rue commence à s'animer. Il s'engouffre sous une porte cochère et claque la porte derrière lui.

Seule, je m'en serais tenue là. Je n'ai nul besoin de m'approcher pour savoir ce qui est écrit sur la plaque. Je connais l'identité de l'homme que nous avons filé comme s'il m'avait montré son inscription au barreau. Seule, j'aurais tourné les talons. En chemin, j'aurais fait le point.

Mais aujourd'hui nous sommes deux. C'est bien la première fois depuis longtemps.

Le mécanicien est à côté de moi. L'instant d'après, il est devant la façade et retient la porte.

Compris. De fugitives connivences surgissent parfois au cours d'un jeu ou d'une partie de ballon.

Nous avançons sous un porche baigné d'une douce et chaude lumière. Les voussures blanches du plafond sont soulignées de moulures dorées à l'or fin et les murs habillés de lambris de marbre. Nous passons une porte vitrée garnie d'une poignée en laiton et débouchons dans la cour. La neige tombée ces deux dernières semaines a fondu et regelé ; elle recouvre d'une mince croûte de givre les buissons d'ornement taillés en forme de pagodes et la fontaine. Les premiers rayons de soleil laissent descendre une pâle lumière oblique, diaphane comme une fine poussière dorée.

Dans l'entrée, nous trébuchons sur un câble qui disparaît au coin du mur et au bout duquel monte le ronronnement d'un aspirateur. Un chariot, chargé de deux seaux, balais O'Cédar, balais-brosses et tambour à essorer la serpillière, nous barre le passage. Le mécanicien s'en saisit.

Devant nous, l'escalier est recouvert d'un moelleux tapis bleu retenu à chaque marche par une tringle en cuivre. Un parfum agréable embaume l'immeuble. Un parfum familier que je ne parviens pas à identifier.

A l'instant où la porte claque derrière lui, nous sommes déjà parvenus au deuxième étage. Le mécanicien trimbale le chariot sans accuser le moindre effort.

Les boiseries et les murs de l'escalier ont les mêmes teintes crémeuses et mordorées que les moulures du porche. Les noms des occupants sont gravés sur des plaques en laiton. Devant nous, sous la plaque, une fente en cuivre où glisser un courrier deux fois plus large que les autres : ou bien les très gros chèques. C'est sans surprise. « Cabinet d'avocats Hammer & Ving ». La porte n'est pas verrouillée. Nous entrons, précédés du chariot.

Le vestibule est immense. Une porte ouverte laisse

entrevoir une enfilade de bureaux, pareils aux salons de réception que l'on peut découvrir sur les photographies du palais résidentiel d'Amalienborg. Là aussi les murs sont tapissés de portraits de la reine et du prince consort et de tableaux dans des cadres dorés. Sur les parquets cirés se réfléchit le plus élégant mobilier de bureau qu'il m'ait été donné d'admirer. La même odeur flotte dans la pièce. L'odeur de l'argent, bien sûr.

L'endroit est désert. Je m'empare d'un chiffon et l'essore ; le mécanicien s'arme d'un balai O'Cédar.

Au fond du dernier bureau, nous trouvons porte close. Je frappe. Il a dû commander le déverrouillage à distance : car il est toujours assis à l'autre extrémité d'une pièce, donnant sur la cour, quand la porte s'ouvre.

Son bureau en acajou noir posé sur quatre pattes de lion est si imposant qu'on ne peut s'empêcher de se demander comment on l'a transporté jusqu'ici. Trois sinistres toiles du Pont de Marbre, dans de lourds cadres, décorent le mur derrière lui.

Difficile de lui donner un âge. D'après les informations d'Elsa Lübing, il doit avoir plus de soixante-dix ans. Son allure est jeune et sportive. Comme si, tous les matins, il descendait pieds nus sur sa plage privée, sciait un trou dans la glace et, après cette baignade vivifiante, rentrait en petite foulée pour déjeuner d'un bol de crème de lait saupoudré de muesli survitaminé.

Ce régime lui a conservé une peau souple et un teint juvénile mais n'a guère eu d'effet sur le cuir chevelu. Il est chauve comme un œuf.

Les reflets de sa monture de lunettes en or dérobent son regard.

– Bonjour. Équipe de contrôle. Nous vérifions la qualité du ménage.

Il nous jette un coup d'œil sans un mot. Sa voix sèche et polie résonne pourtant dans ma tête comme s'il venait de me parler. C'était il y a longtemps, au téléphone.

Le mécanicien se retire dans un coin et se met à laver

le plancher. Je choisis le rebord de la fenêtre la plus proche du bureau.

Il replonge le nez dans ses papiers, tandis que je passe un chiffon humide qui laisse une traînée d'eau sale.

Il ne va pas tarder à s'interroger.

– C'est tellement agréable quand le ménage est fait à fond, pas vrai ?

Les traits de son visage se crispent et trahissent une légère contrariété.

Une gravure de voilier est suspendue près de la fenêtre. Je la décroche et barbouille l'envers du cadre avec mon chiffon.

– Chouette croquis. Figurez-vous que moi aussi j'aime les bateaux. Après une longue journée de travail à manipuler des produits désinfectants avec des gants en caoutchouc, rien de tel pour se délasser que de mettre les pieds sur la table et de feuilleter un bon bouquin sur les bateaux.

Il se demande à présent si je ne suis pas un peu fêlée.

– Nous avons tous nos préférences. Les miennes vont aux bateaux qui naviguent vers le Groenland. Et le hasard a voulu qu'en lisant votre nom sur cette jolie plaque, je me dise : Mon Dieu, Smilla. Ving ! C'est le bon monsieur qui a offert une maquette de bateau pour Noël à l'un de tes amis. Le *Johannes Thomsen*. A un petit garçon groenlandais.

Je raccroche le tableau. L'eau ne lui a pas réussi. Tout nettoyage a son prix. Je revois Juliane agenouillée devant lui dans l'entrebâillement de la porte.

– J'aime surtout les bateaux affrétés pour les expéditions groenlandaises.

Il se fige dans son fauteuil, seul un reflet imperceptible joue sur les verres de ses lunettes.

– Par exemple, les deux bateaux affrétés en 66 et en 91. Deux expéditions à Gela Alta.

Je reviens vers le chariot et j'essore mon chiffon.

– J'espère que vous êtes satisfait. Nous devons nous retirer. Nous avons encore à faire.

En refermant la porte, nous jetons un dernier regard

vers son bureau, tout au fond de l'enfilade de pièces. Il est assis à la même place. Il n'a pas fait un geste.

En bas de l'escalier, nous croisons une femme entre deux âges vêtue d'une blouse blanche. Elle tapote son aspirateur d'un air mélancolique, comme s'ils se consolaient ensemble d'un avenir bien cruel, dans ce monde sans chariot.

Le mécanicien pousse ce dernier devant elle. Il n'est pas très fier d'avoir confisqué l'outil de travail d'une collègue. Il voudrait échanger quelques mots. Entre ouvriers. Mais ne trouve rien à dire.

– C'est l'entreprise de nettoyage qui nous envoie. Nous avons contrôlé votre travail. Félicitations.

Je sors de ma poche un des billets de cent couronnes tout neuf et tout crépitant, dû à la générosité de Moritz, et le pose en équilibre sur le rebord du seau.

– Veuillez accepter cette prime. En cette belle matinée. Vous vous achèterez des brioches pour la pause-café.

Elle me lance un regard désolé.

– C'est moi qui dirige la société. Et je n'ai que quatre employés.

Nous nous observons tous trois en silence.

– Et alors ? Même les directeurs mangent de la brioche à la pause-café.

Nous restons un long moment dans la voiture à contempler Kongens Nytorv. Il est trop tard pour prendre le petit déjeuner en tête à tête. Nous convenons de plusieurs rendez-vous. A présent que l'excitation est passée, nous sommes redevenus des étrangers. Au moment de prendre congé, il abaisse la vitre et me demande :

– Smilla. Était-ce bien raisonnable ?

– C'était spontané. Et du reste, n'es-tu jamais allé à la chasse ?

– Quelquefois.

– Quand on guette un gibier farouche, par exemple un renne, on manifeste sa présence en agitant la crosse de sa carabine. Chez toutes les créatures vivantes, la peur et la curiosité partagent la même région du cerveau. Le renne s'approche. Il est conscient du danger. Pourtant, il ne peut s'empêcher de venir voir ce qui gesticule sous son nez.

– Que fais-tu ensuite ?

– Rien. Je n'ai jamais pu me résoudre à tirer. Mais peut-être a-t-on la chance d'avoir à proximité quelqu'un qui sait gérer la suite des événements.

Je rentre à pied par le pont. Il est huit heures du matin, la journée commence à peine. J'ai l'impression d'avoir achevé une tournée de distribution de journaux.

Une lettre m'attend. Une enveloppe rectangulaire, doublée, de papier fait main. Des Papeteries réunies. Estampée aux initiales métallisées de mon père. Son écriture prétentieuse ressemble à une page d'exercice. Ce n'est pas un hasard. Quand j'habitais avec lui, il suivait des cours de calligraphie. Au terme de deux séances, il avait désappris sa propre écriture et pas encore assimilé la nouvelle. Pendant trois mois, il écrivit comme un élève du cours élémentaire. Je devais imiter sa signature sur les notes d'honoraires car il craignait qu'à la vue du paraphe hésitant d'une telle sommité médicale ses patients ne fassent une rechute.

Il a progressé, et son entourage est admiratif. Quant à moi, je n'y vois que les efforts d'un vaniteux.

Le ton de la lettre est plutôt aimable. Celle-ci se compose d'une ligne manuscrite, écrite sur une feuille de même facture que l'enveloppe, à cinq balles pièce, et de photocopies d'articles de journaux agrafées.

« Chère Smilla, Voici ce que le service des archives du *Berlingske Tidende* m'a donné sur Loyen et le Groenland. »

Il y a une seconde feuille.

En titre, de sa main : « Liste exhaustive de ses publications scientifiques. » La liste est dactylographiée.

Elle provient d'une base de données baptisée *Index*

Medicus domiciliée à Stockholm et mentionne des titres de publications en quatre langues étrangères dont le russe, mais surtout l'anglais. Les titres anglais pourraient aussi bien être en russe. Heureusement, Moritz a porté des explications dans la marge. Il y a des articles sur les *« crash injuries »*. Sur la toxicologie. Un article rédigé avec un confrère sur les troubles gastriques provoqués par l'absorption de la vitamine B 12 administrée pour soulager les traumatismes consécutifs aux blessures par arme à feu. Tous datent des années quarante et cinquante. A partir des années soixante, les publications traitent de médecine arctique : la trichinose, les engelures. Il y a un ouvrage sur les épidémies de grippe dans la région de Barents, une longue série d'articles succincts sur les parasites, plusieurs sur la radiologie. Notre homme est très éclectique.

Il ressort qu'il s'est aussi occupé d'archéologie. A preuve un article sur l'examen des hommes des tourbières danoises de l'Age du Fer. D'une croix, je coche trois titres. Ils concernent la radioscopie de momies. Le premier rend compte des observations réalisées à Berlin, au musée de Pergame, dans les années soixante-dix, sur les momies du tombeau de Toutânkhamon. Le deuxième, publié par un musée de Singapour, concerne les méthodes d'embaumement prébouddhiques de la Malaisie et de la Thaïlande ; le troisième est une synthèse sur les momies groenlandaises de Qilaqitsoq.

Au bas de la liste, je griffonne « Avec mes remerciements – Smilla » et glisse la feuille dans une enveloppe adressée à mon père. Puis je parcours les articles.

J'en compte dix-huit au total, classés par ordre chronologique décroissant. Je commence par le plus récent. C'est un article daté du mois d'octobre informant que les préparatifs d'établissement d'une instance de médecine légale pour le Groenland sous la direction du professeur Johannes Loyen sont presque achevés. L'article suivant date de l'année précédente. C'est une photo accompagnée d'une légende : « Le Comité d'éthique lors de la conférence de Godthåb ». Chaussé de bottes en peau de phoque et coiffé d'une toque de fourrure, Loyen est le deuxième en partant de la gauche. De plain-pied, il arrive à hauteur des autres grimpés sur des marches d'escalier. Un an plus tôt, un article félicite Loyen à l'occasion de son soixante-dixième anniversaire. On y explique que son contrat est exceptionnellement prolongé en raison d'un examen d'autopsie réalisé pour le Groenland. Je continue de remonter le temps. « Joyeux anniversaire pour les 60 ans du professeur Loyen », « Discours d'inauguration du professeur Loyen à l'occasion de l'ouverture de la première université du Groenland », « Visite au Groenland des représentants de la Direction de la Santé, à gauche, J. Loyen, ancien médecin en chef de la ville de Copenhague, actuellement chef de service et récemment nommé directeur du tout nouvel Institut de médecine arctique. » Et ainsi de suite, jusqu'aux années soixante. Les expéditions de 91 et de 66 ne figurent nulle part.

L'avant-dernière coupure date de 1949. C'est un petit chef-d'œuvre de flagornerie saluant, avec un enthousiasme débridé, l'acquisition par la Compagnie danoise de cryolithe de conteneurs destinés à faciliter le tractage à l'air libre du minerai, et qui rend un hommage enflammé au conseiller Ebel, en sa qualité de directeur, et à son épouse qui posent au premier plan sur la photo. A l'arrière-plan, on reconnaît Wilhelm Ottesen, ingénieur en chef du chantier, au côté du Dr Joahnnes Loyen, conseiller médical de la Compagnie. Le cliché immortalise, devant la carrière de Saqqaq, la nouvelle machine remontant son premier chargement.

Dix années séparent cet événement du dernier article daté de mai 1939.

La photo est prise dans un port. A l'arrière-plan la silhouette d'un navire, devant laquelle posent une douzaine d'hommes en complet clair et de femmes en jupe longue revêtues d'un cache-poussière. La légende est succincte. « L'équipage courageux et optimiste de la société cinématographique Freia, en route vers le Groenland ». Suit la liste des membres de l'équipage courageux et optimiste, des comédiens et leur metteur en scène, le médecin de l'équipe de tournage et son assistant. Le médecin s'appelle Rovsing. Le nom de l'assistant n'est pas mentionné. Dans la presse conservatrice des années trente, on ne citait pas les assistants. Toutefois, sa destinée future lui a valu que les archives du quotidien aient conservé cette photographie et qu'un employé ait rajouté son nom au stylo-bille. Sa grande silhouette se détache du groupe. Malgré sa jeunesse, sa fonction subalterne et sa place au milieu de cette bande d'originaux qui minaudent devant l'objectif, il rayonne déjà de suffisance. C'est encore Loyen. Je plie la coupure de presse.

Mon petit déjeuner avalé, je coiffe ma toque de fourrure de chez Jane Eberlain et enfile un grand manteau de daim garni de vastes poches intérieures, dans lesquelles je fourre la coupure pliée, une liasse de billets, la cassette d'Esajas et la lettre pour mon père. Puis je sors. La journée peut enfin commencer.

Chez Prontaprint, sur Torvegade, je fais repiquer une copie de la cassette. J'emprunte aussi un annuaire téléphonique. L'Institut d'esquimaulogie se trouve sur Fiolstræde. Je compose le numéro dans la cabine publique de la place. On me passe un chargé de cours. Son accent trahit son origine groenlandaise. Je lui explique que je suis en possession d'un enregistrement en groenlandais oriental et que je ne comprends pas cette langue. Il me demande pourquoi je ne m'adresse pas à la Maison des Groenlandais.

– Je veux l'avis d'un expert. Il ne s'agit pas d'une simple traduction. Je voudrais identifier le locuteur. J'ai besoin de quelqu'un capable de me dire que l'homme a les cheveux teints au henné, qu'à cinq ans il a pris une raclée pour être resté sur son pot trop longtemps et que sa façon de prononcer les voyelles prouve que cela s'est passé près de Akunaaq en 1947.

Il réprime un ricanement nerveux.

– Avez-vous les moyens, madame ?

– Et vous ? D'abord, ce n'est pas madame, mais made-moiselle.

– Svajerbryggen. A Sydhavn. Quai n° 126. Demandez le conservateur.

Il raccroche en gloussant.

Je prends le train de banlieue jusqu'à la station de Eng-have. Je ferai le reste du chemin à pied. A la bibliothèque municipale de Torvegade, en repérant l'adresse sur un plan, j'ai photographié mentalement un dédale de ruelles sinueuses.

La station est dans les courants d'air. Un homme attend sur le quai d'en face. Il coule un regard alangui en direc-tion du train qui va l'emporter loin d'ici, rejoindre ses semblables au cœur de la ville. Il est le dernier être vivant que je rencontrerai.

Le centre de Copenhague est une fourmilière. Les grands magasins sont pris d'assaut. On se prépare pour les premières de spectacle. Les citadins assoiffés se bous-culent devant le bar à vins Hviid.

Sydhavn est une ville-fantôme. Le ciel est gris et bas. L'air a un goût de charbon brûlé et d'effluves chimiques.

Celui qui vit dans la crainte de voir la machine prendre le pouvoir aurait tort de s'aventurer à Sydhavn. Les trot-toirs enneigés sont impraticables. A intervalles réguliers, d'interminables convois de camions de marchandises aux fenêtres noires, apparemment vides de toute présence humaine, glissent à ma rencontre sur la voie étroite et boueuse. Une épaisse fumée verte stagne au-dessus d'une savonnerie. La pancarte d'une cafétéria fait la réclame pour une fricassée de porc. A travers les carreaux, des voyants lumineux jaunes et rouges clignotent sur les fri-teuses solitaires d'une cuisine désertée. Au-dessus d'un dépôt de charbon enneigé, une grue sur rails effectue d'innombrables manœuvres d'avant en arrière, sans but. Les étincelles bleutées d'un chalumeau et le bourdonnement du labeur clandestin me parviennent à travers les fentes d'une porte de garage close, mais pas le moindre son de voix humaine.

Soudain, la route s'ouvre sur un paysage de carte postale – un vaste bassin portuaire encadré d'entrepôts badigeonnés de chaux ocre. Vision enchanteresse. Je ne suis pas revenue de mon étonnement que le soleil fait une apparition inattendue ; ses rayons bas et blafards semblent filtrer de dessous la surface gelée du bassin comme une lumière sous-marine à travers du verre dépoli. Des barques de pêcheurs sont amarrées le long du quai ; leur coque a la couleur de l'horizon là où l'océan se fond dans l'azur. A l'extrémité du bassin, dans le port proprement dit, un grand trois-mâts est amarré. C'est Svajerbryggen.

Le voilier est à poste au quai n° 126. En chemin, je ne croise pas âme qui vive. Le ronflement des machines se meurt derrière moi. Il règne un profond silence.

Sur le quai, un poteau avec une boîte aux lettres blanche et une grande pancarte recouverte d'une pellicule de plastique blanc.

A la poupe, le nom du navire en lettres dorées : *Nordlyset.* A la proue, un homme brandit un flambeau. Devant sa coque noire et luisante, longue d'au moins trente mètres, et ses mâts qui se perdent dans le ciel, abstraction faite de l'odeur de goudron et de sciure, j'éprouve le même sentiment de recueillement que sur le parvis d'une église. Il vient d'être retapé à grands frais.

Je monte à bord par la passerelle recouverte d'un épais tapis de fibre de coco et encadrée d'un garde-fou garni de pommeaux en bronze. Le pont est encombré de caisses en bois marquées « Fragile », de planches empilées et de seaux de peinture. Les cordages sont impeccablement glénés. Toutes les boiseries luisent sous une dizaine de couches de vernis marron foncé de la meilleure qualité. Les surfaces émaillées étincellent comme du verre. L'air est saturé des odeurs d'encaustique, de térébenthine et de mastic. Le navire paraît désert.

Un étroit passage entre les caisses conduit à une porte

laquée à doubles battants. Elle n'est pas verrouillée. Un escalier descend dans l'obscurité.

Au bas des marches, j'aperçois un homme appuyé à une lance, immobile. Je m'approche. Il ne bouge pas d'un iota.

L'endroit doit être pourvu de claires-voies encore obstruées par des bâches. Mais la toile laisse filtrer de minces rais de lumière blanche qui dessinent les contours d'une vaste pièce. Les cloisons traversières ont été abattues. La salle mesure environ vingt-cinq mètres de longueur et occupe toute la largeur du bateau.

J'y vois un peu mieux. L'homme en face de moi est esquimau. Il s'appuie sur un harpon. Il tient le manche avec sa main gauche, il est en sous-vêtement – veste en plumes d'oiseau et bottes en peau de phoque. Il n'est pas beaucoup plus grand que moi. Je lui tapote la joue. C'est un moulage en fibre de verre habilement peint. Le visage est très réussi.

– Confondant, n'est-ce pas ?

La voix m'arrive à travers un écran. En m'approchant, je dois contourner un kayak à moitié déballé et une vitrine vide, de la taille d'un aquarium de trois mille litres. L'écran, une peau tendue entre deux fanons de baleine, masque un bureau, derrière lequel un homme est assis. Il se lève ; je serre la main qu'il me tend. Il ressemble au mannequin à s'y méprendre. Mais de trente ans plus vieux. Sa chevelure coupée au carré est épaisse et grisonnante. Nous avons les mêmes origines. Plus ou moins groenlandaises.

– Le conservateur ?

– Lui-même.

Il parle un danois sans accent. Il fait un grand geste évasif de la main.

– Nous sommes en train de ranger les collections. Cela coûte une fortune.

Je pose la cassette devant lui. Il la palpe avec précaution.

– Je cherche à identifier le locuteur. J'ai téléphoné à l'Institut d'esquimaulogie qui m'a donné cette adresse.

Il sourit d'un air satisfait.

– Le bouche-à-oreille est la meilleure publicité. Et de loin la moins chère. Savez-vous combien coûte une publicité ?

– Je connais seulement le prix des annonces matrimoniales.

– Et c'est cher ?

La question est sincère. Toute plaisanterie avec cet homme serait pure perte.

– Très cher.

Il ponctue d'un hochement de tête.

– C'est effrayant. On est saignés à blanc. Les journaux, le fisc, la douane…

Son visage m'apparaît soudain familier. Les visages et les lieux me procurent de plus en plus souvent ce sentiment de déjà-vu. J'ignore si je suis arrivée au stade où j'ai vu tant de choses que le monde commence à se répéter, ou si mes facultés mentales sont gagnées par une sénilité précoce.

Il insère la cassette dans un lecteur d'un noir mat, plat et carré posé devant lui sur le bureau. Le son nous arrive des haut-parleurs placés au fond de la pièce. A présent mes yeux se sont habitués à la pénombre, je distingue l'incurvation des parois latérales qui épousent la forme du bateau.

Il écoute trente secondes d'enregistrement, la tête enfouie dans ses mains, il arrête la cassette.

– Milieu de la quarantaine. Élevé aux alentours d'Angmagsalik. Scolarité très courte. Des traces de dialectes du Nord se superposent au groenlandais oriental. Mais les populations du Nord se déplacent trop souvent pour que je puisse identifier la région. Cela fait apparemment des années qu'il n'a pas quitté le Groenland.

Il lève sur moi un regard gris clair, presque laiteux, et interrogatif. Soudain, je réalise pourquoi. Il attend les salves d'applaudissements de la fin du premier acte.

– Impressionnant, dis-je. Que pouvez-vous dire de plus ?

– Il décrit un voyage. Sur la banquise. Avec des traîneaux à chiens. C'est sans doute un chasseur, car il utilise
une série de termes techniques, par exemple *anut* pour
décrire les traits de l'attelage des chiens. Il s'adresse probablement à un Européen. Il utilise les toponymes anglais.
Et il lui semble nécessaire de se répéter.

Il n'a pas écouté une minute d'enregistrement. Je me
demande s'il ne se moque pas de moi.

– Vous êtes sceptique, lâche-t-il froidement.

– Je m'étonne qu'on puisse tirer tant de conclusions de
si peu de matière.

– Le langage est un hologramme.

Il parle avec lenteur et emphase.

– La parole de chaque être humain renferme la somme
de son passé langagier. Vous par exemple… Vous avez
environ trente-cinq ans. Vous avez grandi à Thulé ou au
nord de Thulé. Un de vos parents est inuit, ou les deux.
Vous êtes venue au Danemark après avoir assimilé toutes
les bases du groenlandais, mais avant d'avoir perdu cette
faculté naturelle qu'ont les enfants d'apprendre parfaitement une langue étrangère. Disons que vous aviez entre
sept et onze ans. Puis ça se complique. Votre danois se
mâtine d'emprunts de provenances sociales variées. Vous
avez habité ou été scolarisée dans les banlieues nord, Gen-
tofte ou Charlottenlund. Il y a aussi du nord-sjællandais
pur. Et bizarrement, plus tard, vous avez acquis un soupçon de groenlandais de l'ouest.

Je ne cherche pas à dissimuler mon admiration.

– Dans l'ensemble, c'est exact.

Il claque des lèvres de contentement.

– Est-il possible de reconnaître l'endroit où le dialogue
se déroule ?

– Vous n'en avez vraiment aucune idée ?

A nouveau, je ressens physiquement son irréductible
suffisance, l'accent triomphal que lui procure ce don.

Il rembobine sans regarder l'appareil et repasse la bande
pendant dix secondes.

– Qu'entendez-vous ?

Je n'entends qu'une langue incompréhensible.

– Derrière la voix. Un autre bruit.

Il me fait écouter le même passage. Cette fois, j'entends un faible bruit de moteur qui s'intensifie, comme celui d'un groupe électrogène qu'on allume et qu'on éteint aussitôt.

– Un moteur à hélice, dit-il. Puissant.

Il rembobine. Écoute encore. Un faible cliquetis de porcelaine entrechoquée.

– Une grande salle. Basse de plafond. On dresse le couvert sur des tables. Un genre de restaurant.

A son expression, je vois qu'il connaît la réponse. Mais il prend plaisir à la sortir lentement de son grand chapeau.

– Dans le fond, une voix.

Il repasse plusieurs fois le même passage. A présent, je l'entends très distinctement.

– Une femme, dis-je.

– Un homme avec une voix de femme. Il jure. En danois et en américain. Le danois est sa langue maternelle. Il réprimande le serveur qui met le couvert. C'est sûrement le gérant du restaurant.

Je me demande une dernière fois s'il n'est pas en plein délire. Pourtant, je sais qu'il a raison et qu'il doit avoir une ouïe anormalement fine et développée, doublée d'un don pour les langues.

Il écoute la suite.

– Encore un moteur à hélice ?

Il secoue la tête.

– Un avion à réaction. Un engin de petite taille. Tout près du précédent. Un aéroport très fréquenté.

Il s'enfonce dans son fauteuil.

– Dans quelle région du globe peut-on entendre un chasseur est-groenlandais parler dans un restaurant où l'on est en train de dresser le couvert et où un Danois sermonne son personnel en américain à côté d'un aéroport ?

J'ai deviné, mais je ne voudrais pas le priver de sa joie. Il faut laisser les enfants s'exprimer. Les grands enfants aussi.

– Il n'y a qu'un seul endroit au monde. La base aérienne de Thulé.

L'établissement de la base s'appelle Northern Star. Deux salles de restaurant et une salle de concert.

Il remet le lecteur en marche.

– C'est tout à fait étonnant.

Je me tais.

– La musique… dans le fond… le résidu d'un enregistrement antérieur. Bien sûr, c'est de la variété anglosaxonne. *There must be an angel*, du groupe Eurythmics. Mais la trompette…

Il lève les yeux.

– Naturellement, vous avez reconnu le piano, un Yamaha Grand.

Je n'entends pas la moindre note de piano.

– Une sonorité grave, ample, brillante. Une basse un peu maladroite. Un rien fausse. Sûrement pas un Bösendorfer… Mais c'est la trompette qui me sidère.

– Il y a un bout de cet enregistrement vers la fin de la cassette, dis-je.

Il appuie sur « avance rapide ». Nous tombons juste après le début du morceau.

– *Mister P. C. !* s'exclame-t-il.

Puis son visage se fige, totalement captivé.

Il fait défiler la bande jusqu'à la fin du morceau. Le regard lointain, il arrête le lecteur. Je lui laisse le temps de reprendre ses esprits. Il s'essuie les yeux.

– Le jazz, dit-il doucement. Ma passion…

L'espace d'un instant, il a baissé sa garde. Mais il revient à lui, plus fanfaron que jamais. Les trois quarts des hommes politiques et des hauts fonctionnaires qui dirigent le gouvernement autonome sont de la même génération que lui. Ils furent les premiers Groenlandais à entreprendre des études universitaires. Certains sont restés fidèles à leurs attaches et à eux-mêmes. D'autres – comme le conservateur –, dotés d'un orgueil démesuré et vulnérable, sont devenus d'authentiques intellectuels danois de la région septentrionale du royaume.

– En réalité, il est très difficile de reconnaître un musicien à la sonorité de son instrument. Qui peut-on identifier à la première note ? Stan Getz dans son répertoire latino-américain. Miles Davis, à sa sonorité pure, précise et dépouillée. Louis Armstrong, qui a su immortaliser le jazz de La Nouvelle-Orléans. Et enfin ce musicien-là.

Il m'adresse un regard plein d'espoir et de reproche.

– Qui dit jazz de qualité dit le John Coltrane quartet. MacCoy au piano, Jimmy Garrison à la basse, Elvin Jones à la batterie. Et quand Jones était en prison : Roy Hanes. Toujours les mêmes. Sauf à quatre reprises : les concerts de l'Independent Club de New York. Roy Louber était à la trompette. Il a acquis le sens des harmonies européennes et le tempo africain de Coltrane en personne.

Nous nous taisons un instant pour méditer là-dessus.

– L'alcool n'a jamais rien apporté à la musique. Il paraît que le cannabis fait des prodiges. Mais l'alcool est une bombe à retardement branchée sur le jazz.

Nous écoutons le tic-tac de la bombe.

– Depuis 1964, Louber travaille d'arrache-pied à son propre suicide par la boisson. Les hasards de ses naufrages, personnels et artistiques, l'ont amené en Scandinavie. Il n'est pas allé plus loin.

Je revois son nom sur les affiches des concerts. Et sur quelques gros titres racoleurs. Par exemple : « Un célèbre musicien de jazz éméché tente de renverser un autobus ».

– Il a dû jouer dans ce restaurant. Je reconnais l'acoustique. Le brouhaha des gens qui dînent. Un petit malin a saisi l'occasion pour réaliser un enregistrement pirate.

Cette démarche lui arrache un sourire de sympathie.

– Il s'est offert un enregistrement public à peu de frais.

Un baladeur vous fait économiser des fortunes. Si l'on accepte de courir le risque.

– Pourquoi serait-il venu à Thulé ?

– Le fric, naturellement. Les musiciens de jazz vivent de ces cachetons. Pensez à ce que cela doit coûter…

– Quoi ?

– De se suicider à l'alcool. Avez-vous jamais réfléchi aux économies que vous réalisez en ne buvant pas ?

– Non.

– Cinq mille couronnes.

– Je vous demande pardon ?

– Vous me devez cinq mille couronnes pour la séance. Et environ dix mille si vous voulez une transcription certifiée conforme.

Je ne décèle pas l'ombre d'un sourire sur ses lèvres. Il est tout à fait sérieux.

– Puis-je avoir une facture ?

– Alors je dois rajouter la TVA.

– Mais faites, faites donc.

Je ne vois pas à quoi cette facture pourrait me servir ; je veux seulement l'épingler au mur de mon salon. Souvenir de ce qu'il peut advenir de la légendaire solidarité groenlandaise et de son désintéressement.

Il dactylographie une facture sur une feuille A4.

– Il faut compter au moins une semaine. Pouvez-vous me téléphoner après le nouvel an ?

Je sors cinq billets de mille tout neufs et tout propres de la liasse. Il ferme les yeux et m'écoute compter à haute voix. Il a au moins une passion plus dévorante que le jazz modal : le craquement sensuel des billets de banque qui changent de poche.

Sitôt debout, je ne peux m'empêcher de lui poser une dernière question.

– Comment développe-t-on une ouïe pareille ?

Il rayonne comme un astre.

– Je suis théologien de formation. Une position tout à fait propice à l'écoute de la voix humaine.

C'est parce que la soutane de pasteur est un déguisement trompeur qu'il m'a fallu si longtemps pour le reconnaître, bien que dix jours à peine se soient écoulés depuis l'enterrement d'Esajas.

– Du reste, il m'arrive encore d'officier. J'assiste le pasteur Chemnitz quand il est débordé. Sinon, j'ai surtout consacré ces quarante dernières années à l'étude des langues. A l'époque, mon professeur à l'université était Louis Hjelmslev. Il occupait une chaire de linguistique comparée. Il maîtrisait entre quarante et cinquante langues. Et autant qu'il avait apprises puis oubliées. En ce temps-là, j'étais jeune et aussi étonné que vous. Quand je lui ai demandé comment il avait réussi à mémoriser toutes ces langues, il m'a répondu – il imite un homme avec une mâchoire supérieure très proéminente : « Les treize ou quatorze premières prennent du temps. Après, ça va tout seul. »

Il hurle de rire. Il est d'excellente humeur. Il a brillé et s'est enrichi de surcroît. Il est probablement le premier Groenlandais à me vouvoyer et à s'attendre à ce que je fasse de même.

– Une dernière chose, dit-il. Je suis totalement aveugle depuis l'âge de douze ans.

Il savoure mon immédiate crispation.

– Je bouge les yeux au son de votre voix, mais je n'y vois rien. Certains cas de cécité rendent l'ouïe plus fine.

Je serre sa main tendue. Je devrais m'en tenir là. Il est vraiment déplacé de taquiner un aveugle. Un compatriote, de surcroît. Mais il m'a toujours semblé que la cupidité pure et sans fard avait quelque chose d'énigmatique et de provocateur.

– Monsieur le conservateur, lui susurré-je à l'oreille, vous devriez être prudent. A votre âge. Avec tout cet argent sur vous. Entouré de ces objets de valeur. Sur un bateau aussi tentant qu'un coffre-fort ouvert. Sydhavn est un repaire de truands. Vous savez combien ce monde grouille de créatures qui convoitent le bien d'autrui.

On dirait qu'il essaie d'avaler sa pomme d'Adam.

– Au revoir. Si j'étais vous, je barricaderais la porte après mon départ.

Les derniers rayons obliques allongent leur lumière dorée sur les pavés du quai. Dans quelques minutes, un froid humide et mordant aura repris ses droits.

Personne en vue. A l'aide d'une clé, je déchire la pellicule de plastique blanc qui recouvre la pancarte. Juste un accroc pour lire l'inscription. Elle est peinte en lettres noires sur fond blanc. Du travail de professionnel. « Sous le patronage de l'université de Copenhague, du Centre de recherches polaires et du ministère de la Culture s'installe le MUSÉE ARCTIQUE » – suivi de la liste des fondations qui ont payé la note. Je me dispense de la lire et marche le long du quai.

Musée arctique. C'est de là que provient le bateau d'Esajas. Je repêche la facture du conservateur dans le fond de ma grande poche. La présentation est parfaite, ce qui constitue un miracle de plus, compte tenu de sa cécité. La signature est illisible, mais il y a heureusement un tampon. « Andreas Fine Licht. Docteur ès lettres. Professeur de langues et civilisations esquimaudes ».

Je marque une pause le temps d'encaisser le choc. J'hésite à faire demi-tour.

J'y renonce. L'original de la cassette est toujours en ma possession. Et quand on chasse, il est parfois utile de se découvrir, de s'arrêter et signaler sa présence en agitant la crosse de sa carabine.

4

Je suis presque à l'heure au rendez-vous. La petite Morris bleue est garée sur le boulevard H.C.-Andersen, en face de Tivoli.

Le visage du mécanicien porte encore la marque des idées noires ressassées en m'attendant.

Je m'installe à côté de lui. Il règne un froid glacial dans l'habitacle. Il ne m'adresse pas un regard. On peut lire la douleur sur ses traits comme à livre ouvert. Nous fixons l'horizon en silence. Je ne travaille pas dans la police. Je ne vois aucune raison de le faire passer aux aveux.

– Le Baron, finit-il par dire, il se souvenait. Il n'oubliait pas.

Je m'étais fait la même remarque.

– Il res-s-restait parfois trois semaines sans venir dans la cave. Quand j'étais petit, mes parents m'envoyaient en colonie de vacances. Au bout de trois semaines, je les avais oubliés. Mais le Baron *avait* de petites attentions. S'il jouait sur la place quand je rentrais, il s'arrêtait. Puis il courait dans ma direction, faisait quelques pas avec moi. Comme pour montrer que nous nous connaissions. Il m'accompagnait jusqu'à la porte. Là, il s'arrêtait et saluait d'un signe de tête. Juste pour indiquer qu'il ne m'avait pas oublié. Les autres enfants sont infidèles. Ils s'attachent à n'importe qui et vous oublient avec la même facilité.

Il se mordille les lèvres. Je n'ai rien à ajouter. Les mots sont tellement impuissants. Mais qu'avons-nous d'autre ?

– Nous avons rendez-vous dans un salon de thé.

Je ne mentionne pas ma visite au quai n° 126, mais je lui raconte ma conversation téléphonique avec Bénédicte Clahn depuis une cabine.

– La Brioche d'or est située à un angle d'Amagertorv, sur l'artère piétonnière, quelques immeubles après le magasin de la Manufacture royale de porcelaine.

Sous la porte cochère, on peut voir des photographies de cornes d'abondance d'un mètre de diamètre, surmontées d'une couronne, que la confiserie a confectionnées pour la Cour. De mémorables gâteaux à la crème Chantilly sont exposés dans l'escalier, comme immortalisés par une couche de vernis. Au premier étage, le seuil est gardé par la silhouette en chocolat amer grandeur nature du boxeur Ayub Kalule, réalisée après sa victoire au championnat d'Europe, et à l'entrée du salon trône une longue table couverte de pâtisseries qui semblent avoir toutes les vertus excepté celle de pouvoir s'envoler.

Les plafonds sont garnis de meringue en stuc et de lustres en verre ; le sol est couvert d'un épais tapis moelleux, de même couleur que la génoise imbibée de sherry des gâteaux à la crème. Autour de petites tables couvertes de nappes blanches, des dames élégantes sirotent des litres de chocolat chaud pour faire passer la deuxième portion de *Sachertorte*, tandis que pour adoucir le face-à-face avec l'addition et le pèse-personne, un pianiste emperruqué juché sur une estrade mouline distraitement un pot-pourri des airs de Mozart. Il salue notre entrée par un clin d'œil au mécanicien, et par quelques fausses notes.

Bénédicte Clahn est attablée seule, à l'écart.

La voix induit parfois en erreur sur le physique. Je me rappelle encore ma surprise la première fois que je me suis retrouvée nez à nez avec Ulloriannguaq Christiansen, présentateur du journal sur Radio Groenland durant ces vingt dernières années. Sa voix laissait imaginer un dieu vivant. J'ai découvert un homme tout à fait ordinaire, à peine plus grand que moi.

Mais, chez certains individus, le physique et la voix sont si parfaitement assortis qu'il suffit de les avoir entendus une fois pour les reconnaître au premier coup d'œil. C'est le cas avec Bénédicte Clahn. Elle porte un ensemble bleu, elle a gardé son chapeau, elle boit de l'eau minérale. Elle est belle, piaffante et imprévisible comme un cheval de course.

Elle a la soixantaine. Des boucles de sa longue chevelure auburn sont rassemblées en chignon sous sa coiffe. Elle se tient très droite, le teint pâle, le menton volontaire et la narine frémissante. Si je n'avais jamais rencontré de personnalité complexe, c'est chose faite.

Le temps de traverser la salle jusqu'à sa table et je dois prendre des décisions cruciales.

Je lui ai téléphoné de la cabine publique de la station de Enghave quelques heures auparavant. Sa voix est grave, rocailleuse, presque indolente. Mais cette nonchalance dissimule une virulence contenue. Peut-être suis-je victime d'hallucinations auditives. Après avoir passé une heure au quai nº 126, je ne suis plus très sûre de ce que j'entends.

Quand je lui apprends que je m'intéresse à ses travaux de Berlin en 46, elle me répond par un non catégorique.

– Il n'en est pas question. C'est parfaitement exclu. Comme vous n'êtes pas sans le savoir, ces informations sont soumises au secret *militaire*. Du reste, ce n'était pas Berlin mais Hambourg.

Le ton est résolu. En même temps, je détecte un soupçon de curiosité maîtrisée à grand-peine.

– Je vous téléphone depuis la caserne de Svanemølle. Nous sommes en train de rédiger un numéro spécial en hommage à la contribution danoise aux opérations alliées durant la Deuxième Guerre mondiale.

Je l'ai retournée comme une crêpe.

– Non, vraiment ? Alors vous appelez de la caserne. Vous faites peut-être partie des Afat ?

– Je suis historienne de formation. Je dirige cette publication pour le compte du Service des archives historiques de l'armée.

– Pas possible. Une femme ! Vous m'en voyez réjouie.

179

Il me semble que je devrais en parler à mon père. Connaissez-vous mon père ?

Je n'ai pas cet honneur. Et si je dois faire sa connaissance, j'ai intérêt à me dépêcher. D'après mes calculs, il ne doit pas avoir loin des quatre-vingt-dix ans. Mais je garde cette réflexion pour moi.

– Le général August Clahn, dit-elle.

– Nous aimerions que cette parution soit une surprise. Elle comprend tout à fait.

– Quand pensez-vous pouvoir me rencontrer ?

– Ça ne va pas être facile. Je dois consulter mon agenda.

J'attends. Je vois mon image se refléter sur la paroi en inox de la cabine. Elle me renvoie une grosse toque de fourrure. D'où dépassent des cheveux noirs. Lesquels dissimulent un sourire narquois.

– Je pourrais éventuellement me libérer cet après-midi.

J'ai tout cela à l'esprit en traversant le salon de thé. En la regardant. Une fille de général. Une amie de l'armée. Mais une voix rauque. Et un certain regard sur le mécanicien. De la dynamite. Je tranche.

– Smilla Jaspersen. Je vous présente le capitaine Peter Føjl, docteur ès lettres.

Le mécanicien se raidit.

Bénédicte Clahn lui lance un rire jubilatoire.

– Comme c'est intéressant. Vous êtes également historien ?

– L'un des meilleurs spécialistes d'histoire militaire en Europe du Nord.

Son œil droit se met à cligner nerveusement. Je commande du café et deux parts de tarte à la framboise, Bénédicte Clahn recommande un quart d'eau minérale. Pas question de mâcher du gâteau. Elle veut capter toute l'attention de l'historien Peter Føjl.

– Il y aurait tant à dire. J'aimerais savoir plus précisément ce qui vous intéresse.

Je risque le coup.

– Votre coopération avec Johannes Loyen.

Elle acquiesce.

– En avez-vous discuté avec lui ?

– C'est un ami très proche du capitaine Føjl.

Elle ponctue d'un regard complice et malicieux. Quoi de plus naturel que de se fréquenter entre seigneurs du désert ?

– C'est si vieux déjà.

On nous sert un café brûlant et odorant dans une cafetière à piston. Voilà où cette rencontre avec le mécanicien me mène : sur la dangereuse pente des paradis artificiels.

Il ne touche pas sa tasse. Il ne s'est pas encore habitué à ses nouvelles compétences universitaires. Il fixe obstinément ses mains.

– C'était en mars 46. Après en avoir chassé les Allemands, la Royal Air Force avait installé son quartier général dans Dagmarhus, sur la place de l'Hôtel de Ville. J'ai appris qu'on y recrutait des jeunes Danois parlant allemand et anglais. Ma mère était suisse et j'avais fait ma scolarité à Grindelwald. J'étais bilingue. J'étais trop jeune pour avoir participé aux opérations de la Résistance, cet emploi était pour moi l'occasion inespérée de me rendre enfin utile à mon pays.

C'est à moi qu'elle s'adresse. Pourtant, ce discours entier est destiné au mécanicien. Sans doute une grande partie de sa vie a dû l'être au genre masculin.

Elle laisse éclater un rire rauque.

– Pour être tout à fait franche, mon ami, un sous-lieutenant, avait été envoyé là-bas six mois auparavant. Je voulais le suivre. Les filles devaient avoir vingt et un ans révolus pendant les trois premiers mois de service. J'en avais dix-huit. Je voulais partir sans délai, j'ai menti sur mon âge.

Je me dis que l'excuse était fort élégante pour échapper à la tutelle du papa général.

– J'ai passé un entretien avec un colonel en uniforme gris-bleu de la Royal Air Force, subi un test d'anglais et d'allemand, et de lecture d'écriture manuscrite gothique.

On m'a fait savoir que ma conduite durant la guerre serait examinée. Ce qui n'a d'ailleurs pas été le cas, sinon mon mensonge aurait été découvert.

Le fond de la tarte aux framboises est une frangipane au goût de fruit, d'amandes grillées et de crème fouettée. La tarte et le décor se conjuguent en une allégorie de la moyenne et haute bourgeoisie d'Europe occidentale : un savoir-faire sophistiqué et raffiné, allié à un besoin frénétique, quasi névrotique de consommer.

– Un train spécial nous a conduits à Berlin. Les Alliés s'étaient partagé l'Allemagne. Hambourg était revenue aux Anglais. Nous travaillions et habitions dans une grande caserne des Jeunesses hitlériennes. La caserne Graf Goltz à Rahlstedt.

En étant de si piètres orateurs, les Danois se privent du plaisir de vérifier une loi naturelle fascinante : celle qui opère à présent sur Bénédicte Clahn, la métamorphose du conteur subjugué par son propre récit.

– Nous étions logés par chambrées de deux lits, en face des bâtiments abritant les bureaux. Nous travaillions dans une grande pièce, par tablées de douze. Nous portions l'uniforme de combat : jupe, chaussures, chaussettes et pèlerine kaki. Nous avions le grade de sergent dans l'armée britannique. Chaque table était supervisée par un *Tischsortierer*. A ma table, c'était une Anglaise, avec le grade de capitaine.

Elle est perdue dans ses souvenirs. Le pianiste explore le répertoire de Frank Sinatra. Mais elle n'entend rien.

– Lilla Bols. Ma première cuite. Nous avions le droit de faire des achats à la boutique de la caserne. Revendre une cartouche de Capstan au marché noir nous rapportait l'équivalent du salaire d'une famille allemande. Notre chef était le colonel Ottini. Un Anglais, comme son nom ne l'indique pas. A peu près trente-cinq ans. Sexy. Une tête de gentil bouledogue. On nous faisait lire tout le courrier en provenance ou à destination de l'étranger. Le papier à lettres et les enveloppes étaient les mêmes qu'aujourd'hui, mais de moins bonne qualité. Nous déchirions l'enveloppe, lisions la lettre et apposions le tampon *Censorship* avant de refermer avec du ruban adhésif. Les photographies et les dessins étaient confisqués et détruits. Toutes les lettres faisant allusion à d'anciens nazis réhabilités participant à la reconstruction de l'Allemagne étaient transmises. Par exemple, si on lisait : « *Denk mal*, un ancien *Sturmbahnführer* de la SS, aujourd'hui P-DG. » C'était très fréquent. Mais on pistait surtout l'organisation souterraine Edelweiss. Vous comprenez, durant la débâcle, les Allemands avaient brûlé leurs archives. Les Alliés manquaient cruellement d'indices. Je crois que nous avions été recrutés pour cela. Nous étions six cents, rien qu'à Hambourg. Nous avions chacun notre tampon. Quand nous tombions sur une lettre mentionnant le mot « Edelweiss » ou des lettres soulignées susceptibles de former ce mot, ou contenant un edelweiss séché, nous devions la tamponner et la remettre à notre *Tischsortierer*.

Comme par télépathie, le pianiste entame *Lilli Marlène*. Sur un rythme de marche militaire, à la manière de Marlène Dietrich. Bénédicte Clahn ferme les yeux. Son humeur change.

– Cette mélodie…

Nous attendons la fin du morceau qui enchaîne sur *Ich hab'noch einen Koffer in Berlin*.

– La faim était le pire. La faim et les destructions. Les samedis après-midi et les dimanches étaient libres. Une sorte de train de banlieue nous menait de Rahlstedt au centre de Hambourg. Notre uniforme de sergent nous autorisait à entrer au mess des officiers. Là, nous avions du champagne, du caviar, du chateaubriand et de la crème glacée à profusion. A un quart d'heure de train du centre, tout n'était que décombres. Vous ne pouvez pas imaginer. Un champ de ruines, à perte de vue. Et les Allemands. Faméliques. On les croisait dans les rues, livides, décharnés, l'air abattu. Je suis restée six mois. Pas une seule fois je n'ai vu un Allemand presser le pas.

Elle a des sanglots dans la voix. Elle ne sait plus où elle est. Elle se cramponne à mon bras.

– La guerre est une abomination !

Elle nous regarde, se rappelant soudain que nous représentons les forces armées du pays. Un bref instant, différents plans de sa conscience se télescopent. Puis elle nous revient, sensuelle et enjouée. Grand sourire au mécanicien.

– Mon sous-lieutenant est rentré. J'étais prête à le suivre, mais me voilà convoquée dans le bureau du colonel Ottini. Il me fait une offre. Le lendemain, j'étais mutée à Blankenese, sur les bords de l'Elbe. Les Anglais occupaient les grandes villas. C'est dans l'une d'elles que nous travaillions. Nous étions quarante employés, la plupart anglais et américains. Au premier étage, une moitié du personnel était affectée à l'écoute téléphonique. L'autre moitié, divisée en petites équipes autonomes, travaillait au rez-de-chaussée. Bien entendu, nous ignorions les missions de chacun. A Rahlstedt aussi nous étions astreints au secret, mais nous bavardions quand même. On se montrait les lettres amusantes. Rien de tout cela à Blankenese. C'est là que j'ai rencontré Johannes Loyen. Au début, je n'avais que deux collègues. Un mathématicien anglais et un Belge, professeur en système de notation chorégraphique. On nous donnait des lettres codées et des conversations téléphoniques à transcrire. Mais surtout des lettres.

Elle rit.

– Je crois qu'au début ils nous testaient. Avec des messages sans importance. Nous ne décodions pas plus de deux lettres par jour. Généralement des lettres d'amour. J'étais arrivée en juillet. A partir du mois d'août, les choses devinrent plus sérieuses. Les lettres étaient de nature différente. Les mêmes correspondants revenaient souvent. On nous affecta un nouveau superviseur, un Allemand qui avait travaillé pour Van Gehlen. Je n'ai jamais compris comment les Anglais et les Américains ont pu prendre en main une partie des Services de renseignements allemands. C'était un homme doux et affable. Difficile de juger les gens à leur allure, pas vrai ? Il paraît que Himmler jouait du violon. Donc, il s'appelait Holtzer. D'une manière ou d'une autre, il connaissait l'affaire sur laquelle nous travaillions. Car il s'agissait bien d'une affaire. J'ai fini par m'en apercevoir. Les trois autres étaient au courant mais ne m'avaient jamais rien dit. Ils se contentaient de me demander des tournures particulières. A force, j'ai fait des déductions.

La voilà repartie. A Hambourg, sur les rives de l'Elbe, en août 46.

– Il y avait un mot qui les obsédait : *Niflheim*. J'ai fini par consulter le dictionnaire : le « Monde des brumes », la plus lointaine contrée de *Hel*, le Royaume des morts. A la fin du mois d'août, ils avaient sans doute circonscrit leur domaine d'investigation, car, dès lors, le courrier se limita à la correspondance entre les quatre mêmes personnes. Nous ne voyions jamais les enveloppes. Nous connaissions les noms mais pas les adresses. Nous avons commencé avec huit lettres auxquelles deux autres venaient s'ajouter chaque semaine. Le code n'était pas très sophistiqué, comme fabriqué à la hâte. Mais difficile à percer, car il était établi à partir de métaphores convenues, et non pas à partir du langage classique. Les lettres faisaient allusion à l'acheminement et à la vente de marchandises. C'est à cette époque que Johannes – le docteur Loyen – a rejoint notre équipe. Il était en Allemagne en qualité de médecin légiste, dans le cadre du programme de démantèlement des camps de concentration.

Elle plisse les yeux et ressemble à une collégienne.

– Un fort bel homme. Et très coquet avec ça. Vous pourrez le lui dire de ma part, capitaine.

Le mécanicien promet d'un hochement de la tête, les doigts cramponnés à son porte-documents.

– Il était amer parce que les odontologues légistes lui avaient volé la vedette lors de l'identification des corps et des procès de Nuremberg. Il nous avait rejoints en qualité de conseiller médical. Nous n'avons jamais eu besoin de solliciter ses conseils. Un jour, j'ai deviné que Niflheim était une expédition vers le Groenland. Loyen connaissait cette région. Peut-être y était-il allé, mais il ne m'en a rien dit. En tout cas, comme il avait un excellent niveau d'allemand, il finit par travailler au décodage avec nous. A la fin du mois de septembre, nous y sommes parvenus. C'est moi qui avais percé le code. Une lettre pronostiquait le cours des haricots pour la semaine. Les chiffres augmentaient légèrement et régulièrement jusqu'au vendredi. J'ai consulté l'agenda que ma mère m'avait envoyé. Vendredi était jour de pleine lune. J'avais souvent accompagné papa dans l'Admiral's Cup, la traversée de la Manche, à bord de son grand *Colin Archer*. Les chiffres me rappelaient les heures des marées. Nous avons consulté l'almanach nautique de la marine anglaise. Ils correspondaient aux heures de marée haute et basse de l'Elbe. Après ce fut facile. Trois semaines suffirent pour reconstituer les messages jusqu'à la première lettre. Il était question de trouver un navire. Et de le faire naviguer jusqu'au Groenland. Opération Niflheim.

– Dans quel but ?

Elle secoue de la tête.

– Je l'ignorais. Les autres aussi, je crois. Les lettres évoquaient les difficultés d'armer un bateau à cause de l'état d'urgence. La possibilité d'atteindre Kiel en traversant les eaux danoises. Les zones minées. La surveillance de l'Elbe et du canal de Kiel par les Anglais. Les auteurs de ces lettres savaient tous de quoi il retournait ; voilà pourquoi il n'en était jamais explicitement question.

Nous reculons tous les trois dans nos sièges. Retour à La Brioche d'or, aux arômes de café, à l'instant présent, à *Satin Doll*.

– Je prendrais bien une part de tarte.

C'est une récompense bien méritée. La portion arrive sur la table, éblouissante comme un jour d'été. La crème fouettée est fraîche et appétissante, tout droit sortie, dirait-on, du pis de la vache qui broute dans l'arrière-cour de la confiserie.

J'attends qu'elle y goûte. Il est plus difficile de rester sur ses gardes quand les papilles gustatives sont flattées.

– Avez-vous déjà raconté cela à quelqu'un ?

Elle prend une mine outrée et s'apprête à répondre que

non. Est-ce le fait d'avoir fouillé dans ses souvenirs, la confiance qu'elle nous porte ou le goût de la framboise, elle se ravise.

– On m'a inculqué la discrétion. C'est un principe élémentaire.

Nous approuvons d'un hochement de tête encourageant.

– Peut-être en ai-je discuté une fois ou deux avec Johannes Loyen. Mais il y a de cela plus de vingt ans.

– Est-il possible que cela ait été en 66 ?

Elle me dévisage d'un air surpris. Le terrain est miné. Puis elle se dit que je tiens cette information de Loyen en personne.

– Johannes travaillait pour une compagnie qui devait organiser une traversée à destination du Groenland. Il voulait que nous essayions de reconstituer de mémoire les informations déchiffrées dans les lettres de 46. Surtout les itinéraires. Et les conditions de mouillage. Nous n'y sommes pas parvenus. Bien que nous y ayons consacré beaucoup de temps. Je crois même que j'ai été payée.

– Et ça s'est renouvelé en 90 ou 91 ?

Elle se mordille les lèvres.

– Hélène, sa femme, est très jalouse.

– Pourquoi voulait-il savoir tout cela ?

Elle hoche la tête.

– Il ne me l'a jamais dit. Avez-vous essayé de lui poser la question ?

– L'opportunité ne s'est pas encore présentée. Mais ça viendra.

Elle semble brusquement préoccupée par mon peu d'explications. Je m'efforce de trouver une parole rassurante pour distraire son attention. Inutile, elle change d'elle-même de sujet.

– Vous êtes mariés ?

Son regard fait la navette entre mon visage et celui du mécanicien.

A ma grande surprise, il se met à rougir comme une écrevisse, une rougeur qui part de la gorge et gagne progressivement le reste du visage, comme une réaction allergique aux crustacés. Un beau rouge flamboyant, un cas désespéré.

Je sens une onde de chaleur parcourir d'un trait l'intérieur de mes cuisses. Je crois même un bref instant que l'on vient de me renverser un liquide brûlant sur les genoux. Mais non.

– Il est difficile de consacrer sa vie entière aux archives de l'armée et de fonder une famille.

Elle incline la tête en guise d'approbation. Les êtres déchirés entre l'amour et la guerre, elle ne connaît que ça.

– Deux hommes se rencontrent – peut-être à Berlin. Loyen et Ving. Loyen connaît vaguement l'existence d'une chose qu'il vaut la peine d'aller chercher au Groenland. Ving dispose d'un bon moyen de couvrir l'expédition : il est directeur à la Compagnie danoise de cryolithe, et son P-DG effectif. Nous avons aussi Andreas Licht. De lui, nous savons seulement qu'il est spécialiste de culture groenlandaise.

Je n'ai aucune intention de lui parler du quai n° 126.

– En 1966, il organise une expédition sous la direction de la Compagnie. L'affaire tourne mal. Peut-être un accident avec des explosifs. En tout cas, l'expédition échoue. Vingt-cinq ans s'écoulent. Nouvelle tentative. Mais cette fois-ci, l'argent vient d'ailleurs. Ils ont dû s'allier avec un tiers. Nouvel accident. Quatre membres meurent, dont le père d'Esajas.

Je suis assise sur le canapé du mécanicien, emmitouflée dans un plaid de laine. Il s'apprête à déboucher une bouteille de champagne. La présence de cette boisson luxueuse dans cette pièce est pour moi presque dérangeante. Il repose la bouteille sans l'ouvrir.

– J'ai parlé à Juliane cet après-midi.

J'ai bien remarqué, au salon de thé et sur le chemin du retour, que quelque chose n'allait pas.

– Le Baron était examiné une fois par mois à l'hôpital. Toujours le premier j-j-jeudi de chaque mois. Une voiture venait le prendre. Juliane ne l'accompagnait pas. Elle recevait mille cinq cents couronnes à chaque fois. Il ne racontait jamais rien.

Il s'assied et regarde la bouteille. Je devine sa pensée. Il se demande s'il ne devrait pas plutôt la ranger.

Il a sorti des flûtes. Il les a d'abord rincées à l'eau bouillante et les a frottées avec un torchon propre jusqu'à ce qu'il n'y ait plus la moindre trace. Dans ses grosses paluches, elles semblent aussi fragiles que de la cellophane.

A Nuuk, il faut attendre onze ans pour obtenir un appartement. Ou plutôt un taudis, une baraque de jardinier, une garçonnière. Au Groenland, la langue et la culture danoises attirent les crédits comme un aimant. Les emplois lucratifs sont réservés à ceux qui maîtrisent le danois. Les autres végètent dans les usines de filetage ou prennent racine dans les files d'attente de chômeurs. Le tout dans une société où le pourcentage d'homicides est comparable à celui d'un pays en guerre.

Grandir au Groenland a dénaturé à jamais ma vision de l'aisance matérielle. Je ne feins pas d'en ignorer l'existence. Mais je ne la recherche pas non plus. Je ne la prends pas davantage au sérieux et ne la considère pas comme une fin en soi.

J'ai souvent l'impression d'être une poubelle. L'existence a déversé dans ma vie les invendus de l'âge technologique : les équations différentielles, une toque de fourrure. Et à présent : une bouteille de jaja à zéro degré. Avec le temps, j'ai de plus en plus de mal à éprouver un plaisir sincère. Si, dans l'instant qui suit, on me dépossédait de tout, je n'y verrais aucun inconvénient.

Je n'essaie plus de tenir l'Europe ou le Danemark à l'écart. Je ne les retiens pas non plus. Bon an mal an, ils font partie de mon destin. Ils entrent et sortent de ma vie à leur gré. J'ai renoncé à m'en mêler.

Il fait nuit. Les dernières journées ont été si longues que je savoure en pensée le moment où je vais me coucher et sombrer dans un sommeil d'amnésique, pareil à celui de mon enfance. Ce n'est qu'une question de minutes. Le temps d'humecter mes lèvres et je monte chez moi.

Le bouchon saute presque sans un bruit. Le mécanicien remplit les verres à moitié, avec lenteur et application. L'intérieur incurvé des parois s'embue immédiatement d'une rosée mate et des colonnes de perles minuscules montent vers la surface.

Accoudé sur ses genoux, il examine les bulles. Son visage est absorbé, abandonné ; il semble aussi innocent qu'un enfant – le même regard qu'Esajas posait si souvent sur le monde.

Je laisse mon verre intact et viens m'asseoir juste en face de lui sur la table basse. Nos visages sont à la même hauteur.

– Peter. Tu connais l'excuse classique : j'avais bu, je ne savais pas ce que je faisais.

Il acquiesce.

– Voilà pourquoi je tenais à t'offrir ça avant de boire.

Et je l'embrasse. J'ignore combien de temps cela dure, mais du début à la fin mon corps entier est accroché à ses lèvres.

Puis je m'en vais. J'aurais pu rester, mais je pars. Ce n'est pas à cause de lui ou de moi, mais par respect pour cette sensation qui m'étreint pour la première fois depuis tant d'années, que je reconnais à peine et à laquelle je me sens étrangère.

Je mets une éternité à m'endormir. Je n'ai pas le courage d'abandonner la nuit, le silence, et ma conscience suraiguë de le savoir endormi quelque part en dessous.

A l'instant où le sommeil est finalement sur le point de m'emporter, je rêve de Siorapaluk. Nous sommes plusieurs enfants sur la couchette. Des histoires ont été contées. Les autres se sont assoupis. Seule ma voix continue de résonner, comme si elle ne pouvait se résoudre au repos. Enfin elle chancelle, succombe, s'abandonne et se laisse emporter dans les rets des songes.

5

Le siège de la Direction générale des industries et des sociétés est situé au 1, Kampmannsgade. Le bâtiment, bien entretenu et fraîchement repeint, respire efficacité, professionnalisme, affabilité. L'intérieur est d'un luxe de bon aloi.

Je suis reçue par un jeune homme. Il a au plus vingt-trois ans. Il porte un complet croisé en tweed taillé sur mesure et une cravate en soie blanche assortie à un large sourire émaillé.

– Est-ce qu'on ne se serait pas déjà rencontrés quelque part ?

La pile de papiers, épaisse comme une Bible illustrée, est reliée dans un classeur à spirale marqué Compagnie danoise de cryolithe SA – Bilan 1991.

– Comment sait-on qui contrôle une société ?

En feuilletant la pile, ses mains effleurent les miennes.

– On ne le sait jamais tout à fait. Mais la loi oblige les sociétés anonymes à fournir une liste des actionnaires détenant plus de cinq pour cent de parts. Peut-être à une fête de l'École de commerce ?

La liste comporte en vrac quatorze noms de sociétés et de particuliers. Ving y figure. La Banque centrale. Geoinform.

– Pourrais-je consulter les comptes de Geoinform ?

Il s'installe devant un clavier d'ordinateur. Nous attendons la réponse. Il me sourit.

– Ça finira bien par me revenir. Tu n'as pas étudié le droit, par hasard ?

Il y a un journal français ouvert sur la table. Il suit mon regard.

– Je voudrais entrer dans la diplomatie. J'ai intérêt à m'accrocher. Nous n'avons rien sur Geoinform. Ce n'est probablement pas une société anonyme.

– Peut-on connaître le nom des administrateurs ?

Il rapporte un ouvrage épais comme deux annuaires téléphoniques – *Fondations danoises Green*. Il feuillette. Le comité directeur est composé de trois personnes. Je recopie les noms.

– Pourrais-je t'inviter à déjeuner ?

– Je dois faire une promenade à Dyrehaven.

– Je pourrais t'accompagner.

Je désigne ses mocassins du doigt.

– Il y a soixante-quinze centimètres de neige.

– Je pourrais acheter des bottes de caoutchouc en chemin.

– Tu n'as pas le temps. La diplomatie ne t'attendra pas.

Il approuve, rembruni.

– Peut-être quand la neige aura fondu. Au printemps.

– Si nous sommes toujours là.

Je vais à Dyrehaven. Il a neigé durant la nuit. Je chausse mes bottes en peau de phoque à bonne distance de la grille du parc. Ce type de bottes est très fragile. Enfants, on nous interdisait de danser avec s'il y avait du sable par terre. Nous les aurions usées en une soirée. Elles sont conçues pour les terrains enneigés ou gelés, où le frottement est différent et la peau parfaitement adaptée. La neige est fraîche, poudreuse. Je m'éloigne le plus loin possible des sentiers et je passe la journée à me frayer lentement un chemin dans la neige profonde, entre les branches noires et blanches. Je piste un chevreuil, je finis par tout connaître de ses rythmes. Son léger boitement tous les cent mètres, sa façon d'uriner par petites quantités, à droite de ses empreintes. A intervalles réguliers, la terre fouillée par sa truffe à la recherche de feuilles laisse un orifice noir en forme de cœur.

Je rencontre mon gibier trois heures plus tard. C'est une chevrette. Blanche, méfiante et curieuse.

Chez Peter Liep, je choisis une table en retrait, commande un chocolat chaud et pose la feuille devant moi.

Katja Claussen
Ralf Seidenfaden
Tørk Hviid

Je sors l'enveloppe contenant les coupures de journaux envoyées par Moritz, à la recherche d'un article précis.

Un groupe d'enfants et d'adultes fait irruption. Ils ont laissé skis et luges à la porte et remplissent la salle de leurs joyeux éclats de voix. Pleins de la mystérieuse vitalité que procure la neige.

L'article est extrait d'un journal de langue anglaise. C'est sans doute pour cela qu'il avait attiré mon attention. Une partie de la manchette, tronquée par un coup de ciseaux maladroit, a été recopiée au stylo-bille vert. Le journal est daté du 19 mars 92. « Premier séminaire de néocatastrophisme de Copenhague. Le discours d'inauguration a été prononcé par M. Johannes Loyen, professeur en sciences médicales et membre de l'Académie royale des sciences. »

Loyen se tient sur un podium, sans chaire et sans notes. La pièce est grande. Au second plan, trois hommes sont assis derrière un bureau incurvé comme un arc de cercle.

« Au second plan, Ruben Giddens, Ove Nathan et Tørk Hviid, le… »

Les ciseaux ont emporté la suite. Le typographe ne disposait pas de la lettre ø. Cette orthographe inhabituelle avait attiré mon attention.

Quand je rentre, le soleil empourpre l'horizon. Mon cœur bat la chamade.

En passant le seuil de ma porte, j'entends le téléphone sonner.

Je me débats un long moment avec l'adhésif rouge. Ce doit être le mécanicien. Il a dû essayer d'appeler toute la journée.

– Andreas Licht à l'appareil.

Il parle tout bas, comme s'il était enrhumé.

– Je vous conseille de venir tout de suite.

J'ai un mouvement d'humeur. Certains d'entre nous ne s'habitueront jamais à recevoir des ordres.

– Ne pourrait-on pas reporter à un autre jour ?

J'entends un couinement étranglé, comme un rire étouffé.

– Vous êtes intéressée, oui ou non ?…

Il a raccroché.

Je reste là, en manteau, dans le noir, je n'ai même pas eu le temps d'allumer la lumière. Comment a-t-il mon numéro de téléphone ?

Je déteste être brusquée. J'avais d'autres projets pour cette fin de journée.

Je passe à côté changer de chaussures et ressors dans la nuit de Copenhague.

Un étage plus bas, je m'arrête devant la porte du mécanicien. Je suis tentée de l'emmener. Mais je me dis que c'est pure faiblesse.

J'ai un feutre dans ma poche, mais pas de papier. Je griffonne sur un billet de cinquante couronnes : « Sydhavn, Svajerbryggen, quai n° 126. A tout à l'heure. Smilla. »

Ce message est un compromis entre mon besoin de protection et ma conviction qu'il vaut mieux garder pour soi un projet si on veut le mener à bien.

Je prends un taxi jusqu'à la centrale électrique de Sydhavn. Peut-être la paranoïa du mécanicien à l'égard des téléphones est-elle contagieuse, mais je préfère brouiller les pistes.

J'ai un quart d'heure de marche.

Même les machines sont arrêtées. La ville semble si

loin, en dépit de ses lumières qui se reflètent dans les rues désertes. Par moments, dans un ciel couleur d'encre de Chine, une fusée déchire la nuit et l'éclabousse d'étincelles. La détonation me parvient avec quelques secondes de décalage. C'est la Saint-Sylvestre.

Les rues sont dans l'obscurité. Les silhouettes immobiles des grues se détachent contre le ciel à présent plus clair. Tout est fermé, éteint, abandonné.

Le bassin de Svajerbryggen est phosphorescent. La neige toute fraîche qui a recouvert la glace accroche la faible lumière et renvoie une blancheur irréelle. Une seule voiture m'a précédée. Je continue dans ses traces.

Sur la berge, l'écriteau est toujours recouvert de plastique. Avec l'encoche que j'y ai laissée. Le quai, la passerelle ainsi qu'une partie du pont ont été déneigés, quelques caisses déplacées pour laisser la place à une palette de bidons rouges. A part la neige, les bidons et l'obscurité, rien n'a changé depuis hier.

Aucune lumière à bord.

En traversant la passerelle, je repense aux traces. Sur terrain enneigé, le dessin des pneus chasse la neige et efface partiellement l'empreinte. Les traces que je suivais descendaient jusqu'au port. Elles n'en reviennent pas. Or, il n'y a pas d'autre issue pour sortir de Svajerbryggen. Et je ne vois aucune voiture.

La porte vernissée est close, mais pas verrouillée. Une pâle lueur baigne la pièce.

Je vais bientôt tomber sur l'Esquimau en fibre de verre. La lumière provient de derrière l'écran.

Une lampe est posée sur le bureau. Andreas Licht, professeur et conservateur de musée, est assis, le visage légèrement incliné, un large sourire aux lèvres.

Je contourne le bureau, le sourire reste figé.

Licht agrippe le dessous de son siège des deux mains, comme pour se redresser.

En m'approchant, je m'aperçois que ses lèvres sont rétractées sur ses gencives. Il ne prend pas appui sur son siège. Ses mains y sont ficelées avec du fil de cuivre. Je le tâte. Il est chaud. Je palpe sa gorge. Le pouls est arrêté. Le cœur aussi. Du moins, d'après mon diagnostic.

L'orifice de l'oreille tournée vers moi est bouché avec une boule de coton, comme chez les petits enfants atteints d'otite. Je passe de l'autre côté. L'autre oreille itou.

Ma curiosité est largement satisfaite. Il est grand temps de rentrer.

Au même instant, j'entends que l'on referme l'écoutille en haut de l'escalier. Aucun signal avant-coureur, aucun bruit de pas. Quelqu'un tire tranquillement le panneau, puis le verrouille de l'extérieur.

La lumière s'éteint.

Les aveugles n'ont pas besoin de lumière. Voilà pourquoi l'endroit était si peu éclairé. C'est absurde de penser à ça maintenant. Mais, dans le noir, c'est la première réflexion qui me vient à l'esprit.

Je m'agenouille et rampe à quatre pattes sous le bureau. La stratégie de l'autruche n'est pas forcément la meilleure solution. Mais je n'ai aucune envie de rester plantée là, dans l'obscurité totale. Je frôle les chevilles du conservateur. Elles aussi sont chaudes. Et fixées aux pieds de la chaise par du fil métallique.

J'entends remuer sur le pont, au-dessus de ma tête. On traîne quelque chose. Je cherche à tâtons le fil du téléphone. Je le déroule. L'extrémité me reste entre les doigts. Il a été arraché du combiné.

Le moteur est mis en marche. Le diesel ronronne au ralenti.

Je m'élance dans le noir. Je me trouvais dans cette pièce il y a à peine vingt-quatre heures. Je sais où est la sortie. J'atteins la cloison juste à côté. Le verrou n'est pas tiré. En franchissant le seuil, le vacarme de la machine se fait plus distinct.

Une faible lumière pénètre par les petits hublots qui perforent le haut de la cloison donnant sur le quai. Voilà comment le conservateur a résolu ses problèmes de transport. Il vivait à bord. Il y avait fait installer une chambre à coucher – un lit, un chevet, un placard encastré.

La salle des machines doit se trouver derrière le panneau du fond, qui vibre malgré l'isolation sonore. Tandis que j'essaie de regarder par le hublot, le bourdonnement se fait couinement strident. Le bateau se détache lentement du quai. Une vitesse a été passée. Je ne vois pas âme qui vive, seulement le profil sombre de l'appontement qui s'éloigne.

Une étincelle fuse. Un point rougeoyant, comme une allumette qu'on craque. Il s'élève et décrit un cercle qui siffle et crépite au-dessus de ma tête. Une fusée.

Elle explose tout près de moi dans un bruit sourd. La seconde d'après, je perds la vue. Jailli du môle et de l'eau, un éclair d'une intensité et d'une violence inouïes me frappe en plein visage. En une seconde, le brasier consume tout l'oxygène de la pièce. Je me jette au sol. J'ai l'impression d'avoir les yeux remplis de sable, de respirer dans un sac en plastique, comme si un séchoir à cheveux me soufflait de l'air brûlant sur le visage. Les bidons d'essence. Ils ont bien sûr vidé toute l'essence sur le bateau.

Je rampe jusqu'à la porte. Dans la première pièce, il fait à présent clair comme en plein jour ; les bâches qui couvraient les fenêtres ont brûlé, laissant s'engouffrer une lumière redoutable comme un soleil de midi.

Une série d'explosions étouffées retentissent sur le pont, projetant des éclairs bleus puis jaunes. L'air se charge d'une odeur suffocante de vernis époxy.

Je bats en retraite jusqu'à la chambre à coucher. Il y règne une chaleur de fournaise. Dans la lumière aveuglante des hublots, je vois la fumée s'infiltrer. J'ai le temps d'apercevoir le silo de l'usine agricole briller comme au soleil couchant et les fenêtres le long de Islands Brygge rougeoyer comme du verre en fusion et réfléchir la furie du brasier qui m'entoure.

Puis le carreau du hublot explose et je ne vois plus rien.

Je me demande si le diesel est inflammable. Je me souviens que cela dépend de la température. Au même instant, le réservoir de diesel explose.

Il n'y a pas de détonation, plutôt un sifflement qui devient hurlement et atteint l'intensité sonore de la plus effroyable déflagration jamais entendue sur terre. Je plaque ma tête contre le plancher. Quand je la relève, le lit a disparu. La cloison qui sépare la chambre de la salle des machines a été pulvérisée et découvre un antre de flammes. Au centre, je distingue les contours d'un gros cube calciné et d'un réseau de tuyaux. Le moteur s'écrase à travers le plancher, s'enfonce dans la mer et disparaît dans un formidable bouillonnement. La surface de l'eau s'embrase, de lourdes langues de feu du diesel en combustion se convulsent au-dessus.

L'arrière du bateau bée vers Islands Brygge. Il se met lentement à pivoter et s'écarte du tapis de flammes.

La coque cède et s'enfonce, tirant l'épave vers le fond. L'eau qui s'est engouffrée m'arrive aux genoux.

Derrière moi, le panneau est arraché et le professeur fait son entrée. Le basculement de la coque a entraîné la chaise du bureau qui vient s'écraser contre la cloison à côté de moi. Le corps du professeur surfe à travers sa chambre à coucher, charrié par des trombes d'eau rugissantes.

J'ôte tous mes vêtements – manteau de daim, chandail, chaussures, pantalons, sous-pull, culotte et chaussettes en dernier. Je tâte ma toque de fourrure. Il ne reste qu'une couronne de poils. Sans doute a-t-elle été touchée par les flammèches propulsées lors de l'explosion du moteur. Je regarde mes mains, elles sont couvertes de sang. Le sommet de mon crâne est calciné et chauve.

Deux cents mètres environ me séparent du quai d'Islands Brygge. Je n'ai pas le choix. Derrière moi, l'incendie fait rage. Je plonge.

Le choc glacé me force à ouvrir les yeux sous l'eau. On y voit comme en plein jour – une lumière fluorescente verte et rouge. Il n'y a pas une seconde à perdre. Quand la température de l'eau est inférieure à 6 °C, l'espérance de vie est de quelques minutes, dont le nombre précis dépend de la forme du nageur. Les nageurs qui traversaient la Manche étaient entraînés. Ils pouvaient tenir très long-temps. Je suis mauvaise sportive.

Je nage presque à la verticale. Seules mes lèvres émergent de la surface. La difficulté consiste à maintenir au maximum le poids du corps sous l'eau. Au bout de quel-ques minutes, les tremblements se manifestent ; la tempé-rature du corps chute alors de 38° à 36°. Puis ils dispa-raissent à l'approche de 30°. C'est un seuil critique. L'organisme s'engourdit et cesse de lutter. C'est là que l'on meurt de froid.

Au bout de cent mètres, je n'ai même plus la force de bouger un bras. Je repense à ma vie. En vain. A Esajas. Peine perdue. D'un seul coup, j'ai l'impression d'être perchée sur un talus, luttant contre un mur de vent. Autant abandonner.

L'eau miroite comme une mosaïque de pépites dorées. Je me rappelle qu'on a essayé de m'assassiner. Quelque part, on se congratule : cette fois, on ne l'a pas ratée. Smilla, la Groenlandaise de pacotille.

Cette idée me fait tenir. Je me promets de faire encore dix brasses. A la huitième, ma tête heurte l'un des pneus de tracteur du poste d'amarrage du *Nordlyset* qui pendent le long du quai en guise de défense.

Je sens qu'il ne me reste que quelques secondes de lucidité. A côté du pneu, un promontoire s'avance sur l'eau. J'essaie de hurler pour accompagner cet ultime effort. Aucun son de s'échappe de ma gorge. Mais je réussis à me hisser.

Si on tombe à l'eau au Groenland, il faut courir pour réactiver la circulation sanguine. A cause de la tempéra-ture glacée de l'air. Mais ici, il fait doux comme en été. D'abord, je m'en étonne. Puis je comprends que c'est à cause de l'incendie. Je reprends haleine. Le *Nordlyset* a dérivé jusqu'à l'entrée du port et son squelette carbonisé se détache devant un rideau de flammes.

Je me traîne à quatre pattes jusqu'en haut des marches. Le quai est désert. Rien ne bouge.

Je suis sur le point de capituler, à bout de forces et

abrutie par la tiédeur des flammes. Je vois le duvet roussi et frisotté sur ma peau nue et luisante. Puis je commence à marcher. Des hallucinations m'assaillent, des bribes désordonnées de souvenirs d'enfance. Une fleur, une renouée en bouton trouvée dans l'herbe. Une obsession : Eberlain a-t-elle encore de cette étoffe avec laquelle elle a confectionné ma toque ? L'impression d'être malade et de pisser au lit.

Je vois des phares de voitures, mais je m'en moque. La voiture s'arrête, tout m'est égal. On m'enveloppe. Je suis parfaitement indifférente. Allongée sur le dos, je reconnais les trous dans le toit. C'est la petite Morris. Et la nuque du mécanicien. Il est au volant.

– Smilla. Smilla, nom de Dieu…

– Oh, ta gueule.

Chez lui, il m'enroule dans des couvertures de laine et me masse jusqu'à me faire mal. Puis il me force à ingurgiter une tasse de thé au lait après l'autre. C'est comme si mon corps ne parvenait pas à se réchauffer, comme si le froid s'était imprimé dans la moelle de mes os. J'accepte même un verre d'alcool.

Je pleure à chaudes larmes. En partie sur mon sort. Je déballe tout : la cachette d'Esajas, la cassette, le professeur, le coup de téléphone, l'incendie. J'ai l'impression de débiter les phrases machinalement, désincarnée et simple spectatrice.

Il ne m'interrompt pas.

Il me fait couler un bain. Je m'endors dans la baignoire Il me réveille. Nous dormons côte à côte sur son lit. Quelques heures d'affilée. Quand je sens la chaleur envahir mon corps, l'aube est en train de pointer.

Nous faisons l'amour plus tard. Je ne suis sans doute pas dans mon état normal.

III

1

Je change deux fois de taxi et me fais déposer près de Farumsvej. En traversant le parc d'Utterslev Mose à pied, je me retourne cent fois.

Je m'arrête sur Tuborgvej pour téléphoner.

– Qu'est-ce que le « néocatastrophisme » ?

– Pourquoi m'appelles-tu toujours de ces insupportables cabines publiques, Smilla ? Tu as des ennuis d'argent ? Ta ligne a été coupée ? Tu veux que je te paye un nouvel abonnement ?

Pour Moritz, la Saint-Sylvestre est le Saint des Saints. Il est victime de l'illusion chronique selon laquelle il est possible de repartir de zéro et de rebâtir une existence sur de bonnes résolutions. Le 1er janvier, ses gueules de bois sont si douloureuses qu'on croirait les entendre au téléphone. Même dans un téléphone à pièces.

– Un colloque a eu lieu à Copenhague, en mars 92.

Il réprime un gémissement, tente de rassembler ses esprits et y parvient finalement. La question s'avère avoir un rapport avec sa petite personne.

– J'étais invité.

– Pourquoi n'y es-tu pas allé ?

– Trop de lecture préparatoire.

Voilà des années qu'il se plaît à raconter qu'il ne lit plus. C'est un mensonge, en outre, un subterfuge détestable visant à insinuer qu'il est devenu omniscient et que le monde n'a plus rien à lui apprendre.

– Le néocatastrophisme est une acception générique. Le mot fut créé dans les années soixante par Schindewolf, un paléontologue. Tous les naturalistes ont pris part au débat. Ils s'accordent à dire que l'évolution sur Terre – l'évolution biologique en particulier – ne s'est pas déroulée progressivement, mais par à-coups sous la forme de catastrophes naturelles – chutes de météorites, passages de comètes, éruptions volcaniques, réactions chimiques spontanées – lesquelles ont favorisé la survie de certaines espèces. Depuis le début. Le vrai problème est de déterminer dans quelle mesure ces phénomènes se sont répétés à intervalles réguliers. Et si oui, de découvrir le principe qui préside à ces cycles. Un forum international de réflexion a été créé et le premier symposium a eu lieu à Copenhague, au centre Falkoner, en présence de la reine. Rien n'était trop beau. Le comité récolte des donations de tous les côtés. Les syndicats lui donnent de l'argent, persuadés que les recherches portent sur les catastrophes écologiques. Le Conseil de l'industrie le subventionne avec la conviction inverse. Les centres de recherche le patronnent en croyant avoir affaire à de grands esprits.

– Le nom de Hviid te dit-il quelque chose ? Tørk Hviid ?

– Il y avait un compositeur qui s'appelait Hviid.

– Ce n'est probablement pas lui.

– Smilla, tu sais bien que je n'ai pas la mémoire des noms.

C'est la vérité. Il se souvient des corps. Des titres. Il est capable de reconstituer chaque coup de golf de tous les tournois auxquels il a participé. Mais il oublie le nom de sa propre secrétaire. C'est symptomatique : le monde qui entoure un égocentrique invétéré sombre dans l'anonymat.

– Pourquoi n'es-tu pas allé à ce colloque ?

– Très peu pour moi, Smilla. Trop d'intérêts antagonistes en jeu. Toute cette politique. Tu sais bien que j'évite de me mêler de politique. Personne ne voulait se risquer à employer le mot « catastrophe ». Le forum fut baptisé Centre de recherches sur le développement.

– Peux-tu t'arranger pour savoir qui est Hviid ?

Il inspire voluptueusement, ravi de se voir confier un pouvoir inespéré.

– J'en déduis que tu vas passer demain.

Je m'apprête à lui dire de m'envoyer les informations par courrier. Mais je suis affaiblie, pour ne pas dire ramollie. Il s'en est aperçu.

– Nous pourrions nous retrouver au Savarin, avec Benja.

Cela sonne comme un ordre, mais il faut y voir un rapide compromis.

L'un des enfants vient ouvrir.

Je suis la première à savoir et à reconnaître que le temps des pays froids est imprévisible. Et pourtant, j'ai un mouvement de surprise. Il est cinq heures de l'après-midi. Les étoiles scintillent sur un ciel bleu marine totalement dégagé. Dans le couloir de l'entrée, il neige. Une fine pellicule blanche recouvre la tignasse rousse de l'enfant, ses épaules, son visage et ses bras nus.

Je lui emboîte le pas. Le salon est blanc de farine. Trois autres enfants pétrissent de la pâte à même le plancher. Dans la cuisine, leur mère beurre des plaques à pâtisserie. Juchée sur la table, une petite fille malaxe une substance qui ressemble à de la pâte brisée. Elle tente à présent d'y incorporer un jaune d'œuf. Des deux pieds et des deux mains.

– Le fond du sac de farine a lâché au beau milieu du salon.

– En effet, dis-je. Quel chantier.

– Il vous attend au jardin d'hiver. Je lui ai interdit de fumer dans la maison.

Il se dégage d'elle une autorité naturelle, celle qu'enfant j'attribuais à Dieu. Avec en prime l'inaltérable gentillesse de la bonne fée des films de Walt Disney. Pour savoir qui sont les véritables héros de l'Histoire mondiale, il suffit de regarder les mères de famille. Aux cuisines, aux fourneaux. Pendant que les hommes bouquinent aux toilettes, somnolent dans leur hamac, ou fument le cigare dans leur jardin d'hiver.

Il est en train de brosser ses cactus avec une sorte de brosse à dents à très longs poils et à manche courbe. L'air est saturé de fumée.

– C'est pour éviter que leurs pores ne se bouchent et que leur respiration ne soit gênée.

– Tout bien considéré, ce n'est guère souhaitable.

Son visage est rongé par le remords.

– Ma femme m'interdit de fumer a proximité des enfants.

Il désigne son mégot.

– Un Roméo et Juliette. Un grand havane. Sacrément bon. Surtout les derniers centimètres, juste avant de se brûler les lèvres ; c'est là qu'il est juteux de nicotine.

J'accroche ma doudoune jaune au dossier d'une chaise de jardin en fer forgé blanc. Puis je retire le foulard qui m'enserre la tête. J'enlève aussi le morceau de gaze. Le mécanicien a rincé la plaie et l'a enduite d'une pommade cicatrisante. Je baisse la nuque.

Quand je redresse la tête, je croise un regard dur.

– Une brûlure, dit-il d'un air soucieux. Vous étiez sans doute dans les parages ?

– J'étais à bord.

Il se lave les mains au-dessus d'une profonde cuvette en inox.

– Comment vous en êtes-vous sortie ?

– J'ai nagé.

Il s'essuie et revient vers moi. Il palpe la plaie. J'ai l'impression qu'il enfonce ses doigts dans ma cervelle.

– C'est superficiel. Vos cheveux repousseront.

Je l'ai appelé à l'hôpital, dans la journée. Je n'ai même pas pris la peine de me présenter.

– Il y avait quelqu'un à bord du bateau qui a brûlé.

La radio n'a parlé que de ça. Les journaux lui ont

consacré la une. La photo a été prise de nuit, à la lumière des projecteurs des pompiers. Les trois mâts calcinés se dressent dans l'eau au beau milieu du port. Les cordages et les vergues ont brûlé. Mais la déclaration officielle ne mentionne pas de victime.

– Tiens donc ? dit-il d'un ton nonchalant.

– Je veux les résultats de l'autopsie.

Il marque un long silence.

– Sacré bordel, dit-il enfin. J'ai une famille à nourrir.

Je ne trouve rien à objecter.

– Cet après-midi. Après quatre heures.

Il s'assied en face de moi, retire la cellophane et la bague d'un cigare. Il a posé devant lui une boîte contenant de très longues allumettes. Avec l'une d'elles, il perce un trou à l'extrémité arrondie de la feuille de tabac, puis allume avec soin l'autre extrémité. Quand la combustion est régulière, il lève sur moi un regard pénétrant.

– Dites, par hasard, ce ne serait pas vous qui l'auriez tué ?

– Non.

Son œil me transperce, comme s'il cherchait à sonder ma conscience.

– En cas de noyade, le premier réflexe d'un baigneur est de retenir sa respiration. Quand il n'en peut plus, la panique s'empare de lui et, dans un réflexe désespéré, il inspire profondément une ou deux fois. L'eau envahit alors les poumons, ce qui provoque dans le nez et la gorge un afflux de protéines blanchâtres : l'écume. Un processus identique à celui des œufs battus en neige. Cet individu – dont je ne devrais naturellement m'entretenir avec personne, encore moins avec quelqu'un qui est sans doute mêlé au meurtre – cet individu ne présentait aucun de ces symptômes. Une chose est sûre, il n'est pas mort de noyade.

Il tapote délicatement la cendre de son cigare.

– Il était déjà mort quand je suis montée sur le bateau.

C'est tout juste s'il entend ma réponse. Ses pensées sont ailleurs, autour de la table d'autopsie.

– Ils l'ont attaché. Avec du fil de cuivre. Il s'est débattu comme un beau diable, mais ils ont fini par le maîtriser. Ils ont dû s'y mettre à plusieurs. C'était un costaud. Un vieillard, mais robuste. Puis ils lui ont incliné la tête. Vous connaissez la soude, en potion. Une base très caustique. Le premier l'a maintenu par les cheveux. Plusieurs touffes ont été arrachées. Le second lui a versé des gouttes dans l'oreille droite. Un jeu d'enfant, sacré bon Dieu.

Il pose un regard préoccupé sur son cigare.

– Dans mon boulot, on est nécessairement confronté à des cas de torture. Une vraie saloperie. D'ailleurs, la loi nous oblige à faire appel à un organisme indépendant. Tout l'art du bourreau consiste à trouver le point faible de sa victime. Lui, il était aveugle. Je ne m'en suis aperçu qu'en consultant son dossier. Mais eux le savaient, et ils s'en sont servi. Rudement astucieux, il faut leur reconnaître au moins ça. Du travail de psychopathe. Mais bien imaginé. On se demande forcément ce qu'ils lui voulaient.

– Il avait des boules de coton dans les oreilles.

– Ravi de vous l'entendre dire. Elles n'y étaient plus lorsque nous l'avons repêché. Mais je m'en suis douté. A cause des petites brûlures. Quand ils en ont eu terminé avec lui, et peu importe ce qu'ils voulaient savoir, ils ont rusé. Ils ont trempé les boules de coton, peut-être dans la soude, c'est ce qu'ils avaient à portée de main, puis ils ont dénudé un fil électrique, en ont planté une extrémité dans chaque oreille. Ils ont branché la prise sur le secteur et allumé le courant. Mort sur le coup. Propre, rapide, économique.

Il hoche la tête. Il est médecin, pas psychologue. Le monde dans lequel il vit lui semble incompréhensible.

– De vrais pros, putain de merde. Si je croyais aux vœux de nouvel an, je me promettrais de le leur faire payer cher.

Je me réveille en sursaut vers une heure de l'après-midi.

Il est étendu à côté de moi. Sur le ventre, les bras le long du corps, un côté du visage écrasé contre le drap. La bouche et le nez vibrent doucement comme s'il respirait une fleur ou s'apprêtait à embrasser un enfant.

Immobile, je le regarde comme je ne l'avais jamais fait auparavant. Ses cheveux bruns sont striés de rares mèches blanches. Aussi épais qu'un balai de crin. J'ai l'impression de plonger mes doigts dans la crinière d'un cheval.

Un sentiment de bonheur m'envahit. Une sensation éphémère. Une roue de feu qui traverserait la pièce et le monde.

D'abord je crois qu'il me suffit de la laisser passer, de rester allongée à savourer mon lot sans rien désirer de plus.

L'instant d'après, je cherche à la retenir. Je veux que mon bonheur dure. Je veux qu'il se réveille à mon côté demain. C'est ma seule et dernière chance.

Je me lève d'un bond, prise de panique.

C'est précisément tout ce que je m'efforce d'éviter depuis trente-sept ans. J'ai consacré ma vie à appliquer le seul enseignement qui en vaille la peine : renoncer. J'ai cessé d'attendre quoi que ce soit. Si le renoncement devient discipline olympique, j'entrerai dans l'équipe nationale.

Je n'ai jamais pu m'intéresser aux peines de cœur des autres. Je déteste leur faiblesse. De loin, je les vois rencontrer le prince charmant. Avoir des enfants, acheter un landau Silver Cross Royal Blue et partir en promenade sur les Remparts aux beaux jours. J'entends leur rire compatissant – pauvre Smilla, elle ne sait pas ce qu'elle perd, elle n'a pas la moindre idée de la vie que nous menons, nous les heureux propriétaires de nourrissons et d'un acte de mariage.

Quatre mois après l'accouchement, le centre de soin prénatal organise une réunion amicale ; ce cher Ferdinand se paye une petite rechute, allonge quelques rails sur un miroir et madame le retrouve aux toilettes en train de culbuter l'une des autres mères comblées. En une nanoseconde, l'ego tout-puissant de notre fière et invincible maman se réduit à celui d'un nain. Brutalement elle retombe à mon niveau, rétrécit encore, devient insecte, vermisseau, mille-pattes.

C'est alors qu'on me sort du placard et qu'on me dépoussière. Je suis supposée prêter une oreille charitable à l'enfer d'une mère divorcée et esseulée, comment ils en sont venus aux mains au moment du partage de la chaîne hi-fi, la jeunesse sacrifiée à un marmot qui l'exploite sans jamais rien donner en retour.

Très peu pour moi. « Pour qui me prenez-vous ? leur ai-je dit. Pour le courrier du cœur ? un journal intime ? SOS amitié ? »

Lors des expéditions en traîneau, il n'y a qu'un seul interdit : se plaindre. L'apitoiement est un virus aussi dangereux que contagieux. Je ne veux rien entendre. Je refuse de me laisser ensevelir sous cette débauche de sentimentalisme.

Voilà pourquoi je panique. A côté du lit, j'entends un bruit monter du plancher. C'est mon propre ventre. C'est un gémissement. C'est la hantise que me soit repris ce qui m'a été donné, la complainte des amours malheureuses à laquelle j'ai toujours voulu rester sourde. Elle résonne en moi dans une cacophonie assourdissante.

Mais tout n'est pas perdu. Je peux attraper mes affaires sous le bras – inutile de perdre du temps à s'habiller – et me ruer dans l'escalier. Arrivée chez moi, je jette le strict nécessaire dans une valise ou, mieux, j'appelle une société de déménagements, je leur dis d'emporter le mobilier au garde-meuble. Puis je fourre mes économies dans une poche, la cassette d'Esajas dans l'autre et je vais vivre à l'hôtel. Quand il se réveillera, je serai loin, et je n'aurai plus jamais à le regarder en face.

Il ouvre les yeux, me voit. Sans remuer un cil, il essaye de comprendre où il est. Puis il sourit.

Je réalise que je suis nue, me retourne et marche en crabe jusqu'à mes vêtements. Il les a pliés comme ils ne l'ont pas été depuis le jour de leur achat. J'enfile mes sous-vêtements. L'être humain est naturellement pudique. Les Européens nourrissent la lamentable illusion de guérir leur névroses sexuelles en exposant leur viande au regard de tous.

Je vais dans le salon, gênée de ma personne.

Il me rejoint. Avec ses caleçons aux genoux, blancs et larges comme des housses de couette, il ressemble à un joueur de cricket à moitié dévêtu.

Je vois ses poignets et ses chevilles et je repense à hier. Ils sont soulignés de fins bourrelets noirs. Des cicatrices. Je ne veux rien savoir.

Il s'approche et m'embrasse. Bien que nous n'ayons été ivres à aucun moment, c'est quand même notre première étreinte lucide.

La journée précédente me revient brutalement. Je me retrouve au milieu des flammes, comme si l'incendie dévorait les murs de cette pièce.

Nous mettons le couvert. Il presse des poires et des pommes dans une centrifugeuse et verse le jus dans des verres à limonade. Le jus de pomme est rosâtre, le jus de poire jaunâtre. Du moins dans les premières minutes. Ensuite, la couleur et le goût se modifient.

Nous ne touchons à presque rien. Nous nous contentons de boire un peu de jus de fruit en regardant la porcelaine, le beurre, le fromage, le pain grillé, la confiture, les raisins secs et le sucre.

Le port est silencieux, de rares voitures traversent le pont. C'est un jour férié.

Il est à quelques mètres de moi, et proche comme si nos corps étaient enlacés.

Je l'embrasse, remonte chez moi en sous-vêtements, mes habits sous le bras. Nous n'avons pas échangé un mot depuis le réveil.

Je ne prends pas de douche. On peut avoir mille raisons de ne se pas se laver. A Qaanaaq, j'ai connu une mère qui n'a pas lavé la joue gauche de son enfant pendant trois ans parce que la reine Ingrid y avait déposé un baiser.

Je m'habille et descends téléphoner sur la place. Centre hospitalier de Copenhague, Institut médico-légal, service des autopsies, professeur Lagermann.

Il vient d'aérer. Afin de laisser pénétrer la quantité d'oxygène nécessaire à la combustion du prochain cigare. Mais pendant un court instant, l'air est respirable.

– Pensez-vous que ce soit bon pour les cactus, tout cet air frais ?

C'est en pure perte que l'on s'adresse à Lagermann sur le ton de la plaisanterie.

– Au Sahara, dans les cuvettes du Niger, la température est de –7 °C la nuit et atteint 50 °C au soleil. C'est la plus forte amplitude thermique de la planète en vingt-quatre heures. Il peut ne pas tomber une seule goutte d'eau pendant cinq ans.

– Mais personne ne vient leur souffler de la fumée de cigare sous les épines.

Il soupire.

– Ma famille m'empêche de fumer à la maison et ici, je suis brimé par mes invités.

Il repose le cigare dans sa boîte, un étui plat en bois décoré : Roméo y embrasse Juliette sur son balcon.

– A présent, j'exige une explication.

C'est le moment d'avoir les idées claires. Mais mes pensées s'attardent sur le baiser de la boîte à cigares.

– Connaissez-vous les *Éléments* d'Euclide ?

Et je lui raconte toute l'histoire en détail. La mort d'Esajas. La police. La Compagnie danoise de cryolithe. Le Musée arctique. Je lui parle un peu du mécanicien et d'Andreas Licht.

Il s'oublie et ses doigts piochent machinalement un cigare dans la boîte.

Deux cigares plus tard, j'achève mon récit.

Il se lève comme pour rétablir une distance entre nous et arpente lentement les petits sentiers aménagés entre les plantes grasses. Il a une astuce pour fumer le cigare jusqu'aux derniers millimètres, de sorte qu'il finit par se retrouver avec la cendre rougeoyante entre les doigts. Là, il laisse les derniers brins de tabac tomber dans les massifs.

Il revient vers moi.

– Et d'un, j'ai enfreint le secret médical. Et de deux, je

suis passible de prison si je ne transmets pas à la police ce que vous venez de me raconter. Vous vous en prenez aux personnalités scientifiques les plus influentes de ce pays, aux procureurs généraux, au chef de la police. On a licencié des gens pour avoir eu l'audace de penser le quart de ce que j'ai déjà fait. J'ai une famille à nourrir.

– Et des cactus à arroser.

– D'un autre côté, comment des enfants peuvent-ils être fiers d'un père qui s'aplatit dès qu'il risque de perdre son gagne-pain ?

Je me tais.

– Il doit bien exister d'autres manières de gagner sa vie décemment, sans pour autant diriger un service hospitalier. Ma grand-mère maternelle était juive. Je pourrais toujours laver les toilettes du cimetière israélite.

Il feint de réfléchir à voix haute. Mais sa décision est déjà prise.

Il s'arrête dans la cuisine.

– Les dates des deux expéditions ?

Je les lui donne.

– Il serait peut-être intéressant de regarder les rapports d'autopsie établis à l'époque, dit-il.

Les premières pâtisseries ont été défournées. L'une d'elles représente une femme nue. Des raisins secs marquent l'emplacement des mamelons et la pilosité du sexe.

– Regarde, m'interpelle l'un des gamins, c'est toi.

– Oui, renchérit un autre, déshabille-toi pour qu'on voie si c'est ressemblant.

– Fermez-la, coupe Lagermann.

Il m'aide à enfiler mon anorak.

– Ma femme prétend qu'on ne doit sous aucun prétexte coller une raclée à ses enfants.

– Au Groenland, on ne les frappe jamais non plus.

Il a une moue désappointée.

– Mais il n'y a rien à redire au fait que, parfois, la main vous démange sacrément.

Le mécanicien m'attend sur le trottoir. Les deux hommes se saluent. Pour faciliter la manœuvre, le médecin légiste se hisse sur la pointe des pieds tandis que le mécanicien se tasse vers le sol. Ils se rencontrent ainsi à mi-chemin, avec une gaucherie digne d'un classique du cinéma muet. Comme si souvent, je m'interroge sur les contradictions du sexe masculin. Comment peut-on accomplir de tels prodiges autour d'une table d'autopsie, aux fourneaux d'une cuisinière ou derrière un traîneau à chiens et, par ailleurs, faire montre d'une telle maladresse quand il s'agit de tendre la main à un étranger ?

– Loyen, dit Lagermann.

Il tourne le dos au mécanicien comme pour l'exclure de la conversation – ultime réflexe de discrétion professionnelle, ultime tentative afin de protéger un confrère.

– Il est arrivé le matin de bonne heure. Il vient quand il veut. Mais un appariteur l'a vu. J'ai consulté l'emploi du temps. Il n'avait aucune raison de se trouver là. C'est lui qui a effectué la biopsie. La tentation était trop forte, nom d'un chien. L'appariteur m'a dit que le personnel d'entretien était déjà au travail. Peut-être est-ce pour cela qu'il a bâclé.

– Comment pouvait-il savoir que le garçon était mort ?

Il hausse les épaules.

– Ving.

C'est le mécanicien. Lagermann lui lance un regard hostile.

– V-Ving. Juliane lui a téléphoné. Ensuite, il aura prévenu Loyen.

La petite Morris est garée à deux pas. Nous restons silencieux. Son bégaiement est très prononcé.

– Je t-t-t'ai suivie jusqu'ici. Je me suis rangé près de Tu-Tuborgvej et je t'ai vue traverser le parc.

Il est inutile de lui demander pourquoi. Nous sommes aussi terrifiés l'un que l'autre.

Je dégrafe nos ceintures, m'installe à califourchon sur

ses genoux et l'introduis dans mon ventre. Nous restons ainsi longtemps.

Il colle du ruban adhésif sur ma porte d'entrée, du scotch légèrement opaque comme en utilisent les graphistes. Il en découpe deux fines bandes et les applique sur les gonds supérieur et inférieur. Invisibles. Même en sachant où ils sont, on les sent à peine.

– Juste pour quelques jours. Chaque fois que tu rentres, tu vérifies que les bandes sont bien en place. Si elles sont décollées, tu attends mon retour. Mais le mieux serait de venir ici le moins possible.

Il évite mon regard.

– Si tu n-n'y vois pas d'inconvénient, tu pourrais venir habiter chez moi en attendant.

La durée exacte suggérée par ce « en attendant » ne sera jamais précisée.

Bon nombre de lieux communs ethnographiques fort amusants circulaient à l'Université. L'un d'eux concernait la dette de l'Occident envers les civilisations anciennes sur le plan des connaissances mathématiques, car prenons les pyramides, par exemple, leur géométrie force le respect et l'admiration.

De la crétinerie déguisée en paternalisme. Au sein des limites qu'elle s'est elle-même fixées, la société technologique est sans rivale. Comparés au calcul différentiel, les sept ou huit principes des géomètres égyptiens relèvent d'un niveau d'abstraction comparable à celui du boulier.

Dans *Les Derniers Rois de Thulé*, l'argument essentiel qui justifie, aux yeux de Jean Malaurie, l'étude de ces étonnants Esquimaux polaires, est que celle-ci nous renseigne sur le stade intermédiaire entre l'homme de Neandertal et l'âge de pierre.

C'est écrit avec une certaine bienveillance. On peut également y voir un vade-mecum des préjugés refoulés.

Toute culture évaluée à l'aune des sciences européennes

passe inévitablement pour celle d'une peuplade de singes évolués.

L'attribution de notes n'a aucun sens. Faire défiler les différentes cultures sous la toise pour en mesurer le degré d'évolution ne trahit rien d'autre que la haine de la civilisation occidentale envers son ombre.

Il n'existe qu'un seul moyen pour comprendre une autre culture : c'est de la *vivre*. Y emménager, demander à y être toléré, en apprendre la langue. C'est seulement ainsi qu'on y parvient un jour, peut-être. Sans pour autant devoir recourir à des mots. Car le besoin d'expliquer l'étrangeté disparaît dès l'instant qu'on arrive à la saisir. Expliquer un phénomène, c'est s'en éloigner. Quand je parle de Qaanaaq, je me sens sur le point de perdre à nouveau ce qui ne m'a jamais véritablement appartenu.

Sur son canapé, il me prend l'envie de lui raconter ce qui me lie aux Esquimaux : leur certitude absolue que l'existence a un sens, leur façon de vivre délibérément entre des extrêmes irréconciliables sans pour autant sombrer dans la décadence et céder à des solutions simplistes, leur aptitude à atteindre l'extase, la lucidité avec laquelle ils regardent leur semblables, sans juger et sans laisser les préjugés affaiblir leur discernement.

Je ressens le besoin de le lui dire. Je laisse ce besoin grandir, oppresser ma poitrine, ma gorge, mon front. Je sais que c'est parce qu'en cet instant précis je suis heureuse. Rien ne pervertit plus que le bonheur. Il nous fait croire que si l'on peut partager l'instant présent, on peut également partager le passé. S'il est suffisamment fort pour m'accepter comme je suis maintenant, il pourra sans doute aussi intégrer mon enfance.

Puis je relâche la tension. Elle s'élève dans la pièce, disparaît à travers le plafond et il ne soupçonnera jamais qu'elle a existé.

Pendant que les bananes cuisent dans le four – jusqu'à ce que la peau ait noirci –, il fait griller des noisettes. Sur le grille-pain. Il m'assure qu'ainsi les n-noisettes d-dorent sur toutes les faces.

Mais rien dans son attitude n'invite à ironiser. Il est solennel comme un pasteur. Il fend les bananes dans le sens de la longueur. Leur chair est jaune et fondante ; dans la fente, il verse du miel de bruyère et quelques gouttes de liqueur.

Pour ma part, la Terre peut bien s'arrêter de tourner. Et il n'y a rien à ajouter.

Il se tamponne les lèvres avec une serviette. Elles sont sensuelles, sa bouche est large, sa lèvre supérieure particulièrement charnue.

– Ils organisent une expédition en 66 et, vingt-cinq ans plus tard, ils en organisent une seconde. Un an et demi s'écoule. Le Baron meurt. La police est très empressée. Le musée brûle.

Chacun attend que l'autre prenne la parole.

– Il y a des préparatifs dans l'air, Smilla.

– C'est ça.

– Ils vont repartir. L'hiver est la saison idéale pour de tels préparatifs. Ils seront prêts à naviguer au début du printemps.

C'est exactement le raisonnement que je me suis tenu.

– Mais co-comment vont-ils s'y prendre ? Pour le navire, l'équipement, l'organisation, ils ne peuvent plus compter sur l'appui de la Compagnie danoise de cryolithe. Elle est en liquidation.

J'ai envie de regarder les étoiles, j'éteins la lumière. De mon appartement, leur éclat me semble différent.

– Loyen, Licht et Ving, dis-je, ont fait une découverte. Quelle qu'elle soit. Ils ont percé un secret. Peut-être pendant leur mission à Hambourg. Ils ont organisé les deux premières expéditions. A présent, ils sont trop vieux pour remettre ça. De plus, Licht a été supprimé. Quelque chose de plus grand, de plus cynique se cache derrière tout cela.

Il s'approche et me prend dans ses bras. Le sommet de mon crâne s'emboîte juste dans son aisselle.

– Il leur faut un bateau, dit-il gravement. J'ai un copain qui connaît les bateaux.

J'aimerais l'interroger, en savoir un peu plus sur lui dont je ne sais rien. Mais je m'abstiens.

– Je suis allée à la Direction générale des industries et des sociétés. Trois personnes siègent à la direction de Geoinform.

Je les cite. Il hoche la tête. Dans l'encadrement de la fenêtre, les sept étoiles des Pléiades scintillent faiblement. Je pointe un doigt vers la constellation.

– Les Pléiades. Dans ma langue on les appelle *qiluttuusat*.

Il répète avec lenteur et application. Comme lorsqu'il cuisine. Son haleine est amère et épicée. Une odeur de noisettes grillées.

Debout dans la chambre à coucher, nous nous effeuillons.

Il a une douce, maladroite sauvagerie, je crois à chaque instant que ma raison va flancher pour de bon. Dans l'intimité naissante de nos ébats, je m'arrange pour ouvrir la petite fente sur la tête de son pénis et y introduire mon clitoris.

2

Nous pénétrons dans le premier salon. Les hublots sont en laiton, les plafonds et les cloisons en acajou. Les fauteuils capitonnés de cuir clair sont vissés au sol par des rivets en cuivre et équipés de supports en bronze montés sur cardan pour les verres à whisky, des fauteuils si profonds qu'on pourrait, au plus fort d'un ouragan polaire, y savourer tranquillement un triple Laphroaig au doux cliquetis des glaçons.

Nous traversons le deuxième salon, vingt-cinq mètres d'acajou et de hublots en laiton briqué, de montres marines et d'imposants bureaux chevillés au plancher autour desquels s'activent une douzaine de personnes comme si tout allait fermer dans les trente secondes. Les femmes s'affairent devant des claviers de traitement de texte, les hommes parlent dans trois combinés téléphoniques à la fois et le plafond disparaît sous un épais nuage de fumée de cigarette et d'excitation.

Nous atteignons la réception où nous reçoit une femme entre deux âges maquillée jusqu'aux dents, avec des avant-bras de maréchal-ferrant, vêtue d'un chemisier en dentelle et d'une veste de couturier. Elle me ferait peur si je n'étais pas accompagnée du mécanicien.

Ils se connaissent et se serrent la main comme s'ils engageaient une partie de bras de fer. Nous sommes introduits dans le bureau du capitaine, après avoir dépassé des vitrines où sont exposées des maquettes de tankers si longs que l'équipage est sans doute obligé de bivouaquer trois nuits de suite pour se rendre de la poupe à la proue.

Les hublots du bureau sont aussi larges que des couvercles de puits et placés de telle sorte qu'on aperçoit en contrebas les massifs de fleurs de Sankt Annæ Plads. Je réalise alors que ce décor maritime d'opérette, le plus saugrenu que j'aie jamais vu, se situe au deuxième étage d'un immeuble bourgeois donnant sur le palais royal d'Amalienborg.

Un gamin de quatorze ans au plus, le nez couvert de taches de son et les cheveux roux clair plaqués en arrière comme ceux d'un premier communiant, trône derrière un bureau aux bords relevés pour empêcher qu'une houle hypothétique n'envoie les stylos en or valdinguer par terre.

Sa voix d'alto est fluette, claire et très digne.

– Je sais ce que tu vas dire, trésor. Tu vas dire : « Où est ton père, mon garçon, car c'est à lui que j'aimerais parler. » Mais tu te trompes. J'aurai trente-trois ans le mois prochain. Si un pédophile venait à m'assassiner par erreur, la vente de cette affaire rapporterait vingt-cinq millions à ma femme et à nos trois enfants.

Il m'adresse un clin d'œil.

Son nom est Birgo Lander. C'est l'ami du mécanicien. Il est armateur et P-DG de sa propre compagnie de navigation. Cet orphelin est passé par toutes les maisons de redressement du pays, il est riche, totalement dénué de scrupules, encore plus dyslexique que le mécanicien, esclave de l'alcool et des jeux de hasard ; pourtant, si sa Jaguar ne rendait cette économie superflue, il n'aurait aucun mal à voyager au tarif Kiwi.

Comme tout le monde, je tiens une partie de ces renseignements de la presse. Le mécanicien m'a raconté le reste en chemin.

Lander prend la main de ce dernier dans les siennes et le dévisage silencieusement, comme s'il retrouvait un grand frère chèrement aimé après une longue absence. Nous prenons place. Le mécanicien tire sa chaise en retrait, voulant s'exclure de la conversation. C'est à moi d'exposer l'objet de notre visite.

– Si je désire louer un bateau d'environ quatre mille

tonnes pour transporter des marchandises dont je veux taire la nature, vers une destination tout aussi confidentielle, que dois-je faire ? Et si j'ai déjà entamé des recherches, une tierce personne peut-elle soupçonner mes démarches ?

Il se lève. Les hauts talons des Santiags avantagent médiocrement sa taille. Dans un bar encastré, il prend une bouteille d'eau-de-vie, nous en offre, nous déclinons. Il se sert dans un verre à eau.

Une odeur de poire fraîche se répand dans la pièce. Il avale sept gorgées coup sur coup. Puis il lève le nez vers moi et guette ma réaction.

— Je suis saoul dès dix heures du matin. Et j'en ai les moyens.

Le regard est trouble mais la voix assurée.

— Si tu cherchais à te procurer un navire, ça pourrait se savoir. Mais à condition d'avoir un pote armateur. Et c'est ton cas à présent, ma colombe.

Il me plaît déjà, ce jeune homme à l'enfance sacrifiée qui n'a jamais cherché à acquérir les rudiments d'éducation dont il fut privé au départ.

Il sort un billet de mille couronnes d'un tiroir et le pose sur la table.

— Tout a un endroit et un envers. En général d'égale valeur.

Il retourne le billet presque tendrement.

— Nous autres armateurs, nous sommes malins : dans notre métier, l'envers vaut beaucoup plus que l'endroit.

Il écarte les bras.

— L'endroit, c'est l'adresse prestigieuse, sur cette place. Les bois précieux, les salons immenses.

Il désigne son crâne pauvrement garni.

— L'envers est là-dedans. On ne « loue » pas un bateau, mon lapin, on le fait « armer ». Par un armateur. On établit un contrat. La première page doit pouvoir – en cas de tuile – impressionner favorablement la Chambre des affaires maritimes. La destination et la nature du fret y figurent.

Il avale une gorgée d'alcool.

– Si tu préfères ne pas dévoiler ces renseignements, tu demandes à faire figurer sur le contrat les mentions « le monde entier » pour la destination et « non spécifiée » pour la marchandise. Tu feras par là même le malheur de tout armateur. Ses bateaux sont ses bébés. Il aime savoir où on les emmène jouer. Il veut éviter les mauvaises rencontres. Mais aucun chagrin n'est inconsolable pourvu qu'on y mette le prix. Donc, tu proposes de rédiger une *side letter*, un contrat parallèle. L'histoire de la marine marchande danoise est pleine de ces contrats-là. Ces quinze dernières années, tous les armateurs danois ont livré du charbon à l'Afrique du Sud et des munitions au Moyen-Orient. Pour donner à ces opérations une apparence de légalité, il a fallu rédiger des kilomètres de contrats parallèles. Mais on doit éviter de passer devant les tribunaux. Ces papiers sont aussi sensibles à la lumière que des négatifs de photos. Donc, tu demandes à faire établir ce type de contrat. Il y est prévu que les demoiselles cachottières payent à l'armateur un bonus en remerciement de leur discrétion. Jouons à un jeu : supposons que je sois l'armateur auquel tu confies l'armement d'un bateau. Dans notre milieu, quatre-vingt-dix-huit pour cent des négociations se déroulent entre quatre-z-yeux. Donc, tu révèles à tonton Birgo la véritable destination de ton petit bateau.

– La côte ouest du Groenland.

– Voilà qui complique la vie de l'armateur et qui expose la transaction aux regards indiscrets. Les bateaux qui naviguent au Groenland doivent répondre à des normes précises. Le bureau d'inspection de la marine marchande exige que les bateaux subissent régulièrement un test de classement : tous les quatre ans pour la coque, tous les ans pour le dispositif de sécurité et les machines. Depuis l'année dernière, les bateaux à destination du Groenland doivent être munis d'une double coque.

– Et l'équipage ?

– En général il est fourni avec le bateau, sinon on s'adresse à des compagnies internationales spécialisées.

Mais dans le cas qui nous occupe, on préférera un contrat d'affrètement *coque nue*, autrement dit, le bateau seul. L'armateur recrute le capitaine – le genre d'homme qu'on prend dans un coin pour lui expliquer devant un verre bien rempli que son salaire sera un peu plus élevé que d'habitude. En contrepartie, on exige tact et discrétion. Avec son aide, on complète l'équipage. Onze ou douze hommes pour un quatre mille tonnes.

J'ai une requête à lui soumettre. Ce n'est jamais agréable.

– Si un client faisait des approches pour se procurer ce genre de bateau et de capitaine, serais-tu en mesure de le savoir, tonton Lander ?

Il affecte une mine contrite.

– Dans notre milieu, tous les documents portent en haut la mention « *Any negociations whatsoever to be kept strictly private and confidential* ». C'est le commerce le plus discret de la planète.

Il referme solennellement ses deux mains autour de son verre. Puis il m'adresse un clin d'œil.

– Mais pour toi, mon petit oiseau des îles, je suis prêt à braver le monde entier.

Il jette un regard vers le mécanicien et le repose sur moi.

– Si je puis me permettre de t'appeler ainsi ?

– Tu peux me dire tout ce qui passera par ta petite tête de linotte.

Il cille une fois. Il est peu habitué à ce qu'on lui résiste et a oublié l'impression que cela fait.

Il s'enfouit le visage dans les mains pour rassembler ses esprits.

– Côté face, la profession ne fait pas bonne figure, mais côté pile, on a une éthique, laquelle comporte deux règles essentielles. Un : ne jamais escroquer un client. Deux : ne jamais escroquer un confrère.

Il déglutit. Nous voici initiés à sa philosophie.

– On arnaque l'État et les autorités dès que l'occasion s'en présente. On enfreint allègrement la législation d'Ole

Espersen sur la circulation des devises et on fait route vers le Cap avec un million de couronnes en petites coupures dans une valise pour soudoyer un capitaine de port bushman qui nous laissera mouiller avec un cinq cent mille tonnes sous couvert de quarantaine. Chaque année, on achète à Panama cinq nouvelles compagnies à mille dollars pièce pour éviter de naviguer sous pavillon danois et échapper à sa législation. On déroute un chargement allergique aux contrôles douaniers vers un port espagnol où on soudoie la douane locale pour qu'elle maquille les factures. Mais on ne triche pas avec un client. Et on se serre les coudes. Le principe est le suivant : si mon client a un bateau et ton client une marchandise, on les met en relation. La fois suivante, c'est le contraire. Pour pouvoir travailler, un armateur dépend d'un autre armateur qui, à son tour, dépend des autres…

Il est ému.

– Nous sommes une grande famille, mon canari.

Il boit une rasade pour s'éclaircir la voix.

– Concrètement, nous sommes organisés en réseau. Nous sommes en contact avec des confrères de la Guadeloupe à la Terre de Feu, de Rangoon aux Outer Hebrides. On discute. De tout et de rien. Mais au fil des années, des liens se tissent et, si on a du flair, le simple fait de décrocher le téléphone peut rapporter dix briques. Les grandes compagnies comme la Lloyd's ont un observateur dans chaque port important qui rend compte du trafic minute par minute. On finit par tous les connaître. Si quelqu'un a essayé de faire armer un quatre mille tonnes autorisé à naviguer en mer polaire pour transporter un chargement secret vers une destination secrète, et que tu désires savoir qui et comment, tu as frappé à la bonne porte, mon trésor. Car tonton Birgo mènera l'enquête pour toi.

Nous nous levons. Il nous tend une main par-dessus le bureau.

– Enchanté d'avoir fait ta connaissance, mon sucre d'orge.

Il est sincère.

Nous repassons devant le chemisier en dentelle. Arrivée dans le premier salon, je fais volte-face.

– J'ai oublié quelque chose.

Il est assis à la même place, toujours hilare. Je m'avance vers lui et l'embrasse sur la joue.

– Qu'est-ce que Føjl va penser de ça ?

Je lui lance un clin d'œil.

– *Any negotiations whatsoever to be kept strictly private and confidential.*

Tous les deux jours, Moritz passe prendre Benja après les répétitions pour l'emmener dîner au Savarin, sur le vieux port.

Moritz fréquente cet établissement pour sa gastronomie, les prix qui flattent son ego et parce que derrière l'immense baie vitrée il a une vue imprenable sur les passants. Benja l'accompagne parce qu'à travers cette même baie les mêmes passants ont une vue imprenable sur elle.

Ils ont leur couvert réservé près de la vitre ainsi que leur serveur attitré, et ils commandent toujours la même chose : rognons d'agneau pour Moritz, un bol de crudités genre fourrage à lapins pour Benja. A quelques tables de là dîne un couple qui a réussi à introduire un enfant en bas âge dans un restaurant où les marmots sont indésirables. Moritz le regarde.

– Tu ne m'as pas donné de petits-enfants.

– Les petits-enfants sentent la pisse, dit Benja.

Moritz la regarde, interloqué.

– Les rognons d'agneau aussi.

Je pense au mécanicien qui attend dans la voiture.

– Tu ne veux pas t'asseoir, Smilla ?

– On m'attend.

A travers la baie vitrée, Benja peut voir la Morris mais pas le conducteur.

– Il semblerait que ce soit quelqu'un dans ta tranche

d'âge, dit-elle. La quarantaine, à en juger d'après sa voiture.

Ma réponse risquerait de blesser Moritz. Je reste de marbre.

Je m'appuie sur le rebord de la table. C'est toujours le même scénario. Benja et Moritz sont confortablement assis sur leur chaise. Ils sont ici chez eux. Je reste debout, en manteau, avec le sentiment de faire de la vente ambulante.

Moritz tient deux enveloppes. L'une est grise et couverte de taches, du vin semble-t-il. Il l'agite sous mon nez pour me faire asseoir, se noyant dans le non-dit.

– Ceci m'est fort désagréable.

J'ignore de quoi il parle.

– Hviid n'est pas un nom courant. Il y avait un compositeur du nom de Jonathan Hviid. J'ai donc téléphoné à Victor Halkenhvad.

Benja relève la tête. Même elle a déjà entendu ce nom.

– Je ne savais pas qu'il vivait toujours.

– Je ne suis pas sûr que ce soit encore le cas.

Il me tend l'enveloppe. Je la respire. Ce sont bien des taches de vin rouge. Moritz glisse un doigt dans son col roulé.

– Ce fut très pénible. Il n'est plus le même homme. Il m'a même raccroché au nez. Au beau milieu d'une phrase. Mais il a tout de même écrit.

L'occasion m'est rarement donnée de voir Moritz aussi mal à l'aise. C'est en remontant dans la voiture que je comprends pourquoi.

Il me rattrape sur le seuil.

– Tu as oublié ceci.

C'est la seconde enveloppe.

– Une coupure de journal sur Tørk Hviid. Des Services de presse danois.

Il y est abonné. Ils lui envoient le moindre entrefilet le concernant.

Il s'approche pour me toucher et n'ose pas. Il voudrait ajouter quelque chose, mais aucun mot ne lui vient.

Dans la voiture, je déchiffre la lettre à voix haute. L'écriture est pratiquement illisible.

– « Jørgen, espèce d'apprenti coiffeur. »

Le mécanicien me lance un regard d'incompréhension.

– Jørgen est le premier prénom de mon père. Victor a toujours eu mauvais caractère.

Cela doit faire quinze ans que je ne l'ai vu. L'opéra lui avait offert un appartement dans Store Kannikestræde. La dernière fois, il était assis dans un fauteuil devant le piano à queue, en robe de chambre, à son habitude, les mollets nus et enflés. J'ignore s'il était encore capable de se lever. Il devait peser cent cinquante kilos. Toute sa chair pendait. Il ne regardait que moi, pas Moritz, de ses yeux cernés et bouffis. « Je n'aime pas les femmes. Éloigne-toi. » J'ai obéi. « Tu étais mignonne quand tu étais petite. Cette époque est révolue. » Il a signé un autographe sur la couverture d'un disque et l'a tendu à mon père. « Je sais ce que tu penses : cette vieille andouille vient encore d'enregistrer un disque. »

Il s'agissait des *Gurrelieder*. J'ai encore le disque. Un enregistrement inoubliable. Parfois, je me dis que le corps, et même notre existence physique, est une limite à la souffrance que l'esprit peut endurer et que, dans ce disque, Victor Halkenhvad flirte avec cette limite. Nous autres pouvons l'écouter et faire le voyage sans devoir pour autant nous risquer aussi loin.

Même pour ceux qui, comme moi, ignorent tout de l'histoire culturelle de l'Europe, ce disque raconte la fin d'un monde. Reste à savoir si un autre monde a pris le relais. Victor pensait que non.

– « J'ai consulté mon journal intime. C'est tout ce qu'il me reste de mémoire. Ta dernière visite remonte à dix ans. Laisse-moi t'apprendre que je suis atteint de la maladie d'Alzheimer. Même un médecin bourré aux as comme toi sait sûrement ce que cela implique. Chaque jour emporte un morceau de mon cerveau. Grâce à Dieu, j'aurai bientôt oublié jusqu'à votre existence, vous qui m'avez trahi et qui vous êtes trahis. »

Son indifférence est seule en cause. Car tandis que son chant envoûtant, tourmenté, saturé d'un romantisme exacerbé, vous chavirait l'âme, sa lucidité lui criait la vanité de toute chose.

– « Jonathan et moi avons étudié ensemble au Conservatoire. Nous y sommes entrés en 33. L'année de la conversion de Schönberg au judaïsme. L'année de l'incendie du Reichstag. Voici qui était Jonathan. Un homme en perpétuel décalage avec son temps. Il composa un morceau pour huit flûtes traversières qu'il baptisa *Polypes en argent*, après la guerre, à l'apogée de ce satané esprit réactionnaire et du goût petit-bourgeois, alors que même Carl Nielsen était jugé provocant. Il écrivit un génial concerto pour piano. Il exigea qu'on place d'anciennes plaques de fourneau en fonte sur les cordes pour obtenir un son plus original. L'œuvre ne fut jamais jouée. Pas une fois. Il épousa une femme à laquelle même un misogyne comme moi aurait peine à trouver un défaut. Elle avait une vingtaine d'années quand leur fils est né. Ils habitaient Brønshøj, dans un quartier qui n'existe plus. Des cabanes de jardinier en tôle ondulée. Je leur ai rendu visite. Jonathan ne gagnait pas un radis. Le gamin avait l'air d'un miséreux. Des yeux rouges de lapin, vêtu de guenilles, il n'eut jamais de bicyclette ; les fils de prolétaires de l'école du quartier le passaient à tabac parce qu'il était trop faible pour se défendre. Il mourait de faim. Tout ça pour que Jonathan soit un grand artiste. Vous avez tous trahi vos enfants. Et il faut que ce soit une vieille tapette comme moi qui vous le dise. »

Le mécanicien a garé la voiture pour mieux écouter. Il ajoute :

– Les bicoques de Brønshøj, je m'en souviens bien. Derrière le cinéma.

– « Il a coupé les ponts. J'ai su qu'ils s'étaient installés au Groenland. Sa femme avait trouvé un emploi d'institutrice. C'est elle qui faisait vivre la famille pendant que Jonathan composait pour les ours blancs. Je les ai revus une fois après leur retour. Le fils était là. Beau comme un dieu. Chercheur, je ne sais plus dans quelle discipline. Insensible. Nous avons parlé musique. Il n'a pas cessé de me demander de l'argent. Marqué à vie. Comme toi, Moritz. Tu ne m'as pas rendu visite une seule fois en dix ans. Puisses-tu mourir étouffé sous ta fortune. Il y avait de l'opiniâtreté chez cet enfant. Comme chez Schönberg. Comme dans la musique sérielle. Une opiniâtreté authentique. Mais Schönberg avait de la sensibilité. Le gamin était froid comme un bloc de glace. Je suis fatigué. Depuis quelque temps, je pisse au lit. Supportes-tu de lire cela, Moritz ? Ton tour viendra. »

La lettre n'est pas signée.

La coupure de journal dans l'autre enveloppe est un simple entrefilet. Le 7 octobre 1991, la police de Singapour a placé le ressortissant danois Tørk Hviid en détention provisoire. Le consulat a porté plainte pour le compte du ministère des Affaires étrangères. Cela me rappelle que Loyen, lui aussi, est allé à Singapour, y photographier des momies.

Nous sommes à Nordhavn. A hauteur de la Compagnie danoise de cryolithe, le mécanicien ralentit. Nous échangeons un regard.

Nous garons la voiture à côté de la centrale électrique

de Svanemølle et empruntons Sundkrogsgade en direction du port.

Un vent sec charriant un fin grésil nous fouette le visage.

Nous flânons main dans la main, nous arrêtons pour mêler nos lèvres froides et nos bouches chaudes, repartons chacun de son côté. Malgré nos bottes et les paquets de neige qui encombrent le trottoir, nous sommes légers comme des danseurs, enchaînant souplement et sans effort solos et pas de deux.

Les ports industriels ont une certaine authenticité – ici, pas de yacht club royal, ni pontons ni façades fraîchement repeintes ; à perte de vue, des silos, des entrepôts, des grues.

Nous apercevons une coque métallique sous un porche. Une échelle de bois nous mène à bord. De la passerelle, nous contemplons le pont blanc. Je pose ma tête sur son épaule. Nous sommes en mer. C'est l'été. Nous naviguons vers le nord. Peut-être longeons-nous la Norvège. Pas très loin des côtes, car j'ai peur de la haute mer. Nous dépassons l'embouchure des grands fjords. Il fait beau. L'océan est bleu, clair et profond, comme si nous voguions sur une masse énorme de cristaux liquides. Le disque rougeoyant du soleil de minuit danse sur l'horizon. Le vent murmure dans les voiles.

Nous nous rendons à Skudehavnen. Des ouvriers à bicyclette et en bleu de travail se retournent sur notre passage et nous rions, conscients de rayonner de bonheur.

Nous déambulons sur les quais déserts jusqu'à être transis de froid. Nous dînons dans une petite taverne attenante à une fumerie. Dehors, les nuages se déchirent soudain, cédant la place à un ciel embrasé. Un extraordinaire coucher de soleil joue sur la coque des chalutiers et les colore de bleu pâle et de mauve.

Il me parle de ses parents. Son père qui ne desserre jamais les dents, un charpentier, l'un des derniers Danois à fabriquer des escaliers en colimaçon dont la parfaite spirale de bois s'élance vers le ciel. Sa mère fait des gâteaux d'après les fiches-cuisine des magazines féminins, elle ne les goûte jamais à cause de son diabète.

Je lui demande comment il connaît Birgo Lander. Il ne répond pas. Par-dessus la table, je caresse sa joue, à la hauteur du muscle maxillaire, en m'interrogeant sur l'existence et les raisons qui vous font éprouver un bonheur si intense avec un être dont vous ne savez absolument rien.

La nuit est tombée.

Même de nuit, même en hiver, il règne à Hellerup une atmosphère différente de celle de Copenhague. Nous sommes arrêtés dans une rue déserte et silencieuse. La neige scintille le long des caniveaux et des hauts murs qui entourent les villas. Dans les jardins, au-dessus des pelouses enneigées, la masse sombre des conifères et des buissons se détache comme à l'orée d'une forêt ou sur le versant d'une montagne.

Bien que les trottoirs soient dans l'obscurité, nous distinguons la maison, une imposante villa blanche à l'angle de la rue et d'une voie privée.

Il n'y a ni haie ni clôture et l'on accède aux pelouses directement par la rue. Une fenêtre est éclairée au deuxième et dernier étage. Tout est bien entretenu, fraîchement ravalé et d'un luxe discret.

En retrait, sur le gazon, un écriteau lumineux indique : « Geoinform ».

Nous avions prévu de repérer les lieux et voilà une heure que nous sommes garés là.

Mais le lieu importe peu. Nous aurions pu choisir un autre endroit. Et y rester des heures.

Une voiture de police nous aborde. C'est son troisième tour de patrouille, elle cède à la curiosité.

L'agent m'ignore et s'adresse au mécanicien.

– Tout va bien, mon vieux ?

Je passe la tête hors de la vitre et la plonge dans l'autre véhicule.

– Nous habitons un studio, monsieur l'agent. Une cave

en location dans Jægersborggade. Nous avons trois enfants et un chien. Nous avons besoin d'un peu d'intimité de temps en temps. Gratuite. C'est pour ça qu'on vient ici.

– Entendu, madame. Mais allez donc chercher votre intimité ailleurs. Ici, c'est un quartier d'ambassades.

La voiture s'éloigne. Le mécanicien démarre et passe une vitesse.

Au deuxième étage, on coupe la lumière. Le mécanicien décélère. Nous glissons au point mort dans la voie privée, tous feux éteints. Trois silhouettes apparaissent sur le perron. Deux d'entre elles se fondent dans la nuit tandis que la troisième cherche instinctivement la lumière ; un manteau de fourrure et un visage blême sortent de l'ombre. C'est la femme qui parlait à Andreas Licht à l'enterrement d'Esajas. Elle rejette la nuque en arrière et sa chevelure brune est engloutie par l'obscurité. En voyant ce geste pour la deuxième fois, je réalise qu'il ne trahit aucune coquetterie, mais une fière assurance. Une porte de garage est relevée, une voiture en sort. Le faisceau aveuglant des phares nous balaie et disparaît. La porte se referme lentement.

Nous suivons la voiture à distance respectable car l'allée est vide, mais sans jamais la perdre de vue.

Si, traversant Copenhague de nuit, on laisse le regard flotter et l'image se brouiller, un nouveau paysage surgit ; des traînées lumineuses se mettent à danser, comme le réseau de fils rouges et blancs d'une toile d'araignée tendue sur la rétine.

La conduite du mécanicien est souple, presque irréelle, comme s'il allait s'endormir au volant. La Morris glisse à allure régulière, sans manœuvre brutale, sans coups de frein ni accélérations brusques. La silhouette large et basse de la voiture qui nous guide se découpe dans la lueur des codes.

La circulation se fait plus fluide et, bientôt, la voie est déserte. Nous roulons en direction de Kalvebod Brygge.

Nous arrivons sur le quai, tous phares éteints. Quelques centaines de mètres devant nous, les feux arrière de la voiture s'éteignent aussi. Le mécanicien se gare le long d'une palissade.

L'eau de mer, plus chaude que l'air, s'est condensée et la brume absorbe la moindre lumière. La visibilité est d'environ cent mètres. De l'autre côté du canal, le port est englouti par la nuit. Le remous vient clapoter mollement contre la jetée.

Nous ne sommes pas seuls. Sans bruit, une ombre plus dense que l'obscurité se déplace avec régularité entre les voitures garées. Elle s'immobilise à vingt-cinq mètres de nous. J'aperçois un homme près d'un camion-remorque réfrigéré. Au-dessus de sa tête, quelque chose luit faiblement, un chapeau blanc ou une auréole. Il reste un long moment immobile. La brume s'épaissit. Quand elle se dissipe à nouveau, la silhouette a disparu.

– Il a tâté le c-capot. Pour voir s'il était chaud.

Le mécanicien chuchote, de crainte que sa voix ne porte dans la nuit.

– C'est un homme pr-prudent.

Nous nous laissons porter par le temps. En dépit du lieu et de l'attente incertaine, je suis submergée de bonheur.

Il s'écoule environ une demi-heure.

Nous n'entendons pas la voiture revenir. Elle surgit du brouillard tous feux éteints et nous dépasse en silence. Les vitres sont noires.

Nous sortons et avançons sur le quai. Les deux formes sombres qu'on entrevoyait jusqu'alors sont des bateaux. Le plus proche est un voilier. La passerelle est retirée, il n'y a aucun fanal à bord. Accrochée à la superstructure, une plaque blanche indique en allemand qu'il s'agit d'un voilier polonais appartenant à une école de voile.

Du second nous ne distinguons qu'une énorme coque noire. Un escalier en aluminium conduit au milieu de ce navire apparemment désert et abandonné. C'est le *Kronos*. Il mesure environ cent vingt-cinq mètres de long.

Nous retournons à la voiture.

– Nous devrions peut-être monter, dit-il.

La décision m'appartient. Je suis tentée, puis la peur me saisit. Je revois le profil incendié du *Nordlyset* se détacher sur Islands Brygge et fais non de la tête. A cet instant précis, la vie me semble plus précieuse que jamais.

Nous téléphonons à Lander d'une cabine. Il est encore au bureau.

– Supposons que le bateau s'appelle le *Kronos*.

Il lâche le combiné puis revient. Quelques minutes s'écoulent durant lesquelles il feuillette ses documents.

– Le *Lloyd's Register of Ships* en mentionne cinq : un tanker pour le transport de produits chimiques basé à Frederiksstad, un dragueur à Odense, un remorqueur à Gdansk et deux cargos polyvalents, le premier au Pirée et le second à Panama.

– Les deux derniers.

– Douze cents tonnes pour le grec et quatre mille pour l'autre.

Je tends le stylo au mécanicien. Il secoue la tête.

– Je suis au-aussi nul avec les chiffres, murmure-t-il.

– Il y a des photos ?

– Pas dans le *Lloyd's*. Mais il y a des données techniques : longueur : cent vingt-sept mètres, construit à Hambourg en 57. Coque renforcée pour la navigation dans les glaces.

– Noms des propriétaires ?

Il repart. Je regarde le mécanicien. De temps en temps, son visage apparaît dans le halo des phares de voiture, pâle, inquiet, sensuel. Et sous la sensualité, quelque chose d'inflexible.

– Le *Lloyd's Maritime Directory* renvoie à la compagnie Plejada, immatriculée à Panama. Mais le nom est danois : Katja Claussen. Jamais entendu parler.

– Moi si. Le *Kronos* est bien le bateau que nous cherchons, Lander.

Nous sommes assis dans son lit, adossés au mur. A la lumière, les cicatrices de ses poignets et de ses chevilles ressortent comme des fers sur sa peau blanche et nue.

– Penses-tu qu'on choisit son destin, Smilla ?

– Seulement les détails. Les événements importants s'imposent d'eux-mêmes.

La sonnerie du téléphone retentit.

Il retire le ruban adhésif, écoute un bref message et raccroche.

– Peut-être devrais-tu sortir tes chaussures à talons hauts. Birgo veut nous voir ce soir.

– Où donc ?

Son rire est plein de mystère.

– Un endroit mal famé. Mets quand même quelque chose d'élégant.

Il me porte chez moi. Je me débats dans ses bras et nous rions tout bas pour ne pas attirer l'attention. A Qaanaaq, quand j'étais enfant, le marié portait la mariée jusqu'à son traîneau et ils partaient sous les cris d'allégresse des invités. Cela se fait encore de temps en temps. Je me languis déjà à l'idée d'être séparée de lui durant l'heure qu'il me faudra pour me changer. Je voudrais lui demander de rester, pour continuer à le regarder. Il n'est pas encore ancré dans mon paysage. Sa douceur animale, son corps massif et sa politesse un peu gauche m'apparaissent comme dans un rêve éveillé – mais un rêve quand même. Je tends le bras et m'agrippe à la porte pour l'empêcher de me poser à terre. Je glisse un doigt le long de la charnière supérieure et j'effleure les bords déchirés des deux bandes de ruban adhésif.

Je prends sa main pour la guider le long du gond. Son visage s'assombrit. Il colle sa bouche contre mon oreille.

– On se tire…

Je secoue la tête. Mon appartement est sacré. On peut me déposséder de tout, sauf d'un coin de tranquillité où je puisse me retrouver.

J'actionne la poignée. La porte n'est pas verrouillée. J'entre. Il est obligé de me suivre, même à contrecœur.

L'appartement est froid. Je baisse toujours le chauffage avant de sortir. Je suis pingre avec l'électricité. Je calfeutre les fenêtres, garde les portes fermées. Cette manie me vient de Thulé, un sain apprentissage du prix et de la rareté du pétrole.

Pour les mêmes raisons, j'éteins toujours derrière moi et j'allume avec parcimonie. Un rai de lumière filtre du salon et de l'entrée.

Le fauteuil de bureau est tourné vers la fenêtre. Un manteau aux épaules très amples pend le long du dossier. Un feutre dépasse du fauteuil ; une paire de chaussures noires bien cirées est appuyée contre le rebord de la fenêtre.

Nous sommes entrés sans un bruit. Pourtant, les chaussures se soulèvent et le fauteuil pivote lentement vers nous.

– Bonsoir, mademoiselle Smilla. Et monsieur Føjl.

C'est Ravn.

Son visage est gris de fatigue et souligné d'une barbe naissante qui n'est, je le crains, guère du goût de l'inspecteur de la brigade financière. Sa voix est crayeuse comme au lendemain d'une nuit blanche.

– Savez-vous quelle est la qualité indispensable pour faire carrière au ministère de la Justice ?

Je jette un coup d'œil circulaire. Il n'y a personne d'autre dans la pièce.

– C'est l'*esprit de corps*. En plus, naturellement, d'une

excellente moyenne générale et d'une assiduité professionnelle hors du commun. Mais, à long terme, l'atout déterminant est certes la loyauté. En revanche, personne n'attend de vous que vous fassiez preuve de bon sens. Au contraire, cela peut même constituer une entrave.

Je prends une chaise. Le mécanicien s'appuie au bureau.

– Ensuite il faut se spécialiser. Certains deviennent greffiers et plus tard juges. Ceux-là nourrissent une confiance naturelle en la justice et ses institutions. La conviction que l'on peut améliorer les choses. D'autres, à ma manière, deviennent enquêteurs, inspecteurs, voire substituts du procureur général. Peut-être même avocats généraux. Nous sommes les sceptiques de service. Nous prenons rarement une déclaration, un aveu ou un fait pour argent comptant. Notre méfiance est un parfait outil de travail, tant qu'elle ne remet pas en cause la nature de notre mission ou le ministère proprement dit. Un membre du ministère public ne doit sous aucun prétexte douter de son bon droit. Les questions indiscrètes des journalistes sont dirigées vers les instances supérieures. Le moindre article que vous publiez contenant une once de critique – et d'ailleurs tout article – est considéré comme un acte déloyal envers le ministère. En un sens, l'individu n'a aucun droit de cité au sein d'une telle administration. La majorité des collaborateurs l'acceptent. Je peux même vous assurer que l'opportunité de rejeter sa responsabilité personnelle sur l'État en arrange secrètement plus d'un.

J'ai connu cela au cours de longs périples. Quand on a perdu le feu sacré, on se découvre subitement des trésors de cynisme réjouissant.

– Il arrive cependant qu'un élément rétif parvienne à se maintenir dans le système – pourvu qu'il réussisse à dissimuler à temps sa nature profonde, jusqu'à s'être rendu indispensable au point que le ministère ne puisse plus s'en séparer facilement. Un tel individu n'atteindra jamais le sommet. Mais il fera quand même un bout de chemin. Peut-être deviendra-t-il substitut du procureur général. Il sera alors trop vieux – et sans doute trop compétent – pour qu'on puisse se passer de ses services. Et néanmoins trop dérangeant pour être promu. Il est le caillou dans la chaussure du ministère. Irritant, sans être douloureux. Avec le temps, on lui attribuera un petit territoire où l'on viendra solliciter sa mémoire et son opiniâtreté, tout en le cantonnant dans les coulisses. Sans doute finira-t-il par se voir confier des missions délicates, dont la nature exige de toute façon la plus grande discrétion. Comme par exemple le réexamen d'une enquête sur la mort d'un petit garçon. Il retrouvera sur son bureau une plainte, accompagnée du dossier.

Il ne nous regarde pas. Il s'adresse aux murs.

– Il arrive que l'ordre de calmer le plaignant vous parvienne d'en haut. Il faut le « désamorcer », comme on dit à Slotsholmen, au ministère. On y a connu de nombreux précédents. Mais, cette fois-ci, l'affaire est plus délicate. Un enfant est mort. On a photographié ses empreintes sur le toit. Le genre d'affaire susceptible de poser un cas de conscience. C'est ainsi que j'émets l'hypothèse qu'une irrégularité a été commise et m'en ouvre à qui de droit. Mais je ne rencontre aucun soutien, ni auprès de la police ni au ministère.

Il se lève péniblement.

– Puis survient cet incendie malencontreux. Accidentel. Hélas, il y est question du Groenland. Et le nom de la victime figure dans le rapport précédemment évoqué. Hier matin, j'ai été dessaisi de l'affaire. « A cause de sa complexité », etc.

Il ajuste son feutre, va jusqu'au bureau et tapote les bandes de ruban adhésif sur le combiné du téléphone.

– Sage initiative. On ne compte plus les désagréments que ces appareils ont causés à d'innocents citoyens. Il eût cependant été encore plus sage de ne pas divulguer le numéro et de ne répondre à aucun appel. Le bateau a été réduit en cendres mais les appareils téléphoniques semblent faits d'une matière ininflammable. Celui du bord gisait sur le plancher, avec en mémoire le dernier numéro appelé : le vôtre. Je parie que vous n'allez pas tarder à être conviée à un entretien.

– N'était-il pas risqué de venir ici ?

Il brandit une clé.

– Lors de l'enquête préliminaire, nous avons emprunté une clé au chauffagiste. J'ai pris la liberté de faire exécuter un double. Je suis passé par les caves et j'ai l'intention de ressortir par le même chemin.

Le temps d'un éclair, un changement s'opère. Derrière le masque de lave refroidie, une lumière s'allume, une étincelle d'ironie et d'humanité sous la cendre fossilisée, le souvenir d'un temps lointain où la lave coulait, incandescente. Cette lueur m'encourage.

– Qui est Tørk Hviid ?

L'étincelle disparaît sous la pierre ponce comme si son âme venait de quitter sa chair.

– C'est un nom ?

Je l'aide à enfiler son manteau. Je suis un peu plus grande que lui. D'une chiquenaude, je balaie une poussière sur son épaule. Il lève le regard sur moi.

– Mon numéro personnel est dans l'annuaire. Réfléchissez, mademoiselle Smilla. Mais ayez la bonté d'appeler d'une cabine.

– Merci.

Il est déjà loin.

Les cloches de l'église Saint-Sauveur carillonnent. Les mains croisées dans le dos, je regarde le mécanicien. Dans la pièce, il flotte ce que Ravn a laissé derrière lui : droiture, amertume, sous-entendus, une certaine chaleur humaine. Et quelque chose en plus.

– Il a menti, dis-je. A la fin. Il sait qui est Tørk Hviid.

Nous nous regardons dans les yeux. Quelque chose cloche.

– J'ai le mensonge en horreur. Mais s'il doit en être ainsi, je ne veux pas être en reste.

– Tu n'avais qu'à le lui dire. Au lieu de le tripoter.

Je n'en crois pas mes oreilles, pourtant je vois briller

dans ses yeux la lueur stupide et crue de l'authentique jalousie.

– Je ne l'ai pas tripoté. Je l'ai aidé à remettre son manteau. Pour trois raisons. Premièrement, c'est la moindre des politesses envers un vieux monsieur chétif. Deuxièmement, en venant ici, il joue probablement sa carrière et sa retraite.

– Et troisièmement ?

– Troisièmement, cela m'a fourni l'occasion de lui voler son portefeuille.

Je pose un portefeuille en gros cuir marron sous la lampe de la table, là où j'ai autrefois posé la boîte à cigares d'Esajas.

Le mécanicien me lance un regard pétrifié.

– Simple larcin. Un délit faiblement puni par la loi.

Je vide le contenu sur la table. Cartes de crédit, billets de banque, un étui en plastique, à l'intérieur une carte blanche gravée d'une couronne noire en relief nous apprend que Ravn a accès aux parkings des ministères à Slotsholmen. Une facture de l'atelier de couture des Frères Andersen d'un montant de huit mille couronnes. Un échantillon de laine grise y est maintenu avec un trombone : « Pardessus homme, tweed Lewis, livré le 27 octobre 93 ». Jusque-là, je voyais dans les manteaux de Ravn une faute de goût, j'imaginais un lot acheté aux fripes. J'en saisis brusquement la finalité. Avec son médiocre salaire de fonctionnaire, il paye au prix fort la fragile illusion que lui procurent cinquante centimètres d'étoffe superflue sur les épaules. Curieusement, cela me rend le personnage plus sympathique.

Je vide le compartiment pour la monnaie. Une dent en tombe. Le mécanicien se penche vers moi. Je m'appuie contre lui et ferme les yeux.

– Une dent de lait.

Quelques photographies sont glissées dans le fond. Je les étale comme pour une patience. Un samovar sur un buffet en acajou et, à côté, une bibliothèque. « Cultivé » est l'un de ces mots du vocabulaire danois dans lesquels je n'ai jamais pu voir autre chose que des gourdins linguistiques destinés à vous assommer. Il pourrait cependant qualifier la femme au premier plan. Elle a des cheveux blancs, porte des lunettes sans monture et une robe en lainage blanc. Elle doit avoir la soixantaine. Les autres photographies la montrent entourée de ses petits-enfants – d'où la dent de lait –, berçant un nourrisson, découpant un gâteau sur une table de jardin, prenant dans ses bras le nouveau-né que lui tend une jeune femme qui a son menton et la maigreur de Ravn.

Toutes sont en couleurs ; excepté la suivante ; celle-ci paraît surexposée.

– Ce sont les empreintes d'Esajas dans la neige, dis-je.

– Pourquoi la photo est-elle si mauvaise ?

– Parce que la police ne sait pas photographier la neige. Si on photographie au flash ou avec une source de lumière dont le faisceau forme un angle supérieur à quarante-cinq degrés, les contrastes s'estompent et le relief disparaît. Il faut utiliser un filtre et placer l'éclairage au niveau du sol.

Sur le cliché suivant, une femme dans la rue. C'est moi devant l'immeuble d'Elsa Lübing. La photo a été prise derrière une vitre de voiture ; elle est floue et on voit un bout de la portière au premier plan.

Le mécanicien est plus ressemblant, bien que les cheveux paraissent trop courts. Il y a un portrait de face et un de profil.

– Des photos de l'armée. Ils ont retrouvé de vieilles photos datant de mon service militaire.

Le dernier cliché est en couleurs. On dirait un souvenir de vacances, avec soleil et palmiers.

– P-pourquoi des photos de nous ?

Ravn ne prend jamais de notes et n'a pas besoin de photos pour mémoriser les visages.

– Pour les montrer. A d'autres.

Je range les papiers, la dent et les pièces. Je remets tout scrupuleusement en place, à l'exception des palmiers sous un soleil de plomb. Humidité garantie à cent pour cent.

Pourtant, l'homme en gros plan porte chemise et cravate sous sa blouse blanche et la chaleur ne semble pas l'incommoder le moins du monde. C'est Tørk Hviid.

4

J'ai choisi une veste de smoking avec de larges revers de soie verte, un bermuda noir, des collants verts, des escarpins verts à la Daisy et une petite toque en velours pour camoufler ma calvitie.

Pour une femme, l'éternel problème du smoking est qu'elle ne sait jamais quoi porter par-dessus. J'ai enfilé un imperméable Burberry et j'ai exigé du mécanicien d'être déposée juste à l'entrée.

Nous roulons sur Østerbrogade jusqu'à Strandvejen. Lui aussi est en smoking. En d'autres circonstances, j'aurais sans doute remarqué que la plus grande taille du prêt-à-porter masculin est encore cinq tailles en dessous de la sienne, que son costume ressemble en outre à une vieille nippe de l'Armée du salut et le dessert plus qu'il ne l'avantage. Mais l'amour est aveugle et, tout engoncé qu'il soit dans ce cocon trop étroit, il me fait l'effet d'une chenille devenue papillon.

Il ne me regarde pas. Sa conduite est souple et décontractée, mais son œil rivé sur le rétroviseur enregistre les voitures qui nous suivent et nous précèdent.

Nous tournons dans Sundvænget, l'une des petites allées perpendiculaires au bord de mer. Tout à l'heure, nous avons échoué devant un portail de jardin qui descendait sur la plage. A présent, la voie est gardée par un haut mur jaune et une barrière blanche. Dans une cage de verre, un homme en uniforme prend nos passeports, tape nos noms sur un clavier, ouvre la barrière et nous fait avancer jusqu'à une seconde barrière où une femme en uniforme

243

identique nous allège de deux cent cinquante couronnes chacun, nous ouvre le parking où le regard insolent et méprisant d'un gardien nous coûte soixante-quinze autres couronnes. Nous passons la porte à tambour d'une façade de marbre et la blonde du vestiaire nous saigne d'un ultime billet de cinquante par manteau, avec un tel dédain qu'on ne voit plus que ses trous de nez.

Je m'arrête devant une glace murale, histoire d'accentuer quelques imperfections avec un bâton de rouge à lèvres, en me réjouissant d'être allée aux toilettes avant de venir, ce qui m'épargne, du moins dans l'immédiat, le désagrément de demander le prix pour avoir le droit de pisser.

A côté de moi, le mécanicien inspecte son reflet comme s'il appartenait à un inconnu. Nous sommes dans le hall d'accueil du casino Øresund, le dernier-né, douzième du nom et le plus prestigieux du pays. Un lieu dont j'ai entendu parler mais où je pensais ne jamais mettre les pieds.

C'est ici que Birgo nous a donné rendez-vous. Le voilà qui vient à notre rencontre, chaussé et culotté de blanc, un galon bleu clair courant le long de la jambe ; il porte aussi un blazer bleu marine, un pull-over gris à col roulé, une écharpe en soie brodée d'ancres marines et une petite casquette de marin. Son regard est vitreux, sa démarche un rien chancelante, il luit comme un astre. D'un geste précautionneux, il rajuste à deux mains mon nœud papillon blanc.

– Tu es extraordinairement appétissante ce soir, mon poulain.

– Tu n'es pas mal non plus. C'est ta tenue de moussaillon ?

Il se raidit un peu. Voilà à peine douze heures que nous nous connaissons et il a déjà oublié les effets cuisants de l'insolence.

Il sourit au mécanicien.

– Elle a un crédit illimité dans mon cœur.

Ils se saluent et je note à nouveau chez l'homme d'affaires un changement d'attitude imperceptible. Le temps que dure la poignée de main, une expression de gratitude frisant la dévotion se fraye un passage à travers sa cuite et sa vulgarité étudiée. Puis il nous invite à le suivre.

Je n'ai jamais su me déplacer dans les endroits luxueux. A chaque pas, j'ai l'impression que quelqu'un va m'interpeller et me dire que je n'ai pas le droit d'être ici. Le mécanicien ne semble guère plus à l'aise. Il marche sur des œufs, quelques mètres derrière nous, et fait un effort désespéré pour rentrer la tête entre les omoplates. Birgo Lander déambule comme s'il était chez lui.

– Sais-tu que je possède un bout du gâteau, mon ange ? Tu ne lis pas les journaux ? Avec Unibank, qui a financé le Marienlyst, et casino Austria qui gère les casinos de l'hôtel Scandinavia, d'Århus et d'Odense. C'est pour m'interdire l'accès aux tables de jeu. Le règlement n'autorise pas les propriétaires à jouer dans leur propre établissement. Cela vaut aussi pour les croupiers. L'Austria publie un annuaire avec leur photo et aucun d'entre eux n'a le droit de jouer dans les casinos gérés par la même société.

Il nous guide à travers le restaurant – une vaste pièce circulaire avec une piste de danse au centre et, au fond, un long bar, sous une lumière tamisée. Sur un podium, un quatuor de jazz distille une musique d'ambiance insipide. Le tissu des nappes est jaune paille, la peinture des murs couleur crème, le comptoir en inox. Toutes les parois sont rivetées et les chambranles des portes d'un mètre d'épaisseur sont équipés de verrous. L'ensemble fait songer à l'intérieur d'un coffre-fort – solide, cher, impersonnel. L'atmosphère est chaleureuse comme celle d'un bal de fin d'année à la Banque centrale. Les fenêtres donnent sur la mer et l'on peut voir les lumières des côtes suédoises et le prolongement du casino avec les salles de jeu suspendues au-dessus de l'eau comme des bulles de verre. Dessous, on devine les plaques de glace grise des berges gelées.

Le mécanicien ralentit le pas. Lander prend mon bras et m'entraîne parmi les dames en décolleté, les hommes en smoking, chemise mauve et veste blanche, tee-shirt de daim, Rolex en or et décoloration façon sports nautiques.

La pièce est oblongue. Côté mer, une immense baie vitrée concave est dressée comme un mur noir contre le large. Le seul éclairage, indirect, provient des tables de jeu. Il y a quatre tables de black-jack et deux grandes roulettes ceinturées d'un cordon délimitant l'espace interdit aux joueurs. Trois chefs croupiers se tiennent à l'intérieur, l'un près des tables de jeux de cartes, les deux autres perchés sur une chaise haute, aux extrémités respectives de la table à roulette française et de l'américaine. Un contrôleur surveille deux tables et chacune d'entre elles est servie par un croupier.

La foule est si compacte qu'on ne voit pas le tapis. On n'entend que la voix des croupiers et le tintement mat des jetons empilés.

Les joueurs sont exclusivement masculins, à l'exception de rares femmes asiatiques. Des Européennes suivent le jeu à distance. L'air est saturé de concentration. Sous la lampe, les visages sont blêmes, captivés, serviles.

Par moments, une silhouette se lève et sort. Hormis quelques nuques ployées et quelques regards brillants, la plupart des mines sont impassibles, absentes. Lander récolte des saluts discrets, moi, je suis invisible.

– Personne ne fait attention à moi.

Il me pince le bras.

– Tu es allée à l'école, mon petit, tu te souviens de quoi sont faits les hommes : cœur, foie, reins, estomac, testicules. Quand tu viens ici, une mutation s'opère. Dès l'instant où tu changes tes jetons, un petit animal s'immisce dans ton ventre, un parasite. Très vite, la seule chose qui t'importe est de deviner le numéro sur lequel la bille va s'immobiliser, compter les cartes, calculer les combinaisons et additionner les sommes perdues.

Il me conduit à une table et nous regardons les visages. Ils ressemblent à des coquilles vides. On a peine à imaginer qu'ils ont une vie hors de ce lieu. A juste titre, sans doute.

– Cet hôte indésirable, c'est le démon du jeu, ma jolie. L'une des créatures les plus voraces de la planète. Et je parle en connaissance de cause. J'ai tout perdu, et plus d'une fois. Mais je revenais quand même. C'est pour cela que j'ai été contraint d'acheter une part. A présent que je suis propriétaire des meubles et que je peux regarder mon passé en face, c'est différent.

Une trouée s'ouvre entre les dos, découvrant le tapis vert. Le croupier est une jeune fille blonde aux ongles rouges interminables et à l'anglais impeccable, légèrement nasal.

– *Buying in ? Fourty-five thousands goes down. One, two, three…*

Quelques clients boivent un quart d'eau minérale. Personne ne consomme d'alcool.

– Ce démon, ma poupée, est une espèce d'oiseau. Il y en a de toutes les tailles : canari chez certains, canard bien gras chez moi. Chez lui, c'est une autruche…

Il chuchote sans désigner l'intéressé du doigt. Pourtant j'ai compris, il s'agit d'un homme aux traits slaves très prononcés – pommettes saillantes, cheveux noirs et drus, comme ces danseurs de ballet passés à l'Ouest dans les années soixante-dix. Ses mains reposent sur des piles de jetons de toutes les couleurs. Pas un muscle ne bouge. Son attention est absorbée par le sabot posé à côté du croupier, comme s'il tentait de toutes ses forces de conjurer l'issue de la donne.

– *Thirteen, black-jack, insurance, Sir ? Sixteen. Do you want to split, Sir ? Seventeen, too many, nineteen…*

– Une autruche qui l'a bouffé de l'intérieur et l'a dépassé en taille. Il vient plusieurs nuits d'affilée et joue jusqu'à son dernier sou. Puis il travaille pendant six mois. Et il revient tout perdre à nouveau.

Il approche sa bouche de mon oreille.

– C'est le capitaine Sigmund Lukas. Il a perdu son dernier radis la semaine dernière. J'ai dû lui prêter de quoi s'acheter un paquet de cigarettes et se payer un taxi pour rentrer.

Il est difficile de lui donner un âge : trente-cinq, quarante-cinq ans, peut-être même cinquante. Au moment où je l'observe, il gagne et empile une haute colonne de jetons devant lui.

– Ici un jeton vaut cinq mille couronnes. Ils nous ont été livrés le mois dernier. Mais chaque table joue dans une fourchette différente. Ici, c'est la table la plus chère. La mise de départ est de mille couronnes, la mise maximum de vingt mille. Étant donné que l'on peut doubler la mise et que la durée moyenne d'un tour est d'une minute et demie, cela signifie qu'on peut perdre ou gagner cent mille couronnes en cinq minutes.

– S'il est fauché, avec quel argent joue-t-il aujourd'hui ?

– Aujourd'hui, c'est tonton Lander qui régale, mon lapin.

Il m'entraîne à son bras vers le bar. Nous nous adossons au comptoir. Un grand verre opaque atterrit sur le zinc. Il a séjourné au freezer et est couvert d'une mince couche de givre qui commence à fondre en fines gouttelettes. Le contenu est un liquide translucide et ambré.

– *Bullshot*, ma caille. Huit doses de vodka, huit de Viandox.

Il réfléchit.

– Regarde plutôt notre clientèle. Nous avons de tout. Quelques avocats, quelques entrepreneurs, des gosses avec beaucoup d'argent de poche, l'artillerie lourde de la mafia danoise. Pour se débarrasser de revenus douteux, il suffit d'acheter des jetons. La brigade financière nous a demandé la permission de noter les numéros des billets de banque qui échouent ici. Nous avons refusé. Aussi cette boutique est-elle l'une des plus importantes blanchisseries d'argent sale du pays. Il y a aussi les petites demoiselles à peau jaune qui dirigent un réseau de prostitution avec des filles thaïlandaises et birmanes. Quelques hommes d'affaires, des médecins. Ceux qui font la tournée européenne. La semaine dernière, nous avions la visite d'un armateur norvégien. Aujourd'hui, il est peut-être à Travemünde, la semaine prochaine il sera à Monte-Carlo. Un soir, il a gagné quatre millions et demi. La presse en a parlé.

Il vide son verre, aussitôt remplacé par un verre plein.

– Ces gens n'ont rien en commun, à l'exception d'une chose. Ils perdent, Smilla. Un jour ou l'autre. Ils perdent tous. Cette boîte ne connaît que deux gagnants : nous, les propriétaires, et l'État. Huit fonctionnaires du fisc assurent une permanence. Ils se relaient comme les croupiers – équipe de jour, équipe de nuit, et celle qui relève la caisse à partir de trois heures du matin. Des percepteurs et des policiers en civil assistent également notre propre personnel de surveillance pour vérifier que les croupiers ne trichent pas, ne marquent pas les cartes, ne favorisent pas le jeu d'un client. Nous sommes imposés sur notre chiffre d'affaires dans un pays où la pression fiscale sur les jeux de hasard est la plus lourde du monde. Pourtant, nous employons deux cent quatre-vingt-dix personnes rien que dans les salles de jeu : gérants, croupiers, chefs croupiers, surveillants, personnel technique, contrôleurs. En outre, deux cent cinquante salariés travaillent au restaurant et au dancing : cuisiniers, serveurs, barmans, hôtesses, videurs, personnel des vestiaires et de la sécurité, directeurs artistiques, et les entraîneuses dont nous surveillons aussi l'activité. Sais-tu comment nous avons les moyens de rémunérer autant de monde ? Parce que nous récoltons un blé fou auprès des joueurs. Pour l'État, cet égout est la trouvaille la plus juteuse depuis la douane de l'Øresund. L'armateur norvégien a perdu le lendemain tout ce qu'il avait gagné la veille. Mais ça, nous ne l'avons pas raconté aux journaux. La semaine dernière, une maquerelle thaïlandaise a perdu cinq cent mille couronnes à trois reprises. Elle débarque tous les soirs. Chaque fois, elle me supplie de fermer l'établissement. Tant qu'il existera, elle n'aura pas la paix. Elle ne peut pas s'empêcher de venir. Il y a toujours eu les salles de jeu clandestines. On y jouait surtout au poker, un jeu plus lent et qui réclame une certaine maîtrise de l'analyse combinatoire. La légalisation a modifié les comportements et le virus s'est propagé. Un jeune peintre en bâtiment avait monté sa petite entreprise. Il n'avait jamais joué jusqu'au jour où un ami l'a amené ici. Il a dilapidé tout son capital. L'installation nous a coûté cent millions. Mais c'est la poule aux œufs d'or.

– Tu participes au carnage.

– Je ne vaux sans doute pas mieux qu'eux.

J'ai toujours été fascinée par cet aplomb aux accents de repentir avec lequel les Danois affectent d'assumer des actes aux antipodes de leurs convictions.

– Lukas est un exemple typique de ce genre de déchéance. Un excellent marin. Pendant des années, il a navigué au Groenland avec son propre caboteur. Puis on l'a chargé de constituer une flotte de pêche à Mbengano, dans l'océan Indien, au large de la côte tanzanienne, le plus important projet scandinave jamais mis en œuvre dans le tiers-monde. Il est aussi sobre qu'un moine et connaît l'Atlantique nord comme sa poche. Certains prétendent même qu'il s'y sent bien. Mais c'est un joueur. L'oiseau lui a bouffé les tripes. Il n'a plus ni famille ni logis et il en est réduit à louer ses services. Le tout est d'y mettre le prix.

Nous nous approchons de la table de jeu. L'homme assis à côté du capitaine Lukas pourrait être un artisan charcutier. Durant les dix minutes où nous l'observons, il perd cent vingt mille couronnes.

Un croupier se place derrière la fille aux ongles rouges et lui tapote l'épaule. Elle termine la partie sans se retourner. Sigmund Lukas gagne. Environ trente mille couronnes. Le charcutier perd ses derniers jetons et se lève sans broncher.

Les-ongles-rouges présente son successeur – un jeune homme pourvu du même charme superficiel et de la même affabilité commerciale.

– *Ladies and gentlemen, here is a new dealer. Thank you.*

– Ça te tente, mon trésor ?

Il tient un rouleau de jetons entre le pouce et l'index. Je pense au charcutier qui vient de perdre cent vingt mille couronnes, un an de salaire net pour le Danois moyen, cinq pour l'Esquimau polaire. Jamais de ma vie je n'ai rencontré un tel mépris de l'argent.

– Jette-les plutôt dans les toilettes. J'aurai au moins le plaisir de tirer la chasse d'eau.

Il hausse les épaules. Le capitaine Lukas détache pour la première fois son regard du tapis et lève sur nous ses yeux de chat. Il ramasse ses jetons, se lève et sort.

Nous le suivons à pas lents.

– Fais-tu cela pour moi ?

Il me prend le bras, le visage grave.

– Tu me plais, petite caille. Mais j'aime ma femme. Tout ça, je le fais pour Føjl.

Il réfléchit.

– Il n'y a pas grand bien à dire de ma personne. Je bois trop, je fume trop, je travaille trop. Je néglige ma famille. Hier, alors que j'étais dans mon bain, l'aîné s'est planté devant moi et m'a demandé : « Papa, où est-ce que tu habites ? » Ma vie ne vaut pas bien cher. Mais, ce qu'elle vaut, je le dois au petit Føjl.

Le capitaine Lukas attend dans une véranda vitrée donnant sur la mer. Je me coule sur le banc, en face de lui ; le mécanicien, surgi de nulle part, se glisse à mon côté. Lander reste debout et s'appuie au rebord de la table. Une serveuse ferme la porte coulissante. Nous sommes seuls dans la bulle de verre qui flotte sur l'Øresund. Lukas nous ignore. Une tasse d'un liquide épais et fumant dégage un fort arôme de café. Il grille cigarette sur cigarette. Il ne nous accorde pas un regard. Les mots dégouttent de sa bouche, à contrecœur, comme le jus d'un citron vert qu'on presse avant maturité. Il parle avec un léger accent que je devine polonais.

– Ils sont venus me trouver en hiver, peut-être à la fin du mois de novembre. Un homme et une femme. Ils voulaient savoir ce que je pensais de la navigation au nord de Godthåb au mois de mars. Je leur ai répondu comme tout le monde : c'est l'enfer. Nous nous sommes quittés là-dessus. Ils ont réapparu la semaine dernière. Entre-temps, ma situation avait changé. Ils ont réitéré leur demande. Je leur ai parlé du pack, du « cimetière des icebergs », de la bande côtière encombrée par la glace flottante et les icebergs qui dérivent au large, des avalanches de glaciers qui dévalent directement dans la mer. Je leur ai dit que même le *Northwind*, le brise-glace nucléaire de la base américaine de Thulé, ne s'y hasarde que tous les trois ou quatre hivers. Ils n'ont rien voulu entendre. Ils savaient déjà tout cela. Ils m'ont demandé jusqu'où j'étais prêt à aller. Je leur ai répondu que ça dépendait de leur portefeuille.

– Un nom, une entreprise ?

– Quelques détails sur le bateau. Un caboteur de quatre mille tonnes. Le *Kronos*. Amarré à Sydhavn. Ils l'ont acheté et l'ont fait aménager. Il sort tout juste du chantier naval.

– L'équipage ?

– Dix hommes, c'est moi qui les recrute.

– Fret ?

Il regarde Lander. L'armateur est de marbre. La situation est confuse. J'ai d'abord cru qu'il se mettait à table sous la pression de Lander. C'est une erreur. Lukas ne reçoit d'ordres de personne. Exception faite de l'autruche.

– Je ne connais pas la nature du chargement.

L'amertume, qui confine un instant à l'exaspération, le fait se balancer sur sa chaise.

– Équipement ?

Le mécanicien sort brusquement de sa réserve.

Lukas répond après un long silence.

– Un LMC que j'ai racheté pour eux aux surplus de l'Armée.

Il éteint son mégot dans son café.

– Le navire a été équipé de mâts de charge et les parois de la soute avant ont été renforcées.

Il se lève et je le suis. Je voudrais l'entraîner à l'écart mais la cage de verre est si petite que nous butons contre la vitre où notre haleine dépose des croissants vaporeux.

– Pourriez-vous me prendre à bord ?

Il réfléchit. Je comprends à sa réponse qu'il y a un malentendu.

– Il me manque encore une femme de chambre.

Le panneau coulissant s'écarte devant un homme engoncé dans un manteau gris à très large carrure qu'un client ordinaire aurait été contraint de laisser au vestiaire.

C'est Ravn.

– Mademoiselle Smilla. Pourrais-je vous parler un instant ?

Tous les regards se posent sur lui ; il les soutient avec ce flegme imperturbable qui ne le quitte visiblement jamais.

Je marche derrière lui. Qui pourrait soupçonner que nous nous connaissons ? Nous traversons un hall garni de coins canapé en cuir, de plantes grasses, et nous débouchons dans la salle des machines à sous. Toutes sont occupées.

Un jeune homme nous laisse sa place et va se planter quelques mètres plus loin.

Ravn sort un rouleau de pièces de vingt couronnes d'une poche de son manteau.

– J'aimerais récupérer mon portefeuille.

Il joue en me tournant le dos.

– Je suis de service ici deux jours par mois.

Sa voix couvre à peine les vibrations de la machine.

– Avons-nous été suivis ?

Il se tait.

– On vous recherche. L'avis a été lancé il y a un quart d'heure.

A mon tour, je reste sans voix.

– Une douzaine de policiers en civil circulent ici en permanence, en plus de nos agents. Si vous restez là, vous n'avez plus que quelques minutes de liberté. Si vous partez tout de suite, je pourrai m'arranger pour retarder un peu les choses.

Je lui tends le portefeuille, une photographie et un article de presse. Le regard toujours rivé sur la machine, il laisse glisser le portefeuille dans une poche et jette un rapide coup d'œil sur le reste. Il me rend la coupure de journal en secouant la tête.

– J'ai fait ce que j'ai pu. Et ce que je n'ai pas voulu vous donner, vous l'avez pris. Ça suffit à présent.

– Je veux savoir. Je suis prête à tout. Y compris à vous vendre à l'Ongle.

– L'Ongle ?

– L'assistant dur et plat qui réapparaît régulièrement.

C'est la première fois que je le vois rire. Puis le sourire s'efface comme s'il n'avait jamais existé. La vitre derrière laquelle défilent les symboles multicolores de la machine me renvoie le reflet d'un visage impassible. Mais je sais que ma menace a fait mouche.

– Chiang Rai, aux confins des frontières cambodgienne, laotienne et birmane. Un territoire dominé par des seigneurs féodaux, dont le plus puissant s'appelle Khum Na. Une armée permanente de six mille hommes. Le réseau a des ramifications dans toute l'Asie et possède des succursales dans les grandes villes occidentales. Il domine le trafic international de l'héroïne. Tørk Hviid a travaillé à Chiang Rai.

– Quel genre de travail ?

– Il est professeur en biologie moléculaire, spécialiste des mutations par radiations. Le prétraitement des fleurs de pavot entrant dans la fabrication de l'opium est centralisé là-bas. Il paraît que les laboratoires les plus modernes du genre y sont implantés, en pleine jungle. Hviid travaillait à l'irradiation des pavots pour améliorer la production. Le bruit courait qu'il avait mis au point un dérivé de l'opium brut, le *mayam*, deux fois plus puissant que tous les types d'héroïne connus.

– En quoi cela vous concerne-t-il, Ravn ? Depuis quand la brigade financière s'intéresse-t-elle au trafic des stupéfiants ?

Il ne répond pas.

– Katja Claussen ?

– Antiquaire à l'origine. Il y a quatre ans, on a découvert que la plus grande partie de l'héroïne entrée en contrebande sur les marchés européens et américains jusqu'au milieu des années quatre-vingt était dissimulée dans les objets d'art anciens.

– Seidenfaden ?

– Ingénieur spécialisé dans le transport. Il a organisé, pour le compte de différentes sociétés, l'acheminement d'antiquités en provenance d'Asie. Il a dirigé un véritable pont aérien entre Singapour, la Suisse, l'Allemagne et Copenhague, par le Japon. Pour contourner le Moyen-Orient, une région politiquement instable.

– Pourquoi ne sont-ils pas en prison ?

– Les malins, les gros bonnets sont rarement punis. A présent, il faut que vous partiez, mademoiselle Smilla.

Je ne bouge pas.

– Les studios Freia ?

Sa main s'immobilise sur la poignée chromée. Il incline la tête avec lassitude.

– Une société de production cinématographique qui servait de couverture aux activités des services de renseignements allemands avant et pendant l'Occupation. Elle a organisé les deux expéditions vers le Groenland, sous prétexte de réaliser un tournage pour soutenir la théorie de Hörbinger sur Thulé. L'objectif véritable était d'évaluer les chances de succès d'une invasion visant à s'emparer des deux carrières d'exploitation de cryolithe, afin d'assurer un approvisionnement suffisant en aluminium, indispensable à l'industrie aéronautique allemande. Elle a également réalisé des repérages dans le but d'installer des bases aériennes pouvant servir de relais dans le cadre d'une éventuelle invasion des États-Unis.

– Loyen était-il nazi ?

– Comme aujourd'hui, Loyen travaillait à sa célébrité. Il ne s'intéresse pas à la politique.

– Dites-moi, Ravn, qu'a-t-il trouvé au Groenland ?

Il secoue la tête.

– Nul ne le sait. Sortez-vous cela de l'esprit.

Il se tourne vers moi.

– Allez chez une bonne copine. Inventez une explication plausible pour justifier votre présence sur ce bateau, la nuit dernière. Puis allez vous livrer à la police. Avec l'aide d'un bon avocat, vous serez libérée le lendemain. Oubliez le reste.

La main dans le dos, il me montre une cassette.

– Je l'ai prise dans votre appartement. Pour que vous n'ayez pas d'ennui en cas de perquisition.

Je tends la main, mais il a déjà retiré la sienne.

– Pourquoi faites-vous cela, Ravn ?

Il fixe les symboles qui défilent sur les rouleaux de la machine.

– Disons que je n'apprécie guère les décès de jeunes enfants dans des circonstances mal éclaircies.

J'attends, mais il n'ajoute rien. Je tourne les talons. Au même instant, il décroche le jackpot. Dans un vacarme métallique, la machine se met à vomir un torrent de pièces de monnaie et continue de crachoter longtemps après que je me suis éloignée.

Je récupère mon manteau au vestiaire. Le sang cogne sous mes tempes. J'ai l'impression que tout le monde m'observe. Je cherche le mécanicien des yeux. J'espère qu'il a un plan. La plupart des hommes excellent dans l'art de se dérober, de s'éclipser, de filer à l'anglaise. Mais la réception est déserte à l'exception de moi et de la dame du vestiaire qui affiche une mine grave, à l'opposé de la satisfaction qu'elle devrait éprouver à extorquer cinquante couronnes aux clients pour suspendre leur manteau à un cintre.

Au même instant, un rire puissant, poignant et sonore retentit, suivi du chevrotement sauvage d'une trompette qui se meurt à son tour en un vibrato assourdi et mieux approprié au lieu. Ce son m'est familier.

Les minutes me sont comptées. Je me fraie un passage entre les tables et traverse la piste de danse déserte. Au fond, trois musiciens à la mine farineuse sont en vestes de smoking jaune paille. Devant eux, il est là. Sur un corps obèse, il porte une queue-de-pie noire comme son visage baigné de sueur avec au milieu deux gros yeux globuleux, injectés, exorbités comme s'ils tentaient d'échapper à la dose meurtrière d'alcool qui bouillonne sous son crâne. Il fait honneur à sa légende : un colosse posé sur du vent. Son piédestal s'est effrité.

La musique n'a rien perdu de sa vitalité. Même avec la sourdine, même au milieu de cette rengaine sirupeuse, la sonorité est riche, chaude, sensuelle, audacieuse, spirituelle, taquine. Je me plante au bord du podium.

A la fin du morceau, je grimpe sur la scène. Il me sourit – un sourire figé, une grimace d'ivrogne mondain qui ne le quitte probablement jamais, y compris dans son sommeil. Si tant est qu'il arrive à dormir. J'écarte le microphone. Derrière nous, les gens s'arrêtent de manger. Les serveurs se raidissent.

– Roy Louber, dis-je.

Son sourire s'élargit. Il avale une grande rasade du verre posé à portée de sa main.

– Thulé. Vous avez joué à Thulé.

– Thulé…

Il répète avec application, l'air approbateur, comme s'il entendait ce mot pour la première fois.

– Au Groenland.

– Thulé, répète-t-il.

– A la base américaine. Au Northern Star. C'était en quelle année ?

Il sourit toujours en secouant machinalement sa trompette. Je n'ai pas de temps à perdre. J'empoigne le revers de sa veste et tire sa face bouffie vers moi.

– *Mr P. C.* Vous aviez joué *Mr P. C.*

– Ils sont morts, darling.

Il parle un danois empâté, presque inintelligible, avec un fort accent américain.

– Depuis longtemps. Morts et enterrés. Mr P. C. Paul Chambers.

– Quelle année, quelle année ?

Un regard absent filtre à travers ses globes vitreux et noyés d'alcool.

– Morts et enterrés. Comme moi, darling. Foudroyés à la seconde. *Any time*.

Il sourit. Je lâche prise. Il se redresse et agite sa trompette. Mes pieds quittent le sol et on me repose doucement sur la piste de danse. Le mécanicien se tient dans mon dos.

– Avance, Smilla.

J'obéis. Il s'évapore à nouveau. Je marche droit devant moi, jusqu'à la porte de la réception.

– Smilla Jaspersen !

On mémorise les gens dans la tenue et le cadre où on les a rencontrés. A cause de son costume bleu marine et de sa cravate de soie, je ne reconnais pas l'Ongle tout de suite. Sa voix est calme et ferme. Dans un instant, il va me conduire à la voiture de police avec la même efficacité et la même discrétion. J'allonge machinalement le pas. D'un même élan, deux hommes s'approchent et m'encadrent, pressants et décidés.

Je quitte la réception. Derrière moi, la porte claque et le silence retombe. C'est une lourde porte blindée. Toujours ce décor de salle des coffres. Le mécanicien s'y appuie nonchalamment.

– Dépêche-toi, Smilla. Lander t'attend sur la route.

Je jette un coup d'œil circulaire. Le hall est désert. Derrière le kiosque de tabac-journaux, un portier bâille à se décrocher la mâchoire. A l'accueil, une femme s'endort devant un écran d'ordinateur et, dans mon dos, deux mètres de flegme retiennent la porte métallique. L'atmosphère est calme et sereine au casino Øresund. Cadre élégant, délassement policé et suspense de bon aloi autour des tapis verts. L'endroit idéal pour lier connaissance et retrouver de vieux amis.

Je détale et arrive sur le parking hors d'haleine.

– Votre voiture, madame.

C'est le gardien de tout à l'heure.

– Conduisez-la à la ferraille. Le regard que vous lui avez jeté m'a ouvert les yeux.

Il n'y a pas de trottoirs. Rien n'a été prévu pour les visiteurs non motorisés. Mes talons martèlent l'asphalte. Je m'aplatis sous les deux barrières blanches et débouche sur Sundvænget. Une Jaguar est postée cent mètres plus loin, feux arrière allumés.

Lander ne m'accorde pas un regard. Son visage est blême et crispé.

Il gèle à pierre fendre. Je n'ai pas souvenir d'avoir vu une ville à ce point sous l'emprise du gel. Copenhague semble impuissante, à la merci du froid, à l'aube d'une nouvelle ère glaciaire.

– Qu'est-ce qu'un LMC ?

Sa conduite est tendue et hésitante sur la fine pellicule blanche qui recouvre l'asphalte.

– *Landing Mobile Craft*. Un chaland de débarquement à fond plat, du genre de ceux qui furent utilisés lors du débarquement de Normandie.

Je me fais conduire à Havnegade. Nous nous garons entre l'embarcadère des hydroptères et l'ancien quai du Copenhague-Bornholm. J'emprunte ses chaussures et sa casquette. Il me les tend sans poser de question.

– Attends-moi une heure, dis-je. Pas plus.

De nuit, la glace est vert bouteille sous la mince couche de neige fraîche. Je descends par une échelle de bois encastrée dans le quai. Au ras de l'eau, la température est très basse. Mon Burberry devient tout raide et j'ai l'impression d'avoir aux pieds des coquilles d'œuf. Mais grâce aux chaussures et à la casquette de Lander, blanches comme mon imperméable, je me confonds avec la glace. C'est au cas où quelqu'un ferait le guet près des Cellules blanches.

J'estime à dix centimètres l'épaisseur des langues de glace comprimées le long du bord – épaisseur réglementaire minimum pour que les autorités portuaires autorisent les citadins à patiner. Mais la glace au milieu du chenal est sans doute plus fragile.

Dans le Nord du Groenland, les gens sont très soudés. On dort à plusieurs dans la même pièce, on reste à portée de voix les uns des autres et l'on ne se perd jamais de vue. La communauté est si restreinte. La dernière fois que je m'y suis rendue, il y avait six cents personnes réparties en douze campements.

Dès qu'on s'éloigne des lieux d'habitation, l'immensité provoque des réactions violentes. En pleine nature, chaque chasseur, chaque enfant est pris de délire. La crise se manifeste d'abord par une sensation d'extrême vitalité, enivrante jusqu'à la folie, qui débouche sur une étrange impression de sérénité.

Je sais bien que c'est ridicule, mais en pleine zone portuaire de Copenhague, à deux heures du matin, je me sens gagnée par la même sensation de paix intérieure qui émane sans doute de la glace, du ciel étoilé et de l'horizon presque dégagé.

Je pense à ce qui m'est arrivé depuis la mort d'Esajas.

Le Danemark me fait soudain l'effet d'un glacier à la dérive. Capturés au milieu des glaces, nous sommes tous maintenus à une distance fixe les uns des autres, comme sur un échiquier.

La mort d'Esajas est un accident de terrain, une éruption qui a éventré le glacier. Ce phénomène me libère de son emprise. Sans pouvoir m'expliquer comment, je me mets en marche, étrangère à mon propre corps qui patine à la surface.

Affublée d'un chapeau de clown et de chaussures d'homme, je patine dans le port de Copenhague.

Un autre Danemark surgit, peuplé de tous ceux qui, comme moi, se sont libérés des glaces à la faveur d'une même convulsion.

Loyen et Andreas Licht, mus par des appétits différents.

Elsa Lübing, Lagermann, Ravn, serviteurs de l'État puisant force et faiblesse dans leur fidélité envers l'appareil étatique, et qui, les uns par sympathie, les autres par tempérament, mais sans motif rationnel, ont failli à leur loyauté pour me venir en aide.

Lander, l'homme d'affaires opulent, animé par une soif d'aventures et une mystérieuse gratitude.

Les couches sociales se mélangent. Le mécanicien est un ouvrier, un travailleur. Juliane, un rebut de la société. Et moi, qui suis-je ? Une scientifique, une observatrice ? Quelqu'un qui a eu la chance de contempler sa vie des gradins ? A mi-hauteur entre solitude et lucidité ?

Ou bien quelqu'un de pitoyable ?

Au centre du chenal, le brouet graisseux de la glace pelliculaire est soutenu par une mince croûte de glace trouble et friable – la « glace pourrie » rongée par l'eau libre. Je contourne cette zone, longeant la frange de glace noire, en direction des Cellules blanches, cherchant à prendre appui sur des plaques suffisamment solides. Le léger courant d'un demi-nœud environ qui parcourt le port les fait tanguer dangereusement et me déstabilise. Je franchis les derniers mètres en sautant d'une plaque à l'autre sans provoquer la moindre éclaboussure.

Les fenêtres sont éteintes. Tout le complexe, les murs, le jardin d'enfants, les escaliers et les troncs nus des arbres semblent plongés dans un profond sommeil. J'arrive du canal à l'arrière du préau à bicyclettes, lentement et sans faire de bruit. Là, je m'arrête.

J'examine les voitures garées, les entrées noyées dans l'obscurité. Rien ne bouge. Je regarde la fine couche de neige fraîchement tombée.

C'est une nuit sans lune et je ne remarque pas tout de suite ses empreintes. Il est venu du pont et a contourné le bâtiment. Les traces sont visibles de ce côté du jardin d'enfants, celles d'une grosse semelle, appartenant à un homme de grande stature. Elles mènent sous l'abri devant moi et n'en ressortent pas.

Soudain, je perçois sa présence. Il n'y a pas un bruit, pas une odeur et il fait un noir d'encre. Pourtant, la vue de ses empreintes aiguise mon instinct et me donne la certitude d'une menace imminente.

Nous restons immobiles pendant une vingtaine de minutes. Quand le froid se fait trop mordant, je m'éloigne du mur pour qu'il ne m'entende pas grelotter. Je pourrais sans doute déclarer forfait et rebrousser chemin, mais je tiens bon. Je déteste avoir peur et il n'y a qu'une façon d'affronter la peur : l'intérioriser.

Vingt minutes d'attente totalement silencieuse s'écoulent de la sorte, par −13 °C. Ma mère était capable de cette prouesse, comme la plupart des chasseurs groenlandais. Je sais m'y astreindre à l'occasion, contrairement à la majorité des Européens qui ne pourraient s'empêcher de danser d'un pied sur l'autre, de se racler la gorge, tousser, faire crisser l'étoffe de leur manteau.

A moins d'un mètre de moi, l'inconnu se croit sans doute seul. Malgré tout, il ne fait pas plus de bruit qu'un mort.

Qu'importe, je ne suis pas tentée une seconde de bouger, de céder au froid. Tous mes sens en éveil me crient que quelqu'un est là et attend – m'attend.

Je ne l'entends même pas s'en aller. J'ai fermé un instant les paupières, parce que mes yeux s'embuaient à cause du froid. Quand je les ouvre, je vois une ombre quitter l'auvent et s'éloigner d'un pas souple et rapide. Une haute silhouette couronnée d'une sorte d'auréole, peut-être un chapeau.

Il existe deux façons de marquer les ours blancs. La méthode classique consiste à leur injecter un somnifère depuis un hélicoptère. L'appareil descend sur l'animal jusqu'à ce que le souffle du rotor l'oblige à se coucher contre le sol ; on se penche à l'extérieur du cockpit et on tire.

Et il y a la méthode que nous employions au Svalbard – *the viking way* –, en scooter des neiges, armés d'une carabine à air comprimé spécialement fabriquée par l'armurier Neiendamm, dans le Jutland du Sud. Il faut s'approcher à moins de cinquante mètres. Dans l'idéal, à moins de vingt-cinq mètres. Lorsque l'animal s'immobilise et se retourne, on comprend à quel gibier on s'attaque : pas la demi-portion du jardin zoologique, le vrai Ours blanc, celui du blason groenlandais, énorme, trois quarts de tonne de muscles, d'os et de dents. Une rapidité phénoménale et meurtrière. En vingt mille années d'existence à peine, ce carnassier n'a eu affaire qu'à deux sortes de mammifères : la sienne et celle de sa proie.

Je n'ai jamais manqué ma cible. Nous tirions des cartouches contenant une capsule qui libère sous la peau une importante quantité de Zolatil. La bête s'écroulait sur le coup. Pourtant, à chaque fois, j'ai eu le temps d'éprouver une peur panique effroyable.

Comme à présent. Ce n'est qu'une ombre, un étranger qui ne soupçonne même pas ma présence. Pourtant, sur ma peau insensibilisée par le froid, mon duvet se hérisse comme les piques d'un hérisson.

J'arrive dans la cage d'escalier par les caves. La porte du mécanicien est verrouillée et le ruban adhésif intact.

La porte de l'appartement de Juliane est ouverte. Quand je traverse son palier, elle sort sur le seuil.

– Tu pars en voyage, Smilla.

Elle a l'air exténuée et désespérée. Je la déteste quand même.

– Pourquoi ne m'as-tu pas parlé de Ving ? Pourquoi ne m'as-tu jamais dit qu'il venait chercher Esajas ?

Elle fond en larmes.

– A cause de l'appartement. C'est lui qui nous l'a donné. Il travaille avec la société immobilière. Il pouvait nous le reprendre. Il me l'a dit lui-même. Tu pars pour toujours ?

– Mais non.

C'est la vérité. Il faudra bien que je revienne. Elle est tout ce qui me reste d'Esajas. De même, pour mon père, je suis la seule personne qui le rattache à ma mère.

Je monte à mon appartement. Le ruban adhésif est également intact. Je m'enferme à clé. Tout est dans l'état où je l'ai laissé. Je rassemble le strict nécessaire – deux valises de vêtements que je n'arrive pas à soulever. Je recommence. C'est compliqué, car je n'ose pas allumer. J'essaie de me contenter des lumières de la ville réfléchies sur la neige. Au prix de sacrifices déchirants, je parviens à me limiter à un gros sac de sport.

Je jette un dernier coup d'œil dans le salon, fourre la boîte à cigares d'Esajas dans mon sac et prends mentalement congé de ma maison.

Le téléphone sonne.

A quoi bon répondre ? J'ai promis au mécanicien de ne pas repasser chez moi et je ne suis pas d'humeur à bavarder avec la police. Tout le reste peut attendre. Il me suffit de laisser sonner. Je n'ai rien à gagner et tout à y perdre.

Je décolle le ruban adhésif et décroche le combiné.

– Smilla…

Une voix nonchalante, presque indifférente et en même temps chaude et bien timbrée comme dans un spot publicitaire. Je ne l'ai jamais entendue, mais mes cheveux se dressent sur ma tête. Pas de doute, c'est la voix de l'homme qui était embusqué tout à l'heure à moins d'un mètre de moi.

– Smilla… Je sais que tu es là.

J'écoute sa respiration. Calme, profonde.

– Smilla…

Je ne raccroche pas, je pose le combiné sur la table. A deux mains pour qu'il ne me glisse pas des doigts. Sans prendre le temps de changer de chaussures, je jette mon sac sur l'épaule et cours vers la porte, dévale l'escalier dans le noir, me précipite à toutes jambes sur Strandgade, le pont et Havnegade. On ne peut pas garder son sang-froid à chaque seconde de l'existence. Il nous arrive à tous de laisser la panique prendre le dessus.

Lander m'attend, moteur en marche. Je m'effondre sur le siège avant et me serre contre lui.

– Ça promet, me dit-il.

Je reprends lentement haleine.

– C'était une marque de sympathie sans lendemain. Ne te fais pas d'illusions.

Il me dépose devant la maison. Je suis, du moins pour cette nuit, rassasiée d'aventures solitaires. Et je ne vois guère d'autre endroit où aller. Moritz vient ouvrir la porte en caleçon et peignoir de bain blancs, hirsute, l'œil embrumé de sommeil.

Il me regarde. Il regarde Lander qui porte mon sac. Il voit la Jaguar. Étonnement, jalousie, rage ancienne, colère, curiosité et sentiment paternel outré se bousculent et s'affrontent dans son cerveau à moitié endormi. Il passe une main sur ses joues mal rasées.

– Tu veux entrer ? Où bien dois-je me contenter de glisser les billets par la fente de la boîte aux lettres ?

5

Sur fond de nuit interstellaire, emprisonnés dans les ellipses des planètes, des lambeaux de Voie lactée voilent le nuage de cendres d'un soleil mort. Dessous, les astéroïdes, ces vagabonds de l'univers, dispersent au hasard leur poussière cosmique.

Dans le cabinet de consultation de Moritz, nous observons trois radiographies épinglées sur un écran lumineux. Le microcosme des clichés photoniques est une réplique troublante de l'infiniment grand et fait ressembler le corps humain à un système solaire vu d'une autre galaxie. L'homme qui nous occupe est mort. Quelqu'un lui a creusé une tombe au marteau piqueur dans le permafrost de Holsteinsborg, a posé une pierre tombale et coulé une dalle de ciment pour tenir les renards polaires éloignés.

– Marius Høeg, décédé en juillet 1966 sur le glacier de Barren, à Gela Alta.

Nos regard convergent sur l'écran. Benja suce son pouce, assise dans un fauteuil en osier.

Le sol est carrelé de marbre jaune, les murs tapissés de jute marron clair. Le mobilier se compose d'un ensemble en rotin et d'un lit de consultation – un matelas garni de cuir naturel sur un support kaki vernissé. Un original de Dali est accroché au mur. Même le design agréable de l'appareil radiographique s'intègre de son mieux au décor conçu pour humaniser le lieu et désamorcer l'anxiété des patients. C'est ici que Moritz récolte une partie des revenus destinés à financer sa retraite dorée, mais aujourd'hui il travaille à l'œil. Il observe les radios que Lagermann, en infraction avec six articles de loi, a sorties des archives de l'Institut médico-légal et apportées jusqu'ici.

– Le rapport de l'expédition de 66 est introuvable. Il a tout bonnement été escamoté. Sacré nom d'un chien.

J'ai informé Moritz du mandat d'amener ainsi que de mon intention de ne pas me livrer. Bien qu'il ait horreur de l'illégalité, il s'est plié à ma décision car, avec ou sans le consentement de la police, il préfère encore m'avoir près de lui plutôt que de me savoir loin.

Je lui ai dit que j'allais recevoir de la visite et que nous aurions besoin du tableau lumineux de son cabinet. Son cabinet est sacro-saint, au même titre que ses actions, ses comptes en Suisse, mais il y a consenti.

Il n'a pas protesté quand j'ai refusé de lui donner des explications. Il espère ainsi s'acquitter d'une dette insondable et vieille de trente ans.

Lagermann est arrivé, il a déballé ses radiographies et les a épinglées sur le tableau avec des pinces. La porte s'est ouverte sur le visage contrit de Moritz.

Devant nous se tiennent trois hommes en un.

Le premier est mon père, l'homme qui aime toujours ma mère, et moi aussi sans doute, et qui dissimule fort mal le martyre qu'il est en train de subir.

Le deuxième est un respectable professeur de médecine, vedette internationale de l'anesthésie, informé avant tout le monde et jamais tenu à l'écart.

Le troisième est un petit garçon qu'on a prié de sortir pour l'empêcher de ravir un secret qu'il brûle de connaître.

C'est ce dernier que, cédant à une lubie, je laisse entrer et présente à Lagermann.

Celui-ci a naturellement entendu parler de mon père et l'a rencontré deux ou trois fois. Il lui serre la main, tout sourire. J'aurais dû prévoir la suite : il l'entraîne vers l'écran.

– Venez jeter un coup d'œil. J'ai là quelque chose qui va vous surprendre.

La porte s'ouvre à nouveau. Benja s'introduit avec ses

jambières et sa démarche de *prima donna*, revendiquant une attention absolue.

Le regard collé à la carte du ciel plaquée sur l'écran, les deux hommes m'abreuvent d'explications ; mais en vérité ce dialogue ne s'adresse qu'à eux-mêmes.

– On observe un très petit nombre de bactéries dangereuses au Groenland.

Lagermann ignore que Moritz et moi avons oublié sur ce pays plus qu'il n'en apprendra jamais. Mais nous le laissons parler.

– Il y fait trop sec et trop froid. Ainsi les intoxications alimentaires sont rarissimes. A l'exception du botulisme, provoqué par un bacille anaérobie strict. Ce dernier est responsable d'intoxications très violentes liées à l'absorption de viande avariée.

– Je suis un régime macrobiotique, dit Benja.

– L'original du rapport de l'expédition de 91 est à Godthâb, mais une copie est archivée à Copenhague. Cinq hommes ont été retrouvés dans la journée du 7 août. Des jeunes gens en bonne santé. *Clostridium botulinum*, le bacille botulique est anaérobie, tout comme le bacille du tétanos. En soi, il est bénin, mais ses toxines sont extrêmement nocives. Elles s'attaquent aux centres nerveux, là où le nerf longe les fibres musculaires, et elles provoquent la paralysie de l'appareil respiratoire. Les quelques secondes qui précèdent la mort sont spectaculaires. Il se produit une acidose respiratoire d'enfer et une hypoventilation. Le visage devient bleu. Mais après, il n'en reste aucune trace. Bien sûr, les livores sont un peu plus foncées, mais pas plus que lors d'une foutue syncope.

– Donc, il n'y a aucun symptôme extérieur ?

Il secoue la tête.

– Aucun. Le botulisme est un diagnostic établi par défaut. On fait une prise de sang, on prélève dans l'estomac les aliments soupçonnés d'avoir communiqué le parasite et on les expédie à l'institut de sérologie. Le laboratoire d'analyses médicales de l'hôpital de la Reine Ingrid, à Godthâb, n'a pas d'équipement suffisamment sophistiqué pour déceler la présence des toxines rares. Les prélèvements ont donc été envoyés à Copenhague, et on y a trouvé des toxines du *botulinum*.

Il sort l'une de ses longues allumettes à cigare. Les sourcils de Moritz forment un arc de stupéfaction. Fumer dans le cabinet de consultation est passible de la peine capitale. Les fumeurs sont priés de rejoindre le fumoir, autrement dit d'aller faire un tour au jardin. Et même là, Moritz trouve encore à rechigner, prétendant que la vue d'un fumeur – même à distance – perturbe l'équilibre de son swing. Convaincre ma mère de fumer dehors, à Qaanaaq, fut l'une de ses rares et miraculeuses victoires… La voir fumer sous la tente, au campement d'été de Siorapaluk, fut l'une de ses innombrables défaites.

Avec l'extrémité non soufrée de l'allumette géante, Lagermann désigne une série de chiffres microscopiques inscrits au bas de la photographie.

– Les radios coûtent les yeux de la tête. Nous n'en prenons que lorsque nous recherchons de la ferraille dans les cadavres. En 91, on n'a pas dû juger cela utile.

Il sort de sa poche poitrine un cigare sous cellophane.

– Il est interdit de fumer ici, dit Benja.

Il lui jette un regard distrait et tapote doucement la radio avec le bout du cigare.

– Mais en 66 il a bien fallu lever des incertitudes sur l'identité des corps déchiquetés par l'explosion – rechercher d'anciennes fractures, par exemple. Les radios ont certainement été envoyées à tous les médecins du Groenland, ainsi qu'une radio complète de leur dentition, du moins de ce qu'il en restait.

Je m'aperçois soudain que le squelette s'interrompt net au-dessus du col du fémur.

Lagermann suspend délicatement deux autres radios. Sur la première, la colonne vertébrale est intacte, tandis que l'autre est un ramassis d'os en miettes et un mélange de taches sombres, un univers éclaté.

– Cela suscite chez le professionnel une série d'interrogations, notamment sur la position des corps au moment de l'explosion. On jurerait que ces derniers étaient assis sur les charges de plastic, et que celles-ci, contrairement à l'usage, n'étaient ni enterrées, ni placées sous une boîte de conserve. En général, on a recours à cette dernière technique pour limiter le champ de l'explosion dans la roche ou la glace. La charge leur a pour ainsi dire pété sous les fesses. C'est plutôt étonnant pour des experts.

– Il faut que j'y aille, dit Benja, sans esquisser le moindre mouvement.

– Il ne s'agit jusque-là que de suppositions fondées sur de maigres indices. Sauf ceci.

Il accroche deux nouvelles radiographies sous la première.

– Ce sont les négatifs agrandis de ces zones-là.

Il pointe avec son cigare.

– On voit les restes du foie, la partie inférieure de l'œsophage et l'estomac. La dernière côte est encore fixée, juste au-dessus de la vertèbre lombaire, là. Voilà le cœur. Ici, il y a des lésions, là tout est intact. Remarquez-vous quelque chose ?

Je ne vois qu'une bouillie de nuances grises et noires. Moritz se penche pour mieux voir. Puis, la curiosité l'emportant sur la coquetterie, il pêche, dans sa poche intérieure, la paire de lunettes que nous autres, femmes de sa vie, sommes seules à l'avoir vu porter. Il pose un doigt sur chaque radiographie.

– Ici.

Lagermann se redresse.

– Précisément. Mais par tous les saints, qu'est-ce que cela peut bien être ?

Moritz va chercher une loupe sur un plateau en aluminium et désigne à nouveau la chose du doigt. Je ne vois toujours rien. Je distingue enfin une ombre sur la deuxième radiographie. C'est pareil en glaciologie. Un phénomène isolé est le fruit du hasard. Répété, il constitue une piste.

C'est une trace blanchâtre, irrégulière et sinueuse, fine comme une épingle. Elle court le long des vertèbres disjointes, disparaît à hauteur des côtes, redevient visible à la pointe d'un poumon, disparaît à nouveau ; je la retrouve dans la région du cœur où elle traverse le gros ventricule, tel un trait de lumière livide.

Lagermann désigne la seconde radiographie. La trace coupe à travers le foie et transperce le rein gauche.

Les deux hommes écarquillent les yeux sur la loupe.

Moritz va chercher un gros magazine posé sur le bureau.

– *Nature*, dit-il. Un numéro hors série de 79. Sur lequel tu as attiré mon attention, Smilla.

La page de droite montre la photographie d'une radio où l'on voit les organes en transparence sous le squelette.

– Un Guinéen.

Avec son stylo plume, il désigne la région gauche. Une trace claire serpente le long de la hanche jusqu'à l'abdomen.

– *Dracunlucus*, le ver de Guinée. Transmis à l'homme par le cyclope, un petit crustacé d'eau douce présent dans l'eau potable. Il se creuse un passage sous les tissus. Un parasite bien désagréable. Il peut grandir d'un centimètre par jour et atteindre un mètre de longueur. Il finit par pointer la tête à travers la cuisse. Les Africains la saisissent et l'enroulent autour d'un bâtonnet. Chaque jour, ils tirent un ou deux centimètres supplémentaires. Il faut un mois pour récupérer le ver entier, au prix de douleurs effroyables.

– C'est dégoûtant, commente Benja.

Nos trois nez sont collés aux radiographies.

– J'y ai pensé, dit Lagermann. J'ai pensé que ça devait être un genre de ver.

– L'article, reprend Moritz, porte sur la difficulté de radiodiagnostiquer ce type de parasites. Extrêmement délicat si la bestiole n'est pas calcifiée dans les tissus, parce que, le cœur ayant cessé de battre, les produits de contraste se diffusent très mal à travers le corps.

– Il s'agit du Groenland, objecté-je. Pas des tropiques.

Moritz acquiesce.

– Pourtant, tu l'avais souligné dans ta lettre. Loyen est l'auteur de cet article. C'est l'une de ses spécialités.

Les doigts de Lagermann tambourinent sur la radio.

– Je ne connais rien aux maladies tropicales. Je suis médecin légiste. Je sais seulement que quelque chose – peut-être un ver – s'est infiltré dans le corps de ces deux individus, a creusé un canal de quarante centimètres de long et d'au moins deux millimètres de large qui traverse le diaphragme et divers organes et débouche sur une région ravagée par l'infection. Le TNT n'a fait ni chaud ni froid à ces messieurs. Ils étaient déjà morts. Parce que cette chose – le diable m'emporte si je sais quoi – a planté sa tête dans le cœur de l'un et le foie de l'autre.

Nous lançons des regards déconcertés en direction des clichés.

– La seule personne à qui il faudrait soumettre le problème, dit Moritz, est sans doute Loyen.

Lagermann l'observe en plissant les yeux.

– Il serait sûrement intéressant d'entendre sa version. Mais il semblerait que pour nous assurer d'une réponse tout à fait franche, nous soyons contraints de l'attacher à une chaise, de lui injecter une dose de pentothal et de brancher un détecteur de mensonges.

6

J'aimerais tant *comprendre* Benja. En cet instant plus que jamais.

Je n'ai pas toujours eu ce désir de comprendre à tout prix. J'essaie du moins de m'en persuader. Lors de mon premier séjour au Danemark, j'ai *subi* les événements. Horribles, beaux ou tristes. Mais sans éprouver le besoin impérieux de les expliquer.

Souvent, quand Esajas rentrait chez lui, le frigidaire était vide. Juliane était attablée avec ses amis. Il y avait des cigarettes à profusion, des rires et des larmes, beaucoup trop d'alcool, mais pas une pièce de cinq couronnes pour descendre acheter un cornet de frites. Jamais il ne se plaignait et ne faisait de reproches à sa mère. Il prenait la chose avec philosophie. Patiemment et en douceur, il se dérobait aux bras tendus et partait dans son coin réfléchir à une solution de rechange. Il venait chez le mécanicien ou chez moi, suivant le retour de l'un ou de l'autre. Il était capable de passer plus d'une heure dans mon salon sans m'avouer qu'il avait faim, retenu par une politesse excessive et presque imbécile, typiquement groenlandaise.

Je faisais bouillir un maquereau d'un kilo et demi et lui servais, selon son vœu, le poisson entier sur une feuille de papier journal, à même le sol. Sans prononcer un mot, il le dévorait à deux mains avec une application méthodique – mangeant les yeux, aspirant la cervelle, suçant l'arête centrale et brisant les nageoires. C'est alors que l'envie de comprendre se manifestait parfois. Comprendre la différence entre l'éducation danoise et groenlandaise.

Comprendre les psychodrames européens dégradants, usants et monotones qui enchaînent parents et enfants dans une relation de haine et de dépendance. Comprendre Esajas.

Au fond de moi, je sais bien que la volonté d'expliquer les choses ne mène nulle part, que celles-ci vous échappent à mesure que vous cherchez à raisonner et que seule l'expérience apporte des réponses. Mais je suis ni assez subtile ni assez forte de caractère. J'ai toujours succombé à la tentation de raisonner pour comprendre.

Benja semble avoir été très choyée. J'ai rencontré ses parents. Ils ont une allure sportive, des manières urbaines, jouent du piano et parlent des langues étrangères. Chaque été, après la fermeture de l'école de ballet, ils partaient en vacances dans leur villa sur la Costa Smeralda, accompagnés d'un professeur de danse français qui faisait bûcher Benja tous les matins, au milieu des palmiers ou sur la terrasse, car tel était son souhait.

On croirait volontiers qu'un être qui n'a guère connu la souffrance et n'a manqué de rien finit par trouver la sérénité. J'admets l'avoir longtemps mal jugée. Quand elle déambulait devant Moritz et moi en petite culotte à travers les salons, recouvrait les abat-jour de foulards de soie rouge sous prétexte que la lumière la gênait, proposait à Moritz un nombre incalculable de rendez-vous pour ensuite les décommander en invoquant un soudain besoin de voir des gens de son âge, je croyais alors qu'il s'agissait d'un jeu entre elle et lui, et que, guidée par une inébranlable confiance en ses charmes, elle cherchait à éprouver sa jeunesse, sa beauté et son pouvoir de séduction sur un homme de presque cinquante ans son aîné.

Un jour, j'ai été témoin d'une scène où elle avait exigé que Moritz déplaçât tous les meubles pour qu'elle ait la place de danser. Elle essuya un refus.

Elle n'y a pas cru tout de suite. Son beau visage, ses yeux obliques et en amande et ses boucles en tire-bouchon sur son front régulier resplendissaient. Elle savourait déjà la victoire. Puis elle comprit. Pour la première fois peut-être depuis qu'ils se connaissaient, Moritz ne céderait pas. Elle a blêmi de colère, son visage s'est craquelé. Son regard s'est vidé, éperdu, hagard. Sa bouche s'est tordue en un sanglot étranglé, puéril, indécis.

J'ai réalisé qu'elle l'aimait et que sous sa coquetterie aguicheuse vibrait un amour aussi déterminé que peut l'être une armée en mouvement, disposée à endurer le pire, à combattre s'il le fallait des assauts de divisions blindées, et qu'elle réclamait tout en échange. J'ai aussi pensé qu'elle me détesterait probablement toujours et que, par conséquent, la bataille était perdue d'avance. Car, ce faisant, elle s'interdisait l'accès au jardin secret de Moritz, celui qui abrite ses sentiments pour ma mère.

Peut-être me suis-je trompée. Peut-être a-t-elle gagné la partie. Dans ce cas, je dois reconnaître qu'elle n'a pas ménagé ses efforts. Elle ne s'est pas contentée de remuer son petit derrière et de lancer vers l'orchestre des œillades alanguies à Moritz en priant pour que ça dure, ou de jouir de son influence au sein du giron familial. Si je l'ignorais encore, je me le tiens à présent pour dit : Benja a le courage de ses opinions.

Dans la neige, le dos plaqué contre la façade, j'observe la scène à l'office. Benja sert un verre de lait. Souple et envoûtante Benja. L'homme auquel elle le tend apparaît à présent dans mon champ de vision. C'est l'Ongle.

J'arrive sur Strandvejen en sortant de la station de Klampenborg. La journée a été harassante et c'est par miracle que je l'aperçois.

Ce matin, à bout de nerfs, je me suis levée, j'ai enfoui mes cheveux et mon pansement – un simple sparadrap maintenant – sous un bonnet de ski, chaussé des lunettes de soleil, enfilé mon imperméable et j'ai pris le train jusqu'à la gare centrale. Là, j'ai téléphoné au mécanicien. Personne.

Pour me calmer, j'ai arpenté les quais entre Toldkajen et Langelinje. Près de Nordhavn, j'ai fait quelques emplettes, ai emballé le tout dans un carton que j'ai expédié à l'adresse de Moritz. Depuis une cabine, je recompose le numéro, consciente de me livrer à l'un des actes décisifs de ma vie.

Pourtant, il me paraît étrangement dérisoire. En certaines circonstances, les décisions les plus lourdes de conséquences, où il y va du destin et peut-être même de la vie, s'imposent à vous avec une insolente légèreté, alors que les problèmes secondaires – tourner la page, ne pas s'accrocher à ce qui est terminé – semblent insolubles. Ce qui m'importe le plus aujourd'hui, c'est de revoir le pont de Knippel que nous avons traversé ensemble, les Cellules blanches où nous avons dormi ensemble, la Compagnie danoise de cryolithe et Skudehavnsvej où nous nous sommes promenés enlacés. A la station de Nordhavn, j'essaie à nouveau de le joindre. La voix qui me répond n'est pas celle du mécanicien. C'est une voix neutre et anonyme.

– Oui ?

J'hésite un instant avant de raccrocher.

Je cherche en vain dans les pages jaunes l'adresse du garage où il travaille. Je prends un taxi jusqu'à Toftegårds Plads et continue à pied jusqu'à Vigerslev Allé. Pas de garage. J'appelle le syndicat de la profession. L'homme qui me renseigne est patient et courtois. Mais, d'après son fichier, il n'y a jamais eu de garage à cette adresse.

Je réalise pour la première fois à quel point les cabines téléphoniques sont des lieux exposés. Passer un coup de fil revient à trahir instantanément son identité.

L'annuaire mentionne deux adresses pour le Centre de recherches sur le développement, l'une à l'institut August Krogh, l'autre à l'école polytechnique de Lundtoftesletten. La bibliothèque et le secrétariat sont à la seconde.

Un taxi me conduit à la Direction générale des industries et des sociétés, sur Kampmannsgade. Le jeune homme affiche la même cravate et le même sourire candide que la dernière fois.

– Je suis content de te voir, dit-il.

Je lui montre la coupure de journal.

– Toi qui lis la presse étrangère, cela te dit-il quelque chose ?

– Suicide. Tout le monde s'en souvient. La secrétaire du consulat s'est jetée d'un toit. Celui qui fut placé en garde à vue avait tenté de l'en dissuader. L'affaire soulève le problème juridique fondamental de la sécurité des ressortissants danois à l'extérieur des frontières.

– Tu ne te rappelles pas son nom, par hasard ?

Ses yeux se brouillent de larmes.

– Nous avions étudié le droit international ensemble. Une fille très attachante. Elle s'appelait Ravn. Nathalie Ravn. Elle avait postulé et obtenu une place au ministère de la Justice. Dans les cercles restreints, le bruit courait qu'elle pourrait devenir la première femme préfet de police.

– Il n'y a plus guère de cercles restreints. Ce qui se passe à Singapour a des répercussions jusqu'au Groenland.

Il me lance un regard perplexe et éploré.

– Tu n'es pas venue pour me voir. Tu voulais seulement me questionner sur cette histoire.

– Je te le dis franchement : je ne gagne pas à être connue.

– Tu lui ressembles. Tu es secrète. Comme elle, on t'imagine mal derrière un bureau. Je ne comprends pas pourquoi elle a brusquement été mutée à Singapour. Le consulat dépend d'un autre ministère.

Je prends un train jusqu'à la station de Lyngby et continue en bus. D'une certaine façon, c'est comme d'avoir dix-sept ans. On croit que le désespoir va vous terrasser et, au contraire, il s'incruste dans un coin sombre de votre conscience et oblige le reste de votre organisme à fonctionner, à régler des problèmes pratiques sans importance, mais qui vous maintiennent en vie.

Un étroit passage a été déblayé entre les bâtiments du campus enseveli sous un mètre de neige.

L'installation du Centre de recherche pour le développement n'est pas terminée. Dans le hall de la réception, le comptoir est recouvert d'un plastique, car l'on finit de repeindre le plafond. J'expose l'objet de ma visite. Une femme me demande si j'ai réservé un ordinateur. Je réponds non. Elle secoue la tête : la bibliothèque n'est pas encore ouverte et les archives du centre sont à l'UNIC, le Centre informatique de recherche et de formation, la centrale de renseignements des établissements de l'enseignement supérieur, lequel est fermé au public.

Je musarde entre les bâtiments. Je suis venue ici plusieurs fois durant mes études. C'est là qu'avaient lieu nos cours d'arpentage. L'endroit a changé. Il me semble moins familier et plus impersonnel que dans mon souvenir. Peut-être est-ce à cause du froid. Ou bien de moi.

J'arrive devant le bâtiment qui abrite la salle des ordinateurs. La porte est verrouillée mais, profitant de la sortie d'un groupe d'étudiants, je me faufile à l'intérieur. Il y a environ cinquante terminaux dans la pièce principale. J'attends un peu. Un vieil homme entre, je le suis. Il s'assied et je me poste derrière lui. Il ne fait guère attention à moi. Nous restons ainsi une heure durant. Quand il s'en va, je m'assieds à mon tour devant un clavier et appuie sur une touche de commande. L'écran affiche « *Log on user id ?* » J'imite le vieil homme et tape « LTH3 ». Sur l'écran s'inscrit « *Bienvenue au Laboratoire d'hygiène technique. Votre mot de passe ?* » Je tape « JPB ». « *Bonjour M. Jens Peter Bramslev* » me répond la machine.

J'inscris « *Centre de recherche sur le développement* » et un menu s'affiche. J'ouvre la rubrique « Bibliothèque » et écris le nom de Tørk Hviid. L'écran me fournit une seule réponse : « *Les travaux d'Alvarez et l'extinction de la faune sous-marine dans l'océan Glacial. Une hypothèse.* »

Je feuillette les cent pages de l'article, illustrées de tableaux chronologiques et de photographies de fossiles avec leurs légendes, illisibles à cause de la mauvaise résolution de l'écran. Il y a des courbes, des diagrammes, des cartes récentes du détroit de Davis à différents stades de sa formation. Incompréhensible d'un bout à l'autre. Je pianote pour changer de rubrique.

Après une longue liste de références bibliographiques, je tombe sur un synopsis de l'article :

« L'article se base sur les travaux de Luis Alvarez, prix Nobel de physique, et sa théorie élaborée dans les années soixante-dix, selon laquelle la teneur en iridium de la couche d'argile, présente entre les dépôts crayeux et les sédiments du tertiaire à Gubbio, dans le nord des Apennins et dans la falaise de Klint au Danemark, ne peut être expliquée que par la chute d'une énorme météorite.

« Selon la thèse d'Alvarez, l'impact a eu lieu il y a 65 millions d'années et le diamètre de la météorite mesurait entre 6 et 14 kilomètres. En s'écrasant, elle a libéré une quantité d'énergie équivalente à une charge de 100 000 mégatonnes de TNT. Le nuage de poussière qui s'est alors formé a éclipsé la lumière solaire pendant plusieurs jours. Durant cette période, de nombreuses chaînes alimentaires ont été rompues, entraînant la disparition d'une grande partie des micro-organismes marins et sous-marins, phénomène qui, à son tour, a eu des répercussions sur les populations de grands mammifères herbivores et carnivores. En se fondant sur les résultats des fouilles qu'il a effectuées dans la mer de Barents et près du détroit de Davis, l'auteur étudie dans quelle mesure l'émission radioactive provoquée par cette explosion peut expliquer une série de mutations chez certains parasites marins au début du paléogène. Il soulève enfin l'hypothèse de la disparition des grands mammifères marins consécutive à ces mutations. »

Je fais défiler l'article sur l'écran. Le style est clair, concis, presque limpide. Mais 65 millions d'années, ça me paraît bien vieux.

La nuit est tombée quand je prends le train du retour. Le vent charrie une neige fine, *pirhuk*. Je la ressens à peine, comme anesthésiée.

La vie dans les grandes villes aiguise les sens de façon particulière. On y développe un regard efficace et sélectif. Quand l'œil embrasse un désert ou la banquise, il appréhende une tout autre réalité où les détails s'estompent au profit d'une vue générale. Si l'on observe un visage de cette façon, il se décompose en une série de masques changeants.

Prenons cette buée de gouttelettes gelées qui se forme par une température de − 8 ºC à cinquante centimètres de la bouche d'un homme, ce regard-là ne l'enregistre pas comme un simple phénomène physique mais comme un tout, un changement de la structure de l'air qui s'opère autour d'une créature à sang chaud, un champ de déplacements thermiques, imperceptible mais repérable. J'ai vu des chasseurs tirer des lièvres polaires à deux cent cinquante mètres de distance par une nuit d'hiver sans étoiles en visant simplement le brouillard autour d'eux.

Je ne suis pas chasseur. Je suis abrutie de fatigue et prête à céder au découragement. Pourtant, je suis la première à remarquer sa présence à cinquante mètres en avant. Il se tient entre les deux colonnes de marbre qui encadrent le portail séparant la route de l'escalier.

Dans le quartier animé de Nørrebro, personne ne s'étonne de voir des gens postés au coin des rues et sous les porches. Cela n'a rien d'insolite. Sur Strandvejen, c'est suspect, d'autant plus que je suis nerveusement épuisée. Je rassemble mes esprits et recule jusque dans le jardin de la villa voisine.

Je retrouve le trou dans la haie où, enfant, je me suis cachée tant de fois, m'y blottis et attends. Quelques minutes plus tard, j'aperçois son acolyte en faction au coin de la loge du gardien, dans le tournant de la voie d'accès à la villa.

Je rebrousse chemin pour emprunter l'escalier de service là où ni l'un ni l'autre ne peuvent me voir. La visibilité commence à décroître. Entre les rosiers, la terre noire est dure comme de la pierre. Le bassin aux oiseaux est encapuchonné d'un énorme bloc de neige.

Je longe la façade. Moi qui me suis sentie si souvent suivie, je n'ai jusqu'à présent pas eu de sérieuses raisons de me plaindre.

Moritz est seul au salon. Je le vois, cramponné aux accoudoirs du fauteuil en chêne. Je contourne la maison, dépasse l'entrée et m'arrête au décrochement de la fenêtre. L'office est éclairé. Là, je vois Benja lui verser un verre de lait – un excellent remontant pour affronter une nuit de garde. Je grimpe l'escalier de secours qui monte au balcon de ma chambre d'enfant. J'avance à tâtons et trébuche sur la cantine que je me suis fait livrer.

La porte du couloir est ouverte. Benja raccompagne l'Ongle dans l'entrée.

Je vois son ombre traverser le gravier et se diriger vers le garage. Il passe la petite porte.

Ils y ont naturellement garé leur voiture. Moritz a déplacé la sienne, qu'il utilise en semaine, pour leur céder la place. Le citoyen se doit de faciliter le travail de la police.

Je descends l'escalier sur la pointe des pieds sans faire grincer le bois car je connais chaque marche, dépasse le vestiaire et rejoins Benja dans le petit salon. Elle ne m'entend pas entrer. Le regard perdu vers la mer, vers les lumières du port de Tuborg, vers la Suède et le Flakfortet, elle fredonne. Pas vraiment joyeuse et soulagée, plutôt impatiente. Cette nuit, se dit-elle, ils épingleront Smilla, la Groenlandaise manquée.

– Benja.

Elle fait une volte-face comme sur scène et s'immobilise, pétrifiée.

D'un geste muet, je l'invite à me suivre dans le grand salon. Elle s'exécute, la tête basse.

Je reste dans l'encadrement de la porte, là où les tentures me dérobent aux regards de la route.

Moritz lève la tête. En me voyant, son visage ne change pas d'expression, mais son corps se tasse davantage.

– C'est moi.

Benja s'est campée à côté de lui. Il lui appartient.

– C'est moi qui ai téléphoné, répète-t-elle.

Moritz passe une main sur ses joues râpeuses. Il ne s'est pas rasé ce soir, et l'on devine une barbe poivre et sel. Sa voix est blanche et résignée.

– Je n'ai jamais prétendu être parfait, Smilla.

Au contraire, il a prétendu cela des centaines de fois, mais je n'ai pas le cœur de le lui rappeler. Je réalise soudain qu'il est vieux, qu'il va mourir un jour, que ce jour est peut-être proche. En cet instant pathétique, j'essaie de lutter et finis par me laisser submerger par un torrent de compassion.

– Ils t'attendent dehors, dit Benja. Ils sont venus te chercher. Ta place n'est pas ici.

Je ne peux m'empêcher de ressentir de l'admiration pour elle. C'est avec la même rage que les ourses blanches défendent leurs rejetons.

Moritz ne semble pas l'avoir entendue. Il poursuit d'une voix éteinte, pour lui-même.

– J'ai toujours aspiré à une vie tranquille, entouré par les miens. J'ai échoué. Je suis dépassé par les événements. Quand j'ai vu la cantine arriver cet après-midi, j'ai compris que tu allais repartir, comme autrefois. Aujourd'hui, je suis trop vieux pour aller te rechercher. Je n'aurais peut-être pas dû m'obstiner.

Il lève sur moi des yeux rougis.

– Je ne te laisserai pas filer, Smilla.

Le cours d'une vie offre à chacun l'occasion de faire son examen de conscience. Il ne l'a pas saisie. Les problèmes avec lesquels il se débat ce soir et dont le poids l'écrase sur son siège, il les avait déjà à trente ans, quand j'ai fait sa connaissance, quand il est devenu mon père. L'âge n'a fait qu'accroître sa lâcheté.

Benja s'humecte les lèvres.

– Veux-tu y aller toute seule ou faut-il que j'aille les chercher ?

Aussi loin que je me rappelle, j'ai toujours voulu quitter cette maison, ce pays. Chaque fois, l'existence a fait de Moritz son instrument aveugle pour m'y ramener. Depuis les fugues de mon adolescence, il ne m'est jamais apparu aussi clairement que le libre arbitre est une illusion, que la vie nous confronte indéfiniment, régulièrement et malgré nous à une série d'épreuves saugrenues et douces-amères, aux problèmes que nous n'avons pas eu le courage de résoudre. En d'autres circonstances, cela m'aurait peut-être fait sourire. Mais je suis exténuée. Je baisse la tête, presque vaincue.

Soudain, Moritz se lève.

– Benja, dit-il, ne bouge pas d'ici.

Elle écarquille les yeux de surprise.

– Smilla, poursuit-il, que faut-il que je fasse ?

Les yeux plissés, nous nous jaugeons. Il s'est libéré de quelque chose.

– Ta voiture, dis-je. Amène la voiture jusqu'à la porte de service. Gare-la suffisamment près pour charger la cantine sans attirer l'attention. Et pour que je puisse me glisser à l'intérieur et m'allonger sur le plancher arrière.

Il sort. Benja s'installe à sa place, le regard vague, inexpressif. Nous entendons le moteur démarrer, la voiture sortir du garage et les roues crisser sur le gravier, la porte s'ouvrir, le pas lourd et hésitant de Moritz qui transporte la caisse.

Il revient, chaussé de bottes en caoutchouc, vêtu d'une veste de toile enduite et coiffé d'un bonnet. Il s'attarde un instant dans l'encadrement de la porte sans rien dire, puis il tourne les talons.

Je me lève, Benja sur mes pas. Je vais dans le petit salon et compose un numéro de téléphone. Mon interlocuteur décroche immédiatement le combiné.

– J'arrive, dis-je simplement.

En me retournant, je trouve Benja plantée derrière mon dos.

– Dès que vous serez partis, j'irai les prévenir et les enverrai à vos trousses.

J'avance d'un pas et, entre le pouce et l'index, j'attrape son mont de Vénus sous le collant de danse. Quand elle ouvre la bouche pour crier, je lui serre la gorge de l'autre main et appuie sur le canal respiratoire. Ses yeux s'élargissent d'épouvante. Elle tombe à genoux, j'accompagne son mouvement. Nous nous retrouvons agenouillées face à face sur le sol. Elle est plus grande et plus lourde que moi, mais son pouvoir de riposte et sa perfidie sont d'un autre ordre. On n'apprend pas à manifester sa colère par la violence physique à l'école de ballet de l'Opéra royal.

– Benja. Fiche-moi la paix.

J'accentue mon emprise. Des gouttelettes de sueur perlent au-dessus de sa lèvre supérieure.

Je la relâche. Pas un son ne sort de sa bouche. Son visage est glacé de terreur.

La voiture est garée contre la porte ouverte. Je rampe jusqu'à l'habitacle et m'allonge à même le plancher sous une couverture. Ma cantine est posée sur le siège arrière. Moritz prend place derrière le volant.

La voiture s'arrête devant le garage et la vitre descend.

– Je vous remercie infiniment de votre aide, dit l'Ongle.

Nous filons.

Au bout du quai du club nautique de Skovshoved, la rampe tombe à pic dans l'eau. Lander nous attend. Il porte une combinaison de pêche imperméable noire rentrée dans ses bottes.

Noire comme la bâche qui recouvre le toit de sa voiture. Ce n'est pas la Jaguar, mais une Land Rover surélevée.

Noire comme le bateau pneumatique fixé sous la bâche, un Zodiac en grosse toile de caoutchouc équipé d'un fond en bois. Moritz s'apprête à aider, mais déjà, d'un geste leste et rapide, le petit homme a fait basculer le canot du toit, l'attrape et le pousse sur la rampe d'un seul mouvement.

Il revient chercher un moteur hors-bord dans le coffre, le jette dans le canot et le fixe à l'arrière. Nous soulevons l'embarcation tous trois pour la mettre à l'eau. Je sors de ma cantine une paire de bottes en caoutchouc, une cagoule, des gants fourrés et une combinaison K-Way que j'enfile par-dessus mon chandail.

Moritz ne nous accompagne pas jusqu'à la rampe. Il reste derrière le parapet.

– Que dois-je faire maintenant, Smilla ?

Lander répond pour moi.

– Vous dépêcher de rentrer.

D'un geste sec, il écarte le canot du bord et met le moteur en marche. Une main invisible soulève le fond du bateau et nous entraîne loin du quai. Une neige drue se met à tomber, emportant la silhouette de Moritz qui regagne la voiture.

Lander a un compas fixé au poignet gauche. L'épais rideau de neige se déchire un instant, laissant entrevoir la côte suédoise et les lumières de Tårbæk, dans le halo desquelles se profilent, faiblement éclairés, deux navires ancrés entre la côte et le couloir de navigation, au nord-ouest de Falkfortet.

– Le *Kronos* est à tribord.

Je n'avais jamais imaginé Lander autrement que dans ses bureaux, avec son bar, ses hauts talons et ses uniformes de gala. La fermeté de ses manœuvres à travers les lames de plus en plus fortes me surprend et me semble insolite.

J'essaie de m'orienter. Un mille marin nous sépare encore du chenal. Nous dépassons deux barrages, les phares du port de Tuborg et de Skovshoved, les feux de signalisation sur les hauteurs de la corniche du bord de mer, un cargo en route vers le sud.

A deux reprises, alors que la neige obstrue complètement l'horizon, je corrige sa course. Il me lance un regard interrogatif, mais il obéit. Je n'essaie même pas de me justifier. Comment m'y prendrais-je ?

Une brise légère se lève, des paquets d'écume glacée nous fouettent le visage. Nous nous tassons au fond, recroquevillés l'un contre l'autre. Le Zodiac tangue lourdement sur la houle serrée. Il approche sa bouche de mon oreille.

– Føjl et moi avons servi ensemble dans la marine de guerre. Dans le détachement des hommes-grenouilles. Nous avions une vingtaine d'années. Un homme sensé ne peut pas avoir beaucoup plus pour accepter de faire ce genre de merde. Pendant six mois, on se levait à cinq heures du matin et on enchaînait un kilomètre de natation dans l'eau glacée et une heure et demie de course à pied. On nous parachutait de nuit à cinq kilomètres des côtes écossaises, et moi, je ne vois quasiment rien dans l'obscurité. Nous trimbalions ce foutu canot pneumatique sur nos têtes à travers les forêts danoises, pendant que les officiers nous pissaient dessus et nous savonnaient la cervelle pour faire de nous de vrais soldats.

Je pose ma main sur le bras qui tient le gouvernail et corrige le cap. A cinq cents mètres devant nous, le feu vert et les trois feux de route haut perchés du porte-conteneurs croisent notre course à tribord.

– Normalement, les petits s'en tirent mieux. Ils tiennent le coup. Les grands soulevaient le canot une fois et s'effondraient. Nous les couchions dedans et portions le tout. Føjl était différent. Malgré sa taille, il était aussi rapide qu'un petit. Increvable. Il n'a jamais craqué lors d'une simulation d'interrogatoire. Il les fixait de son regard bienveillant, tu le connais. Et il restait de marbre. Un jour, ils nous ont fait plonger sous la glace. C'était en hiver. La mer avait gelé. Nous avons ouvert une brèche à la dynamite. Le courant était très fort. En descendant, j'ai rencontré un courant froid. Ça arrive. L'air expiré se condense, la vapeur d'eau gèle et ce givre obstrue les valves des bouteilles. Quand je m'en suis aperçu, je n'avais pas encore attaché la corde qui sert à retrouver l'orifice dans la glace. Quand on plonge : à deux mètres de profondeur, on voit encore les contours noirs du trou et trois mètres dessous, plus rien. J'ai paniqué et j'ai lâché ma ligne. J'ai perdu le trou de vue. Sous la glace, tout est verdâtre et fluorescent. J'ai eu l'impression d'être aspiré vers le Royaume des Morts. Je me suis senti dériver et entraîner au fond. On m'a raconté que Føjl l'a vu. Une ceinture de plomb et une corde à la main, il a sauté sans bouteille. Il n'y avait pas une seconde à perdre. Il m'a repêché par douze mètres de fond. Il portait une combinaison de plongée et la pression de l'eau, qui augmente d'une atmosphère tous les dix mètres, plaquait le caoutchouc contre la peau. A environ dix mètres du fond, les bords coupants se sont enfoncés dans ses poignets et ses chevilles. Je me souviens que nous sommes remontés dans un nuage de sang.

Je repense aux cicatrices du mécanicien, noires comme des fers.

– C'est encore lui qui a pompé l'eau de mes poumons et pratiqué la respiration artificielle. Nous avons attendu longtemps. Nous n'avions qu'un petit hélicoptère équipé d'une turbine à gaz et le temps était mauvais. Il m'a fait des massages cardiaques et fait respirer de l'oxygène pendant toute la traversée.

– Où alliez-vous ?

– A Scoresbysund. Nous étions en exercice au Groenland. Il faisait froid, mais le froid ne le gênait pas du tout.

La neige referme sur nous une treille de flocons qui s'abattent en grandes stries obliques et désordonnées.

– Il a disparu, dis-je. J'ai essayé d'appeler chez lui. Un inconnu m'a répondu. Peut-être est-il en prison ?

Une minute avant que ne se découpe la silhouette du navire, je devine sa présence, le tiraillement de la chaîne de l'ancre dans la coque, le balancement pesant de l'énorme masse flottante.

– Fais comme nous, mon canard. Oublie-le.

A bâbord, un ponton flottant a été placé au bas d'une échelle verticale éclairée par une simple lanterne. Lander accoste et stabilise le canot sans couper le moteur.

– Je peux encore te ramener à terre, Smilla.

Sa voix a quelque chose d'émouvant, comme s'il comprenait soudain que nous avons cessé de jouer depuis un bon moment.

– Le problème, c'est que je n'ai rien de spécial à y faire.

Je jette ma cantine sur la plate-forme, m'élance et me retourne. Il m'observe. Sa petite silhouette rebondit dans le Zodiac qui épouse le mouvement de la houle. Puis il se détourne et repousse le canot.

LA MER

I

1

Ma cabine mesure deux mètres et demi sur trois. Pourtant, on a trouvé le moyen d'y installer un lavabo, un miroir, un placard, une couchette avec une liseuse, une étagère pour les livres, un petit bureau avec une chaise sous le hublot et, sur la table, il y a le grand chien Aajumaaq.

Il s'étire de la cloison jusqu'à la couchette sur environ deux mètres de long. Les yeux tristes, les pattes sombres, il essaie de m'atteindre chaque fois que le navire donne de la bande. S'il y parvient, je me désintégrerai dans l'instant. Ma chair va se détacher de mes os, mes yeux vont tomber de leurs orbites et s'évaporer, mes intestins se frayer un chemin à travers ma peau et exploser dans des nuées de méthane.

Il n'est pas à sa place. Il ne fait pas partie de mon monde. Il s'appelle Aajumaaq et vient du Groenland de l'Est. Ma mère l'a ramené d'une visite à Angmagssalik. Après l'avoir vu une fois, là-bas, elle s'est rendu compte qu'il avait toujours dû se trouver dans la région de Qaanaaq et elle l'a revu régulièrement. Il ne touche jamais terre et, là aussi, il flotte un peu au-dessus du bureau. Il est là parce que je suis en mer.

J'ai toujours eu peur de la mer. Personne ne serait parvenu à me faire monter dans un kayak, le vœu le plus cher de ma mère. Je n'ai jamais mis le pied sur le Swan de Moritz. Si j'aime autant la glace, c'est parce qu'elle recouvre l'eau et la rend solide, sûre, praticable et logique. Je sais que, dehors, les vagues et le vent ont forci et que, tout à l'avant, la proue du *Kronos* plonge dans les vagues, les fend et projette le long du plat-bord des cascades d'eau hurlantes qui se dispersent à la hauteur de mon hublot en une brume blanche, sifflante et brillante. Il n'y a pas de points de repère en haute mer, tout n'est que déplacement amorphe et chaotique de masses d'eau désordonnées qui se dressent, se brisent, roulent et dont la crête est, à son tour, pulvérisée par des houles secondaires qui interfèrent et forment des tourbillons engloutis sitôt surgis. Cette confusion va lentement se frayer un chemin dans le labyrinthe de mon oreille et annihiler mon sens de l'orientation ; elle va s'insinuer dans mes cellules, modifier leur teneur en sel et la conductibilité de mon système nerveux pour me laisser sourde, aveugle et sans défense. Je n'ai pas peur de la mer parce qu'elle veut m'étouffer, j'ai peur de la mer parce qu'elle me prive de mon gyroscope interne, de mon équilibre, de mon lien à l'Espace absolu.

Personne ne grandit à Qaanaaq sans aller en mer. Personne ne peut mener une existence comme la mienne – étudiante professionnelle, éclaireuse et guide dans le Groenland du Nord – sans être forcé de prendre la mer. Je n'ose même pas me souvenir du nombre de bateaux sur lesquels j'ai séjourné, et pour de très longues périodes. D'ailleurs, si je ne me trouve pas sur le pont, c'est que je suis parvenue – le plus souvent – à m'en empêcher.

Dès l'instant où je suis montée à bord, il y a quelques heures, le processus de désintégration a commencé. Quelque chose bout déjà dans mes oreilles, des sécrétions étranges et incontrôlables glissent le long de mes muqueuses. Sur mon bureau, Aajumaaq attend que je baisse ma garde.

Il attend aux portes du sommeil. Chaque fois que j'entends ma respiration se faire plus profonde, que je crois m'assoupir et sombrer dans ce paisible oubli du réel – dont j'ai tant besoin –, je suis gagnée à nouveau par une lucidité dangereuse sous l'œil de l'esprit auxiliaire. Le chien aux pattes-à-trois-griffes, grandi par l'imagination de ma mère, hante mes cauchemars depuis l'enfance.

Les machines tournent peut-être depuis une heure et, au loin, je sens plus que je n'entends le jeu du guindeau et le raclement de la chaîne de l'ancre. Trop fatiguée pour rester éveillée et trop tendue pour dormir, j'en arrive à espérer une diversion.

Celle-ci survient lorsqu'on entre à l'improviste. Ni coups frappés ni bruit de pas pour m'avertir. Il est arrivé sur la pointe des pieds, ouvre la porte d'un coup et passe la tête à l'intérieur.

– Le capitaine t'attend sur la passerelle.

Il reste dans l'embrasure, pour me mettre dans l'embarras, pour que je ne puisse sortir du lit et m'habiller sans m'exposer à son regard. La couette ramenée jusqu'aux oreilles, je me tortille jusqu'au bout de la couchette et donne un coup de pied dans la porte. Il a juste le temps d'écarter la tête.

C'est Jakkelsen. Il doit avoir un prénom mais, sur le *Kronos*, on n'utilise que les noms de famille.

Je reste sous la pluie jusqu'à ce que disparaisse le canot pneumatique avec la silhouette de Lander. Comme il n'y a personne en vue, j'essaie de gravir l'échelle avec ma cantine mais dois abandonner cette idée. Je la laisse et une fois passé la lanterne de la plate-forme, je grimpe dans l'obscurité.

J'arrive à un sabord de charge ouvert. A l'intérieur, une veilleuse éclaire un couloir vert à la hauteur du pont n° 2. A l'abri de la pluie, les pieds posés sur une boîte de filins de sauvetage, un garçon fume une cigarette.

Il porte des chaussures de sécurité noires, un pantalon et un pull bleus ; il est trop jeune et bien trop maigre pour être marin.

– Je t'attendais. Jakkelsen. On n'utilise que les noms de famille à bord. Ordre du capitaine.

Il me détaille des pieds à la tête.

– Me lâche pas, je peux faire des trucs pour toi, si tu vois ce que je veux dire.

Des taches de rousseur lui barrent le visage à la hauteur du nez, il a des cheveux roux et bouclés. Au-dessus de la cigarette, le regard est vitreux, inquisiteur, insolent. Il a peut-être dix-sept ans.

– Tu peux commencer par prendre mes bagages.

Il se lève à contrecœur, laisse tomber sa cigarette sur le pont, où elle continue de rougeoyer.

C'est tout juste s'il parvient à grimper à l'échelle avec ma cantine. Il la pose sur le pont.

– Comme tu vois, j'ai mal au dos.

Il me précède d'un pas nonchalant, les mains dans le dos. Je traîne la cantine. La vibration sourde et continue des machines secoue la coque, rappelant l'imminence du départ.

Un escalier nous mène au pont supérieur. Il se répand une odeur de diesel, l'air sent la pluie et le froid. Le long de la coursive se dressent une paroi blanche d'un côté et une série de portes de l'autre. L'une d'entre elles m'est réservée.

Jakkelsen s'écarte pour me laisser entrer et me suit. Il ferme la porte et s'y adosse.

Je pousse la cantine sur le côté et m'assieds sur la couchette.

– Jaspersen. D'après le rôle d'équipage, tu t'appelles Jaspersen.

J'ouvre le placard.

– Ça te dirait de tirer un coup ?

Je me demande si j'ai bien entendu.

– Les femmes sont folles de moi.

Il a l'air quelque peu excité et impatient. Je me lève. Il faut éviter de trahir sa surprise.

– Excellente idée, mais si on attendait ton anniversaire ? Ton cinquantième anniversaire.

Il a l'air déçu.

– Tu auras quatre-vingt-dix ans. Ça ne m'intéressera plus.

Il me fait un clin d'œil et sort.

– Je connais la mer. N'oublie pas, me lâche pas, Jaspersen.

Il ferme la porte.

Je défais mes bagages. La salle de bains est dans le couloir. L'eau est bouillante. Je reste longtemps sous la douche. Puis je m'enduis d'huile d'amande douce et enfile un survêtement. Je ferme la porte à clef et me glisse sous la couette. Ils sauront bien me trouver s'ils ont besoin de moi. Je ferme les yeux et franchis la grande porte du sommeil. Aajumaaq apparaît lentement sur le bureau. Même dans mes rêves, je sais que c'est un rêve. Passé un certain âge, les pires cauchemars ont un je-ne-sais-quoi de rassurant et de familier.

Le bruit des machines augmente ; le *Kronos* lève l'ancre. Et Jakkelsen ouvre ma porte.

Je suis sûre de l'avoir fermée à clef. Je note mentalement qu'il doit posséder une clef. C'est le genre de détails qu'il est utile de se rappeler.

– Ton uniforme, dit-il en restant à l'extérieur, nous portons tous un uniforme.

Du placard je sors un pantalon bleu, un tee-shirt bleu, une blouse bleue informe comme un sac de pommes de terre et un pull bleu, tous beaucoup trop grands pour moi. En bas, de courtes bottes en plastique, cinq ou six pointures au-dessus de ma taille.

Jakkelsen m'attend dehors. Il me reluque en silence par-dessus sa cigarette. Ses doigts tambourinent contre la paroi avec une nervosité redoublée. Il ouvre le chemin.

Au bout de la coursive, il tourne à gauche, vers l'escalier qui mène aux niveaux supérieurs. Mais je prends à droite, vers le pont, et il est bien obligé de me suivre.

Je m'appuie au bastingage. L'air est chargé d'une humidité glaciale, le vent souffle en fortes rafales. Mais l'on voit les lumières du port.

– Helsingør-Hälsingborg. Les eaux les plus fréquentées de la planète. Ferries suédois, ferries danois, une énorme marina, des porte-conteneurs. Un navire passe toutes les trois minutes. Il n'y a pas un endroit au monde comme celui-là. Comparé à ça, le détroit de Messine, ce n'est rien. J'y suis allé plein de fois. C'est du sérieux. Avec un temps pareil, il y a des perturbations sur le radar, naviguer ici revient à faire passer un sous-marin dans une soupe de pois.

Ses doigts tambourinent nerveusement sur le bastingage mais ses yeux scrutent la nuit avec une lueur d'exaltation.

– Nous sommes venus ici lorsque j'étais à l'École de la marine marchande. Un trois-mâts carré. Soleil, le château de Kronborg à bâbord et les minettes de la marina tout excitées à notre vue.

Je passe devant lui. Nous gravissons trois niveaux pour atteindre la passerelle de navigation. A droite de l'escalier, la salle des cartes, au fond deux épaisses portes vitrées. Il fait sombre, deux faibles ampoules rouges éclairent les cartes étalées. Nous entrons dans la timonerie.

La pièce est plongée dans le noir. A nos pieds, les soixante-quinze mètres de pont du *Kronos* sous le feu d'un fanal. Deux mâts de charge de vingt mètres avec de grosses flèches, quatre treuils à chaque mât, avec un poste de manœuvre des treuils situé à l'entrée du pont avant surélevé. Entre les mâts, une bâche recouvre une forme rectangulaire, plusieurs petites silhouettes bleues s'affairent à la bloquer avec de longues sangles en caoutchouc. Peut-être un LMC, un chaland de débarquement, un surplus de la Marine. Sur le pont avant, un gros guindeau et une écoutille à quatre sections au-dessus d'une cale. A un mètre d'intervalle, des projecteurs blancs le long du bastingage. A part ça, des bouches d'incendie, des extincteurs et des équipements de sauvetage. Rien d'autre. Le pont est dégagé, opérationnel.

Et désert. J'ai vu disparaître les silhouettes bleues. La lumière est coupée, le pont s'évanouit. A l'avant, l'étrave mord dans les vagues et soulève des paquets d'écume blanche. De chaque bord, on aperçoit les lumières de la côte, étonnamment proche. De petits ferries nous frôlent

Sous la pluie, les projecteurs jaunes font ressembler le château de Kronborg à une prison moderne et sinistre.

Deux écrans de radar verts, dont l'image tourne lentement, luisent dans l'obscurité de la pièce. Un point rouge mat dans l'habitacle du compas. Face à la vitre, un homme, de dos, a la main posée sur la barre manuelle. C'est le capitaine Sigmund Lukas. Derrière lui, une silhouette droite et immobile. A mon côté, Jakkelsen se balance sur la pointe des pieds.

– Vous pouvez disposer.

Lukas a parlé à voix basse, sans se retourner. La silhouette glisse jusqu'à la porte. Jakkelsen la suit, sans rechigner.

Mes yeux s'habituent lentement à l'obscurité et les instruments surgissent du néant. J'en reconnais certains, d'autres pas ; dans l'ensemble, je les ai toujours tenus à distance parce qu'ils sont indissociables de la haute mer, parce qu'ils symbolisent une culture qui s'est retranchée derrière un mur d'objets sans vie pour le calcul des positions.

L'écran à cristaux liquides du Satnav, la radio ondes courtes, la console du Loran C – un système de localisation auquel je n'ai jamais rien compris. Les chiffres rouges de l'échosondeur. La console du sonar. Le clinomètre. Un sextant sur trépied. Des panneaux d'instruments. Le téléphone relié à la salle des machines. Un radiogoniomètre. Le pilote automatique. Deux panneaux truffés de voltmètres et de voyants indicateurs. Et, dominant le tout, le visage en alerte et fermé de Lukas.

Un crachotement continu sort de la VHF. Sans détourner les yeux, il tend la main et l'éteint. Le silence se fait.

– Vous êtes à bord parce que nous avons besoin d'une femme de chambre. Un point c'est tout. La conversation que nous avons eue était un entretien d'embauche et rien d'autre.

Dans mes bottes flottantes et mon pull trop grand, je me sens comme une petite fille à qui l'on fait la leçon. Il ne me regarde pas une seule fois.

– Nous n'avons pas réussi à connaître notre destination. On nous l'indiquera plus tard. En attendant, nous faisons route vers le nord.

Il y a quelque chose de changé chez Lukas. Ses cigarettes. Il ne fume pas. Peut-être y renonce-t-il en mer ? Peut-être prend-il la mer pour échapper aux tables de jeu et aux cigarettes ?

– Le second, Sonne, va vous indiquer votre domaine. Vos tâches comportent le ménage et la lessive de l'équipage. En outre, vous serez exceptionnellement amenée à servir à la table des officiers.

La question est : mais pourquoi m'a-t-il prise à bord ?

Lorsque j'atteins la porte, il m'interpelle d'une voix basse et amère :

– Vous avez bien entendu ce que je viens de vous dire ? Nous ne connaissons pas notre destination.

Sonne m'attend à l'extérieur. Jeune, bien élevé, les cheveux courts. Nous descendons un niveau, jusqu'au pont des embarcations. Il me regarde avec gravité et parle à voix basse.

– Nous avons à bord des représentants des armateurs. Ils occupent les chambres du pont des embarcations. L'accès y est interdit à moins que l'on vous appelle pour le service. Pas de ménage, pas de petits travaux.

Nous descendons encore. Sur le pont-promenade, la blanchisserie, le séchoir et la lingerie. Le pont supérieur, où se situe ma cabine, comprend les quartiers, les bureaux du chef des machines et des électriciens, la cuisine et le carré de l'équipage, le pont n° 2 les chambres froides pour les vivres, les magasins, deux ateliers, la chambre au CO_2. Le tout au niveau et en dessous des superstructures. Et devant celles-ci, il y a la salle des machines, les réservoirs, les tunnels et les soutes.

Je le suis jusqu'au pont supérieur. Nous passons devant ma cabine. Le carré se trouve sur tribord, à l'arrière. Il pousse la porte et nous entrons.

Je prends mon temps et compte onze personnes entassées dans la pièce. Cinq Danois, six Asiatiques dont deux femmes. Trois des hommes ont l'air de petits garçons.

– Smilla Jaspersen, la nouvelle femme de chambre.

Ça se passe toujours ainsi. Je me retrouve seule dos à la porte, les autres devant moi. Parfois c'est à l'école, parfois à l'université, ou ailleurs. Ils n'ont peut-être rien contre moi. Ma présence ne les gêne peut-être pas, mais j'ai à nouveau cette impression qu'on s'en passerait volontiers si on avait le choix.

– Verlaine, notre bosco. Hansen et Maurice. Tous trois s'occupent du pont. Maria et Fernanda, les assistantes.

Sur le seuil de la cuisine se tient un grand type costaud avec une barbe rousse, vêtu d'un tablier blanc de cuisinier.

– Urs, notre cuisinier.

Ils ont tous une attitude retenue et disciplinée – Jakkelsen mis à part. Il s'adosse à la paroi sous le panneau « défense de fumer », une cigarette aux lèvres. Il a un œil fermé pour le protéger de la fumée, de l'autre, il m'observe d'un air narquois.

– Voici Bernard Jakkelsen.

Le second hésite un instant.

– Il travaille aussi sur le pont.

Jakkelsen l'ignore.

– Jaspersen fera le ménage dans nos cabines, dit ce dernier. Il va y avoir du travail avec onze hommes et quatre officiers. Moi, j'ai une fâcheuse tendance à laisser tomber des trucs par terre, si vous voyez ce que je veux dire.

Dans mes bottes trop grandes, mes chaussettes ont glissé sous les talons. Impossible de se comporter en être humain avec des chaussettes qui glissent – surtout quand on est fatigué et apeuré. Ils éclatent de rire, un rire méchant. Il émane une certaine supériorité de Jakkelsen qui rejaillit sur tout le monde dans la pièce.

Je perds mon sang-froid. Je saisis sa lèvre inférieure, la pince et la tire. Lorsqu'il essaie d'agripper mon poignet, j'attrape son petit doigt avec ma main gauche et le plie

vers l'arrière. Il tombe à genoux en poussant un gémissement de femme. J'accentue la pression.

– Tu sais comment je vais nettoyer ta cabine ? Je croirai
ouvrir un placard, mais ce sera le hublot. Et j'y balancerai
toutes tes affaires. Ensuite, je nettoierai à grande eau, à
l'eau de mer.

Je le lâche et m'écarte. Il ne cherche pas à s'approcher.
Il se relève doucement, son visage parvient à la hauteur
d'une photo du *Kronos* dans l'Antarctique, devant un iceberg tabulaire. Il examine anxieusement ses traits dans le
verre du cadre.

– Je vais avoir une cloque, nom de Dieu, une sacrée
cloque.

Dans la pièce, personne n'a bougé.

Bien droite, je regarde autour de moi. On ne dit guère
« pardon » en groenlandais. Je ne me suis jamais donné
la peine d'apprendre ce mot en danois.

Dans ma cabine, je pousse le bureau contre la porte et
bloque la poignée avec le Bugge, le dictionnaire groen
landais. Je me couche. J'ai bon espoir que le chien me
laisse tranquille cette nuit.

2

Il est six heures et demie mais ils ont déjà déjeuné, excepté la présence de Verlaine, le carré est vide. Je bois un verre de jus d'orange et le suis au magasin des fournitures. Il me regarde d'un air froid et me tend une pile de vêtements.

Est-ce à cause de la tenue de travail, des circonstances ou de la couleur de sa peau ? Pendant un instant, je ressens le besoin d'un contact.

– Quelle est ta langue maternelle ?

– Vous voulez dire : quelle est votre langue maternelle ? me reprend-il doucement.

Il accentue chaque mot à la manière des Danois de Fionie.

Nous nous regardons dans les yeux. Il a un petit sac en plastique dans une poche de poitrine où il prend une pincée de riz. Il la porte à sa bouche, mâche lentement et consciencieusement, avale et se frotte les mains.

– Monsieur le maître d'équipage, ajoute-t-il.

Il se retourne et part. Il n'y a rien de plus grotesque qu'une froide politesse européenne se manifestant dans le tiers ou le quart-monde.

Dans ma cabine, je change de vêtements. Il m'a donné la bonne taille – si tant est que des habits de travail puissent être à la bonne taille. Je passe une ceinture autour de la blouse. Au moins, je ne ressemble plus à un sac postal, j'ai plutôt l'air d'un sablier d'un mètre soixante. Je noue un foulard de soie sur mes cheveux. J'ai à faire le ménage et je ne veux pas récolter de la poussière dans le fin duvet

qui commence à recouvrir la partie chauve de mon crâne.
Je m'empare d'un aspirateur, le pose dans la coursive et
m'approche discrètement du carré, faussement dégagée.
Je n'ai pas l'intention de reprendre un petit déjeuner – je
suis incapable d'avaler quoi que ce soit. Durant la nuit, la
mer s'est glissée jusqu'à mon estomac à travers le hublot
et, conjuguée à l'odeur de diesel et à la sensation d'être
au large, elle m'a submergée d'une nausée tiède. Certains
prétendent que l'on peut combattre le mal de mer en restant sur le pont. Ça marche peut-être si l'on est à quai ou
si l'on franchit le détroit de Falsterbo en voyant les côtes
et avec l'assurance que l'on aura bientôt la terre ferme
sous ses pieds. Quand Sonne m'a réveillée ce matin en
frappant à ma porte pour me donner une clef, je me suis
habillée, je suis montée sur le pont vêtue d'une doudoune
et d'un bonnet de ski. En essayant de percer le noir
d'encre, j'ai compris que je ne pouvais plus reculer, parce
que j'étais en pleine mer ; c'est à ce moment que je me
suis sentie vraiment malade.

Les deux tables du carré ont été débarrassées et net-
toyées. Je me place dans l'encadrement de la porte de la
cuisine.

Urs fouette du lait bouilli dans une marmite. A mon
avis, il pèse 115 kilos, mais il est solidement bâti. Tous
les Danois sont pâles en hiver, son visage à lui tire sur le
verdâtre, couvert d'une mince pellicule de sueur due à la
chaleur des fourneaux.

– Un superbe petit déjeuner.

Je n'y ai pas touché – mais il faut bien amorcer la
conversation.

Il me sourit et revient à son lait en haussant les épaules.

– *I am Schweizer.*

J'ai eu le privilège d'apprendre les langues étrangères.
Au lieu de me contenter de parler, comme la plupart des
gens, une piètre copie de ma langue maternelle, je bara-
gouine aussi deux, trois langues d'une manière lamentable.

– *Frühstück*, dis-je, *imponierend. Wie ein erstklassiges Restaurant.*

– *Ich hatte so ein Restaurant. In Genf. Beim See.*

Sur un plateau, il a disposé du café, du lait chaud, du jus de fruits, du beurre et des croissants.

– J'apporte cela sur le pont ?

– *Nein.* On ne sert pas le petit déjeuner. Il y a le monte-plats. Mais si vous revenez à onze heures et quart, *Fräulein*, il y a le déjeuner des officiers.

– C'est comment de faire la cuisine sur un bateau ?

La question est un prétexte pour rester plus longtemps. Il a posé un plateau dans le monte-plats et appuyé sur le bouton « *Navigating Bridge* ». Il prépare le suivant, celui qui m'intéresse. Il y a du thé, des toasts, du fromage, du miel, de la confiture, du jus de fruits et des œufs à la coque. Trois tasses et trois assiettes. Le pont des embarcations – celui dont l'accès est interdit à la femme de chambre – compte trois passagers. Il pose le plateau dans le monte-plats et appuie sur le bouton « *Boat Deck* ».

– *Nicht schlecht.* En outre, c'était *eine Notwendigkeit. Also elf Uhr fünfzehn.*

Le scénario de la fin du monde est bien connu. Il y aura trois hivers glaciaux, les lacs, les fleuves et les mers gèleront. Le soleil se refroidira, il n'y aura plus d'été et la neige tombera sans discontinuer, une impitoyable éternité blanche. Ce sera un hiver infini et le loup Skoll engloutira alors le soleil. La lune et les étoiles s'éteindront et il régnera une obscurité insondable : l'hiver qui précède le Ragnarok.

A l'école, on nous racontait que les anciens Scandinaves se représentaient ainsi la fin du monde, plus tard le christianisme leur enseigna que l'univers périrait dans les flammes. Je m'en suis toujours souvenue ; non parce que ces histoires me semblaient moins abstraites que tout ce qu'on nous apprenait, mais parce qu'il était question de neige. Dès la première fois, cette vision me parut faussée, née d'esprits qui n'avaient jamais compris l'essence même de l'hiver.

Les opinions étaient divisées dans le Groenland du Nord. Ma mère, comme beaucoup d'autres, préférait l'hiver. A cause de la chasse sur la jeune glace, du long sommeil, des travaux d'aiguille et d'artisanat mais, surtout, à cause des visites. L'hiver était un moment de réunion, de rencontre, pas de fin du monde.

A l'école, on nous enseigna également que la culture danoise avait fait des progrès depuis l'Antiquité et la théorie du Ragnarok. Parfois j'en doute, comme en ce moment, où je nettoie à l'alcool le lit à ultraviolets de la salle de musculation.

Les rayons ultraviolets d'un solarium font éclater les molécules d'oxygène de l'air qui se recomposent en ozone, un gaz instable. En été, à Qaanaaq, on sent aussi son odeur piquante d'aiguilles de pin, lorsque la lumière du soleil, presque douloureuse, se reflète violemment sur la neige et la mer.

C'est une de mes tâches de nettoyer à l'alcool cet appareil qui pour moi est prétexte au souvenir.

J'ai toujours aimé nettoyer, même si, à l'internat, on n'a rien négligé pour nous apprendre la paresse.

Pendant les six premiers mois, j'étais à l'école du village où la femme d'un chasseur nous faisait la classe. Un jour d'été, des hommes de l'internat sont venus me chercher. Il y avait un pasteur danois et un catéchiste du Groenland de l'Ouest. Ils donnaient des ordres sans nous regarder. Ils nous appelaient *avanersuarmiut*, les gens du Nord.

Moritz m'a forcée à partir. Mon frère était trop grand et trop obstiné pour qu'il ose l'affronter. L'internat se trouvait à Qaanaaq, dans la ville. J'y suis restée cinq mois, jusqu'à ce que ma combativité ait suffisamment mûri pour se changer en révolte.

A l'école, on nous servait trois repas par jour. Nous avions un bain chaud tous les jours et des vêtements propres tous les deux jours. Au village, on prenait un bain par semaine, beaucoup moins lorsqu'on chassait ou qu'on se déplaçait. Là-bas, j'allais chercher des *kangirluarhuq* – des blocs de glace fraîche – au glacier au-dessus des rochers, les rapportais à la maison dans des sacs et les mettais à fondre sur le poêle. A l'internat, il suffisait d'ouvrir un robinet. Pendant les vacances d'été, élèves et enseignants se rendirent chez les pêcheurs des îles Herbert et, pour la première fois depuis longtemps, nous eûmes de la viande de phoque bouillie et du thé. C'est là que je remarquai la paralysie qui m'avait touchée, ainsi que tous mes camarades. Nous ne savions plus fournir le moindre effort ; aller chercher de l'eau, prendre le savon noir, le paquet de Néogène et nettoyer les peaux. Nous avions perdu l'habitude de laver nos vêtements, nous n'arrivions plus à nous préparer à manger. A chaque pause, nous sombrions dans une attente rêveuse. Nous espérions que quelqu'un allait prendre la relève, nous libérer de nos tâches, les exécuter à notre place.

Lorsque j'ai compris où cela me mènerait, je me suis rebellée pour la première fois contre Moritz et je suis rentrée à la maison. Ce fut un retour au travail qui me procura une certaine satisfaction.

J'éprouve le même plaisir à passer l'aspirateur dans les cabines de l'équipage, au pont supérieur du *Kronos*, l'impression de sécurité que je ressentais, enfant, quand je démêlais des filets.

Il règne un ordre méticuleux dans chaque cabine. Toute personne ayant survécu à la vie d'internat sait bien que, dans les quelques mètres carrés dont on dispose pour préserver son intimité, il faut observer la plus sévère discipline si l'on veut résister à la pression ambiante et ne pas céder aux états d'âme et aux pulsions destructrices.

A sa manière, Esajas avait lui aussi cette méticulosité. Le mécanicien, l'équipage du *Kronos* et, chose curieuse, Jakkelsen également.

Ce dernier a accroché aux murs des fanions, des cartes postales et des petits souvenirs d'Amérique du Sud, d'Asie, du Canada et d'Indonésie.

Ses vêtements sont soigneusement pliés dans le placard.

Je fouille dans les piles. Je tâte toutes les chemises, certaines sont en soie délavée. J'examine attentivement le matelas. Je le soulève et passe l'aspirateur dans le coffre à draps. J'ouvre les tiroirs du bureau et m'agenouille pour inspecter. Il possède aussi une collection d'après-rasage et d'eaux de toilette coûteuses et légèrement alcoolisées. Je les ouvre, en verse une goutte sur un mouchoir en papier que je froisse et mets dans la poche de ma blouse. Je le jetterai plus tard dans les toilettes. Je cherche quelque chose de précis mais ne le trouve pas, ni rien d'intéressant, d'ailleurs.

Je range l'aspirateur et descends au pont n° 2, je dépasse les chambres froides et les magasins, je descends encore l'escalier bordé d'un côté par le conduit de la cheminée et de l'autre par une paroi sur laquelle est écrit « Deep Tank ». La salle des machines se trouve au bas de l'escalier. Le balai et le seau que je tiens à la main peuvent me servir d'excuse et, si ça ne suffit pas, je peux toujours m'en tenir à cette histoire qui a déjà fait ses preuves – et vraie par ailleurs : je suis étrangère et je me suis perdue.

La porte étanche est lourde et, lorsque je l'ouvre, je suis assourdie par le bruit. Je m'avance sur une plateforme en acier d'où part une passerelle qui fait le tour de la salle.

Dix mètres plus bas, j'aperçois les machines, sur une plaque de fondation légèrement surélevée au milieu de la salle. Elles se divisent en deux : un moteur principal comprenant neuf têtes de cylindre à découvert et un moteur auxiliaire à six cylindres. Les soupapes reluisantes s'activent en rythme comme un cœur qui bat. Le bloc-moteur fait peut-être cinq mètres de haut sur douze mètres de long et l'ensemble dégage une impression de sauvagerie irrésistible et domestiquée. Il n'y a personne en vue.

La passerelle est grillagée et mes chaussures de toile foulent directement le vide en dessous de moi.

Partout des panonceaux en cinq langues rappellent l'interdiction de fumer. Quelques mètres plus loin, il y a une niche d'où s'échappe un voile de fumée bleue. Jakkelsen est assis sur une chaise pliante, les pieds sur un plan de travail, en train de fumer un cigare. Un centimètre en dessous de la lèvre inférieure, une cloque s'étend d'un coin à l'autre de sa bouche. Je m'appuie à la table afin de mettre discrètement la main sur une clef à molette de treize pouces posée là.

Il enlève ses pieds de la table, ôte son cigare des lèvres et affiche un large sourire.

– Smilla ! Je pensais justement à toi.

Il n'y a plus trace d'agitation chez lui, je laisse la clef.

– J'ai le dos fragile. Sur les autres bateaux, on se la coule douce lorsqu'on est en mer. Ici, on commence à sept heures du matin, il faut enlever la rouille, épisser les amarres, peindre, gratter l'oxydation et briquer les cuivres. Comment vais-je garder des mains présentables si je dois épisser des amarres tous les matins ?

Je ne dis rien. Avec Bernard Jakkelsen, j'essaie la stratégie du silence. Il la supporte mal. Même maintenant, alors qu'il a recouvré sa bonne humeur, on devine sa nervosité sous-jacente.

– Bon, Smilla, qu'est-ce qu'on fait maintenant ?

Je me contente d'attendre.

– Ça fait cinq ans que je suis dans la marine et je n'ai jamais rien vu de pareil. Alcool interdit. Uniformes. Défense d'aller sur le pont des embarcations. Et Lukas qui dit ne pas savoir où nous allons.

Il tire une bouffée de son cigare.

– Smilla Qaavigaaq Jaspersen. C'est un nom groenlandais…

Il a dû regarder mon passeport – qui se trouve dans le coffre du bateau. Raison de plus pour rester prudente.

– J'ai bien examiné ce bateau. Je sais tout sur les bateaux. Celui-là a une double coque et des raidisseurs longitudinaux. A l'avant, les tôles résisteraient à un obus antichar.

Il m'adresse un regard sournois.

– A l'arrière, au-dessus de l'hélice, il y a un brise-glace. Cette machine fait au moins six mille chevaux, suffisamment pour atteindre seize, dix-huit nœuds. Nous nous dirigeons vers les glaces, j'en suis sûr. Ça ne m'étonnerait pas si nous allions au Groenland, n'est-ce pas ?

Je n'ai pas besoin de répondre. Il continue à parler.

– Et puis, il y a l'équipage. Un tas de merde. Et ils se serrent les coudes. Ils se connaissent tous. Ils ont peur, mais impossible de savoir de quoi. Et puis, il y a ces passagers que l'on ne voit jamais. Pourquoi sont-ils là ?

Il pose son cigare. Il n'en a pas vraiment profité.

– Et enfin, il y a toi, Smilla. J'ai navigué à bord d'un tas de quatre mille tonnes. Il n'y avait jamais une femme de chambre. En tout cas, pas une qui se prenait pour la reine de Saba.

J'attrape son cigare et le jette dans mon seau. Il s'éteint avec un petit chuintement.

– Je fais le ménage.

– Pourquoi t'a-t-il pris à bord, Smilla ?

Je ne réponds pas. Je ne sais pas quoi dire.

Lorsque la porte de la salle des machines se referme derrière moi, je remarque à quel point le bruit était crispant. Le silence me réconforte.

Verlaine, le bosco, se tient sur le palier inférieur, adossé à la paroi. Sans le vouloir, je me retourne lorsque je passe devant lui.

– Perdue ?

Il attrape une pincée de riz dans sa poche de poitrine et la porte à ses lèvres. Il n'en laisse pas tomber un seul grain et rien ne colle à ses doigts. Le geste est parfait, une routine.

Je devrais peut-être imaginer une excuse mais je déteste être interrogée.

– Égarée, seulement.

Quelques marches plus haut, quelque chose me revient à l'esprit.

– Seulement égarée, monsieur le maître d'équipage.

3

D'un revers de la main, j'envoie valdinguer le réveil à travers la cabine. Tel un projectile, il va heurter les patères de la porte et tombe sur le sol.

Je n'aime guère les choses supposées durer toute la vie : peines de prison, contrats de mariage, emplois. C'est une manière de figer l'existence en segments pour les soustraire au cours du temps. C'est encore pire avec les objets censés durer éternellement, comme mon réveil. *Eternity clock*, du moins c'est le nom qu'on lui avait donné. Je l'ai démonté du tableau de bord du second véhicule lunaire de la Nasa quand ce dernier a rendu l'âme sur l'inlandsis. Comme les Américains, il n'avait pas pu supporter une température de –55 °C et des vents qui dépassaient largement l'échelle de Beaufort.

Ils ne m'ont pas vue le prendre. C'était un souvenir, la preuve qu'il n'y a pas de fleurs éternelles et que même le programme spatial américain ne survivrait pas trois semaines avec moi.

Le réveil a survécu dix ans. Dix ans de mauvais traitements et d'injures. Il faut dire qu'ils en attendaient beaucoup déjà à cette époque. Ils m'avaient affirmé qu'on pouvait le placer sous la flamme d'un chalumeau, le plonger dans de l'acide sulfurique ou l'immerger dans la fosse des Philippines, il continuerait à donner l'heure comme si de rien n'était. Pour moi, c'était une provocation grossière. A Qaanaaq, on trouvait jolies les montres-bracelets ; quelques chasseurs en portaient même par coquetterie mais nous ne les aurions jamais laissé dicter leur loi.

C'est ce que j'avais dit à Gil, qui conduisait. Mon travail consistait à rester dans le cockpit d'observation et à indiquer la couleur du névé, trop sombre ou trop blanc. Cette blancheur signifiait qu'il ne tiendrait pas mais allait s'ouvrir et engloutir un stupide rêve américain de quinze tonnes : atteindre la Lune. Un rêve qui allait tomber dans le fond biseauté d'une crevasse bleu-vert de trente mètres qui retient tout prisonnier par −30 ºC. Je lui ai dit : « A Qaanaaq nous nous guidons d'après le temps qu'il fait, les animaux, l'amour, la mort, mais pas d'après une pièce de fer mécanique. »

J'avais tout juste vingt ans. On ment facilement à cet âge – on se ment aussi, avec plus d'aplomb encore. En réalité, on avait adopté l'heure européenne au Groenland bien avant ma naissance. Avec les heures d'ouverture du Comptoir groenlandais, les échéances de remboursement, les horaires des messes et le travail salarié.

J'ai essayé de briser le réveil avec un marteau de carrossier : il a entamé le marteau. Maintenant, j'ai abandonné. Je me contente de lui balancer un coup de pied de temps à autre, et il continue de faire retentir imperturbablement sa sonnerie électronique. Il m'épargne la peine de monter sur la passerelle sans avoir eu le temps de me passer le visage sous l'eau froide et de me maquiller les yeux.

Il est deux heures trente, en pleine nuit, au beau milieu de l'Atlantique Nord. A vingt-deux heures, sans autre avertissement qu'un clignotement du voyant vert, la voix de Lukas a résonné dans le haut-parleur au-dessus de ma couchette. Une intrusion dans mon petit espace.

– Jaspersen. Je veux que le café soit servi sur la passerelle, demain à trois heures du matin.

Ce n'est qu'après avoir touché le sol que le réveil se met à sonner. Je m'étais déjà réveillée toute seule, avertie par un sentiment d'activité inhabituelle. Vingt-quatre heures ont suffi pour que le rythme du *Kronos* devienne mien. Un navire en mer est calme pendant la nuit. Bien sûr, les machines ronronnent sourdement, de hautes lames s'écrasent contre la coque et, de temps en temps, l'étrave pulvérise une masse de cinquante tonnes d'eau. Mais ce sont des bruits si réguliers qu'ils finissent par ressembler au silence. Le quart change sur la passerelle, une horloge sonne quelque part. Les hommes dorment.

Alors que maintenant l'agitation tranche sur ce bruit de fond familier. Bottes dans les couloirs, portes claquées, crachotements dans les haut-parleurs et grondement lointain d'un treuil hydraulique.

En grimpant à la passerelle, je passe la tête sur le pont. Il fait nuit. J'entends des pas et des voix mais aucune lumière n'est allumée. Je m'engage dans l'obscurité.

Je ne porte pas de vêtements imperméables. Il fait aux alentours de zéro degré, le vent vient de l'arrière, les nuages sont bas. On aperçoit les vagues lorsqu'elles sont toutes proches du bateau, et leurs dépressions paraissent avoir atteint la taille d'un terrain de football. Le pont est luisant et poisseux d'eau de mer. Je me baisse sous le bastingage afin de m'abriter le plus possible des embruns et des regards. Près de la bâche, je croise une silhouette dans la pénombre. Une faible lumière provient de la soute avant. Les écoutilles ont été ouvertes et un garde-corps protège l'ouverture. Venant des treuils du mât avant, deux filins d'acier y descendent. Une haussière en Nylon bleu passe à l'avant et à l'arrière du garde-corps. Il n'y a personne.

La soute est étonnamment profonde et éclairée par quatre lampes fluorescentes, une par cloison. Dix mètres plus bas, Verlaine est assis sur le couvercle d'un gros conteneur métallique. Une poignée blanche en fibre de verre est installée de chaque côté, comme celles des radeaux pneumatiques.

C'est tout ce que je parviens à voir, quelqu'un me saisit par-derrière.

Je me laisse faire, non parce que je faiblis mais pour mieux riposter. Au même instant, un coup de roulis secoue le navire et nous perdons l'équilibre. Nous tombons sur le tableau de contrôle des treuils et je sens une odeur d'après-rasage qui ne m'est pas inconnue.

– Espèce d'imbécile !

Jakkelsen cherche à reprendre son souffle après l'effort. Il y a quelque chose de nouveau sur son visage et dans sa voix : une trace de peur.

– Ce navire est dirigé à l'ancienne. Tu ne bouges pas des zones qui te sont attribuées.

Il m'adresse un regard presque suppliant.

– Allez, magne-toi.

Je reviens sur mes pas. Le vent couvre à moitié ses paroles :

– Tu veux finir dans le grand placard humide ?

Le plateau cogne entre les chambranles de la porte. Il est chargé de vaisselle qui s'entrechoque. Puis je m'avance dignement et attends.

Personne ne m'adresse la parole. Au bout d'un moment, je recule et trouve de la place pour les tasses et les gâteaux au milieu des règles et des compas.

– Deux minutes, huit cents mètres.

Ce n'est qu'une silhouette dans l'obscurité, mais je suis sûre de ne l'avoir jamais vue. Elle est penchée sur les chiffres verts du loch électronique.

Les pâtisseries répandent des effluves de beurre. Urs est un cuisinier méticuleux. L'odeur s'échappe par la porte ouverte. Je devine Sonne dans un coin de la passerelle.

Une faible ampoule rouge est allumée au-dessus d'une carte marine et le visage de Sigmund Lukas se détache dans l'ombre.

– Cinq cents mètres.

L'autre homme porte une combinaison dont le col est relevé. Il est assis à la table de navigation, une boîte plate de la taille d'un ampli de chaîne hi-fi devant lui. Deux fines antennes télescopiques sortent de la boîte. Une femme se tient juste à côté, elle porte le même vêtement que l'homme. Avec son habit de travail et son air concentré, sa longue chevelure brune soigneusement brossée, et qui tombe librement dans son dos, a quelque chose de presque insolite. C'est Katja Claussen. D'instinct, je sais que l'homme est Seidenfaden.

– Une minute, deux cents mètres.

– Hissez-le.

La voix provient de l'interphone situé dans le mur. Je me raidis. Mes paumes sont moites. J'ai déjà entendu cette voix, au téléphone, dans mon appartement. La dernière fois que j'y étais.

On éteint l'ampoule rouge. Une forme grise surgit dans la nuit, émergeant de la soute avant. Elle oscille lentement par-dessus bord.

– Dix secondes.

– Descendez-le, Verlaine.

Il doit être perché dans le nid-de-pie du mât avant. Nous entendons les ordres qu'il lance aux hommes sur le pont.

– Embraquez. Donnez du mou maintenant.

– Cinq secondes. Quatre, trois, deux, un, zéro.

Un rayon de lumière perce un tunnel dans la nuit, derrière nous. Le conteneur est dans l'eau, à cinq mètres de l'arrière. Il semble chevaucher la houle. Une haussière bleue part d'un de ses coins et court le long du bord du navire. Maria, Fernanda et les hommes de pont sont à la rambarde. Ils l'écartent de la coque avec une très longue gaffe. Je parviens à distinguer deux étroites bandes pneumatiques sur les côtés du conteneur.

– Lâchez-le, Verlaine.

Je m'approche de l'aile de la passerelle. La lumière vient d'un des projecteurs montés sur le bastingage, avec lequel Sonne balaie la surface de l'eau. L'haussière est détachée du conteneur qui commence à couler, à quarante mètres sur l'arrière.

Un bruit mat. Les cinq bouées en fibre de verre sont lâchées et, tels d'énormes nénuphars, cinq ballons pneumatiques gris se déploient au-dessus du gros conteneur métallique. Le projecteur est éteint.

– Un mètre, deux mille litres.

C'est la voix de la femme.

– Trois mille. Quatre mille. Deux mètres. Cinq mille litres. Deux mètres. Deux mètres cinquante. Deux mètres trente. Cinq mille litres et deux mètres trente.

Je m'approche du plateau, là où est ma place. Plusieurs visuels rouges brillent sur l'instrument devant elle.

– Je le laisse sortir. Quatre mille sept cents, deux mètres cinquante. Trois, trois mètres cinquante, quatre, quatre mètres cinquante. Cinq. Cinq mille sept cents litres et cinq mètres. Gîte nulle. Température – 0,5 °C.

Elle tourne un bouton et une sonnerie envahit la passerelle, comme si l'on avait apporté mon réveil.

– Signal de direction, dix-quatre.

Elle coupe l'interphone. L'homme à l'avant lève le nez du loch. La tension se relâche. Sonne entre dans la pièce et ferme la porte. Lukas est juste à côté de moi.

– Vous pouvez regagner votre cabine.

Je fais un geste en direction du café. Il hoche la tête. Ils ne veulent même pas que je le serve. On m'a fait venir ici pour porter un plateau sur les six mètres qui séparent le monte-plats de la passerelle. Ça n'a aucun sens. A moins que Lukas ait tenu à ce que je voie ce que je viens de voir.

Je prends le plateau. La femme caresse l'homme. Elle ne le regarde pas. Sa main s'attarde un moment sur sa nuque, puis elle enroule une petite mèche de cheveux autour de ses doigts et la tire. Ils n'ont pas fait attention à moi. J'attends qu'il réagisse à la douleur, mais non, il ne bouge pas.

Le visage d'Urs est luisant de sueur. Il se dandine en essayant de ne pas renverser la marmite de dix litres.

– *Feodora, die einzige mit sechzig Prozent Cacao. Und die Schlagsahne muss ein bisschen gefroren sein.* Dix minutes *im frostboks*.

Ils sont là tous les onze. Aucune question dans l'air. Comme si j'étais la seule à ne rien comprendre à ce qui s'est passé – ou comme s'ils n'avaient pas besoin de comprendre.

J'avale le chocolat bouillant à travers la crème glacée. L'effet est immédiat : une intoxication qui part de mon estomac et se propage, brûlante et affolante, jusqu'au sommet de mon crâne. Je me demande ce qu'un magicien comme Urs fait à bord du *Kronos*.

Verlaine me lance un coup d'œil soupçonneux. J'évite son regard.

Je suis l'avant-dernière à sortir. Jakkelsen rumine dans un coin, penché sur une tasse de café noir.

Maria s'observe dans le miroir des toilettes. Au premier abord, je crois qu'elle porte une espèce de prothèse, puis je vois qu'il s'agit de petits cônes d'aluminium. Un à chaque doigt. Elle les enlève précautionneusement. Ses ongles sont longs de quatre centimètres et parfaits.

– Je fais vivre ma famille avec mon salaire, à Phuket. A mon arrivée au Danemark, j'étais prostituée. En Thaïlande, on est soit vierge, soit pute.

Son danois est plus hésitant que celui de Verlaine, moins distinct.

– Il m'est arrivé d'avoir trente clients par jour. J'ai réussi à m'en sortir.

Elle déplie son index, pose son ongle sur ma joue en appuyant sur la peau.

– Une fois, j'ai arraché les yeux d'un policier.

Je ne bouge pas, son ongle toujours appuyé sur ma joue. Elle m'interroge du regard puis laisse retomber sa main.

J'attends dans ma cabine, porte entrouverte. Jakkelsen arrive un instant plus tard dans la sienne qui se trouve un peu plus loin. Il ferme à clef. Pieds nus, je m'approche. Je l'entends s'affairer et bloquer la porte avec la chaise de son bureau.

Il se barricade. Peut-être craint-il qu'une des femmes folles de lui ne vienne la défoncer.

Je retourne chez moi sur la pointe des pieds. Je me déshabille, sors de la cantine mon peignoir rose en tissu éponge et mon gant de crin et gagne la salle de bains en sifflotant. Je me frotte avec le gant de crin, me sèche, m'enduis de lait hydratant et regagne ma cabine en faisant claquer mes sandales. Puis je me glisse jusqu'à la porte de Jakkelsen.

Silence à l'intérieur. Peut-être est-il en train de se faire les ongles ou de soigner ses mains délicates ? J'en doute.

Je frappe. Pas de réponse. Je frappe plus fort. Silence. Je prends ma clef dans la poche de mon peignoir, je l'introduis dans la serrure. En vain. Je tripote la poignée et, au bout d'une minute, la chaise tombe. J'attends que ma panique se dissipe, puis je pousse la porte, non sans avoir regardé des deux côtés. On pourrait se méprendre sur mes intentions.

Noir complet. Pas un bruit. Je fais comme si la cabine était vide et j'allume la lumière.

Jakkelsen dort dans un pyjama thaïlandais en soie aux douces couleurs pastel. Son teint est cireux. Des bulles de salive se forment à la commissure des lèvres chaque fois qu'il expire avec difficulté. Un de ses bras pend hors de sa couchette. Son poignet est d'une maigreur à faire peur. Il ressemble à un enfant malade – ce qu'il est, d'une certaine façon.

Je le secoue. Ses paupières s'entrouvrent. Ses globes oculaires sont révulsés et ses yeux blancs m'adressent un regard mort. Il ne profère pas un mot.

Le cendrier à côté de son lit est propre. Il n'y a rien sur la table. Tout est parfaitement rangé.

Je retrousse la manche de son pyjama. Le long de l'intérieur de son bras, je distingue quarante à soixante petites taches bleu-jaune avec un centre noir, disséminées sur les veines gonflées. Je tire le coffre à draps. Il a tout laissé choir à l'intérieur : papier alu, allumettes, une vieille seringue hypodermique en verre, de la colle à prise rapide, une canule, un canif ouvert, des sachets en plastique destinés à contenir des aiguilles de machine à coudre et un bout de gros élastique d'emballage.

Il ne se réveillera pas avant un moment. Il dort d'un sommeil poudreux, sans tension ni soucis.

Avant l'instauration du régime d'autonomie interne, il n'y avait pas de douaniers au Groenland. La police et les autorités portuaires se chargeaient des douanes. C'est lorsque j'étais en poste à la station météorologique d'Upernavik que j'ai rencontré Jørgensen.

Il était capitaine de port mais se trouvait rarement à son poste. Soit les Américains l'avaient dépêché à Thulé, soit il était à bord de l'un des navires d'inspection de la marine. Il détenait le record groenlandais des heures de vol en hélicoptère.

On faisait appeler Jørgensen lorsqu'on avait un soupçon mais qu'on ne savait où le porter ni où fouiller. La brigade des stupéfiants de la base de Thulé possédait des chiens, des détecteurs de métaux et une équipe de techniciens et d'assistants de laboratoire. A Holsteinborg, la marine disposait de plusieurs experts pour les recherches et, à Nuuk, il y avait un appareil radiographique portable au Centre de soudure.

Cependant, on allait chercher Jørgensen. Il avait été soudeur HQ chez Burmeister & Wain, avait passé les examens d'officier en second dans la marine marchande pour finir capitaine de port – le capitaine fantôme.

C'était un homme de petite taille, gris, trapu, les cheveux en bataille, comme un blaireau. Il parlait du nez un danois monosyllabique aussi bien aux Groenlandais qu'aux Russes et aux militaires, quel que soit leur grade.

On l'amenait à bord du bateau ou de l'appareil arrêté, il marmonnait deux ou trois phrases avec l'équipage et le commandant, puis laissait traîner son regard de myope. Un instant plus tard, d'un air distrait, il donnait un coup de poing sur l'une des parois et l'on faisait venir un serrurier de la marine. Ce dernier découpait la tôle à l'aide d'une meuleuse d'angle. Derrière, on trouvait cinq mille bouteilles d'alcool ou quatre cent mille cigarettes et, les années passant, de plus en plus de sachets de poudre blanche soigneusement enrobés dans de la paraffine.

Jørgensen nous expliquait que, lors d'une enquête, une approche systématique ne mène à rien. « Quand je perds mes lunettes, disait-il, je commence par chercher méthodiquement : dans les toilettes, à côté de la machine à café et sous les journaux. Mais si je ne les trouve pas, je m'assieds sur une chaise, prends du recul et attends qu'une idée me vienne à l'esprit. Elle vient toujours. Que l'on cherche des lunettes ou des bouteilles, il ne sert à rien de tout casser ; il faut réfléchir et observer, il faut trouver le criminel au fond de soi et imaginer où on aurait planqué les stups. »

En février 1981, il a été abattu dans l'un des postes de la baie de Disko par quatre jeunes Groenlandais condamnés – sur ses conseils à des peines inutilement lourdes – pour trafic d'alcool. Allez savoir pourquoi, il m'aimait bien. En général, il n'essayait même pas de comprendre les Groenlandais.

En ce moment, je me rappelle Jørgensen et j'essaie de trouver le drogué en moi.

Je prendrais mon temps et dissimulerais soigneusement la came. Je serais tentée de la cacher en dehors de ma cabine mais je ne supporterais pas de ne pas l'avoir tout près de moi – comme une mère, dit-on, ne peut se passer de son nourrisson.

Il y a la climatisation. Le *Kronos* possède un système de ventilation à haute pression qui bourdonne doucement. Le capteur est placé derrière les panneaux perforés de la cloison. Chaque panneau est maintenu par au moins quarante vis. Il me paraîtrait insurmontable d'avoir à défaire quarante vis chaque fois que je voudrais prendre mon petit avec moi.

Pour la seconde fois de la journée, je fouille les tiroirs de Jakkelsen. Sans résultat. Ils renferment du papier à lettres, quelques carrés de cette pâte bleue avec laquelle on accroche les cartes postales, plusieurs numéros de *Playboy*, un rasoir électrique, des jeux de cartes, une boîte de pièces d'échecs, quatre sachets en plastique contenant chacun un nœud papillon criard, pas mal de devises étrangères, une brosse à habits et quelques chaînes en or.

Sur l'étagère, un dictionnaire espagnol-danois, un guide de conversation Berlitz pour le turc, un manuel de bridge contrat édité par BP, deux livres sur les échecs. Un livre de poche fatigué avec, en couverture, une blondinette nue et intitulé *Flossy – 16 ans*.

Je ne me suis jamais vraiment intéressée aux livres en dehors des ouvrages spécialisés. Je ne prétends pas être cultivée. D'un autre côté, je pense qu'il n'est jamais trop tard pour apprendre. Peut-être faudrait-il commencer par *Flossy – 16 ans* ?

Je sors le canif du tiroir. Il y a quelques particules vert bouteille sur la lame. J'ouvre le placard et fouille à nouveau parmi les vêtements. Aucun n'est de cette couleur. Dans sa couchette, Jakkelsen continue d'émettre des gargouillements.

Je prends la boîte de jeu d'échecs dans le tiroir, en retire un roi blanc et une reine noire. Les pièces sont finement sculptées dans une essence de bois dur. L'échiquier est posé sur le bureau, doté d'un revêtement métallique. Il est certainement pratique d'avoir un jeu magnétique à bord d'un bateau. A la base des pièces, une rondelle aimantée est recouverte d'un morceau de feutrine verte. J'insère en force la lame entre le pied du roi et le disque de métal. L'aimant résiste mais finit par céder. Un petit point de colle a été appliqué sur chaque côté. Il reste quelques minuscules fils de feutre vert sur la lame qu'on ne remarque pas au premier coup d'œil.

La pièce est creuse. Elle mesure environ huit centimètres et un cylindre d'un centimètre et demi de diamètre a été foré dans toute sa hauteur. Ce n'est probablement pas l'œuvre de Jakkelsen, elles ont été fabriquées ainsi. Mais il en a tiré parti. D'abord un morceau de pâte bleue, puis trois tubes en plastique transparent. Je secoue la pièce. Il y en a quatre autres en dessous.

Je les remets en place, scelle avec la pâte et recolle l'aimant. Je pourrais examiner les autres pièces, pour savoir si les pions contiennent deux ou trois doses, pour calculer si Jakkelsen a de quoi consommer pendant quatre ou six mois. Mais j'ai surtout envie de sortir. Une dame seule ne doit pas rester trop longtemps dans la cabine d'un inconnu.

4

– C'était mon premier voyage. Je suis allé voir un collègue. « Comment dois-je naviguer vers le Groenland ? » lui ai-je demandé. Il m'a répondu : « Tu vas jusqu'à Skagen et tu tournes à gauche. Lorsque tu arrives au cap Farewell, tu tournes à droite. »

J'enfonce le tire-bouchon. C'est une bouteille de vin blanc à la couleur verdâtre. Urs l'a fait venir par le monte-plats à la dernière minute, comme s'il s'agissait d'une icône sensible à la température. Je tire. La moitié du bouchon reste dans le col de la bouteille. Je recommence l'opération mais, cette fois-ci, l'autre moitié tombe dans le vin. Urs m'a dit que le montrachet est un grand cru. Donc, un aussi petit bouchon ne devrait pas lui faire trop de mal.

– Ensuite, il a pris une carte marine, il a posé l'extrémité de la règle sur Skagen et l'autre sur le cap Farewell et il a tiré un trait. « Si tu suis ça, tu emprunteras le *Grand Circle sailing*. Les deux jours avant l'arrivée au cap, tu ne dormiras pas. Tu passeras ton temps à boire du café et à surveiller les icebergs. »

C'est Lukas qui parle. Il ne regarde pas ses auditeurs, pourtant son autorité les tient en haleine.

Outre Lukas, il y a trois personnes dans le carré des officiers. Katja Claussen, Seidenfaden et Kützow, l'ingénieur mécanicien.

C'est la première fois de ma vie que je sers à table.

– A cette époque, on partait vers Pâques. On essayait de profiter de ce vent d'est très sec qui souffle au Danemark au mois d'avril. Si on le touchait, on naviguait au portant pendant toute la traversée. Il ne serait venu à l'idée de personne de choisir de son plein gré la période allant de novembre à la fin mars.

Il y a des règles pour le service du vin – l'ordre dans lequel on sert. Malheureusement, je ne les connais pas. J'ai tenté ma chance et j'ai servi la femme en premier. Elle fait tourner le centimètre de vin dans son verre, l'avale sans même le goûter, les yeux fixés sur Lukas.

Je sers en alternance à la droite et à la gauche des convives, pour que tout le monde soit content.

Ils se sont habillés pour le dîner. Les messieurs sont en chemise blanche, madame porte une robe rouge.

– Nous devrions rencontrer les premières glaces vingt-quatre heures après avoir doublé le cap Farewell. C'est là que le *Hans Hedtoft* de la Compagnie commerciale du Groenland a coulé en 1959. Quatre-vingt-quinze passagers et membres d'équipage ont péri. Avez-vous déjà vu un iceberg, mademoiselle Claussen ?

Je sers le chou-fleur et la baguette au levain d'Urs. Tout se déroule à peu près bien à table. Mais je renverse le reste du chou-fleur sur le saumon poché en le retirant du monte-plats. Il a encore toute sa peau et me regarde comme s'il n'attendait que moi. Urs m'a expliqué qu'un chef japonais lui a appris à ôter les yeux et à les remettre en place une fois que la chair est cuite à point. De plus, il faut enduire la peau de blanc d'œuf afin que le poisson conserve son aspect visqueux, comme s'il avait sauté vivant dans l'assiette. Je ne suis pas convaincue. Le poisson me donne plutôt l'impression d'être mort de vieillesse.

Je gratte le chou-fleur et apporte le poisson. De toute façon, ils ne voient pas ce qu'ils mangent : ils n'ont d'yeux que pour Lukas.

– Les icebergs sont des masses de glaciers qui se détachent de l'inlandsis et se brisent dans la mer. S'ils sont compacts, le rapport entre la partie émergée et la partie immergée est de un à cinq. S'ils sont creux, le rapport est de un à deux. Naturellement, ces derniers sont les plus dangereux. J'ai vu des icebergs de quarante mètres de haut, pesant cinquante mille tonnes, et que les vibrations de l'hélice pouvaient faire chavirer.

Je me brûle les doigts avec le gratin de pommes de terre. A bord d'un bateau pneumatique, dans l'Antarctique, je suis passée à côté d'icebergs tabulaires qui mesuraient quatre-vingts mètres de haut, pesaient un million de tonnes et qui auraient explosé si vous aviez sifflé les premières mesures de *Un bel été enchanté*.

– Le *Titanic* a heurté un iceberg en 1912, au sud-est de Terre-Neuve, et a coulé en trois heures. Il y a eu environ quinze cents victimes.

Dans ma cabine, j'ai posé un journal dans le lavabo, je me suis penchée au-dessus et j'ai coupé vingt centimètres de mes cheveux, de sorte qu'ils sont de même longueur que ceux qui ont repoussé après l'incendie. Pour la première fois, à bord du *Kronos*, j'ai ôté mon foulard. C'est tout ce que je peux faire pour que la femme ne me reconnaisse pas.

J'aurais pu m'épargner cette peine. Je suis une mouche sur le mur ; elle ne me voit pas. L'homme regarde Lukas, l'ingénieur mécanicien regarde son verre et Lukas ne regarde rien ni personne. Pendant une seconde, les yeux de la femme glissent sur moi et me jaugent. Elle a au moins vingt centimètres de plus que moi et cinq ans de moins. Elle est brune et sur ses gardes, une légère moue boudeuse indique peut-être – contrairement à l'opinion répandue – ce qu'il en coûte à une femme d'être belle.

Je retiens mon souffle. Il faisait nuit à l'enterrement d'Esajas. Vingt femmes étaient présentes. Mais elle était là pour une autre raison. Elle était là pour avertir Andreas Fine. Il aurait dû écouter ses conseils.

Il ne lui faut qu'une fraction de seconde pour me classer. Elle ouvre les tiroirs « serveuse » et « un mètre soixante », m'y laisse tomber et m'oublie. Elle a d'autres chats à fouetter. Sous la table, elle a posé sa main sur la cuisse de l'homme.

Elle n'a pas touché au poisson.

– Mais nous avons un radar à bord, ajoute Seidenfaden.

– Le *Hans Hedtoft* en avait un aussi.

Aucun capitaine expérimenté, aucun chef d'expédition n'effraie délibérément ses compagnons. Si l'on a l'habitude de naviguer au milieu des glaces, on sait qu'une fois la traversée entamée on ne peut pas se permettre d'augmenter les risques naturels en semant le trouble dans les esprits. Je ne comprends pas Lukas.

– Du reste, contrairement à ce que s'imagine le profane, les icebergs sont le cadet de nos soucis. La Grande Glace, cette frange de glaçons épars de la banquise, dérive le long de la côte est, s'accumule à la hauteur du cap Farewell en novembre et se disperse à nouveau au large de Godhåb.

Je réussis à retirer le bouchon entier de la deuxième bouteille. Je sers Kützow. Il boit tout en regardant distraitement l'étiquette, mais c'est le degré d'alcool qui l'intéresse.

– La banquise s'arrête à la limite de la Glace de l'Ouest. Elle se forme dans la baie de Baffin, le courant du Groenland oriental l'emprisonne dans le détroit de Davis où elle fait bloc avec la jeune glace d'hiver. Elle constitue une mer de glace qui s'avance jusqu'aux bancs de pêche au nord d'Holsteinborg.

Voyager amplifie les émotions. Lorsque nous quittions Qaanaaq pour aller chasser à Qeqertat ou pour rendre visite à quelqu'un, les sentiments latents d'amour, d'amitié ou d'animosité explosaient. Une inertie quasi palpable flotte entre Lukas et ses deux passagers qui sont aussi ses employeurs.

Je regarde Lukas. Il n'a rien dit ni fait. Pourtant, il force leur attention. De nouveau, je ressens cette impression inquiétante d'avoir assisté à une mise en scène qui m'était destinée et dont la finalité m'échappe.

– Où est Tørk ? demande-t-il.

– Il travaille, répond la femme.

Celui qui va en avion d'Europe à Thulé s'imaginera, lorsqu'il descendra de l'appareil, entrer dans un congélateur sous une pression de plusieurs atmosphères. Il sentira un froid glacial envahir ses poumons. A son retour, il croira avoir atterri dans un sauna finlandais. Un bateau qui va au Groenland ne fait pas route au nord mais à l'ouest. Le cap Farewell se trouve à la même latitude qu'Oslo. Le froid s'abat lorsqu'on vire à ce moment plein nord. Le vent qui se lève dans la journée est rude et humide, mais pas plus froid qu'au cours d'une tempête dans le Kattegat. Sauf que les vagues ont de ces oscillations longues et profondes propres à la houle de l'Atlantique Nord.

Le pont est détrempé. L'écoutille de la soute avant est désormais fermée. Je la mesure à pas comptés : cinq mètres et demi sur six. A l'origine, elle ne faisait pas cette taille. A chaque extrémité, long de soixante-quinze centimètres, il y a un bord fraîchement peint ainsi qu'une marque de soudure sur le pont. L'ouverture a été récemment agrandie de près d'un mètre sur les deux côtés.

Pour les Européens, la mer symbolise l'inconnu, naviguer est un voyage autant qu'une aventure. Conception dénuée de fondement. Naviguer est le mouvement le plus proche de l'immobilité. Pour sentir que l'on se déplace, il faut des points de repère, des points fixes à l'horizon. En traîneau, les bosses de glace sont comme effacées sous les patins, les montagnes devinées au-dessus du *napariaq* – le montant à l'arrière du traîneau –, les formations de glace apparaissent et disparaissent à l'horizon.

Tout cela manque en mer. Un bateau donne l'impression d'être immobile, une plate-forme d'acier statique, avec pour toile de fond un horizon immuable, balayé par des pluies glaciales et des paquets de nuages, porté par des abysses d'eau mouvante mais uniforme. Animé par les trépidations monotones des machines, le navire piétine sur place, en vain.

Ou bien c'est moi qui suis devenue trop vieille pour voyager.

La dépression me tombe dessus avec le brouillard.

Le voyage ne va pas sans un chez-soi que l'on quitte et où l'on revient. Autrement, on est un réfugié, un proscrit, un *qivittoq*. En ce moment, dans le Groenland du Nord, à Qaanaaq, les gens se blottissent les uns contre les autres dans leurs baraques.

Je me demande, une fois de plus, comment j'en suis arrivée là. Je ne peux pas porter seule l'entière responsabilité, le fardeau est trop lourd, j'ai dû aussi manquer de chance, d'une façon ou d'une autre, l'univers a dû m'abandonner. Lorsque je sors de mon environnement quotidien, je me rétracte comme une moule vivante que l'on asperge de citron. Je ne tends pas l'autre joue, je n'affronte pas l'hostilité avec davantage de confiance.

Une fois, j'ai frappé Esajas. Je lui avais raconté que lorsque la glace se brisait dans la baie de Siorapaluk, nous, les enfants, nous sautions d'un glaçon à l'autre. Nous avions pleinement conscience que si nous glissions nous tomberions sous la glace et que le courant nous emporterait jusqu'à Nerrivik, la mère de toutes les mers, d'où nous ne reviendrions jamais. Le lendemain, il devait m'attendre devant Brugsen, le supermarché sur la place près de la statue des Groenlandais. Lorsque je suis sortie, il avait disparu. Quand j'ai franchi le pont, je l'ai vu sur la glace, une glace fraîche et mince, rongée par le courant. Je n'ai pas crié, je ne le pouvais pas. Je suis allée jusqu'aux urinoirs près du quai et je l'ai appelé, doucement. Il est venu, d'un pas hésitant et furtif, et quand il s'est retrouvé sur les pavés, je l'ai frappé. Cette claque concentrait tous mes sentiments à son égard – comme la violence le fait parfois. Il n'a pas bougé d'un pouce.

– Mais, tu m'as tapé, dit-il, cherchant à travers ses larmes une arme pour me couper en deux.

Puis, d'un saut prodigieux, il a fait volte-face pour puiser dans les ressources illimitées de son caractère.

– *Naammassereerpoq*, on s'y fait.

Je ne possède pas une telle profondeur de pensée. C'est peut-être pourquoi les choses ont tourné ainsi.

Il n'y a pas de bruit, mais je sais que quelqu'un se tient derrière moi. Verlaine s'appuie contre le bastingage, son regard suit le mien, posé sur la mer. Il retire son gant de travail et attrape une pincée de riz dans sa poche de poitrine.

– Je croyais que les Groenlandais étaient courts sur pattes, qu'ils baisaient comme des cochons et travaillaient seulement quand ils crevaient de faim. La seule fois où je suis allé au Groenland, c'était à bord d'un navire qui livrait du pétrole à une ville, quelque part au nord. Nous pompions directement dans les réservoirs sur la rive. A un moment, un petit bonhomme s'est pointé dans son bateau et a tiré une salve en l'air, en criant quelque chose. Ils se sont tous précipités dans leurs baraques pour chercher leurs carabines, certains ont mis leurs youyous à la mer, les autres ont commencé à tirer de la plage. Si je n'avais pas été de quart, la pression aurait fait sauter les tuyaux. Il s'est avéré que c'était parce qu'ils avaient repéré un banc de je ne sais plus quel poisson.

– A quelle période de l'année était-ce ?

– Peut-être juillet, ou début août.

– Bélouga. Une petite baleine blanche. Ça devait être à l'un des comptoirs au sud d'Upernavik.

– Nous avons télégraphié à la compagnie qu'ils avaient abandonné le travail pour aller à la pêche. On nous a répondu que ça se produisait plusieurs fois par an. Voilà ce qui arrive avec les primitifs, quand ils ont le ventre plein, ils ne voient pas la moindre raison de travailler.

J'acquiesce.

– Au Groenland, on dit que les Philippins sont des petits maquereaux flemmards que l'on admet à bord des bateaux uniquement parce qu'ils ne demandent qu'un dollar de l'heure mais qu'il faut nourrir avec des quantités industrielles de riz si l'on ne veut pas se retrouver avec un couteau dans le dos.

– C'est vrai, répond-il.

Il se penche vers moi pour ne pas avoir à crier. Je jette

un coup d'œil vers la passerelle. Nous sommes complètement à découvert.

– Ce navire a des règles. Celles du capitaine, celles de Tørk. Mais il y a aussi les nôtres, celles des rats.

Son sourire découvre une rangée de dents trop belles pour être vraies et qui tranchent sur sa peau foncée. Il remarque mon regard.

– Des couronnes en porcelaine. J'ai été en prison à Singapour. Au bout d'un an et demi, je n'avais plus une dent. Ma mâchoire était maintenue avec du fil de fer galvanisé. Alors, nous avons organisé une évasion.

Il se penche un peu plus.

– C'est là que je me suis aperçu à quel point je déteste les flics.

Il se redresse et s'en va, je reste à contempler la mer. Il commence à neiger. Mais ce n'est pas de la neige. Cela vient du pont. Je cherche sur moi. Ma doudoune a été entaillée sur toute sa longueur, du col à l'élastique de la taille, sans que l'on touche à la doublure. Le duvet s'échappe et volette comme des flocons de neige. J'ôte l'anorak et le plie. En quittant le pont, je me dis qu'il doit faire froid, mais je ne le sens pas.

5

Le Conseil des œuvres de la marine marchande envoie
des paquets de neuf vidéos à la fois à ses abonnés. Sonne
est prêt à visionner la première sur le grand écran de la
salle de musculation. Je m'assieds au fond. Je m'éclipse
lorsque apparaît un coucher de soleil sur un désert.

Des outils et des pièces détachées sont rangés dans des
armoires placées face à face, sur le pont nº 2. Je prends
un tournevis cruciforme. Je fouille partout. Dans une
caisse en bois, je trouve plusieurs billes en acier massif,
un peu plus grosses que des balles de golf, enveloppées
dans du papier huilé et légèrement graisseuses. J'en
emporte une.

Je monte l'escalier jusqu'au pont arrière. La lumière du
film filtre par deux grandes fenêtres. Je m'accroupis contre
la paroi et jette un coup d'œil en dessous. Je reviens sur
mes pas après avoir entrevu les cheveux noirs et brillants
de Verlaine et les boucles de Jakkelsen. Je m'enferme dans
la cabine de ce dernier.

Cette fois-ci, il n'y a que des draps dans le coffre sous
la couchette. En revanche, le jeu d'échecs est toujours à
sa place. Je dissimule la boîte de pièces sous mon pull.
J'écoute à la porte puis reviens dans ma cabine. Au loin,
on peut discerner la bande-son du film.

Je pose la boîte dans un tiroir. Curieuse sensation que
d'être en possession d'une chose qui, selon le port où on
se ferait prendre, vaudrait à son détenteur de trois ans de
prison ferme à une condamnation à mort.

J'enfile mon survêtement. J'enveloppe la bille de métal

dans une grande serviette de bain blanche pliée en double. Je la raccroche et me prépare à attendre.

Si l'on veut éviter qu'une longue attente ne devienne totalement destructrice, il faut la prendre à bras-le-corps. Si on se laisse aller, la conscience vacille, ouvrant la voie à la peur et à l'agitation. La dépression vous terrasse.

Pour me donner du courage, je me demande : « Qu'est-ce qu'un être humain ? » et « Qui suis-je ? »

Suis-je mon nom ?

L'année de ma naissance, ma mère s'est rendue dans le Groenland de l'Ouest et en a ramené le nom *Millaaraq*. Comme il évoquait pour Moritz le mot danois *mild* – mot banni du vocabulaire amoureux de mes parents –, comme il tenait à donner une touche européenne à tout ce qui était groenlandais et comme, paraît-il, je lui avais souri – *smile*, cette confiance infinie du bébé qui ne sait pas encore ce qui l'attend –, mes parents se sont mis d'accord sur *Smillaaraq*. Avec l'usure du temps, à laquelle rien ni personne n'échappe, il a été abrégé en *Smilla*.

C'est seulement un son. Si l'on va plus loin, on trouve un corps avec sa circulation sanguine et le mouvement des humeurs. Son amour de la glace, sa colère, ses langueurs, son sens de l'espace, ses faiblesses, son infidélité et sa loyauté. Derrière ces sentiments, des forces non répertoriées se mêlent à des souvenirs fragmentaires, incohérents, et des bruits impossibles à identifier. Et la géométrie. Tout au fond de nous, il y a la géométrie. A l'Université, nos professeurs ne cessaient de nous interroger sur la réalité des concepts géométriques. Ils nous demandaient : « Où cherche-t-on un cercle parfait, une symétrie réelle, un parallèle absolu alors qu'on ne peut les trouver dans ce monde extérieur et imparfait ? »

Je ne leur répondais pas, ils n'auraient pas compris l'évidence de ma réponse ni l'énormité de ses conséquences. La géométrie est un phénomène inné dans notre conscience. On ne rencontrera jamais un cristal de neige parfaitement formé dans le monde extérieur. Mais dans notre conscience le savoir est sans tache et la glace parfaite.

Si l'on a encore quelques forces, on peut s'aventurer au-delà de la géométrie, remonter ces tunnels tour à tour lumineux et obscurs qui s'enfoncent en chacun de nous et plongent dans l'infini.

C'est tout ce que l'on peut tenter si on en a la force.

Voilà deux heures que le film est terminé, deux heures que Jakkelsen a fermé sa porte à clef. Mais il n'y a pas de raison de s'impatienter. Au Groenland, la toxicomanie fait partie du paysage. C'est un cliché erroné de dire que la drogue rend les gens imprévisibles. Au contraire elle les rend très, très prévisibles. Je sais que Jakkelsen va venir. J'ai la patience d'attendre aussi longtemps qu'il le faudra.

L'interrupteur est situé entre le lavabo et le placard, j'ai donc besoin de me pencher pour éteindre la lumière.

C'est cet instant qu'il choisit. Il a dû rester l'oreille collée à la porte. J'ai sous-estimé Jakkelsen. Il s'est faufilé jusqu'à ma cabine, a débloqué la serrure, guetté le moindre mouvement – tout cela sans que je l'entende, bien que je me tienne de l'autre côté de la porte. Il a préparé son coup, lorsqu'il l'ouvre, elle me frappe à la tempe et me projette au sol, entre la couchette et le placard. Il entre et referme derrière lui. Il ne se fie pas seulement à sa force physique. Il tient un long épissoir à manche en bois et à bout creux en acier poli.

– Aboule ! dit-il.

J'essaie de m'asseoir.

– Bouge pas !

Je m'assieds.

Il change l'épissoir de position, la lourde extrémité s'abaisse et, dans le même mouvement, il me frappe au pied, juste sur l'os de ma cheville droite. Pendant un instant, mon corps refuse de croire à l'intensité de la douleur, puis une langue de feu blanche traverse mes os jusqu'au sommet de mon crâne. Je m'effondre sur le sol.

– Aboule !

Je ne peux dire un mot. J'enfonce la main dans ma poche, en ressors le petit sachet de plastique et le lui tends.

– Le reste.

– Dans le tiroir.

Il réfléchit un instant. Pour atteindre le bureau, il doit passer au-dessus de moi.

Sa nervosité est plus prononcée que jamais, mais sa détermination ne fait pas l'ombre d'un doute. Moritz prétend que l'on peut mener une vie longue et saine en consommant de l'héroïne régulièrement – si on en a les moyens. En elle-même, la drogue a un effet quasi conservateur. Ce qui pousse les drogués dans la tombe, ce sont les cages d'escalier glacées, les hépatites, les additifs impurs, le sida et tous les efforts épuisants pour se procurer de l'argent. Mais si on a les moyens, on peut vivre dans cette dépendance et rester en bonne santé. D'après Moritz.

J'ai pensé qu'il exagérait. L'exagération cynique, ironique et distancée du clinicien. L'héroïne est un suicide. Que l'on puisse dépasser son vingt-cinquième anniversaire ou plus n'y change rien. De toute façon, c'est une forme de mépris pour sa vie.

– Tu vas la sortir toi-même.

Je me mets à croupetons. Quand j'essaie de me relever, ma jambe droite lâche et je tombe à genoux. Je m'arrange pour que la chute ait l'air plus terrible qu'elle ne l'est et m'accroche au lavabo pour me redresser. Je prends la serviette blanche au porte-serviettes et essuie le sang sur ma figure. J'avance à cloche-pied vers le bureau et les placards, toujours la serviette à la main, puis je me tourne vers le placard.

– La clef est là-dedans.

J'amorce le balancement tout en pivotant. Un arc de cercle qui commence à la hauteur du hublot, remonte le long de la cloison et redescend en accélérant vers l'arête de son nez.

Il voit arriver la serviette et recule. Mais il s'est préparé à la claque d'un morceau de tissu. La bille le frappe juste au-dessus du cœur. Il tombe à genoux. Je prépare un second coup. Il parvient à lever un bras, le choc se produit en dessous de l'épaule et le projette contre la couchette. Un éclat meurtrier brille dans ses yeux. J'arme mon coup aussi fort que je le peux et vise sa tempe. Il fait exactement ce qu'il faut : il s'avance pour parer le coup, lève le bras, la serviette s'y enroule, et il la tire. Je bondis vers lui. Il agite l'épissoir et me frappe à l'abdomen. J'ai l'impression de me voir de l'extérieur de moi-même, tandis que mon corps est soulevé et balayé à travers la cabine et je comprends alors que je viens de heurter le bureau violemment. Il s'approche de moi en passant sur la couchette. C'est comme si je n'avais plus de corps. Je baisse les yeux. Je crois d'abord qu'un liquide blanc s'échappe de moi, puis je vois qu'il s'agit de la serviette que j'ai entraînée dans ma chute. Il franchit le coin de la couchette. Je soulève la bille, réduis de moitié la longueur de la serviette, pose la main droite sur la gauche et redresse le bras d'un coup sec.

Je le touche à la pointe du menton. Sa tête part en arrière, le corps suit lentement et il s'effondre contre la porte. Il tente un instant de se raccrocher à la poignée, abandonne et s'affale sur le sol.

Je reste prostrée un moment. Puis je crapahute, prenant appui sur la couchette, le placard et le lavabo. Je me sens paralysée du bassin aux doigts de pied. Je ramasse l'épissoir et pêche le petit sachet dans sa poche.

Il lui faut un certain temps pour reprendre ses esprits. J'attends agrippée à l'épissoir. Il palpe sa mâchoire, crache du sang dans ses mains ainsi que des morceaux plus clairs.

– Tu m'as bousillé la figure !

Il a perdu la moitié d'une incisive. Je m'en aperçois lorsqu'il parle. Sa colère s'est évanouie, il a l'air d'un enfant.

– Donne-moi cette dose, Smilla.

Je sors le paquet et joue avec.

– Je veux voir la soute avant.

Le tunnel commence dans la salle des machines. Un escalier étroit part du pont, entre les barrots d'acier du support du moteur. A l'extrémité, une porte pare-feu mène à un couloir dans lequel on se tient tout juste debout et qui fait moins d'un mètre de large.

Elle est fermée, Jakkelsen l'ouvre.

– Là-bas, de l'autre côté du moteur, un tunnel semblable passe sous les pièces médianes et inférieures du pont arrière, jusqu'aux réservoirs de flancs.

Dans ma cabine, il a versé une ligne épaisse de poudre sur mon miroir de poche et l'a directement reniflée. Cela l'a tout de suite métamorphosé en un guide efficace et sûr de lui. Mais il se passe encore la langue sur l'incisive brisée.

Je peux à peine me tenir sur le pied droit qui a enflé comme après une mauvaise entorse. Je reste derrière Jakkelsen. J'ai enfoncé la pointe du petit tournevis cruciforme dans un bouchon de liège et l'ai glissé dans la ceinture de mon pantalon.

Il allume la lumière. Tous les cinq mètres, il y a une ampoule nue protégée par un boîtier métallique.

– Il fait vingt-cinq mètres de long et va jusqu'au gaillard d'avant. Au-dessus, il y a une soute de neuf cent soixante-six mètres cubes et une autre de six cent quarante-quatre mètres cubes.

Le long des parois du tunnel, les membrures du navire forment une grille serrée. Il pose la main dessus.

– Cinquante centimètres entre les membrures. La moitié de l'écart réglementaire pour un quatre mille tonnes. Des tôles de quatre centimètres dans le nez. Cela donne une résistance locale vingt fois supérieure à ce que les compagnies d'assurances et le Veritas exigent pour la navigation dans les mers polaires. C'est comme ça que j'ai deviné que nous allions vers les glaces.

– Comment en sais-tu autant sur les bateaux ?

Jakkelsen se redresse, soudain charmeur et disert.

– Tous les jeunes connaissent l'histoire du mousse Peder Most, n'est-ce pas ? Je suis Peder Most. Je suis né à Svenborg, comme lui. J'ai les cheveux roux, comme lui. Et je suis d'une autre époque, une époque où les bateaux étaient faits en bois et les marins en acier. Aujourd'hui, c'est le contraire.

Il passe la main dans ses boucles rousses afin de les gonfler.

– Je suis également mince comme un mannequin. On m'a plusieurs fois proposé d'être modèle. A Hong Kong, j'ai signé un contrat avec deux types qui travaillaient dans la mode. Ils m'avaient remarqué de loin. Je devais participer à la première prise de photos le lendemain. A cette époque, j'avais un engagement, mousse du carré. Je n'avais pas le temps de faire la vaisselle, alors j'ai balancé les couverts et les assiettes par le hublot. Lorsque je suis arrivé à leur hôtel, ils étaient partis, malheureusement. Le capitaine a retenu cinq mille couronnes sur ma paie pour payer le plongeur qui a récupéré la vaisselle.

– C'est un monde injuste.

– C'est bien vrai. C'est pour ça que je ne suis qu'un simple matelot. Je navigue depuis sept ans ; j'aurais dû suivre des cours, ça ne s'est jamais fait. Mais je sais tout sur les navires.

– Mais ce conteneur que nous avons largué en mer hier, tu n'as pas une idée de ce que ça cache, par hasard ?

Il plisse les yeux.

– C'est donc vrai, ce que Verlaine raconte.

J'attends.

Il écarte les bras ; il exulte.

– Je pourrais être très utile à la police. A la brigade des stups, par exemple. Je sais tout sur ce monde-là.

Une conduite d'eau passe au-dessus de nos têtes. Tous les dix mètres, il y a les ajutages de pulvérisation d'extinction automatique d'incendie. Chaque ajutage est doté d'une ampoule rouge sombre. Il prend un chiffon dans sa poche, le place autour du sprinkler d'un geste entraîné et allume une cigarette.

– Il y a des détecteurs de fumée. Si l'on ne fait pas gaffe, l'alarme se déclenche.

Il emplit ses poumons avec plaisir, mais sa dent cassée le fait grimacer.

– Au Danemark, c'est la croix et la bannière pour se débarrasser d'un chargement illégal. Le pays est entièrement contrôlé. Dès que l'on s'approche d'un port, on a la police, les autorités portuaires et la douane sur le dos. Ils veulent savoir d'où l'on vient, où on va et qui est l'armateur. Impossible de soudoyer un type, ce sont tous des bureaucrates qui n'accepteront rien de plus qu'un verre d'eau minérale. Tu te dis qu'un ami peut toujours t'accoster avec un petit bateau, prendre la caisse et la débarquer sur une plage tranquille. Mais ça ne marche pas non plus, au Danemark les gardes-côtes et la douane travaillent la main dans la main, c'est bien connu. Aux deux grandes bases d'Anholt et de Frederikshavn, les policiers attribuent un numéro à tous les navires entrant et sortant dans les eaux danoises et les suivent par ordinateur. Ils détecteront immédiatement ton ami avec son bateau. Tu te dis alors que tu pourrais balancer ton chargement par-dessus bord, avec une bouée ou des flotteurs et un petit émetteur qui envoie un signal pouvant être localisé par celui qui vient le ramasser.

J'essaie d'établir un lien entre ce qu'il me raconte et ce que j'ai vu.

Il écrase sa cigarette.

– Mais il y a pourtant quelque chose qui ne colle pas. Le navire arrive d'un chantier de Hambourg. Il est resté deux semaines dans les eaux danoises, à quai, à Copenhague. Ça me paraît bien tard pour balancer les marchandises à cinq cents milles marins, dans l'Atlantique, pas vrai ?

Je suis d'accord. C'est incompréhensible.

– Les trucs d'hier, c'était pas de la contrebande. Je connais ce trafic et j'en suis certain. Et tu sais pourquoi ? Parce que j'ai regardé dans le conteneur. Et tu sais ce qu'il y avait dans le conteneur ? Du ciment, des centaines de sacs de cinquante kilos de ciment de Portland. Une nuit, je l'ai examiné. Il était fermé par un cadenas mais les clefs

338

sont toujours sur la passerelle, en cas de désarrimage. Donc, quand j'étais de quart, j'ai pris la clef. Ça me tapait sur le système. J'ai ouvert le couvercle. Rien que du ciment. Je me suis dit que c'était une blague, qu'il devait y avoir quelque chose là-dessous. Je suis allé chercher une broche à la cuisine. J'ai presque fait dans mon froc à l'idée d'être découvert par Verlaine. J'ai passé deux heures dans le conteneur à remuer des sacs et à y enfoncer la broche pour découvrir quelque chose. Tout ce que j'ai gagné, c'est un mal de dos et des mains gercées – la poussière de ciment, c'est une abomination. Et rien à part ça. Je me suis dit, c'est impossible, ce voyage. Tout est secret. Paye supplémentaire pour que nous ne connaissions pas la destination ni la teneur du chargement. Et tout ce qu'ils chargent, c'est un conteneur rempli de ciment ? C'est trop. Je n'en dors pas. Je me dis que ça doit être de la dope.

– Et tu as laissé tomber.

– Je crois qu'hier, ajoute-t-il lentement, ils ont fait un essai. Ce n'est pas évident de larguer une lourde charge par-dessus bord. Il faut bien préciser les coordonnées afin de repêcher la marchandise. Tu tiens pas à ce qu'elle se prenne dans l'hélice. Tu ne veux pas d'embardée, si la mer est mauvaise, et risquer de tout fiche en l'air. L'idéal serait de stopper et de mettre doucement le conteneur à l'eau. Mais tu sais que même le plus petit mouvement va modifier ta vitesse relative sur le radar des gardes-côtes, qu'ils notent tout changement de vitesse et qu'ils t'appelleraient immédiatement sur la VHF. Donc, si tu veux vraiment larguer quelque chose de gros et de lourd sans te faire remarquer, tu as besoin d'un essai. Pour tester les flotteurs et l'émetteur et permettre aux marins de répéter leurs manœuvres sur le pont. Pour positionner correctement le mât, le treuil et les câbles. Le conteneur d'hier, c'était un coup d'essai. Ils l'ont largué là parce qu'ils étaient sûrs que nous étions hors de portée des radars. C'était juste une répétition.

– Pour quoi ?

– En attendant les vrais trucs, pardi. Ceux que nous

allons chercher. Tu peux me croire sur parole. Je sais tout de la mer. Ce machin leur coûte une fortune et la seule chose qui peut payer les intérêts de leur investissement, c'est la dope.

A la fin du tunnel, un petit escalier en colimaçon s'enroule autour d'une poutrelle en acier pas plus grosse que le pied d'un mât de pavillon. Jakkelsen passe la main sur la peinture blanche.

– Ça supporte le mât avant.

Je pense au mât de charge et au treuil. Ils sont tous deux donnés pour une charge maximale de quarante-cinq tonnes.

– C'est minuscule.

– Pression verticale. La charge sur le mât exerce une pression vers le bas. La pression latérale est négligeable.

Je compte cinquante-six marches et estime que nous avons grimpé l'équivalent d'un immeuble de trois étages. Mon pied blessé y parvient tout juste.

Le palier donne sur une cloison. Celle-ci s'ouvre grâce à un panneau circulaire de cinquante centimètres de diamètre. Le panneau est doté de deux poignées de verrouillage qui le font ressembler à l'entrée d'un coffre-fort de dessin animé. Ce panneau ne colle pas avec le reste. Le *Kronos* semble avoir été construit à la même époque que le *Kista Dan* de la compagnie Lauritzen, le premier gros diesel que j'ai vu dans mon enfance, un souvenir inoubliable. C'était au début des années soixante. Ce panneau donne l'impression d'avoir été fabriqué hier.

Il n'est pas bien fermé. Jakkelsen tourne les poignées d'un demi-tour et le tire vers nous. Il doit être lourd mais il vient sans effort. A l'intérieur, un joint épais, constitué de trois couches de caoutchouc noir, assure l'étanchéité.

Derrière la porte, une plate-forme surplombe un trou obscur. Jakkelsen attrape une grosse lampe-torche à côté de la porte. Je la lui prends et l'allume.

Rien qu'au bruit – l'écho affaibli des parois les plus

éloignées – on peut deviner la taille de la pièce. Le faisceau de la lampe touche le fond qui me paraît vertigineu-
sement loin. En réalité, il y a peut-être dix, douze mètres.
L'écoutille est environ à cinq mètres au-dessus de nous.
J'en éclaire les contours avec la lampe. Elle est dotée de
ce même joint en caoutchouc. J'éclaire le fond : il s'agit
d'un caillebotis en acier inoxydable.

– Il a baissé. Lorsque le conteneur était là, le fond était
plus haut.

Sous le caillebotis, le plancher est incliné vers un orifice
de vidange.

Je trouve un angle et fais glisser le faisceau lumineux
sur toute la hauteur.

Les parois sont en acier poli. En montant, la lumière
s'accroche à quelque chose de saillant. On dirait une
pomme de douche pointée droit vers le bas. Un peu plus
haut, il y en a une autre, puis encore une autre. Même
chose sur l'autre paroi. La pièce en compte dix-huit au
total.

Je les examine. Au milieu, en haut et en bas de chacune
d'entre elles, une grille de cinquante centimètres sur cinquante est encastrée.

La plate-forme sur laquelle nous nous tenons avance
d'un mètre cinquante dans la pièce. Une espèce de tableau
d'instruments se trouve sur la droite. Il comporte quatre
voyants, un interrupteur, un compteur indiquant « oxyg.
% », un autre « press. atm. », un thermostat gradué de
+ 20 °C à – 60 °C et un hygromètre.

Je remets la lampe en place. Nous sortons et je referme
le panneau. Il y a un portillon blanc dans la cloison, à
gauche. J'essaie la clef de Jakkelsen mais elle ne l'ouvre
pas. Ça n'a pas trop d'importance, je devine ce qu'il y a
derrière : un tableau identique à celui qui est à l'intérieur
de la cuve, avec quelques boutons de réglage en plus.

Nous retournons, Jakkelsen en tête. Son énergie faiblit,
il a brûlé presque toutes ses réserves.

Je le fais patienter dans sa cabine tandis que je vais
chercher ses pièces d'échecs. Je ne croise personne. Mon

réveil indique trois heures trente. J'ai l'impression d'avoir vieilli.

Je prends une douche. Lorsque je sors de la salle de bains, Jakkelsen se tient dans l'encadrement de la porte. Plein d'énergie et de vigueur, avec un air transfiguré sur son jeune visage émacié.

– Smilla, murmure-t-il, qu'est-ce que tu dirais d'un petit coup vite fait ?

– Dis-moi, Jakkelsen, ôte-moi un doute : est-ce que ton Peder Most était un camé lui aussi ?

6

Je passe la tête à l'intérieur du sèche-linge et plonge les mains dans les serviettes encore brûlantes. Je sens la peau de mon visage et de mes mains se dessécher instantanément.

Si l'on n'a pas de port d'attache, on cherchera toujours des correspondances, des ressemblances, des petites odeurs, des couleurs et des sensations qui rappellent un lieu où l'on s'est senti chez soi, en paix. A l'intérieur d'un sèche-linge, c'est l'air du désert. Une fois, je me suis sentie chez moi dans un désert.

Nous traversions une plaine au fond d'une vallée, une plaine plate et inhabitée, un soleil brûlant brillait au-dessus de nos têtes. Comme si un dieu d'une curiosité impitoyable avait braqué son microscope et sa lampe de laboratoire sur les rescapés d'un monde éteint. Nous traversions des dunes et des plateaux sablonneux, dans un enfer de chaleur cuivré, gris cendré et magnifique. En fin de journée, une tempête de sable s'était levée, nous avions dû nous allonger sur le sol, les visages enveloppés de foulards. Nous n'avions plus d'eau, un jeune homme s'est mis à délirer et crier qu'il allait mourir de soif. Lorsque la tempête s'est apaisée, un rideau de sable s'est interposé entre le soleil et nous pendant un instant. Ce sable brillait comme un halo autour du soleil, comme un gros essaim d'abeilles en train d'envahir le ciel. Je m'étais sentie heureuse et libérée, sans raison.

Cette lumière brûlante provenait du soleil de minuit. Cela se passait dans la vallée de Schuckerdt, dans le Nord-

Est du Groenland, un désert arctique où, durant un très bref été, le soleil polaire chauffe les rochers à 35 °C et crée un paysage – infesté de moustiques – de rivières asséchées et de pierres de feu. Il faut deux jours pour le traverser. Depuis, j'ai souvent souhaité y retourner. Mon frère participait à l'expédition, comme chasseur. Ce fut notre dernier long voyage ensemble. Nous nous sentions redevenus des enfants, ni le jour où Moritz m'avait forcée à venir au Danemark ni notre séparation de douze ans n'existaient plus. En cet instant, devant le sèche-linge, je bute sur cet inexplicable souvenir d'enfance dont je ne partagerai jamais plus la douceur avec quiconque. Ce qu'il y a de triste avec la mort, ce n'est pas qu'elle modifie le futur, mais qu'elle nous laisse seuls avec nos souvenirs.

J'ôte le bouchon de liège du tournevis et déchire le gros sac-poubelle noir.

Cela fait deux nuits que Jakkelsen m'a montré la soute. Depuis hier, le tournevis m'accompagne partout.

Hier, vers midi, je suis retournée dans ma cabine pour me changer.

Ma vie, dans son ensemble, est plutôt désordonnée. Mais mes vêtements sont toujours bien rangés. J'ai emporté des cintres à pinces pour mes pantalons, des cintres gonflables pour mes chemisiers et je plie mes pulls d'une façon particulière. Les habits gardent leur apprêt et leur souplesse s'ils sont correctement repassés, accrochés, brossés, empilés et rangés à leur place.

Dans le haut de l'armoire, il y a un tee-shirt qui n'est pas plié comme il faut. J'examine la pile : quelqu'un l'a fouillée.

Dans le carré, je m'assieds à côté de Jakkelsen. Je ne l'ai pas vu depuis deux nuits. Il s'arrête de manger un instant et se penche sur son assiette.

– As-tu fouillé ma cabine ? lui demandé-je doucement.

Une légère peur glisse dans son regard, un soupçon de fièvre. Il hoche la tête. Je devrais manger, mais j'ai perdu l'appétit. Avant de retourner au travail dans la blanchisserie après le déjeuner, j'ai collé deux morceaux de ruban adhésif sur ma porte.

Lorsque j'y suis repassée avant le dîner, ils étaient déchirés. Depuis, je n'ai pas lâché le tournevis. Peut-être n'est-ce pas une réaction rationnelle, mais les gens utilisent toutes sortes d'objets bizarres pour se rassurer. Un tournevis cruciforme n'est pas pire qu'autre chose.

Un tas de vêtements masculins jaillit du sac et se répand sur le sol. Tricots de corps, chemises, chaussettes, jeans, caleçons, un épais pantalon en drap sergé.

J'ai sous les yeux la première fournée de linge sale du pont des embarcations dont l'accès est interdit.

Quelques vêtements de femme. Un cardigan, des collants, une jupe en coton, des serviettes en tissu éponge d'un centimètre d'épaisseur, brodées au nom de Katja Claussen, portant l'étiquette « Filatures du Jutland ». C'est tout. Je la comprends aisément. Les femmes n'aiment pas que quelqu'un d'autre voie ou touche leur linge sale. Moi-même, si je n'étais pas la seule chargée de la lessive, je laverais mes affaires dans mon lavabo et les ferais sécher sur le dos d'une chaise.

Quant au dernier tas de vêtements masculins – tee-shirts, chemises, sweat-shirts, pantalons de toile –, on peut noter trois choses : ils sont neufs, chers et de taille 46.

– Jaspersen.

Il y a dans chaque pièce du *Kronos* des interphones en plastique noir, reliés à la passerelle et qui permettent à la personne de quart de donner un ordre à tout moment. Ces interphones représentent à mes yeux – en tout cas en cet instant précis – l'exemple même du progrès technique de ces quarante dernières années dans toute son ingéniosité, vaguement terroriste, perfide et superflue.

– Venez servir le café sur la passerelle.

Je n'aime pas être surveillée. Je déteste les pointeuses et les horaires aménagés. Je suis allergique aux registres de vérification. Je hais les contrôles de passeports et les actes de naissance, l'école obligatoire, les pensions alimentaires, les dommages et intérêts, le devoir de réserve, cette avalanche monstrueuse de contrôles de l'État qui vous tombe sur la tête quand vous arrivez au Danemark. Toutes ces choses que, normalement, je balaie de ma conscience mais qui peuvent surgir à tout moment – sous la forme d'un petit interphone noir par exemple.

Je déteste cela d'autant plus que je sais que c'est une sorte de bienfait pervers, que cette manie occidentale des contrôles, archives et fichages est également censée faciliter la vie.

Lorsque, dans les années trente, on a demandé à Ittussaarsuaq – venue, enfant, d'Ellesmere Island au Groenland avec sa tribu et sa famille, au moment de l'émigration durant laquelle les Esquimaux canadiens eurent leur premier contact depuis sept cents ans avec les Inuit du Nord du Groenland –, lorsqu'on lui a demandé à elle, une vieille dame de quatre-vingt-cinq ans qui avait vécu toute la colonisation moderne, de l'âge de pierre à la radio, comment était la vie comparée à celle du passé, elle répondit sans hésiter : « Meilleure. Les Inuit meurent de plus en plus rarement de faim. »

Les sentiments doivent suivre leur cours normal pour ne pas s'embrouiller. Même si l'on voue à la colonisation du Groenland une haine indéfectible, quels que soient les griefs, il faut avouer qu'elle a fait reculer la précarité dans la région la plus inhospitalière de la planète.

Il n'y a pas de boutons pour répondre à l'interphone. Je m'adosse à la cloison, juste à côté de l'appareil.

– J'étais bien là, dis-je, et j'attendais justement l'occasion de me surpasser.

En montant, je m'arrête sur le pont. Le *Kronos* est secoué par de longues lames de houle de travers, une houle ancienne créée par une tempête lointaine qui a disparu et n'a laissé derrière elle que ce tapis gris mat et mouvant d'énergie pris dans les eaux.

Le vent souffle de l'avant, un vent froid. Je le respire,

ouvre la bouche, lui fournis un point de résonance, comme une onde, un souffle dans le goulot d'une bouteille vide.

La bâche a été enlevée du chaland de débarquement. Verlaine y travaille, de dos. Il est en train de fixer au fond de l'embarcation des lamelles de teck à l'aide d'une visseuse électrique.

Lukas est seul sur la passerelle, la main posée sur la barre. Le pilote automatique est débranché. Quelque chose me dit qu'il préfère gouverner manuellement, quitte à être moins précis.

Il ne se retourne pas quand j'entre. Tant qu'il n'a pas parlé, rien n'indique qu'il a remarqué ma présence.

– Vous boitez.

Il a développé un don, celui de tout voir sans le montrer.

– Ce sont mes varices.

– Avez-vous une idée de l'endroit où nous sommes, Jaspersen ?

Je lui sers sa tasse de café. Urs sait exactement comment il l'aime. Serré, noir et toxique comme un décilitre de goudron brûlant.

– Aujourd'hui, sur le pont, j'ai senti le Groenland.

A son dos, je sais qu'il doute. Je tente de lui fournir une explication.

– C'est le vent. Il sent la terre, en même temps, il est froid et sec. Il est chargé de glace. C'est un vent qui vient de l'inlandsis, qui souffle sur les côtes et arrive jusqu'à nous.

Je dépose la tasse devant lui.

– Je ne sens rien.

– Il a été scientifiquement prouvé que les gros fumeurs perdent l'odorat. Le café très fort n'arrange pas les choses.

– Pourtant, vous avez raison. Cette nuit, vers deux heures du matin, nous doublerons le cap Farewell.

Il me veut quelque chose. Il ne m'a pas parlé depuis le jour où j'ai embarqué.

– Il est d'usage de faire un rapport au Centre d'études glaciologiques du Groenland lorsque l'on passe le cap Farewell.

J'ai effectué trois cents heures de vol à bord du Havilland Twin-Otter du Centre et j'ai passé trois mois dans les baraquements à Narsarsuaq à dessiner des cartes de glaces d'après des photos aériennes et à les faxer à l'Institut météorologique qui les transmet ensuite aux navires par l'intermédiaire de Radio Skamlebæk. Mais je n'en souffle mot à Lukas.

– Ce n'est pas obligatoire, mais tout le monde en profite. Ils vérifient les informations et rédigent un bulletin toutes les vingt-quatre heures.

Il avale son café comme si c'était de l'aspirine.

– A moins de remplir une mission douteuse, sans vouloir attirer l'attention. Si l'on n'envoie pas de rapport au Centre, ils n'avertissent ni les gardes-côtes danois ni la police.

Tout le monde me parle de la police. Verlaine, Maria, Jakkelsen et Lukas maintenant.

– Nous avons passé un accord avec l'armateur : le téléphone ne sera pas utilisé durant le voyage. Je suis prêt à faire une exception.

Tout d'abord, son offre me surprend. Je ne crois pas donner l'impression d'être du genre à monopoliser le téléphone pour pleurnicher avec ma famille sur les ondes de Radio Lyngby.

Puis je comprends. Trop tard, bien entendu. C'est évident. Lukas croit que je suis de la police. Verlaine et Jakkelsen aussi. Ils pensent que je suis ici en mission d'infiltration. C'est la seule explication possible. Voilà pourquoi Lukas m'a prise à bord.

Je lui jette un coup d'œil. Il n'y a rien de patent, mais la peur est bien là. Elle y était déjà à notre première rencontre, tapie derrière son visage impénétrable reflété par les fenêtres du casino. Il a dû transporter des chargements douteux au cours de sa vie. Mais celui-ci a quelque chose de spécial. Il en a peur, à un point tel qu'il m'a fait embarquer, pensant que je suis sur une piste. Et ses efforts pour coopérer, aussi peu enthousiastes soient-ils, lui fournissent une sorte d'alibi si le bras de la justice s'abat sur lui, le *Kronos* et ses passagers.

On le voit à la raideur de son dos. A l'impression qu'il donne de vouloir tout surveiller, d'être partout à la fois, à la discipline qu'il impose en permanence.

– Y a-t-il quelque chose dont vous… avez besoin à bord ?

Cette tournure ne lui est guère familière. Il n'est ni assistante sociale ni chef du personnel. C'est un homme qui donne des ordres.

Je m'approche derrière lui.

– Une clef.

– Vous en avez une.

Je suis si proche de lui que mon souffle effleure sa nuque. Il ne se retourne pas.

– Celle du pont des embarcations.

– Elle a été confisquée.

Son amertume me frappe en retour. Elle vient du fait qu'on lui a retiré sa toute-puissance de commandant en chef du navire.

Je lui pose la question de Jakkelsen.

– Quelle est notre destination ?

Il pointe son doigt sur la carte marine à côté de lui. Une carte du Groenland du Sud recouverte d'un transparent sur lequel sont tracés des lignes, des cercles, des hachures et des triangles noirs de l'émetteur de Julianehåb indiquant les concentrations de glace, la visibilité et les icebergs. Une route longe la côte, contourne le cap Thorvaldsen et remonte au nord-nord-est. Elle s'interrompt près du Vestland, en pleine mer.

– C'est tout ce que je sais.

Il les hait pour cela, être tenu en bride comme un enfant.

– Les glaces de l'ouest descendent jusqu'au sud d'Holsteinborg. Ce n'est pas de la rigolade. Quelque part au nord du Søndre Strømfjord. Ils ne me feront pas aller plus loin.

Je me suis assise à côté de Jakkelsen. Fernanda et Maria sont de l'autre côté de la table. Elles unissent leurs forces une fois pour toutes contre l'univers masculin qui les entoure. Elles m'ignorent, comme si elles répétaient pour le moment – proche – où je n'existerai plus.

Jakkelsen fixe son assiette des yeux, son trousseau de clefs juste à côté. Je pose mes couverts, allonge le bras, mets la main sur ses clefs, les fais lentement glisser de la table sur mes genoux. A l'abri du rebord, je les trie une à une entre mes doigts jusqu'à ce que je trouve celle qui est marquée de trois K et d'un 7. C'est la clef standard du *Kronos*, que je possède également. Mais celle de Jakkelsen comporte aussi un H. Le navire a été réparé à Hambourg. Le H signifie *Hauptschlüssel* – passe-partout. Je la retire du trousseau, repose ce dernier et m'en vais. Jakkelsen n'a pas esquissé un geste.

Dans ma cabine, j'enfile des vêtements chauds, puis je sors sur le pont arrière.

Je flâne, la main sur le bastingage, l'air de me promener.

Dans le Groenland du Nord, les distances sont mesurées en *sinik*, en « sommeils », en nombre de nuits nécessaires au déplacement. Ce n'est pas une distance fixe, car le *sinik* varie en fonction des conditions climatiques et de la saison. Ce n'est pas non plus une mesure de temps. Menacées par une tempête, ma mère et moi avons relié d'un trait Force Bay à Iita, distance qui aurait dû nécessiter deux nuits.

Sinik n'est pas une distance ni un nombre de jours ou d'heures. Il s'agit d'un phénomène spatio-temporel, un concept qui décrit l'union de l'espace, du mouvement et du temps. Il est évident pour les Inuit, mais aucune langue européenne ne parvient à le restituer.

A l'inverse, la mesure européenne de la distance, le mètre-étalon, est un concept fait pour ceux qui transforment, pour ceux qui perçoivent le monde comme un objet qu'il s'agit avant tout de modifier. Ingénieurs, stratèges militaires, prophètes. Cartographes – comme moi.

Le système métrique n'est devenu une part intégrante de moi-même que lorsque j'ai suivi un cours d'arpentage à l'École supérieure d'ingénieurs du Danemark pendant l'automne 1983. Nous avons effectué un levé de Dyrehaven. Avec théodolites, rubans gradués, distribution normale, variables aléatoires et des petits crayons qu'il fallait tailler constamment, le tout sous la pluie. Et avec les pas. Un de nos professeurs ne cessait de répéter que, pour un géomètre, le plus important est de connaître la longueur de son pas.

Je connaissais mon allure en *sinik*. Je savais que lorsque nous courions derrière le traîneau, parce que le ciel était noir et menaçant, l'espace-temps correspondait à la moitié du nombre de *sinik* nécessaires lorsque nous nous laissions tirer sur une neige fraîche et lisse. Ce nombre doublait par temps de brouillard, il était multiplié par dix en cas de tempête de neige.

Dans Dyrehaven, j'ai converti mes *sinik* en mètres. Depuis lors, que je marche en dormant ou en cordée, que je porte des bottes, des crampons ou ma jupe moulante qui me contraint à des pas minuscules, je connais la longueur exacte de mon pas.

Je ne suis pas venue prendre l'air sur le pont arrière. Je suis en train de mesurer le *Kronos*. Je regarde la mer, mais j'emploie toute mon énergie à enregistrer les chiffres.

Je flâne sur vingt-cinq mètres et demi jusqu'au mât arrière et ses deux treuils, douze mètres le long de la superstructure. Je me penche par-dessus la rambarde et estime le franc-bord à cinq mètres.

Il y a quelqu'un derrière moi. Je me retourne. Hansen remplit le chambranle de la porte. Massif, affublé de bottes à semelles en bois, il tient une sorte de court poignard.

Il me regarde avec cette satisfaction indolente et brutale que la supériorité physique confère à certains hommes.

Il lève le couteau et se met à polir la lame avec un petit chiffon d'un mouvement circulaire. Il y laisse une fine couche blanche et savonneuse.

– De la craie à nettoyer. Il faut les polir avec de la craie à nettoyer, sinon ils s'émoussent.

Il ne me quitte pas du regard.

– Je les fabrique moi-même avec des vieux ciseaux à froid. L'acier le plus dur au monde. Je commence par travailler le fil avec une meule de joaillier, puis je polis avec du carborundum et de la pierre à l'huile. Pour finir, j'utilise de la craie à nettoyer. C'est très, très tranchant.

– Comme un rasoir ?

– Plus, dit-il, satisfait.

– Plus pointu qu'un cure-ongles ?

– Beaucoup plus.

– Dans ce cas, comment se fait-il que tu sois toujours aussi mal rasé et que tu te pointes dans le carré que je viens de nettoyer avec des ongles aussi sales ?

Son regard m'évite. Il passe la langue sur ses lèvres mais ne trouve aucune réponse.

L'histoire n'est-elle pas en train de se répéter ? L'Europe n'a-t-elle pas toujours cherché à vider ses égouts dans les colonies ? L'équipage du *Kronos* rappelle, une fois encore, les bagnards en route vers l'Australie, la légion étrangère vers la Corée, les commandos anglais vers l'Indonésie.

De retour dans ma cabine, je prends les deux feuilles de papier pliées dans ma poche. Je ne laisse plus rien d'important dans ma cabine. Avant de les oublier, je reporte les dernières mesures sur le croquis de la coque du *Kronos* que je suis en train de dessiner. Dans la marge, j'écris d'autres chiffres que je connais approximativement, mon intuition faisant le reste.

longueur hors-tout : 105 mètres
longueur à la flottaison : 97 mètres
largeur : 15 mètres
hauteur du pont supérieur : 9,5 mètres
hauteur du pont n° 2 : 6 mètres
capacité de chargement (pont n° 2) : 2 800 m^3
capacité de chargement (coque) : 3 500 m^3

total : 6 300 m^3
vitesse de croisière : 18 nœuds, équivalent à 4 500 CV
consommation de fioul : 14 t/jour
rayon d'action : 10 000 milles nautiques

Je cherche une explication aux mouvements limités de l'équipage du *Kronos*. Lorsque l'Esquimau Hans a navigué avec Peary jusqu'au pôle Nord, les marins n'étaient pas autorisés à circuler sur le pont des officiers. Cela faisait partie du jeu. Une tentative pour instaurer dans l'Arctique une hiérarchie féodale et par là même une sécurité. Mais sur un navire d'aujourd'hui, l'équipage est trop réduit pour justifier ce genre de règles. Pourtant, elles existent sur le *Kronos*.

Je mets en marche les machines à laver puis je quitte la blanchisserie.
Si l'on fait partie d'un groupe isolé – dans un pensionnat, sur l'inlandsis, sur un bateau –, l'individualité s'estompe au profit d'une conscience collective. Je peux à n'importe quel moment localiser chacun de nous dans le navire. A ses pas dans le couloir, à sa respiration dans le sommeil, derrière les portes fermées, à ses sifflements, à son rythme de travail, à tout ce que je peux savoir de son quart.
Tout comme ils savent où je me trouve. Voilà l'avantage d'être dans la blanchisserie : le bruit donne l'impression que l'on y est même si ce n'est pas le cas.

Urs est en train de déjeuner. Il a installé une table pliante à côté de la cuisinière, l'a recouverte d'une nappe, a mis le couvert et allumé une bougie.
– *Fräulein Smilla, attendez-moi one minute.*
Le carré du *Kronos* est une tour de Babel où se mêlent anglais, français, philippin, danois et allemand. Urs se

démène en vain entre des bribes de langues qu'il n'a jamais apprises. J'éprouve de la pitié pour cet homme dont la langue maternelle se désintègre peu à peu.

Il approche une chaise et ajoute une assiette pour moi.

Il n'aime pas prendre son repas seul. Il mange comme s'il voulait réunir le monde entier autour de ses casseroles, fort de cette évidence, malgré les guerres, les viols, les barrières linguistiques, les différences de climat, la souveraineté militaire danoise sur le Groenland du Nord – même après l'instauration du régime autonome –, nous avons tous une chose en commun : le besoin de nous sustenter.

Son assiette est remplie d'une portion de pâtes qui suffirait à rassasier une tablée entière.

Il me regarde avec tristesse quand je décline son offre.

– Vous êtes trop maigre, *Fräulein*.

Il râpe un gros morceau de parmesan, une fine poussière dorée tombe sur les pâtes comme des flocons de neige.

– Vous êtes *ein Hungerkünstler*.

Il a coupé ses baguettes dans le sens de la longueur et les a fait frire avec du beurre et de l'ail. Il en enfourne dix centimètres à la fois, les mâchant avec lenteur et gourmandise.

– Urs, comment es-tu venu à bord du *Kronos* ?

Il m'est impossible de le vouvoyer.

Il cesse de mâcher.

– Verlaine dit que vous êtes *Polizist*.

Il jauge mon silence.

– J'ai été *im Gefängnis*. Deux ans. *In der Schweiz*.

Ça explique la pâleur de sa peau.

– Je suis allé en vacances au Maroc, en voiture. Je me suis dit que si je rapportais deux kilos, ça me suffirait pour deux ans de consommation. A la frontière italienne, j'ai été pris dans un *Stichprobekontrol. Ich bekam drei Jahre*. Remis en liberté au bout de deux ans. C'était en octobre de l'année dernière.

– C'était comment, la prison ?

– *Die beste Zeit meines Lebens.*

Sous le coup de l'émotion, il repasse à l'allemand.

– Pas de stress, rien que du *Ruhe*. J'ai demandé à travailler aux cuisines. C'est pour ça que j'ai eu une *Strafermässigung*.

– Et le *Kronos* ?

Là encore, il essaie de deviner mes intentions.

– J'ai fait mon service militaire dans la marine suisse.

Je le regarde, prête à éclater de rire, mais il m'arrête d'un geste de la main.

– *Flussmarine*. J'étais cuisinier. Un de mes collègues a des contacts à Hambourg. Il m'a proposé le *Kronos*. *Ich hatte meine Lehrzeit teilweise in Dänemark, in Tønder gemacht*. C'était dur. On ne trouve pas de travail quand on sort de prison.

– Qui s'est chargé de l'embauche ?

Il ne me répond pas.

– Qui est Tørk ?

Il hausse les épaules.

– Je l'ai vu *einmal*. Il ne quitte pas le pont des embarcations. C'est Seidenfaden et *die Frau* qui descendent.

– Qu'est-ce que nous allons chercher ?

Il secoue énergiquement la tête.

– *Ich bin Koch. Es war unmöglich Arbeit zu kriegen. Sie haben keine Ahnung, Fräulein Smilla…*

– Je veux voir les chambres froides et les magasins.

La peur envahit son visage.

– *Aber Verlaine hat mir gesagt, die Jaspersen will…*

Je me penche au-dessus de la table. En l'obligeant à se détacher de ses pâtes, je romps notre intimité et sa confiance en moi.

– Le *Kronos* est un bateau de contrebande.

Il panique.

– *Ach, ich bin kein Schmuggler. Ich konnte nicht ertragen noch einmal ins Gefängnis zu gehen.*

– N'était-ce pas la meilleure période de ta vie ?

– *Aber es war genug.*

Il me prend par le bras.

– *Ich will nicht zurück. Bitte, bitte.* Si nous sommes pris, dites-leur que je suis innocent, que je ne sais rien.

– Je verrai ce que je peux faire.

Les magasins de vivres sont situés juste en dessous de la cuisine. Il y a un congélateur pour la viande, un pour le poisson et les œufs, une double chambre froide à 2 °C pour les autres denrées périssables et plusieurs armoires. L'ensemble est plein à craquer, propre, rangé, fonctionnel et trop fréquenté pour servir de cachette à quoi que ce soit.

Urs me les fait visiter avec une fierté professionnelle mêlée de crainte. Il me faut dix minutes pour tout inspecter. J'ai un horaire à respecter. Je retourne à la blanchisserie, mets les vêtements dans le sèche-linge et presse le bouton « départ ». Je m'éclipse ensuite et redescends.

Je ne connais rien aux moteurs, en outre je n'ai pas l'intention d'apprendre.

Quand j'avais cinq ans, le monde était incompréhensible. Quand j'en avais treize, il m'a paru beaucoup plus petit, plus sale et tristement prévisible. Aujourd'hui, il est toujours dégoûtant mais de nouveau – quoique d'une autre façon – aussi complexe que lorsque j'étais enfant.

Avec l'âge, je me suis délibérément fixé certaines limites. Je n'ai pas l'énergie de tout recommencer, apprendre une technique nouvelle, aller contre ma personnalité et m'intéresser au fonctionnement d'un moteur diesel.

Je me fie aux remarques désinvoltes de Jakkelsen. Ce matin, je l'ai surpris dans la blanchisserie, adossé au conduit d'eau chaude, un cigare à la bouche, mains dans les poches pour que l'air salin n'abîme pas ses douces mains avec lesquelles il est supposé caresser les cuisses des dames.

– Smilla, me dit-il lorsque je l'interroge sur le moteur, celui-ci est énorme. Neuf cylindres, chacun mesure quatre cent cinquante millimètres de diamètre, avec une course de sept cent vingt millimètres. Burmeister & Wain, directement réversible, et supercompresseur. Nous faisons du dix-huit, dix-neuf nœuds. Il date des années soixante, mais il a été rénové. Nous sommes équipés comme un brise-glace.

Je ne quitte pas la machine des yeux. Elle se dresse devant moi, je suis obligée de la contourner, avec ses soupapes d'injection, ses tiges de soupape, ses ailettes de refroidissement, ses tuyaux, son acier et son cuivre polis, son collecteur d'échappement et son mouvement aussi inanimé qu'énergique. Comme les petits interphones noirs de Lukas, c'est un résumé de la civilisation. A la fois lisible et incompréhensible. Même si je le devais, je serais incapable de l'arrêter. Peut-être que, d'une certaine manière, on ne peut pas la stopper. Peut-être la couper temporairement, mais pas définitivement.

Elle donne peut-être cette impression parce que – à la différence d'un homme – elle ne possède pas d'individualité propre, elle est le double d'autre chose, l'essence de la machine ou l'axiomatique qui sous-tend tous les moteurs.

Ou peut-être est-ce ce mélange de solitude et de peur qui me donne ces visions.

Quoi qu'il en soit, le mystère reste entier : pourquoi, il y a deux mois, à Hambourg, le *Kronos* a-t-il été équipé d'un moteur surpuissant ?

Le panneau de la cloison situé derrière le moteur est isolé. Lorsqu'il se referme derrière moi, le bruit du moteur disparaît et mes oreilles sifflent. Après avoir descendu le tunnel de six marches, on accède à un couloir de vingt-cinq mètres de long, droit comme une règle, éclairé par des lanternes, la réplique exacte du chemin parcouru par Jakkelsen et moi il y a moins de vingt-quatre heures – une éternité.

Les réservoirs de diesel sous le parquet sont numérotés. Je passe les numéros sept et huit. Sur la cloison, près de chaque réservoir, il y a un extincteur à neige carbonique, une couverture ignifugée et un bouton d'alarme. Il n'est guère agréable de se voir rappeler si souvent les risques d'incendie à bord d'un bateau.

Au bout du tunnel, un escalier en colimaçon. Le premier panneau se trouve sur la gauche. Si mes mesures provisoires sont exactes, il mène à la plus petite soute, à l'avant. Je continue. Le panneau suivant est situé trois mètres plus haut.

La pièce ne correspond pas à ce que j'ai déjà vu. Elle ne fait pas six mètres de haut. Les parois s'arrêtent à l'entrepont, où le faisceau de ma torche se perd dans l'obscurité.

La soute est en mauvais état, la peinture écaillée. Des coins de calage en bois, des cordages en chanvre et des diables pour déplacer et bloquer les chargements sont entassés contre une cloison.

Environ cinquante traverses de chemin de fer sont empilées contre l'autre cloison, attachées par des courroies.

Un niveau plus haut, une porte s'ouvre sur l'entrepont. Ma torche fait apparaître des cloisons éloignées, le plafond de la soute qui surélève le plancher et le socle étayé sur lequel doit reposer le mât avant. Des tas de fils électriques peints en blanc et les contours des sprinklers.

L'entrepont fait toute la largeur du navire, il s'agit d'une grande salle basse soutenue par des piliers, d'un côté séparée par une cloison des chambres froides et des magasins, de l'autre plongée dans le noir.

C'est dans cette direction que j'avance. Au bout de vingt-cinq mètres, j'arrive à une rambarde. Trois mètres plus bas, ma lampe touche le fond. La soute avant. Je me rappelle les chiffres avancés par Jakkelsen : vingt-huit mètres cubes contre les quatre-vingt-dix-huit que je vois ici.

Je prends mon croquis et le compare avec la réalité. Il me paraît un peu plus petit que ce que j'ai dessiné.

Je retourne à l'escalier en colimaçon et redescends à la première porte.

Vue du plancher de la soute, on comprend pourquoi elle

semble plus petite que sur mon dessin. Elle est à moitié remplie par une forme rectangulaire haute d'un mètre cinquante cachée sous une bâche bleue.

A l'aide de mon tournevis, je pratique deux trous et une entaille dans la toile.

Si l'on s'en tient aux traverses, on peut imaginer que nous allons au Groenland pour poser soixante-quinze mètres de voie ferrée et ouvrir une compagnie de chemins de fer. Sous la bâche, il y a un tas de rails.

Mais ils n'ont pas l'intention de les fixer aux traverses : les rails sont soudés les uns aux autres et forment une grosse construction rectangulaire avec des cornières en fer dans le bas.

Ça me rappelle quelque chose, mais je ne vais pas jusqu'au bout de ma pensée. J'ai trente-sept ans. Avec l'âge, tout a un air de déjà-vu.

En revenant à l'entrepont, je jette un coup d'œil à mon réveil. La blanchisserie doit être silencieuse. Quelqu'un m'a peut-être appelée, quelqu'un est peut-être passé devant la pièce vide.

Je continue vers l'arrière.

Les vibrations dans la coque m'indiquent que l'hélice se trouve quelque part sous mes pieds – à environ quinze mètres devant moi, d'après mon croquis. Le pont est divisé par une cloison percée d'une porte. La clef de Jakkelsen s'y adapte. A l'intérieur, il y a une veilleuse rouge et un interrupteur. Je ne l'allume pas. Je dois être juste en dessous de la superstructure arrière. Elle est fermée à clef depuis que je suis à bord.

Le panneau mène à un couloir étroit avec trois portes de chaque côté. La clef ouvre la première à droite. Aucun accès n'est interdit à Peder Most et ses amis.

Il n'y a encore pas si longtemps, cette pièce était l'une des trois cabines bâbord. Les cloisons de séparation ont été enlevées pour former une seule pièce. Un magasin. Le long des parois, il y a des rouleaux de câble en Nylon bleu de soixante-quatre millimètres. Des cordes en polypropylène tressé : huit brins de corde Kermantel de huit millimètres, de couleurs vives. De vieilles connaissances de l'inlandsis. Chaque jeu coûte cinq mille couronnes et possède une résistance à la traction de cinq tonnes. C'est aussi la seule corde au monde dotée d'une élasticité de vingt-cinq pour cent.

Sous des courroies, il y a des échelles en aluminium, des tentes, des pelles ultra-légères et des sacs de couchage. Aux crochets métalliques vissés dans la paroi sont suspendus des piolets, des marteaux, des pitons, des mousquetons, des bloqueurs et des broches à glace. Tant le modèle étroit qui ressemble à un tire-bouchon que le plus large : on visse un cylindre de glace en son centre et il peut supporter un éléphant.

J'ouvre au hasard des casiers métalliques le long de la paroi, j'y trouve des pitons, des lunettes de glacier et une boîte contenant six altimètres Tommen. Des sacs à dos sans armatures, des bottes Meindl, des baudriers, le tout sortant directement d'usine et enveloppé dans du plastique transparent.

La pièce à tribord est également composée de trois anciennes cabines. Il y a d'autres échelles et cordes ainsi qu'une armoire marquée « *Explosives* » que la clef de Jakkelsen ne peut malheureusement ouvrir. Dans trois gros cartons, il y a trois parfaits exemples de l'efficacité danoise : des *manual winches* de vingt pouces, à trois vitesses, fabriqués par Sophus Berendsen. Je ne m'y connais guère en rapport de transmission de treuils. Mais ceux-ci sont gros comme des tonneaux et semblent pouvoir soulever une locomotive.

J'estime la longueur du couloir à cinq mètres et demi. A son extrémité, un escalier monte au pont où se trouvent un W.-C., un magasin à peinture, un atelier et un petit carré qui sert d'abri lorsque l'on travaille au-dehors. Je décide de les inspecter une autre fois.

Puis je change d'avis.

J'ai laissé la porte par laquelle je suis venue entrouverte. Peut-être pour chasser l'impression d'être dans un piège à rats.

Peut-être pour guetter si quelqu'un allume une lumière derrière moi.

J'entends un bruit, très léger. Un bruit qui s'évanouit dans le battement de l'hélice et le bouillonnement de la mer le long de la coque.

Un bruit métallique. Faible mais renforcé par l'écho des parois.

Je prends l'escalier pour regagner le pont. Une porte en bloque l'accès. La clef fait jouer la clenche mais sans parvenir à la débloquer, elle est condamnée de l'extérieur. Je reviens sur mes pas.

Protégée par l'obscurité de l'entrepont, je me tasse dans un coin, m'accroupis et attends.

Ils arrivent presque tout de suite. Ils sont au moins deux, peut-être davantage. Ils se déplacent lentement et inspectent l'endroit. Discrets, mais sans vraiment s'efforcer au silence.

Je pose ma lampe-torche sur le pont. J'attends qu'une lame touche le *Kronos*. A ce moment, j'allume ma lampe et la laisse filer. Elle glisse vers tribord et son faisceau danse entre les piliers.

Je cours vers l'avant, en prenant soin de rester sur le côté.

Cela ne les déroute pas. Devant moi, une sorte de rideau me barre le passage. Plus je veux l'écarter, plus il m'enveloppe. Puis un autre s'abat sur ma tête et mes épaules. Je crie, mais le son est assourdi par l'épais tissu et résonne dans mes oreilles. J'ai un goût de poussière et de laine dans la bouche. Ils m'ont emprisonnée dans des couvertures ignifugées.

L'opération s'est déroulée sans violence, calmement, avec efficacité et sang-froid.

Ils m'allongent par terre et l'étreinte se resserre. Nouvelle odeur de moisissure et de jute. Ils m'ont coiffée d'un sac, un de ces sacs que j'ai vus dans la soute.

Ils me soulèvent, toujours avec précaution. Deux hommes me portent sur leurs épaules, nous longeons le pont.

Il me vient une idée aussi déplacée que stupide : je dois avoir l'air ridicule.

Un panneau est ouvert puis fermé. Pour descendre l'escalier, ils me tiennent par les mains et les pieds. La cécité me rend hyper-attentive aux sensations de mon corps, mais je ne heurte pas les marches une seule fois. Dans d'autres circonstances, on pourrait croire qu'ils transportent un blessé.

Un bruit à la fois étouffé et proche m'indique que nous sommes sur le seuil de la salle des machines. Nous la traversons et le bruit s'évanouit. Les distances et le temps se dilatent. J'ai l'impression qu'il s'est écoulé une éternité quand ils gravissent les premières marches. En fait, il n'y a pas plus de vingt-cinq mètres jusqu'à l'escalier.

Là, je ne suis plus portée que sur l'épaule d'un seul homme. J'essaie de libérer mes bras.

On me dépose doucement sur le parquet ; je sens une légère vibration métallique au-dessous de ma tête.

Maintenant, je sais où nous allons. La porte qu'ils viennent d'ouvrir ne mène nulle part, sauf à la petite plate-forme où Jakkelsen et moi nous tenions l'autre soir.

Je ne sais pas pourquoi, mais je suis sûre qu'ils vont me balancer au fond de la soute, douze mètres plus bas.

Je suis en position assise. Un pli dans les couvertures me permet de ramener mon bras gauche le long de ma poitrine. Je tiens le tournevis dans la main.

Il me soulève contre sa poitrine. J'essaie de sentir où se termine sa cage thoracique mais ma main tremble trop. En outre, le tournevis est toujours enfoncé dans le bouchon.

Il m'adosse à la rambarde et s'agenouille devant moi, comme une mère qui va prendre son enfant dans ses bras.

Je suis certaine que je vais mourir. Mais je balaie cette pensée, je ne supporte pas cette humiliation. Il y a une froideur dégradante dans la manière dont ils ont préparé leur affaire. Ça a été tellement facile pour eux. Et me voilà, Smilla la Groenlandaise, prête pour le grand saut.

Au moment où son épaule prend appui sur moi, je passe

le tournevis dans ma main droite. Quand il se redresse lentement, je fais venir l'outil à hauteur de ma bouche et arrache le bouchon avec les dents. Il décrit une courbe de quatre-vingt-dix degrés afin que je ne touche pas le bord. Je trouve son épaule avec les doigts de ma main gauche. Je ne peux atteindre sa gorge, mais je sens le creux triangulaire entre sa clavicule et le trapèze, là où les nerfs sont recouverts par une mince couche de peau et de tissus. C'est là que j'enfonce le tournevis. Il traverse la couverture, s'arrête – la résistance et l'élasticité surprenantes des cellules. Je réunis les paumes de mes mains autour du manche et, d'un coup sec, je me recule puis fais porter tout le poids de mon corps sur le tournevis. Il s'enfonce.

Il ne crie pas, ne dit rien mais s'immobilise et, un instant, nous vacillons. J'attends qu'il me relâche, j'anticipe déjà le choc sur le caillebotis. Il me laisse tomber.

Ma tête heurte la rambarde. L'étourdissement se propage, s'intensifie et disparaît. Je ne me suis pas évanouie parce que le sac et les couvertures ont protégé ma tête.

Un bélier percute mon estomac. Il me donne des coups de pied.

Tout d'abord, j'ai envie de vomir. Mais la douleur m'empêche de respirer. J'étouffe. Je regrette ne ne pas être parvenue à le toucher plus près de la gorge.

Ensuite, je devine un cri. Je crois l'entendre crier. On me saisit par les épaules et je me dis que j'ai épuisé toutes mes ressources et mes chances. Je veux seulement mourir en paix.

Mais ce n'est pas l'homme qui crie. C'est un hurlement électronique, la sinusoïde d'un oscillateur. On me traîne en haut des marches qui butent une à une contre mon dos.

Je sens le froid m'envahir en même temps que je reconnais le bruit de la pluie qui tombe. Un panneau est ouvert, on me relâche. A mon côté, un animal est en train de cracher ses poumons.

J'arrive à faire glisser le sac par-dessus ma tête mais suis obligée de rouler par terre pour me délivrer des couvertures.

Je suis assaillie par une pluie froide et battante, par le hurlement de l'alarme, par une lumière aveuglante et par la chose qui suffoque à côté de moi.

Ce n'est pas un animal. C'est Jakkelsen. Trempé et blanc comme un linge. Nous sommes dans une pièce que je ne parviens pas tout de suite à identifier. Au-dessus de nos têtes, les sprinklers déversent des trombes d'eau. Le hululement de la sirène du détecteur de fumée croît et décroît, énervant et monotone.

– Qu'est-ce que je pouvais faire d'autre ? J'ai allumé mon cigare et j'ai soufflé sur le détecteur. Ça a déclenché toute cette merde.

Je ne parviens pas à articuler un son. Il devine ma question.

– Maurice. Tu l'as rudement amoché. Il ne m'a même pas vu.

Des pas résonnent au-dessus de nos têtes. Ils descendent l'escalier.

Je suis incapable de bouger. Jakkelsen se remet debout. Il m'a traînée jusqu'ici par l'escalier. Nous nous trouvons probablement dans l'entrepont, sous le pont avant. L'effort lui a coupé les jambes.

– Je ne suis pas en très grande forme, ajoute-t-il avant de disparaître dans l'obscurité.

La porte est poussée brutalement. Sonne entre. Il me faut un instant pour le reconnaître. Un gros extincteur dans les mains, il porte un équipement de pompier avec un réservoir d'oxygène sur le dos. Maria et Fernanda apparaissent derrière lui.

Tandis que nous nous dévisageons, l'alarme s'arrête et la pression diminue dans les sprinklers pour finir par s'arrêter. Au milieu du ruissellement de l'eau sur les cloisons et des gouttes qui s'écrasent au sol, le mugissement lointain des vagues, se brisant sur l'étrave du *Kronos,* entre dans la pièce.

7

L'amour est un sentiment largement surestimé. Il se répartit en quarante-cinq pour cent de peur de ne pas être accepté, quarante-cinq pour cent d'espoir frénétique que, cette fois-ci, l'on tiendra cette peur en échec, et en dix petits pour cent d'intuition diffuse que cela pourrait déboucher sur le grand amour.

Mais il en est de l'amour comme des oreillons : je suis immunisée.

Bien sûr, chacun peut être submergé par l'amour. Ces dernières semaines, je me suis autorisée à penser au mécanicien toutes les nuits, pendant quelques minutes. Je m'accorde cette permission et observe les réactions de mon corps. Je revois le mécanicien. Je me rappelle sa sollicitude, son bégaiement, ses étreintes et l'impression de solidité qui émane de sa personnalité. Quand ma langueur est trop forte, je le chasse de mon esprit. Du moins, j'essaie.

Je ne suis pas tombée amoureuse. Je suis bien trop lucide pour ça. Tomber amoureux est un genre de folie. Proche de la haine, de la froideur, du ressentiment, de l'ivresse et du suicide.

Il arrive – très rarement, mais de temps en temps – que me reviennent en mémoire les fois où je suis tombée amoureuse. C'est ce qui vient de se produire.

En face de moi, à la table du carré des officiers, est assis l'homme qu'ils appellent Tørk. Si cette rencontre avait eu lieu il y a dix ans, je serais sans doute tombée amoureuse de lui.

Parfois, le charisme d'une personne est tel qu'il balaie nos défenses, nos préjugés et nos inhibitions et nous atteint droit aux tripes. Un étau m'étreint le cœur et se resserre à chaque minute. Cette sensation se double d'une fièvre grandissante, réponse de mon corps à la tension à laquelle il a été soumis et qui se traduit par un violent mal de tête.

Il y a dix ans, ce mal de tête aurait pu se finir par un violent désir de presser mes lèvres contre les siennes et le voir perdre son sang-froid.

Aujourd'hui, je suis à même d'épier mes réactions, pleine de respect pour ce qui m'arrive mais parfaitement consciente qu'il ne s'agit que d'une illusion brève et fatale.

Les photos n'ont pas saisi son charme, elles l'ont figé comme une statue. Elles ne font pas justice à sa beauté rayonnante et mystérieuse.

Même assis, il est très grand. Ses cheveux sont d'un blond-blanc métallique, ramenés derrière la tête en queue de cheval.

Il me regarde et le lourd battement dans mon pied, mon dos et mon crâne s'amplifie. Les images de garçons et d'hommes qui, au cours de ma vie, ont eu cet effet sur moi défilent rapidement, comme les formations de plaques de glace que nous devions identifier lors des examens à l'université.

Je reprends pied dans la réalité et me hisse sur la terre ferme. Les cheveux sur ma nuque se hérissent et m'indiquent que, quel qu'il soit, il reste l'homme qui se tenait à un mètre de moi dans cette nuit froide devant les Cellules blanches. Le halo autour de sa tête, c'était ces extraordinaires cheveux blancs.

Il me fixe des yeux attentivement.

– Pourquoi sur le pont avant ?

Lukas trône en bout de table. Il s'adresse à Verlaine assis face à Tørk, en biais, un peu avachi et la tête dans les épaules.

– Pour me réchauffer. Avant de retourner travailler aux patins.

Je comprends tout à coup. Le *Kista Dan* et le *Maggi*

Dan, les bateaux de mon enfance. Les navires de la Lauritzen utilisés pour la navigation dans l'Arctique, avant la construction de la base américaine, avant les liaisons aériennes à partir du Groenland du Sud. Ils étaient équipés – pour les cas extrêmes, quand le navire est subitement pris par les glaces – de chaloupes de sauvetage spéciales, en aluminium, équipées de patins, de sorte que l'on pouvait les tirer sur la glace comme des traîneaux. C'est ce genre de patins que Verlaine était en train de visser.

– Jaspersen.

Il regarde la feuille de papier devant lui.

– Vous avez quitté la buanderie une demi-heure avant la fin de votre quart, à quinze heures trente, pour effectuer une promenade. Vous êtes descendue dans la salle des machines, avez vu une porte, l'avez ouverte et avez suivi le tunnel jusqu'à l'escalier. Mais que diable faisiez-vous là ?

– Je voulais savoir ce que j'avais sous les pieds.

– Et ?

– Il y avait une porte. Avec deux poignées. J'en ai touché une et l'alarme s'est déclenchée. J'ai tout d'abord pensé que c'était à cause de moi.

Son regard passe de Verlaine à moi. Sa voix tremble de colère.

– Vous tenez à peine debout.

Je regarde Verlaine droit dans les yeux.

– Je suis tombée. Lorsque l'alarme s'est déclenchée, j'ai reculé et je suis tombée dans l'escalier. Ma tête a dû heurter une marche.

Lukas acquiesce lentement, l'air amer.

– Des questions, Tørk ?

Il ne change pas de position, incline légèrement la tête. Il doit avoir entre trente-cinq et quarante-cinq ans.

– Fumez-vous, Jaspersen ?

Je reconnais parfaitement sa voix. Je fais non de la tête.

– Les sprinklers se mettent en marche par sections. Avez-vous senti de la fumée ?

– Non.

– Verlaine, où étaient vos hommes ?

– J'enquête là-dessus.

Tørk se lève. Il se penche au-dessus de la table en me dévisageant.

– D'après l'horloge de la passerelle, l'alarme s'est déclenchée à quinze heures cinquante-sept. Elle a stoppé trois minutes et quarante-cinq secondes plus tard. Durant tout ce temps, vous vous trouviez dans la section activée. Comment se fait-il que vous ne soyez pas trempée ?

Mes premiers sentiments se sont dissipés. Je ne vois plus qu'un homme de pouvoir de plus qui me persécute. Je le regarde droit dans les yeux.

– Je suis imperméable à tout ce qui m'arrive.

8

L'eau chaude a des vertus apaisantes. Moi qui n'ai connu dans mon enfance que des bains laiteux de glace fondue, j'ai développé une accoutumance à l'eau chaude. Une des rares dépendances que je m'autorise, comme un café de temps en temps ou l'envie de voir le soleil briller sur la glace.

L'eau des robinets du *Kronos* est brûlante. Je mélange juste ce qu'il faut d'eau froide pour ne pas m'ébouillanter et je la laisse dégouliner sur moi. Des flammes frappent l'arrière de mon crâne, mon dos, mon abdomen contusionné et surtout ma cheville enflée et foulée. La fièvre et les tremblements reprennent ; je ne bouge pas jusqu'à ce qu'ils disparaissent, me laissant épuisée.

Je prends un Thermos de thé à la cuisine et le rapporte chez moi. Dans l'obscurité, je le pose, ferme la porte à clef, pousse un profond soupir et allume la lumière.

Jakkelsen est assis sur ma couchette, vêtu d'un survêtement blanc. Ses pupilles sont comme avalées à l'intérieur de sa tête, lui donnant un regard artificiellement conquérant, quasi minéral.

– Tu es bien consciente que je t'ai sauvé la vie, pas vrai ?

J'attends que la panique reflue de mes membres pour m'asseoir.

– Je me dis que la vie en mer est trop dure pour Smilla. Je vais dans la salle des machines et j'attends. Si quelqu'un veut te trouver, il n'a qu'à descendre. Tôt ou tard, tu finiras par passer par là. Et juste sur tes pas, voilà

Verlaine, Hansen et Maurice. Je ne bouge pas. J'ai fermé les portes sur le pont. Vous serez forcés de repasser par le même chemin.

Je remue mon thé. Ma main tremble.

– Lorsqu'ils reviennent avec toi dans un sac, je suis toujours là. Je connais bien leur problème. Balancer par-dessus bord les ordures du carré ou quelqu'un qu'on n'aime pas, c'est du passé. Il y a toujours deux personnes de garde sur la passerelle et le pont est éclairé. Celui qui a le malheur de jeter quelque chose d'à peine plus gros qu'une allumette est bon pour les ennuis et une enquête d'un tribunal maritime. Arrivés à Godthåb, nous serions accueillis par une fourmilière de petits Groenlandais aux jambes arquées, en uniformes de flic.

Il se rend compte qu'il s'adresse à l'une de ces fourmis aux jambes arquées.

– Pardon.

Quelque part, une cloche sonne quatre doubles coups, on pique huit, la mesure du temps en mer, un temps qui ne fait pas la distinction entre le jour et la nuit, mais qui rythme les monotones changements de quart. Ces coups renforcent l'impression d'immobilité, cette impression que nous n'avons jamais quitté le port mais sommes restés à la même place dans le temps et l'espace, nous enfonçant un peu plus chaque jour dans l'absurdité.

– Hansen garde le panneau de la salle des machines. Je me faufile sur le pont, jusqu'à l'escalier bâbord. Lorsque Verlaine arrive, je comprends ce qui se passe. Verlaine surveille le pont, Hansen près du panneau. Et Maurice seul avec toi en bas. Qu'est-ce que ça veut dire ?

– Peut-être que Maurice veut tirer un coup ?

Il hoche la tête, pensif.

– C'est possible. Mais il préfère les jeunes filles. L'inté-rêt pour les femmes mûres ne vient qu'avec l'expérience. Je sais qu'ils veulent te balancer dans la soute. C'est un sacré bon plan ! Une chute de douze mètres. On croira que tu es tombée toute seule, ils n'auront qu'à enlever le sac. C'est pour ça qu'ils te portaient avec tant de précautions : pour ne pas laisser de marques.

Il rayonne de joie d'avoir deviné leurs intentions.

– Je descends à l'entrepont et jusqu'à l'escalier. A mi-hauteur, je vois Maurice qui te fait franchir la porte. Il n'est même pas essoufflé. C'est normal, il s'entraîne tous les jours dans la salle de musculation à soulever des poids de deux cents kilos et à faire vingt-cinq kilomètres sur le vélo d'exercice. Il faut que je me décide. Tu n'as jamais rien fait pour moi, pas vrai ? Au contraire, tu m'as constamment emmerdé. Et puis tu as un côté tellement…

– Vieille fille ?

– Exactement. D'un autre côté, je n'ai jamais pu supporter Maurice.

Il marque une pause étudiée.

– Et puis je suis le seigneur de ces dames. Alors j'allume mon cigare. Je ne vous vois plus, vous êtes sur la plate-forme. J'approche ma bouche du détecteur, je souffle et l'alarme se déclenche.

Il m'adresse un regard pénétrant.

– Maurice remonte l'escalier, dégoulinant de sang. Les sprinklers nettoient le tout. Vraiment écœurant. Pourquoi se donnent-ils tant de mal, Smilla ?

J'ai besoin de son aide.

– Ils m'ont tolérée jusqu'à maintenant. Les choses ont commencé à aller de travers quand je me suis approchée trop près de l'arrière.

Il acquiesce.

– Ça a toujours été le domaine de Verlaine.

– On va à la passerelle et on raconte tout à Lukas.

– C'est pas possible.

Des taches rouges empourprent son visage. J'attends. Il a des difficultés à parler.

– Est-ce que Verlaine sait que tu joues de l'aiguille ?

Il réagit avec cette suffisance que l'on rencontre parfois chez les gens qui ont touché le fond.

– C'est moi qui décide, pas la drogue qui décide pour moi !

– Mais Verlaine t'a percé à jour. Il va te dénoncer. Qu'y aurait-il de si grave ?

Il étudie attentivement ses chaussures de tennis.

– Pourquoi as-tu un passe-partout, Jakkelsen ?

Il secoue la tête.

– Je suis déjà allée sur la passerelle, avec Verlaine. Nous nous sommes mis d'accord pour dire que l'alarme s'est déclenchée toute seule et que la surprise m'a fait tomber dans l'escalier.

– Lukas n'avalera jamais une histoire pareille.

– Il ne nous croit pas. Mais il n'y peut rien. Tu n'as même pas été mentionné.

Il est soulagé. Une question lui vient à l'esprit.

– Pourquoi n'as-tu pas dit ce qui s'est passé ?

J'ai besoin de son aide – autant essayer de bâtir sur du sable.

– Verlaine ne m'intéresse pas. C'est Tørk qui m'intéresse.

La panique revient sur son visage.

– C'est pire. Je reconnais un salaud quand j'en vois un. Lui, ça veut dire *bad news*.

– Je veux savoir ce que nous allons chercher.

– Je te l'ai déjà dit, on va chercher de la dope.

– Non. Il ne s'agit pas de dope. La drogue vient des tropiques. De Colombie, de Birmanie, du Pakistan. A destination de l'Europe ou des USA. Elle n'arrive pas au Groenland, du moins pas dans une quantité qui nécessite un quatre mille tonnes. Cette soute à l'avant a été aménagée spécialement. Je n'ai jamais rien vu de pareil. On peut la stériliser à la vapeur. On peut régler la composition de l'air, la température et l'humidité. Je sais que tu as vu tout ça et que tu y as réfléchi. Quelles sont tes conclusions ?

Ses mains s'agitent toutes seules au-dessus de mes oreillers, comme des oisillons tombés du nid.

– Quelque chose de vivant. Sinon, ça n'a pas de sens. Ils veulent transporter quelque chose de vivant.

9

Sonne me fait entrer dans l'infirmerie. Il est vingt et une heures. Je trouve une compresse de gaze. Il se donne une contenance en se tenant au garde-à-vous. Parce que je suis une femme. Parce qu'il ne me comprend pas. Parce qu'il essaie de me dire quelque chose.

— A l'entrepont, quand nous sommes arrivés avec le matériel de lutte contre l'incendie, vous étiez enveloppée dans deux couvertures ignifugées.

Je nettoie la coupure avec une solution d'eau oxygénée. Le mercurochrome ne me suffit pas. J'ai besoin que ça pique pour croire que c'est efficace.

— Quand je suis revenu, elles n'étaient plus là.

— Quelqu'un a dû les enlever. Un peu d'ordre ne fait pas de mal.

— Mais ce quelqu'un a oublié ceci.

Derrière son dos, il tient un sac de jute trempé et plié. Le sang de Maurice y a laissé de grosses taches noirâtres.

Je colle un pansement sur ma blessure.

Je prends un gros bandage élastique. Sonne m'accompagne jusqu'à la porte. C'est un brave jeune Danois. Il devrait être à bord d'un tanker de la Compagnie d'Asie du Sud-Est. Il aurait pu se trouver sur la passerelle d'un des navires de la Lauritzen. Il pourrait être chez ses parents à Ærøskøbing, assis sous le coucou à manger des croquettes de viande en sauce, à complimenter sa maman pour le dîner, à être la fierté faussement modeste de son papa. Au lieu de cela, il est là. En pire compagnie qu'il ne peut l'imaginer. J'ai pitié de lui. C'est un bon sujet danois : franc, droit, courageux, les cheveux en brosse et économe.

– Sonne, êtes-vous originaire d'Ærøskøbing ?

– De Svaneke.

Il a l'air déconcerté.

– Est-ce que votre mère prépare des croquettes de viande ?

Il fait oui de la tête.

– Bonnes ? Bien croustillantes ?

Il rougit, voudrait protester, être pris au sérieux, faire entendre sa voix. Comme le Danemark. Avec des yeux bleus, des joues roses et des intentions louables. Mais de grandes forces l'entourent et le dépassent : argent, développement, abus, collision entre le monde nouveau et l'ancien. Et il n'a pas compris ce qui se trame : il est toléré tant qu'il coopère. Et il ne possède pas assez d'imagination pour aller à contre-courant.

Dire « non » exige de tout autres talents. Une certaine hardiesse, une plus grande lucidité – et une bonne dose d'amertume.

C'est plus fort que moi : je lève le bras pour lui tapoter la joue. Il rougit jusqu'au cou, comme si une rose était en train d'éclore sous sa peau.

– Sonne, je ne sais pas ce que vous fabriquez, mais je vous souhaite tout de même bonne continuation.

Je ferme ma porte à clef, cale la chaise sous la poignée et m'assieds sur ma couchette.

Ceux qui ont beaucoup voyagé dans les régions très froides connaissent tous ce stade où rester éveillé est une question de survie. La mort guette le voyageur qui, avant de mourir de froid, de se vider de son sang ou d'étouffer sous une avalanche, s'abandonne à un assoupissement fatal.

J'ai besoin de dormir. Mais ce n'est pas le moment. Je dois me contenter de déjouer la fatigue dans cet état second entre sommeil et veille.

Durant la première Inuit Circumpolar Conference nous avons découvert que tous les peuples autour de l'Arctique partageaient le dit du corbeau, le mythe arctique de la création du monde.

« Au commencement le corbeau avait lui aussi forme humaine, il tâtonnait aveuglément, ses actes étaient fortuits jusqu'à ce que lui soit révélé qui il était et ce qu'il devait faire. »

Trouver ce que je dois faire. Peut-être est-ce cela qu'Esajas m'a donné. Ce que tout enfant peut donner. Un sens à l'action. Nous sommes enchaînés à une roue et tournons dans un grand mouvement aussi nécessaire que fragile.

Ce mouvement a été interrompu. Le corps d'Esajas dans la neige est une rupture. Tant qu'il vivait, il apportait du sens, un but. Et, comme toujours, je n'ai mesuré son importance que lorsqu'il n'était plus là.

Désormais, mon but est de comprendre pourquoi il est mort. Pour pénétrer et éclairer l'infiniment petit et l'infiniment grand que représente sa mort.

J'enroule le bandage élastique autour de mon pied et essaie de faire repartir la circulation. Je sors de ma cabine et referme à clef derrière moi. Je frappe doucement chez Jakkelsen.

Il est encore plein de cette énergie chimique. Mais les effets sont sur le point de se dissiper.

– Je veux aller sur le pont des embarcations. Cette nuit. Tu vas m'aider.

D'un bond, il est sur pied et me précède dans le couloir. Je ne cherche pas à l'arrêter. Une personne comme lui n'a pas vraiment de libre arbitre.

– Tu es cinglée. C'est un périmètre interdit. Tu ferais mieux de sauter par-dessus bord, oui, tu ferais mieux de te flanquer à l'eau.

– Tu es bien forcé de m'aider. Sinon, je serai obligée d'aller à la passerelle et de leur dire de venir te chercher. Là, en présence de témoins, tu retrousseras tes manches et tu seras admis à l'infirmerie, on t'attachera à la couchette, on mettra un garde devant la porte.

– Tu n'oseras jamais.

– Ça me fendrait le cœur d'être obligée de dénoncer un héros des mers comme toi. Mais j'y serai forcée.

Il lutte avec son incrédulité.

– En outre, je glisserai quelques mots à Verlaine sur ce que tu as vu.

Cet argument le persuade. Il tremble comme une feuille.

– Il va me tailler en pièces. Comment peux-tu me faire une chose pareille, à moi, ton sauveur ?

Peut-être pourrais-je lui faire comprendre. Mais cela exigerait des détails que je ne peux lui donner.

– Je *veux* savoir, j'ai besoin de savoir ce que nous allons chercher et ce que cette soute doit transporter.

– Pourquoi, Smilla, pourquoi ?

Cela commence par quelqu'un qui tombe d'un toit. Mais avant la fin, il y aura une série d'événements qui ne seront peut-être jamais éclairés. Jakkelsen a besoin d'une explication rassurante et simple. Comme tous les Européens. Ils préféreront toujours un mensonge franc et massif à une vérité contradictoire.

– Parce que je le dois à quelqu'un, quelqu'un que j'aime.

Ce n'est pas une erreur de ma part si j'utilise le présent. C'est seulement au sens physique et premier qu'Esajas a cessé d'exister.

Jakkelsen me dévisage, désabusé et mélancolique.

– Tu n'aimes personne. Tu n'es même pas capable de t'aimer toi. Tu n'es pas une vraie femme. Lorsque je t'ai tirée dans l'escalier, j'ai vu la petite pointe qui dépassait du sac. Un tournevis, on aurait dit une petite bite. Tu l'as poignardé, nom d'un chien.

Ses traits reflètent son étonnement.

– Je ne te saisis pas. Tu es comme la bonne fée dans la

cage des singes. Mais tu es aussi fichtrement froide comme une sorcière des glaces.

Lorsque nous atteignons la partie couverte du pont supérieur, la cloche de la passerelle pique deux coups, il est deux heures du matin, au milieu du quart de minuit à quatre.

Le vent est tombé, la température aussi et *pujuq*, le brouillard, a dressé ses quatre murs blancs autour du *Kronos*.

A côté de moi, Jakkelsen commence déjà à trembler. Il n'a aucune résistance au froid.

Il est arrivé quelque chose aux contours du navire, à la rambarde, aux mâts, aux projecteurs, à l'antenne-radio qui s'élève à trente mètres de haut entre les mâts. Je me frotte les yeux, mais ils ne sont pas en cause.

Jakkelsen pose un doigt sur la rambarde et l'enlève aussitôt. Il laisse une trace noire, là où la fine couche de glace laiteuse a fondu.

– Il y a deux types de givre. Le méchant, provenant des vagues après qu'elles ont frappé le flanc du navire, celui-là prend de plus en plus vite, d'abord le gréement puis tout ce qui est horizontal. Et puis il y a le très méchant : le brouillard givrant. Il n'a pas besoin de vagues, il recouvre tout. Il épouse le paysage.

Il me montre la pellicule blanche.

– C'est le premier stade du brouillard givrant. Encore quatre heures et il n'y aura plus qu'à sortir les pics à glace.

Ses gestes sont apathiques mais ses yeux brillent. Il déteste l'idée d'avoir à casser la glace mais quelque part, tout au fond de lui, cet aspect de l'océan déclenche une joie sauvage.

J'avance de dix mètres, à un endroit où l'on ne me verra pas de la passerelle – mais d'où je peux observer une partie des fenêtres du pont des embarcations. Elles sont toutes sombres. Celles de la superstructure sont éteintes, à l'exception d'une faible lumière dans le carré des officiers. Le *Kronos* dort.

– Ils dorment.

Jakkelsen s'est rendu sur le pont arrière pour y regarder de plus près.

– On devrait être en train de dormir.

Nous grimpons les trois niveaux jusqu'au pont des embarcations. Il continue jusqu'au palier suivant. De là, nous pouvons voir si quelqu'un quitte la passerelle ou le pont des embarcations – emprisonné dans un sac, par exemple.

Je porte mon uniforme de service noir. Ce n'est pas une très bonne excuse à deux heures du matin, mais je n'ai pas trouvé mieux. J'agis sans réfléchir, parce que aller de l'avant est le seul moyen, il est impossible de s'arrêter. J'introduis la clef de Jakkelsen. Elle entre bien mais ne tourne pas. La serrure a été changée.

– C'est un signe, quoi. Il faut laisser tomber.

Jakkelsen s'est approché, juste derrière moi. J'anticipe ses protestations : je saisis sa lèvre inférieure, la cloque n'a pas encore disparu.

– Si c'est un signe, eh bien, c'est le signe qu'ils se sont donné beaucoup de mal pour qu'on ne sache pas ce qu'il y a derrière cette porte.

Je lui ai chuchoté à l'oreille. Je le lâche. Il voudrait objecter des tas de choses mais il se retient. Il me suit, tête basse. Quand l'occasion se présentera, il prendra sa revanche, me piétinera, me vendra au plus offrant, ou me donnera le coup de grâce. Mais pour l'instant, il est dompté.

Les espaces collectifs prennent un air irréel quand ils sont vides. Scènes de théâtre, églises, réfectoires. Le carré est sombre et désert et pourtant peuplé de souvenirs de repas animés.

Une forte odeur de levain, de levure et d'alcool flotte dans la cuisine. Urs m'a dit que sa pâte à pain lève pendant six heures, de dix heures du soir à quatre heures du matin.

Nous avons une heure et demie devant nous, deux au maximum.

Lorsque j'ouvre les portes coulissantes, Jakkelsen comprend quelles sont mes intentions.

– Je savais que tu étais folle, mais à ce point-là…

Le monte-plats a été nettoyé, un plateau y a été posé avec des tasses et des soucoupes, des assiettes, des couverts et des serviettes. Les préparatifs symboliques d'Urs pour le lendemain matin.

J'enlève le plateau et la vaisselle.

– Je suis claustrophobe, dit Jakkelsen.

– C'est pas toi qui vas grimper.

– Je suis claustrophobe pour les autres aussi.

La boîte est rectangulaire. Je monte sur la table de cuisine et rampe sur le côté. J'essaie d'abord de passer accroupie, le buste recroquevillé entre les genoux, puis je me redresse à l'intérieur.

– Tu m'envoies au pont des embarcations. Lorsque je sors du monte-plats, tu ne le fais pas redescendre – pour éviter les bruits inutiles. Ensuite, tu me rejoins par l'escalier et tu guettes. Si quelqu'un te chasse, tu ne bouges pas. Si on insiste, tu retournes à ta cabine. Donne-moi une heure. Si je ne suis pas revenue à ce moment-là, réveille Lukas.

Il se tord les mains.

– Je ne peux pas. Non, je ne peux pas.

J'ai besoin d'étirer mes jambes, mais je dois faire attention à ne pas poser les mains sur le levain qui attend sur la table.

– Et pourquoi ?

– C'est mon frère. C'est pour ça que je suis à bord. C'est pour ça que j'ai un passe. Il croit que j'ai décroché.

J'inspire profondément, expire et me tasse dans la petite boîte.

– Si je ne suis pas de retour dans une heure, tu réveilles Lukas. C'est ta dernière chance. Si vous ne venez pas me chercher, je raconte tout à Tørk. Il enverra Verlaine s'occuper de toi. Verlaine est son homme de main.

Nous n'avons pas allumé la lumière. La cuisine est plongée dans l'obscurité, excepté la faible lueur de la mer et le reflet de la brume. Mais je sens que j'ai fait mouche. Heureusement, je ne vois pas son visage.

Je coince ma tête entre mes genoux. Jakkelsen ferme les portes. J'entends le léger ronronnement d'un moteur électrique et m'élève dans le noir.

L'ascension dure environ quinze secondes. Je ne pense qu'à une chose : ma vulnérabilité, la peur que quelqu'un m'attende là-haut.

Je sors le tournevis, comme ça j'aurai quelque chose pour me défendre quand ils ouvriront la porte et me tireront de là.

Rien ne se passe. Le monte-plats s'arrête brusquement dans son puits obscur. J'ai seulement mal aux cuisses, je perçois le mouvement du navire et le bruit lointain des machines, à peine audible.

Je force les deux portes coulissantes en insérant le tournevis. Je m'extrais et glisse sur le dos, jusqu'à une table.

Une faible lumière baigne la pièce. Ce sont les feux de route du mât arrière qui passent par une lucarne. La pièce est une kitchenette avec un réfrigérateur, une desserte et deux plaques chauffantes.

La porte mène à un couloir étroit. Je m'y accroupis et j'attends.

Les gens perdent pied dans des situations transitoires. A Scoresbysund, des hommes se sont mutuellement tiré dans la tête avec des fusils de chasse lorsque l'hiver a pris le pas sur l'été. Dans la continuité, il n'est guère difficile de se la couler douce. La nouveauté, par contre, est une épreuve. La glace nouvelle. La lumière nouvelle. Les sentiments nouveaux.

Je m'assieds. C'est ma seule chance. C'est la seule chance de chacun : s'accorder le temps nécessaire pour se familiariser avec les lieux.

Les machines font trembler la cloison en face de moi.

La cheminée doit se trouver derrière. Cette partie du navire a été construite autour de son conduit rectangulaire.

Sur ma gauche, j'aperçois une faible lumière à la hauteur du plancher. C'est la veilleuse dans l'escalier. Cette porte est mon issue de secours.

Sur ma droite, je suis d'abord sensible au silence. Puis j'entends une douce respiration. Rien à voir avec les bruits du navire. Mais après six jours et six nuits à bord, les bruits quotidiens se transforment en un fond sonore régulier sur lequel se détachent toutes les anomalies – comme le léger ronflement d'une femme qui dort.

Cela signifie qu'il y a une, voire deux cabines du côté bâbord et une ou deux du côté opposé. Donc, le salon et le carré donnent sur le pont avant.

Je reste assise. Un moment plus tard, un tuyau gargouille au loin. Le *Kronos* possède un système de W.-C. à haute pression. Quelque part au-dessus ou en dessous de moi, quelqu'un a tiré la chasse d'eau. Le mouvement dans les tuyaux m'indique que les sanitaires de cet étage se trouvent devant la cheminée.

J'ai emporté mon réveil dans la poche de mon tablier. Pouvais-je faire autrement ? Je le regarde et me relève.

La porte de sortie est équipée d'un verrou. Je le débloque, pour pouvoir sortir rapidement et, surtout, pour que l'on puisse entrer.

Je bute sur une porte entre le couloir et ce qui doit être le salon. J'y colle une oreille et attends. Je n'entends que la cloche du navire piquer l'heure. La porte donne sur une obscurité encore plus profonde. Là aussi, j'attends, puis j'appuie sur l'interrupteur. Ce n'est pas une lumière habituelle. Une centaine de lampes d'aquarium s'allument au-dessus d'une centaine de petits aquariums hermétiques, placés dans des cadres en caoutchouc et maintenus sur des supports qui couvrent les trois parois. Les poissons sont plus nombreux et plus variés que dans n'importe quel magasin d'aquariophilie.

Le long d'un mur, il y a un plan de travail, deux gros éviers peu profonds en porcelaine et un mélangeur réglable avec le coude. Sur la table, deux becs de gaz et deux becs Bunsen, reliés à l'arrivée de gaz par des tuyaux en cuivre. Un autoclave est fixé sur une table latérale. Une balance Mettler. Un pH-mètre. Un gros appareil photo à soufflet monté sur un trépied. Un microscope binoculaire.

Sous la table une étagère métallique garnie de petits tiroirs profonds. J'en ouvre quelques-uns. Dans des boîtes en carton du laboratoire pharmaceutique Struer se trouvent des pipettes, des tuyaux en caoutchouc, des bouchons, des lamelles et du papier de tournesol. Des produits chimiques dans de petites ampoules : magnésium, permanganate de potassium, limaille de fer, soufre en poudre, cristaux de sulfate de cuivre. Contre le mur, dans des boîtes en bois protégées par du carton et de la paille, des petites bon-bonnes à acide : acide fluorhydrique, acide chlorhydrique, acide acétique dans diverses concentrations.

Des bacs en plastique, des bains de développement et un agrandisseur sont installés sur la table opposée. Je ne comprends rien. La pièce est un croisement entre l'Aquarium du Danemark et un laboratoire de chimie.

Dans le salon, les boiseries des doubles portes rappellent que le *Kronos* a été construit pour l'élégance des années cinquante, aujourd'hui disparue et déjà démodée à cette époque. La pièce se trouve juste en dessous de la passerelle de navigation et a exactement la même taille, celle d'une salle de séjour danoise basse de plafond. Elle compte six grandes fenêtres qui donnent sur le pont avant. Elles sont couvertes de givre et traversées par une faible lumière bleu-gris.

Sur le côté bâbord, des caisses en carton et en bois, sans étiquettes, sont maintenues par une drisse de pavillon attachée à deux radiateurs.

Une table est vissée au centre de la pièce, plusieurs Thermos maintenus dans les creux du plateau. De longues tables de travail avec des lampes d'architecte ont été installées contre les deux murs. Une petite photocopieuse et un télécopieur sont fixés à la cloison. Une étagère est remplie de livres.

En m'approchant, j'aperçois la carte marine. Elle est protégée par une plaque en Plexiglas antireflets, c'est pourquoi je ne l'ai pas remarquée auparavant. J'allume ma lampe.

La légende dans la marge ayant été coupée, il me faut un petit moment pour l'identifier. Sur les cartes marines, la terre est un détail à peine visible, une simple ligne, un contour qui se perd dans le fourmillement des chiffres indiquant les profondeurs. Puis je reconnais les contreforts devant Sisimiut. Sous la plaque, dans le coin de la carte, il y a des photocopies réduites de cartes spéciales : « Intervalle moyen entre la culmination (inf. ou sup.) de la lune à Greenwich et le début de la marée montante dans l'Ouest du Groenland », « Relevé des courants de surface, O. du Groenland », « Carte synoptique des divisions de secteurs dans le district d'Holsteinborg ».

Dans le haut, contre la cloison, trois photographies. Deux sont des photos aériennes en noir et blanc. La troisième ressemble au détail d'un objet fractal de Mandelbrot, tiré sur une imprimante couleur. Elles ont toutes les trois la même forme au centre. Une figure, presque circulaire, qui se resserre autour d'une ouverture. Comme un fœtus de cinq semaines qui, tel un poisson, se comprime autour des branchies.

J'essaie la cartothèque mais elle est fermée. Je suis sur le point de jeter un coup d'œil aux livres quand on ouvre une porte, quelque part à ce niveau. J'éteins ma lampe et me colle au plancher. Une autre porte est ouverte puis fermée. Silence. Mais le pont ne me paraît plus endormi. Quelque part, quelqu'un est réveillé. Je n'ai pas besoin de regarder mon réveil. Il me reste encore du temps mais mes nerfs n'en peuvent plus.

J'ai la main sur la poignée de la porte quand quelqu'un monte l'escalier. Je bas en retraite. Une clef est introduite dans la serrure. On marque un instant de surprise en constatant que ce n'est pas fermé. J'entre dans la cuisine. Les pas se rapprochent. Je ne saurais dire s'ils sont prudents ou hésitants. Si la personne se demande pourquoi le verrou n'était pas mis, peut-être va-t-on fouiller l'étage. Peut-être est-ce mon imagination ? Je me glisse sur la desserte et dans le monte-plats. J'en pousse les portes mais elles ne se ferment pas correctement de l'intérieur.

Seidenfaden se tient au milieu de la pièce, face à la fente des portes du monte-plats. Il est habillé et dépeigné après sa promenade sur le pont. Il va au réfrigérateur et disparaît de mon champ de vision. J'entends le pétillement d'une canette de bière qu'on ouvre. Je le revois, il boit directement à la boîte.

En cet instant, son visage rayonne d'un plaisir intense et donne à la fois l'impression qu'il va tousser, ses yeux sont braqués droit sur moi mais il ne me voit pas. C'est alors que le monte-plats s'ébranle.

Je n'ai pas assez de place pour sursauter. Tout ce que je peux faire, c'est ôter le bouchon du tournevis et me préparer à être découverte dans moins de deux secondes.

Le monte-plats descend.

Au-dessus de moi, j'entends Seidenfaden écarter les portes, mais il est trop tard.

Je prie pour que Jakkelsen m'ait désobéi, peut-être a-t-il remarqué un mouvement dans le conduit du monte-plats et appuyé sur le bon bouton. Je prie pour qu'il fasse noir quand j'ouvrirai les portes et que les mains tremblantes de Jakkelsen m'aident à m'extraire.

La machine s'arrête dans l'obscurité. Les portes sont écartées doucement.

On pousse un objet humide et froid contre ma cuisse, deux autres sur et sous mes genoux. On referme les portes et le monte-plats bourdonne, un moteur se met en marche et je remonte.

Je passe le tournevis dans ma main gauche et me saisis de la lampe avec la droite. Je suis aveuglée un instant, puis je vois.

Contre moi, à cinq centimètres de mes yeux, une bouteille froide et humide, un magnum de Moët et Chandon 1986 brut impérial rosé. Sur mes genoux, une flûte, une autre bouteille.

Je suis sûre que je vais me trouver nez à nez avec Seidenfaden.

Je me trompe. Je compte deux secousses, je sais que j'ai passé le pont des embarcations. Je monte jusqu'à la passerelle, au carré des officiers.

Silence. Rien ne se passe. J'essaie d'ouvrir les portes. C'est quasi impossible à cause des bouteilles.

Quelqu'un arrive, on craque une allumette. J'entrouvre les portes d'un centimètre. Une bougie est posée sur la grande table où j'ai servi à dîner, il y a deux jours. On la soulève et on l'approche de moi.

On écarte les portes. J'ai levé une main contre la cloison derrière moi afin de donner le plus de force possible au coup. J'attends Tørk ou Verlaine. J'ai prévu de viser aux yeux.

Trop proche, la bougie m'aveugle. Je ne distingue qu'une vague silhouette qui retire une bouteille puis l'autre. Au moment de prendre la flûte, la main hésite sur ma hanche.

Un cri étouffé de surprise.

Le visage de Kützow se baisse vers moi. Nous nous regardons dans les yeux. Les siens sont exorbités, comme s'il souffrait d'une grave crise de la maladie de Basedow. Mais il n'est pas malade dans le sens exact du terme : il est complètement ivre.

– Jaspersen ! s'écrie-t-il.

Nous voyons tous deux le tournevis, pointé entre ses yeux.

– Jaspersen.

– Ce n'est qu'une petite réparation.

Il m'est difficile de parler parce que cette position pliée gêne ma respiration.

– C'est moi qui m'occupe des réparations à bord.

Sa voix est autoritaire mais voilée. Je passe ma tête à l'extérieur.

– Je vois que tu t'occupes aussi de la cave à vins. Cela intéressera sûrement Urs et le capitaine.

Il rougit à la limite du cramoisi.

– Je peux l'expliquer.

Dans dix secondes, il va se poser des questions. Je sors un bras.

– Je n'ai pas le temps. Je dois continuer mon travail.

A cet instant précis, le monte-plats redescend. Je n'ai que le temps de me tasser à l'intérieur. Je m'indigne qu'aucun dispositif de sécurité n'interdise la mise en marche avant la fermeture des portes.

Dans ma tête, je fais défiler la découverte, la confrontation et la fin catastrophique. Lorsque j'arrive à la cuisine, mon imagination s'épuise.

Le monte-plats ne s'arrête pas. Il continue plus bas.

Il s'arrête. Ces quelques secondes ont vidé mes réserves. Ma dernière arme est l'effet de surprise. J'écarte violemment les portes. Un sac marqué « 50 kg de pommes de terre de Vildmose – Approv. Mar. Dan. » fonce vers moi. Je sors mes pieds et repousse le sac. Celui-ci atterrit au milieu des cartons de « Carottes Wiuffs Lammefjord ».

Je retrouve mon équilibre sur le plancher. Je ne sens plus mes jambes. Mais je pointe toujours le tournevis devant moi.

Urs se dégage de sous le sac.

Je ne trouve rien à dire. Quand je passe la porte, il est encore à genoux.

– *Bitte, Fräulein Smilla, bitte…*

Inconsciemment, je devais m'attendre à une alarme, à des gens armés. Mais le *Kronos* est toujours plongé dans l'obscurité. Je passe trois ponts sans rencontrer personne.

L'escalier qui mène à la passerelle est vide. Je ne trouve pas Jakkelsen. Au hasard, j'entre sur le pont des embarcations, vais jusqu'à la porte *Officer's Accomodation* et pousse la porte des toilettes messieurs.

Jakkelsen est près du lavabo. Il s'est peigné. Son front est appuyé contre le miroir, comme s'il tenait à s'assurer du résultat. Il était en train de ramener ses boucles derrière les oreilles, mais il s'est endormi. Malgré tout il se tient debout, accompagnant en douceur les oscillations du bateau. Il ronfle, bouche ouverte, la langue dépassant un peu.

J'enfonce la main dans la poche de poitrine de sa chemise de travail. Je tombe sur l'élastique. Il s'est faufilé jusqu'aux toilettes pour se piquer et se redonner du courage. Ensuite, il a voulu se faire beau et il en a eu assez.

Je lui flanque un coup dans les jambes. Il s'effondre lourdement. J'essaie de le relever mais mon dos me fait mal. Je ne parviens qu'à redresser sa tête.

– Tu as négligé Kützow.

Un petit sourire narquois illumine son visage.

– Smilla, je savais que tu allais revenir.

Je le remets sur pied, lui plonge la tête dans le lavabo et fais couler de l'eau froide. Lorsqu'il peut tenir debout, je le pousse vers l'escalier.

Nous n'avons pas descendu cinq marches que Kützow sort derrière nous.

Il ne fait aucun doute qu'il croit se déplacer avec la souplesse d'un chat. En fait, il tient à peine sur ses jambes, s'agrippe à tout ce qui est à sa portée. Lorsqu'il nous aperçoit, il s'arrête net, pose la main sur le panneau du baromètre et me dévisage.

Je cale le poids mort de Jakkelsen contre la rambarde. Moi-même, j'arrive tout juste à mettre un pied devant l'autre.

Le doute se fraie lentement un chemin dans les méandres de sa cuite – qui doit désormais compter un ou deux magnums de champagne en plus.

– Jaspersen, coasse-t-il, Jaspersen…

J'en ai marre des hommes et de leurs excès. C'est comme ça depuis que je suis au Danemark. Il faut tout le temps faire attention à ne pas trébucher sur des épaves intoxiquées qui se figurent avoir l'air présentable.

– Foutez le camp, monsieur le chef mécanicien.

Il me regarde de ses yeux vides.

Nous ne croisons personne en descendant. Je pousse Jakkelsen dans sa cabine. Il s'effondre sur sa couchette comme un pantin. Je le couche sur le côté. Les nouveau-nés, les alcooliques et les toxicomanes risquent de s'étouffer dans leur vomi. Je ferme sa porte de l'extérieur avec sa clef.

Je me barricade dans ma cabine. Il est quatre heures quinze. Je vais dormir trois heures, me faire porter malade et dormir douze heures de plus. Le reste peut attendre.

J'ai droit à quarante-cinq minutes de sommeil. Une sonnerie électronique s'insinue au milieu de mon premier cauchemar, entre le sommeil et la veille, suivi d'un ordre de Lukas.

Je travaille à moins de deux mètres de Verlaine. Il se sert d'un maillet en caoutchouc dur aussi grand qu'une hache de bûcheron.

Aux gerçures de mes lèvres, je sais qu'il fait –10 °C. Il est en manches de chemise. D'une main, il se tient à la rambarde ou au garde-fou autour des antennes de radar. De l'autre, il lève le maillet en un arc gracieux derrière son dos et l'assène sur le toit du rouf, provoquant une explosion qui sonne comme une vitrine brisée. Son visage est couvert de sueur mais ses gestes sont souples et légers. A chaque coup, il casse une plaque de glace d'environ un mètre carré.

Il n'y a pas de vent, la mer est agitée et le *Kronos* tangue durement. Et il y a la brume, de gros paquets humides et blancs dans l'obscurité.

Chaque fois que nous émergeons d'un banc de brume – si bas qu'il donne l'impression de flotter au ras de l'eau –, on voit à l'œil nu la couche de glace épaissir. Je gratte les antennes avec le manche d'un pic à glace. Lorsque j'en termine avec une, je pourrais aussi bien retourner à la précédente. En moins de deux minutes, une couche d'un millimètre de glace dure et grise l'a recouverte.

Le pont et la superstructure sont animés. Non pas par les petites silhouettes sombres qui martèlent la glace, mais par la glace elle-même. Tous les projecteurs du pont sont allumés. La glace et les lumières créent un paysage de mythologie. Les gréements et les étais sont chargés de guirlandes de glace qui pendent des mâts comme des visages scrutant l'horizon. Le feu de mouillage brille à travers sa coiffe de glace, comme le cerveau luisant de quelque animal fantastique. Le pont est une mer grise et figée. Tout ce qui est vertical se dresse avec des visages interrogateurs et des membres gris et froids.

Verlaine est à tribord. Derrière moi, il y a la rambarde et un vide de vingt petits mètres jusqu'au pont. Face à moi et derrière les supports des radars et le mât avec les antennes, la sirène et le projecteur orientable, Sonne est en train de pelleter la glace. Il passe par-dessus la rambarde les plaques détachées par Verlaine, elles tombent sur le pont des embarcations, à côté du canot de sauvetage. De là, Hansen, qui porte un casque de sécurité jaune, les envoie par-dessus bord.

A bâbord, Jakkelsen dégage les supports des radars au marteau. Il progresse dans ma direction. A un moment, les antennes nous cachent des autres sur le rouf.

Il range le marteau dans la poche de sa veste. Il s'appuie contre le radar et sort une cigarette.

– Comme tu l'avais prévu, dis-je, la glace est vraiment méchante.

Il est blême de fatigue.

– Non. Ça commence vers 5-6 Beaufort, vers 0°. Il nous a fait monter sur le pont trop tôt.

Il regarde autour de lui. Il n'y a personne près de nous.

– Quand j'ai commencé à naviguer, c'était le capitaine qui dirigeait le navire et le temps était mesuré en jours par le calendrier. Si on avait un risque de glace, on réduisait l'allure, ou l'on se déroutait. Ou encore, on naviguait avec le vent. Mais au cours de ces dernières années, les choses ont changé. Ce sont les armateurs qui décident, ce sont les bureaux dans les grandes villes qui dirigent les navires. Et c'est avec *ça*, que l'on mesure le temps.

Il désigne sa montre.

– Visiblement, nous avons un horaire à respecter. C'est pour ça qu'on lui a ordonné de continuer. Et il a obéi. Il est en train de perdre sa *touch*. Quitte à devoir traverser cette purée de pois, il n'avait aucune raison de nous faire monter sur le pont. Un petit navire peut supporter la glace jusqu'à dix pour cent de son déplacement. Nous pourrions naviguer avec cinq cents tonnes de glace sans problème. Il lui aurait suffi d'envoyer deux gars dégager les antennes.

J'enlève la glace de l'antenne gonio. Tant que je travaille, je reste éveillée ; dès que je cesse, je sens monter des bouffées de sommeil.

– Il a peur que nous ne parvenions pas à conserver notre vitesse de croisière. Peur que nous fassions foirer quelque chose. Ou peur que ça empire soudainement. Ce sont ses nerfs. Ils sont presque fichus.

Il laisse tomber sa cigarette à moitié fumée. Un nouveau banc de brume nous entoure. L'humidité semble se coller à la glace qui s'est déjà formée. Pendant un instant, Jakkelsen est presque invisible.

Je travaille autour du radar. Je m'efforce de rester tout le temps dans le champ de vision de Jakkelsen et de Sonne.

Verlaine est tout près. Ses coups passent si près de moi qu'ils m'envoient un air glacé dans la figure. Ils atterrissent au pied du support métallique avec une précision chirurgicale. Verlaine dégage une plaque de glace transparente. Il l'envoie à Sonne.

Sa tête se penche vers la mienne.

– Pourquoi ? demande-t-il.

Je tiens le pic à glace en retrait. Pas loin, mais hors de portée de nos voix, Sonne dégage le pied du mât avec le manche de sa pelle.

– Je sais pourquoi, ajoute-t-il. Lukas n'y aurait pas cru.

– J'aurais pu signaler la blessure de Maurice.

– Un accident de travail. La ponceuse s'est mise en marche alors qu'il changeait de disque. La clef de mandrin l'a touché à l'épaule. Ça a été rapporté et expliqué.

– Un accident. Comme le gamin sur le toit.

Son visage est tout près du mien. Il n'affiche que l'incompréhension. Il n'a pas la moindre idée de ce dont je lui parle. J'ajoute :

– Mais avec Andreas Licht, le vieil homme sur le bateau, ça n'a pas été aussi facile.

Lorsque son corps se raidit, il donne l'illusion d'être gelé, comme le navire autour de nous.

– Je vous ai vu sur le quai. Quand j'ai regagné la rive à la nage.

Je mens mais, tandis qu'il évalue la portée de mes affirmations, il se découvre. Pendant une seconde, un animal malade me dévisage. Son sadisme est à peine voilé.

– Il y aura une enquête à Nuuk, dis-je. La police et des hommes de la marine. Rien que la tentative de meurtre te vaudra deux ans. Et puis, ils fouilleront aussi pour la mort de Licht.

Il m'adresse un grand sourire blanc.

– Nous ne faisons pas escale à Godthåb. Nous allons au dock flottant des tankers. Il est à vingt milles marins des terres. On ne voit même pas la côte.

Il m'adresse un regard ironique.

– Vous vous êtes bien battue, c'est presque dommage que vous soyez aussi seule.

II

1

– Je pense au petit capitaine sur la passerelle, là-haut, dit Lukas. Il ne manœuvre plus son navire. Il n'exerce plus aucune autorité. Ce n'est plus qu'un levier de vitesses qui transmet des impulsions à une machine complexe.

Lukas est appuyé sur la rambarde de l'aileron de passerelle. Un gratte-ciel de polyémail rouge grandit devant l'étrave du *Kronos*. Il se dresse au-dessus du gaillard d'avant et au-dessus des mâts. En levant la tête, on voit sous le ciel gris que cette apparition n'est pas illimitée non plus. Ce n'est pas un immeuble. C'est l'arrière d'un supertanker.

Quand j'étais enfant, à Qaanaaq, à la fin des années cinquante et au début des années soixante, les choses changeaient à l'heure européenne, encore assez lentement pour qu'on ait le temps de protester, au nom du « bon vieux temps ».

Cette nostalgie était alors un sentiment neuf à Thulé. Le sentimentalisme sera toujours le premier acte de rébellion contre le développement.

Les temps nouveaux ont rendu cette réaction caduque. Désormais, on ne peut plus exprimer sa révolte par un mal du pays larmoyant. Actuellement, tout change si vite que le présent devient presque instantanément « le bon vieux temps ».

– Sur ce genre de navires, poursuit Lukas, le reste du monde n'existe plus. Si on les croise en pleine mer et si on essaie de les joindre par VHF pour échanger des bulletins météo, des positions ou des informations sur la banquise, ils ne répondent même pas. D'ailleurs, ils ne branchent plus leur radio. Quand on déplace deux cent cinquante mille mètres cubes, quand on produit autant de chevaux qu'une centrale atomique, quand on dispose d'un ordinateur aussi gros qu'un coffre de navire ancien pour calculer sa route et sa vitesse – et les maintenir ou les modifier légèrement si nécessaire – ce qui est alentour ne représente aucun intérêt. Seuls comptent le point de départ, la destination et qui paie à l'arrivée.

Lukas a maigri et il s'est remis à fumer.

Mais il a peut-être raison. L'un des syndromes du progrès au Groenland est que tout semble dater d'aujourd'hui. Les nouveaux bateaux d'inspection de la marine danoise – dotés d'un armement lourd, rapides – ont été mis en service depuis peu. La faible majorité des voix en faveur du retrait de la CEE lors du référendum du 1er janvier 1985, débouchant sur les renégociations de novembre 1992 et la réadhésion en mai 1993 (la plus grande volte-face diplomatique de tous les temps), c'était hier. Il n'y a pas longtemps que le ministère de la Défense a limité les visas d'entrée à Qaanaaq pour raisons militaires. Et ce complexe où nous sommes, juste en face de Nuuk – cette énorme plate-forme pétrolière flottante, la *Greenland Star*, vingt-cinq mille pontons métalliques reliés les uns aux autres, ancrés par sept cents mètres de fond, un kilomètre carré et demi de métal peint en vert, laid à faire peur, désolé et battu par les vents, à vingt milles marins de la côte – vient juste d'être construit. « Dynamique. » Voilà le mot utilisé par les politiciens.

Tout a été fait dans un but coercitif.

Non pas la coercition des Groenlandais. La présence de l'armée – cette intrusion brutale de la civilisation – est sur le point de disparaître de l'Arctique. Le développement s'en passe. Désormais, l'appel du libéralisme à l'avidité sous tous ses formes suffit.

La culture technologique n'a pas détruit les peuples autour de l'océan Arctique. Le croire serait lui faire trop d'honneur. Elle n'a servi que de déclencheur, un modèle à l'échelle cosmique des possibilités de chaque homme au sein de chaque culture : centrer son existence sur ce mélange proprement occidental que sont la convoitise et l'insouciance.

Ce qu'ils veulent soumettre est autre, c'est l'immensité qui entoure l'homme. La mer, la terre, la glace. Le complexe, qui s'étend à nos pieds, est une tentative de ce genre.

Le visage de Lukas transpire le dégoût.

– Jusqu'en 1992, il n'y avait que Polaroil à Færinge-havn. Un petit coin tranquille. D'un côté du fjord, un centre de communications et une conserverie. De l'autre, l'installation. Dirigée par la Compagnie commerciale du Groenland. Nous pouvions accoster par l'arrière avec un cinquante mille tonnes. Une fois branchés les tuyaux flottants, nous descendions à terre. Il n'y avait qu'un bâtiment d'habitation, une cuisine et une station de pompage. Ça sentait le diesel et les vapeurs d'essence. Cinq hommes suffisaient pour tout faire tourner. On prenait toujours un gin-tonic avec le patron dans la cuisine.

Son côté sentimental est nouveau pour moi.

– C'était sûrement très gentil. Vous exécutiez aussi des danses traditionnelles en jouant de l'accordéon ?

Il plisse les yeux.

– Détrompez-vous. Je parle de pouvoir et de liberté. A cette époque, le capitaine était l'autorité suprême. Nous allions à terre et l'équipage nous accompagnait, excepté l'homme chargé du quart au mouillage. Il n'y avait rien à Færingehavn. C'était un trou désert entre Godthåb et Frederikshåb. Mais dans ce trou, on pouvait aller faire un tour si on en avait envie.

Il esquisse un geste vers les pontons et les baraques en aluminium, au loin.

– Ici, il y a trois magasins hors taxes et une liaison régulière par hélicoptère avec le continent. Il y a un hôtel et une société de plongée. Une poste. Les bureaux de Chevron, Gulf, Shell et Esso. En deux heures, on peut monter une piste d'atterrissage capable de recevoir un petit jet. Le navire devant nous a un tonnage brut de cent vingt-cinq mille tonnes. C'est le progrès. Mais personne n'a le droit d'aller à terre, Jaspersen. Ce sont eux qui viennent à bord si vous avez besoin de quelque chose. Vous passez vos commandes en cochant une liste et ils vous livrent par une glissière. Si le capitaine insiste pour débarquer, deux officiers de sécurité l'attendent à la passerelle et ne le lâchent pas jusqu'à ce qu'il ait regagné son bord. Ils prétendent que c'est à cause des risques d'incendie ou de sabotage. Ils disent que lorsque les jetées sont pleines, il y a un milliard de litres de pétrole.

Il cherche une nouvelle cigarette mais son paquet est vide.

– C'est la nature même de la centralisation. Dans ces conditions, les capitaines au long cours ont quasiment disparu. Les marins n'existent plus.

J'attends. Il veut me dire quelque chose.

– Espériez-vous descendre à terre ?

Je fais non de la tête.

– Même si c'était votre seule chance ? Si c'était le terminus avant le voyage de retour ?

Il veut évaluer ce que je sais.

– Nous ne chargeons rien. Nous ne déchargeons rien. Ce n'est qu'une halte. Nous attendons.

– C'est une supposition.

– Non. Je connais votre destination.

Il est toujours aussi détendu, mais sur ses gardes.

– Dites-moi.

– En échange, vous devez me dire pourquoi nous avons relâché ici.

Son visage est très pâle et desséché par l'air. Il pèle. Il humecte ses lèvres. Il me considère comme une sorte d'assurance-vie. Désormais, il doit choisir un contrat hasardeux exigeant une confiance en moi qu'il n'a pas.

Sans dire un mot, il me dépasse. Je le suis sur la passerelle. Je ferme la porte derrière nous. Il va droit à la table de navigation légèrement surélevée.

– Montrez-moi.

C'est une carte du détroit de Davis au 1 : 1 000 000. A

l'ouest, elle montre juste la pointe de la péninsule de Cumberland et, au nord-ouest, la côte au large des grands bancs où viennent frayer les flétans.

Sur la table, à côté, la carte de formation des glaces du Centre d'études glaciologiques.

– Cet hiver, depuis novembre, dis-je, la Grande Glace descend sur cent milles marins et ne monte pas plus haut que Nuuk. La glace poussée plus au nord par le courant ouest-groenlandais s'est retrouvée en mer et a fondu parce que le détroit de Davis a connu trois hivers doux d'affilée et qu'il est relativement plus chaud que la normale. Le courant, libéré des glaces, longe la côte. La baie de Disko possède la plus forte concentration d'icebergs au mille carré. Durant les deux derniers hivers, le glacier de Jakobshavn s'est déplacé de quarante mètres par jour. Il produit les plus gros icebergs en dehors de l'Antarctique.

Je pose un doigt sur la carte de formation des glaces.

– Cet hiver, les icebergs ont été poussés hors de la baie dès le début d'octobre. Ils sont entraînés le long de la côte par le courant né de la turbulence que cause la rencontre du courant ouest-groenlandais et du courant de Baffin. Il y a des icebergs même dans les eaux abritées situées entre les rochers et la côte. Lorsque nous partirons d'ici, Tørk va nous donner une route nord-ouest jusqu'à ce que nous soyons sortis de cette zone.

Son visage est impavide, mais sa concentration est telle que j'ai pu la constater à la table de roulette.

– Depuis décembre, le courant de Baffin a charrié la glace de l'Ouest jusqu'au soixante-septième parallèle. Elle s'est agglomérée à la glace d'hiver quelque part entre deux cents et quatre cents milles marins en dehors du détroit de Davis. Tørk veut que nous nous dirigions vers cette zone. De là, nous mettrons cap plein nord.

– Avez-vous déjà navigué dans ce coin, Jaspersen ?

– Je suis hydrophobe. Mais je connais la glace.

Il se penche sur la carte.

– Personne n'est jamais monté plus haut que Holsteinborg en cette période de l'année. Même pas dans les eaux abritées. Le courant a tassé la banquise et la glace de l'Ouest en un véritable bloc de béton. Nous pourrions peut-être naviguer vers le nord pendant deux jours. Que veut-il que nous fassions à la limite des glaces ?

Je me redresse.

– On ne joue pas sans jetons, capitaine.

Pendant un instant, je crois qu'il m'échappe. Puis il acquiesce.

– C'est bien ce que vous avez dit. Nous attendons. C'est tout ce que je sais. Nous attendons un quatrième passager.

Le *Kronos* a changé de cap cinq heures plus tôt. Je peux le confirmer par la position basse du soleil dans le ciel. Mais je l'avais déjà remarqué.

Dans les salles à manger des internats, les élèves semblent vissés à leurs chaises. La précarité des situations donne une importance particulière aux points fixes. De même, au carré du *Kronos*, nous sommes collés à nos chaises. Jakkelsen est à la table voisine, plongé dans ses pensées, la tête penchée sur son assiette. Fernanda et Maria évitent de me regarder.

Maurice et moi sommes dos à dos. Il mange de la main gauche. Sa main droite est maintenue par une écharpe qui couvre en partie un épais pansement sur son épaule. Il porte une chemise de travail dont une manche a été coupée pour laisser de la place au bandage.

Ma bouche est desséchée par une peur qui ne me quittera plus tant que je serai à bord de ce bateau.

En sortant, Jakkelsen passe derrière moi.

– Nous avons changé de cap ! Nous allons à Godthåb.

Je décide de nettoyer le carré des officiers. Si Verlaine me cherche, il sera obligé d'emprunter la passerelle. Si nous allons à Nuuk, il sera obligé de venir. Ils ne peuvent pas me permettre de descendre à terre dans un port important.

Je reste quatre heures dans le carré. Je nettoie les vitres, fourbis les cuivres et frotte les boiseries à l'huile de teck.

Kützow arrive ; il se dépêche de filer quand il me voit. Sonne apparaît à son tour. Il se balance sur la pointe des pieds. Je porte une courte jupe bleue. Peut-être y voit-il une invite ? Il se trompe. Je la porte pour pouvoir courir le plus vite possible. Comme il ne reçoit aucun encouragement, il repart. Il est trop jeune pour faire le premier pas et pas assez vieux pour être enquiquinant.

A quatre heures, nous jetons l'ancre derrière le gratte-ciel rouge. Une demi-heure plus tard, on m'appelle sur la passerelle.

– En cette période de l'année, dit Lukas, il n'y a qu'une seule possibilité pour monter plus au nord – à moins d'être équipé d'un brise-glace. Et même ainsi, les chances sont minces. Il faut pousser plus au large, sous peine de se retrouver coincé dans une baie. La glace se referme tout à coup derrière vous et vous êtes bloqué.

Je pourrais lui mentir. Mais il est le dernier brin de paille auquel je peux me raccrocher. C'est un homme sur le déclin. Et qui sait si, dans un avenir proche, il ne va pas échouer de nouveau sur mon chemin.

– A cinquante-quatre degrés de longitude ouest, le fond de la mer s'accroît fortement. Là, un bras du courant ouest-groenlandais s'écarte de la côte, rencontre le courant nord, relativement plus froid, et cause une zone de perturbations, à l'ouest des grands bancs de poissons.

– La Mer des brumes. Je n'y suis jamais allé.

– Un endroit où les plus gros blocs de glace de la côte est sont confinés. Une sorte de réplique du Cimetière des icebergs, au nord d'Upernavik.

Du coin de la règle, je désigne une zone sombre sur la carte des glaces.

– Trop petite pour être indiquée clairement. Elle a souvent – et peut-être en ce moment d'ailleurs – la forme d'une longue baie, comme un fjord à l'intérieur de la banquise. Dangereuse, mais navigable. Si c'est vraiment nécessaire. Même les petits cotres d'inspection danois s'y engageaient de temps en temps à la poursuite des chalutiers anglais ou islandais.

– Pourquoi envoyer un caboteur de quatre mille tonnes et une douzaine d'hommes en baie de Baffin et lui faire emprunter une passe dangereuse dans la banquise ?

Je ferme les yeux et tente de me rappeler la photo d'un fœtus agrandi, une petite forme repliée sur son centre. J'ai vu les mêmes posées sur les cartes marines dans le pont des embarcations.

– Parce qu'il y a une île. La seule île aussi éloignée des côtes avant Ellesmere Island.

Sous la règle, l'île n'est qu'un point quasi invisible.

– Isla Gela Alta. Découverte par des baleiniers portugais au siècle dernier.

– J'en ai entendu parler, dit-il pensif. Une réserve d'oiseaux. Même pour les oiseaux, le temps est épouvantable. Il est interdit d'y débarquer, impossible de mouiller l'ancre. Aucune raison au monde pour y aller.

– Pourtant, je suis prête à parier que c'est bien notre destination.

– Je ne suis pas sûr que vous soyez en position de parier quoi que ce soit.

Tandis que je descends de la passerelle, je me dis que le monde a perdu quelqu'un de bien en la personne de Sigmund Lukas. C'est un phénomène que j'ai souvent observé sans le comprendre. Tout homme est habité par un individu entier, généreux et digne de confiance qui se manifeste en de trop rares occasions, dominé qu'il est par un individu corrompu et récidiviste invétéré.

Sur le pont, la nuit est tombée. Une cigarette brille dans l'obscurité.

Jakkelsen est accoudé au bastingage.

– C'est dingue, complètement dingue !

Le complexe à nos pieds est illuminé par deux rangées de lampes placées de chaque côté des quais. Même maintenant, baigné dans cette lumière jaune, avec sa couleur vert gazon, les éclairages des bâtiments au loin, les petites voitures électriques et les marquages blancs au sol, le *Greenland Star* ressemble seulement à quelques milliers de mètres carrés d'acier plantés dans l'Arctique.

Pour moi, c'est une grossière erreur. Pour Jakkelsen, c'est une union magnifique de la mer et de la haute technologie.

– Oui, lui dis-je, et le mieux, c'est que l'on peut le démonter en douze heures.

– Avec ce truc, on a vaincu la mer. Désormais, la profondeur des eaux ou le mauvais temps ne sont plus un problème. On peut installer un port n'importe où, même au beau milieu de l'océan.

Je ne suis ni prof ni cheftaine. Ça ne m'intéresse pas de le détromper.

– Smilla, pourquoi doit-il être démontable ?

Peut-être est-ce la nervosité qui me fait lui répondre.

– On l'a construit lorsqu'on a commencé à pomper du pétrole au fond de la mer, dans le Groenland du Nord. Dix ans ont passé entre la découverte et le début de l'extraction. Le plus gros problème était la glace. Ils ont d'abord élaboré un prototype de ce qui devait être la plus grosse et la plus solide plate-forme de forage du monde, le *Joint Venture Warrior*, un produit de la Glasnost et de l'Autonomie, une collaboration entre les États-Unis, l'Union soviétique et les Chantiers navals A. P. Møller. Tu es déjà passé près de plates-formes pétrolières. Tu connais leur taille. On les aperçoit à cinquante milles et elles grossissent, grossissent, jusqu'à devenir un monde flottant sur pilotis. Avec des bars, des restaurants, des bureaux, des ateliers, des cinémas, des théâtres et des casernes de pompiers, le tout monté à douze mètres au-dessus du niveau de la mer, de sorte que même les vagues des plus grosses tempêtes se brisent en dessous. Tu vois bien ce que je veux dire ? Le *Venture Warrior* devait être quatre fois plus gros. Le prototype était situé dix-huit mètres au-dessus du niveau de la mer. Mille quatre cents personnes devaient y travailler. Ils ont amené le prototype dans la baie de Baffin. Un iceberg est arrivé ; c'était prévu. Mais cet iceberg était un peu plus gros que la normale. Il s'était formé quelque part à la limite de l'océan Arctique. Il mesurait cent mètres de haut, plat sur le dessus – ce qui est banal quand ils ont cette taille. La partie immergée faisait quatre cents mètres et pesait environ vingt millions de tonnes. Sa vue les a rendus un peu nerveux. Mais ils avaient deux gros brise-glace à leur disposition. Ils les ont attachés à l'iceberg afin de modifier sa route. Il y avait peu de courant et pas de vent. Pourtant, il ne s'est rien passé quand ils ont activé les machines. Sauf que l'iceberg a continué sa route, comme si de rien n'était. Et il a écrasé le prototype. Il n'est pas resté une trace du fier modèle du *Joint Venture Warrior*, excepté quelques taches de pétrole et quelques débris épars. Depuis ce jour, tout ce qui est construit pour l'Arctique doit pouvoir se démonter en douze heures. C'est le délai des prévisions du Centre d'études glaciologiques. Ils creusent à partir de plates-formes qui peuvent décamper. Ce port magnifique n'est rien d'autre qu'un Meccano. La glace pourrait l'emporter comme s'il n'avait jamais existé. Ils l'installent seulement pendant les hivers doux, quand la Grande Glace ne monte pas trop au nord ou quand le pack ne descend pas trop au sud. Ils n'ont pas vaincu la glace, Jakkelsen. La bataille n'a même pas commencé.

Il jette sa cigarette. Il me tourne le dos. Je ne sais si c'est par déception ou indifférence.

– Comment sais-tu tout ça, Smilla ?

Alors qu'ils réfléchissaient aux possibilités d'installer le *Venture Warrior* sur la glace, j'ai travaillé six mois au laboratoire américain d'hydrologie arctique, à Pylot Island, pour mesurer l'élasticité de la glace de l'Arctique. Nous formions une équipe enthousiaste de cinq personnes. Nous nous étions rencontrés lors des deux premières Inuit Circumpolar Conferences. Lors des fêtes où nous avions trop bu, nous tenions de longs discours, nous disions que c'était la première fois que l'on avait rassemblé au même endroit cinq glaciologues d'origine inuit, qu'à ce moment et en ce lieu précis, nous représentions la plus forte concentration de compétences sur le sujet.

Nous avons réalisé nos plus importantes expériences avec des baquets à laver la vaisselle. Nous les remplissions d'eau salée, les mettions dans les congélateurs du laboratoire et faisions geler l'eau afin d'obtenir une glace d'une épaisseur déterminée. Nous sortions les plaques de glace, les placions entre deux tables, les chargions avec des poids et mesurions ce qu'elles supportaient avant de se briser. Nous avions construit de petits moteurs électriques pour faire vibrer les poids et prouver que les vibrations des forages n'affecteraient ni la structure ni l'élasticité de la glace. Nous étions remplis de fierté et animés par cet esprit pionnier propre à la recherche scientifique. C'est seulement lorsque nous avons rédigé notre rapport final, dans lequel nous recommandions à A. P. Møller, Shell et Gospetrol de commencer à exploiter les ressources pétrolières du Groenland à partir de plates-formes construites sur la glace, que nous avons compris ce que nous étions en train de faire. C'était trop tard. Une entreprise soviétique avait dessiné les plans du *Venture Warrior* et obtenu la concession. Nous avons été virés, tous les cinq. Cinq mois plus tard, le prototype était pulvérisé. Depuis, ils n'ont rien trouvé de plus résistant que les plates-formes flottantes.

Je pourrais raconter cela à Jakkelsen. Mais je m'abstiens.

– Cette nuit, je m'occupe de tout, dit-il.

– Ça serait parfait.

– Tu ne me crois pas, hein ? Mais attends un peu. C'est clair comme de l'eau de roche. Moi, on ne m'a pas comme ça. Je connais ce navire. J'ai compris.

Lorsqu'il passe dans la lumière de la passerelle, je vois qu'il ne porte pas de vêtements chauds. Il est resté dehors par –10 °C à discuter avec moi comme si nous étions à l'intérieur.

– Cette nuit, tu peux dormir à poings fermés, Smilla. Demain, tout sera différent.

– La cuisine de la prison offrait des possibilités *einzi-gartige* pour faire du pain au levain.

Urs est penché sur une forme rectangulaire emmaillotée dans un torchon blanc.

– *Die vielen Faktoren*. Le levain lui-même, la levure et enfin la pâte à pain. Combien de temps doit-elle lever, à quelle température ? *Welche Mehlsorten ?* La température du four ?

Il sort le pain, dont la croûte est marron foncé, vernissée et brillante, cassée ici et là par des grains de froment. Mes narines sont envahies par un parfum de farine et une fraî-cheur acide. Dans d'autres circonstances, cela m'aurait fait plaisir. Mais c'est autre chose qui m'intéresse. Un facteur temps. Sur un navire, pas un événement qui ne s'annonce d'abord dans la cuisine.

– Tu fais du pain maintenant, Urs ? C'est *ungewöhnlich*.

– Le problème est l'équilibre entre la *Säuerlichkeit* et la qualité du levain.

Depuis que notre complicité est rompue, depuis qu'il m'a découverte dans le monte-plats, je lui trouve aussi un côté pâteux. A la fois souple, intact, simple et cependant raffiné. Et, en même temps, beaucoup trop doux.

– Est-ce pour un repas supplémentaire ?

Il feint de m'ignorer.

– Tu vas te retrouver en taule. Directement *ins Gefän-gnis*. Ici, au Groenland. Aucune chance d'avoir un travail aux cuisines. *Keine Strafermässigung*. On ne se soucie guère de la cuisine par ici. Quand nous nous reverrons, dans trois, quatre ans, on verra si tu as conservé ta bonne humeur et si tu n'as pas perdu trente kilos.

Il se dégonfle comme un soufflé crevé. Il ne peut pas savoir qu'il n'y a pas de prisons au Groenland.

– *Um elf Uhr. Für eine Person.*

– Urs, où as-tu été condamné ?

Il me lance un regard froid.

– Je n'ai besoin que d'un coup de fil à Interpol.

Il ne répond pas.

– Je les ai appelés avant notre départ, lorsque j'ai vu le rôle d'équipage. C'était de l'héroïne.

Des gouttes de sueur perlent sur le mince interstice entre sa moustache et sa lèvre supérieure.

– Elle ne venait pas du Maroc. D'où venait-elle ?

– Pourquoi doit-on me torturer ?

– D'où ?

– De l'aéroport de Genève. Le lac est tout proche. Je faisais mon service militaire. Nous prenions les caisses avec les provisions et les acheminions, par le fleuve.

Lorsqu'il me répond, je comprends pour la première fois de ma vie l'art de l'interrogatoire. Ce n'est pas uniquement la peur qui le fait parler. C'est au moins autant le désir d'un contact humain, le fardeau d'une conscience tourmentée et la solitude en mer.

– Des caisses contenant des objets d'art anciens ?

Il acquiesce.

– D'Asie. A bord de l'avion de Kyoto.

– Qui les faisait sortir ? Qui était l'agent de transport ?

– Mais vous devez bien le savoir.

Je n'ajoute rien. Je connais la réponse.

– *Der Verlaine natürlich...*

Voilà comment ils ont composé l'équipage du *Kronos*. Avec des gens tellement compromis qu'ils n'avaient pas le choix. Maintenant je peux apprécier le carré du navire à sa juste valeur : un microcosme, une image du réseau monté autrefois par Tørk et Claussen. Tout comme Loyen et Ving ont utilisé la Compagnie de la cryolithe pour leurs expéditions, ils se sont servis d'une organisation préexistante. Fernanda et Maria en Thaïlande, Maurice, Hansen et Urs en Europe, tous appartiennent au même organisme.

– *Ich hatte keine Wahl. Ich war zahlungsunfähig.*

Sa peur ne semble plus exagérée.

– *Fräulein Smilla,* je me dis parfois que vous bluffez, que vous n'êtes peut-être pas de la police.

A cinquante centimètres, je sens encore la chaleur du pain. Il doit juste sortir du four.

– Et dans ce cas, *wäre es kein besonderes Risiko,* si, un

beau jour, je vous servais une portion de diplomate truffée de, disons… d'éclats de verre et de petits morceaux de fil de fer barbelé ?

Il tient le pain dans sa main. Il doit être à plus de 200 °C. Urs n'est peut-être pas aussi doux que ça. Peut-être que si on l'expose à une trop forte température, il va s'envelopper d'une croûte dure comme du verre.

Une dépression ne se traduit pas toujours par une rupture, elle peut prendre la forme d'un lent renoncement.

C'est ce qui m'arrive. En descendant de la cuisine, je décide de m'enfuir du *Kronos*.

Rentrée dans ma cabine, j'enfile des sous-vêtements en laine fine et, par-dessus, ma tenue de travail bleue, des bottes bleues, un pull bleu, et une épaisse veste en duvet bleu foncé. Ils se fondront presque dans le noir. C'est ce que j'ai pu trouver de moins voyant. Je ne fais aucun bagage. J'entasse mon argent, ma brosse à dents, des slips de rechange et une petite bouteille d'huile d'amandes douces dans un sac plastique. Je ne crois pas pouvoir m'échapper avec plus.

J'essaie de me convaincre que la solitude s'est emparée de moi. J'ai grandi au sein d'une communauté. S'il m'est arrivé de souhaiter – et d'avoir – de courtes périodes de solitude et d'introspection, cela a toujours été dans le but de retourner dans un groupe social, plus forte.

Mais je ne l'ai pas trouvé. C'est comme si je l'avais perdu, durant cet automne où Moritz m'a fait quitter le Groenland pour la première fois, en avion. Je n'ai pas baissé les bras, je cherche toujours, mais en vain.

La vie à bord de ce bateau est la caricature de mon existence dans le monde moderne.

Je ne suis pas une héroïne. J'ai ressenti quelque chose pour un enfant. J'aurais pu mettre ma ténacité à leur disposition si quelqu'un avait tenté de comprendre sa mort. Mais personne ne l'a voulu, en dehors de moi.

Je monte sur le pont. Je m'attends à tomber sur Verlaine à chaque coin du bateau.

Je ne croise personne. Le pont est désert. Je m'approche de la rambarde. Le *Greenland Star* semble différent d'il y a quelques heures, quand j'étais encore paralysée par les événements des jours précédents. Maintenant, il représente ma porte de sortie, mon issue de secours.

Les jetées – deux d'entre elles font un kilomètre de long –, sont curieusement immobiles au milieu des vagues qui viennent s'y briser dans l'obscurité. Près des bâtiments, je vois de petites voitures électriques éclairées et des chariots élévateurs.

La passerelle du *Kronos* est à poste. Sur le quai, de grands panneaux indiquent : *« Access to pier strictly forbidden ».*

A partir de la passerelle, j'aurai au moins six, sept cents mètres de quais à parcourir, baignés par la lumière. Il n'y a probablement pas de gardes. Les tours de contrôle d'où ils commandent le pompage du pétrole sont dans le noir. Mais ils surveillent vraisemblablement la zone, ils me verront et viendront me chercher.

C'est bien ce que j'espère. Ils sont probablement tenus de me ramener au bateau, mais ils m'emmèneront d'abord dans le bureau d'un policier. Là, je leur parlerai du *Kronos*. Rien qui approcherait la vérité – ils ne me croiraient pas. Je leur parlerai de la drogue de Jakkelsen, leur dirai que je me sens menacée par le reste de l'équipage, que je tiens à quitter le navire.

Ils seront forcés de m'écouter. Légalement – et techniquement –, la désertion n'existe plus. Un marin et une femme de chambre peuvent aller à terre quand ils le veulent.

Je me rends au pont n° 2 qui donne sur la passerelle. Celle-ci présente un renfoncement là où commence le pont. C'est là que Jakkelsen m'a attendue, la première fois.

Maintenant, quelqu'un d'autre attend. Hansen a posé ses bottes en caoutchouc sur la boîte en acier.

Je pourrais traverser la passerelle avant qu'il ne se soit levé de sa chaise. Je suis sûre de remporter un sprint de cent cinquante mètres sur le quai. Et puis je m'effondrerai, à bout de souffle.

Je bats en retraite sur le pont. Je passe en revue toutes les possibilités. Au moment où je conclus que je n'en ai aucune, les lumières s'allument soudain.

Je viens juste de fermer les yeux, essayant de trouver une solution grâce aux bruits.

La houle qui bat le quai, le bruit creux de l'eau qui tape contre les défenses. Le cri des grosses mouettes dans le noir, le souffle sourd du vent contre les tours de contrôle. Les gémissements des attaches des pontons qui jouent les uns contre les autres. Le sifflement lointain et vague de gros générateurs de turbines. Et, plus assourdissant que tous ces bruits : le sentiment que ce vacarme est aspiré dans le vide de l'Atlantique, que le complexe et les navires accostés constituent une misérable erreur de calcul et qu'ils peuvent être balayés à tout instant.

Ces bruits ne sont d'aucune aide. Dans un lieu pareil, le seul moyen de quitter un navire est d'utiliser la passerelle. Je suis prisonnière sur le *Kronos*.

Les lumières s'éteignent. Lorsque j'ouvre les yeux, j'ai l'impression d'être aveugle. Puis une série de lampes rouges, à environ cent mètres d'intervalle, apparaît sur le quai. L'éclairage de secours.

Le quai d'amarrage et le *Kronos* lui-même sont plongés dans l'obscurité. La nuit est tellement sombre que même les choses à portée de la main semblent abolies. L'extrémité de la plate-forme ressemble à une île blanche et jaunâtre dans la nuit.

Sur le quai, je vois une silhouette qui s'éloigne du *Kronos*. Le mélange de peur, d'espoir et d'habitude fait que je ne pense pas à dissimuler ma tête derrière le mât ou un cabestan. Je m'arrête quelques marches avant le bas de l'escalier. La voie est libre. Mais, même s'il y avait quelqu'un, je ne le verrais pas. Je me mets à courir.

Je cours sur la passerelle, quitte le bateau. Personne ne

me poursuit, personne ne crie derrière moi. Je tourne et cours sur le quai. Les pontons semblent vivants et instables sous mes pieds. Ici, l'éclairage de secours paraît trop fort. Je me tiens sur le côté opposé et accélère chaque fois que je m'approche d'une zone de lumière. Six jours seulement se sont écoulés depuis que j'ai vu Lander disparaître dans la brume et retourner vers Skovshoved. Et dans tous les sens du terme, je suis encore en haute mer. Pourtant, je ressens cette joie que doit éprouver un marin en posant le pied à terre après une longue traversée.

Une forme apparaît devant moi, sa démarche est aussi heurtée et trébuchante que celle d'une personne ivre.

Il se met à pleuvoir. Le quai possède une signalisation au sol comme une avenue. De chaque côté, les flancs aveugles des navires s'élèvent à quarante-cinq mètres de haut, tels des gratte-ciel. L'aluminium des baraquements brille au loin. Tout vibre sourdement, agité par d'énormes machines invisibles. Le *Greenland Star* est une ville abandonnée au bord de l'immensité.

La seule chose vivante est la forme tremblante devant moi. C'est Jakkelsen. Sa silhouette se détache sous une lampe, c'est indéniablement Jakkelsen. Loin, loin devant, un autre homme s'éloigne. C'est pour ça que Jakkelsen zigzague, tout comme moi, il essaie d'éviter la lumière, de ne pas se faire voir par celui qu'il poursuit.

Je ralentis afin de ne pas gagner du terrain sur les deux hommes.

Je tourne à la hauteur du dernier gratte-ciel. Devant moi, une grande étendue vide et découverte. Une place au milieu de l'océan. Dans la pénombre, seule brille une lampe fluorescente haut perchée.

Sur la place, au centre d'une série de cercles blancs concentriques, la silhouette d'un gros animal mort. Un hélicoptère Sikorsky, avec quatre lourdes pales de rotor légèrement inclinées. Près d'un baraquement sont garés un petit chariot équipé pour la lutte contre l'incendie et un bus électrique. Jakkelsen a disparu. C'est l'endroit le plus désert que j'aie jamais vu.

Enfant, j'ai souvent rêvé que tout le monde était mort, me laissant avec cette grisante liberté de choix dans un monde sans adultes. A cette époque, c'était à mes yeux un rêve merveilleux. Là, sur cette place, je m'aperçois qu'il s'agit d'un cauchemar.

J'avance vers l'hélicoptère, le dépasse et me retrouve dans la faible lumière teintée par le vert sombre du revêtement antidérapant des pontons. C'est tellement désert que je ne crains même pas d'être repérée.

Là où la plate-forme semble se jeter dans la mer, il y a trois baraquements et un abri. Jakkelsen est assis un peu à l'écart dans la pénombre. Pendant un instant, je suis inquiète. Il y a tout juste quelques minutes, il se déplaçait aussi vite qu'un singe, là, il est recroquevillé. Je pose la main sur son front, je sens la chaleur et la sueur de la course. Lorsque je le secoue pour lui faire reprendre ses esprits, j'entends un cliquetis métallique. Je plonge la main dans sa poche de poitrine et tombe sur sa seringue. Je me souviens de ses traits quand il m'avait affirmé pouvoir se dominer. J'essaie de le remettre sur pieds mais il est trop mou. Il aurait besoin de deux brancardiers costauds et d'un chariot d'hôpital. J'ôte ma veste et la pose sur lui, de manière à protéger son front de la pluie. Je remets la seringue dans sa poche. Il faut être plus jeune ou, en tout cas, plus idéaliste que moi pour remonter le moral de gens qui ont fermement décidé de se suicider.

Comme je me relève, une ombre s'écarte de l'abri. Elle ne se dirige pas vers moi, elle traverse la place.

C'est un homme qui porte une petite valise, vêtu d'un manteau secoué par le vent. Mais ce n'est pas la valise qui est petite, c'est l'homme qui est grand. A cette distance, je ne distingue pas grand-chose. Je n'en ai pas besoin. Il ne m'en faut pas beaucoup pour le reconnaître. C'est le mécanicien.

Peut-être ai-je toujours su que c'était lui le quatrième passager.

Je comprends alors que je suis obligée de retourner sur le *Kronos*.

Non pas parce que, soudain, il m'importe peu de vivre ou de mourir. Non, c'est plutôt parce que l'on m'ôte mon libre arbitre. Ce n'est plus uniquement à cause d'Esajas, ou à cause de moi, ou à cause du mécanicien. Ni à cause de ce qu'il y a entre nous. C'est beaucoup plus fort. Peut-être est-ce l'amour ?

Lorsque je reviens sur mes pas, les lumières sont rallumées. Il ne sert à rien d'essayer de se cacher.

Il y a quelqu'un dans la tour devant le *Kronos*. Derrière la fenêtre, on dirait un insecte. De près, on voit son casque doté de deux petites antennes. Deux tuyaux sont branchés au *Kronos*. Il est ravitaillé en diesel.

Hansen trône à l'extrémité de la passerelle. Il se fige en me voyant. C'est pour moi qu'il est là. Mais il m'attendait de l'autre côté. Il n'est pas préparé à cette situation. Il est lent à réagir et l'improvisation n'est guère son fort. Il veut me barrer le chemin, évalue les risques. Je plonge la main dans mon sac plastique et cherche en vain mon tournevis. Lukas descend l'escalier derrière Hansen, auquel je tends mon poing fermé.

– De la part de Verlaine.

Il prend ce que je lui donne, obéissant immédiatement au nom du bosco. Lukas jauge la situation d'un regard, plisse les yeux.

– Vous êtes trempée, Jaspersen.

Il me barre l'accès de l'escalier.

– J'avais une course à faire pour Hansen.

Hansen va pour protester. Il ouvre la main espérant y trouver une réponse. Dans sa grande paume, il y a une balle qui se défroisse. Nous regardons attentivement. C'est un petit slip, d'un blanc éclatant, avec de la dentelle.

– Il n'y avait pas la taille au-dessus. Mais vous réussirez bien à l'enfiler, Hansen. Ça m'a l'air assez élastique.

Je passe à côté de Lukas sans qu'il fasse mine de m'arrêter. Hansen retient toute son attention. Son visage ne reflète que l'étonnement. Lukas n'est pas à la fête. Un tas de questions sans réponse lui tombent dessus.

Comme j'atteins l'escalier, je l'entends renoncer à comprendre cette énigme supplémentaire.

– D'abord les bagages. Puis le cabestan avant. Nous partons dans un quart d'heure.

Sa voix est rauque, stupéfaite, énervée et tourmentée.

J'enlève ma combinaison de travail trempée et m'assieds sur la couchette. Je pense à Jakkelsen.

Aux bruits qui traversent la coque, je devine que le ravitaillement est terminé, que les tuyaux ont été enroulés, les haussières détachées. Le pont est paré pour l'appareillage.

Jakkelsen se trouve dans l'obscurité à environ un kilomètre de là. Je suis la seule à savoir qu'il a quitté le bord. Dois-je signaler son absence ?

La passerelle est retirée. Les postes près des haussières d'amarrage sont occupés.

Je ne bouge pas de ma couchette. Peut-être Jakkelsen a-t-il découvert quelque chose. Il y avait un je-ne-sais-quoi dans sa voix et une assurance qui me reviennent à l'esprit. S'il a vraiment découvert quelque chose, c'est peut-être pour cela qu'il est descendu à terre. Il a dû penser qu'il ne pouvait agir que de là. Peut-être peut-il encore m'aider, même si je ne vois pas comment ni pourquoi.

Pas de sirène. Le *Kronos* quitte le *Greenland Star* aussi discrètement qu'il est arrivé. Je n'ai même pas entendu les machines monter en puissance. Seul un changement dans les mouvements de la coque m'indique que nous sommes en route.

Notre vitesse de croisière est de dix-huit nœuds. Entre quatre cents et quatre cent cinquante milles marins par jour. Cela signifie que nous arriverons dans environ douze heures. Si j'ai raison. Si nous allons bien au glacier de Barren sur Gela Alta.

On tire quelque chose de lourd dans le couloir.

Lorsqu'on ferme la porte de la dunette, je passe dans la coursive. A travers la fenêtre de la porte, je vois Verlaine et Hansen emporter vers l'arrière les bagages du mécanicien, sur des diables. Des valises noires, du modèle que les musiciens utilisent pour transporter leurs instruments. Il a dû avoir un excédent de bagages dans l'avion. Ça a coûté cher. Je me demande qui a payé.

2

Si, dans un pays comme le Danemark, on atteint l'âge de trente-sept ans sans être régulièrement sous médicaments, sans s'être suicidé et sans avoir totalement renié les tendres idéaux de l'enfance, alors on peut s'estimer armé pour affronter l'adversité.

Dans les années soixante-dix, à Thulé, nous avons relevé des gouttes de pluie en surfusion avec des instruments installés dans des ballons météorologiques. Elles ont une durée de vie très courte dans les nuages de haute altitude. Le milieu qui les entoure est froid mais statique. Dans cette poche, leur température tombe à – 40 °C. Elles devraient geler mais elles restent stationnaires, stables et fluides.

C'est comme ça que j'essaie de faire face à l'adversité.

Le *Kronos* n'est pas encore endormi. Je sens une vie invisible et du mouvement, mais je ne peux plus attendre.

J'aurais pu passer par la salle des machines et dans l'entrepont s'ils n'étaient pas associés à trop de souvenirs d'enfermement. Je tiens au moins à les voir quand ils arriveront.

Le pont arrière est baigné de lumière. Je prends mon souffle et m'élance à travers la scène. Juste du coin de l'œil, je vois défiler les têtes de cabestan et la rambarde au pied du mât. J'arrive à la superstructure arrière et déverrouille la porte. De l'intérieur, je regarde le pont par la fenêtre.

C'est le domaine de Verlaine. Même maintenant, alors qu'il n'y a personne, sa présence est palpable.

Je ferme à clef derrière moi. Mes armes sont depuis le début des détails que personne ne soupçonne. Mon identité, mes intentions, le passe-partout de Jakkelsen. Ils ne peuvent pas savoir que je l'ai. Ils pensent certainement que si j'ai pu accéder à la dunette, c'était un accident, une négligence de leur part. Ils ont craint que je sois sur les traces de quelque chose. Mais ils ignorent tout de la clef.

Dans la première pièce, je laisse le faisceau de ma torche glisser sur des pots soigneusement entassés – minium, apprêt, vernis, joint, diluant spécial –, des boîtes remplies de masques respiratoires, de résine époxyde, de pinceaux et de rouleaux. Le tout est rangé bien proprement. Le soin maniaque de Verlaine.

La deuxième porte donne sur l'entrée arrière de toilettes. Elle mène aux deux douches. La suivante à l'atelier de mécanique, là où Hansen polit ses couteaux avec de la craie à nettoyer.

La dernière pièce est l'atelier d'électricité. On pourrait cacher un petit éléphant dans le dédale de placards, d'étagères et de caisses. Et encore, il me faudrait une heure pour le trouver. Je n'ai pas une heure devant moi. Je ferme la porte et descends.

La porte de l'entrepont est verrouillée. Quelqu'un a voulu s'assurer que personne ne passera par ici. J'allume ma lampe durant de brèves périodes. C'est sûrement une mesure de précaution superflue. Je me trouve dans un lieu obscur et aveugle, mais mes nerfs lâchent.

Je m'arrête et tends l'oreille. Je me force à ne pas paniquer. Je n'ai jamais aimé l'obscurité et n'ai jamais compris ce penchant danois pour les promenades nocturnes dans un noir d'encre. Pour écouter le chant du coucou, observer les étoiles, pratiquer les courses d'orientation.

On doit respecter la nuit. Ce moment où l'univers grouille de maux et de dangers. Appelez ça superstition. Appelez ça peur du noir. Mais agir comme si la nuit n'était qu'un jour sans lumière, c'est ridicule. La nuit est faite pour se blottir les uns contre les autres, à l'abri – si l'on n'est pas seul et si l'on n'a pas d'autres obligations.

Dans le noir, les bruits sont plus palpables que les objets. Le battement de l'eau autour de l'hélice, quelque part sous mes pieds. Le sifflement assourdi du sillage du navire. Les machines. La ventilation. La rotation de l'arbre de l'hélice sur ses paliers. Un petit compresseur électrique impossible à localiser. Autant essayer de décider quel voisin dans un immeuble vous casse les oreilles avec son réfrigérateur.

Il y a un réfrigérateur, là aussi. Je ne le repère pas à son bruit. Mais parce que l'obscurité m'oblige à me représenter visuellement le plan du bateau. Je mesure le couloir avec mes pas mais je connais déjà le résultat. Seule la nervosité m'a empêchée de m'en apercevoir tout de suite. Il manque deux mètres. D'après Jakkelsen, le système hydraulique du gouvernail se trouve quelque part derrière la cloison. Mais ça n'explique pas la différence des deux mètres.

J'éclaire la paroi. Elle est faite du même contreplaqué que les autres cloisons. C'est pour ça que je n'ai rien remarqué. Mais elle a été montée assez récemment. Derrière, on entend un ronronnement sourd, celui d'un réfrigérateur. La paroi est clouée. C'est une cachette médiocre, installée à la va-vite. Mais je ne pourrais pas la forcer sans aide, même si j'avais les outils adéquats.

J'ouvre la porte la plus proche.

Des étuis noirs sont appuyés contre la cloison, marqués « *Grimlot Music Instruments Flight Cases* ». J'examine le premier. Il est rectangulaire et pourrait contenir un haut-parleur de taille moyenne.

Sous les deux bouteilles brillantes en acier émaillé, la garantie du constructeur indique : « *Self-contained Underwater Breathing Apparatus* ». Elles sont couvertes par un filet caoutchouté afin de protéger la peinture des chocs.

Le deuxième étui, plus petit, contient ce qui ressemble à des valves à visser sur les bouteilles – flambant neuves – et délicatement posées dans de la mousse découpée sur mesure. Un détendeur d'un modèle qui m'est inconnu et s'adapte aux bouteilles au lieu d'être directement installé sur le masque.

Dans le suivant, des manomètres et des boussoles de poignet. Un gros étui comporte des lunettes de plongée, trois paires de palmes, des poignards en acier inoxydable et leurs gaines et deux colliers gonflables à fixer sur les bouteilles.

Dans un sac de paquetage, deux combinaisons de plongée en caoutchouc mousse avec une capuche et des fermetures Éclair aux poignets et aux chevilles. Des ensembles de plongée en Néoprène – d'au moins quinze millimètres d'épaisseur. En dessous, deux combinaisons imperméables Poséidon. En dessous, des gants, des chaussettes, deux combinaisons en thermolactyl, des cordes de sécurité et six différents types de lampes à piles, dont deux pouvant être accrochées à un casque.

Un étui un peu plus gros et profond semble pouvoir contenir une guitare basse électrique. Il est debout contre la cloison. Dedans, il y a Jakkelsen.

L'étui n'était pas assez grand. Ils ont tassé sa tête contre l'épaule droite et replié ses jambes, comme s'il était agenouillé. Ses yeux sont ouverts. Il a toujours ma veste sur les épaules.

Je passe la main sur son visage. Il est encore humide et chaud. La température du corps d'un grand mammifère baisse d'environ deux degrés par heure après qu'il ait été abattu, dehors, en été. Les chiffres sont probablement les mêmes pour un être humain. La température du corps de Jakkelsen avoisine celle de la pièce.

Je plonge la main dans sa poche de poitrine. La seringue n'est plus là. Mais il y a autre chose. J'aurais dû y penser plus tôt. Le métal ne fait de bruit que s'il cliquette contre du métal. Tout doucement, la main plongée dans sa poche, je touche un petit triangle métallique, qui dépasse de sa poitrine.

La rigidité cadavérique commence aux muscles de la mâchoire et descend, comme dans les contractions d'hystérie. Il est raide jusqu'au nombril. Je ne peux pas le retourner, je glisse la main à l'intérieur de l'étui, le long de son dos, sous sa veste. Cette fois, je sens une petite pièce de métal dépasser d'un centimètre entre ses omoplates, plate, pas plus épaisse qu'une lime à ongles. Ou un ciseau à froid.

La lame a été enfoncée entre deux côtes et redressée. Je suppose qu'elle a traversé le cœur. Ensuite, le manche a été retiré – mais la lame laissée à l'intérieur, afin d'éviter les hémorragies.

Normalement, la lame n'aurait pas dû ressortir. Mais Jakkelsen était mince comme un mannequin.

Cela a dû se passer juste avant que je n'arrive à sa hauteur. Probablement pendant que je traversais la place.

Au Groenland, je n'avais pas de caries. Maintenant, j'ai douze plombages. Un de plus chaque année. Je refuse l'anesthésie. J'ai mis au point une tactique pour supporter la douleur. Je respire profondément de l'abdomen et, juste avant que la fraise ne traverse l'émail pour atteindre la dentine, je me dis que je dois accepter mon sort. Ainsi je deviens un spectateur engagé et non passif de la douleur.

J'étais au Parlement quand le parti Siumut a proposé que le retrait des forces américaines et danoises du Groenland soit précédé par la mise sur pied d'une armée groenlandaise. Bien entendu, ils ne l'appelaient pas comme ça : une force de gardes-côtes décentralisée, constituée de Groenlandais ayant servi comme élèves sous-officiers dans la marine ces trois dernières années, et commandée par des officiers subalternes formés au Danemark.

Je me disais : c'est impossible, ils n'accepteront jamais.

La proposition fut refusée. « Nous sommes surpris par le résultat du vote, dit Julius Høeg, le porte-parole des affaires diplomatiques du Siumut, en considérant que la commission de défense nationale de ce Parlement a recommandé un système de gardes-côtes et établi un groupe de travail préliminaire composé de représentants de la marine danoise, de la police groenlandaise, de la patrouille Sirius, du Centre d'études glaciologiques et d'autres personnes compétentes. »

« D'autres personnes compétentes. » Les informations importantes arrivent toujours à la fin. Comme les contrats parallèles. Comme des notes en bas de page ou dans la marge.

Le personnel de sécurité du *Greenland Star* était groenlandais. Je m'en souviens seulement maintenant qu'il est derrière nous. On ne remarque pas l'évidence. Or il est devenu évident de voir des Groenlandais armés en uniformes, évident pour nous de faire la guerre.

Pour moi aussi. Tout ce qu'il me reste, c'est ma capacité à prendre de la distance avec moi-même.

C'est à moi que ça arrive, cette douleur est la mienne mais elle ne m'absorbe pas entièrement. Une partie de moi-même reste spectatrice.

Je me tasse dans le monte-plats. Ce n'est pas plus facile qu'hier. Je ne rajeunis pas.

Cette fois-ci, je me félicite qu'il n'y ait pas de dispositif de sécurité. Ce système dangereux me permet de presser toute seule sur le bouton.

La bouffée de peur durant l'ascension est la même, avec le silence au sommet et la cuisine vide.

La lune brille à travers la lucarne. En me dirigeant vers la porte, je me vois comme si je me regardais de l'extérieur : vêtue de noir mais pâle comme un clown blanc.

Mêmes bruits dans la coursive. Le moteur, les toilettes, la respiration d'une femme. Comme si le temps s'était figé.

La lumière de la lune filtre dans le salon, bleue et froide, presque liquide sur ma peau. Le roulis fait jouer les boiseries des fenêtres comme des ombres vivantes sur les cloisons.

Je me dirige d'abord vers les livres.

Le Pilote groenlandais, le recueil de cartes du Groenland de l'Institut géodésique, les cartes marines de l'Amirauté, réduites au 4 :1 et réunies en un seul volume. *Dynamics of Snow and Ice Masses*, de Colbeck, sur les mouvements de la glace. *Meteorites* de Buchwald en trois volumes. Des numéros de *Naturens Verden* et de *Varv*. La *Review of Medical Microbiology*, par Jawetz et Melnick. Le *Manuel de Parasitologie*, de Rintek Madsen. *Lecture Notes on Tropical Medicine*, de Dion R. Bell.

Je pose les deux derniers volumes sur le sol, les feuillette de la main droite en tenant la lampe de la main gauche. Le paragraphe *Dracunculus* est tellement chargé au surligneur jaune que le papier donne l'impression d'avoir changé de couleur. Je le remets en place.

Dans la coursive, j'épie longtemps derrière chaque porte. Par chance, je trouve la cabine de Tørk du premier coup. J'entrebâille la porte de trois millimètres. La lune brille à travers le hublot et tombe sur la couchette. Il fait froid dans la pièce, pourtant, il a repoussé la couette. Son buste ressemble à du marbre bleuâtre. Il dort profondément. J'entre et referme derrière moi. Ce sont les choix qui compliquent l'existence. Celui qui est forcé d'agir vit simplement.

Tout se tient. Il a travaillé à son bureau et rangé stylos et crayons – comme tout ce qui risque de rouler et de tomber à bord d'un navire. Mais les papiers sont encore là. Un tas assez mince pour que je puisse le subtiliser.

Je m'attarde un instant à le contempler. Comme tant de fois depuis mon enfance, je m'émerveille de cette vulnérabilité confiante qu'ont les gens dans leur sommeil. Je pourrais me pencher sur lui, l'embrasser, sentir ses battements de cœur ou lui trancher la gorge.

Je me rends soudain compte que, dans ma vie, j'ai souvent été debout tandis que les autres dormaient. J'ai vu défiler tant de nuits blanches et de petits matins. Je ne l'ai pas décidé ; ça c'est passé comme ça. C'est tout.

J'emporte la pile de papiers dans le salon. Je n'ai pas le temps d'aller plus loin.

J'attends un moment sans allumer la lumière. La pièce

prend un air solennel, comme si le clair de lune figeait tout dans un verre bleu-gris.

Tout le monde rêve de découvrir la clef de soi-même et de son avenir. A Qaanaaq, les cours de catéchisme du dimanche matin étaient donnés par un des Frères moraves de la mission , un mathématicien belge, brutal et introverti, qui ne connaissait pas un mot du dialecte de Thulé. Le cours se déroulait dans un sabir mêlant l'anglais, le groenlandais de l'Ouest et le danois. Nous le craignions, mais il nous fascinait. On nous enseignait le respect de cette profondeur d'esprit qui se trouve dans la folie. Un dimanche après l'autre, il serinait deux choses : le commandement de Nag Hammadi, récemment découvert, qui enjoint de se connaître soi-même et l'idée que nos jours sont comptés, qu'il existe une arithmétique divine dans l'univers. Nous avions entre cinq et neuf ans. Nous ne comprenions pas un mot. Pourtant, je me suis rappelé encore certaines choses, longtemps après. En particulier, je me suis dit que j'aurais bien aimé connaître les calculs cosmiques de ma propre existence.

Régulièrement, j'ai l'impression que ce moment est arrivé. Maintenant, par exemple. Comme si cette pile de papiers devant moi allait m'apprendre des choses décisives sur mon avenir.

Les aïeux de ma mère auraient été stupéfaits que la clef de l'univers de l'un de leurs descendants se manifeste par écrit.

Sur le haut de la pile, un exemplaire du rapport de la Compagnie de la cryolithe du Danemark sur l'expédition à Gela Alta, en 1991. Les six dernières pages ne sont pas des doubles. Ce sont les photos aériennes originales, légèrement floues et techniquement imparfaites du glacier de Barren. Il fait honneur à sa réputation : pelé, froid, blanc, érodé, battu par les vents et déserté même par les oiseaux.

Suit une vingtaine de feuillets manuscrits, recouverts de chiffres et de petits croquis au crayon qui me sont incompréhensibles.

Douze photographies sont des copies de radiographies.

Ce sont peut-être celles que j'ai vues sur l'écran rétro-luminescent du cabinet de Moritz. Mais elles peuvent tout aussi bien représenter n'importe quoi.

Il y a d'autres photos, peut-être des radios elles aussi. Mais il ne s'agit pas de corps humains. Les clichés sont striés de lignes droites, grises et noires, comme tirées à la règle.

Les dernières pages sont numérotées de un à cinquante et forment un seul rapport.

Le texte est aride, les nombreux dessins au crayon et au feutre ressemblent à des croquis ; des calculs ont été ajoutés à la main en plusieurs endroits quand la machine à écrire ne comportait pas les symboles voulus.

C'est un compte rendu d'expériences de transport d'objets importants sur la glace. Avec le dessin des procédures, et de courts calculs de démonstration des comportements mécaniques.

Il y a un résumé à propos de l'utilisation de traîneaux lourds lors d'expéditions au pôle Nord. Une série de dessins montre comment l'on a tiré les bateaux sur la glace afin d'éviter qu'ils ne soient broyés par celle-ci.

Plusieurs chapitres portent des titres courts : *Ahnighito*, *Dog*, *Savik 1*, *Agpalilik*. Ils ont trait au transport du plus gros fragment de météorite de Cap York, les difficiles opérations de sauvetage de Peary et ses déplacements avec le schooner *Kite*, l'inventaire de Knud Rasmussen et le transport légendaire du *Ahnighito* – trente tonnes – par Buchwald en 1965.

Ce dernier passage comporte des photocopies des propres photos de Buchwald. Je les ai déjà vues de nombreuses fois, elles ont illustré chaque article sur le sujet ces vingt dernières années. Et pourtant, c'est comme si je les voyais pour la première fois. Les glissières faites de traverses de chemin de fer. Les treuils. Les patins grossièrement soudés, constitués de rails. Les photocopies ont accentué les contrastes et effacé les détails. Et pourtant, c'est évident. Dans la soute arrière, le *Kronos* transporte une réplique de l'équipement de Buchwald. La météorite qu'il a ramenée au Danemark pesait 30,88 tonnes.

La dernière section traite du projet dano-américano-soviétique d'une plate-forme de forage sur la glace. Le rapport Pylot sur les capacités de résistance de la glace est cité dans la bibliographie. Mon nom apparaît dans la table des auteurs.

En bas de la pile, il y a six photos couleur. Elles ont été prises au flash, dans une sorte de grotte avec des stalactites. Tout étudiant en géologie a vu des photos semblables. Mines de sel en Autriche, grottes bleues en Sardaigne, grottes de lave aux Canaries.

Celles-ci sont différentes. La lumière du flash est renvoyée vers l'objectif en reflets aveuglants. Comme s'il s'agissait de la photo d'un millier de petites explosions. Elles ont été prises dans une grotte de glace.

A ma connaissance, les grottes de glace ont une durée de vie très courte : elles se brisent à l'intérieur du glacier, ou la crevasse se referme, ou bien encore elles sont inondées par les rivières souterraines formées lors de la fonte des glaces. Ici la voûte est recouverte de grandes stalactites scintillantes, un énorme ensemble de chandelles de glace qui a dû se former sur une longue période.

Une sorte de lac se trouve au centre de la grotte. Il y a quelque chose dans le lac, mais impossible de deviner quoi à partir des photos.

Du reste, si l'on peut se faire une idée de sa taille, c'est uniquement parce qu'il y a un homme au premier plan. Il est assis sur une stalagmite. Il rit triomphalement en direction de l'appareil. Il porte un pantalon fourré et des bottes en peau de phoque. C'est le père d'Esajas.

Quand je soulève la pile, la dernière feuille reste collée à la table parce qu'elle est plus mince que les photos. C'est le brouillon d'une lettre. Juste quelques lignes écrites au crayon, avec de nombreuses ratures. Elle est rangée en dessous de la pile, comme lorsqu'on rédige son journal intime – ou son testament – sans vouloir se l'avouer. On ne tient pas à ce que cela tombe sous les yeux du premier venu mais on désire cependant l'avoir à portée de main. Peut-être parce qu'il faudra y retravailler.

Je lis la feuille. Je la plie et la range dans ma poche.

Ma gorge est sèche. Mes mains tremblent. Ce dont j'ai besoin, c'est d'une sortie sans histoires.

A peine ai-je posé la main sur la poignée de la cabine de Tørk que j'entends un « clic ». Un rai de lumière jaillit dans le couloir. Je recule. La porte s'ouvre vers moi, me donnant tout juste le temps de me replier sur la droite.

Il fait noir. Sous mes pieds, la sensation des carreaux m'indique que je suis dans une salle de bains. La lumière est allumée de l'extérieur. Je recule et me retrouve derrière un rideau de douche. On entre. Il n'y a pas de bruit, mais j'aperçois deux mains par l'interstice du rideau. Ce sont les mains de Tørk.

Son visage apparaît dans le miroir. Il est tellement ensommeillé qu'il ne se voit même pas. Il baisse la tête, ouvre le robinet, laisse l'eau refroidir et boit. Il se redresse, fait demi-tour et sort. Ses mouvements sont mécaniques comme ceux d'un somnambule.

A la seconde où se ferme la porte de sa cabine, je suis dans le couloir. Il va s'apercevoir que ses papiers ne sont plus là. Il faut que je m'échappe avant qu'il ne commence ses recherches.

On éteint la lumière. Sa couchette craque. Il s'est rendormi dans le clair de lune bleu.

Une chance pareille, une veine aussi insensée, ça n'arrive qu'une fois dans sa vie. Je pourrais danser.

Une femme donne un ordre, d'un ton bas et sec, quelque part dans le couloir, un peu plus loin. Je fais demi-tour. J'entends un homme pouffer. Voilà qu'il passe dans le rai de lumière de la porte entrouverte du salon. Il est nu. Il a une érection. Ils ne m'ont pas vue. Je suis prise entre les deux.

Je retourne dans la cabine de douche. On allume la lumière. Ils rentrent. L'homme s'approche du lavabo et attend que son érection disparaisse pour se mettre sur la pointe des pieds et uriner dans le lavabo. C'est Seidenfaden, l'auteur du rapport sur le transport d'objets très lourds dans l'Arctique. Rapport que je viens de feuilleter. Rapport dans lequel il fait référence à un article que j'ai écrit. Et là, nous sommes si proches l'un de l'autre. Nous vivons dans un monde où les événements se télescopent.

La femme se tient derrière lui, concentrée. Pendant un instant, je crois qu'elle m'a vue dans le miroir. Elle lève les mains au-dessus de la tête. Elle tient une ceinture, la boucle vers le bas. Elle frappe avec une telle précision que seule la boucle touche l'homme, laissant une longue marque blanche sur une fesse. La marque vire du blanc au rouge vif. Il s'appuie sur le lavabo, cambre les reins et tend son postérieur en arrière. Elle frappe encore, la boucle touche la deuxième fesse. Roméo et Juliette me reviennent à l'esprit. Riche est la tradition des rendez-vous galants en Europe. Puis la lumière est éteinte, la porte fermée. Ils sont partis.

Je repasse dans le couloir. Mes genoux tremblent. Je ne sais où mettre les papiers. Je fais deux pas vers la cabine de Tørk, incapable de me décider. Fais un pas en arrière. Me décide à les poser dans le salon. Il n'y a pas d'autre solution. Je me sens bloquée dans une gare de triage.

Devant moi, une porte s'est ouverte. Cette fois-ci, pas d'avertissement, aucune lumière n'est allumée. C'est uniquement parce que je connais bien le chemin que je parviens à retourner dans la salle de bains et à me cacher dans la douche.

Toujours dans le noir, on entre et referme à clef. Je sors mon tournevis. Ils sont venus me chercher. Je tiens les papiers derrière mon dos. Je vais les leur jeter à la figure en même temps que je frapperai. En partant du bas et en remontant vers l'abdomen. Et je m'enfuirai.

Le rideau est écarté. Je me prépare à prendre appui contre la paroi.

Le robinet est ouvert, eau froide puis eau chaude. La température est réglée. Le pommeau dirigé vers le mur. En trois secondes, je suis trempée.

Le jet est écarté du mur. Il s'installe dessous. Je suis à

dix centimètres de lui. Hormis l'eau qui gicle, il n'y a ni bruit ni lumière. Mais, à cette distance, je n'en ai pas besoin pour reconnaître le mécanicien.

Aux Cellules blanches, il n'allumait jamais la lumière de l'escalier. Il attendait la dernière seconde pour tourner l'interrupteur de la cave. Il aime le calme et la solitude dans l'obscurité.

Sa main frôle la mienne quand il cherche le porte-savon en tâtonnant. Il le trouve, s'écarte du jet, se savonne, repose le savon et se masse la peau. Recherche le savon. Ses doigts me frôlent et s'écartent. Puis ils reviennent lentement et tâtent ma main.

On s'attendrait au minimum à un hoquet de surprise. Un cri ne serait pas déplacé. Il ne dit rien. Ses doigts retirent doucement le tournevis de ma main, et remontent jusqu'à mon coude.

Le robinet est fermé, le rideau écarté, il passe dans la salle de bains. Un instant plus tard, il allume la lumière.

Il a noué un grande serviette orange autour de ses hanches. Son visage n'exprime rien. Tous ses mouvements ont été calmes, mesurés, retenus.

Il me regarde et me reconnaît.

Son assurance en prend un coup. Il ne bouge pas, son visage ne change quasiment pas d'expression, mais il est paralysé.

Je sais maintenant qu'il ignorait ma présence à bord.

Tour à tour il regarde mes cheveux mouillés, ma jupe dégoulinante, les papiers trempés que je serre contre moi, mes chaussures inondées, le tournevis. Il ne comprend rien.

Il me donne sa serviette d'un geste gauche et perplexe. Sans même penser qu'il se découvre. Je la prends et lui tends les papiers. Il s'en protège le bas-ventre tandis que je me sèche les cheveux. Ses yeux ne me quittent pas.

Nous sommes assis sur la couchette de sa cabine, serrés l'un contre l'autre, avec un abîme entre nous. Nous chuchotons, même si ce n'est pas nécessaire.

– Sais-tu ce qui se passe ? demandé-je.

– En-en gros.

– Peux-tu me le dire ?

Il secoue la tête.

Nous nous retrouvons exactement là où nous avons commencé. Dans un marécage de secrets. Je sens monter une envie furieuse de me jeter à son cou, de lui demander de m'anesthésier et de me réveiller seulement quand tout sera fini.

Je n'ai jamais vraiment su qui il était. Il y a encore quelques heures, je pensais que nous avions partagé des moments de complicité silencieuse. Quand je l'ai vu traverser la piste d'atterrissage du *Greenland Star*, j'ai compris que nous avions toujours été des étrangers l'un pour l'autre. Quand on est jeune, on croit que la sexualité est le summum de l'intimité. Plus tard, on découvre que c'est à peine son ébauche.

– J'ai quelque chose à te montrer.

Je pose les papiers sur son bureau. Il me prête un tee-shirt, des sous-vêtements, un pantalon en thermolactyl, des chaussettes de laine et un pull. Nous nous habillons en nous tournant le dos. Je dois retrousser son pantalon jusqu'aux genoux et rouler les manches du pull jusqu'aux coudes. Je lui demande un bonnet de laine, il m'en donne un. Il prend une bouteille plate et sombre dans sa valise et la glisse dans sa poche intérieure. Je prends la couverture de laine sur la couchette et la plie. Nous sortons.

Il ouvre l'étui. Jakkelsen nous regarde d'un air triste. Son nez est bleui, dur, gelé.

– Qui est-ce ?

– Bernard Jakkelsen. Le petit frère de Lukas.

Je m'approche de lui, déboutonne sa chemise et l'écarte du morceau d'acier triangulaire. Le mécanicien ne fait pas un geste.

J'éteins la lampe. Nous restons un moment dans le noir.

Nous remontons, je ferme à clef derrière nous. Lorsque nous atteignons le pont, il s'arrête.

– Qui ?

– Verlaine, le bosco.

Il y a des marches soudées à la cloison extérieure. Je me hisse la première. Il me rejoint. Nous arrivons à un demi-pont plongé dans l'obscurité. Un bateau à moteur est posé sur deux chevalets en bois, derrière un gros canot pneumatique. Nous nous asseyons entre les deux. De là nous voyons le pont arrière, tout en étant à l'abri.

– Ça s'est passé sur le *Greenland Star*. Au moment où tu es arrivé.

Il ne me croit pas.

– Verlaine aurait pu le balancer à l'eau sur place. Mais il a eu trop peur qu'il flotte près de la plate-forme le lendemain, ou qu'il se prenne dans une hélice.

Je pense à ma mère. Tout ce qui sombre dans l'Arctique ne refait jamais surface. Mais ça, Verlaine ne le sait pas.

Le mécanicien ne dit toujours rien.

– Jakkelsen a suivi Verlaine sur le quai. Il a été découvert. La meilleure solution était de vider un étui et de le mettre dedans. Le ramener au bateau. Attendre que nous soyons loin de la plate-forme. Et le passer par-dessus bord.

J'essaie de contrôler le désespoir dans ma voix. Il faut qu'il me croie.

– Nous sommes en pleine mer maintenant. Chaque minute qui passe avec lui dans la soute représente un risque pour eux. Ils vont venir d'un moment à l'autre. Ils sont forcés de le porter sur le pont. Il n'y a pas d'autre moyen. C'est pour ça que nous sommes ici, pour que tu constates par toi-même.

J'entends un bruit étouffé dans l'obscurité. Celui d'un bouchon que l'on retire d'une bouteille. Il me la tend, je bois au goulot. C'est du rhum, sombre, doux et fort.

Je nous recouvre de la couverture de laine. Il fait peut-être −10 °C. Pourtant, j'ai l'impression de brûler de l'intérieur. L'alcool dilate les vaisseaux capillaires et la surface de la peau devient légèrement douloureuse. Il faut lutter contre cette sensation à tout prix si l'on ne veut pas mourir de froid. J'enlève le bonnet afin de sentir le froid sur mon front.

— Tø-Tørk ne l'aurait jamais permis.

Je lui tends la lettre. Il regarde vers les fenêtres éteintes de la passerelle, se penche derrière la coque du bateau à moteur et lit la lettre à la lueur de ma torche.

— C'était dans les papiers de Tørk.

Nous buvons encore un coup. Le clair de lune est si intense que l'on distingue les couleurs. Le pont vert, les pantalons bleus, l'étiquette rouge et or de la bouteille. C'est comme si le soleil baignait le pont d'une chaleur quasi palpable. Je l'embrasse. La température n'a plus d'importance. A un moment, je m'agenouille sur lui. Nous ne sommes plus des corps, seulement des points de chaleur dans la nuit.

Plus tard, nous sommes appuyés l'un contre l'autre. Il rabat la couverture. Je n'ai pas froid. Nous buvons au goulot. C'est fort et brûlant.

— Es-tu de la police, Smilla ?

— Non.

— Travailles-tu pour une autre société ?

— Non.

— Es-tu au courant depuis le début ?

— Non. Dis donc, j'ai une idée.

Nous buvons encore et il me serre dans ses bras. Le pont doit être glacé sous la couverture, mais nous ne nous en apercevons pas.

Personne ne vient. Le *Kronos* semble inanimé. Comme si le navire avait quitté son cap et faisait route pour nous deux seulement.

Plus tard, la bouteille est vide. Je me lève. Je comprends que quelque chose ne tourne pas rond.

— N'y a-t-il pas d'autres ouvertures dans la coque ? D'autres moyens de se débarrasser de lui ?

— Pourquoi parles-tu de la mort ?

Que lui répondre ?

— Comment l'ancre est-elle levée ? demande-t-il.

Nous descendons dans l'entrepont. L'étui est rempli de gilets de sauvetage. Jakkelsen n'est plus là. Nous traversons le tunnel, la salle des machines, un autre tunnel et grimpons l'escalier en colimaçon. Il ouvre deux tourniquets et une porte d'un mètre sur un mètre. La chaîne de l'ancre est tendue au milieu de la pièce. Dans le haut de la cloison, elle passe par un conduit qui laisse voir le clair de lune et la silhouette du guindeau. La chaîne disparaît ensuite par un écubier de la taille d'une plaque d'égout. L'ancre est remontée juste en dessous de l'écubier. Ça ne laisse pas beaucoup de place. Le mécanicien regarde l'ouverture.

– On ne peut pas faire passer un adulte par là.

Je touche l'acier. Nous savons tous les deux que c'est par là que Jakkelsen a été précipité pendant la nuit.

– Il était mince comme un mannequin.

3

Le capitaine Lukas n'est pas rasé, pas peigné et il donne l'impression d'avoir dormi tout habillé.

– Est-ce que vous vous y connaissez en électricité, Jaspersen ?

Nous sommes seuls sur la passerelle. Il est six heures et demie du matin, une demi-heure avant le début de son quart. La peau de son visage est jaunâtre et couverte d'une fine pellicule de sueur.

– Je sais changer une ampoule mais, le plus souvent, je me brûle les doigts.

– Hier, lorsque nous étions à quai, il s'est produit une panne de courant sur le *Kronos*. Et sur une partie du port également.

Il tient une feuille de papier dans la main. La main et le papier tremblent.

– Sur un navire, tous les câbles électriques passent par un disjoncteur. Bien entendu, les prises de courant sont directement reliées à un fusible. Savez-vous ce que cela signifie ? Cela signifie qu'il est fichtrement difficile de bousiller le système électrique d'un navire. A moins d'être très malin et de s'en prendre au circuit principal. C'est ce qu'a fait quelqu'un hier. Dans les trop rares moments où il est à jeun, Kützow a des éclairs de lucidité. Il a retrouvé la cause de l'accident. Une aiguille à repriser. Hier, quelqu'un a enfoncé une aiguille à repriser dans le câble d'alimentation, probablement avec une pince isolante. Puis il a cassé l'aiguille, un détail diablement astucieux. L'isolant du câble recouvre l'aiguille et il est impossible

433

de la localiser sauf si, comme Kützow, on sait se servir d'un aimant et d'un multimètre – et à condition d'avoir une idée précise de ce que l'on cherche.

Je pense à l'excitation de Jakkelsen. Au ton de sa voix. « Cette nuit, je m'occupe de tout, Smilla. Demain tout sera différent. » Je suis obligée de rendre hommage à ses ressources.

– Il semble que durant cette panne, l'un des marins – Bernard Jakkelsen – a enfreint l'interdiction de débarquer et a quitté le *Kronos*. Nous avons reçu ce télégramme de lui ce matin. C'est une démission.

Il me tend le papier. C'est un télex du *Greenland Star*. Il est court, même pour une démission.

« A l'attention du capitaine Sigmund Lukas.

Par la présente, je démissionne de mon poste sur le *Kronos* pour des raisons personnelles. Allez vous faire voir.

B. Jakkelsen. »

Je regarde Lukas.

– Je vous suspecte fortement d'être descendue à terre durant la panne de courant.

Il a oublié ses bonnes manières. Adieu l'officier, adieu les sarcasmes. Il ne lui reste qu'une inquiétude à la limite du désespoir.

– Savez-vous quelque chose sur lui ?

Je vois désormais tout ce que Jakkelsen ne m'a pas dit. L'attention panique de Lukas, son désir de sauver son frère, de le garder en mer, loin des prisons et des mauvaises fréquentations de la ville. A n'importe quel prix. Même si cela implique pour lui d'accepter un commandement de ce genre.

Pendant une seconde, je suis tentée de tout lui raconter. Pendant une seconde, je vois une image de moi-même dans son martyre. Nos tentatives irrationnelles, aveugles et vaines de protéger l'autre d'une menace que nous ne comprenons pas mais qui ne cesse de resurgir.

Je laisse filer ce moment de faiblesse. Je ne peux rien faire pour Lukas. Et personne ne peut plus rien pour Jakkelsen.

– J'étais sur le quai. C'est tout.

Il allume une nouvelle cigarette. Le cendrier est déjà plein.

– J'ai appelé le bureau du télex. Mais la situation est inextricable. Il est strictement interdit de débarquer un homme de cette façon. En outre, leur organisation rend les choses encore plus compliquées. On rédige le télégramme et on le dépose à un guichet. De là, il est porté au bureau de poste, et c'est une troisième personne qui l'apporte au service du télex. J'ai parlé avec une quatrième personne. Ils ne savent même pas si le texte a été remis en main propre ou si on l'a téléphoné. Il est impossible de savoir quoi que ce soit.

Il me prend par le bras.

– Avez-vous la moindre idée de ce qu'il allait faire à terre ?

Je hoche la tête.

Il agite le télex.

– C'est lui tout craché.

Il a les larmes aux yeux.

C'est exactement comme ça que Jakkelsen aurait écrit. Dans un style bref, arrogant, à double sens et cependant avec ce goût pour la formule. Mais ce n'est pas Jakkelsen qui a rédigé ce texte. C'est celui-là même que j'ai trouvé la nuit dernière dans la cabine de Tørk.

Lukas regarde vaguement la mer, absorbé par les douloureuses suppositions qu'il ne va pas manquer d'échafauder à partir de maintenant. Il a oublié que je suis là.

A cet instant, l'alerte d'incendie se déclenche.

Nous sommes seize personnes rassemblées dans la cuisine, soit toutes les personnes embarquées, moins Sonne et Maria actuellement sur la passerelle.

Si l'on se fie à l'horloge il fait jour, mais dehors, c'est tout noir. Le vent a faibli et la température remonté, d'où la pluie qui martèle les vitres comme les branches d'un arbre. Les lames battent les bords du navire à coups de masse irréguliers.

Le mécanicien s'adosse à la cloison, à côté d'Urs. Verlaine est un peu à l'écart, Hansen et Maurice sont avec le reste de l'équipage. Au milieu des autres, ils sont la discrétion même. Une discrétion dont Verlaine fait toujours grand cas.

Lukas est en bout de table. Il y a une heure que je l'ai vu sur la passerelle. Il est méconnaissable. Il porte une chemise parfaitement repassée et des chaussures cirées. Il est rasé de frais et ses cheveux ont été plaqués avec de l'eau. Il est en forme et va droit au but.

Tørk se tient près de la porte. Seidenfaden et Katja Claussen sont assis devant lui. Il me faut un moment avant d'oser les regarder. Ils ne me prêtent aucune attention.

Lukas présente le mécanicien. Il annonce que le système de détection de fumée a des défaillances. Ce matin, il s'agissait d'une fausse alerte.

Il dit brièvement que Jakkelsen a déserté. Il s'exprime uniquement en anglais. Il utilise le mot « *deserted* ».

Je regarde Verlaine. Il s'est appuyé à la cloison. Il a les yeux fixés sur moi. Je soutiens malgré moi son regard. Quelqu'un d'autre – un démon – regarde par mes yeux et promet châtiment à Verlaine.

Lukas indique que nous approchons du but de notre voyage. Sans rien ajouter. « *We are approaching our terminal destination.* » Dans un jour ou deux, nous y serons. Interdiction de débarquer.

Son manque de précision frôle l'absurde. A l'ère du Satnav, on peut déterminer l'heure d'arrivée avec une marge d'erreur de quelques minutes.

Pas de réactions. L'équipage sent bien qu'il y a quelque chose de louche dans cette traversée. En outre, ils sont habitués aux conditions de vie à bord des supertankers. La plupart d'entre eux ont passé sept mois en mer sans mettre le pied à terre.

Lukas lance un regard à Tørk. Cette réunion a été arrangée pour Tørk. A sa demande. Sans doute pour qu'il nous voie tous réunis au même endroit, pour épier nos réactions. Tandis que Lukas parlait, il nous a observés l'un après l'autre. Il fait demi-tour et quitte la pièce, suivi de Seidenfaden et Claussen.

Lukas clôt la réunion. Verlaine sort. Le mécanicien reste un moment à discuter de croissants avec Urs qui s'exprime dans un anglais hésitant. Je saisis quelques mots à propos de l'importance de l'humidité – pendant que la pâte lève et cuit.

Fernanda sort, évitant de me regarder.

Le mécanicien sort à son tour. Lui aussi évite mon regard. Je le verrai cet après-midi. En attendant, nous n'existons pas l'un pour l'autre.

Je réfléchis à ce que je dois faire pendant ce temps. Il ne s'agit pas de tirer de glorieux plans sur l'avenir, plutôt d'envisager une triste stratégie de survie.

Je traîne dans le couloir. Il faut que je parle à Lukas.

Je pose le pied sur la première marche de l'escalier quand Hansen descend à ma rencontre. Je recule sur la partie découverte du pont, en dessous du pont supérieur.

C'est à ce moment que je me rends compte à quel point le temps est mauvais. La pluie est proche d'une température de 0 °C, lourde et torrentielle. Les brèves rafales de vent la rendent cinglante. La mer est lardée de bandes blanches, là où le vent frappe le sommet des vagues pour en faire des embruns.

Une porte s'ouvre derrière moi. Je ne me retourne pas et vais droit à la porte du pont arrière. Elle s'ouvre à son tour, Verlaine en sort.

Là, cette petite partie exposée prend un tout autre aspect. Normalement, je ne prête pas attention aux lampes toujours allumées, aux deux portes ni aux fenêtres des cabines de l'équipage. Je m'aperçois que c'est l'un des coins les plus isolés du navire. Il n'est pas visible d'en haut et il n'y a que deux accès. Les fenêtres derrière moi sont celles de la cabine de Jakkelsen et de la mienne. Devant moi, il n'y a que le bastingage. Et après ça, restent les douze mètres jusqu'à la mer.

Hansen s'approche tandis que Verlaine ne bouge pas. Je pèse cinquante kilos. Il y aura juste à me soulever et hop, dans l'eau. Qu'est-ce que Lagermann disait ? On retient sa respiration jusqu'au moment où l'on croit que les poumons vont exploser. C'est là qu'est la douleur. On expire puis l'on inspire un grand coup. Après, tout n'est plus que paix.

C'est le seul endroit où ils peuvent agir sans être vus de la passerelle. Ils ont attendu l'occasion.

Je vais jusqu'à la rambarde et me penche. Hansen s'approche. Nos mouvements sont calmes et réfléchis. Sur ma droite, la chute dans la mer est interrompue par le franc-bord qui descend jusqu'au bastingage. Une série d'échelons rectangulaires qui disparaissent dans l'obscurité ont été soudés dans des niches à l'extérieur du navire et montent vers le pont supérieur.

Je m'assois à califourchon sur le bastingage. Hansen et Verlaine s'arrêtent. Les gens se figent toujours face à quelqu'un qui va sauter. Mais je ne saute pas. Je saisis un échelon et me hisse par-dessus bord.

Hansen ne parvient pas à comprendre ce qui se passe. Mais Verlaine fonce à la rambarde et m'attrape par les chevilles.

Le *Kronos* est secoué par une forte lame. La coque tremble et s'incline sur tribord.

Il s'est saisi de mon pied. Mais le mouvement du navire le projette contre la rambarde et menace de le faire tomber à la mer. Il est forcé de me lâcher. Mes pieds dérapent sur les échelons trempés. Quand le navire se redresse, je ne tiens plus que par les bras. En dessous de moi, j'aperçois le blanc de la ligne de flottaison. Je ferme les yeux et grimpe.

Après ce qui me semble une éternité, je les rouvre. Hansen ne me quitte pas des yeux. J'ai seulement gravi quelques mètres.

Je suis à la hauteur des hublots du pont-promenade. A ma gauche, il y a une lumière derrière les rideaux bleus. Je frappe la vitre du plat de la main. Alors que j'ai recommencé à grimper, quelqu'un écarte précautionneusement les rideaux. Kützow me regarde. J'ai frappé à la fenêtre du bureau du chef mécanicien. Il place les mains autour de sa tête pour ne pas être gêné par les reflets et se colle à la vitre. Son nez forme un point aplati et vert foncé. Nos visages sont à quelques centimètres l'un de l'autre.

– Au secours ! A l'aide, bon sang !

Il me regarde et ouvre les rideaux.

Je continue de grimper. Les échelons s'arrêtent et je m'effondre sur le pont des embarcations, à côté des bossoirs qui maintiennent le canot de sauvetage bâbord. La porte est juste à droite. Elle est fermée. Une échelle extérieure, identique à celle que je viens d'emprunter, grimpe le long de la cheminée jusqu'à la plate-forme en dehors de la passerelle.

En d'autres circonstances, j'admirerais la prévoyance de Verlaine. Maurice se tient au sommet de l'échelle, quelques mètres au-dessus, toujours le bras en écharpe. Il est là pour s'assurer qu'il n'y aura pas de témoins sur le pont supérieur.

J'emprunte l'échelle qui mène en dessous ; Verlaine monte du pont inférieur, vers moi.

Je fais demi-tour. Je me dis que je vais peut-être parvenir à mettre l'un des canots à l'eau. Il doit y avoir un système de largage rapide. Je n'aurai plus qu'à sauter.

Mais, face aux treuils de largage, j'abandonne. Le système de mousquetons et de câbles est incompréhensible. Je dégage la bâche du canot à la recherche d'une arme quelconque. Une gaffe, une fusée éclairante.

La bâche est en épais Nylon vert, bordée par un élastique adapté au plat-bord du canot. Quand je la soulève, le vent la libère et la fait battre sur le bord du navire. Elle reste accrochée par un œillet, à l'avant du canot.

Verlaine grimpe sur le pont, suivi de Hansen. J'agrippe la bâche pour passer par-dessus bord. Le *Kronos* roule, je suis soulevée. Je serre les jambes autour de la bâche et me laisse aller. Puis mes pieds battent dans le vide. Je tombe, Verlaine et Hansen ont tranché la bâche. J'écarte les bras et me heurte au bastingage sous les aisselles. Mes genoux percutent le bord du navire. Mais je reste suspendue, momentanément paralysée, parce que j'ai le souffle coupé. Puis je glisse tête la première sur le pont supérieur.

Curieusement, il me revient en mémoire la première fois de ma vie où j'ai joué à chat, peu après mon arrivée au Danemark : mon inexpérience face à un jeu qui élimine rapidement les faibles puis tous les autres suivant une sélection naturelle, mes efforts pour ne pas me faire prendre.

La porte du couloir s'ouvre et Hansen apparaît. Je traverse le pont arrière jusqu'à l'escalier qui mène au pont des embarcations. A hauteur d'œil, j'aperçois une paire de chaussures bleues qui descendent. Je glisse mes mains sous la rambarde et pousse les chaussures dans le sens de leur mouvement. Cela ne demande donc aucun effort. Elles décrivent une brève courbe dans les airs et la tête de Verlaine heurte les marches à la hauteur de mes épaules. Puis il dégringole les quelques mètres restants jusqu'au pont sans pouvoir stopper sa chute.

Je dévale l'escalier. Au pont des embarcations, je fonce à bâbord et, de là, je regrimpe. Maurice a dû m'entendre. Tandis que je monte, il s'approche de l'échelle. Derrière lui, la porte de la passerelle est ouverte et Kützow sort, en robe de chambre et pieds nus. Maurice et lui se dévisagent. Je passe à côté d'eux et j'entre dans la passerelle.

Je cherche la torche dans ma poche. Le faisceau lumineux éclaire le visage de Sonne. Maria est à la barre.

– Ouvre-moi l'infirmerie. J'ai eu un accident.

Sonne me précède. Il se retourne devant la salle des cartes et se fige. Il y a deux trous sanglants en lieu et place des genoux de mon pantalon de survêtement. Les paumes de mes mains sont entaillées et écorchées.

– Je suis tombée.

Il ouvre la porte de l'infirmerie en évitant de me regarder.

Quand je m'assois, la peau de mes genoux me fait tellement souffrir que je manque de m'évanouir. Un flot de petits souvenirs douloureux me revient en mémoire : les premiers escaliers du pensionnat et la chute sur la glace dure, éclair lumineux, engourdissement, chaleur, douleur intense, froid et, pour finir, les élancements.

– Est-ce que tu peux me nettoyer ça ?

Il détourne la tête.

– Je ne supporte pas la vue du sang.

Je nettoie moi-même. Mes mains tremblent, le liquide dégouline sur mes blessures. J'applique des compresses stériles et les enveloppe avec de la gaze.

– Donne-moi du Ketogan.

– C'est contraire au règlement.

Je le regarde droit dans les yeux. Il sort la bouteille.

– Et des amphétamines.

Toutes les pharmacies de bord comportent des médicaments qui stimulent le système nerveux central et dissipent le sentiment de fatigue.

Il me les tend. Je fais fondre cinq comprimés dans un gobelet en papier. Le goût est très amer.

J'ai du mal à me servir de mes mains. Sonne trouve une paire de gants légers en coton, du type que portent les allergiques.

Comme je sors, il s'efforce de sourire courageusement :

– Ça va mieux maintenant ?

On ne peut pas trouver plus danois que lui. La crainte, la volonté inflexible de nier ce qui se passe autour de lui, l'optimisme indécrottable.

La pluie n'a pas cessé. Des trombes d'eau fouettent la vitre de la passerelle. La faible lumière grise du jour se lève.

– Où est Lukas ?

– Dans sa cabine.

Un homme qui n'a pas dormi pendant deux jours n'est bon à rien.

– Il prend son quart dans une heure, dit Sonne. Dans le nid-de-pie. Il veut surveiller la glace lui-même.

L'un des écrans radar est réglé sur un rayon de cinquante milles marins. Dans le coin, il dessine un continent vert et déchiqueté. Le début de la Grande Glace.

– Dis-lui que je viens le trouver.

Le pont du *Kronos* est désert. Il ne ressemble plus à un navire. La maigre lumière du jour forme des ombres profondes, mais ce ne sont plus seulement des ombres. Un enfer se déchaîne dans chaque coin sombre. Quand j'étais enfant, cette atmosphère entourait les décès. Dans la pièce, une femme se mettait à crier et nous savions que quelqu'un venait de mourir. A peine le savions-nous que les lieux se métamorphosaient. Même si nous étions en mai à Siorapaluk, avec cette lumière vert-bleu de printemps qui baignait et pénétrait l'immensité – rendant les gens fous –, même cette lumière se transformait en un reflet froid du royaume des morts affleurant à la surface de la terre.

L'échelle se dresse le long de l'avant du mât. Le nid-de-pie – obligatoire sur tout navire naviguant dans les eaux glacées – est une petite boîte d'aluminium dotée de fenêtres devant et derrière.

Il est à vingt mètres de haut. Il n'a pas l'air bien gros sur mon croquis du *Kronos*, et y accéder relève du cauchemar. Le navire est pris par les lames et roule bord sur bord. Plus je monte, plus les mouvements de la coque sont amplifiés et plus l'angle s'agrandit.

Les échelons s'arrêtent à une plate-forme, au-dessus de laquelle est fixée la chape de poulie du mât de charge, suivie d'une seconde plate-forme plus petite. Puis on entre dans la cage métallique par une porte étroite.

On tient tout juste debout. Dans l'obscurité, je devine

un transmetteur d'ordres démodé, un indicateur d'inclinaison, un loch, un gros compas, la barre et l'interphone qui communique avec la passerelle. Lorsque nous aurons atteint la Grande Glace, Lukas dirigera le *Kronos* d'ici, seul endroit où l'on dispose d'une visibilité suffisante.

Il y a un siège contre la cloison arrière. Lorsque j'entre, l'homme s'écarte et me cède la place. Dans l'obscurité, sa silhouette me paraît plus imposante. Je veux lui parler de Jakkelsen. Sur chaque navire, le capitaine possède une arme. De plus, son rôle lui confère toujours une certaine autorité. Il doit être possible de tenir Verlaine en échec, de changer de cap. Nous pourrions atteindre Sisimiut en sept heures.

Je me glisse sur le siège. Il pose ses pieds sur le transmetteur d'ordres. Ce n'est pas Lukas, c'est Tørk.

– La glace, nous nous approchons de la glace.

Elle est à peine visible, une lumière grisâtre et blanche sur l'horizon. Le ciel est bas et sombre comme de la fumée de charbon parsemée de taches plus claires.

La petite cabine se balance d'un bord sur l'autre, je suis ballottée entre la paroi et lui. Il ne bouge pas. Il semble soudé sur place, ses bottes sur le transmetteur d'ordres et sa main sur le siège.

– Tu es descendue sur le *Greenland Star*. Tu te trouvais dans la partie avant du bateau quand la première alarme s'est déclenchée. Kützow t'a vue plusieurs fois te promener de nuit. Pourquoi ?

– J'ai l'habitude de me déplacer librement à bord d'un navire.

Je ne vois pas son visage, j'en devine à peine les contours.

– Quels navires ? Tu as seulement donné ton passeport au capitaine. J'ai envoyé un fax à la Direction de la marine. Il n'a jamais été délivré de livret individuel à ton nom.

Pendant un instant, j'ai terriblement envie de tout laisser tomber.

– J'ai navigué sur des navires de petite taille. On ne

demande pas de papiers excepté dans la marine marchande.

– Donc, tu as entendu parler de ce travail et tu as pris contact avec Lukas.

Ce n'est pas une question, je ne réponds pas. Il m'étudie. Il ne voit probablement pas mieux que moi.

– Personne n'était au courant. Cette expédition avait été gardée secrète. Tu n'as pas joint Lukas directement. Tu as fait arranger une rencontre par l'intermédiaire de Lander, le propriétaire du casino.

Sa voix est basse, intéressée.

– Tu es allée trouver Andreas Fine et Ving. Tu cherches quelque chose.

La glace semble s'approcher doucement de nous.

– Pour qui travailles-tu ?

L'idée qu'il ait su qui j'étais depuis le début m'est intolérable. Je ne me rappelle pas, depuis mon enfance, m'être sentie autant à la merci de quelqu'un.

Il n'a pas dit au mécanicien que j'étais à bord. Il a voulu observer notre rencontre. Afin de comprendre ce qui nous lie. C'est pourquoi il a organisé cette réunion dans le carré. Il est impossible de deviner ses plans.

– Verlaine pense qu'il s'agit de la police nationale. J'y ai songé aussi, pendant un moment. J'ai fouillé ton appartement à Copenhague et ta cabine, à bord. Tu sembles terriblement seule et dépourvue de soutien. Mais peut-être travailles-tu pour une entreprise ? Ou un client privé ?

Pendant un instant, j'ai failli me laisser gagner par le sommeil, la perte de conscience et le vide. Ses questions insistantes me sortent de ma torpeur. Il veut une réponse. C'est un interrogatoire. Il ne peut pas savoir avec certitude qui je suis, avec qui je suis en contact, jusqu'à quel point je suis au courant. C'est ce qui me garde encore en vie.

– Un enfant dans mon immeuble est tombé du toit. J'ai trouvé l'adresse de Ving chez sa mère. Elle touchait une pension de la Compagnie de cryolithe depuis la mort de son mari. Cela m'a conduite aux archives de la Compagnie et aux informations disponibles sur les expéditions à Gela Alta. Tout part de là.

– Qui t'a aidée ?

Sa voix est à la fois pressante et détachée. Comme si nous parlions d'amis communs ou d'événements indifférents.

Je n'ai jamais cru que les gens puissent être vraiment froids. Tendus peut-être, mais pas froids. L'essence de la vie, c'est la chaleur. Même la haine est brûlante quand elle se déchaîne sur sa cible. Là, je m'aperçois que je me suis trompée. Une énergie froide, palpable, se dégage de cet homme.

J'essaie de me le représenter en jeune garçon, tente de me raccrocher à quelque chose d'humain, d'intelligible, un orphelin mal nourri dans un taudis de Brønshøj. Battu, maigrichon, seul.

J'abandonne, l'image se fissure, se brise, se dissout. L'homme à mon côté est d'un seul bloc et pourtant vif, souple ; un homme qui s'est défait de son passé jusqu'à en effacer toutes les traces.

– Qui t'a aidée ?

Cette dernière question est décisive. Le plus important n'est pas ce que je sais. Mais avec qui je partage ces informations. Afin qu'il détermine ce qui l'attend. Peut-être est-ce là son humanité, ce qui reste d'une enfance plongée dans une incertitude abyssale : le besoin de planifier, de rendre le monde prévisible.

J'ôte toute émotion à ma voix.

– Je me suis toujours débrouillée seule.

Sur le coup, il garde le silence.

– Pourquoi est-ce que tu fais ça ?

– Je veux comprendre pourquoi il est mort.

On éprouve parfois un sentiment étrange de sécurité même debout au bord d'un précipice, un bandeau sur les yeux. Je sais que ma réponse est la bonne.

Il intègre mes paroles.

– Est-ce que tu sais ce que je vais faire à Gela Alta ?

Il y a beaucoup de franchise dans ce « je ». Le navire,

l'équipage, ses collègues et moi n'existons plus. Toute cette machinerie s'agite uniquement pour lui. La question ne laisse percer aucune arrogance. C'est un fait avéré. D'une façon ou d'une autre, nous sommes là parce qu'il l'a voulu et préparé.

Je marche sur le fil du rasoir. Il sait que j'ai menti, que je ne suis pas arrivée là sans aide. Le seul fait que je sois à bord en est la preuve. Mais il ignore toujours s'il se trouve face à un individu isolé ou face à une organisation. C'est là son doute et ma chance. Je me souviens des visages des chasseurs lorsqu'ils rentraient ; plus leurs traîneaux débordaient de proies, plus ils avaient l'air blasés. Je me rappelle la fausse modestie affectée par ma mère et dénoncée par mon père. C'était un jeu, jeu que Moritz a défini lors d'un de ses accès de fureur : « C'est bien de retenir son jeu de vingt pour cent, mais quarante pour cent, c'est encore mieux. »

– Nous allons chercher quelque chose, dis-je. Quelque chose de si lourd qu'il faut un navire de la taille du *Kronos* pour le transporter.

Il est impossible de lire dans ses pensées. Je parviens seulement à sentir l'émanation d'une force qui enregistre, analyse et se manifeste par une attention extrême. C'est encore l'image de l'ours polaire qui me vient à l'esprit, le prédateur capable d'établir de sang-froid l'équation entre son appétit, les capacités de résistance de son adversaire et les circonstances.

– Pourquoi ce coup de fil à mon appartement ? m'entends-je demander.

– J'ai compris bien des choses avec ce coup de téléphone. Aucune femme normale, aucun être humain normal n'aurait répondu.

Nous sortons ensemble sur la plate-forme recouverte d'une mince couche de glace. Chaque fois qu'une lame frappe la coque et qu'augmente la pression sur l'hélice, on devine les efforts du moteur.

Je le laisse passer en premier. Normalement, la force d'un individu diminue lorsqu'il est au-dehors. Pas celle de Tørk. Il emplit de son propre rayonnement l'espace et la lumière grise, humide. Je n'ai jamais autant craint quelqu'un.

Là, sur la plate-forme, je sais soudain qu'il était sur le toit avec Esajas, qu'il l'a vu sauter. Cette certitude s'impose à moi, encore imprécise, mais absolue. En cet instant, au-delà du temps et de l'espace qui nous séparent, je partage la terreur d'Esajas ; en cet instant, je suis sur le toit avec Esajas.

Les mains posées sur la rambarde, Tørk me regarde droit dans les yeux.

– Recule, s'il te plaît.

Notre compréhension mutuelle est totale, les mots ne sont guère nécessaires. Il a anticipé : il descendrait quelques échelons, je m'avancerais, l'obligerais à lâcher la rambarde en lui écrasant les mains et en le frappant au visage, il tomberait vingt mètres plus bas, sur le pont si petit vu d'ici qu'on craindrait presque de le rater.

Je recule dos à la rambarde. Je lui suis reconnaissante d'avoir pris cette précaution. La tentation aurait été trop grande.

Il m'est arrivé deux fois de faire des voyages au Groenland et de ne pas me regarder dans un miroir pendant six mois. Au retour, je les évitais soigneusement dans l'avion et à l'aéroport. Chez moi, devant la glace, je lisais les ravages du temps. Les premiers cheveux blancs, les rides, les ombres des os toujours plus marquées sous ma peau.

Rien ne me rassurait davantage que la conscience de la mort. Dans ces instants de lucidité – et l'on ne se voit clairement qu'avec du recul – le désespoir, l'euphorie et la dépression cèdent la place au calme. Pour moi, la mort n'était pas un phénomène épouvantable, ni un état, ni un accident qui allait me tomber dessus. C'était une aide, une alliée dans cette façon d'être mentalement présente à cet instant.

Parfois, durant les nuits d'été, Esajas s'endormait sur mon canapé. Je ne me rappelle pas exactement ce que je faisais ; je restais probablement à le contempler. J'ai dû toucher son cou et remarquer qu'il avait trop chaud. J'ai dû déboutonner sa chemise. J'ai dû ouvrir la fenêtre sur le port et nous étions ailleurs. Nous nous trouvions à Iita, sous la tente d'été. Une lumière lunaire filtre à travers la toile bleue. Mais si l'on écarte la toile, les rayons rouges du soleil de minuit tombent sur lui. Il ne se réveille pas, il n'a pas dormi depuis vingt-quatre heures, nous n'avons pu trouver le sommeil dans cette lumière sans fin. Là, il s'est effondré. Peut-être est-il mon fils – c'est ce que je ressens –, je regarde sa poitrine et son cou, j'écoute sa respiration et observe son pouls rapide sous la peau brune et immaculée.

Je m'approche du miroir, j'ôte ma chemise, regarde ma poitrine et mon cou à leur tour ; je vois alors qu'un jour tout sera terminé, même mes sentiments pour lui disparaîtront avec moi. Mais lui restera, et après lui ses enfants et d'autres enfants encore, une chaîne, une spirale qui s'enroulera dans l'éternité.

Dans ces moments où je percevais à la fois la mort et la continuité de toutes choses, j'étais très heureuse.

Maintenant aussi, d'une certaine façon. Je me suis déshabillée et me regarde dans le miroir.

Toute personne s'intéressant à la mort en apprendrait long en me voyant. J'ai enlevé mes bandages. Je n'ai plus de peau aux genoux. Une large marque d'un bleu jaunâtre s'étend entre mes hanches – du sang coagulé sous la peau –, là où Jakkelsen m'a frappée avec l'épissoir. Les paumes de mes mains sont couvertes d'écorchures qui suppurent et refusent de cicatriser. Dans le cou, j'ai une bosse grosse comme un œuf de mouette et ma peau est déchirée. Et encore, j'ai l'humilité de conserver mes chaussettes blanches, de sorte que l'on ne voit pas mes chevilles enflées, tout comme je m'abstiens de mentionner les multiples bleus, et mon crâne qui m'élance régulièrement depuis l'incendie.

J'ai perdu du poids. De mince, je suis devenue rachitique. Le manque de sommeil a enfoncé mes yeux dans leurs orbites. Pourtant, je souris à l'étrangère dans le miroir. Il n'y a aucune logique dans la répartition des joies et des malheurs de l'existence. Une des rares personnes sur terre qui rend ma vie digne d'être vécue se trouve à bord du *Kronos*.

Il m'appelle à cinq heures pile. C'est la première fois que je ressens de la tendresse pour l'interphone.

– Sm-Smilla, à l'infirmerie dans un quart d'heure.

Il a autant de difficulté que moi avec les téléphones. Il parvient tout juste à me communiquer son message avant de raccrocher.

– Føjl.

Je n'ai jamais prononcé son nom. Il laisse quelque chose de doux dans ma bouche.

– Merci pour hier.

Il ne répond pas. Un clic. Le voyant s'éteint.

Je porte ma tenue de travail bleue. Ce n'est pas un hasard. Je ne m'habille jamais au hasard. Certes, j'aurais pu me vêtir avec recherche. Même ici. Mais l'uniforme du *Kronos* veut signifier que nous nous rencontrons dans des circonstances plus hostiles que jamais.

Je reste longtemps à écouter à la porte avant de m'engager dans le couloir.

J'ai du mal à concevoir l'enfer tel que les chrétiens se le représentent. Mais le royaume des morts vu par les Groenlandais m'inspire également quelques doutes. Si l'on considère le nombre d'ennuis que l'on doit subir quand on est en vie, il paraît hautement improbable qu'ils cessent uniquement avec la mort.

S'il y a des rendez-vous secrets entre amants dans le royaume des morts, leur prélude se déroulera sûrement ainsi. Je vais d'une porte à l'autre. Le *Kronos* n'est plus un navire, mais un champ de mines. J'essaie de deviner laquelle va me sauter à la figure.

Quand quelqu'un sort de la salle de musculation, je suis

déjà entrée dans les toilettes avant même qu'on ait refermé la porte. Maria passe rapidement, l'air préoccupé. Je ne suis pas la seule à savoir que le *Kronos* est condamné.

Je ne croise personne dans les escaliers. La porte de la passerelle est fermée, la salle des cartes vide.

Je m'arrête devant l'infirmerie. J'arrange mes vêtements, mon visage me paraît nu sans maquillage.

La pièce est sombre, les rideaux sont tirés. Je ferme la porte derrière moi et m'y adosse. Je sens mes lèvres comme jamais. J'espère qu'il va surgir de l'obscurité et m'embrasser.

Je respire l'odeur d'un parfum léger et délicat. J'attends.

Seule est allumée une sorte de lampe d'opération, au-dessus de la couchette. Elle projette des zones claires sur le cuir noir, le reste de la pièce est plongé dans l'obscurité.

Tørk est assis dans une chaise, les pieds sur la couchette. Verlaine est adossé contre le mur, dans l'ombre. Katja Claussen est assise sur la couchette, les jambes ballantes. Il n'y a personne d'autre dans la pièce.

Je me vois de l'extérieur de moi-même. Je céderais volontiers ma place pour échapper à la douleur. Je me moque des trois autres, je me moque de moi-même. C'est au mécanicien que j'ai parlé tout à l'heure. C'est lui qui m'a fait monter ici.

Nous avons tous nos limites. Limites à l'entêtement, au nombre de tentatives que l'on peut faire, au nombre de rejets que l'on est en mesure de supporter.

– Vide tes poches.

C'est Verlaine qui parle. C'est la première fois que je vois comment le travail se partage entre les deux hommes. Je parie que Verlaine se charge de la violence physique.

Je m'approche de la lampe et dépose ma torche et mes clefs sur la couchette. Je me demande pourquoi la femme est ici. L'explication ne tarde pas. Verlaine lui fait un signe de la tête et elle s'avance. Les hommes détournent le regard tandis qu'elle me fouille. Elle est beaucoup plus grande que moi mais souple malgré tout. Elle commence aux genoux, descend jusqu'aux chevilles et remonte. Elle trouve le tournevis et la seringue de Jakkelsen. Elle m'enlève ma ceinture.

Tørk ne jette pas un œil aux objets ; Verlaine, par contre, les soupèse dans sa main.

Comment cela va-t-il arriver ? Vais-je le voir venir ?

Tørk se lève.

– Formellement, tu es aux arrêts.

Il ne me regarde pas. Nous savons tous deux que toute allusion aux formalités d'usage est aussi vaine que notre politesse mutuelle. Le dernier voile des apparences est levé.

Il regarde par terre, puis il hoche doucement la tête et une sorte de stupéfaction passe sur son visage.

– Tu bluffes incroyablement. Je préfère de loin me trouver dans le nid-de-pie à écouter tes mensonges que de patauger dans toutes ces vérités médiocres.

Ils restent un instant immobiles avant de quitter la pièce.

C'est Verlaine qui ferme la porte à clef. Il se fige dans l'ouverture ; il a l'air fatigué. Son silence m'apprend quelque chose. Il m'apprend que ceci n'est pas une cellule et que je ne suis pas aux arrêts. C'est le commencement de la fin, toute proche.

LA GLACE

1

Au catéchisme, on nous disait que le soleil était notre Seigneur Jésus, mais au pensionnat on nous enseigna qu'il s'agissait d'une bombe à hydrogène en explosion permanente.

Pour moi, il sera toujours le Clown céleste. Dans mon premier souvenir de soleil, je le regarde en face, en plissant les yeux, sachant que c'est défendu, et je me dis qu'il menace et rit en même temps, comme le clown quand il se grime avec du sang et de la cendre, place un petit bout de bois entre ses joues et s'approche de nous – nous les enfants –, inconnu, horrible et joyeux.

En cet instant, juste avant d'atteindre l'horizon où, s'échappant de la couverture nuageuse noire, il déverse un torrent de lumière sur la glace et sur le navire, le soleil est à l'image du clown et de sa stratégie : échapper à l'obscurité en plongeant aussi bas que possible. La terrible efficacité de l'humiliation.

Le *Kronos* avance vers la glace. Je la vois de loin, voilée par les dix millimètres de verre Sécurit recouverts par les cristaux de sel. Ça ne change rien : je la sens comme si j'étais dessus.

C'est la Grande Glace dense et grise aux abords. L'étroit canal que force le *Kronos* est comme une rainure de cendres. Les floes – la plupart aussi gros que le navire – ressemblent à d'énormes rochers, légèrement gonflés et saisis par le froid. C'est un monde totalement dénué de vie.

Puis le soleil se couche sous les nuages, comme de l'essence en feu.

La couche de glace s'est formée l'année dernière dans l'océan Arctique. De là, elle s'est développée entre le Svalbard et la côte est du Groenland, a descendu jusqu'au cap Farewell et a été poussée le long de la côte ouest.

Elle a été créée dans la beauté. Un jour d'octobre, la température chute de 30 °C en quatre heures, la mer est immobile, un miroir prêt à refléter un miracle de la création. Les nuages et la mer tissent ensemble un rideau de soie grise. L'eau devient visqueuse et légèrement rosâtre, pareille à de la liqueur de myrtilles. Des nappes bleutées montent à la surface de l'eau et glissent sur le miroir. L'eau se solidifie. Le froid fait émerger de la mer sombre un jardin de roses blanches, un tapis de cristaux d'eau de mer. Ils ont une durée de vie de quatre heures à deux jours.

A ce moment, la structure des cristaux de glace est basée sur le chiffre six. L'eau figée dessine un nid d'abeilles entourant un hexagone, six bras se tendent vers six autres cellules qui, à leur tour, se divisent en hexagones – comme le montrent les photographies prises avec un filtre de couleur et fortement agrandies.

Puis se forment le frasil, la glace pelliculaire, la glace en crêpes dont les plaques gèlent et donnent naissance à des glaçons flottants – les floes. La glace décompose les molécules de sel, la mer gèle par-dessous. La glace se brise. Le tassement, les précipitations et le gel créent cette surface ondulée. Pour finir, la glace se dilate et dérive.

Au loin, c'est le *hiku*, la glace éternelle, ce continent de mer gelée que nous longeons.

Autour du *Kronos*, le fjord constitué de courants locaux – qui ne sont que partiellement expliqués et étudiés – est encombré de floes, *hikuaq* et *puktaaq*. Les plus dangereux sont les fragments de glace pure, bleus et noirs, qui dérivent en profondeur et qui prennent la couleur de l'eau par transparence.

Il est plus facile de voir la glace blanche des glaciers et la glace de mer grisâtre, toutes deux colorées par des particules d'air.

La surface des floes est un désert de *ivuniq*, des blocs compressés par le courant et la collision avec d'autres floes, de *maniilaq*, ou hummocks, et de *apuhiniq*, murs de neige comprimée par le vent.

C'est ce même vent qui a comprimé les *agiuppiniq* contre la glace, ils servent de repères au traîneau lorsque le brouillard recouvre la glace.

Pour le moment, le temps et la mer permettent au *Kronos* de se frayer un chemin. Installé dans le nid-de-pie, Lukas guide son navire à travers les chenaux, à la recherche de *killaq*, des trous dans la glace, laissant l'étrave mordre sur la jeune glace d'hiver de moins de trente centimètres d'épaisseur qui cède sous le poids du navire. Le bateau avance, parce que le courant le permet, parce que le *Kronos* est construit pour ça, parce que Lukas a l'expérience. Mais il avance à peine.

L'*Endurance*, le navire de Schackleton spécialement renforcé pour la glace, a été brisé par la banquise dans la mer de Weddell, le *Titanic* et le *Hans Hedtoft* ont coulé. Tout comme le *Proteus* alors qu'il allait secourir l'expédition du lieutenant Greely durant la seconde Année polaire internationale. Il n'y a pas de relevé exact des pertes lors des voyages polaires.

La glace est bien trop résistante, il ne sert à rien de vouloir la conquérir. Là, en cet instant, je vois combien les chocs ont entamé les coins des floes, les tassant dans des hummocks de vingt mètres de haut, leur partie immergée descendant jusqu'à trente mètres de profondeur. Il gèle. Je vois combien la mer veut nous enfermer et que seule une conjonction hasardeuse d'eau, de vent et de courant nous permet de continuer. A cent milles marins au nord, la banquise élève un mur impénétrable. A l'est, il y a les icebergs qui se sont détachés du glacier de

Jakobshavn. En un an, un millier d'icebergs se sont formés – cent quarante millions de tonnes de glace – qui se dressent entre nous et la terre comme une chaîne montagneuse figée à soixante-quinze milles marins de la côte. En toutes saisons, les glaces flottantes recouvrent le quart des océans du globe. La ceinture des glaces qui dérive dans l'Antarctique fait vingt millions de kilomètres carrés, et de huit à dix millions de kilomètres carrés entre le Groenland et le Canada.

Pourtant, on veut vaincre la glace. On veut la traverser, y construire des plates-formes de forage et remorquer des icebergs tabulaires du pôle Sud au Sahara afin d'irriguer les déserts.

Ces extrapolations ne m'intéressent pas. C'est perdre son temps que de calculer l'impossible. On peut essayer de vivre avec la glace, pas contre elle. On ne peut pas la changer ou faire comme si elle n'existait pas.

D'une certaine façon, la glace est sans mystère, son histoire est inscrite à sa surface. Blocs, hummocks et *slush* s'assemblent lorsque la glace fond et qu'elle gèle de nouveau. C'est un mélange de différentes périodes glaciaires lisible dans la glace entassée, hummockée, imbriquée et tourmentée, ou dans les fragments noirs de *sikussaq*, des glaces anciennes formées dans des fjords abrités, rejetées à la mer avec le temps. Maintenant, à travers les rayons du soleil couchant, un mince voile de *qanik* tombe des nuages.

Mon cœur ne fait qu'un avec l'étendue blanche, comme s'il battait au rythme de la glace.

Je m'étais assoupie sans m'en apercevoir.

Le *Kronos* fait route. D'après ses mouvements, je déduis qu'il doit se frayer un passage dans la jeune glace d'hiver.

J'essaie d'ouvrir les armoires de l'infirmerie. Elles sont fermées à clef. J'enroule mon pull autour de mon coude et je casse une vitre. Sur les étagères, il y a des ciseaux, des pinces et des pincettes. Un otoscope, une bouteille d'éthanol, de la teinture d'iode, des aiguilles chirurgicales sous emballage stérile. Je trouve deux scalpels jetables à manches en plastique et un rouleau de sparadrap. Je m'en sers pour attacher ensemble les deux manches en plastique et les renforcer.

Je n'entends personne venir, avant que la porte ne s'ouvre. Le mécanicien entre, portant un plateau. Il a l'air plus fatigué et voûté que la dernière fois. Ses yeux s'attardent sur la vitre en morceaux.

Je presse le scalpel contre ma cuisse. Mes paumes sont moites. Il regarde ma main, je pose le scalpel sur la couchette et lui le plateau.

– U-Urs s'est donné de la peine.

Je sens que je vais vomir si je vois de la nourriture. Il va pour refermer la porte. Je m'écarte, la maîtrise de soi étant bien fragile.

Le pire n'est pas la colère. Le pire, c'est le désir derrière la colère. Le mélange des sentiments est invivable. Ce besoin pernicieux de m'accrocher à lui me terrifie.

– Tu-tu as déjà participé à des expéditions, Smilla. Tu-tu sais qu'il arrive un moment où il f-faut continuer, où l'on ne peut pas s'arrêter.

D'une certaine manière, je ne le connais pas, je n'ai même jamais fait l'amour avec lui. D'un autre côté, son absence de scrupules sert mes projets à la perfection. A la première occasion, je le chasserai de ma vie. Mais pour l'instant, il est ma seule, ma minuscule chance.

– J'ai quelque chose à te montrer.

Je lui dis quoi.

Il a un rire forcé.

– Impossible, Smilla.

Je lui indique la sortie. Nous avons chuchoté, là, je m'échauffe.

– Esajas. En un sens, tu as trempé dans cette affaire toi aussi. Toi aussi, tu étais sur le toit derrière lui.

Ses mains enserrent mes bras et il me soulève jusqu'à la couchette.

– Co-comment peux-peux-tu être aussi sûre, Smilla ?

Son bégaiement empire. La peur creuse ses traits. Il n'y a sans doute pas une personne à bord du *Kronos* qui ne soit terrifiée.

– Tu-tu ne t'enfuiras pas ? Tu-tu rentreras avec moi, après ?

J'ai presque envie de rire.

– Mais où est-ce que je pourrais aller, Føjl ?

Il ne rit pas.

– Lander m'a dit qu'il t'a vue marcher sur l'eau.

J'enlève mes chaussettes. Un pansement adhésif maintient le passe-partout de Jakkelsen sous ma plante de pied.

Nous ne croisons personne. Le pont arrière est plongé dans l'obscurité. J'ouvre la porte, nous nous apercevons alors que nous sommes à quelques mètres de la plate-forme d'où, il y a moins de vingt-quatre heures, nous guettions la dernière apparition de Jakkelsen. Ce souvenir ne signifie rien de spécial. L'amour grandit quand on a un trop-plein d'énergie, il s'évanouit quand on doit utiliser cette énergie pour survivre, pour satisfaire la faim, le sommeil, le besoin de sécurité.

J'allume au niveau inférieur. Cela fait comme un flot de lumière, comparé au faisceau de ma torche. Peut-être est-ce imprudent mais nous sommes pressés. Nous arriverons à destination dans quelques heures. Tout le pont sera éclairé et cet endroit grouillera de monde.

Nous nous arrêtons devant la cloison.

Je n'ai d'autre plan que ma curiosité. Je veux savoir pourquoi, d'après mes estimations, cette cloison été éloignée du système de gouvernail hydraulique de près de cinq pieds. Je veux savoir pourquoi il y a une sorte de générateur derrière elle.

Je regarde le mécanicien. Soudain, je ne comprends pas pourquoi il m'a accompagnée. Peut-être ne le sait-il pas non plus. Peut-être est-ce l'attrait de l'invraisemblable. Je désigne la porte de l'atelier de mécanique.

– Il y a un maillet là-dedans.

Il ne semble pas m'avoir entendue. Il agrippe le bord de la plaque et l'arrache d'un coup sec. Il examine les trous laissés par les clous. C'est du bois jeune.

Il glisse les mains entre la plaque et la cloison. Il tire. Sans résultat. Il y a environ quinze clous de chaque côté. Il tire à nouveau et cette fois la plaque lui reste entre les mains. C'est un morceau de contreplaqué de dix millimètres d'épaisseur et de six mètres carrés. Dans ses mains, on dirait une porte de placard.

Derrière, il y a un réfrigérateur de deux mètres de haut et un mètre de large, en acier émaillé. Il me rappelle les laiteries des années soixante à Copenhague où j'ai vu pour la première fois utiliser de l'énergie pour conserver des aliments au frais. Il est protégé du roulis par des garnitures métalliques vissées entre la cloison d'origine et la base du réfrigérateur. La porte est fermée par une serrure de sûreté.

Le mécanicien va chercher un tournevis, dévisse les garnitures puis saisit à bras-le-corps le réfrigérateur qui semble impossible à déplacer. Il inspire profondément et repousse le frigo de cinquante centimètres à l'intérieur. Ses mouvements sont calculés, il sait que l'on ne donne le maximum de sa force que pendant quelques fractions de seconde. Il s'y prend à trois reprises et parvient finalement à retourner l'appareil vers nous. Son couteau suisse est muni d'un tournevis cruciforme. Il y a environ cinquante vis sur le dos du réfrigérateur. Il insère le tournevis dans l'encoche, soutient la vis avec l'index de sa main gauche et tourne d'un mouvement continu, sans à-coups. Les vis tombent d'elles-mêmes. Il les range consciencieusement dans sa poche. En moins de dix minutes, il a fini. Il dégage l'arrière de l'appareil avec les fils, la grille de refroidissement, le compresseur et le réservoir de fluide frigorigène.

Même dans ces circonstances, je remarque combien ce que nous voyons est à la fois banal et peu ordinaire : nous examinons l'intérieur d'un réfrigérateur par l'arrière.

Il est rempli de riz. Les boîtes carrées sont soigneusement empilées.

Il prend une boîte, l'ouvre et sort le sachet. J'ai le temps de me dire que, après tout, je n'ai pas grand-chose à perdre. Les traits de son visage se contractent. Le sachet est opaque par endroits. Ce n'est pas du riz. C'est un sachet sous vide contenant une substance dense et jaunâtre proche du chocolat blanc.

Avec la lame de son couteau il crève le sachet. L'air pénètre à l'intérieur. Dans sa main coule une poudre sombre et grumeleuse, comme si l'on avait versé du beurre fondu dans un sablier.

Il prend quelques sachets au hasard, en inspecte le contenu et les range soigneusement.

Il revisse l'arrière du réfrigérateur et remet ce dernier en place. Je ne l'aide pas, je ne peux plus le toucher. Il réinstalle la plaque de contreplaqué ainsi que la cloison, à l'aide d'un marteau. Ses mouvements sont distraits, ceux d'un automate.

A ce moment, nos regards se croisent.

– Du *mayam*, dis-je. Un état entre l'opium pur et l'héroïne. Un produit oléagineux, c'est pour ça qu'il faut le conserver dans un frigo. Tørk l'a mis au point, c'est Ravn qui m'en a parlé. Ça fait partie de ses accords avec Verlaine, sa rétribution. Nous relâcherons dans un port en rentrant. Peut-être Holsteinborg, peut-être Nuuk. Peut-être a-t-il des contacts sur le *Greenland Star*. Il y a tout juste dix ans, on se livrait à de la contrebande d'alcool et de cigarettes. Mais c'est fini, c'est déjà le bon vieux temps. Désormais, la cocaïne abonde à Nuuk. Les Groenlandais aisés vivent comme les Européens. C'est un excellent marché.

Son regard est absent, rêveur. Il faut que je le secoue.

– Jakkelsen a dû le découvrir. C'est ce qui l'a perdu. Il a dû surestimer ses capacités, il les a fait chanter. Ils ont été forcés d'agir. Tørk s'est occupé du télégramme – il n'avait pas le choix. Mais Verlaine et lui se détestent. Ils viennent de deux mondes opposés. Ils sont ensemble uniquement pour se servir l'un de l'autre.

Il se penche vers moi et me serre les mains.

– Smilla, chuchote-t-il, quand j'étais un petit garçon, j'avais un tank à chenilles. Si quelque chose lui barrait le chemin, il grimpait par-dessus. Si l'obstacle était trop haut, il cherchait à le contourner ou à passer d'une autre façon. On ne pouvait pas l'arrêter. Tu es comme ce tank, Smilla. Tu devais te tenir à l'écart de tout ça, et tu n'as pas cessé d'y mettre ton nez. Tu aurais dû rester à Copenhague et te voilà à bord. On t'enferme – c'était mon idée, c'est ce qu'il y a de plus sûr pour toi – et te revoilà dehors. Tu réapparais tout le temps, Smilla. Tu es exactement comme ce tank.

Des sentiments contradictoires jouent dans sa voix.

– Quand j'étais une petite fille, mon père m'a donné un ours en peluche. Auparavant, nous avions seulement des poupées que nous faisions nous-mêmes. Il a tenu une semaine. D'abord il a été sali, puis la fourrure est partie, il y a eu un trou, le rembourrage est tombé. Il ne restait qu'une fourrure vide. Tu es exactement comme cet ours en peluche, Føjl.

Nous sommes assis côte à côte sur la couchette de sa cabine. Il y a une flasque sur le bureau mais il est seul à boire.

Il est penché en avant, les mains entre les cuisses.

– C'est une météorite, un espèce de pierre. Tørk dit qu'elle est ancienne. Elle est bloquée dans la roche sous la glace. Nous allons la chercher.

Je pense aux photos dans les papiers de Tørk. J'aurais dû comprendre à ce moment-là. Celle qui me rappelait une radiographie. Les figures de Widmannstätten. Elles sont reproduites dans tous les manuels. On y met en évidence le rapport entre le nickel et le fer dans les météorites.

– Pourquoi celle-ci ?

– Toute pe-personne qui découvre quelque chose d'intéressant au Groenland doit le signaler au Musée national de Nuuk. Celui-ci appelle le Musée minéralogique et l'Institut de métallurgie de Copenhague. La trouvaille sera classée et confisquée au nom de l'intérêt national.

Il se penche encore.

– Tørk dit qu'elle pèse cinquante tonnes. C'est la plus grande météorite jamais homologuée. Ils sont allés en prélever des fragments en 1991, avec des chalumeaux. Tørk affirme qu'elle contient des diamants et des substances inconnues sur terre.

Si la situation n'était pas aussi absurde, je lui accorderais presque un je-ne-sais-quoi de touchant, d'enfantin. L'enthousiasme d'un gamin pour des substances mystérieuses, des diamants, un trésor inaccessible.

– Esajas ?

– Il y était en 1991, avec son pè-père.

Bien sûr. Ça s'est passé ainsi.

– Il s'est échappé du navire à Nuuk. Ils ont dû le laisser sur place. Loyen l'a retrouvé et l'a renvoyé chez lui.

– Et toi, Føjl ? Qu'est-ce que tu lui voulais ?

Quand il comprend ce que je veux dire, son visage se ferme et ses traits se durcissent. A cet instant, alors qu'il est trop tard, je parviens enfin à atteindre le tréfonds de son âme.

– Là-haut, sur le toit, je ne l'ai pas touché. Je tenais à lui comme je-je n'ai jamais…

Les paroles restent coincées dans sa gorge. Il attend que l'émotion s'estompe.

– Tørk savait qu'il avait pris quelque chose. Une ca-cassette. Le glacier avait bougé. Ils l'ont cherché deux semaines en vain. Pou-pour finir, Tørk a loué un hélicoptère jusqu'à Thulé. Afin de rencontrer les Esquimaux qui avaient participé à l'expédition de 1966. Il leur a parlé, mais ils ne voulaient pas y retourner. Ils lui ont décrit le chemin. Tout ça a été enregistré. C'est la bande magnétique qu'a prise le Baron. Celle que tu as volée.

– Comment en es-tu venu à habiter les Cellules blanches ?

Je connais la réponse.

– Ving, dis-je. C'est Ving qui t'a engagé pour que tu gardes un œil sur Esajas et Juliane.

Il secoue la tête.

– Non, c'est le contraire, naturellement. Tu étais là en premier. Ving a fait emménager Esajas et Juliane à tes côtés. Peut-être pour que tu découvres ce qu'ils savaient et ce dont ils se souvenaient. Quand Juliane a demandé un appartement plus bas, on le lui a refusé, pour qu'ils restent tout près de toi.

– Seidenfaden m'a embauché. Je n'ai jamais entendu parler des deux autres avant que tu me mettes sur la voie. J'ai fait de la plongée pour Seidenfaden. Il est ingénieur des transports. A cette époque, il s'occupait d'antiquités. J'ai plongé pour récupérer des statues dans le lac Lilai, en Birmanie, avant l'instauration de l'état d'urgence.

Je me rappelle le thé qu'il m'a préparé et son goût tropical.

– Je suis tombé sur lui à Copenhague. J'étais au chômage. Sans domicile. Il m'a proposé de surveiller le Baron.

Tout être humain est soulagé d'être contraint à dire la vérité. Le mécanicien ne sait pas vraiment mentir.

– Tørk ?

Son regard se fait lointain.

– C'est quelqu'un qui réussit ce qu'il entreprend.

– Que sait-il sur nous ? Sait-il que nous sommes ici en ce moment même ?

Il secoue la tête.

– Et toi, Føjl, qui es-tu ?

Son regard est vide. C'est la question à laquelle il n'a jamais su répondre.

– Quelqu'un qui aimerait bien se faire un peu d'argent.

– J'espère qu'il y en aura assez pour compenser la mort de deux enfants.

Ses lèvres se contractent.

– Donne-moi un coup à boire.

La flasque est vide. Il en prend une autre dans le tiroir.

J'entrevois une boîte de métal bleue, cylindrique et un chiffon jaune, qui enveloppe un objet rectangulaire.

L'alcool me secoue fortement.

– Loyen, Ving, Andreas Fine ?

– Ils ont été mis sur la touche dès le début. Ils sont tr-trop vieux. Ça devait être notre expédition.

Je reconnais la voix de Tørk derrière tous ses clichés. La naïveté peut être charmante – jusqu'à ce qu'elle soit corrompue. Là, elle donne le cafard.

– Quand j'ai commencé à vous poser des problèmes, vous avez décidé que tu me suivrais ?

Il hoche la tête.

– Je ne savais rien de tout ça. Ni sur Tørk et ni sur Katja. C'est venu plus tard. Ce que nous avons découvert ensemble était nouveau pour moi.

Je le vois tel qu'en lui-même. Ce n'est pas décevant. C'est seulement un peu plus compliqué qu'au premier abord. L'émotion est toujours réductrice. Comme les mathématiques. Cette vision claire est un simple retour à la réalité, une façon de retrouver mon objectivité et de cesser de le considérer comme un héros.

Ou bien je suis déjà saoule. Voilà ce qui arrive quand on boit si rarement : on est ivre dès que les premières molécules sont absorbées par la muqueuse buccale.

Il va jusqu'au hublot. Je me penche. D'une main, j'attrape la bouteille, de l'autre, j'ouvre le tiroir et palpe le chiffon. Il enveloppe un objet métallique rond et strié.

Je regarde le mécanicien. Je vois son poids, sa lenteur, sa force, sa cupidité et sa simplicité. Le besoin qu'il a d'un chef, le danger qu'il représente. Je vois aussi sa sollicitude, sa chaleur, sa patience et sa passion. Et je vois surtout qu'il est toujours ma seule chance.

Je ferme les yeux et passe l'éponge. Adieu nos mensonges mutuels, adieu les questions sans réponse, adieu les soupçons morbides. Le passé est un luxe dont nous n'avons plus les moyens.

– Føjl, vas-tu plonger près de cette pierre ?

Il a acquiescé. Je ne l'ai pas entendu parler, mais il a hoché la tête. Pendant un instant, cette affirmation occulte tout le reste.

– Pourquoi ?

– Elle se trouve dans un lac de glace fondue. Elle est immergée presque à la surface de la glace. Seidenfaden pense qu'il ne sera pas difficile de s'en approcher. Soit par une rivière soit par les fissures d'une crevasse. Le problème est de l'extraire. Seidenfaden pense que nous devrons agrandir le tunnel qui draine le lac et faire sortir la pierre par là. Nous utiliserons des explosifs. Ce sera un travail en plongée.

Je me place à côté de lui.

– L'eau gèle à 0 °C. Comment Tørk justifie-t-il la présence de l'eau autour de la pierre ?

– N'y a-t-il pas une histoire de pression dans la glace ?

– Oui. Plus on descend dans un glacier, plus la température s'élève, à cause de la pression des masses de glace au-dessus. A cinq cents mètres de profondeur, l'inlandsis est à – 23 °C ; cinq cents mètres plus bas, il est à –10 °C. Comme le point de fusion dépend de la pression, on trouve de l'eau à des températures inférieures au point de congélation. Peut-être jusqu'à –1,6 °C ou –1,7 °C. Il y a des glaciers de vallée, dans les Alpes ou les Rocheuses, où gisent des nappes d'eau souterraines provenant de la fonte à trente mètres de profondeur et même en deçà.

Il acquiesce.

– C'est ce que Tørk m'a dit.

– Mais Gela Alta n'a rien à voir avec les Alpes. C'est ce que l'on appelle un glacier « froid ». Et il est très petit. En ce moment, la température est de –10 °C sur toute sa profondeur. Le point de fusion sous cette pression est d'environ 0 °C. L'eau n'existe pas à l'état liquide dans ce glacier.

Il me regarde en buvant. Mes explicatins ne le troublent pas. Peut-être n'a-t-il pas compris. Peut-être Tørk inspire-t-il aux gens une confiance telle qu'elle les aveugle. Peut-être est-ce l'éternel problème de la glace. Seuls ceux qui sont nés avec elle peuvent l'apprivoiser. J'essaie une autre approche.

– T'ont-ils dit comment ils en ont eu connaissance ?

– Les Groenlandais l'ont découverte à la préhistoire. C'était dans leurs légendes. C'est pour ça qu'Andreas Fine était impliqué dans l'affaire. A cette époque, elle émergeait peut-être à la surface de la glace.

– Quand une météorite pénètre dans l'atmosphère, à environ cent cinquante kilomètres d'altitude, elle est d'abord traversée par une onde de choc, comme si elle avait percuté un mur en béton. La couche supérieure fond. J'ai vu des bandes de poussière de météorite sur l'inlandsis. Sa chute et sa production d'énergie s'en trouvent ralenties. Si elle atteint la terre intacte, elle aura la température moyenne de l'écorce terrestre, environ 5 °C. Donc ce n'est pas par fusion qu'elle s'enfonce, mais sous l'effet de la gravitation. Aucune météorite n'a jamais été trouvée *sur* la glace – et on n'en trouvera jamais. A cause de la gravitation. Elles sont enchâssées dans la glace et, avec le temps, rejetées à la mer. Si elles sont prises dans une crevasse du sous-sol, elles seront pulvérisées. Un glacier n'a pas d'états d'âme. C'est un croisement entre un rabot gigantesque et un concasseur. Il ne crée pas des grottes enchantées autour de bidules d'intérêt géologique. Il les broie jusqu'à en faire de la poudre qu'il rejette dans l'Atlantique.

– Il doit y avoir des sources chaudes dans les environs.

– Il n'y a pas d'activité volcanique à Gela Alta.

– J'ai vu les pho-photos. La pierre se trouve dans un lac.

– Oui. J'ai vu ces photos moi aussi. Si tout ça n'est pas un canular, elle est bien dans l'eau. J'espère vivement qu'il s'agit d'un canular.

– Pourquoi ?

Je me demande s'il sera capable de comprendre. Mais je n'ai pas d'autre choix que de lui dire la vérité – ou ce que je suppose être la vérité.

– Je n'en suis pas certaine, mais on dirait que la chaleur

vient de la pierre. Comme si elle dégageait de l'énergie. Peut-être une sorte de radioactivité. Mais il y a une autre possibilité.

– Laquelle ?

A voir son expression, je sais que cette idée l'a effleuré. Lui aussi, il sent que tout n'est pas clair. Mais il a écarté le problème. Il est danois. Toujours préférer le mensonge rassurant à la vérité dérangeante.

– La soute avant du *Kronos* a été réaménagée. On peut la stériliser. Elle est équipée d'arrivées d'oxygène et d'air comprimé. Elle est conçue pour transporter un gros animal. Tørk pense peut-être que la pierre que vous allez chercher est vivante.

La bouteille est vide.

– Le coup de l'alarme d'incendie était très malin.

Il esquisse un pâle sourire.

– C'était le seul moyen de remettre les papiers en place et d'-d'expliquer pourquoi ils étaient trempés.

Nous sommes chacun à une extrémité de la couchette. Le *Kronos* avance toujours moins vite. Une bataille, sombre et voluptueuse, entre deux poisons fait rage à l'intérieur de mon corps : l'irréalité cristalline des amphétamines et le plaisir flou de l'alcool.

– Quand Juliane t'a dit que Loyen avait régulièrement examiné Esajas, j'ai pensé qu'il y avait peut-être un lien avec une maladie. Quand j'ai vu les radiographies de 1966, j'en ai acquis la certitude. Lagermann se les est procurées auprès du Dronning Ingrids Hospital, à Nuuk. Ils ne sont pas morts dans une explosion. Ils ont été contaminés par une sorte de parasite. Peut-être un ver. Mais plus gros que tous ceux que l'on connaît, et fulgurant. Ils sont morts en quelques jours, peut-être quelques heures. Loyen voulait savoir si Esajas était atteint.

Il hoche la tête. Il refuse d'y croire. Il est repris par son rêve de chasse au trésor et aux diamants.

– C'est pourquoi Loyen a été impliqué dès le début.

C'est un savant, l'argent est secondaire pour lui. Il vise le prix Nobel. Depuis sa découverte dans les années quarante, il caresse l'espoir d'épater la communauté scientifique.

– Pourquoi ne m'ont-ils rien dit ?

Nous plaçons tous une confiance aveugle dans ceux qui prennent des décisions. Ou dans la science. Parce que le monde est complexe et les informations incertaines. Nous acceptons l'existence d'un globe rond, de noyaux d'atomes qui se tiennent mutuellement comme des gouttes, d'un univers courbe, et la nécessité des manipulations génétiques. Non parce que nous croyons à leur exactitude mais parce que nous croyons ceux qui nous le disent. Nous sommes tous des prosélytes de la science. Et, à la différence des adeptes des autres religions, nous ne pouvons plus combler le fossé qui nous sépare des prêtres. Les problèmes surgissent quand nous nous heurtons à un mensonge manifeste. Il y va de nos vies. La panique du mécanicien est semblable à celle de l'enfant qui, pour la première fois, surprend ses parents à proférer un mensonge dont il a toujours suspecté l'existence.

– Le père d'Esajas a plongé. Il n'est pas le seul. La plupart des parasites passent par une phase aquatique. Tu dois plonger et tu dois faire plonger d'autres personnes. Tu es bien le dernier qu'ils vont mettre au courant.

L'émotion le fait se dresser. J'ajoute :

– Il faut que tu m'aides à passer un coup de fil.

Je me lève et plonge la main dans le tiroir. Elle se referme sur une boîte cylindrique et un morceau de métal enveloppé dans un chiffon.

Le poste radio se trouve derrière la passerelle, au-dessus du carré des officiers. Nous nous y faufilons sans être vus. J'hésite devant la porte. Il hoche la tête.

– C'est vide. L'IMO exige qu'il y ait quelqu'un deux fois par heure mais nous n'avons pas de technicien radio à bord. A la place nous avons la HF, calée sur 2182 kHz,

470

la fréquence internationale de détresse, elle est reliée à une alarme qui se déclenche aussitôt qu'est lancé un appel au secours.

La clef de Jakkelsen n'ouvre pas la porte. J'ai envie de crier.

– Il *faut* que j'entre.

Il hausse les épaules.

– Tu nous le dois.

Il hésite un moment. Il pose les deux mains sur la poignée et fait pression. Le bois ne se fendille pas, il y a juste un craquement quand la clenche force le chambranle en acier.

La pièce est petite et bourrée d'appareils. Une VHF, un double émetteur grandes ondes de la taille d'un réfrigérateur, une boîte d'un modèle que je n'ai jamais vu, avec une clef Morse montée dessus. Un bureau, des chaises, un téléscripteur, un fax, une machine à café avec du sucre et des gobelets en plastique. Au mur, une horloge. On a collé des triangles en papier de différentes couleurs sur la vitre de celle-ci. Un téléphone portatif, un calendrier, les certificats des appareils dans des petits cadres en acier et une licence d'opérateur radio au nom de Sonne. Un magnétophone a été vissé sur le bureau, il y a aussi des manuels et le registre radio de bord est ouvert.

J'écris le numéro sur un bout de papier.

– C'est Ravn.

Il se fige. Je lui prends le bras en me disant que c'est la dernière fois de ma vie que je le touche.

Il s'assied et se métamorphose. Ses gestes se font vifs, précis et sûrs. Il tapote l'horloge.

– Les triangles indiquent les plages horaires durant lesquelles les fréquences doivent être libres pour la réception de signaux de détresse. Si nous dépassons ce laps de temps, l'alarme se déclenche. Pour la HF, cela veut dire trois minutes après l'heure et la demi-heure. Nous avons dix minutes.

Il me passe un combiné et prend un casque à écouteurs. Je m'assieds à côté de lui.

– C'est sans espoir par ce temps et à une telle distance de la côte.

Au début, j'arrive à peu près à suivre ses manipulations, même si je n'aurais pas été capable de me débrouiller seule.

Il règle sur la puissance d'émission maximale de deux cents watts. L'émetteur risque d'étouffer son propre signal mais avec le mauvais temps et l'éloignement de la côte, il n'y a pas d'autre solution.

Une voix se fait entendre après des crépitements :

– *This is Sisimiut. What can we do for you ?*

Il décide d'émettre sur l'onde porteuse. L'émetteur possède un affichage analogique et un réglage automatique. Il va continuellement s'adapter à l'onde porteuse, tandis que la conversation sera émise sur une bande latérale. C'est la méthode la plus efficace et sans doute la seule envisageable par une telle nuit.

Juste avant qu'il ne compose les chiffres, le récepteur capte un poste canadien qui émet de la musique classique en ondes courtes. Pendant un bref instant, la pièce est envahie de souvenirs d'enfance. C'est Victor Halkenhvad chantant les *Gurrelieder*. Puis Sisimiut revient.

Le mécanicien ne demande pas Lyngby Radio mais Reykjavik. Quand la station répond, il demande Thorshavn.

– Que se passe-t-il ?

Il couvre le microphone.

– Toutes les stations importantes sont équipées d'un goniomètre automatique qui s'enclenche quand elles reçoivent un appel. Elles enregistrent le coût des communications sous le nom du navire. Impossible de donner un faux nom car elles effectuent un relèvement de la position du navire et les communications renvoient toujours à des coordonnées. Je suis en train de déployer un rideau de fumée. D'une station à l'autre, il sera de plus en plus difficile de localiser l'appel. A la quatrième liaison, ce sera impossible.

Il obtient Radio Lyngby, prétend qu'il appelle du

Candy 2, et donne le numéro de Ravn. Il me regarde droit dans les yeux. Nous savons tous deux que si j'exige une autre procédure – un appel direct qui permettrait à Ravn de retrouver la position du *Kronos* –, il coupera la communication. Je ne dis rien. Je l'ai déjà entraîné assez loin. Et puis, nous n'avons pas encore terminé.

Il demande une ligne protégée. Loin, à l'autre bout du monde, un téléphone sonne. Le signal est faible, inégal.

– C'est comment dehors, Smilla ?

J'essaie de me rappeler la nuit et le temps.

– Des nuages chargés de cristaux de glace.

– C'est le pire. Les faisceaux HF suivent la courbe de l'atmosphère. En cas de neige et de mauvais temps, ils peuvent être bloqués.

La sonnerie monotone continue de retentir. J'abandonne. Le désespoir est un sentiment d'indifférence qui part de l'estomac.

On décroche le combiné.

– Oui ?

La voix est proche, audible mais ensommeillée. Il est près de cinq heures du matin au Danemark.

Je la vois, telle qu'elle est sur les photos rangées dans le portefeuille de Ravn. Les cheveux blancs, vêtue d'une robe en laine.

– Pourrais-je parler à Ravn ?

Quand elle pose le combiné, j'entends un enfant pleurer juste à côté. Il devait dormir dans leur chambre, peut-être même dans leur lit, entre eux.

– Ravn à l'appareil.

– C'est moi.

– Rappelez-moi plus tard.

Le rejet est d'autant plus clair que la voix l'est aussi. Je ne sais pas ce qui s'est passé pendant mon absence. Mais je suis allée trop loin pour me poser des questions là-dessus.

– C'est trop tard. Je veux vous parler de ce qui est arrivé sur les toits. A Singapour et à Christianshavn.

Il ne répond pas, mais il ne raccroche pas.

Il m'est impossible de l'imaginer dans son intimité. Que porte-t-il pour dormir ? Quel air a-t-il maintenant, dans le lit, avec son petit-fils ?

– Supposons une fin d'après-midi. Le garçon rentre seul du jardin d'enfants. C'est le seul enfant que l'on ne vient pas chercher tous les jours. Il marche comme tous les gamins, en traînant un peu, en sautillant, en ne prêtant attention qu'à ce qui l'entoure immédiatement, les yeux rivés au sol. De la même façon que vos petits-enfants, Ravn.

J'entends sa respiration aussi distinctement que s'il se trouvait avec nous dans la pièce.

Le mécanicien a un seul écouteur contre l'oreille afin de suivre la conversation tout en guettant les bruits dans la coursive.

– C'est pour cela qu'il ne voit pas l'homme avant de se trouver nez à nez avec lui. Celui-ci a attendu dans sa voiture. Aucune fenêtre ne donne sur le parking. Nous sommes en plein mois de décembre, il fait presque nuit. L'homme l'attrape par le devant de sa salopette. Ça ne peut pas se déchirer. Aucun risque d'empreintes. Mais il s'est trompé. Le gamin l'a immédiatement reconnu. Ils ont passé des semaines ensemble. Mais ce n'est pas à cause de ça qu'il s'en souvient. Il se rappelle l'un des derniers jours du voyage, le jour où il a vu mourir son père. Peut-être a-t-il aussi vu l'homme obliger les plongeurs à retourner à l'eau après la mort de l'un d'entre eux, au moment où ils n'avaient pas encore compris ce qui clochait. Ou peut-être le gamin associe-t-il la mort avec cet homme. En tout cas, ce n'est pas un homme qu'il a devant lui, c'est une menace, il la sent comme seuls les enfants savent ressentir le danger. Effrayant, écrasant. D'abord il se fige. Tout les enfants se figent.

– Vous inventez.

Le signal faiblit. Pendant un instant, je suis sur le point de perdre le fil.

– Tout comme l'enfant à côté de vous. Lui aussi il se figerait. L'homme compte là-dessus. Le garçon a l'air si petit ; il se penche vers lui. Il n'est pas plus gros qu'une poupée et il va le déposer sur le siège. Il le lâche un instant. C'est là son erreur. Il n'a pas prévu l'énergie du gamin. Celui-ci prend ses jambes à son cou. Le sol est couvert de neige tassée. C'est pour ça qu'il ne le rattrape pas. Le garçon est entraîné à courir sur la neige.

Les deux hommes, l'un à côté de moi, l'autre à une distance infinie, me prêtent une attention extrême. Ce n'est pas tant mes paroles qu'ils écoutent que cette peur enfantine, cette peur qui se terre au fond de chacun de nous.

– Le garçon court le long de l'immeuble. L'homme fonce dans la rue et lui coupe la route. Le garçon arrive près des entrepôts. L'homme derrière lui glisse, trébuche, mais il est beaucoup plus calme aussi. Il n'y a pas d'issue. Le garçon se retourne, l'homme se détend complètement. Le garçon regarde autour de lui. Il ne réfléchit plus. Il y a un moteur au fond de lui qui ne s'arrêtera qu'une fois toute son énergie épuisée. L'homme n'a pas prévu ça. Soudain, le garçon se met à escalader l'échafaudage. L'homme le suit. Le garçon sait ce qui est derrière lui : la terreur en personne. Il sait qu'il va mourir. Ce sentiment est plus fort que son vertige. Il grimpe jusqu'au toit et il court à nouveau. L'homme s'arrête. Peut-être est-ce ce qu'il a prévu depuis le début, peut-être l'idée ne lui vient-elle que maintenant, peut-être ne prend-il conscience de ses intentions qu'en cet instant. La possibilité d'éliminer une menace ; éviter que le garçon ne raconte ce qu'il a vu dans la grotte d'un glacier, quelque part dans le détroit de Davis.

– Vous inventez…

La voix de Ravn n'est plus qu'un murmure.

– L'homme s'approche du garçon, il le voit courir vers le bord, cherchant un moyen de descendre. Les enfants n'ont pas une vue d'ensemble, le garçon ne sait probablement pas où il est. Il ne voit pas au-delà de quelques mètres. L'homme s'arrête à la limite de la neige. Il ne veut pas laisser de traces. Il espère que ce ne sera pas nécessaire.

Le signal disparaît. Le mécanicien tourne les boutons. Le contact revient.

– L'homme attend. Il fait totalement confiance à cette attente. Comme s'il savait que sa présence suffisait. Sa silhouette qui se découpe sur le ciel. Comme à Singapour. Est-ce que ça a été suffisant là-bas, Ravn ? Ou bien l'a-t-il poussée, parce qu'elle était plus âgée et plus rationnelle que le gamin ? Parce qu'il pouvait s'approcher d'elle, sans laisser de traces dans la neige ?

Le souffle est si clair qu'il me semble venir du mécanicien. Mais il ne dit rien.

C'est Ravn, il est accablé.

Je lui parle doucement.

– Regardez cet enfant, Ravn, l'enfant à côté de vous. C'est l'enfant sur le toit. Tørk est derrière lui, une silhouette. Il pourrait arrêter le garçon mais il ne le fait pas. Il le pousse plus loin, comme pour la femme. Qui était-elle ? Qu'a-t-il fait ?

Le signal disparaît et revient dans le lointain.

– Il faut que je sache ! Elle s'appelait Ravn !

Le mécanicien met sa main devant ma bouche. Sa paume est glacée. J'ai dû crier.

– ... s'appelait...

Sa voix s'évanouit.

Je secoue l'appareil. Le mécanicien m'écarte. A ce moment, la voix de Ravn revient, distincte, insensible.

– Ma fille. Il l'a poussée. Êtes-vous satisfaite, mademoiselle Smilla ?

– La photo. A-t-elle pris une photo de Tørk ? Travaillait-elle pour la police ?

Il parle, mais sa voix est couverte par des parasites et des interférences. La communication est coupée.

Le mécanicien éteint le plafonnier. A la lueur des instruments, ses traits sont pâles et tendus. Il ôte lentement le casque et le remet en place. Je transpire comme après un cent mètres.

– Le témoignage d'un enfant n'a pas de valeur devant un tribunal, n'est-ce pas ?

– Il aurait certainement beaucoup influencé le jury.

Il ne va pas jusqu'au bout de son idée. Du reste, il n'en a pas besoin. Nous pensons la même chose. Il y avait quelque chose dans les yeux d'Esajas, une sagesse au-dessus de son âge. Au-delà de tout âge, un regard pénétrant sur le monde des adultes. Tørk a croisé ce regard. Il y a d'autres accusations que celles des tribunaux.

– Que fait-on pour la porte ? dis-je.

Il pose la main sur le chambranle en acier et le repousse doucement dans son logement.

Il m'a suivie dans l'escalier extérieur. Il s'arrête un moment devant la porte de l'infirmerie.

Je me tourne vers lui. Les douleurs physiques sont minuscules comparées à celles de l'âme.

Il écarte les doigts et regarde ses mains.

– Quand ce sera terminé, je le tuerai, dit-il.

Rien ne me fera dormir sur une table d'examen – même une nuit très courte et sinistre comme celle qui m'attend. J'enlève les draps, retire les coussins des chaises et me couche en travers de la porte. Si quelqu'un veut entrer, il devra d'abord me passer sur le corps.

Personne ne vient. Je sombre quelques heures dans le sommeil puis j'entends un frottement contre la coque et des pas résonnent sur le pont. Je crois également percevoir le raclement de la chaîne d'ancre. Le *Kronos* mouille peut-être au bord de la glace. Je suis trop fatiguée pour me lever. Gela Alta est à quelques encablures, là-bas dans l'obscurité.

2

Certains sommeils sont pires que l'insomnie. Après les deux dernières heures, je me réveille plus tendue, plus délabrée physiquement que si j'avais veillé. Dehors, il fait nuit.

Je dresse une liste dans ma tête. Je me demande qui je pourrais faire basculer de mon côté. Ce n'est pas une attitude d'espoir, c'est plutôt que ma conscience refuse d'abandonner. Elle ne cesse de chercher, aussi longtemps que l'on vit, les moyens de tenir. Comme si un double, plus tenace, vous habitait.

Je laisse tomber cette liste. L'équipage du *Kronos* se divise en deux catégories : ceux qui sont déjà contre moi et ceux qui le deviendront dans les moments cruciaux. Je ne compte pas le mécanicien. J'essaie de ne pas penser à lui.

Je suis étendue sur la couchette quand on m'apporte mon petit déjeuner. Quelqu'un cherche à tâtons l'interrupteur mais je lui demande de ne pas allumer. Il pose le plateau près de la porte et s'en va. C'était Maurice. Dans le noir, il n'a pas vu la fenêtre brisée de l'armoire.

Je me force à manger. Quelqu'un s'installe devant la porte, j'entends que l'on y tire une chaise. Ils lancent le moteur auxiliaire et le gros générateur. Dix minutes plus tard, ils commencent à décharger à partir du pont arrière, sans que je puisse savoir quoi. Les hublots de l'infirmerie donnent à bâbord.

Le jour pointe. L'aube ramène moins la lumière que des traînées de fumée qui passent devant les hublots.

On ne distingue pas l'île sous cet angle. Mais je sens la glace. Le *Kronos* est amarré par l'arrière. Le bord de la glace est à environ soixante-quinze mètres. Une des amarres est reliée à une ancre formée de broches à glace enfoncées dans des floes.

L'embarcation à moteur est mise à la mer. Il n'y a pas assez de visibilité pour identifier les gens ou déterminer le chargement. On dirait que l'embarcation est abandonnée, amarrée au bord de la glace.

J'ai l'impression d'être parvenue au bout de mes limites. On ne peut pas exiger d'un individu qu'il aille plus loin.

Le passe-partout de Jakkelsen se trouve entre les coussins ainsi que la boîte bleue et le chiffon dans lequel est enveloppé un objet métallique. Je m'attendais à ce qu'il s'en aperçoive tout de suite mais il n'est pas venu les rechercher.

C'est un revolver. Ballester Molina Inûnángitsoq – fabriqué à Nuuk sous licence argentine. Il y a un fossé entre sa fonction et son aspect. Il est étonnant que le mal puisse revêtir un aspect aussi simple.

On peut trouver des excuses aux fusils quand ils servent à la chasse. Dans certains types de neige, un revolver de gros calibre est même indispensable pour se défendre contre le bœuf musqué ou l'ours polaire qui attaquent le chasseur par-derrière sans lui laisser le temps de braquer le fusil.

Mais il n'y a pas d'excuse pour ce pistolet à canon court.

Les balles sont semi-blindées à tête molle. La boîte en est pleine. Je charge six balles dans le barillet et le referme d'un coup sec.

J'enfonce un doigt dans ma gorge et pousse une série de râles. Je fais tomber les derniers morceaux de verre accrochés à la fenêtre de l'armoire. La porte est ouverte d'un coup et Maurice entre. Je m'appuie contre la couchette, tenant l'arme à deux mains.

– A genoux !

Il s'avance vers moi. J'incline le canon vers sa jambe et presse la queue de détente. Rien ne se passe. J'ai oublié d'ôter la sécurité. Maurice me frappe du bras gauche. Le coup m'atteint à la poitrine et me projette contre l'armoire. Des morceaux de verre s'enfoncent dans mon dos, avec cette douleur caractéristique des coupures. Je tombe à genoux. Il me frappe au visage, me casse le nez. Je perds conscience. Quand je reviens à moi, son pied est juste à côté de ma tête. Je plonge une main dans la poche de ma tenue de travail et en ressors les deux scalpels maintenus avec des sparadraps. Je rampe et entaille sa cheville à l'arrière. Il y a juste un petit claquement lorsque son tendon d'Achille est sectionné. Au moment où je retire le scalpel, j'aperçois l'os jaunâtre à la base de l'entaille. Je roule sur le côté. Il essaie de me poursuivre mais tombe tête la première. Quand je me relève, je m'aperçois que je tiens encore le revolver. Il se redresse sur un genou. Sans hâte, il fouille à l'intérieur de son anorak. Je m'avance vers lui et le frappe à la bouche avec le canon du revolver. Il tombe à la renverse contre l'armoire. Je n'ose pas m'approcher de lui. Je vais jusqu'à la porte, sa clef est encore dans la serrure. Je ferme derrière moi.

La coursive est vide. Mais on s'affaire derrière la porte du carré. Je l'entrouvre. Urs est en train de mettre le couvert. Je me glisse à l'intérieur. Il pose une corbeille de pain sur la table, il ne me voit pas tout de suite.

Je dévisse le bouchon d'un Thermos, me verse une tasse de café, mets du sucre, remue et bois une gorgée. Le liquide est bouillant, le goût brûlé des grains mélangé au sucre est écœurant.

– Combien de temps allons-nous rester ici, Urs ?

Il me dévisage. Je ne sens pas mon nez, juste une chaleur diffuse.

– Vous êtes aux arrêts, *Fräulein* Smilla.

– J'ai la permission de me dégourdir les jambes.

Il ne me croit pas. Il espère que je vais partir. Personne n'aime s'encombrer d'un perdant.

– *Drei Tage*. Demain, on débarquera des provisions à terre. Et nous travaillerons tous *im Schnee*.

Ils vont aider à rouler la pierre sur les rails. Cela signifie qu'elle se trouve tout près de la côte.

– Qui est descendu à terre ?

– Tørk, Verlaine, *der neue Passagier. Mit Flaschen*.

Je ne le comprends pas tout de suite. Avec les mains, il dessine les contours des bouteilles d'oxygène.

Il me rattrape sur le seuil. C'est la répétition d'une scène déjà jouée.

– *Fräulein* Smilla…

Lui qui n'a jamais osé m'approcher me prend par le bras.

– *Sie müssen schlafen*. Vous avez besoin de *medizinische Behandlung*…

Je me dégage. Je n'ai pas réussi à l'intimider, au contraire, j'ai éveillé sa pitié.

En mer, on ne ferme à clef qu'en sortant d'une pièce vide, afin de faciliter les opérations de sauvetage en cas d'incendie. Lukas dort avec la porte ouverte. Il dort profondément. Je repousse la porte derrière moi et m'assois au pied de sa couchette. Ses yeux, bouffis de sommeil, s'écarquillent sous l'effet de la surprise.

– Je me suis accordé une permission.

Il essaie de m'attraper. Il est plus vif que prévu, compte tenu du fait qu'il est allongé et qu'il vient juste de se réveiller. Je braque mon revolver sur lui. Il n'en continue pas moins sur sa lancée. Je pointe le canon vers son visage et ôte la sécurité.

– Je n'ai rien à perdre.

Il s'arrête.

– Retournez à l'infirmerie. Vous êtes en sécurité aux arrêts.

– Bien entendu. Avec Maurice dehors, je me sens pleinement rassurée. Enfilez votre veste. Nous allons sur le pont.

Il hésite, puis il commence à s'habiller.

– Tørk a raison. Vous êtes malade.

Peut-être a-t-il raison. En tout cas, un mur d'insensibilité s'est dressé entre moi et le reste du monde. Mes nerfs sont morts. Je nettoie mon nez au-dessus du lavabo. C'est délicat, je dois en même temps tenir l'arme d'une main et surveiller Lukas. Il y a moins de sang que je ne le pensais. Les blessures au visage donnent toujours l'impression d'être plus graves qu'elles ne le sont réellement.

Lukas passe le premier. Nous croisons Sonne en bas de l'escalier qui mène au pont supérieur. Je serre Lukas de plus près. Sonne s'arrête. Lukas lui fait signe de s'éloigner. Sonne hésite mais ses années à l'école de la marine marchande et dans la Marine lui ont appris la discipline. Il s'écarte. Nous arrivons au bastingage. Je m'écarte de quelques mètres. Nous sommes obligés d'élever la voix pour nous entendre, mais il lui sera plus difficile de m'atteindre.

Après tant de jours en pleine mer, l'île revêt à mes yeux une sombre et douloureuse beauté.

Elle est si étroite et si haute qu'elle s'élève comme une tour au-dessus de la mer gelée. On n'aperçoit la roche qu'en de rares endroits, elle est en grande partie recouverte de glace. A partir du sommet arrondi – comme une corne d'abondance polaire – la glace descend sur les pentes. Une langue de glace s'avance dans la mer vers le *Kronos* : le glacier de Barren. Si nous contournions l'île, nous verrions des falaises abruptes, ravagées par les crevasses et les avalanches.

Le vent souffle de l'île, un vent du nord, *avangnaq*. Un autre mot le rend bien et, au début, je n'entends que la musique de ce mot, comme si quelqu'un le murmurait en moi : *pirhirhuq*, tempête de neige. Je secoue la tête. Nous ne sommes pas à Thulé, le temps est différent par ici, notre système nerveux épuisé crée des mirages.

– Où voulez-vous aller après ça ?

Il désigne le pont, la mer et l'embarcation au bord de la glace.

– *Feel free*, mademoiselle Smilla.

Maintenant que sa politesse disparaît, je m'aperçois qu'elle ne lui ressemble pas. C'est celle de Tørk, celle de la justice à bord. Lukas n'a jamais été autre chose qu'un instrument.

Il s'éloigne. Lui aussi est un perdant. Lui aussi n'a plus rien à perdre. Je range l'arme dans ma poche. Dans l'infirmerie, j'aurais peut-être tiré sur Maurice. Peut-être. Ou peut-être avais-je omis consciemment d'ôter la sécurité.

– Jakkelsen, lui dis-je. Verlaine a tué Jakkelsen et Tørk a envoyé le télégramme.

Il s'approche à me toucher et regarde l'île. Il m'écoute immobile, le visage figé. Les contours de gros oiseaux se détachent des pentes glacées – des albatros migrateurs. Il ne les voit pas. Je lui raconte tout depuis le début. Je ne sais pas combien de temps cela prend. Quand j'ai terminé, le vent est tombé. La lumière a changé, sans que je puisse dire quand ni comment. Par instants, je regarde vers la porte. Personne ne vient.

Lukas a fumé cigarette après cigarette. Comme si allumer, inhaler et expirer la fumée ne devait pas être pris à la légère, comme si c'était la dernière cigarette.

Il se redresse et me sourit.

– Ils auraient dû m'écouter. Je leur ai conseillé de vous faire une piqûre. Quinze milligrammes d'apozépam. Je leur ai dit que vous vous échapperiez. Tørk était contre.

Il sourit de nouveau. Il y a de la folie dans ce sourire.

– On dirait qu'il vous attend. Il a laissé le canot pneumatique. Peut-être veut-il que vous descendiez à terre.

Il prend congé d'un signe de la main.

– Le devoir m'appelle.

Je m'appuie au bastingage. Quelque part dans les bancs de brouillard, là où la glace se jette dans la mer, il y a Tørk.

A mes pieds, il y a une couronne blanche. Les mégots de Lukas. Ils ne bougent pas. L'eau dans laquelle ils flottent est encore noire mais ne brille plus. Elle est recouverte d'une membrane mate. La mer autour du *Kronos* est sur le point de geler. Les nuages vont être engloutis par les cieux. L'air est totalement immobile. La température a chuté d'au moins dix degrés durant la dernière demi-heure.

Apparemment, on n'a touché à rien dans ma cabine. Je prends une paire de bottes courtes et mes *kamik* dans un sac plastique.

Le miroir m'apprend que mon nez n'est pas trop enflé. Mais il est tordu, anormalement penché d'un côté.

Le mécanicien va bientôt plonger. Je me souviens de la vapeur sur la photo. L'eau doit être à 10 ou 12 °C. Il n'est qu'un homme – c'est peu. Je ne le sais que trop. Pourtant, on essaie toujours de rester en vie.

J'enfile mon pantalon en thermolactyl, deux pulls fins en laine et ma doudoune. Dans ma malle, je prends une boussole de poignet, un bidon plat et une couverture en laine. Il y a longtemps que j'attends cet instant.

Ils sont assis tous les trois, c'est pourquoi je ne les ai pas vus avant d'arriver sur le pont. Le canot pneumatique a été dégonflé, ce n'est plus qu'un tas gris avec des taches jaunes, avachi contre la superstructure arrière.

La femme est accroupie. Elle me montre son couteau.

– Je l'ai crevé avec ça.

Elle le rend à Hansen, adossé aux bossoirs.

Elle se relève et se dirige vers moi. Je me tiens près de l'échelle. Seidenfaden la suit en hésitant.

– Katja, dit-il.

Aucun d'eux ne porte de vêtements chauds.

– Il voulait que tu ailles à terre, ajoute-t-elle.

Seidenfaden pose une main sur son épaule. Elle se retourne et le frappe. Un coin de ses lèvres se met à saigner. Le visage de la femme ressemble à un masque.

– Je l'aime, dit-elle.

Ses paroles ne s'adressent à personne en particulier. Elle s'approche encore.

– Hansen a trouvé Maurice, précise-t-elle en guise d'explication.

Puis, sans transition, elle poursuit :

– Tu le veux ?

J'ai déjà vu ça. Elle est dans cet état d'esprit où la jalousie et la folie vont de concert, éliminant toute réalité.

– Non, réponds-je.

Je recule et me heurte à une forme immobile. Urs. Il porte encore son tablier et un manteau de fourrure par-dessus. Il tient dans la main un pain qui doit juste sortir du four et dégage dans le froid un halo de vapeur dense. La femme l'ignore. Lorsqu'elle arrive à ma hauteur, Urs presse le pain contre son cou. Elle tombe sur le canot pneumatique et ne bouge plus. La brûlure apparaît sur son cou, avec les marques de la croûte du pain comme une photo passée dans un bain de développement.

– Que dois-je faire ? demande Urs.

Je lui tends le revolver du mécanicien.

– Pourrais-je avoir un peu de temps ?

Il regarde Hansen d'un air pensif.

– *Leicht.*

Le pont flottant est toujours à poste. Dès que j'aperçois la glace, je sais que je suis venue trop tôt. Elle est encore transparente et ne pourra supporter mon poids. Il y a une chaise, je m'assieds pour attendre. Je pose les pieds sur la boîte en acier. Jakkelsen s'est assis là, une fois, de même que Hansen. Sur un navire, on ne cesse de revenir sur ses propres traces. Comme dans la vie.

Il neige. De gros flocons, *qanik*, comme la neige sur la tombe d'Esajas. La glace est encore si chaude que les flocons fondent à son contact. Et si l'on regarde la neige assez longtemps, les flocons ne semblent plus tomber dans la mer mais en monter, monter vers le ciel et se poser au sommet de la tour de rochers au-dessus de moi. Au début, ce sont des flocons hexagonaux. De la neige fraîche. Au bout de quarante-huit heures, les flocons se brisent, leurs contours deviennent flous. Au bout de dix jours, la neige est granuleuse, deux mois plus tard, elle est compacte. Après deux ans, elle se transforme en firn. La troisième année, c'est du névé et la quatrième, de la neige de glacier.

A Gela Alta, elle n'en a pas le temps. Au bout de trois ans, le glacier l'aura déjà rejetée à la mer. Là, elle se brisera, flottera avant de fondre, de se disperser et d'être absorbée par la mer. Un jour plus tard, elle redeviendra de la neige fraîche.

La glace est grisâtre maintenant. Je pose le pied dessus. Elle n'est pas bonne. Il n'y aura plus rien de bon désormais.

Je reste à l'abri du *Kronos* aussi longtemps que possible. Par endroits, la glace est si mince que je dois faire un détour. De toute façon, ils ne me verront probablement pas. L'obscurité commence à tomber. La lumière diminue, sans avoir jamais vraiment existé. Je dois ramper sur le ventre pour les dix derniers mètres. Je pose la couverture de laine sur la glace et avance en glissant dessus.

L'embarcation à moteur est amarrée au bord de la glace. Elle est vide. Le rivage est encore à trois cents mètres. Une sorte d'escalier s'est creusé là où la base du glacier a fondu et gelé plusieurs fois de suite.

L'odeur de la terre me dope. Après tant de jours en mer, l'île a des parfums de jardin. Je gratte la couche de neige d'environ quarante centimètres. En dessous apparaissent des restes de mousses et de saule arctique desséché.

Il y avait une mince couche de neige à leur arrivée, leurs empreintes sont très claires. Ils avaient deux traîneaux. Le mécanicien en a tiré un, Tørk et Verlaine se sont chargés de l'autre.

Ils ont grimpé dans cinquante centimètres de neige poudreuse afin d'éviter les couloirs de glace à pic qui plongent dans la mer. Ils se sont relayés pour tracer le chemin.

J'enfile mes bottes en peau de phoque. Je fixe la neige des yeux et me concentre uniquement sur la marche. Comme si j'étais à nouveau une enfant. Je ne me souviens plus où nous allions, le voyage a été long – peut-être plusieurs *sinik* –, je trébuche, je ne fais plus corps avec mes pieds, ils avancent d'eux-mêmes, lentement, chaque pas est un devoir à accomplir. Au fond de moi, je sens monter l'envie d'abandonner, de m'asseoir et de dormir.

Ma mère me suit. Elle sait ce qui se passe, elle le sait depuis un bon moment. Elle me parle, elle qui est habituellement si taciturne. Elle me tape sur la tête – mi-claque, mi-caresse. « Quel vent est-ce, Smilla ? – *Kanangnaq*. – Ce n'est pas ça, Smilla, tu dors. – Non, je ne dors pas. Il est faible et humide, la glace commence à peine à se briser. – Sois polie avec ta mère, Smilla. Tu as appris l'insolence avec les *qallunaaq*. »

Nous continuons ainsi et je reviens à moi, nous devons arriver à bon port, il y a bien longtemps que je suis trop lourde pour qu'elle me porte.

J'ai trente-sept ans. Il y a cinquante ans, c'était l'espérance de vie maximale à Thulé. Mais je n'ai jamais grandi. Je ne me suis jamais habituée à marcher seule. J'espère toujours que quelqu'un va venir derrière moi me flanquer une tape. Ma mère. Moritz. Une force extérieure.

Je commence à trébucher en m'approchant du glacier. Ils ont fait une pause ici. Ils ont fixé des crampons à leurs bottes.

A cette distance, je comprends d'où le glacier tire son nom. Le vent l'a battu sur toute sa surface pour en faire une croûte compacte parfaitement lisse et blanche comme de l'émail. Juste devant moi s'ouvre une crevasse profonde de cinquante mètres, avec des parois en escaliers, bleu-gris, irisées. De loin, les paliers semblent réguliers, de près, ils forment un labyrinthe.

Je ne sais pas quelle direction ils ont pris. Je ne les vois pas non plus. Je continue d'avancer. Leurs traces sont plus difficiles à suivre, mais ce n'est pas impossible. La neige s'est tassée sur les marches, là où ils ont laissé des marques. A un moment où, désorientée, je commence à chercher en demi-cercles, j'aperçois au loin une trace jaune d'urine.

C'est le début des hallucinations. Des fragments de conversations me reviennent à l'esprit. Je dis quelque chose à Esajas. Il répond. Le mécanicien est là également.

– Smilla.

Je suis passée à un mètre de lui sans le voir. C'est Tørk. Il m'a attendue. Il a prononcé mon nom doucement, comme la nuit où il a appelé chez moi, à Copenhague.

Il est seul. Il n'a ni traîneau ni bagages. Ici, il est tellement bariolé : bottes jaunes, veste rouge qui jette un éclat rose sur la neige, bandeau turquoise autour de ses cheveux blonds.

– Je savais que tu allais venir. Mais je me demandais comment. Je t'ai vue marcher sur l'eau.

On dirait de vieux amis forcés de dissimuler cette amitié au reste du monde.

– Il y avait une couche de glace.

– Avant ça, tu as franchi des portes fermées à clef.

– J'avais une clef.

Il hoche la tête.

– Pour les gens qui ont de la ressource, les choses *arrivent* comme elles doivent arriver. Elles ont l'air de coïncidences mais, en fait, elles sont nécessaires. Katja et Ralf voulaient te freiner dès Copenhague. Mais j'ai vu des avantages à ta présence. Tu allais relever des choses que nous avions laissé passer. Que Ving et Loyen avaient laissé passer. Que tout le monde laisse passer.

Il me tend un harnais de sécurité. Je l'enfile et le referme sur le ventre.

– Et le *Nordlyset* ? Et l'incendie ?

– Licht a appelé Katja quand il a eu la cassette. Il a essayé de la faire chanter. Nous étions forcés d'agir. C'est ma faute si tu as été impliquée là-dedans. J'avais confié l'affaire à Maurice et à Verlaine. Verlaine est un misogyne primaire.

Il me tend l'extrémité de la corde. Je fais un nœud plat. Il me tend un piolet court.

Il avance le premier. Il se sert d'un long bâton fin pour tester le sol et les crevasses. Lorsqu'il est à quinze mètres, il parle à nouveau. Les parois brillantes autour de nous créent une acoustique de salle de bains. Dure et intime cependant, comme si nous étions ensemble dans une baignoire.

– Bien sûr, j'ai lu ce que tu as écrit. Cette passion pour la glace est fascinante.

Il enfonce son piolet dans la neige, enroule la corde autour du manche et tire doucement tandis que je le suis. Quand j'arrive à sa hauteur, il reprend la parole :

– Qu'est-ce que l'expert pense de ce glacier ?

Nous regardons autour de nous dans l'obscurité croissante. Il est difficile de répondre à sa question.

– Il ne sait pas quoi dire. S'il avait été dix fois plus grand, on aurait pu le classer comme une très petite calotte glaciaire. S'il avait été plus bas, ç'aurait été un glacier botu. Si le courant et les vents étaient légèrement différents, en un mois la dérive et la déflation l'auraient réduit si fortement que l'on aurait dit qu'il n'y avait pas du tout de glacier, juste une île recouverte de neige. Il est inclassable.

J'arrive de nouveau à sa hauteur, il me tend la corde. Je m'assure, il continue. Ses mouvements sont souples et méthodiques mais la glace les rend prudents – comme chez tous les Européens. Il ressemble à un aveugle, habitué à sa cécité, parfaitement à l'aise avec sa canne mais aveugle.

– Les limites de la science m'ont toujours intéressé. Mon domaine, la biologie, est basé sur des systèmes de classification zoologiques et botaniques qui se sont effondrés. En tant que science, la biologie n'a plus de fondement. Que penses-tu du changement ?

Il m'a posé cette question sans transition. Je le suis, il enroule la double corde. Nous sommes reliés par un cordon ombilical, comme une mère et son enfant.

– On dit que ça met du sel dans l'existence.

Il me tend son Thermos. Je bois une gorgée. Du thé au citron. Il se baisse. Il ramasse quelques grains sombres dans la neige, des pierres broyées, érodées.

– 4,6 par 109, 4,6 milliards d'années. A ce moment le système solaire a commencé à prendre sa forme actuelle. Le problème avec l'histoire géologique, c'est qu'on ne peut pas l'étudier. Il n'y a pas de vraies traces. Depuis la création, les pierres ont subi un nombre incalculable de bouleversements. Même chose pour la glace, l'air et l'eau. On ne peut déterminer leurs origines. Sur terre, il n'y a pas une substance qui ait conservé sa forme originelle. C'est pour ça que les météorites sont si intéressantes. Elles viennent d'ailleurs, elles ont échappé aux processus de transformation décrits par Lovelock dans sa théorie sur « Gaïa ». Leur dessin remonte aux origines du système solaire. La règle veut qu'elles soient constituées des premiers métaux de l'univers : fer, nickel, silicates. Est-ce que tu lis des romans ?

Je fais non de la tête.

– C'est dommage. Les écrivains anticipent les événements bien avant les scientifiques. Ce que nous découvrons dans la nature ne nous renseigne pas sur ce qui existe, ce que nous trouvons est déterminé par notre capacité à concevoir. Dans *La Chasse au météore* de Jules Verne, une météorite se révèle être la chose la plus précieuse sur terre. Ou les prédictions de Wells sur d'autres formes de vie. *Uller Uprising*, dans lequel Piper décrit des corps vivants constitués de substances inorganiques, comme les silicates.

Nous arrivons à un plateau battu par les vents. Une série de crevasses régulières s'ouvre devant nous. Nous sommes à la zone d'ablation, l'endroit où les couches inférieures du glacier remontent vers la surface. Une éminence rocheuse a divisé l'écoulement de glace. Je ne l'ai pas remarquée d'en bas parce qu'il s'agit d'une espèce de pierre blanche. La pierre luit dans l'obscurité croissante.

La neige a été piétinée à la base du rocher qui descend vers une crevasse. Ils se sont arrêtés à cet endroit. C'est là que Tørk a fait demi-tour pour me retrouver. Je me demande comment il a su que j'allais venir. Nous nous asseyons. La glace forme un gros trou semblable à une moule ouverte. Il dévisse le bouchon de son Thermos. Il continue de parler comme si la conversation ne s'était pas interrompue, peut-être a-t-elle continué en son for intérieur, peut-être ne cessera-t-elle jamais.

– Cette théorie sur Gaïa est très jolie. Il est important que les théories soient belles. Mais elle est fausse, bien entendu. Lovelock montre que le globe et son écosystème sont une machine complexe. Mais il oublie qu'il est plus qu'une machine ; et sa Gaïa ne diffère pas fondamentalement d'un robot. Lovelock partage cette insuffisance avec bien d'autres biologistes. Il ne parvient pas à expliquer le commencement. Les premières formes de vie, ce qu'il y avait avant les cyanobactéries. La vie naissant de matières inorganiques serait un premier pas.

Je me déplace avec précaution, pour retenir la chaleur et pour tester son attention.

– Loyen est venu ici dans les années trente, avec une expédition allemande. Ils devaient aménager les premières installations d'un aéroport sur une étroite bande de basse terre côtière, au nord de l'île. Ils avaient emmené des Esquimaux de Thulé avec eux. Ils n'avaient pu convaincre des Groenlandais de l'Ouest, à cause de la mauvaise réputation de l'île. Loyen s'est inspiré de la méthode de Knud Rasmussen pour découvrir ses météorites : prendre au sérieux les histoires des Esquimaux. Et il a trouvé. Il est revenu en 1966 avec Ving et Andreas Fine. Mais ils n'en savaient pas assez pour résoudre les problèmes techniques. Ils ont creusé un tunnel jusqu'à la pierre. Puis l'expédition a été arrêtée. Ils sont revenus en 1991. Nous étions avec eux, mais nous avons été forcés de rentrer.

Son visage disparaît presque dans l'obscurité, sa voix est la seule chose tangible. J'essaie de comprendre pourquoi il me dit tout cela, pourquoi il persiste à mentir même dans cette situation qu'il maîtrise totalement.

– Qu'y avait-il sur les morceaux que vous avez prélevés ?

Son silence explique ses mensonges. Le comprendre est une sorte de soulagement. Il butte toujours sur les mêmes questions : que sais-je et qui m'emploie ? Quelqu'un guette-t-il mon retour, sur l'île ou en mer ? Pour un petit moment encore, tant que je ne lui ai rien révélé, il a besoin de moi.

Du même coup, je comprends un autre point d'une importance capitale. S'il attend, s'il est forcé d'attendre, c'est parce que le mécanicien ne lui a pas tout dit. Il ne lui a pas dit que je suis seule.

– Nous les avons examinés. Nous n'avons rien trouvé d'inhabituel. Ils étaient composés d'un mélange de fer, de nickel, d'olivine, de magnésium et de silicates.

Je suis sûre que c'est la vérité.

– Donc, il n'y a rien de vivant ?

Je devine son sourire malgré l'obscurité.

– Il y a de la chaleur. Elle produit incontestablement de la chaleur. Sinon, elle aurait été emportée par la glace. Elle fait fondre les parois qui l'entourent à une vitesse comparable aux déplacements du glacier.

– Radioactivité ?

– Nous avons effectué des mesures sans résultat.

– Et les morts ? Les radiographies ? Les bandes claires dans leurs organes internes ?

Il se tait un moment.

– Tu ne veux pas me dire comment tu sais cela, par hasard ?

Je ne lui réponds pas.

– J'en étais sûr. Toi et moi, on aurait fait une sacrée équipe. Quand je t'ai appelée cette nuit-là, c'était une impulsion. Je fais confiance à mon intuition, je savais que tu allais décrocher, je t'avais bien comprise. J'aurais pu dire : « Passe de notre côté. » Serais-tu venue ?

– Non.

Le tunnel commence au pied de la roche. Le système est simple. Ils ont creusé à la dynamite là où la glace tend naturellement à se détacher de la roche et ils ont ensuite cimenté de grosses canalisations d'égout. Les tuyaux descendent en pente raide, avec à l'intérieur des marches en bois. Cela me surprend, puis je me rappelle à quel point il est difficile de couler du ciment sur une fondation de permafrost.

Dix mètres plus bas, il y a un feu.

La fumée vient d'une pièce attenante à l'escalier, un coffrage en béton soutenu par des madriers. Quelques sacs sont empilés sur le sol ; des morceaux de caisses brûlent dans un fût de pétrole.

Des instruments et des équipements sont rangés sur une table appuyée au mur opposé. Chromatographes, microscopes, gros cristallisoirs, un incubateur et un appareil semblable à une grosse boîte en plastique avec un côté en verre. Sous la table, un générateur et des caisses en bois, comme celles qu'ils brûlent dans le fût. Rien n'échappe à la mode, même les équipements de laboratoire, et les instruments rappellent les années soixante-dix. Tout est recouvert d'une couche de glace grise. Ils ont dû être abandonnés en 1966 ou en 1991. Qu'allons-nous laisser cette fois-ci ?

Tørk pose une main sur la boîte en plastique.

– Électrophorèse. Pour séparer et analyser les protéines. Loyen l'a apportée en 1966, quand il croyait encore avoir affaire à une forme de vie organique.

Il hoche doucement la tête. Tout ce qu'il fait est pénétré de la conviction qu'au moindre de ses gestes le reste du monde se met au garde-à-vous. Verlaine se tient à une haute table de travail, près d'un microscope de dissection. Il le règle pour moi, l'oculaire sur dix et l'objectif sur vingt. Il approche une lampe à gaz.

– Nous sommes en train de dégeler le générateur.

Tout d'abord, je ne vois rien. Je règle et vois une noix de coco.

– *Cyclops Marinus*, dit Tørk. Un minuscule crustacé partout présent dans les mers du globe. Les fils sont des organes d'équilibre. Nous lui avons donné un peu d'acide chlorhydrique, c'est pour ça qu'il est si tranquille. Essaie de regarder à l'arrière du corps. Que vois-tu ?

Rien. Il s'empare du microscope, déplace la boîte de Petri et règle à nouveau.

– Le système digestif, dis-je. Les intestins.

– Ce ne sont pas les intestins. C'est un ver.

Maintenant, j'y suis. Les intestins et l'estomac de l'animal forment une zone sombre sur le dessous, tandis que le long canal clair remonte le long de son dos.

– Le groupe primaire est le *Phylum Nematoda*, ascaris, et celui-ci appartient au sous-groupe *Dracunculoidea*. Son nom est le *Dracunculus Borealis*, le ver polaire. Connu et décrit depuis le Moyen-Age. Un gros parasite. On le trouve chez les baleines, les phoques, les dauphins, il pénètre dans la musculature à partir des intestins. Le mâle et la femelle s'accouplent, le mâle meurt et la femelle fécondée gagne les tissus cellulaires sous-cutanés où elle forme un nodule de la taille d'un poing de bébé. Quand le ver adulte sent qu'il y a des cyclopes dans l'eau autour de lui, il perce la peau et libère des millions de larves microscopiques, les microfilaires. Elles sont mangées par le crustacé qui joue le rôle d'hôte : là le ver va subir un processus de développement qui dure quelques semaines. Quand le crustacé, via l'eau de mer, arrive dans la bouche ou les intestins d'un gros mammifère marin, il se désintègre et les larves s'installent dans ce nouvel hôte plus gros. Elles parviennent à maturité, se reproduisent, gagnent le derme et complètent le cycle. Apparemment, ni le crustacé, ni le mammifère n'en souffrent. L'un des parasites les mieux adaptés. T'es-tu jamais demandé ce qui empêche les parasites de proliférer ?

Verlaine ajoute du bois et approche le générateur du feu. La chaleur radiante réchauffe un côté de mon corps, l'autre est froid. Il n'y a pas de véritable ventilation, la fumée est étouffante. Le temps leur est compté.

– Ce qui les arrête, ce sont toujours des facteurs retard. Prenons, par exemple, le ver de Guinée, qui est le plus proche du ver polaire. Il est dépendant de la chaleur et des eaux stagnantes. On le trouve partout où les gens ont besoin de puiser l'eau en surface.

– Comme à la frontière entre la Birmanie, le Laos et le Cambodge, par exemple, près de Chiang Rai.

Les deux hommes se figent mais, chez Tørk, la pause est imperceptible.

– Oui, répond-il, à Chiang Rai, durant les périodes sèches relativement rares. Dès qu'il a plu et que l'eau s'écoule, dès que la température a baissé, les conditions se font plus difficiles pour le ver. Les choses doivent en être ainsi. Les parasites suivent le développement de leurs hôtes. Le ver de Guinée s'est ainsi développé en même temps que l'homme, peut-être sur un million d'années. Ils sont compatibles. Chaque année, cent quarante millions de personnes sont exposées au risque d'être contaminées par le ver de Guinée. Il y a dix millions de cas par an. La plupart des personnes contaminées passent par une période douloureuse de plusieurs mois, puis le ver est rejeté par l'organisme. Même à Chiang Rai, il y avait un maximum de 0,5 pour cent de la population adulte qui souffrait de lésions durables. C'est l'une des règles de l'équilibre subtil de la nature : un bon parasite ne tue pas son hôte.

Tørk ébauche un mouvement et je recule malgré moi. Il regarde dans le microscope.

– Imagine leur situation en 1966, Loyen, Ving, Licht. Tout a été minutieusement préparé. Il y a des problèmes bien sûr, mais ce sont des détails techniques surmontables. Ils ont localisé la pierre, aménagé l'entrée et ces pièces, les conditions météo sont favorables et ils ont du temps devant eux. Ils comprennent qu'ils ne peuvent pas ramener toute la pierre mais seulement un fragment. Il reste des photos de leur scie – une trouvaille géniale –, un ruban d'acier monté sur rouleaux. Loyen était opposé au découpage de la pierre au chalumeau. Et alors que les Esquimaux viennent de mettre la scie en place, ils meurent, deux jours après leur première plongée. Ils meurent à moins d'une heure d'intervalle. Tout change. Le projet échoue et, soudain, ils n'ont plus le temps. Ils doivent improviser un accident. Naturellement, c'est Loyen qui s'en charge. Il a assez de présence d'esprit pour ne pas détruire les cadavres. A ce moment, il a déjà le pressentiment que quelque chose s'est passé de travers. Dès qu'ils arrivent à Nuuk, il autopsie les corps. Et que trouve-t-il ?

– C'est l'heure, dit Verlaine.

Tørk l'ignore.

– Il trouve le ver polaire. Un parasite largement répandu. Plus grand que la moyenne, entre trente et quarante centimètres de long, mais tout à fait ordinaire. Un ascaris dont le cycle est connu et compris. Un détail ne colle pas : on ne le trouve pas chez l'homme. Chez les baleines, les phoques, les dauphins, rarement chez les morses, mais pas chez l'homme. On mange de la viande contaminée presque tous les jours, surtout chez les Esquimaux. Mais notre système immunitaire reconnaît la larve à l'instant où elle pénètre dans le corps humain, et les lymphocytes la détruisent. Elle ne s'est jamais adaptée à notre système immunitaire. Elle devrait toujours se limiter à certains gros mammifères. C'est une partie de l'équilibre naturel. Imagine la stupéfaction de Loyen quand il la découvre dans les cadavres. Et par hasard, qui plus est, parce qu'à la dernière minute il a été obligé de prendre des radiographies pour les identifier.

Je veux m'empêcher de l'écouter et de lui parler, mais je n'y parviens pas. De plus, ça fait traîner les choses en longueur.

– Comment est-ce possible ?

– C'est à cette question que Loyen ne trouvait pas de réponse. Il s'est concentré sur une autre : comment cela s'est-il produit ? Il a rapporté au Danemark des échantillons de l'eau qui baigne la pierre. Outre l'eau de fusion, le lac est alimenté par un autre lac situé plus haut, en surface. Il y a des oiseaux et pas mal de truites. Et plusieurs espèces de crustacés minuscules. L'eau autour de la pierre en pullule. Tous les échantillons étaient contaminés. Il a décidé d'inoculer les larves sur des tissus d'êtres humains.

– Très intéressant, mais comment s'y est-il pris ?

A l'instant même où je pose la question, je devine la réponse. Il l'a fait au Groenland. Le risque d'être découvert aurait été trop grand au Danemark.

Tørk voit que j'ai compris.

– Ça lui a pris vingt-cinq ans. Mais il a conclu que la larve s'était adaptée au système immunitaire de l'homme. A peine est-elle dans la bouche qu'elle pénètre les muqueuses et se fabrique une sorte de peau, à partir des protéines de l'individu. Grâce à ce camouflage, le système immunitaire confond le parasite avec une partie du corps et le laisse tranquille. Là, il se met à grossir. Pas lentement – comme chez les phoques ou les baleines – mais à toute vitesse, d'heure en heure, de minute en minute. La fécondation et le déplacement à travers le corps, qui demandent jusqu'à six mois chez les baleines, se font ici en quelques jours. Mais ce n'est pas le facteur décisif.

Verlaine le prend par le bras. Tørk le dévisage. Verlaine retire sa main.

– J'ai quelque chose à lui demander, dit Tørk.

Peut-être le croit-il en effet, mais ce n'est pas pour ça qu'il s'intéresse tant à moi. Il a besoin d'attention et de reconnaissance. Derrière son assurance et son apparente objectivité se cachent une fierté insolente et l'orgueil de sa découverte. Verlaine et moi transpirons et toussons. Il est frais, à l'aise, ses traits sont calmes dans la lumière vacillante du feu. Je ne sais pourquoi je le comprends si bien. Parce que nous nous trouvons au milieu de la glace, ou parce qu'il est évident que nous nous approchons du dénouement. Lorsqu'un adulte devient aussi prévisible et limpide, c'est que l'enfant prend le pas sur lui. Je me souviens de la lettre de Victor Halkenhvad et, soudain, les mots me viennent irrésistiblement aux lèvres :

– Comme le vélo que l'on n'a jamais eu enfant.

Cette remarque est tellement absurde qu'il ne l'entend pas tout de suite. Quand il en saisit le sens, il vacille un moment, comme si je l'avais frappé. Pendant une seconde il est sur le point de tout balancer par terre, mais il se reprend.

– On pourrait croire que nous sommes en présence d'une espèce nouvelle. Ce n'est pas le cas. Il s'agit du ver polaire. Mais avec une différence essentielle : il s'est adapté au système immunitaire de l'homme sans s'adapter à son équilibre. La femelle fécondée ne gagne pas les tissus sous-cutanés. Elle pénètre dans les organes internes, le cœur ou le foie. C'est là qu'elle libère ses larves. Ces larves qui ont vécu à l'intérieur de la mère ne connaissent pas le corps humain, elles ne sont pas couvertes d'une peau de protéines. Le corps réagit par des infections et des inflammations. C'est un choc. Dix millions de larves sont libérées d'un seul coup à l'intérieur des organes vitaux. L'individu meurt sur-le-champ sans qu'on puisse le sauver. Qu'importe ce qui est arrivé au ver polaire, il a rompu l'équilibre. Il tue son hôte. Pour l'homme, c'est un mauvais parasite – mais un tueur hors pair.

Verlaine dit quelque chose dans une langue que je ne comprends pas. Tørk continue de l'ignorer.

– Verlaine a inoculé la larve à tous les genres de poissons : poissons de mer, d'eau douce, gros et petits, à différentes températures. Le parasite s'adapte à chaque fois. Il peut vivre partout. Tu sais ce que ça signifie ?

– Qu'il n'est pas difficile ?

– Cela signifie que le seul frein à sa prolifération est le manque d'hôtes. Il peut vivre n'importe où.

– Pourquoi ne s'est-il pas déjà propagé au reste de la terre ?

Il rassemble quelques rouleaux de corde, soulève un sac, met une lampe frontale. Il a repris conscience du temps.

– Il y a deux réponses à cette question. Premièrement, son développement au sein des mammifères marins est lent. Même si le parasite de ce lac – et peut-être d'autres lacs de cette île – gagne la mer, il a besoin d'attendre que des phoques passent près de lui pour être véhiculé, si tant est qu'il vive encore à ce moment. De plus, il vient trop peu de monde par ici. Le processus n'est foudroyant que chez l'homme.

Il passe le premier. Je sais que je dois le suivre. Pendant un instant, j'hésite. Quand il quitte une pièce, on est frappé d'un sentiment d'impuissance. Verlaine me regarde.

– A l'époque où nous travaillions pour Khum Na, douze policiers ont débarqué. Le seul qui en a réchappé était une femme. Les femmes sont des animaux nuisibles.

– Ravn. Nathalie Ravn ?

Il acquiesce.

– Elle est arrivée sous l'identité d'une infirmière anglaise. Elle parlait anglais et thaï sans accent. A ce moment, nous étions en guerre avec le Laos, le Cambodge et, à la fin, avec la Birmanie, soutenue par les États-Unis. Il y a eu de nombreux blessés.

Il prend la boîte de Petri entre le pouce et l'index et la soulève vers moi. Instinctivement, mon corps devrait s'éloigner du ver. C'est certainement l'entêtement qui me fait rester immobile.

– Quand il pénètre la peau, il sort son utérus et libère un liquide blanc qui contient des millions de larves. Je l'ai vu.

Le dégoût déforme son visage.

– Les femelles sont beaucoup plus grosses que les mâles. Elles pénètrent à travers la peau. Nous les avons suivies par scanner à ultrasons. Loyen les avait inoculées à deux Groenlandais qui avaient le sida. Il les avait fait admettre dans l'une de ces petites cliniques privées danoises où tout ce que l'on demande est un numéro de compte en banque. Nous avons tout vu – comment elle atteignait le cœur et se vidait. L'utérus et tout le tremblement. Les femelles fonctionnent ainsi, même les femmes. Surtout les femmes.

Il repose doucement la boîte de Petri.

– Je vois que vous êtes un fin connaisseur, Verlaine. Que faisiez-vous d'autre à Chiang Rai ?

Le compliment ne lui est pas indifférent. C'est pour ça qu'il répond.

– Je suis technicien de laboratoire. Nous fabriquions de l'héroïne. Au moment où cette femme est arrivée, les trois pays avaient envoyé leurs armées à nos trousses. Khum Na est passé à la télé et a dit : « L'année dernière, nous avons mis neuf cents tonnes d'héroïne sur le marché, cette année nous allons en envoyer treize cents et deux mille l'année prochaine si vous ne rappelez pas vos soldats. » Le jour où il a fait cette déclaration, la guerre était terminée.

Je suis sur le point de sortir quand il ajoute :

– C'est l'homme qui est un parasite. Le ver est un instrument des dieux. Comme le pavot.

3

Tørk m'attend. Quand nous atteignons le fond, nous avons descendu environ vingt mètres. Le tunnel, qui est désormais horizontal, est consolidé par une construction rectangulaire en béton brut. Il se termine par un trou béant. Tørk ouvre la marche, nous nous arrêtons devant un gouffre.

Vingt-cinq mètres nous séparent du fond de la grotte. Des stalagmites de glace s'élèvent vers nous, brillantes et irisées.

Il casse un morceau de glace et le jette dans le vide. L'abîme se transforme en spirale puis en brume et disparaît. Ce que l'on pourrait prendre pour le plafond de la grotte est son reflet dans un lac juste à nos pieds. Une eau si immobile qu'il n'en existe pas de semblable à la surface de la terre. Même maintenant que des rides l'agitent, les yeux refusent de croire qu'il s'agit d'un liquide. Le calme revient lentement et le monde souterrain reprend ses droits.

Les modèles de croissance des stalactites et les descriptions de la formation de leurs cristaux ont été établis par Hatakeyama et Nemoto dans *The Geophysical Magazine*, 28, 1958, par Knight dans *The Journal of Crystal Growth*, 49, par Maeno et Takahasi dans « Studies on Icicles », *Low Temperature Science*, A, 43, 1984. Mais le modèle le plus applicable à ce jour a été proposé par moi-même et Lasse Makkonen, au Laboratory of Structural Engineering d'Espoo, en Finlande. Il montre qu'une stalactite grandit comme un roseau, un tube creux de glace qui se referme autour de l'eau à l'état liquide. La masse de la stalactite s'exprime simplement ainsi :

$$M = \frac{\pi \; D^2}{4} \; \rho_\alpha \; L$$

où D est le diamètre, L la longueur, ρ_α la densité de la glace, et où π, le numérateur de la fraction, découle naturellement de ce que notre calcul est basé sur une goutte hémisphérique d'un diamètre de 4,9 millimètres.

Nous avons établi notre formule par peur de la glace, à une époque où une série d'accidents s'était produite au Japon. Des stalactites étaient tombées dans des tunnels de chemin de fer et avaient perforé le toit des wagons. Là, au-dessus de nos têtes, il y a les plus nombreuses et les plus grosses stalactites que j'aie jamais vues. Instinctivement, j'ai envie de reculer, mais je sens la présence de Tørk et je me contiens.

La grotte est comme une église. La voûte se dresse au moins à quinze mètres ; elle doit presque atteindre la surface du glacier. Autour de la coupole, il y a des points de cassure là où des morceaux se sont détachés et où la glace a recouvert le sol, rempli la grotte et a fondu de nouveau.

Durant les absences de Moritz, quand nous n'avions pas les moyens d'acheter du pétrole, et durant les rares périodes de pénurie – parce que le navire de ravitaillement n'avait pu accoster –, ma mère plaçait des bougies sur un miroir. Même le reflet de quelques bougies était imposant. C'est exactement ce qui se passe avec le faisceau de la lampe de Tørk. Il ne la bouge pas afin de me donner le temps d'admirer. La lumière est captée par la glace, amplifiée et renvoyée comme des rayons qui s'élancent dans les airs.

Les longues flèches de glace paraissent flotter. Elles descendent de la voûte, étincelantes de prismes. Peut-être y en a-t-il dix mille, peut-être plus. Certaines sont entrelacées comme les chaînes en cascades des cathédrales gothiques, d'autres sont petites et tassées les unes contre les autres, pelotes d'épingles en cristal de roche.

En dessous, il y a le lac. Trente mètres de diamètre. Au centre, la pierre. Noire, immobile. L'eau qui l'entoure est légèrement laiteuse à cause des bulles emprisonnées dans le glacier. La pièce ne dégage aucune odeur. On ressent la légère brûlure de la glace dans la gorge. Le seul bruit est celui des gouttes qui tombent à de longs intervalles. Le plafond est à une telle distance de la pierre qu'un équilibre s'est établi. Peu de choses gèlent et fondent dans cette grotte, la circulation de l'eau est minimale. L'endroit est inanimé.

Seule la chaleur est vivante, semblable à celle de l'igloo de mon enfance. Le froid qui irradie des parois la rend engageante. Même si la température oscille entre 0 et 5 ºC.

Des équipements sont empilés à côté de nous. Bouteilles d'oxygène, combinaisons de plongée, palmes, harpons, une caisse de plastic. Des cordes, des torches, des outils. Il n'y a personne en dehors de nous. Pourtant la glace craque, comme si quelqu'un déplaçait un gros meuble dans une pièce voisine. Mais il n'y a ni pièce ni meuble. Il n'y a que de la glace dense et compacte.

– Comment vas-tu la faire sortir ?

– Nous allons creuser un tunnel avec des explosifs.

C'est faisable. Il devra mesurer environ cent mètres de long. Mais ils n'auront pas besoin de l'étayer. La pierre va rouler le long du tunnel s'il a la pente voulue. Seidenfaden s'en chargera. Katja Claussen le forcera. Tørk la forcera, puis le mécanicien. C'est ainsi que je sens le monde depuis que j'ai quitté le Groenland : une chaîne de coercitions.

– Est-elle vivante ? demande-t-il calmement.

Je hoche la tête. Mais c'est parce que je me refuse à y croire. Il place ses mains autour de la lampe frontale. Son faisceau est dirigé vers la neige en dessous de nous mais la réverbération nous renvoie la lumière. Ainsi, nous ne voyons plus les stalactites dans leur individualité mais un nuage de reflets en suspens, comme des pierres précieuses défiant la gravitation.

– Que se passera-t-il si le ver prolifère ?

– Nous garderons la pierre en milieu fermé.

– Vous ne pouvez pas le maîtriser. Il est microscopique.

Il ne répond pas.

– Vous ne savez pas. Personne ne sait. Tout ce que vous savez, vous l'avez appris grâce à de maigres expériences de laboratoire. Mais il y a une petite chance qu'il soit un véritable tueur.

Il ne répond toujours pas.

– Quelle était cette seconde réponse à ma question sur la non-prolifération du ver ?

– J'ai passé une année de mon enfance sur la côte ouest du Groenland. Je collectionnais les fossiles. Depuis, il m'est arrivé de caresser l'idée que la disparition de certaines espèces préhistoriques a été causée par un parasite. Qui sait, peut-être par le ver polaire. Il possède les caractéristiques nécessaires. C'est peut-être lui qui a éliminé les dinosaures.

Sa voix recèle un accent de plaisanterie. En cet instant, je le comprends.

– Mais ce n'est pas ça l'important, n'est-ce pas ?

– Non.

Il me regarde.

– La réalité des choses importe peu. Ce qui compte, c'est ce que les gens croient. Ils croiront en cette pierre. As-tu entendu parler d'Ilya Prigogine ? C'est un chimiste belge qui a obtenu le prix Nobel en 1977 pour ses travaux sur les structures dissipatives. Lui et ses étudiants n'ont cessé de travailler sur la possibilité que la vie soit apparue à partir de substances inorganiques traversées par de l'énergie. Ces idées ont préparé le terrain. Les gens *attendent* cette pierre. Leur croyance et leur attente vont la rendre réelle. Ils vont la rendre *vivante*, quelle que soit sa nature.

– Et le parasite ?

– J'entends déjà les premières conjectures des journalistes. Ils écriront que le ver polaire représente un stade significatif dans la rencontre entre la pierre, la vie inorganique et les organismes évolués. Ils aboutiront à toutes sortes de conclusions dont aucune n'est importante en soi. Ce qui importe, ce sont les forces de peur et d'espoir qui seront libérées.

– Pourquoi, Tørk ? Qu'est-ce que ça va t'apporter ?

– De l'argent. La célébrité. Plus d'argent. Ce qui compte, c'est sa taille, sa chaleur, le ver, et non que la pierre soit vivante. C'est la plus grande découverte scientifique du siècle. Elle ne se réduit pas à des chiffres sur du papier. A des abstractions qui prennent trente ans à être publiées sous une forme accessible au public. Une pierre que l'on peut toucher et sentir. Que l'on peut découper en morceaux et vendre. Que l'on peut photographier et filmer.

Je repense à la lettre de Victor Halkenhvad. « Le garçon était comme de la glace », écrivait-il. Ce n'est pas tout à fait exact. Sa froideur est superficielle. En dessous, il y a de la passion, un désir de puissance maladif et pervers. Soudain, je me moque que la pierre soit vivante ou non. En cet instant, elle symbolise l'attitude de la science occidentale à l'égard du monde. Calcul, haine, espoir, peur, tentative de tout instrumentaliser. Et par-dessus tout, plus fort que tout sentiment envers l'humanité : la soif d'argent.

– Vous ne pouvez pas enlever le ver et le transporter dans une partie du monde fortement peuplée. Pas tant que vous ne le maîtrisez pas. Vous pourriez déclencher une catastrophe. S'il était répandu sur le globe, il ne cesserait de se multiplier jusqu'à ce qu'il ait éliminé tous ses hôtes.

Il pose sa lampe sur la neige. Il dirige un faisceau de lumière sur l'eau et la pierre. Le reste du monde est supprimé.

– La mort est toujours un gâchis. Mais, parfois, c'est le seul moyen pour réveiller les gens. Bohr a participé à la mise au point de la bombe atomique et pensait qu'elle servirait la paix.

Je me souviens de ce que Juliane m'a dit une fois, dans

un moment de sobriété : il ne fallait pas craindre une Troisième Guerre mondiale. L'humanité en avait besoin pour retrouver la raison.

Je réagis de la même façon qu'en face d'elle : je sais pertinemment la folie de cet argument.

– On ne peut pas forcer les gens à aimer en les avilissant, dis-je.

Je prends appui sur l'autre jambe et saisis un rouleau de cordage.

– Tu manques d'imagination, Smilla. C'est impardonnable chez un scientifique.

Si je réussis à faire tournoyer la corde, peut-être parviendrai-je à le faire tomber à l'eau et à m'enfuir en courant ?

– Le garçon, dis-je, Esajas, pourquoi Loyen l'a-t-il examiné ?

Je m'écarte d'un pas pour prendre de l'élan.

– Nous avions été obligés de l'emmener avec nous dans la grotte, il avait le vertige. Il a sauté dans l'eau. Son père est mort alors qu'il était encore à la surface. Le garçon a voulu le rejoindre. Il n'avait pas peur de l'eau froide, il nageait dans la mer. C'est Loyen qui a eu l'idée de le garder sous observation. Chez lui, le ver était resté dans les tissus sous-cutanés et n'avait pas gagné les intestins. Il ne s'en est jamais rendu compte.

Ce qui explique la biopsie du muscle. Avec ce dernier échantillon, Loyen voulait obtenir des informations décisives sur le devenir du parasite une fois son hôte mort.

L'eau a une teinte verdâtre, une couleur paisible. C'est l'idée que l'on se fait de la mort qui est terrifiante ; le phénomène en lui-même arrive aussi naturellement qu'un coucher de soleil. A Force Bay, j'ai vu une fois le major Guldbrandsen de la patrouille Sirius, un pistolet-mitrailleur à la main, forcer trois Américains à s'écarter d'un foie d'ours infecté par la trichinose. Il faisait plein jour, ils savaient que la viande était empoisonnée et qu'il leur suffisait d'attendre qu'elle ait cuit pendant trois quarts d'heure. Et pourtant, ils avaient découpé des petites tranches de foie et avaient commencé à manger quand nous sommes arrivés près d'eux. C'était tellement banal. Les reflets bleuâtres de la viande, la faim des trois hommes, l'arme du major, leur stupéfaction.

Tørk s'approche de moi et me reprend la corde, de la même manière que l'on enlève un outil tranchant des mains d'un enfant.

– Grimpe là-bas et attends.

Il éclaire la paroi opposée d'où part l'ouverture d'un tunnel. Je m'y dirige et je reconnais le chemin. Il ne conduit pas vers le haut, il conduit au vide. Le commencement de la fin a toujours été un tunnel. Comme le commencement de la vie. Tørk m'a attirée ici. Il m'attire ici depuis mon arrivée sur le navire.

Pour la première fois, je me rends compte de sa puissance de stratège. Il n'aurait pas pu me supprimer à bord. Il doit encore rentrer et le *Kronos* gagner un port. Il lui fallait maquiller son geste. Ce sera juste une désertion de plus, une disparition, comme pour Jakkelsen. Personne ne m'a vue rencontrer Tørk, personne ne m'a vue disparaître.

Le mécanicien ne reviendra pas non plus. Il va comprendre, il va établir un lien entre Tørk et moi, aussi sûrement que s'il nous avait vus ensemble. Tørk va le laisser plonger. Ils ont besoin de lui, ne serait-ce que pour placer la première charge d'explosifs. Ils vont le laisser plonger et il cessera d'exister. Tørk reviendra au navire, il y aura eu un accident, peut-être avec l'alimentation en oxygène. Tørk aura pensé à tout.

Je comprends maintenant la présence des équipements près du lac. Le mécanicien a déjà tout déballé tandis que Tørk me parlait. C'est pour ça qu'il m'a emmenée au laboratoire.

La lumière de sa lampe atteint la pierre et projette son ombre sur la paroi devant moi. Quand j'entre dans le tunnel, il fait sombre.

C'est un puits rectangulaire et horizontal de deux mètres sur deux. Il s'élargit au bout de quelques mètres. Sur une table, il y a des instruments de mesure, des bouteilles de lait, de la viande séchée, des flocons d'avoine. Abandonnés depuis vingt-huit ans et couverts de glace.

Je laisse mes yeux s'habituer à la faible luminosité de la glace et m'enfonce dans un noir d'encre. Je continue à tâtons. Le sol s'incline légèrement, mais aucun courant d'air n'indique l'existence d'une sortie. C'est un cul-de-sac.

Je butte contre un mur, un mur de glace. Je ne bouge plus.

Aucun bruit de pas. Puis une lumière lointaine s'approche. Il a fixé la lampe sur son front. La lumière me trouve près du mur et s'immobilise. Il la pose. C'est Verlaine.

– J'ai montré le réfrigérateur à Lukas, dis-je. Ça plus le meurtre de Jakkelsen, ça te vaudra la perpétuité.

Il s'arrête entre moi et la lampe.

– Même si on t'arrachait les bras et les jambes, tu trouverais encore un moyen de rendre des coups.

Il baisse la tête et marmonne ce qui ressemble à une prière. Puis il vient à moi.

Tout d'abord, je crois que c'est son ombre. Une rose d'environ trois mètres de diamètre grandit sur la glace. Elle est formée de petits points rouges qui éclaboussent la paroi. Ses pieds quittent le sol, il écarte les bras, s'envole sur cinquante centimètres et est projeté contre la paroi. Il y reste empalé, comme un gros insecte, au milieu de la fleur. Vient alors le bruit. Un sifflement bref. Un nuage gris apparaît dans la lumière de la lampe posée sur le sol. Lukas sort de ce nuage. Il ne me regarde pas. Il regarde Verlaine. Dans la main, il tient un lance-harpon à air comprimé.

Verlaine remue. D'une main, il tâtonne dans son dos. Une fine ligne noire dépasse un peu en dessous de l'omoplate. Le métal est certainement d'un alliage spécial pour supporter son poids et le maintenir en l'air. Lukas se trouvait à moins d'un mètre lorsqu'il a tiré. Le coup a porté à l'endroit où Jakkelsen a été touché.

Je sors du faisceau lumineux et passe à côté de Lukas. Je me dirige vers une vive lumière blanche. J'aperçois une lampe montée sur un trépied en sortant du tunnel. Ils ont dû faire démarrer le générateur. Tørk est à côté de la lampe. Le mécanicien a de l'eau jusqu'aux genoux. Il me faut un instant pour le reconnaître. Il porte une tenue de plongée jaune avec des bottes étanches et un casque. A mi-chemin, Tørk m'aperçoit. Il se baisse et attrape parmi les équipements un tuyau de la taille d'un parapluie replié. Le mécanicien a le visage penché sur l'eau. Le casque l'empêche de m'entendre. J'enlève ma boussole et la jette dans le lac. Il lève la tête et m'aperçoit. Il dégage la visière de son casque. Tørk s'affaire avec son parapluie, déplie la crosse d'une arme.

– S-Smilla.

Je continue d'avancer. Derrière moi, des pas résonnent dans le tunnel.

– Je ne vais plon-plonger qu'une seule fois. C'est nécessaire pour notre travail de demain.

– Il n'y aura pas de lendemain, ni pour toi ni pour moi. Demande-lui où se trouve Verlaine.

Le mécanicien se tourne vers Tørk, le regarde et comprend.

– Le garçon, demandé-je, pourquoi ?

Je pose la question à l'intention du mécanicien et pour gagner du temps, non parce que j'ai besoin de la réponse. Je sais ce qui s'est passé, aussi sûrement que si j'avais été sur le toit.

Je comprends Tørk comme s'il était une partie de moi-même. Il mesure le caractère catastrophique de la situation. Tous les fers qu'il a au feu. La possibilité de se débrouiller sans le mécanicien. L'urgence de prendre une décision. Cependant, sa voix est calme, presque triste.

– Il a sauté.

Je continue d'avancer tout en parlant. Il enfonce un long chargeur sur le côté de l'arme.

– Il a paniqué.

– Pourquoi ?

– Je voulais lui demander de me rendre la cassette. Mais

509

il s'est mis à courir, il ne m'a pas reconnu. Il m'a pris pour un étranger. Il faisait sombre.

Tørk enlève la sécurité. Le mécanicien ne remarque pas l'arme, il est captivé par le visage de Tørk.

– Nous sommes grimpés sur le toit, il ne m'a pas vu.

– Il y avait des traces. J'ai vu ces traces, il s'est retourné. Je mens.

– Je l'ai appelé, il s'est retourné mais il ne m'a pas vu. Il me regarde droit dans les yeux.

– Il était dur d'oreille, dis-je. Il ne s'est pas retourné. Il n'entendait rien.

Je m'approche de lui sur la glace. Esajas essayait de lui échapper, sur la glace lui aussi. C'est comme si j'étais Esajas. Un Esajas qui fait demi-tour pour voir s'il n'y aurait pas une autre solution.

Lukas est à cinq mètres de Tørk lorsque ce dernier l'aperçoit. Il a contourné la pierre par l'autre côté. Tørk a réservé son attention au mécanicien et à moi. On ne peut pas tout faire. Même lui ne peut pas tout faire à la fois.

– Bernard est mort, dit Lukas.

Il pointe le lance-harpon devant lui. Il a dû le recharger. Il est aussi long qu'une lance. Pendant un instant, Lukas ressemble à un personnage de dessin animé avec sa silhouette si rigide et si mince. Son pantalon est gelé comme une armure de glace. Il est certainement tombé en s'approchant du rivage.

– Tu seras tenu responsable, ajoute-t-il.

Le parapluie de Tørk tressaille. Une énorme main invisible fait tournoyer Lukas. Puis les coups mats suivent immédiatement, Lukas a effectué une pirouette complète, son visage est de nouveau tourné vers nous mais il lui manque le bras gauche. Il tombe sur la glace et se met à perdre son sang.

Le mécanicien sort de l'eau. Il ressemble pendant un court instant à un gros poisson qui essaie de sauter sur la berge. Le parapluie tombe en cliquetant sur la glace. Même privé de l'arme, Tørk affiche une grande assurance.

Le mécanicien arrive sur lui. Un gros gant jaune s'abat sur l'épaule de Tørk, l'autre agrippe sa mâchoire. Puis il serre. Quand la tête aux cheveux blonds part en arrière, le mécanicien appuie son casque dessus ; ils se regardent droit dans les yeux. J'attends le craquement d'une vertèbre. Le bruit ne sera pas celui d'un os qu'on brise mais celui d'une chose qu'on remet en place.

Tørk décoche un coup de pied, un geste adroit qui part du sol et, en un demi-cercle, atteint le mécanicien à la tête. Il touche le côté du casque, produisant le bruit d'une hache qui se fiche dans une souche. La silhouette jaune chavire doucement et tombe à genoux.

Le parapluie est sur la glace, devant moi. J'ai une telle peur des armes à feu que je ne parviens même pas à donner un coup de pied dedans.

Le mécanicien se redresse. Il commence à ôter ses bouteilles. Ses mouvements sont lents et légers, comme ceux d'un astronaute.

Tørk s'enfuit en courant. Je le suis.

Il pourrait forcer les autres à lever l'ancre. Ils n'aimeraient pas ça, surtout Sonne. Mais il y parviendrait.

Il court le long de la crevasse. Sa lampe tremble ; ici, il fait sombre. A Qaanaaq, j'allais chercher de nuit des blocs de glace à faire fondre. La glace a cette hospitalité nocturne. Je n'ai plus de lampe mais je cours avec autant de facilité que sur une route. Non sans gêne mais sûre de moi. Mes bottes, en peau de phoque, adhèrent mieux à la neige que celles de Tørk.

Il suffirait de peu. Un instant d'inattention et il tomberait comme Esajas.

Les étendues blanches sur lesquelles la neige s'est déposée forment des hexagones dans l'obscurité. Nous courons à travers l'univers.

Je quitte le bord du glacier avant lui et m'engage vers le bas. Je veux lui barrer l'accès de l'embarcation. Il ne m'a ni vue ni entendue. Pourtant, il sait que je suis là.

La glace est *hikuliaq*, de la jeune glace d'hiver qui s'est formée là où la glace ancienne s'est détachée. Elle est trop épaisse pour laisser passer l'embarcation mais trop mince pour que l'on y marche. Un brouillard givrant flotte au-dessus.

Il me voit ou peut-être ne voit-il qu'une silhouette devant lui et il se dirige vers la glace. Je prends une direction parallèle. Il me reconnaît et se rend compte qu'il n'a pas la force de m'atteindre.

Le *Kronos* est dissimulé dans la brume. Tørk va trop à droite. Quand il corrige instinctivement sa course, le navire se trouve à deux cents mètres derrière nous. Il est désorienté. Il marche à présent vers le large, vers l'endroit où le courant a rogné la glace au point qu'elle est aussi mince qu'une membrane embryonnaire. Dessous, la mer est sombre et salée comme le sang ; un visage se colle à la surface glacée : le visage d'Esajas, Esajas qui n'est pas encore né. Il appelle Tørk. Est-ce Esajas qui attire Tørk vers lui ou est-ce moi qui essaie de le pousser vers la mince pellicule de glace ?

Il est presque à bout de forces. Si l'on n'a pas grandi dans ce paysage, il vous vide de vos forces.

Peut-être la glace va-t-elle se rompre sous ses pas dans un instant. Peut-être éprouvera-t-il du soulagement à être aspiré par l'eau froide. Vue du dessous, même par une nuit comme celle-ci, la glace sera d'un blanc bleuâtre, une lampe au néon.

Peut-être va-t-il modifier sa course et revenir vers la droite, à travers la glace. Cette nuit, la température va encore descendre et il y aura une tempête de neige. Il vivra une heure ou deux. A un moment, il s'arrêtera et le froid le transformera en stalactite, une coquille gelée se fermera autour d'une vie à peine liquide. Son pouls s'arrêtera et il ne fera plus qu'un avec le paysage. On ne peut pas gagner contre la glace.

Derrière nous, la pierre est toujours là, avec son mystère et les questions qu'elle a soulevées. Et le mécanicien.

Quelque part devant moi, la silhouette qui court s'estompe lentement.

Ils vont venir me demander : raconte-nous, pour que

nous puissions comprendre et classer l'affaire. Ils se trompent. On ne peut tirer de conclusion que de ce que l'on ne comprend pas. Il n'y aura pas de conclusion.

COMPOSITION : IGS CHARENTE-PHOTOGRAVURE À L'ISLE-D'ESPAGNAC
IMPRESSION : BUSSIÈRE CAMEDAN IMPRIMERIES À SAINT-AMAND (CHER)
DÉPÔT LÉGAL : OCTOBRE 1996. N° 30109 (4/844)

Collection Points